La citadelle des brumes

ELAINE KNIGHTON

La citadelle des brumes

Jade

Titre original :
BEAUCHAMP BESIEGED

Traduction française de MARIE-JOSÉ LAMORLETTE

Jade® est une marque déposée par le groupe Harlequin

Photos de couverture
Château : © ROYALTY FREE / BRAND X PICTURES
Paysages marins : © ROYALTY FREE / DIGITAL VISION
Oiseaux : © DIGITAL VISION / GETTY IMAGES

83-85, boulevard Vincent-Auriol 75646 PARIS CEDEX 13.
ISBN 2-280-09401-0 — ISSN 1773-7192

Prologue

Marches de l'Angleterre et des Galles du Sud, 1180

— Ralentis ! C'est moi qui dois mener !

Raymond de Beauchamp ignora l'ordre rageur de son frère Alonso. Ce jour-là, il comptait dix hivers révolus. Ce jour-là, il avait un an de moins à attendre pour devenir un homme. Un guerrier, un vrai. Alonso lui-même n'y pouvait mais.

Monté sur son demi-sang trapu, il galopait à travers la forêt, se souciant peu des cris éperdus du gros Everard que leur allure affolait. Derrière eux, le petit Percy sautait tant et plus sur le dos de son poney gallois, animé par la ferme intention de suivre ses trois frères aînés partout où ils iraient — tant qu'ils ne l'en empêcheraient pas.

Raymond s'enivrait de l'air vif qui cinglait son visage. Des feuilles dorées tourbillonnaient sous les sabots de sa monture.

Lancé dans sa course effrénée, il partit à l'assaut d'une butte hérissée de roches friables qui se rompirent sur son passage et celui de ses frères. Au sommet se trouvait le dolmen. Un endroit défendu, où rôdaient des esprits malfaisants et où les garçons désobéissants pouvaient disparaître à jamais, s'il fallait en croire leur vieille nourrice Alys.

La lourde table de pierre était si massive et si imposante que Raymond s'arrêta net pour la contempler, saisi par son mystère et son caractère sacré : elle venait du fond des âges, évoquait le sang versé pour des sacrifices rituels.

Arrivé en second, Alonso longea la dalle d'un air hautain, une mèche de cheveux dorés retombant sur son front droit. Puis il défia ses deux plus jeunes frères de son intense regard bleu, aussi brillant et coupant qu'une lame.

— Oyez, Raymond et Percy ! Comme les Anciens, nous allons procéder à une offrande sur cette pierre sacrée.

Raymond se figea. Tel était donc le prix qu'il avait à payer, pour avoir osé gagner la course à travers la forêt. Debout près de son poney, Everard, rondelette réplique de leur aîné, pétrissait nerveusement sa bride entre ses doigts.

— Tu n'y songes pas ! protesta-t-il. Ce serait un blasphème, que de faire une chose pareille.

Alonso le dévisagea, les paupières plissées.

— T'ai-je demandé ton avis, tête de lard ? Il n'y aura nul blasphème si j'en décide ainsi. Percy, tu seras l'offrande idéale, car tu es le plus tendre de nous quatre. Les vieilles sorcières qui viendront danser ici ce soir seront ravies de faire bombance de ta jolie chair fraîche.

Avec un large sourire, il souleva l'enfant et le jeta sur le dolmen.

Le rose qui teintait les joues du petit garçon disparut aussitôt, tandis que l'estomac de Raymond se nouait sous l'outrage. Percy était un bébé, ou presque ! Par Dieu, ses poignets dodus et ses mains grassouillettes conservaient encore les plis qu'ils avaient au berceau !

Les agissements d'Alonso emplissaient Raymond de répugnance, mais il s'efforçait de garder son calme. De sa langue, il taquinait sa dernière dent de lait qui ne se décidait pas à tomber et lui irritait la gencive.

— Remets-le par terre, Alonso, dit-il enfin. Il croit que tu es sérieux.

Alonso sourit froidement. Impassible, il se préparait à ligoter Percy. Raymond crispa les mâchoires, malgré la douleur qui en résulta. Quand il n'arborait pas ce rictus sarcastique qui déformait si souvent son beau visage, Alonso avait tout l'air d'un charmant jouvenceau, à la noble prestance et aux desseins honorables. Ce pour qui le prenaient tous ceux qui le connaissaient mal. En réalité, il avait un cœur de charognard.

Raymond le savait fort bien, et son sang se ruait dans ses veines avec la fureur incandescente d'une coulée de lave. N'y tenant plus, il heurta son aîné de l'épaule et lui bourra les côtes de coups de poing.

Plus grand, plus lourd et plus expérimenté que lui, Alonso lui enfonça un genou dans le ventre, lui frappa la tête de sa botte et le redressa en l'empoignant par les cheveux.

— Ne te mêle *jamais* de me gâcher mon plaisir, sot que tu es.

Face à un regard d'un bleu glacé, Raymond luttait pour reprendre son souffle et brûlait de cogner cette face cynique et arrogante. Mais il devait se contenir : Percy avait besoin de lui. Assis sur la pierre, ses cheveux couleur de chanvre tout emmêlés, le petit garçon se frottait les yeux de ses menottes potelées.

Alonso dégaina son poignard.

— Fort bien ! lâcha-t-il d'une voix grinçante. Il faut que l'un de vous tienne ce rôle. Si ce n'est Percy, qui d'autre ?

Il trancha une bonne longueur de corde d'un rouleau accroché à sa selle et commença à la passer autour des poignets de l'enfant.

Ce dernier tourna un regard terrifié vers Raymond, qui ne se sentit pas la force de lui sourire ou de lui décocher un clin d'œil afin de le rassurer. Il se racla la gorge.

— Tu veux sacrifier quelqu'un ? lança-t-il à Alonso. Alors prends-moi donc.

Leur aîné eut un sourire satisfait.

— Il est toujours plus plaisant pour les dieux de se voir offrir une victime consentante, agréa-t-il. Descends de là, Percy.

Le garçonnet ne bougea pas. Sa lèvre inférieure tremblait.

— Non, refusa-t-il. Je ne laisserai pas Raymie mourir à ma place.

Alonso le poussa rudement à bas du dolmen. Percy roula sur le sol, se remit debout en pleurant et courut vers Raymond, qui débarrassa ses paumes des cailloux incrustés dans sa chair tendre.

— Tais-toi, Percy ! murmura-t-il. Je ne vais pas mourir, voyons !

Il se hissa alors sur la dalle — en espérant de tout son cœur avoir dit vrai.

— A genoux, mon frère, ordonna Alonso. Nous devons procéder dans les règles.

La corde entama les poignets de Raymond, dont les entrailles se tordirent d'appréhension.

— Tu serres trop, protesta-t-il. Je ne sens plus mes mains.

— Sois tranquille, tu vas t'y accoutumer.

Alonso tira plus fort encore, lui liant les bras dans le dos. Quand il attacha la corde à ses chevilles, puis l'enroula autour de ses cuisses, Raymond commença à se débattre pour de bon. Une peur panique l'envahissait et rongeait le peu d'assurance qui lui restait encore. De la sueur perlait sur son front.

— Arrête, Alonso ! Je ne veux pas être ficelé comme un jambon.

Son tourmenteur ricana.

— Tu l'es déjà. Everard, aide-moi à serrer ce nœud.

— Ne vas-tu pas trop loin ? gémit son cadet d'une voix nasillarde.

Alonso acheva de joindre les mains et les pieds de Raymond, et obligea Everard à le maintenir pendant qu'il terminait sa besogne.

— Ficeler un jambon est un art, mon gros. Toi qui te destines à être un homme d'Eglise, tu as intérêt à l'apprendre, pour persuader tes ouailles à se rendre à confesse ! Couche-moi proprement ce garçon.

Docile, Everard rabattit Raymond en avant, le visage contre la pierre. Seuls son torse mince et son ventre touchaient la dalle ; ses talons étaient plaqués sur ses fesses, ses chevilles jointes à ses poignets et ses cuisses étirées à craquer. Il avait déjà vu les pires criminels ligotés de la sorte, juste avant…

Le jeune garçon s'efforça de contenir la terreur qui enflait en lui. Ses frères n'allaient tout de même pas l'égorger comme un porc ! Il serra les dents, préférant mourir plutôt que de leur laisser voir son épouvante.

— Hâtez-vous d'en finir, cochons que vous êtes ! grogna-t-il.

Il glissa de nouveau sa langue sous sa dent branlante, qui refusait toujours de céder.

— Or ça, mon frère ! Ce langage n'est pas de mise. Tu ne respectes pas l'esprit du sacrifice.

Alonso se pencha vers lui. Ses yeux bleus étincelaient sous les feux du soleil couchant. Pour la première fois, une pensée vint à Raymond : son aîné était possédé par des démons. C'était la seule explication possible à une telle cruauté. Des puissances maléfiques avaient dû surgir de ces bois maudits pour s'emparer de son âme.

Les ombres s'allongeaient autour d'eux et touchaient déjà la pierre. Des corbeaux descendaient en spirale vers les branches à demi dénudées des arbres, afin d'y nicher pour la nuit. A l'ouest, le ciel était encore teinté d'un rose flamboyant, mais à l'est la lumière s'éteignait parmi d'épais nuages d'un noir d'encre. Les ténèbres ne tarderaient pas à emplir cet endroit d'horreurs innombrables.

— Maintenant, il faut verser le sang.

Alonso étudia sa dague d'un air concentré, en vérifia le tranchant du pouce.

— Tu regretteras cette histoire ! grommela Raymond, en dépit de la terreur qui lui fouaillait les tripes. Je te la ferai payer, chèrement !

La dalle rêche racla sa joue quand Alonso le fit rouler sur le dos — ou plutôt sur ses membres ligotés, tendus à l'extrême, qui furent traversés de la flèche aiguisée de la souffrance. Il sentit l'air frais du soir baigner sa gorge offerte.

Alonso s'inclina et lui susurra à l'oreille :

— Notre père n'est jamais parvenu à te tirer une seule larme, petit, mais cela va changer, crois-moi. Je me suis juré de te briser.

Se redressant, il appuya la pointe de sa dague sous la mâchoire de Raymond, à l'endroit délicat où battait une artère.

— Qu'allons-nous demander en échange de ce sacrifice, mes frères ? lança-t-il aux deux autres. La victoire à la guerre ? L'or des infidèles ? La puissance des rois ? Ou le salut assuré de nos âmes, qui nous évitera à l'avenir les insipides séances de catéchisme de ce stupide abbé Brenner ?

Le cœur de Raymond tambourinait dans sa poitrine. La lame acérée tremblait sur sa peau tendre, mortelle pointe de chaleur.

— Nous pouvons peut-être nous contenter de moins, siffla Alonso entre ses dents. Après tout, être débarrassés à tout jamais d'une source incessante de contrariété sera déjà bien suffisant.

— Qu'attends-tu ? gronda sa victime. Vas-y donc !

— Non !

Percy bondit en avant et saisit le coude d'Alonso. Celui-ci secoua le bras pour se libérer. La lame glissa, entamant la gorge de Raymond.

L'enfant poussa un cri perçant. D'effroi, Raymond avala sa dent et manqua s'étrangler. Suffoquant, il glapit de rage, tandis que le goût métallique du sang emplissait sa bouche.

Un liquide chaud coulait le long de son cou. Le regard d'Alonso se troubla, soudain envahi d'une horrible douceur, comme s'il savourait un plaisir délectable.

— Nous allons le laisser ainsi, murmura-t-il dans un sourire extasié. Ce tableau est trop parfait.

Raymond bouillonnait de fureur et de haine, une

haine noire, intense, qui déployait ses volutes malsaines dans tout son être.

Les cris de Percy devenaient de plus en plus aigus. Ils évoquaient les piaillements d'un animal blessé et semblaient ne plus devoir s'arrêter. Alors Alonso noua ses doigts autour de son cou mince et serra, serra jusqu'au moment où ses plaintes s'éteignirent en un gargouillement mêlé de sanglots.

— Partons, maintenant.

Peu après, Raymond entendit des sabots qui résonnaient sur les rochers, puis un grand silence s'abattit sur lui tel un linceul.

Dans un premier temps, il ne put croire que ses frères l'avaient réellement abandonné. Mais la nuit étendait peu à peu ses longs doigts bleu-gris sur le dolmen, semant autour de lui un froid qui le paralysait.

Le ciel, qui s'assombrissait au-dessus de sa tête, engloutissait rapidement la forêt qui l'entourait. Bientôt, il ne resta plus rien — hormis son corps entravé et le hurlement muet qui lui gonflait la gorge.

Les loups ne tarderaient pas à sortir, pensa-t-il, et il mourrait. Seul au milieu des bois. Offrande innocente, sacrifice humain destiné à calmer le courroux céleste que les agissements d'Alonso ne manqueraient sûrement pas de provoquer.

Alors, de façon inattendue, comme un mystérieux présent surgi de l'essence même du dolmen, une détermination implacable transperça son angoisse d'enfant de dix ans. Une dureté toute neuve envahit son cœur, le changeant d'un seul coup en un bloc de fer rougi plongé dans une cuve d'eau froide.

Raymond accueillit avec gratitude ce calme inespéré qui anesthésiait sa douleur. De toute son âme, il embrassa la résolution mortelle qui l'accompagnait.

« Je survivrai, se promit-il. Et, un jour, Alonso ne vivra plus ».

1

Une atroce puanteur montait déjà du champ de bataille. En un éclair, le seigneur Raymond de Beauchamp fit volter son destrier et tournoyer son glaive — trait sifflant, aveuglant, d'acier de Tolède.

La lame frappa juste et pénétra profondément. Le farouche guerrier emplit ses poumons de l'air brûlant accumulé sous son heaume et regarda tomber son adversaire. Le jeune Gallois glissa à bas de son petit cheval et mourut sans un cri, tandis que son sang vermeil ruisselait en un brillant contraste sur la verdure printanière.

Un sourd regret transperça l'âme de Raymond. Ce jouvenceau s'était bien battu, mais il n'avait pas le temps de s'appesantir sur la bravoure d'un défunt.

Il contempla le chaos qui l'environnait : ses chevaliers galopaient avec frénésie à travers le terrain, et s'efforçaient dans un beau désordre d'abattre les solides Gallois qui leur tenaient tête.

Il réprima un grognement. Comme toujours, ses hommes laissaient leur courage et leur ardeur au combat prendre le pas sur la discipline, ce qui risquait de leur coûter la victoire. Déjà, un trop grand nombre de rebelles gallois s'étaient réfugiés dans la forêt voisine, d'où ils tiraient des volées mortelles.

Les tripes crispées par les sifflements funestes qui résonnaient alentour, Raymond tenta de calmer son étalon, que le danger rendait nerveux. Non sans raison. Ni son propre haubert, ni le caparaçon de mailles qui protégeait l'animal ne suffiraient à arrêter une flèche décochée par ces arcs redoutables, d'une trompeuse rusticité.

Le jeune homme tourna brusquement la tête, alerté par un mouvement rapide en bordure du champ. Ce qu'il avait pris pour un corps sans vie s'était redressé d'un bond, et courait vers le Gallois qu'il venait d'expédier au paradis. C'était un adolescent coiffé d'un capuchon, à peine assez âgé pour être écuyer. Il enlaça la tête du mort, le pleurant à grands cris.

Malgré le détachement que lui donnait son expérience de la guerre, Raymond sentit son cœur se tordre de pitié. Tant de sang, tant de larmes ! L'énergie acérée qu'il avait rassemblée en vue de la bataille l'abandonna, et une morne lassitude se répandit dans ses membres.

Dans un bruit de tonnerre, des sabots martelèrent l'herbe ravagée de la prairie. Giles, son lieutenant, approchait au grand galop, son glaive levé. D'ici à quelques secondes, le jeune écuyer allait être mis en pièces et rejoindre son maître dans le trépas.

— Halte-là, Giles ! cria Raymond.

Le fracas des armes, les rugissements des soldats et

les lamentations de l'adolescent empêchèrent son ami de l'entendre. Alors, éperonnant son destrier, il le lança en avant afin de couper la route à son compagnon.

Bouche bée, le garçon leva les yeux vers les deux énormes bêtes qui chargeaient dans sa direction.

Raymond se pencha sur le flanc de sa monture, empoigna le petit par le collet de sa tunique et le jeta devant lui, en travers de sa selle. Puis il fit un écart pour éviter de piétiner le cadavre, manquant de peu une collision fatale avec l'étalon de Giles. Et soudain, tandis qu'il assurait sa prise sur le jouvenceau qui glapissait de terreur, une douleur incandescente le pénétra.

Son puissant destrier hennit et détala sur le côté. Il dut déployer toute sa force et son habileté pour contrôler l'animal affolé sans lâcher son protégé, effort d'autant plus grand qu'il ne pouvait bouger sa jambe gauche. La souffrance qui fouaillait ses muscles, aussi vive que la brûlure d'un fer rouge, s'accroissait à chaque mouvement qu'il faisait.

Couvert de sueur, il serra les mâchoires et baissa les yeux : une flèche avait traversé sa cuisse, sa selle et peut-être même atteint son cheval.

— Jésus... Non ! grommela-t-il sourdement.

Sa voix s'éteignit, pendant que l'intolérable torture s'infiltrait de plus en plus profondément dans son corps meurtri.

Tout en luttant de son mieux pour contenir l'adolescent qui se démenait comme un beau diable, il poussa son destrier en lieu sûr. Giles, lui, détalait déjà dans le vain espoir de retrouver l'archer qui avait causé sa blessure, et semait derrière lui des vociférations terrifiantes.

Une autre attaque surprit Raymond sur sa dextre — au niveau de son mollet. La tête en bas, le jeune Gallois actionnait régulièrement son bras droit : à chaque foulée du destrier, il plantait une dague finement aiguisée dans la jambe de son sauveur !

D'un coup de genou, ce dernier cogna rudement le menton de l'impertinent. Les piques cessèrent. Puis il arrêta sa monture à l'abri d'un tertre et jeta l'ingrat à terre. Le garçon heurta le sol avec force, le souffle coupé.

Raymond s'efforça de ralentir les battements effrénés de son cœur. Il se détendit au maximum, afin de combattre la souffrance qui l'étreignait, et apaisa de la voix son destrier tremblant, dont la robe était trempée de sueur.

Arracher cette flèche de sa cuisse serait un supplice digne d'un inquisiteur, il le savait. De tels tourments pour avoir cédé à la pitié ! pesta-t-il en lui-même. La compassion était toujours une erreur.

L'écuyer commençait à se relever.

— Restez où vous êtes ! commanda Raymond d'un ton dur.

Cet ordre figea l'adolescent sur place, et son compagnon l'examina avec stupeur.

Des joues lisses transparaissaient sous la boue, le

sang et les larmes qui les maculaient. De grands yeux verts brillaient entre de longs cils noirs. Un corps mince tremblait sous une tunique dont le haut paraissait étonnamment bien garni.

Gente Marie ! pensa le Normand. Si cette créature était un garçon, il voulait bien être une sirène sortie de la mer.

Orphée renâcla et s'ébroua. Son cavalier serra les dents pour résister à la flèche de feu qui le transperça de la hanche au genou.

— Otez ce capuchon, sacrebleu ! ordonna-t-il d'un ton virulent.

Des doigts fins dénouèrent le lacet qui maintenait la capuche en place, et de longues mèches emmêlées déversèrent leur masse sombre autour d'un ravissant visage ovale. Raymond retint son souffle.

Il ne s'était pas trompé. Il avait affaire à une fille. Une vraie Galloise, dont la beauté fragile avait de quoi étreindre le cœur le plus endurci. Mais le mépris haineux qui luisait dans ses prunelles n'avait rien d'aimable. Il dépassait en férocité ce que le jeune guerrier était accoutumé à lire dans le regard de ses ennemis, et pourtant cette jouvencelle n'avait sûrement pas plus de quinze ans.

L'âge de Meribel, son épouse bien-aimée.

L'idée qu'une donzelle aussi jeune pût se trouver sur un champ de bataille attisa sa fureur et son désir de fuir cet endroit barbare. Les Galloises étaient réputées pour les horribles trophées qu'elles arrachaient aux adversaires de leur camp, tombés au combat.

Son cheval gratta la terre meuble de son sabot, ravivant la douleur qui perforait sa jambe.

— Stupide petite garce ! gronda-t-il. Que pensiez-vous donc faire ? Estimez-vous heureuse que je ne vous rosse pas, pour les tourments que vous me causez !

Dans sa colère, Raymond oublia de rester immobile. Il crispa les mâchoires sous un nouvel assaut de souffrance. Du sang gouttait régulièrement de son étrier.

— Vous le voudriez que vous ne le pourriez pas, rétorqua la friponne d'un ton triomphal. L'archer de lord Talyessin vous a joliment cloué sur votre cheval, comme vous le méritez. J'espère que vous allez mourir. Lentement et cruellement.

Feignant de l'ignorer, le jeune homme promena son regard à l'entour.

La coquine en profita pour se redresser, sa dague serrée dans son poing levé. Aussitôt, Raymond poussa son destrier sur le côté ; d'un coup de garrot, il la renvoya rudement à terre. Les flancs d'Orphée frémirent entre ses jambes, et le supplice qui s'ensuivit embrasa de plus belle la rage qui l'habitait.

L'audace de cette jouvencelle le mettait hors de lui. Enfer et damnation ! Une enfant qui se jetait dans les atrocités de la guerre, c'était pire qu'il ne pouvait supporter.

En fin de compte, se dit-il sombrement, Alonso avait peut-être raison. Son seigneur et frère clamait haut et fort que les Gallois étaient tous fous. Des fous furieux.

Il secoua la tête en contemplant la jolie brunette allongée dans l'herbe, sa main délicate crispée sur son poignard comme s'il s'agissait d'un talisman propre à la protéger contre lui et ceux de son espèce.

Des larmes brouillèrent son regard vert.

— Vermine de Normand ! siffla-t-elle entre ses dents. Vous avez tué mon Owain, vil bâtard ! Vous êtes un assassin !

Raymond l'observait en silence. Une vague de sympathie se mêla à sa douleur et à sa colère, mais il s'empressa de réprimer cette émotion malvenue, propre à saper sa volonté. Il devait déjà à cette jeune diablesse une blessure qui risquait de le laisser infirme. C'était assez.

— Je suis une vermine d'*Anglais*, rectifia-t-il d'un ton rude. Et je serais votre allié, si votre prince possédait une once de bon sens. Sans l'aveugle obstination que vous montrez à nous résister, stupides Gallois, votre ami Owain n'aurait pas eu à mourir, et je n'aurais pas eu à le tuer !

Inspirant à fond, il s'obligea à radoucir sa voix.

— Rentrons chez nous, maintenant. Vous dans votre pays, et moi dans le mien. Comprenez-vous, *Cymraes* ?

La jouvencelle ouvrit de grands yeux, visiblement interloquée par son emploi du terme gaélique qui signifiait tout bonnement « fille de Galles ». Pourquoi le dévisageait-elle ainsi ? se demanda-t-il. Qu'avait-il dit d'extraordinaire ? S'attendait-elle à ce qu'il la prenne en otage ? Il avait mieux à faire que de s'encombrer d'un trophée pareil.

Irrité, il se mordit la lèvre pour réprimer un gémissement de douleur. Les mouvements nerveux de son destrier le mettaient à la torture. Des points noirs dansaient devant ses yeux.

— Je comprends, *Sais,* acquiesça-t-elle enfin avec un calme glacial. Quant à vous, oyez bien ceci : je vous retrouverai un jour pour venger Owain, au moment où vous vous y attendrez le moins.

Le jeune homme sentit son sang affluer à son cou et se félicita que son heaume dissimulât son visage.

Sais. Saxon. Il n'était pire injure dans la bouche des Gallois que ce mot méprisant, qui désignait pour eux ce qui existait de plus bas sur terre : une brute païenne. La belle ingrate n'aurait pu l'insulter plus gravement.

— Comment espérez-vous me retrouver ? rétorqua-t-il d'un ton plein de morgue. Savez-vous qui je suis ?

Elle releva son petit menton en un geste de défi.

— Peu m'importe. Vous et les vôtres, vous êtes tous les mêmes : de vils maraudeurs à double face qui ensanglantent nos frontières au nom du roi d'Angleterre. Je vous retrouverai, soyez-en assuré. Il me suffira pour cela de suivre la horde de vos charognards jusqu'à la forteresse de votre seigneur.

Le heaume de Raymond étouffa un rire sec, tourné

contre lui-même. Batailler avec cette fille, alors qu'il se vidait de son sang, était absurde.

— Dans ce cas, ma dame, bonne chance à vous.

Il leva les yeux vers Giles, qui venait de surgir au sommet du tertre. Le destrier de son imposant lieutenant s'arrêta près d'eux dans un soubresaut, et Raymond grimaça quand son propre cheval s'agita sous lui.

— Tout est fini, messire, annonça le chevalier. Les lièvres de Talyessin rejoignent leurs terriers. Eloignez-vous donc de cette pourriture et laissez-moi soigner vos blessures.

Il décocha un bref coup d'œil à la silhouette allongée dans l'herbe, puis tourna vivement sa tête casquée afin de mieux la jauger.

— Tudieu ! s'exclama-t-il. Une ribaude ? La garce me semble bien téméraire, pour une fille à soldats !

— Vous avez devant vous ma plus farouche ennemie, Giles, déclara Raymond. Une fine guêpe qui a juré ma perte. Assurez-vous qu'elle rejoigne les siens sans encombre. La mansuétude d'un Anglais lui sera un châtiment assez cuisant. Oh ! Et débarrassez-la donc de la pique à viande qu'elle cache sous sa tunique. Je le ferais bien moi-même, mais pour l'heure je suis quelque peu gêné dans mes gestes.

Sans un regard en arrière, le jeune homme détourna sa monture et s'éloigna.

2

Galles du Sud, quatre ans plus tard (1200)

Ceridwen allait et venait devant son père, fort agitée. De grossières jonchées, dénuées de lavande ou de toute autre herbe odorante, crissaient sous ses bottes. La grand-salle de lord Morgan, comme le reste de sa forteresse de Llyn y Gareg Wen, ne témoignait d'aucun raffinement. Les flammes qui éclairaient les murs de pierre faisaient reluire les lances, les épées et les arcs qui y étaient accrochés, prêts à être dépendus à la moindre alerte.

— Non, Da, je ne serai point votre appât ! asséna-t-elle d'un ton virulent. Quand je n'étais qu'un tendron, Dieu est intervenu pour m'épargner un mariage avec un Beauchamp. Et vous voulez derechef, des années plus tard, conclure une alliance avec ces loups sans âme ?

Morgan posa lentement son hanap sur la table en chêne marquée d'entailles. La retenue de son geste donna à sa fille la mesure de son courroux.

— Tais-toi et assieds-toi, petite.

Il riva sur elle toute la force de son pénétrant regard noir, aussi aiguisé qu'une lame.

— Pour une fois, tu feras ce que l'on te dit. Tu m'as déjà désobéi en moult domaines, mais celui-ci n'en fera point partie.

Les lanières de cuir qui garnissaient son siège craquèrent quand il se leva, et reprit pour son compte le va-et-vient que la jeune fille avait interrompu.

Ceridwen se laissa choir sur un tabouret à pieds croisés, en face de son frère aîné Rhys.

La demi-douzaine de têtes brunes qui composaient le reste de la fratrie suivaient le débat avec un vif intérêt, depuis tous les perchoirs disponibles dans la salle. Quand le petit Daffyd grimpa sur les genoux de sa grande sœur, celle-ci caressa ses cheveux noirs et le serra contre elle. Ses cadets avaient encore plus besoin d'elle, maintenant que leur chère maman était morte. Elle ravala la boule de chagrin qui lui nouait la gorge et s'efforça d'écouter avec attention ce que son père avait à dire.

Morgan s'arrêta devant la cheminée et contempla fixement le feu.

— Le défunt baron Beauchamp fut sage de nous offrir la paix, jadis, à travers son plus jeune fils Parsifal. Que le ciel l'ait voulu ou non, le trépas de ce dernier nous a lourdement desservis. Les trois Beauchamp qui restent sont moins sensés que leur père, et ne bénéficient plus de ses conseils avisés ; ils nous harcèlent sans merci, et je ne pourrai leur résister longtemps.

— Da ! supplia la jeune fille.

Son père la fit taire d'un regard sévère.

— Le deuxième, Raymond, possède un peu plus de cervelle que ses frères. Et il est affamé de terres. La nécessité d'équiper sa forteresse de Rookhaven contre nos attaques a vidé ses coffres, l'obligeant à vendre les domaines de sa défunte épouse. En outre, le joug que son aîné et suzerain Alonso lui a passé autour du cou lui cause de vives démangeaisons.

— Et vous voyez en moi le baume qui l'apaisera ?

— Parfaitement !

Le ton farouche de Morgan trancha net l'offensive de sa fille.

— Le nouveau baron Alonso détient en son poing un pouvoir redoutable, dont sire Raymond est la pointe la plus affûtée. Or, son frère le soupçonne de vouloir se libérer de lui… et compte sur mon aide pour apaiser ses désirs de rébellion. Si je n'y parviens pas, Alonso me le fera payer chèrement, ainsi que tous les miens. Il m'a promis que j'aurai à m'en mordre les doigts — et l'aîné des Beauchamp est un maître dans l'art des menaces voilées.

Le sourire sarcastique de son père fit passer des frissons dans le dos de Ceridwen. Elle serra si fort Daffyd que le petit garçon se tortilla pour échapper à son étreinte.

Morgan suivit des yeux son benjamin en quête d'un giron plus accueillant, avant de poursuivre :

— Ce qu'Alonso ignore, c'est que je compte contrôler

son belliqueux cadet en m'alliant à lui. Ainsi, je ferai d'une pierre deux coups : le baron sera tenu à distance par la nouvelle force que je lui opposerai, grâce au soutien de Raymond et du Talyessin ; en même temps, nous tiendrons ledit Raymond à l'œil. *Ton œil*, ma fille.

Son plan exposé, il se rassit.

— Qu'adviendra-t-il si je ne puis supporter la vue de cet homme, son langage barbare ou la férocité de son toucher ? se récria Ceridwen. Comment pouvez-vous exiger cela de moi, alors que la mort d'Owain — tué par l'un de ces vandales — n'est toujours pas vengée ?

Elle serra les poings, enfonçant ses ongles dans ses paumes.

Son beau, son tendre, son loyal Owain, à la fois guerrier et devin. Le jour de son trépas était encore si précis à sa mémoire, avec une clarté si douloureuse... Allongé dans l'herbe verte, il paraissait endormi, mais il y avait tant de sang autour de lui !

Elle revoyait encore l'éclat luisant des yeux de son meurtrier, à travers la fente de son heaume. Un chevalier qui combattait sous la bannière des Beauchamp et qui s'était gaussé d'elle en l'appelant *Cymraes*, comme si elle n'était qu'une créature méprisable et grossière. C'était l'un de ces monstres, que son père voulait lui faire épouser ? Tous les Gallois savaient de quoi les Anglais étaient capables, dans leur cruauté : ils rôtissaient leurs ennemis à petit feu et les dévoraient encore vivants.

Les paupières mi-closes, Ceridwen scruta le visage de Morgan, espérant y voir le signe d'un adoucissement. N'en trouvant point, elle quêta le réconfort de la flûte en ivoire glissée dans sa ceinture, qui lui venait de sa mère.

Elle serra le fin et chaud cylindre dans ses doigts. Si seulement la tendre châtelaine était encore auprès d'elle ! Pour la défendre contre son père... et pour répondre aux mille questions qui la troublaient. Des questions qu'elle ne pouvait poser à Morgan, ni aux hommes qui l'entouraient. Mam était partie avant de lui avoir pleinement révélé les mystères du mariage, et elle n'avait nulle amie pour la renseigner. A dix-neuf ans, alors qu'elle aurait déjà pu enfanter plusieurs fois, elle était mortifiée par son ignorance — qu'elle n'osait avouer à quiconque.

Elle surprit le coup d'œil que son père échangeait avec Rhys, qui se prélassait avec une mâle assurance sur un banc près du feu. Son frère aîné hocha légèrement la tête. Ces deux-là avaient toujours des secrets qu'elle ne parvenait pas à percer, songea-t-elle avec agacement.

D'un geste détaché, Morgan tira sa dague de son fourreau et se saisit d'un silex posé sur la table.

— Tu me crois sans cœur, Ceri, mais je n'ai nullement oublié Owain. Une fois à Rookhaven, tu auras tout loisir de le venger. M'est avis qu'Alonso préférera encore éliminer Raymond, plutôt que de l'avoir comme ennemi déclaré. Les occasions ne te manqueront pas de l'aider dans ce projet. Si jamais quelque incident malheureux survenu de ton fait entre les deux frères aboutissait à la mort de l'un ou de l'autre — ou si ton époux périssait accidentellement de ta main —, nul ne saurait t'en tenir rigueur. Tu n'es qu'une faible femme, après tout, à la merci de passions mal contrôlées.

Il cracha sur la pierre et se mit à affûter sa lame en petits mouvements circulaires.

— Oh, Da ! s'exclama la jeune fille, offusquée par ce qu'il osait suggérer.

La croyait-il réellement capable de commettre un crime de sang-froid, ou de le provoquer ? C'était le meurtrier d'Owain et nul autre, qu'elle voulait châtier. Cela seul, à ses yeux, pourrait la libérer de l'atroce souffrance qui la consumait chaque fois qu'elle pensait à Owain gisant mort dans ses bras. Le reste lui importait peu. Elle n'était pas sûre, cependant, de vouloir épouser un Beauchamp pour se rapprocher de son but.

Son père interrompit son affûtage et lui sourit.

— Tu n'es qu'une candide jouvencelle, pure comme une goutte de rosée, mais malheur à qui ose te tenir tête !

Il décocha un clin d'œil à son fils aîné.

— Je gage que le redoutable seigneur de Rookhaven lui-même tremblera devant tes colères, ma douce. S'il ne se change pas en colombe devant ton éclatante beauté… Qu'en penses-tu, Rhys ?

Le jeune homme se contenta d'un haussement d'épaules.

Mal à l'aise, Ceridwen se trémoussa sur son siège et frotta ses semelles sur le plancher de bois rêche.

Son père se plaisait à lui répéter qu'elle ressemblait à sa mère ; qu'elle avait les mêmes cheveux brillants, d'un noir de jais, et les mêmes yeux dont la couleur changeait au gré de ses humeurs. Mais elle se défiait de ses compliments. Morgan savait se montrer un flatteur éhonté, quand cela le servait.

— Sire Raymond a-t-il déjà accepté cette union ? s'enquit-elle avec crainte.

Morgan lissa ses fines moustaches noires, gloussa et coula une nouvelle œillade rusée vers son fils.

— Cela ne saurait tarder, mon ange.

Rhys gratifia sa sœur d'un sourire malicieux qui dévoila ses belles dents blanches. Les Madog et leur fameux sourire, capable de couvrir les pires traîtrises ! songea la jeune fille ulcérée.

— Tu aimes les chiens, Ceri, n'est-ce pas ? Il te plaira sans doute d'apprendre que sire Raymond voue à son molosse favori une affection plus vive qu'à n'importe quelle femme. Montre-toi gentille avec la bête, et je gage que son maître te laissera en paix.

Ceridwen eut un haut-le-corps.

— Etre tenue en moindre estime qu'un animal, c'est plus de honte que je n'en saurai supporter ! se récria-t-elle, les sourcils noués. Gente Marie ! Comment pourrai-je encore vivre avec moi-même ?

Elle se couvrit le visage de ses mains.

— C'est avec Beauchamp, qu'on te demande de

vivre ! rétorqua son père d'un ton impatient. Cesse de songer à ta personne, ma fille. Ce mariage est important pour moi, pour notre prince et pour tous les *Cymraeg*. Sire Raymond n'est point à traiter à la légère. Il tient ses menaces comme ses promesses. S'il se prend de sympathie pour notre cause, à travers toi, nous aurons tout à y gagner : je préfère avoir sa légendaire violence avec moi que contre moi. En revanche, si tu échoues à le séduire, nous devrons recourir à d'autres moyens — afin d'échapper aux foudres d'Alonso.

Il marqua une pause. Quand il reprit la parole, sa voix se fit doucereuse, et Ceridwen reconnut les inflexions suaves et rusées qu'elle avait appris à redouter.

— Mais j'ai pleine confiance en toi, Ceri. Tu es de mon sang, après tout, et je finis toujours par triompher. D'une manière ou d'une autre. Nul doute que tu sauras suivre l'exemple de ton père.

Il sourit, de ce sourire éclatant et enjôleur qu'il avait légué à tous ses enfants. Puis il essaya le tranchant de sa dague sur une pièce de cuir ; la lame en perfora l'épaisseur sans bruit et sans effort.

Le cœur de la jeune fille se contracta en un nœud familier. *Tu es de mon sang*. Son sang, Morgan l'avait versé en quantité pour les garder en vie. Comme il avait versé celui des Anglais qui menaçaient leur indépendance et leur liberté. A flots. Cette image la fit frémir et lui donna la nausée. La paix était la seule solution pour mettre un terme à ces carnages qui duraient depuis des lustres.

Que pesaient ses sentiments personnels, face à un tel enjeu ?

Elle contempla ses jeunes frères et sœurs, qui rivaient sur elle leur regard attentif, et son cœur se serra plus encore. En dépit de tous ses efforts, pensa-t-elle, elle ne serait jamais à même de remplacer leur mère. La meilleure chose qu'elle pouvait faire pour eux, c'était de les protéger des Beauchamp, quoi qu'il lui en coûtât. Sa vengeance devait passer après.

Elle se redressa.

— Entendu, Da, déclara-t-elle d'une voix ferme. Si cela vous agrée, et si mon sacrifice permet de sauver ne fût-ce qu'une seule vie galloise, j'irai rejoindre cet homme.

— *Quoi ?* Qu'ont-ils fait ?

Raymond bondit sur ses pieds. Le banc sur lequel il était assis se renversa derrière lui, emplissant d'un écho sonore la chambre froide et vide.

Il se pencha par-dessus la table dressée sur des tréteaux et empoigna à deux mains le surcot de son lieutenant. Depuis trois jours, il fouillait bois et forêts à la recherche de son chien-loup. Il n'était pas d'humeur à supporter les prudentes tactiques dont Giles avait coutume de s'entourer pour lui annoncer de mauvaises nouvelles.

— Tout doux, messire. Retrouver Sauveur est une affaire fort simple. Il vous suffira…

— Une affaire fort simple ! tonna le jeune seigneur. Ces maudits Gallois retiennent mon chien en otage, et c'est tout ce que vous trouvez à dire ? Imaginez qu'ils ne le nourrissent pas correctement ! Ou encore qu'il les morde, et qu'ils le frappent pour le punir !

Il inspira à fond, s'efforçant de bannir de son esprit l'image du noble et puissant animal aux mains des sauvages qui l'avaient capturé. Puis il lissa le surcot de son ami et lui donna une pichenette, pour lui indiquer que son accès de fureur était terminé.

— Où le détiennent-ils exactement ?

— Dans une tour abandonnée, à Trefynwy.

Giles lâcha le gigot de mouton qu'il était en train de rogner ; l'os tomba avec un bruit sourd sur son tranchoir imbibé de jus de viande. Le chevalier se lécha alors les doigts un par un. En dépit de sa haute naissance et de ses autres qualités, ses manières de table étaient déplorables, pensa Raymond.

Il porta les yeux vers son lit désert, sur lequel Sauveur avait coutume de dormir.

— Ces rustres cherchent à m'attirer au-delà de la frontière pour me jouer un mauvais tour, déclara-t-il. Quelle rançon ont-ils demandée ?

Giles se racla la gorge.

— Nulle autre que votre venue, messire. Ils vous rendront votre chien… accompagné d'une ravissante donzelle dont vous pourrez user à votre convenance, de surcroît.

— Cessez vos plaisanteries. Parlez franc.

— Je ne fais que cela, assura le chevalier. Lord Morgan possède une fille qui devrait être mariée depuis longtemps. De fait, si j'ai bien saisi, elle a été promise à Parsifal, jadis. Il aimerait vous la donner… comme épouse.

L'information lâchée, il saisit son hanap et but une gorgée de vin. Ce réconfort s'imposait.

Raymond crispa brièvement les paupières, assailli par le vif chagrin que le nom de son frère lui causait toujours bien après sa mort. Percy, valeureux chevalier au cœur tendre et aux tendres années. Si seulement il était rentré des croisades à la place d'Alonso, pour épouser cette Galloise ! Et quelle mouche piquait Morgan ap Madog, tout à coup ? Lui proposer sa fille ! Pis encore : la lui imposer. Il n'avait nul besoin d'une femme. De fait, l'idée de se remarier le révulsait, fût-ce avec la belle Hélène de Troie en personne.

— Non, trancha-t-il durement. Il ne sera pas dit que je céderai à un tel marchandage. Je me contenterai d'abattre leurs défenses pour libérer Sauveur.

Il se mit pourtant à faire les cent pas, les mains nouées dans le dos, fumant de colère. Son adversaire était rusé — et assez puissant pour ne pas être dédaigné. Il devait au moins savoir ce que cachait cet invraisemblable projet. Si le Gallois avait eu recours à un stratagème pareil pour l'obliger à plier, l'enjeu devait être de taille.

— Qu'est-ce que Morgan espère de ce marché ?

maugréa-t-il. Qu'est-ce que Rookhaven aura à y gagner ?

Giles rota bruyamment et essuya de son pouce les commissures de ses lèvres.

— Une trêve qui sera la bienvenue pour tout le monde, répondit-il avec sa bonhomie coutumière. Nous sommes pareils à des loups éclopés au milieu d'un troupeau de moutons plus rusés que des renards. Nous restons le ventre creux, épuisés à force de courir partout sans jamais rien ramener. Si vous faites la paix, vous aurez tous les deux à en bénéficier. Et dans la dot de la belle figure la croisée de Llanmadog..., ajouta-t-il d'un air entendu.

Raymond s'arrêta, impressionné. Depuis des années, il souhaitait contrôler cette région. S'il la possédait, la bordure occidentale de son fief deviendrait sûre. Il pourrait alors consacrer toutes ses forces à son assaut final contre Alonso — le but de son existence. Mais il n'avait nulle place à donner à une femme. Ni dans sa vie, ni dans son cœur. Et moins encore à une épouse.

Il lorgna vers Giles, qui attachait ses épais cheveux noirs avec un lien de cuir. Ce séducteur éhonté semblait capable d'honorer un nombre incalculable de donzelles sans jamais tomber dans leurs filets. Il ne pouvait en dire autant, pensa-t-il sombrement.

Une seule avait compté pour lui. Une seule l'avait capturé, avant de lui porter un coup fatal. Meribel. Jamais dame n'avait été plus passionnément aimée, ni causé plus âpres tourments.

Il pinça l'arête de son nez entre deux doigts.

— A quoi ressemble cette fille mûrissante ?

— Elle est superbe.

Les cheveux tirés de Giles découvraient ses oreilles, qui rougirent de façon éloquente. Le fripon cachait quelque chose. Raymond croisa les bras.

— Superbe, vraiment ? La fortune est avec moi. De quelle couleur sont ses yeux ?

Les joues de son lieutenant s'empourprèrent.

— Je ne l'ai point approchée d'assez près pour la distinguer, marmonna-t-il.

— Et ses cheveux ?

Giles vira à l'incarnat, muet.

— Vous ne les avez pas vus non plus ? Voilà qui me surprend de votre part.

L'irritation de Raymond croissait de seconde en seconde.

— Est-elle grande, petite, sèche comme un échalas, ou plaisamment gironde ? Jaune comme un coing, ou blette comme une poire trop faite ? De quelle anomalie souffre-t-elle, pour que son père soit contraint de la troquer contre un chien ?

Comme le silence du chevalier se prolongeait, son seigneur courroucé hocha la tête, les paupières plissées.

— Laissez-moi deviner, grigou que vous êtes. Vous avez arrêté votre cheval devant leurs grilles et conduit cette farce depuis votre selle, sans même descendre de votre monture ! Vous n'avez nulle preuve que Sauveur est encore vivant !

Giles se décida enfin à parler.

— Je sais de source sûre que la donzelle est aussi belle et douce qu'un ange, rétorqua-t-il d'un ton indigné. Que vous faut-il de plus ? J'ai appris de surcroît qu'elle aime beaucoup les chiens, et n'eût jamais permis que le moindre mal fût fait à votre molosse. Etes-vous satisfait ?

— De source sûre ? releva Raymond, sarcastique. Quelle source, au juste ? Une pastourelle allongée sur le dos, ses jupes remontées jusqu'à la taille ?

Son lieutenant reprit un air confus.

— A dire vrai, je…

Le jeune homme pinça les lèvres.

— Vous ne changerez jamais, Giles. Nous savons tous deux en quelles parties de votre anatomie réside votre raisonnement.

— Oui-da. Vous pouvez parler, messire ! Depuis combien de temps ces parties-là ne vous ont-elles point servi ? Serait-ce leur repos forcé, qui vous rend si irritable ?

Sur ces mots, le chevalier planta son poignard dans un morceau de viande et le considéra avec gourmandise, à croire qu'il voyait un chapon doré et dodu à la place de la plate épaule de mouton, dure et froide.

Raymond le dévisageait fixement, piqué à vif par sa remarque. L'habitude lui fit crisper les doigts sur le pommeau de sa dague. Parmi son entourage, Giles n'avait pas son pareil pour le provoquer — à l'exception peut-être d'Alonso. Il décida finalement de passer outre à cet affront, et de tourner l'offense en dérision.

— Vous me voyez marri de ne point rivaliser avec vous en ce domaine, mon ami, mais je ne saurais me contenter des restes que vous laissez derrière vous. Allons-nous parler sérieusement, maintenant, et songer à négocier avec ces barbares pour obtenir la restitution de mon chien ?

— A votre guise, messire, marmonna Giles.

Sa mine penaude offrit une légère compensation à son seigneur, qui se courba pour redresser le banc renversé. Il le remit sur pied à grand bruit.

— Il faut cependant que je vous dise autre chose…, reprit le chevalier d'un ton hésitant.

— Quoi donc ?

— Eh bien… L'oncle de la jouvencelle se nomme Talyessin.

— Et alors ? Les Galles grouillent de gens qui portent ce nom.

— Je veux parler *du* Talyessin.

Raymond battit des cils, le temps d'absorber l'information. Elle n'était pas mince. Comment avait-il pu ignorer un élément aussi capital de l'engagement de son défunt frère ? se demanda-t-il. De fait, l'explication était simple : à cette époque, il était occupé ailleurs. Occupé à rester en vie sur un champ de bataille français.

Le Talyessin. Ce puissant prince gallois manœuvrait depuis le nord de son pays pour le régenter en totalité.

C'était à l'un de ses redoutables archers, que Raymond avait dû la blessure quasi fatale qui l'avait cloué au lit un été entier. La plaie s'était infectée. L'odeur pestilentielle avait chassé de sa chambre la délicate Meribel, qui s'en était allée quérir ailleurs réjouissances plus agréables. Maintenant encore, les muscles meurtris de sa cuisse l'obligeaient à ménager sa jambe.

— Talyessin approuve-t-il cette union, ou s'agit-il d'un dessein propre à Morgan ? s'enquit-il d'un ton crispé.

Il ne pourrait échapper à ce mariage, il le savait, s'il y était acculé par la coalition des deux chefs gallois. Seul contre eux, il ne serait pas en mesure de leur résister ; surtout avec Sauveur entre leurs mains.

Après tout, se dit-il, il ne serait pas le premier à troquer sa personne contre un chien-loup d'une valeur aussi inestimable. Des hommes beaucoup plus importants que lui, faits prisonniers et condamnés à mort par leurs ennemis, avaient racheté leur vie en offrant en échange des bêtes de cette race.

Giles essuya ses doigts graisseux sur le devant de son surcot.

— Il est d'avis, comme lord Morgan, que vous convaincre de conclure une alliance avec eux ne pourra que servir leurs intérêts.

— Une alliance arrachée par la traîtrise, et fondée sur la duperie ! grommela Raymond. Cela ne sert nullement les miens. La seule chose qui me console dans ce projet, c'est l'idée que mes nouveaux arrangements domestiques feront verdir de rage mon tyran de frère.

Il frotta la tête sculptée d'un cavalier de pierre, l'une des pièces posées sur l'échiquier qu'il avait fait graver à même la table, et soupira.

— Je vais accepter leur marché. Mais si cette fille me cause le moindre ennui, elle retournera d'où elle vient, je m'en porte garant !

— Certes, approuva Giles avec un large sourire. Toutefois, j'en serais fort surpris ; je gagerais plutôt qu'elle sera aussi souple à manier que du beurre frais, entre vos mains.

Un coup discret fut frappé à la porte. Les sourcils de Raymond se froncèrent.

— Quoi, encore ? bougonna-t-il.

D'une voix sonore, il lança :

— Entrez !

Blanche, sa cousine par alliance, glissa un œil prudent dans la chambre. Comme toujours, sa chevelure était dissimulée avec modestie sous le voile de mollequin qui tombait de sa coiffe. Elle était vêtue d'un bliaud de drap roux dénué de tout ornement, dont la simplicité conférait à sa fine silhouette plus de grâce et d'élégance que de riches atours.

— Pardonnez-moi, messire, j'ignorais que vous étiez occupé, déclara-t-elle en français.

Elle plongea dans une profonde révérence et s'apprêta aussitôt à faire demi-tour.

— Un instant, ma dame.

Lorsqu'elle releva la tête, Raymond lut dans son beau regard gris qu'elle était fort nerveuse en sa présence. Veuve sans fortune, nantie d'une petite fille, Blanche était venue lui demander asile afin de fuir les manigances de sa belle-mère. Il avait accepté de la recueillir tant par égard pour son défunt cousin que par pitié pour la jeune femme, car il ne connaissait pire mégère que sa tante Clarisse.

Il résolut de la mettre à l'aise.

— Prenez place, je vous en prie, dit-il en lui désignant son propre siège placé près de la cheminée.

Blanche hésita, puis s'installa avec embarras dans le lourd fauteuil de chêne. Giles suivait chacun de ses gestes d'un regard brûlant.

— Dites-moi ce qui vous amène, reprit Raymond. Je suis à votre service.

Il ne souriait pas, mais son ton était amène, et il évitait de la dominer de sa hauteur.

— Oh, ce n'est qu'une broutille qu'il vaudrait mieux remettre à une autre occasion, répondit la jeune femme, les doigts crispés sur les bras du fauteuil comme si elle était pressée de s'enfuir.

Raymond ne fut nullement surpris quand son galant lieutenant, ayant empli un hanap de vin, l'offrit à la belle veuve en lui dédiant une courbette des plus courtoises. Blanche fut contrainte de lâcher prise pour accepter son présent.

Le jeune seigneur se racla la gorge.

— S'agirait-il encore de votre petite Bree ? s'enquit-il.

Seuls les tracas qu'elle vous cause peuvent être qualifiés de broutilles, dans ce château. Les autres sont loin de mériter ce terme.

De fait, l'espiègle blondinette était une vraie tornade d'énergie, toujours en quête d'une nouvelle sottise. Elle désespérait sa mère par sa conduite et suscitait la constante inquiétude de Raymond ; il se demandait même, quelquefois, si des sorcières malfaisantes n'avaient pas remplacé l'enfant de son cousin par une diablotine, alors qu'elle était encore au berceau. Sous ses airs candides, Bree était capable de provoquer quantité de désastres effarants.

Comme si elle avait lu dans ses pensées, Blanche détourna son regard, confuse. Raymond s'empressa de la rassurer.

— Peu importe. Ainsi que vous le disiez, nous en parlerons plus tard. Pour l'heure, je souhaiterais avoir votre avis sur le sujet dont nous discutions à votre arrivée.

Sa cousine le dévisagea de nouveau, attentive. Une vive intelligence brillait dans ses yeux clairs.

— Sir Giles estime que je devrais me remarier.

La pâleur subite de la jeune femme alarma les deux hommes. Giles bondit vers elle pour saisir le hanap qui glissait de ses doigts inertes.

— Je vous demande pardon, ma dame, précisa hâtivement Raymond, blessé malgré lui par une réaction aussi vive. Je ne voulais pas dire par là que vous étiez… l'élue désignée.

Il avait failli employer le terme de « victime », par dépit, mais s'était ressaisi à temps. Ses sarcasmes n'arrangeraient rien.

Visiblement soulagée de n'être point l'objet de ce mariage, Blanche reprit le gobelet et avala plusieurs gorgées de vin qui lui rendirent aussitôt ses couleurs.

— Je vous laisse parler, Giles, déclara le jeune seigneur d'un ton bref.

Il se planta devant le feu, les yeux rivés sur les flammes, pendant que son lieutenant exposait la situation. Susciter la terreur lui déplaisait — quand il avait affaire à une femme. C'était pourtant chose courante, et cela pouvait se comprendre. Pour Blanche, comme pour les autres, il était celui qui avait tué Meribel. Toutefois, quoi qu'elle pensât de lui, il respectait sa cousine. Toute personne ayant survécu aux féroces intrigues de la famille Beauchamp méritait la considération.

Blanche écoutait Giles en silence, se contentant de temps à autre de murmurer son approbation. Le fringant chevalier profitait de façon éhontée de l'avantage qui lui était donné. Assis à son côté, il prenait de savantes libertés — lui effleurant la main ou se penchant vers elle d'un peu trop près. La jeune veuve en paraissait vivement affectée. Elle rougissait et s'écartait à chacune de ses avances.

Raymond les observait à la dérobée, et son irritation grandissait.

— M'est avis que lady Blanche en sait assez, maintenant, coupa-t-il au bout d'un moment. Que dites-vous de tout cela, ma dame ?

Plus que son opinion, il souhaitait surtout la mêler à ses affaires pour l'aider à se sentir chez elle sous son toit. Encore fallait-il que ce diable de Giles la laisse en paix, maugréa-t-il en lui-même.

— Bien que le célibat me paraisse un état préférable à nul autre, répondit Blanche en décochant un regard éloquent au chevalier, le mariage est aussi nécessaire, car voulu par Dieu. Dans votre cas, messire, il me semble présenter maints avantages, le retour de Sauveur n'étant pas le moindre des bienfaits à en attendre. Cependant… qu'en est-il de la jeune fille en cause ? A-t-elle déjà accepté cette union ? Y consent-elle de son plein gré, ou y est-elle forcée ?

Pendant qu'elle portait son hanap à ses lèvres, Raymond se frotta le menton d'un geste irrité. Se voir rappeler que sa future promise répugnait peut-être à l'épouser lui était fort désagréable.

— Quelle différence cela fera-t-il ? rétorqua-t-il rudement. Vous l'avez dit vous-même, elle n'est qu'une mince partie du marché.

Les pommettes de Blanche se teintèrent d'un rose vif qui n'était pas dû qu'au vin du Rhin, il l'aurait gagé.

— Une différence dont vous aurez à vous repentir chaque jour, messire, assura-t-elle d'un ton ferme. Pour ne pas dire chaque nuit.

Elle jeta un bref coup d'œil à Giles et acheva de

vider son hanap, comme effrayée par sa propre effronterie.

— Quelle que soit sa position, je m'y ajusterai de manière à être satisfait, répondit Raymond.

— Voilà qui me semble fort judicieux, approuva son lieutenant, jouant avec malice du double sens que pouvait prendre une telle affirmation. Toutefois, en matière de positions, j'espère que vous ne négligerez pas non plus la satisfaction de votre dulcinée, au profit de votre plaisir mutuel, ajouta-t-il en rivant sur Blanche un regard faussement innocent.

Les yeux de la jeune femme, qui brillaient d'un éclat un peu trop vif, s'élargirent démesurément. Elle hoqueta et s'étrangla, pour la plus grande joie de Giles qui s'esclaffa bruyamment.

Raymond serra les mâchoires, la mine courroucée. Quelles que fussent les circonstances, il pouvait toujours compter sur son lieutenant pour enivrer une gente dame — qu'il eût cru plus sage — et l'esbaudir de ses plaisanteries licencieuses. Ces deux-là lui donnaient la nausée.

Retrouver Sauveur était la seule chose qui lui importait, se dit-il avec colère. Le reste, l'enfer pouvait bien en faire son affaire.

3

— Avez-vous entendu ?

Un doigt sur les lèvres, Rhys arrêta son cheval au milieu du sentier ombreux sur lequel il guidait sa petite troupe. Ceridwen secoua la tête en signe de dénégation, mais la peur aiguisa aussitôt tous ses sens.

La forêt isolée qu'ils traversaient avait quelque chose de sinistre et d'inquiétant, comme si les montagnes environnantes n'attendaient qu'une occasion pour se débarrasser de voyageurs indésirables.

Regroupés en énormes bosquets, des bouleaux géants agitaient leur cime frémissante dans la brise, qui apportait jusque-là de légers relents marins. Dans les endroits dépourvus de végétation, des fragments déchiquetés de roche noire, couverte de lichen, se tendaient vers le ciel en d'étranges postures.

Les Montagnes Noires étaient connues pour les bandes de hors-la-loi qui se cachaient parmi leurs pics accidentés. Ces brutes tuaient sans le moindre scrupule ceux qui passaient à leur portée, qu'ils fussent des Gallois ou des Anglais.

Rhys conduisait la douzaine d'hommes qui escortaient

sa sœur vers la forteresse de Raymond de Beauchamp. Ce dernier aurait dû la ramener avec lui de Trefynwy. Or, dès qu'il avait repris possession de son chien — et empoché le pacte qui lui attribuait les terres de sa promise —, il était reparti aussi brusquement qu'il était arrivé, sans même la rencontrer.

Sur le moment, en dépit de l'insulte qui lui était faite, Ceridwen s'était sentie soulagée d'échapper pour quelque temps encore à l'attention de ce rustre. Mais elle craignait à présent pour la sécurité de ceux qui l'accompagnaient.

— Voilà que cela recommence, murmura Rhys.

Lourdement équipés d'arcs et de glaives, les gardes se tournèrent sur leur selle pour regarder autour d'eux, puis se regroupèrent prestement autour de la jeune fille. Ceridwen sursauta quand une nuée de passereaux surgit à grand bruit des épaisses frondaisons situées sur leur gauche.

— Attendez…, chuchota-t-elle.

Un sifflement transperça l'air, suivi d'un choc sourd. Le cheval qui se trouvait entre elle et la forêt poussa un hennissement strident et fléchit sur ses jambes, heurtant sa haquenée qui vacilla et perdit l'équilibre.

Alors que sa monture s'abattait sur le flanc, Ceridwen se dégagea prestement de ses étriers et sauta de l'autre côté. Elle atterrit sur le sol dans un tourbillon d'étoffes. Son crâne heurta quelque chose de dur, des éclairs rouges et blancs explosèrent derrière ses paupières crispées. Autour d'elle, les hommes criaient et les chevaux hennissaient.

— Ils ont des arbalètes, Rhys ! Vite, milady, relevez-vous !

Sir Dylan, un chevalier au service de Morgan, agrippa sa jeune maîtresse par une main, la hissa rudement derrière lui et détala au grand galop. Ceridwen n'eut d'autre choix que de se cramponner à lui. Elle avait le tournis et le cœur dans la gorge. Pourtant, elle eût tout donné pour se battre ; à ses yeux, attendre avec terreur le moment où elle serait tuée était bien pire que de mourir en pleine action.

— Laissez-moi, Dylan ! implora-t-elle. J'aimerais mieux vous aider que d'aller me cacher !

Son compagnon ne répondit pas. Il continua à vive allure pendant un bon moment, avant de s'arrêter enfin près de fourrés touffus — fort loin du sentier qu'ils avaient perdu de vue depuis longtemps.

— Soyez raisonnable, milady. Glissez-vous dans ces buissons, n'émettez pas un son et ne remuez pas un muscle tant que l'un de nous ne reviendra pas vous chercher. Me le promettez-vous ?

Il la fit glisser à terre, mais retint sa main dans la sienne et scruta son regard vert.

— Jurez-moi sur la tombe de votre mère que vous ne me suivrez point, insista-t-il.

Comme Ceridwen hésitait, il accrut fortement la pression de ses doigts. La jeune fille grimaça et céda.

— Je le jure, Dylan, mais…

Sans écouter ses protestations, le chevalier repartit en trombe vers le lieu de l'embuscade. Maudissant l'obstiné, Ceridwen chercha sa dague — et ne trouva qu'un fourreau vide. La panique la saisit. Elle s'empressa de vérifier l'autre étui de cuir fin qu'elle portait à la taille. Lorsqu'elle sentit sous ses doigts le tube lisse et chaud de sa flûte, elle respira aussitôt beaucoup mieux, malgré la douleur qui lui étreignait le crâne et la nausée qui lui soulevait l'estomac.

Elle se résigna alors à honorer sa promesse, et s'enfila au milieu des ronces pour y attendre celui qui viendrait la chercher. Des crampes assaillirent très vite ses mollets, mais elle ne pouvait bouger à cause des épines qui se plantaient en maints endroits sensibles de sa personne. Par moments, des vertiges la submergeaient. Impuissante, elle vit une araignée descendre au bout d'un fil juste devant son nez. Le temps s'écoulait avec une lenteur mortelle, mais Dylan ne reparaissait toujours pas.

A la longue, l'impatience et l'inquiétude la gagnèrent. Fi de son serment d'obéissance ! Elle était une femme, pas une souris apeurée. Elle se libéra avec précaution des ronces qui l'entouraient et se redressa — trop brusquement. Des étoiles dansèrent devant ses yeux, elle bascula en avant.

Quand elle revint à elle, sa tête la faisait atrocement souffrir. Le jour touchait à sa fin. D'une main molle, elle chassa une mouche qui bourdonnait autour de son nez. Il fallait qu'elle retrouve Rhys et les autres. Qu'elle s'assure s'ils étaient tous vivants.

Elle se leva, reprit la direction du chemin en chancelant d'un tronc à l'autre. Le crépuscule, qui répandait sa quiétude sur la forêt, emplissait l'air d'une brume bleutée. Bientôt, le calme qui l'environnait parut terriblement oppressant à la jeune fille. Il contrastait beaucoup trop à son gré avec les faibles rumeurs de bataille qu'elle avait pu discerner quelque temps auparavant.

Elle continua à avancer, prête à détaler entre les arbres si elle entendait quelqu'un. Alors qu'elle atteignait le sommet d'une butte, elle découvrit au-dessous d'elle l'endroit où s'était produite l'attaque. Il était vide. Il ne restait plus rien, ni un homme, ni un cheval, ni une arme. Elle dévala la pente et s'arrêta dans une glissade au milieu du sentier désert. Avec frénésie, elle se mit à fouiller les lisières du bois. Puis, contre toute prudence, elle appela — criant le nom de son frère, de ses gardes et même des chevaux.

Seul le silence lui répondit. Ils avaient disparu comme par enchantement, à croire qu'un monde magique les avait tous engloutis ou que les fées les avaient rendus invisibles.

Ceridwen revint sur le sentier et l'examina de nouveau, déterminée à ne pas céder à l'affolement et à ne pas pleurer.

A première vue, dans la lumière pâlissante, la terre boueuse ne montrait qu'un entrelacs de piétinements et de marques de sabots. Mais quand la jeune fille s'accroupit pour tâter le sol froid et humide, elle se rendit compte que ses doigts étaient maculés de taches d'un rouge sombre.

Du sang. Elle déglutit avec peine, tandis que l'horrible vérité s'insinuait en elle. Si on l'avait abandonnée, c'était parce que Dylan était mort — ou si grièvement blessé qu'il n'avait pu indiquer à Rhys l'endroit où elle était cachée. Peut-être que son frère et les autres l'avaient cherchée, appelée, et qu'évanouie elle n'avait pas entendu leurs cris ! Quoi qu'il en soit, elle était livrée à elle-même, maintenant. Et elle ne voyait qu'une manière honorable de se tirer de cette ornière : marcher vers l'est, vers les terres du seigneur qu'elle était tenue de rejoindre.

Des jours plus tard, Ceridwen était assise au bord de la route poussiéreuse, le dos appuyé à un arbre. Des ampoules cuisantes entamaient ses pieds, mais c'était la seule partie de sa personne qu'elle sentait encore. Le reste de son corps, ainsi que son esprit étaient engourdis par l'épuisement.

La forêt, finalement, s'était révélée une amie pleine de mansuétude. Elle lui avait fourni assez de baies et de glands pour survivre. Une source bénie l'avait rafraîchie et désaltérée de son onde claire. Le tronc creux d'un châtaignier lui avait prodigué un abri. Mais elle avait tant marché, tant chancelé, subi tant de secousses sur des chars à bœufs qu'à présent elle était rompue. Rompue à ne plus pouvoir pleurer, et moins encore épouser qui que ce fût.

Le triste état dans lequel elle se trouvait l'avait sans doute sauvée. Parmi les serfs et les vilains qui lui avaient prêté assistance, aucun ne l'avait vraiment regardée. Elle avait persévéré, déterminée à achever la mission dont son père l'avait chargée. En se répétant, farouchement, que Rhys et ses compagnons étaient toujours en vie.

Un bruit de sabots et des rires la firent se lever. Elle maudit sa courte vue, qui l'obligea à plisser les paupières afin de distinguer la brillante cavalcade qui approchait. Des chevaux s'ébrouaient, des joyaux étincelaient, une bannière déployée montrait un cerf blanc — l'emblème de la famille Beauchamp.

Un gentilhomme d'une beauté extraordinaire était campé sur un grand coursier noir, un faucon encapuchonné sur son poing gauche. Ses cheveux blonds, coupés court et droit, contrastaient avec ses sourcils noirs et sa peau hâlée. Son mantelet lie-de-vin avait l'éclat luisant du velours, et la bordure d'hermine qui le frangeait frémissait dans le vent. Il tenait la bride de sa monture avec une élégance détachée, le menton haut, sans accorder un seul regard à la piétaille qui l'entourait.

Il ne pouvait s'agir de son promis ! pensa Ceridwen décontenancée. Son père ne lui aurait tout de même pas caché qu'elle devait épouser un homme aussi resplendissant ? Et néanmoins… serait-ce lui ?

Non, apprit-elle peu après. Les gens pressés sur son passage se signaient en grommelant son nom : Alonso le Bel.

Ce magnifique seigneur n'était autre que le sinistre baron dont les soldats massacraient régulièrement son peuple. Alonso de Beauchamp. Son futur beau-frère.

Ceridwen crispa un peu plus les paupières et tenta en vain d'avaler sa salive. Sa gorge était parcheminée.

L'Anglais et sa suite continuèrent leur chemin dans la plus parfaite indifférence. Si ce village appartenait à Alonso, se dit la jeune fille, elle ne devait plus être très loin de Rookhaven, le fief de sire Raymond. Elle frissonna en se remémorant le surnom que les Gallois donnaient à ce dernier : *Carrog Dhu*, le Dragon noir. Moins pervers que son frère, à ce que l'on disait, mais beaucoup plus brutal.

Son redoutable promis avait peut-être cessé de l'attendre, maintenant. Néanmoins, elle n'avait d'autre recours que de le rejoindre et se livrer à sa merci — pour autant qu'il en eût. Elle tenait à faire savoir à son père, le plus vite possible, qu'elle était vivante ; et elle voulait connaître le sort de Rhys et de ses hommes.

Les gargouillis et les crispations de son estomac vide interrompirent ses réflexions. Elle passa la langue sur ses lèvres, n'y trouva qu'un goût de sel et de poussière. Avec envie, elle regarda les villageois qui se dispersaient pour rejoindre leurs chaumines où les attendait un repas chaud.

Soudain, elle découvrit devant elle un petit garçon

qui la dévisageait avec curiosité, ses grands yeux bleus écarquillés. Ceridwen lui sourit et s'accroupit à sa hauteur. La mère de l'enfant accourut sur-le-champ et le souleva vivement dans ses bras.

— Hors d'ici, ribaude ! siffla-t-elle d'un ton haineux. Laissez donc en paix les bonnes gens ! Ouste ! Déguerpissez !

Quelques manants s'arrêtèrent pour observer la scène. Ils parlaient à voix basse. La malveillance qu'ils avaient témoignée à leur seigneur un moment plus tôt était maintenant dirigée sur elle, constata la jeune fille, le cœur serré.

Un jeune garçon se courba pour ramasser une poignée de pierres. Arguer de son rang ne lui servirait à rien, se dit-elle avec autant de crainte que d'amertume. Ces Anglais pleins de hargne éprouvaient clairement le besoin de se défouler sur quelqu'un de plus faible qu'eux, qui ne pourrait leur rendre leurs coups. Elle se fraya un chemin entre les groupes menaçants. Les regards hostiles qui pesaient sur elle laissaient deviner que ces gens ne garderaient pas longtemps le contrôle d'eux-mêmes.

Alors qu'elle allongeait le pas, quelque chose siffla à son oreille et un objet dur l'atteignit dans le dos. Un réflexe de sauvegarde la poussa à ôter sa mante, qu'elle jeta sur le côté. Elle serait plus à l'aise pour courir ; en outre, ses poursuivants se satisferaient peut-être de ce beau vêtement, se dit-elle.

Fuyant les sarcasmes et les huées, Ceridwen coupa

à travers un champ labouré afin de rejoindre les bois. Pour l'heure, c'était le seul abri qu'elle pouvait espérer. Les arbres étaient vieux et majestueux, leurs troncs épais et torturés. Dans sa course, elle soulevait des tourbillons de feuilles cuivrées et pourprées. Des buis, des aulnes, des chênes et des tilleuls agitaient leurs ramures dans la brise fraîchissante, comme pour l'attirer dans leur ombre protectrice.

Un sentier se perdait dans les profondeurs de la futaie. Hors d'haleine, la jeune fille ralentit et chercha à s'orienter. Mais la panique l'habitait toujours. Toutes ses peurs, ses souffrances et ses incertitudes des jours passés resurgissaient, plus vives que jamais, la submergeaient sous une tempête d'émotions qui la dévastait et qu'elle ne parvenait plus à contrôler.

Empoignant ses jupes, elle se remit à courir. Des branches la fouettaient, écorchant son visage, s'accrochant au drap vert de son surcot. L'ourlet de sa cotte vermeille, déjà fort souillé, s'alourdissait de boue. Elle courait pour fuir le chagrin qui menaçait de l'anéantir. Rien d'autre ne comptait que de dépasser sa détresse, afin de la semer derrière elle et de lui échapper.

Son souffle brûlant lui râpait la gorge, son sang battait douloureusement à ses tempes. Elle courrait ainsi jusqu'à ce que son cœur éclate et la libère de tout lien terrestre, se disait-elle. Alors, peut-être, Dieu accepterait-il de lui pardonner l'âpre désir de vengeance qu'elle entretenait follement depuis la mort d'Owain, et l'accueillerait-il dans son paradis.

Elle fonçait droit devant elle, aveuglée par les larmes qui s'ajoutaient à sa mauvaise vue. Soudain, elle heurta de plein fouet un obstacle qu'elle n'avait pas discerné à temps. Ce n'était pas un tronc, s'avisa-t-elle avec terreur. Des bras puissants s'étaient refermés sur elle, l'enveloppaient d'une horrible odeur de suint ranci, de cervoise aigre et des relents d'un corps mal lavé.

— Holà ! s'exclama un robuste gaillard. Qu'est-ce qui nous tombe ainsi du ciel ?

Il adossa Ceridwen à un arbre voisin, l'emprisonna entre l'écorce et sa silhouette massive.

Le souffle coupé, la jeune fille leva les yeux et découvrit une face rubiconde et transpirante — beaucoup trop proche de son propre visage. Son cœur se décrocha.

Les bêtes féroces étaient une chose. Les hommes bestiaux en étaient une autre, plus redoutable encore. Elle lutta pour se dégager.

L'homme sourit largement, découvrant des dents écartées. L'écorce rêche s'incrustait dans le dos de Ceridwen.

— Laissez-moi partir ! ordonna-t-elle. Je… je porte un message urgent à ma dame. Vous regretterez de m'avoir retardée, c'est moi qui vous le dis !

Pour sa part, elle regrettait vivement son peu d'aptitude à mentir. Sans parler de son imparfaite maîtrise de l'anglais.

— Votre dame ! répéta le gaillard d'un ton railleur. Voilà qui m'étonnerait grandement, ma belle, car il n'existe nulle dame dans ces parages. Et où est donc ce message ? L'avez-vous caché sur votre accorte petite personne ?

Il tendit une main vers la poitrine de Ceridwen, qui se courba aussitôt et tenta de passer sous son bras levé. L'homme la rattrapa prestement par ses longues mèches brunes et la plaqua derechef contre l'arbre, avec une rudesse qui lui arracha une plainte. Son pauvre crâne, déjà fort malmené, rebondit contre le tronc dur. Elle déplora la coquetterie qui l'avait toujours retenue de couper ses cheveux, à l'instar de bon nombre de Galloises.

— Où allez-vous comme ça, ma jolie ? Je n'en ai pas fini avec vous, susurra le rustaud d'une voix mielleuse.

Ses gestes l'étaient moins. Une paume graisseuse glissa sur la joue de Ceridwen et se referma avec force sur son cou. De son autre main, l'homme releva adroitement ses jupes et remonta le long de sa cuisse, tandis qu'elle étouffait sous la pression de ses doigts. Elle eut soudain la certitude qu'il n'agissait pas ainsi pour la première fois.

— Es-tu prête pour moi, ribaude ?

Des doigts charnus pétrirent le fessier de la jeune fille. Des taches noires se déployèrent devant ses yeux, s'élargirent, se fondirent les unes dans les autres. Elle cherchait désespérément à respirer, à frapper son agresseur du genou. Alors qu'elle détournait son visage avec dégoût, il lâcha son cou pour s'emparer d'un sein et se mit à rire.

— Te croirais-tu trop bonne pour moi ? Je vais te faire ravaler ton orgueil, ma fille ! Tu vas filer doux, sois sans crainte.

Ceridwen inspira profondément, courba la tête et mordit son poignet de toutes ses forces. Des tendons roulèrent sous ses dents. Le gaillard brailla, la saisit à deux mains par le cou et la souleva. Il voulait l'étrangler pour de bon, cette fois. Les pieds de la jeune fille ne touchaient plus terre. Elle s'efforçait de les lancer contre son agresseur, mais ses jambes inertes refusaient de lui obéir.

Elle ferma les yeux. Elle allait mourir. De l'air, Dieu tout-puissant ! De l'air ! supplia-t-elle en elle-même.

Soudain, une voix d'homme résonna non loin de là.

— Passez votre chemin, messire. Nous avons réussi à éviter Alonso jusqu'ici, ce n'est point le moment de nous attarder pour une amusette.

— Filez donc, je ne vous retiens pas ! rétorqua sèchement quelqu'un d'autre.

Ces voix viriles, étrangères, ne parvinrent que faiblement à Ceridwen qui luttait pour sa vie. Un grondement de sabots fit trembler le tronc qui la supportait. A travers le vacarme qui emplissait sa tête, elle distingua un rugissement abominable. Puis son tourmenteur grogna, et ses mains la lâchèrent.

Au même instant, elle sentit une douleur fulgurante lui transpercer le ventre, juste au-dessous des côtes. Elle chut sur le sol aussi mollement qu'un sac de farine.

Alors, avec gratitude, elle inhala de longues goulées d'air frais. Jamais le simple fait de respirer ne lui avait paru si doux. Mais la souffrance cuisante qui lacérait sa chair la força à s'arrêter. Elle se recroquevilla sur elle-même et frémit, crispant les paupières pour retenir ses larmes.

Soudain, une main se glissa sous son cou et souleva sa tête avec douceur. Ceridwen se débattit tant qu'elle put, jusqu'à ce qu'une autre main se pressât fortement sur son ventre, à l'endroit qui lui faisait si mal. Elle gémit, ouvrit les yeux — et découvrit le regard d'un inconnu rivé sur le sien.

Un regard de silex, froid et bleu. Un immense soulagement la submergea. Ce n'était pas l'homme qui l'avait attaquée. Celui-ci avait l'expression implacable… d'un noble. D'un noble *anglais*, pensa-t-elle avec effroi. Et non des moindres, apparemment… Elle se raidit, tandis que les traits de son compagnon gagnaient en netteté.

Quel dommage qu'un si beau visage appartînt à un ennemi, songea-t-elle encore malgré son épouvante. Ses cheveux étaient dissimulés par sa coiffe de mailles, mais il avait des cils et des sourcils drus et sombres. Une barbe cuivrée ombrait la ligne franche de sa mâchoire. Son nez droit n'avait pas été cassé, il avait la peau lisse et sa bouche généreuse était bordée de chaque côté par un petit nœud de muscles. C'était une bouche faite pour sourire, mais il la maintenait fermement serrée.

— Pardonnez-moi, damoiselle. Je vous ai blessée sans le vouloir.

Il avait une voix grave, au timbre profond — et pourtant totalement dénuée de chaleur.

— Ble… blessée ? Comment ? balbutia Ceridwen.

Elle abaissa les yeux sur son ventre, à la fois incrédule et horrifiée. Une tache sombre s'élargissait sur le drap de son surcot, un liquide rougeâtre suintait entre les doigts gantés de cuir du jeune homme. Elle se sentit défaillir.

— Oh, j'ai mal ! geignit-elle. Tellement mal…

Il lui prit la main et la pressa sur l'étoffe mouillée, à la place de la sienne. Terrifiée, elle sentit un trou dans le tissu — et un autre dessous, dans sa chair. Ce n'était pas possible ! pensa-t-elle avec horreur. Une telle chose ne pouvait lui arriver !

Son affolement grandit de plus belle quand elle vit le chevalier s'agenouiller près d'elle et tirer sa dague de son fourreau. Elle eut envie de hurler de frayeur, mais elle s'y refusa, par fierté.

— Non, ne faites pas cela ! implora-t-elle dans un murmure enroué, en effleurant son genou de sa main libre. Pas tout de suite. Je ne me suis pas confessée.

— Que dites-vous ? Parlez français, ou anglais !

Les sourcils froncés, il chassa d'un geste irrité la main de Ceridwen. Puis il défit son ceinturon, le posa par terre et ramena un pan de son surcot devant lui.

La jeune fille comprit qu'elle avait parlé en gaélique,

sans s'en rendre compte. Elle s'efforça à grand-peine de s'exprimer en anglais.

— Le coup de grâce ! souffla-t-elle. Attendez... pour me le donner, je vous en prie. Suis-je mortellement atteinte ? Vais-je périr lentement, si... vous ne m'achevez point ?

Sa panique enflait de seconde en seconde. Elle aurait voulu s'enfuir en courant, mais la tête lui tournait et ses membres étaient affreusement flasques, comme si elle avait eu de la fièvre pendant des jours. Chaque respiration, en soulevant ses côtes, lui causait de nouveaux élancements qui la déchiraient. Peut-être avait-il raison, en fin de compte, de vouloir mettre un terme à ses souffrances.

Une expression étrange, qui ressemblait à du chagrin, traversa un instant le visage du jeune homme, mais elle fut si fugace que Ceridwen n'eut pas le temps de l'approfondir. Il reprit aussitôt sa mine fermée, impénétrable. Puis, avec un soin exagéré, il étira la toile de son surcot et découpa une large bande dans le bas.

— Vous n'êtes point perforée de part en part à l'instar de ce rustre, déclara-t-il enfin. J'ai mal apprécié sa corpulence. De derrière, je l'ai cru plus épais qu'il n'était.

Il plia fort proprement le rectangle de toile, l'appliqua sur la blessure de la jeune fille et l'y maintint en nouant par-dessus sa longue ceinture tissée.

Pour la deuxième fois, elle éprouva un soulagement

sans fond ; il ne l'avait donc pas épargnée pour la tuer de sa propre main !

Elle tressaillit lorsqu'il serra fortement le dernier nœud, puis elle laissa couler son regard vers le cadavre de son agresseur. Il gisait sur le dos dans l'herbe rougie, la bouche ouverte. Elle en détourna vite les yeux, prise de nausée.

— Peut-être m'aurait-il perforée de toute façon, observa-t-elle d'une voix faible.

— Il en avait certainement l'intention, confirma l'inconnu. Et plutôt d'autre chose que de son poignard.

Il défit le fermail qui retenait sa cape de futaine grise, l'ôta et la drapa sur les épaules de Ceridwen — que ces paroles énigmatiques avaient emplie d'un malaise indéfinissable. Son esprit embrouillé ne parvenait pas à en saisir le sens, elle tremblait trop pour fixer ses pensées sur quoi que ce fût.

La chaleur prodiguée par le drap grossier l'apaisa. S'abandonnant à la gratitude que lui inspirait son sauveur, elle lui permit sans protester de la saisir dans ses bras et de la soulever de terre. Lorsqu'il contourna le mort pour rejoindre son cheval, elle détourna vivement la tête, incapable de soutenir ce spectacle, et cacha son visage au creux de son épaule.

Les mailles de son haubert lui entrèrent dans la joue. Son surcot sentait la laine mouillée, comme sa cape. Ces odeurs la réconfortaient, mais elle avait du mal à déglutir. Elle passa une main sur sa gorge meurtrie, aussi douloureuse dedans que dehors, et se demanda avec un frisson à quoi elle avait échappé exactement, hormis à la mort par asphyxie. Puis un tintement de harnais attira son attention, et elle perçut le piétinement nerveux de plusieurs chevaux.

Du coin de l'œil, elle découvrit que cinq guerriers au moins les attendaient, la mine rébarbative. Ils ne paraissaient guère apprécier le contretemps qu'elle leur avait causé. Elle garda prudemment le front appuyé contre le torse de l'Anglais. Il était son seul rempart contre ces étrangers, et elle espérait qu'il saurait contrôler ses hommes. De lui, apparemment, elle n'avait rien à craindre. S'il avait voulu profiter d'elle, se dit-elle pour se rassurer, nul doute qu'il l'eût déjà fait.

— Laissez-moi vous débarrasser de cette femme, messire, proposa l'un des soldats.

Ceridwen ne put réprimer un tremblement.

— Non, refusa le chevalier.

Il la mit debout.

— Vous sentez-vous capable de monter en amazone derrière moi, en vous cramponnant à ma taille ?

La main crispée sur son ventre, elle leva les yeux vers lui — et lui sut gré de ne pas se gausser de sa faiblesse. Mais elle frémit sous son regard bleu foncé, aussi froid que la mer en hiver. Tout en lui la glaçait. Même le son de sa voix suffisait à changer ses genoux en gelée. De fait, elle ne pensait pas pouvoir se cramponner à quoi que ce fût pendant très longtemps encore.

Le beau seigneur parut lire sa réponse sur son visage altéré.

— C'est bon, conclut-il sans attendre.

D'un geste prompt, il détacha sa lourde selle de guerre, qui ne lui eût pas permis de prendre Ceridwen devant lui. Ensuite, au vif désarroi de la jeune fille, il se courba et passa une main entre ses chevilles. Avant qu'elle ait pu émettre une protestation, il ramena la traîne de sa cotte sur le pan antérieur de son bliaud, la remonta entre ses jambes et plaça la poignée d'étoffe dans sa main libre. Puis il la hissa sur le dos luisant du grand étalon noir.

Lorsqu'elle se retrouva à califourchon sur l'énorme animal, la première réaction de Ceridwen fut de se plier en deux sous la douleur, mais son bandage serré l'en empêcha. La vue de ses jambes nues, offertes au regard des soldats, accrut encore sa détresse. Elle ne pouvait guère se plaindre, cependant. C'était grâce à leur chef qu'elle avait échappé à la mort. Elle se souvint alors qu'elle ne l'avait même pas remercié.

— Grand merci, messire, murmura-t-elle en se cramponnant des deux mains à la crinière du destrier qui s'ébrouait avec vigueur. Je vous dois la vie.

— Vous ne me devez rien. Je n'ai fait que mon devoir.

D'un bond agile, le chevalier s'installa derrière elle.

— Glissez-vous un peu vers l'avant, ordonna-t-il, et penchez-vous sur l'encolure de mon cheval si vous menacez de tomber. Je ne puis vous tenir. Je dois garder les mains libres, pour le cas où nous devrions nous défendre.

Ceridwen obéit, appréciant le ton détaché qu'il employait avec elle. Elle eût mal supporté qu'il la traitât comme une mauviette. Néanmoins, quand l'étalon se mit au trot, elle étouffa une plainte. Son cavalier le ralentit aussitôt, revenant au pas.

— Wace ! lança-t-il.

— Oui, messire ? répondit une voix jeune.

— Allez devant. Demandez à un valet de revenir chercher ma selle, et dites à Alys de préparer ce qu'il faut pour soigner une blessure ventrale.

L'haleine du chevalier agitait les cheveux de Ceridwen et lui réchauffait le cou. Les vibrations de sa voix se répercutaient dans son dos, semant d'étranges sensations le long de son échine. A peine en eut-elle pris conscience, cependant, qu'il se redressa et rompit tout contact.

— Bien, messire.

Le dénommé Wace — son écuyer, à ce qu'il semblait — s'éloigna au galop, le bouclier de son maître ballottant contre ses omoplates.

La jeune fille découvrit alors les armes de son sauveur : un cerf blanc sur champ émeraude, qui surmontait un dragon noir sur champ gris. Son cœur manqua un battement. Elle inspira. Comme un trait de douleur lui lacérait le ventre, elle se mordit la lèvre, retenant un gémissement.

Le ciel lui vienne en aide ! Elle était entre les mains

d'une troupe au service des Beauchamp. Mais duquel des deux frères ? Ce dragon noir l'inquiétait considérablement. Il fallait qu'elle sache à qui elle avait affaire.

Non sans peine, elle tourna la tête vers son compagnon.

— Comment dois-je vous appeler, messire ?

D'aussi près, ses traits lui apparaissaient nettement. Il regardait droit devant lui, sans se départir de sa froideur impassible, mais sa dureté n'altérait pas l'altière beauté de son visage.

Il s'écarta et haussa le menton de manière à ne point la toucher. Ceridwen aperçut sous sa mâchoire une cicatrice blanche qui semblait remonter à longtemps.

Il ne paraissait pas décidé à répondre. Elle tenta de se convaincre qu'il n'était qu'un simple seigneur normand parmi d'autres, mais elle savait déjà qu'elle ne cherchait qu'à s'abuser. Au fond d'elle-même, elle avait deviné qui il était.

— Raymond, gronda-t-il enfin sans daigner baisser les yeux sur elle.

Le cœur de Ceridwen se contracta en une balle défensive. Un embarras cuisant se mêla à sa frayeur. Elle était censée représenter son peuple, et elle avait l'air d'une mendiante en haillons ! Elle en rougit de honte.

Le sire de Beauchamp l'avait tirée de la plus humiliante et de la plus indigne des situations. Maintenant qu'elle était en sa présence — terrifiante —, elle sentait diminuer à vue d'œil la bonne volonté qu'elle avait décidé de montrer à l'égard de ce mariage.

L'idée de lui révéler qui elle était l'épouvantait. Quoi que son père lui ait dit pour la rassurer, elle n'avait nulle raison de mettre en doute les rumeurs qui couraient au sujet de cet homme. Et quelles rumeurs ! Elles étaient foison.

Les bardes et les voyageurs qui traversaient les terres de lord Morgan avaient beaucoup à narrer. La réputation de sire Raymond était celle d'un loup vorace, le pire de la meute conduite par son frère Alonso. Un chevalier maudit, murmuraient les gens, au cœur aussi noir que le dragon qui lui servait d'emblème.

Elle lui jeta une nouvelle œillade, à la dérobée. Il était aussi rigide et sinistre que s'il était taillé dans du granit. C'était à peine s'il l'avait regardée, mais elle lui savait gré de ce désintérêt. On racontait qu'il avait épousé jadis une ravissante jouvencelle, dont le corps, quelques années plus tard, avait été retrouvé flottant dans les douves de son château par une nuit glacée. Si l'on en croyait les récits colportés çà et là, il aurait surpris sa femme dans les bras d'un amant et, fou de rage, l'aurait jetée lui-même du haut des remparts. La malheureuse était morte dans la fleur de l'âge, pensa Ceridwen avec pitié, à peine plus vieille sans doute qu'elle l'était à ce jour.

Un violent frisson la secoua. Elle pressa un bras sur sa blessure, que les mouvements du cheval ne cessaient de malmener.

Raymond l'enveloppa plus étroitement dans la cape. Elle se crispa à son contact, tout en appréciant la chaleur dont il l'entourait. Sans doute pouvait-il se montrer charmant, quand il choisissait de l'être. Mais plus souvent cruel que charmant, elle l'aurait gagé. Lorsqu'il reprit les rênes, elle vit que les doigts de ses gants étaient mouillés et d'un rouge foncé. Trempés de sang.

Le sien et celui du vilain qui l'avait attaquée, se dit-elle avec effroi. Son cœur avait beau protester, elle ne pouvait ignorer la réalité : cet homme lui avait sauvé la vie, elle lui était liée à jamais. Et lui appartenait de surcroît, même s'il ne le savait pas encore ! Tant qu'elle ne le détromperait pas, elle pourrait jouir d'un reste de liberté ; un reste bien maigre, voué à durer bien peu de temps.

Ils chevauchèrent pendant des heures à travers une forêt vallonnée, grimpant le long de sentiers sinueux qui les conduisaient de plus en plus haut sur des pentes boisées. Ceridwen s'efforçait de ne pas s'appuyer contre Raymond, mais elle y parvenait de moins en moins. La fatigue l'obligeait constamment à laisser tomber sa tête sur l'épaule du chevalier.

Il la repoussa les premières fois, puis il y renonça. Le rythme régulier de la marche et son épuisement vinrent peu à peu à bout des craintes qui habitaient la jeune fille. Elle somnolait par instants, sortant de sa torpeur pour regarder le ciel qui pâlissait au-dessus des arbres.

La lumière du jour faiblissait. Au fur et à mesure qu'ils s'élevaient, la lourde odeur d'humus et de feuilles mouillées laissait place à un air plus vif et plus frais. Le vent chantait dans les branches des sorbiers. Eût-elle moins souffert, et ignoré qui la tenait, elle aurait pu trouver ce voyage plaisant, songeait-elle.

Soudain, les croassements farouches de corbeaux et le bruit sourd des sabots sur le bois d'un pont-levis alertèrent Ceridwen, la faisant sursauter. Des hommes criaient des salutations. Levant les yeux, elle aperçut un cadavre qui se balançait mollement le long de hautes murailles, coincé dans une cage de fer suspendue à un gibet. Son cœur se contracta d'horreur. Cette forteresse sinistre était sans nul doute celle de sire Raymond.

Rookhaven, le « havre aux corbeaux », portait bien son nom. Une rangée de charognards était perchée sur les parapets juste au-dessus du corps décharné. La jeune fille se couvrit la bouche et crispa les paupières jusqu'à ce qu'ils aient largement dépassé l'abominable spectacle. Qui était cet homme ? se demanda-t-elle. Peut-être un patriote gallois, exposé là en cadeau de noces. Un ornement adéquat pour le château d'un Beauchamp — habile façon de rappeler combien la trêve était fragile.

Ils passèrent sous les pointes de la herse et pénétrèrent dans la cour intérieure d'un édifice lugubre et délabré. Ce n'était pas ce que Ceridwen attendait d'un tel seigneur. Une profonde angoisse se mêla à l'épouvante qui lui retournait déjà l'estomac. Sa promesse d'épouser le Dragon noir lui paraissait soudain aussi monstrueuse et aussi écrasante que la tour qui la dominait.

Des hommes qui brandissaient des torches crépitantes accoururent à leur rencontre, et tinrent la bride du destrier rétif pendant que Raymond descendait de cheval. Il prit Ceridwen dans ses bras, la porta à longues enjambées à travers la cour pavée et gravit rapidement les marches étroites du donjon.

De lourdes portes cloutées s'ouvrirent devant eux, tandis que serviteurs et hommes d'armes se pressaient vers leur seigneur pour recevoir ses ordres. Il ignora leurs courbettes et leurs murmures de bienvenue. Son attention, à présent, semblait uniquement rivée sur Ceridwen.

Ses bras étaient solides et durs sous ses épaules et ses genoux, son pas ferme et silencieux. Elle huma de légers relents de viande rôtie par-dessus l'atroce puanteur qui montait de la grand-salle. Malgré sa souffrance, malgré son épuisement, elle sentit l'eau lui venir à la bouche.

Elle regarda autour d'elle, évitant le visage crispé de Raymond et ses sourcils noués. Les hauteurs de la vaste pièce disparaissaient dans les ténèbres. Le feu qui brûlait au centre, sur les dalles de pierre, ne luttait que faiblement contre le froid et l'obscurité ambiants.

Une femme robuste, toute ridée, se précipita vers eux et toucha du revers de la main la joue de la jeune fille. Puis elle leva la chandelle qu'elle tenait afin de mieux la voir.

— Soyez la bienvenue à Rookhaven, *lass*. Wace m'a prévenue de votre arrivée. Mon nom, c'est Alys, et c'est moi qui vais vous mettre au lit.

Comme elle prolongeait son examen, son sourire édenté s'évanouit et elle tourna un regard outré vers Raymond.

— Que lui avez-vous donc fait ? Son cou est violet, son visage tout meurtri ! C'est-y pas une honte !

Le chevalier soutint son regard sans ciller, plus impénétrable que jamais. Sa bouche ferme était nouée. Muet, il passa devant elle et porta Ceridwen dans une petite chambre qu'embaumait un parfum de menthe. Doucement, il la déposa sur une couche étroite — mais le soulagement de la jeune fille fut de courte durée. Tout de suite après, il ôta ses gants souillés et entreprit de défaire son bandage.

— Je vous trouve par trop familier à mon gré, messire, protesta-t-elle faiblement. De grâce, ôtez vos mains de moi.

Le moment était sans doute fort mal choisi pour lui révéler son nom, se dit-elle. En outre, il ne la croirait probablement pas si elle lui déclarait qu'elle était sa promise. Pourtant, elle ne pouvait lui permettre de manipuler ainsi la fille de Morgan ap Madog.

Alors qu'elle entrouvrait les lèvres pour lui dire qui elle était, il lui cloua la bouche du regard. Puis, irrité par les lacets qui lui résistaient, il renonça à les délier et déchira purement et simplement l'étoffe du bliaud — partant du trou percé par son épée.

Ceridwen glapit et tenta de s'esquiver.

— Doux Jésus ! Vous êtes pire qu'une anguille, femme ! gronda-t-il en la rattrapant.

Il la rallongea de force sur la couchette et la maintint en place sans pitié, un genou sur ses cuisses, un coude sur sa poitrine.

— Je tiens à m'assurer par moi-même des dommages que je cause, déclara-t-il sèchement. Je ne me fie point aux rapports que l'on me fait.

Ceridwen serra les dents tandis qu'il tâtait sa blessure.

— Je suis marri de vous faire souffrir, mais n'ayez nulle crainte pour votre modestie. Je vous regarde comme je regarderais n'importe quel animal blessé.

La jeune fille se tortilla, ulcérée en dépit de sa douleur.

— Je ne suis pas un animal, grossier personnage ! Je suis…

— Tss-tss-tss, intervint la vieille gouvernante dont le double menton tremblotait. C'est un jeune tendron que vous avez là, messire Raymond. La pauvrette n'entend rien à vos façons de faire !

— Elle n'a nul besoin de s'y entendre. La seule chose que je lui demande, c'est de se tenir *tranquille* ! rétorqua le chevalier en dardant un regard noir sur Ceridwen.

— Pourquoi devrait-elle vous obéir, grands dieux ?

— Vous usez ma patience, Alys !

Raymond riva ses prunelles luisantes sur son ancienne nourrice, qui n'abaissa pas les yeux.

— C'est de vous qu'elle n'a point besoin, mon jeune maître Raymond. Et je me passerai aisément de votre compagnie, moi aussi. De fait, vous nous encombrez.

Ceridwen s'étonna de la brusquerie avec laquelle la domestique s'adressait à son seigneur. Ce dernier grogna sourdement, puis elle sentit ses doigts chauds quitter son abdomen, tandis que son genou et son coude libéraient le restant de sa personne.

Satisfaite, Alys pencha sa silhouette massive sur la blessée ; avec force marmonnements et claquements de langue, elle nettoya la plaie, y appliqua un onguent et la recouvrit d'un linge propre.

La jeune fille tourna la tête vers le sombre chevalier qui s'éloignait. La lumière des chandelles jouait sur la cotte de mailles qui recouvrait ses bras. Le drap de son surcot était sale et froissé. Alors qu'il atteignait la porte, il retira sa coiffe et Ceridwen découvrit avec un choc qu'il était blond — comme Alonso, mais d'un blond plus foncé que son frère. Son épaisse chevelure, nuancée de reflets fauves sous des mèches dorées, lui tombait jusqu'aux épaules. Elle avait quelque chose de sauvage, pareille au pelage d'un animal.

Il ressemblait au baron, et en même temps il en

était fort différent, songea-t-elle. Hautain, certes, mais sans vanité excessive, ce qui la surprit vivement chez un Beauchamp. Et s'il était moins grand et moins large d'épaules que son aîné, moins méprisant aussi, il émanait cependant de sa personne une puissance impressionnante, qui semblait ramassée en lui pour mieux en surgir.

Soudain, un souvenir lointain assaillit Ceridwen.

Un chevalier blond. Un cheval noir. Des mains rougies de sang.

Elle déglutit en se remémorant une histoire qu'Owain lui avait contée, quelque temps avant sa mort. L'histoire d'une jouvencelle qui rencontrait un homme décrit en ces termes. A l'époque, elle avait cru à un simple récit inventé pour la distraire. Mais Owain savait et devinait bien des choses qui restaient cachées aux autres. Il était capable de percer les secrets de l'avenir.

Ce conte était-il un présage ? se demanda-t-elle, troublée. L'ennui, c'était qu'elle en avait oublié la fin…

A cet instant, Raymond détourna la tête et l'observa par-dessus son épaule. Leurs regards se joignirent, et elle eut l'impression fugace qu'une onde de compassion, vibrante et chaude, venait jusqu'à elle.

Mais le beau visage de son promis se referma aussitôt. La lumière intérieure qui l'avait éclairé un court instant s'était éteinte, telle une bougie soufflée par une froide rafale de vent.

Ceridwen cligna des paupières, et le jeune seigneur en profita pour disparaître dans l'obscurité du corridor.

Demain, se promit-elle. Demain, elle lui révélerait son nom.

4

— Malédiction de malédiction ! La peste soit de cette donzelle !

Jurant tant et plus, Raymond gravissait l'un des escaliers humides et froids de sa forteresse. Pour des raisons qui lui appartenaient, il ne s'était jamais soucié de remédier à l'inconfort de l'antique édifice, et les courants d'air rôdaient librement entre les épaisses murailles. Faute de mieux, les toiles d'araignées étaient les seules tentures propres à atténuer quelque peu la froidure qui suintait des pierres nues.

La garce lui promettait moult tracas. Des tourments à foison.

Un frisson de nostalgie le parcourut, alors qu'il se remémorait ses traits fins et son ossature délicate. Elle lui rappelait tellement Meribel ! Il chassa de son esprit le doux visage de sa défunte épouse, qui se fondit de nouveau dans celui de la blessée. Même sale et dépenaillée, les cheveux en broussaille, elle était ravissante.

Une longue chevelure noire, fine et brillante. De celles qu'il préférait entre toutes. Et ces yeux en amande, lourds d'une peine muette, qui viraient du vert de l'océan à l'éclat de l'émeraude. Ils étincelaient parfois comme si une flamme pure les habitait. Le feu de la révolte, ou celui de la fièvre ? Il n'aurait su le dire.

Oui, la jouvencelle était plaisante. Beaucoup trop aimable, en vérité, pour la paix de son âme. Quelle mouche l'avait donc piqué, d'occire un homme dans la force de l'âge pour la sauver ?

La raison de son geste avait peut-être été la mine atterrée du jeune Wace, devant une fille sur le point d'être abusée. Ou encore le désir d'épargner la vertu d'une pucelle au moins, afin de compenser les innombrables dépucelages dont son frère se rendait coupable au nom de son droit de cuissage.

Un désir risible. Qui était-il, pour prétendre à l'honneur après ce qu'il avait fait à sa propre femme ?

L'image de Meribel morte revint le hanter, comme elle ne cessait de le faire depuis plus de trois ans. Son corps inerte flottant sur l'eau fétide des douves ; ses yeux grands ouverts devenus fixes et ternes, alors qu'ils pétillaient jadis de gaieté et de rouerie. Une belle et jeune créature qui ne se souciait plus des filaments de mousse verte accrochés à ses longs cils, ni de ses cuisses blanches dénudées par les flots immondes qui soulevaient sa chemise.

Raymond émit un grognement et s'obligea à la repousser, les paupières crispées avec force. Lentement, Meribel s'estompa et redevint une ombre vague à la lisière de sa mémoire. Vague et imprécise, mais jamais totalement effacée.

Ses pensées retournèrent à la jolie Galloise. Le malotru qu'il avait passé par l'épée ne méritait pas une mort aussi prompte, ni aussi propre. Il fallait espérer que ce coup de lame n'allait pas entraîner de surcroît le trépas de la brune jouvencelle. Il n'avait vu nul viscère émerger de sa plaie, le sang qui s'en échappait était rouge et sain, sans humeurs vertes et putrides. C'était plutôt bon signe, mais il était trop tôt encore pour se réjouir.

— Wace !

Il avait atteint le palier, et ouvrit d'un coup de pied la porte de sa chambre. Son écuyer se précipita à sa rencontre.

— Désarmez-moi et apportez-moi de l'eau bouillante, ordonna-t-il.

Il jeta ses gantelets et sa coiffe sur le lit, où son énorme chien était déjà en train de se coucher en rond pour la nuit. Sans qu'il en sût la raison, cette scène ne lui procura pas la satisfaction qu'il en tirait de coutume.

En silence, Wace débarrassa son maître de son glaive, de sa dague et de son ceinturon. Puis il lui ôta son surcot, et soupira en découvrant l'ourlet déchiré. Ignorant ce léger reproche, Raymond se pencha en avant et fit glisser de ses épaules son lourd jaseron qui tomba entre les mains tendues du jouvenceau. Ce dernier dénoua ensuite les liens qui retenaient ses chausses de mailles, et il s'en défit en secouant les jambes.

Il aurait dû laisser son équipement à l'armurerie, pensa-t-il, pour éviter à Wace la corvée de le redescendre. Mais il était trop tard, à présent. Il commença à délacer son haqueton, puis il décida finalement de garder sur lui l'épais gilet matelassé. L'air était si frais que leur souffle formait une vapeur blanche.

— Je vais attendre que l'eau arrive, annonça-t-il.

Un silence pesant s'abattit sur la pièce. Pendant que Raymond s'approchait du bassinet de braises pour en ranimer le feu mourant, Wace passa d'un pied sur l'autre avec embarras.

— Messire…

Le chevalier se tourna vers son écuyer. Ce jouvenceau maigrelet était nouveau à son service, et encore assez intimidé. Son ancien maître avait vécu violemment, avant de périr de mort violente ; les cicatrices que Wace en gardait le prouvaient amplement. Sous ses cheveux châtains, qui tombaient raides et drus de chaque côté de son visage solennel, son regard était grave.

— Dites ce que vous avez à dire, mon garçon.

Raymond s'assit sur son lit, s'appuya sur ses coudes et étira ses longues jambes drapées dans des chausses de lainage.

— Je me demandais… Qu'allez-vous faire de la fille ?

Raymond caressa son Sauveur bien-aimé, qui lui rendit son geste d'affection en ouvrant un œil et en lui léchant la main. Nulle femme, songea-t-il, n'était capable d'une telle dévotion.

— Faire d'elle ? répéta-t-il. Rien. Et je ne lui ferai rien non plus, ni en bien, ni en mal. Ai-je répondu à votre question ?

— Non, messire.

Devant l'air contrarié de son écuyer, le jeune seigneur émit un son rauque, mi-rire, mi-grognement.

— Je vois. Vous soucieriez-vous par hasard des règles de la chevalerie, que je me dois d'appliquer ? Soyez sans crainte : elle ne mourra pas de faim.

Pas avec un si gracieux minois, ajouta-t-il en lui-même.

— Mais n'est-il point de mise quand on a sauvé la vie d'autrui, fût-ce une femme, de demeurer lié à cette personne pour le restant de son existence ? insista le jouvenceau. L'ayant empêchée de mourir, vous êtes responsable d'elle, désormais, comme elle est redevable envers vous de la faveur que vous lui avez faite. N'est-ce pas l'usage ?

Raymond se redressa et frotta les articulations abîmées de ses doigts.

— Je ne la tiens nullement en dette, dit-il. Elle est libre. Le plus tôt elle s'en ira, le mieux ce sera.

Le front lisse de Wace se plissa.

— Vous déplaît-elle ?

— Oui, elle me déplaît. J'aimerais ne jamais avoir posé les yeux sur elle. C'est une distraction malvenue, alors que je dois en épouser une autre.

D'un bond, Raymond se remit sur pieds.

— Assez, maintenant ! Par les couilles d'Abélard, où est cette eau chaude ? tonna-t-il.

L'écuyer recula, les yeux élargis par la frayeur. Le jeune seigneur passa une main sur son front et inspira profondément.

— Je crie beaucoup, Wace, mais je ne mords pas — au moins ceux qui me servent. Ne prenez pas à cœur mes réactions trop vives. Même si vous avez été maltraité par le passé, sachez que je ne vous rudoierai jamais dans un accès de colère.

Wace acquiesça d'un signe du menton, exécuta une légère courbette et quitta la chambre. Raymond se laissa retomber sur son lit et se prit la tête entre les mains. *Dieu me vienne en aide !* implora-t-il en lui-même.

Former un nouvel écuyer était une tâche aussi délicate que de briser un jeune étalon. Il fallait prendre soin du riche potentiel en présence, le développer sans le brusquer. Encourager les vertus d'un jouvenceau, atténuer ses défauts sans ruiner pour autant son désir de bien faire, il savait comment s'y prendre, à merveille. Mais cela requérait du temps et des efforts. Or il avait déjà tant à faire !

Rassembler une troupe de soldats, les armer et partir raser avec eux la forteresse d'Alonso, la besogne était rude. Nul doute que Wace serait amèrement déçu, quand il le verrait se conduire ainsi envers son suzerain. Son bel idéalisme et sa foi en la chevalerie en seraient fortement ébranlés. Mais après tout, conclut-il, ni mon frère aîné, ni moi ne sommes des chevaliers convenables.

Ceridwen avait conscience de rêver encore, à la lisière du réveil. Des bras forts l'enlaçaient tendrement, des baisers légers comme des plumes effleuraient son visage et son cou. Elle ne savait qui était cet homme, et pourtant il lui semblait le connaître depuis toujours. Il était chaud, solide et tout à elle. Elle gardait les yeux fermés, répugnant à rompre le fragile enchantement de ce moment de plaisir.

Mais de fins doigts de lumière cognaient à ses paupières, l'enjoignant à les ouvrir. Elle avait trop chaud, ses bras moites collaient à ses côtés. Elle fit glisser la couverture rugueuse jusqu'à sa taille. Une vive douleur transperça sa torpeur. Les élancements qui venaient de sa blessure lui coupèrent le souffle.

Près d'elle, quelqu'un toussa. Un son grave, viril.

Elle ouvrit brusquement les yeux et laissa échapper un faible cri d'effroi. Sire Raymond siégeait à son chevet et l'observait. En toute hâte, elle ramena la couverture sur sa poitrine et la remonta jusqu'à son menton. Il était doté d'une beauté déroutante, dans la lumière matinale.

Rasé de frais, il portait une tunique de lin blanc sous son surcot sans manches. La couleur pâle accentuait la blondeur de sa chevelure et le léger hâle de son teint. Il avait bonne mine, malgré la lassitude qui ombrait son regard insondable. Impossible de savoir ce qu'il pensait d'elle, constata Ceridwen. Elle s'efforça de ne pas y accorder d'importance.

— Comment vous sentez-vous ? s'enquit-il d'une voix neutre.

— Bien, messire.

Elle se sentit rougir et serra les doigts sur la couverture.

— Je n'ai nul besoin que vous vérifiiez mon bandage, ajouta-t-elle par mesure de sûreté.

Un frisson la parcourut à cette idée.

— Ce n'est pas nécessaire, en effet. Je l'ai déjà fait pendant que vous dormiez.

Il l'avait soignée durant son sommeil ? Et quoi d'autre encore ? Interloquée, la jeune fille le fixa avec effarement — souhaitant de toutes ses forces qu'il s'en aille. Mais il resta solidement carré dans son fauteuil. Un bref instant, il promena les yeux sur son visage ; puis il plissa les paupières et détourna son regard.

Ceridwen fut éminemment soulagée d'échapper à son inspection. En même temps, le calme qu'il montrait la décontenançait. Comment pouvait-il être si tranquille, alors que son simple nom suscitait la terreur ?

Quelque chose n'allait pas. Elle s'était attendue à voir un individu brutal, au visage cramoisi, passant son temps à gesticuler et à vociférer — et elle se retrouvait en face d'un gentilhomme réservé, économe de ses actions, doté de belles mains et d'une silhouette mince et musclée. Si ce beau seigneur l'effrayait, c'était par son expression. Il ne semblait connaître ni le plaisir, ni la satisfaction, mais receler au fond de lui une force noire et dangereuse, qui ne demandait qu'à faire surface.

Il ramena sur elle son regard sombre.

— Comment vous nommez-vous ?

— Ceridwen.

Elle se mordit la lèvre, s'attendant à une explosion furieuse devant le piètre butin qu'il avait dû accepter pour revoir son chien.

— Rien d'étonnant, maugréa-t-il.

Il l'étudia avec une intensité accrue. La jeune fille déglutit, inquiète, mais il s'en tint là. Pas d'autre réaction ? Il lui vint alors à l'esprit que Raymond de Beauchamp n'avait peut-être même pas pris la peine de s'enquérir du nom de sa promise. Voilà qui montrait bien dans quel dédain il la tenait.

Elle crispa si fortement les doigts sur la couverture que ses articulations en blanchirent.

— Qu'y a-t-il de si évident ? rétorqua-t-elle.

— Il n'y a qu'un nom gallois, pour aller à une femme aussi petite et aussi noiraude que vous l'êtes. Vous n'avez rien des grandes amazones blondes que l'on rencontre en ce pays.

Ceridwen le dévisagea avec stupeur. Pour lui, les Galloises étaient donc « petites et noiraudes » ?

Une étincelle de colère s'alluma dans sa poitrine tandis qu'il l'examinait de son regard glacé. Elle préférait nettement être ce qu'elle était, plutôt qu'une lourde et insipide pouliche anglaise ! Surtout s'il avait du goût pour ces dernières.

— Par quel hasard vous trouviez-vous dans ces bois sauvages ? reprit-il. Un homme doit prendre garde à ne pas s'y aventurer seul, une femme à plus forte raison. Mieux vaut ne pas déranger ce qui rôde sous le couvert des arbres, ajouta-t-il sévèrement.

— J'aime la forêt en automne, répondit Ceridwen. Mais je regrette, en effet, d'avoir dérangé la brute qui a cherché à m'étrangler.

— Pour ma part, je redoute ces futaies qui ne m'ont jamais rien apporté de bon. Je les traverse toujours à vive allure ; c'est un miracle que je vous aie aperçue, surtout avec ce grand gaillard qui vous cachait à ma vue.

— Je suis marrie de vous avoir retenu, messire.

— Je vous en prie. Vous sauver a été un plaisir.

Raymond bâilla et étira les bras, pendant que la surprise élargissait de nouveau les yeux de la jeune fille. Un plaisir ? De tuer un homme, même si cela se justifiait ? Il en parlait avec un tel détachement qu'elle en eut la chair de poule. Comme si verser le sang n'était pour lui qu'une distraction anodine. Mais elle était bien sotte de s'étonner, après tout. Sa réputation lui venait de la fureur impitoyable qu'il montrait à l'égard de ses ennemis. Son peuple, à elle.

A ce que l'on disait, il avait coutume de détruire fermes et hameaux lors de ses raids de conquête en terre galloise. La rumeur courait même qu'il avait fait incendier des églises, afin de réprimer l'ardeur de vassaux rebelles. Tout cela pour satisfaire la cupidité et la rage sanguinaire qui caractérisaient toute sa lignée.

La suavité qu'il montrait présentement ne devait pas lui faire oublier qui il était, ni ce qu'il était, se rappela Ceridwen. Elle s'enfonça sous sa couverture. Dans son état de faiblesse, elle n'avait nulle défense contre lui. Pourquoi ne la laissait-il pas seule, Dieu du ciel !

Il reprit la parole, sans la regarder.

— Qui est votre père, ou votre mari ? A qui dois-je vous reconduire ?

La jeune fille réprima l'élan de joie que lui causa sa question. S'il croyait se débarrasser d'elle aussi aisément, il en serait pour ses frais !

Il ne la reconduirait nulle part, et l'occasion était trop belle de l'ébranler dans son grossier mépris. Elle riva sur lui des yeux étincelants, espérant mettre dans son regard une farouche indépendance.

— Je suis Ceridwen de Llyn y Gareg Wen. Mon père est lord Morgan ap Madog. Et si j'ai un époux, messire, c'est *vous*.

Raymond releva vivement la tête, très pâle. Il se leva d'un bond, puis se rassit.

— Non... Cela est impossible, maugréa-t-il. La fille de lord Morgan est une...

— En quoi cela ne se peut-il ? coupa Ceridwen. Peut-être vous attendiez-vous à mieux, mais ce n'est pas la personne qui compte, dans cette affaire. C'est le pacte. Il serait regrettable que je vous déplaise, certes, mais soyez assuré que la perspective de vous épouser ne m'est pas engageante non plus.

— Je n'espérais nullement vous paraître engageant, milady. Et sachez que je n'ai jamais eu l'intention de m'imposer à quiconque. Agissez à votre guise, allez où vous voudrez. Peu m'importe.

Son attitude défensive prit Ceridwen de court. Elle avait craint qu'en apprenant son nom il n'exigeât aussitôt son dû. Une hypothèse qui la terrifiait d'autant plus qu'elle ignorait en quoi consistait exactement ce « dû ».

— Néanmoins, poursuivit-il, lord Morgan peut compter sur ma bonne foi. Pour ma part, je demeure prêt à épouser sa fille, ainsi que je l'ai promis. Encore faut-il que vous soyez celle que vous prétendez être.

— Ma parole vaut la vôtre, messire.

Raymond riva sur elle son regard bleu, acéré et intraitable.

— Vous eussiez dû me révéler plus tôt votre identité.

— J'ai bien essayé, mais j'ai toujours été interrompue, rétorqua Ceridwen d'un ton acide.

— Et je vous fais peur.

— Non, mentit-elle en triturant la couverture entre ses doigts.

Un sourire âpre passa sur les lèvres de son promis.

— Si vous ne me craignez point, vous seriez bien avisée de changer.

Il se courba et caressa l'échine d'une énorme bête qui ronflait à ses pieds, allongée sur les jonchées. La jeune fille jeta un coup d'œil alarmé à ce monstre velu, impressionnant par sa taille démesurée et son pelage hirsute.

— Qu'avez-vous là ? demanda-t-elle.

Le chevalier la scruta d'un air soupçonneux.

— Ne l'avez-vous point rencontré, durant son... séjour chez vous ?

Il s'agissait donc du précieux chien-loup que son père avait pris en otage, pensa Ceridwen. Son rival. Le plus grand amour du seigneur de Rookhaven. Cette idée lui parut si incongrue qu'elle dut tousser pour réprimer un gloussement amusé. Une entreprise qui la fit grandement souffrir, et l'incita à se calmer.

— Non, répondit-elle enfin. Soyez certain que l'on m'a tenue en dehors de cette affaire, messire.

Raymond baissa de nouveau les yeux sur son chien.

— Eh bien, voici Sauveur, mon fidèle compagnon. Il chasse avec moi, mange avec moi, dort avec moi. Il ne vous fera aucun mal.

La fierté que lui inspirait ce molosse était évidente. Ceridwen hocha la tête.

— Mon frère aîné, Rhys, m'avait parlé de lui ; je suis sûre qu'il s'en est occupé avec tout le soin qui lui était dû.

Soudain, sa gorge se serra et elle déglutit pour dissiper le nœud qui s'y formait.

— A propos de Rhys, messire… Nous avons été attaqués dans une forêt de bouleaux voisine d'un col élevé, entre les montagnes. J'ai été séparée de mon escorte… et n'en ai plus revu aucun membre.

Le jeune seigneur haussa un sourcil sombre.

— Vous me stupéfiez ! Cette forêt est fort éloignée d'ici, milady. C'est un long trajet à faire à pied, pour une femme seule.

— Notre douce Mère Marie m'a protégée.

— C'est à croire, approuva Raymond en lui jetant une œillade sceptique.

La jeune fille combattit les larmes qui lui picotaient les paupières.

— Je crains que Rhys et ses hommes n'aient été capturés, murmura-t-elle. S'ils ne sont pas morts.

Le front éternellement contracté de Raymond se crispa plus encore.

— Je vais lancer une troupe à leur recherche.

— Je vous en remercie, messire. Et je vous saurais gré, aussi, de prévenir mon père que je suis toujours en vie.

Il lui jeta un regard soucieux, avant d'acquiescer d'un geste bref. Ne sachant que penser de cette expression, Ceridwen continua :

— Puisque vous acceptez de m'épouser… et que vous affirmez vouloir me laisser libre, pourrai-je demeurer ici comme votre épouse — en nom seulement ?

Son audace la fit frémir. Mais si ce mariage n'était pour lui qu'une obligation à remplir, elle ne tenait pas à être utilisée comme une simple… commodité. A ce qu'elle avait ouï dire, il existait des femmes pour cela. Des favorites, des courtisanes ou des maîtresses. Elle ne savait pas au juste à quoi servaient ces créatures. Néanmoins, il lui importait d'être rassurée.

Comme Raymond ne disait rien, elle bredouilla :

— Vous disiez que vous ne souhaitiez nullement…

— Je sais ce que j'ai dit.

Il appliqua ses paumes sur ses genoux et se leva.

— Une fois que nous serons mariés, je n'exigerai rien de vous. Arrangez-vous simplement pour ne pas m'ennuyer — et ne vous mettez pas en tête de changer quoi que ce soit dans cette demeure. Mes arrangements actuels me satisfont pleinement.

Le regard dur, il tourna les talons et se dirigea vers la porte. Ceridwen ne put s'empêcher de souffler :

— Vous n'avez point l'apparence d'un homme satisfait, messire.

Le dos de Raymond se raidit. Il lui refit face et la vrilla de ses yeux bleus.

— Vous avez raison, milady.

Elle ne s'attendait pas à cette réponse. D'un claquement de doigts, il appela le chien-loup — qui se redressa et commença par poser une grosse patte sur le lit, la mine attristée. Touchée, Ceridwen lui tendit prudemment sa main pour qu'il la renifle.

Debout près de la porte, Raymond émit un ordre bref. L'animal retroussa les babines comme s'il souriait et rejoignit son maître. Au moment où ils allaient sortir, le panneau de chêne se rabattit avec force à l'intérieur et Alys entra, chargée d'une brassée de linge — manquant de peu de heurter le jeune homme. Il décocha une dernière œillade à la blessée et fit signe à la gouvernante de le suivre dans le corridor.

Ceridwen perçut le son grave de sa voix, mais ne put distinguer ses paroles. Peu après, Alys revint.

— Il dit que vous n'allez pas fort, *lass*, et qu'il faut bien vous soigner si l'on ne veut pas vous livrer aux fantômes, déclara la vieille femme d'un ton décidé.

— Vraiment ? répondit la jeune fille. Je ne me sens pourtant pas mal. Juste un peu fatiguée.

Elle réprima de son mieux la crainte insidieuse qui montait subitement en elle. « Il » avait dû s'apercevoir, rien qu'à la regarder, que sa blessure s'était infectée. Et elle le soupçonnait aussi, bien qu'elle refusât de l'admettre. Les douleurs lancinantes, les frissons, la fièvre qui la rendait moite n'étaient pas bon signe.

— Voilà, dit Alys. Les draps les plus fins qui existent ailleurs qu'en Irlande, ma belle. Vous serez plus à l'aise, avec de la toile douce entre vous et cette laine. Mais pour commencer, un bon cataplasme de ma fabrication, afin de tirer de vous les mauvaises humeurs de ce gredin.

— Pardon ? murmura faiblement Ceridwen qui n'était pas sûre d'avoir compris — et pas sûre non plus d'avoir envie de comprendre.

La forte poitrine de la gouvernante se souleva.

— Sire Raymond pense que son épée a transporté dans votre gentil ventre la pourriture qui emplissait celui du rustre qui vous a attaquée, expliqua-t-elle d'un air important. J'ai intérêt à vous en débarrasser, sans quoi je me retrouverai vite clouée à la barbacane, c'est moi qui vous le dis !

Avec beaucoup d'autres, sans doute, se dit aigrement la jeune fille. Elle poussa un cri quand la poche fumante, emplie d'herbes médicinales, se posa sur sa peau nue.

— Si vous n'allez pas mieux demain matin, reprit Alys, il enverra le jeune Wace quérir un physicien qui vous saignera, afin d'évacuer le mal qui vous corrompt l'intérieur.

— J'irai mieux, je vous en donne l'assurance.

Personne ne la saignerait, se jura Ceridwen. « Il » devait nourrir le plan de la terrifier, pour la forcer à se rétablir au plus vite et se débarrasser d'elle. Pourtant, réfléchit-elle, il avait paru décidé à l'épouser. Aurait-il changé d'avis ? Et si elle ne se rétablissait pas, il aurait tout lieu d'être satisfait, pour une fois : il jouirait de ses terres sans avoir à la supporter. N'avait-il pas tué sa première épouse, après avoir dilapidé sa fortune ?

Elle s'empressa d'écarter cette pensée terrifiante. Nul Beauchamp ne viendrait à bout d'une fille des *Cymraeg*, elle en faisait le serment. Elle quitterait cette forteresse quand elle le déciderait, pas avant. D'abord, elle devait retrouver le chevalier qui avait assassiné son cousin, et lui faire payer chèrement son forfait.

En qualité de châtelaine de Rookhaven, belle-sœur du baron Alonso, elle parviendrait sûrement à ce qu'elle voulait. Si elle survivait... D'ici là, elle se refusait à sentir de nouveau sur elle les mains de ce ténébreux seigneur. Lorsqu'il la touchait, elle éprouvait des sensations par trop irritantes : elle avait froid, elle avait chaud, des frissons la parcouraient — sans parler des étranges démangeaisons qui naissaient au plus intime d'elle-même. Comme si elle avait au fond du corps un creux qu'elle ignorait, et qui demandait à être comblé. Etait-ce possible ?

Elle s'endormit sur ces questions sans réponse, épuisée par la fatigue et la fièvre.

Un criquet chantait dans un coin de la chambre éclairée par des chandelles. Raymond mordillait nerveusement l'ongle de son pouce en observant Ceridwen assoupie.

La fièvre faisait trembler ses membres. Sa peau paraissait translucide, et elle avait perdu beaucoup de poids au cours de ces derniers jours. Il avait déjà vu mourir lentement maints hommes de valeur, mais cela ne rendait pas l'épreuve plus aisée.

Le charlatan pompeux qu'il avait fait venir de Chepstow n'avait rien accompli d'utile. Les onguents et les simples d'Alys paraissaient plus efficaces pour lutter contre le mal, mais rien n'était assuré. L'issue n'était plus qu'une question de temps. Ceridwen serait bientôt délivrée de ses souffrances, soit par le trépas, soit par la guérison.

En attendant, il avait peine à croire ce qu'il éprouvait. Il lui semblait qu'il ne pourrait jamais se résoudre à la voir partir — fût-elle morte ou bien portante. Pourtant, si elle restait, il finirait par la détruire, comme il avait détruit Meribel.

Qu'est-ce qui l'attirait dans cette femme et le retenait auprès d'elle ? Pourquoi passait-il ses nuits à son chevet, pareil à un benêt de chien de garde ? Elle ne lui était rien. Il ne l'avait pas choisie. Cependant, s'il ne l'épousait pas, Morgan le harcèlerait sans fin, il le savait. Et il perdrait les terres de sa dot.

Il grimaça en se rappelant la réaction choquée de la jeune fille, quand il l'avait si maladroitement décrite. Petite et noiraude, vraiment ! En cet instant, il aurait voulu lui dire comment il la voyait réellement : une personne exquise, parfaitement proportionnée, faite d'ébène et de crème. Tissée de bruyère et des brumes de ses montagnes, si délicate qu'il craindrait de la briser en la touchant.

Mais il ne pouvait se permettre de s'attacher à elle, pas plus qu'elle ne devait s'attacher à lui. A supposer que cela fût possible, elle ne pourrait qu'en souffrir. Aimer un Beauchamp conduisait au désastre. Et un Beauchamp *qui aimait* perdait tout sens de la mesure.

S'ils n'éprouvaient rien l'un pour l'autre, ce mariage ne lui causerait nulle gêne. Il saurait être un époux décent et respectueux, à partir du moment où son cœur ne serait pas engagé. Mais il ne pouvait se fier à lui-même. L'amour lui jouait de trop mauvais tours — à moins que ce ne fût le contraire. Qu'il fût incapable d'être heureux. Le bonheur n'avait pas sa place dans la cruelle lignée des Beauchamp. Surtout quand on n'était qu'un cadet, condamné à placer sa loyauté envers son suzerain au-dessus de toute autre vertu et de tout autre désir.

Le menton sur sa paume, Raymond contempla Ceridwen. Ses lèvres pleines étaient pâles, à présent, mais quand il l'avait vue pour la première fois elles avaient la couleur du rubis — ou d'un vin de choix éclairé par un rayon de soleil. Malgré sa résolution de rester distant, il se demanda quel goût elles auraient sous sa bouche. Et comment elle réagirait, s'il l'embrassait un jour.

Elle soupira dans son sommeil, ses cils noirs battirent. Raymond ferma les yeux. Sa tête était douloureuse. La moindre des choses, s'il la veillait, était de la respecter, sans la déshonorer par une convoitise déplacée. Il ferait mieux de quitter cette chambre avant de commettre un acte qu'il regretterait par la suite.

Il se leva et passa dans la pièce voisine, où Alys dormait au milieu des servantes qu'elle protégeait et réchauffait dans son vaste lit. De là, il s'engagea dans l'escalier qui grimpait vers l'une des échauguettes situées au-dessus des quartiers d'habitation.

Arrivé en haut, il trouva la salle de garde vide et s'appuya au parapet. En contrebas de la forteresse, les arbres jetaient des ombres noires sur le paysage baigné de lune ; l'étendue brillante des marécages se ridait sous le vent, et leurs eaux profondes prenaient des reflets d'argent. C'était une nuit magnifique — semblable à celle qui avait mis fin une fois pour toutes à ses idées stupides sur l'amour et la fidélité.

Inexorablement, ses pensées le ramenèrent vers ce territoire qu'il s'était juré de ne plus explorer, et dont il conservait pourtant une sorte de nostalgie désespérée. S'armant de prudence, il se risqua à pas comptés sur la pente glissante des souvenirs, s'autorisa à évoquer par petites touches le temps béni où son cœur aimait librement, sans que le venin du soupçon n'empoisonnât encore chaque regard et chaque geste.

Ce retour en arrière lui était toujours aussi haïssable, constata-t-il rapidement. Qu'il le veuille ou non, aimer équivalait pour lui à accepter volontairement d'endurer mille morts. Donner sa confiance, c'était risquer de perdre à la fois l'être élu et son âme. Il avait aimé sa femme. Passionnément, immodérément et de tout son cœur. Or cet amour sans réserve s'était soldé par la trahison et le deuil. Il ne voulait plus revivre un tel enfer. Plus jamais.

Il redescendit en courant à l'étage des chambres. Il ne pouvait supporter de remettre sa décision, fût-ce d'une seule minute. Au diable Morgan ap Madog, au diable les terres qu'il convoitait. De toute manière, mariée ou non, Ceridwen était aux portes du trépas. Et lui n'en aurait pas pour longtemps non plus, lorsqu'il aurait défié ouvertement Alonso. Il devait faire ce qu'il y avait de mieux pour la jeune fille : lui permettre de quitter Rookhaven, morte ou vive.

De retour chez Alys, il la chercha à tâtons parmi l'amoncellement de membres emmêlés et la secoua afin de la réveiller. D'un ton farouche et désespéré, il s'en rendit compte lui-même, il lui chuchota :

— Je dois partir sur-le-champ. Je m'absenterai quinze jours. Quand je rentrerai, je veux que la fille de Morgan ait disparu d'ici.

Il entendit quelqu'un qui réprimait un cri. L'une des servantes, Shona, sans doute, était réveillée et écoutait. Il tourna la tête dans sa direction ; elle glapit et se coula sous la couverture.

— Si elle meurt, ce qui est à craindre, reprit-il, allez prendre les pièces d'argent que je garde dans le petit coffre de ma chambre. Payez-lui un bel enterrement dans une grande église, loin d'ici, et autant de prières que vous pourrez en acheter. Si au contraire elle survit, par quelque miracle, donnez-lui la bourse et envoyez-la au couvent qui se trouve près d'Usk, où son père viendra la quérir. Choisissez pour l'escorter quelqu'un qui ne sera pas de ce château, et dont j'ignorerai le nom. Il faut que tout se passe comme si je ne l'avais jamais conduite ici. Comprenez-vous ?

— Oui, messire, je ne vous comprends que trop ! répondit sa nourrice à mi-voix. Oh, Raymond, qu'est-il advenu du délicieux petit garçon que j'ai connu jadis ?

Ce n'est pas ainsi que vous effacerez le mal que vous a causé Meribel.

Elle secoua la tête, la gorge étranglée par les larmes.

— Cette *lass* est la chose la plus douce qui ait pénétré sous ce toit depuis…

— Qu'en savez-vous, vieille bourrique ? Gardez vos paroles enjôleuses et votre fausse sagesse pour d'autres que moi, assez fous pour les écouter. Faites ce que je vous dis, sinon vous en pâtirez cruellement.

— C'est vous qui allez en pâtir, Raymond. Vous pouvez m'en croire.

Un frisson glacé parcourut le jeune homme, car elle parlait avec la certitude d'une pythie.

— Votre avertissement vient trop tard. J'ai déjà souffert au-delà de toute mesure.

Sur ces mots, il s'écarta et ouvrit d'un geste brusque la porte de Ceridwen. Il voulait jeter un dernier regard à celle qui ne serait jamais sa jeune épousée.

Allongée sur le dos, immobile, elle ressemblait déjà à une statue de cire. Raymond s'approcha et se pencha sur elle pour s'assurer qu'elle respirait encore. Il porta une main vers son front, puis la retira sans la toucher. A quoi bon s'infliger la torture de la regarder passer ? Elle le haïssait et le redoutait comme tous les autres, il l'avait vu à la façon dont elle plissait les yeux quand elle l'observait. Pour elle, il était synonyme de chagrin et d'effroi.

Alors qu'il regagnait la porte et s'attardait un moment

sur le seuil, gravant ses traits dans sa mémoire, elle ouvrit brusquement les paupières. Ses yeux verts se rivèrent sur les siens et elle sourit, d'un sourire poignant qui lui lacéra le cœur. Sans réfléchir, il revint jusqu'à son lit, s'agenouilla à son chevet et saisit son visage entre ses mains. Puis il abaissa sa bouche sur ses lèvres pâles et les caressa avec une douceur douloureuse.

D'instinct, il voulait lui donner toute la tendresse qu'il gardait au fond de lui et qu'il s'acharnait à nier, toute l'affection dont il était encore capable même s'il se refusait à le reconnaître. Il mit tout cela dans son baiser, chargé à son insu d'une force intense.

Ceridwen flottait entre le rêve et la réalité. A l'instant, elle avait vu Owain debout sur le seuil de sa chambre, les yeux étincelant d'amour. Il était venu lui dire qu'il voulait la ramener chez elle, dans sa famille — auprès de lui. Elle lui avait souri, emplie de gratitude et d'un bonheur merveilleux. Qu'il était bon de le retrouver enfin !

Il s'était approché d'elle et avait pris son visage entre ses mains, comme autrefois, pour lui donner un baiser de paix et d'absolution, car il avait maintes choses à lui reprocher. Elle distinguait mal ses traits — il était trop proche —, mais elle aperçut l'éclat d'un regard bleu foncé. Comment était-ce possible ? Les yeux d'Owain étaient bruns ! Et au lieu d'embrasser son front, sa joue ou le bout de son nez, comme il avait coutume de le faire quand elle était petite, il posa sa bouche sur la sienne.

Elle était douce et lisse, et fleurait bon des odeurs familières : celle d'une lame fraîchement aiguisée, avec l'huile dont on l'enduisait pour l'empêcher de rouiller, le pelage d'un cheval, une peau de mouton... Mais également quelque chose de plus rare, de plus fort, un parfum de terre qui pénétrait ses sens et l'intoxiquait.

Son baiser était aussi brûlant, entêtant, vivifiant que la plus puissante des liqueurs. Elle le sentait couler en elle, vibrant, pareil à des ondes d'énergie légères et lumineuses. C'était un cadeau exquis, riche et pur, venu tout droit du ciel.

Un cadeau... qu'elle ne tenait nullement d'Owain.

Elle s'en avisa avec un choc quand celui qui l'avait embrassée se leva et s'éloigna, le dos tourné. Sa vision s'éclaircit. Alors qu'il franchissait la porte, elle reconnut ses cheveux brillants et son surcot bleu de nuit.

Raymond de Beauchamp. Son ennemi. Son promis. Un homme qui appartenait à une fratrie de meurtriers et de violeurs.

L'estomac de Ceridwen se contracta. Elle se frotta les lèvres, essayant d'effacer toute trace de son baiser.

Vainement, constata-t-elle. Une part de lui s'était infiltrée en elle, se mêlait à sa chair, chantait le long de ses veines. Elle ne pouvait plus le chasser. Et en dépit de tout ce que sa tête lui rappelait au sujet de ce seigneur cruel et dur, son cœur lui tenait un autre discours : il était plein de joie, devant la justesse de ce qu'elle venait d'éprouver.

Alys entra.

— Là, là, ma belle ! marmonna-t-elle en tapotant le front et les poignets de Ceridwen avec un linge trempé dans de l'eau froide. Reposez-vous bien calmement. Il est parti, maintenant. Vous n'avez plus à vous tourmenter.

La jeune fille contempla le bon visage rassurant de la gouvernante et des larmes brûlantes jaillirent de ses yeux, roulant sur ses joues et descendant vers ses oreilles. Elle n'avait pas la force de les essuyer.

— Eh bien, eh bien ! reprit la bonne Alys. Vous serez vite d'aplomb, mon chaton. C'est à cela, qu'il faut penser ; pas à ce méchant homme qui vous fait peur.

Ceridwen protesta faiblement.

— Je ne pensais pas...

— Tout doux, mon ange, coupa la vieille femme. Il n'a pas toujours été ainsi, vous savez, l'air sombre et rembruni comme il est maintenant. Jadis, c'était un enfant adorable, au cœur d'or. Vous n'auriez pu trouver meilleur garçon, plus gentil ni plus charmant.

— Pourquoi a-t-il changé ? demanda Ceridwen dans un murmure.

— Ce n'est pas à moi de vous le dire. Un jour, il vous le confiera lui-même, j'en suis sûre. Alors, tout s'arrangera peut-être...

Alys se redressa.

— Je vais vous faire apporter une bonne bouillie. Et

gare à la servante si elle ne vous oblige pas à vider votre bol, vous m'entendez ? Je lui chaufferai les oreilles !

Ceridwen sourit à travers ses larmes.

— J'ai entendu, Alys. Je boirai tout, pour éviter une punition à cette pauvre fille.

L'après-midi était froid et clair. Des rayons de soleil mouillés de pluie traversaient la feuille de parchemin qui garnissait l'étroite croisée. Enroulée dans une couverture, Ceridwen recousait la fente que l'épée de Raymond avait ouverte dans son surcot.

Du jour où il l'avait embrassée, elle avait commencé à aller mieux. Son rétablissement avait été rapide. La fièvre l'avait affaiblie, mais elle s'était remise à manger autre chose que du gruau, et ses forces étaient revenues. Assez vite, elle avait pu trottiner à travers sa chambre. Sa plaie s'était enfin refermée proprement, laissant sur sa peau une cicatrice rose de la longueur de son petit doigt.

Depuis près de deux semaines, le chevalier n'était plus revenu la voir. Quelquefois, elle se demandait où il était et des bribes de souvenirs ou de rêves émergeaient de sa mémoire. Elle le revoyait assis à son chevet, en train de l'observer, le bleu froid de ses yeux aussi profond et tourmenté que la mer en hiver. Cette simple évocation suffisait à réveiller en elle des sentiments confus et troublants qu'elle s'efforçait d'écarter.

Elle n'avait toujours pas rempli sa promesse envers

cet homme, se rappela-t-elle, et il serait temps qu'elle y songeât. Elle ne serait qu'une couarde indigne de la confiance de son père, si elle s'y refusait.

Alys entra dans sa chambre, tenant une bourse de peau bien garnie.

— Notre sire a dit que vous preniez cette bourse, annonça-t-elle, les mains tremblantes.

— Que contient-elle ? s'enquit Ceridwen.

Un tintement lui répondit avant que la gouvernante ait rouvert la bouche.

— Des pièces d'argent, pour vous sustenter durant votre voyage. Il vous l'offre en guise d'adieu.

— D'adieu ? s'exclama la jeune fille. Mais pourquoi ? Sire Raymond serait-il revenu sur sa parole ? Pense-t-il acheter mon départ avec cet argent ?

La vieille femme pinça les lèvres.

— Il m'a ordonné de vous le remettre il y a quatorze jours de cela, quand il est parti, et son retour ne saurait tarder. S'il découvre en arrivant que ce sac est toujours dans sa chambre, vous pouvez gager qu'il m'en cuira. Je n'aurais jamais dû attendre aussi longtemps pour lui obéir, marmonna-t-elle.

Elle se tordait nerveusement les mains, et ne cessait de jeter des coups d'œil terrifiés en direction de la porte.

Jamais Ceridwen ne l'avait vue dans un tel état. Elle sentit la panique la gagner à son tour. Il fallait qu'elle reste. Si elle s'en allait, Beauchamp n'aurait plus aucun motif de respecter la trêve dont son peuple avait tant besoin. Il pourrait même alléguer qu'elle s'était enfuie, pour mener à bien ses sinistres desseins.

Elle s'efforça de conserver un calme apparent, afin de ménager Alys.

— Vous n'avez qu'à enterrer ces pièces ou les donner à des pauvres, déclara-t-elle d'un ton faussement détaché. Pour ma part, je n'en ai que faire.

— Ce que vous avez à en faire, je viens de vous le dire, milady. J'étais censée vous enterrer avec ou vous les donner, mais de toute manière vous ne deviez plus être ici au retour de mon seigneur. Or il sera là avant ce coucher de soleil ou celui de demain.

Sous son humiliation, la jeune fille sentit pointer une terreur toute neuve.

— M'enterrer avec ? répéta-t-elle d'une voix blanche. Je ne suis point morte, que je sache ! Et pourquoi voulait-il mettre cet argent dans ma tombe ?

— Quand je dis *avec*, ce n'est point pour dire *avec vous*, sotte que vous êtes ! Je devais m'en servir pour payer vos funérailles, si votre mal vous emportait. Oh, et puis tranchons là. Vous m'embrouillez et nous n'avons plus de temps à perdre. Vous devez partir. Je vous ai fait préparer des aliments, un poney et la meilleure mante de Shona. C'est le vieux Nance qui vous conduira au village. Il est sourd comme un pot, mais c'est un brave homme. De là, vous pourrez louer un guide pour vous escorter jusqu'au cloître voisin d'Usk, d'où vous ferez prévenir votre papa.

Cachant son désarroi, Ceridwen posa une main sur le bras de la gouvernante.

— Je vous remercie pour tout ce que vous avez fait pour moi, ma bonne Alys. Je sais que vous n'obéissez point de gaieté de cœur aux ordres de votre seigneur. Je n'oublierai pas votre gentillesse. Toutefois je ne prendrai pas son argent, ni quoi que ce soit d'autre. Je repartirai comme je suis arrivée.

— De grâce, milady ! Laissez la bourse si vous y tenez, mais prenez au moins le poney et le reste, pour votre voyage !

Le regard implorant de la vieille gouvernante eut raison de la fierté de Ceridwen.

— Entendu, Alys. A une condition : un jour prochain, je reviendrai et je vous paierai.

Alys s'essuya les joues, acquiesça d'un geste résigné et sortit précipitamment.

Le cœur lourd, Ceridwen enfila son surcot par-dessus sa cotte et sa chemise. Comment pourrait-elle en vouloir à sire Raymond ? Elle faisait une piètre fiancée, dans l'état où il l'avait vue. Il avait le droit de se sentir floué.

Mais cela ne réglait pas tout. Elle ne pouvait oublier les trop nombreuses vies qui dépendaient de son mariage. Qu'il le veuille ou non, l'arrogant seigneur des Marches anglo-galloises remplirait la promesse faite aux *Cymraeg*. Elle se chargerait de l'y contraindre.

5

La quinzaine s'était écoulée. Ainsi qu'il l'avait ordonné, Ceridwen n'était plus à Rookhaven. Raymond lança rageusement le dernier de ses gobelets de verre contre une pierre pointue qui saillait du mur de sa chambre. Il toucha juste et explosa en une pluie d'échardes vertes.

De retour chez lui, le jeune seigneur avait passé deux bonnes heures à briser pièce par pièce sa précieuse verrerie, chaque jet plus véhément que le précédent au fur et à mesure que son humeur se détériorait.

— Holà, mon ami ! Que se passe-t-il donc ? Est-ce ainsi que vous me saluez ?

Une silhouette imposante et familière était campée sur le seuil.

— Giles. C'est bon de vous revoir.

Raymond tendit la main à son lieutenant, qui lui donna une solide accolade et de joyeuses tapes dans le dos avant de le relâcher.

— Vous vous êtes occupé, ce me semble, observa-t-il en se débarrassant de son glaive, de son écu, de son heaume et de ses gantelets pour les poser sur la table.

Un tapis de débris rutilants jonchait le sol — et recouvrait même Sauveur endormi.

Raymond garda le silence.

— Allons, dites-moi ce que vous avez sur le cœur. Nous n'avons pas de secrets l'un pour l'autre, insista le chevalier. Pour autant que je sache.

Son compagnon, agacé, se retint de lever les yeux au ciel.

— Si je vous disais tout, il n'y aurait plus de secret qui tienne, maugréa-t-il.

Il se laissa choir avec lourdeur sur le banc qui jouxtait la table et contempla fixement les fissures du chêne.

— Qu'a donc ton maître, Sauveur ? lança Giles d'un ton léger. Sa langue s'est cruellement acérée, et il boude comme un enfant privé de foire.

Il emplit de cervoise un hanap de bois. Raymond grogna et se prit la tête entre les mains. Son second l'observa d'un air pensif.

— Vous avez besoin d'aide, mon ami. Que puis-je pour vous ?

— Me tirer de ma misère.

Giles acquiesça d'un air entendu.

— Comment se nomme-t-elle ?

— Ceridwen. Ma promise, avoua Raymond à bout de résistance.

— Ah. Où est le problème, alors ? Prenez-la !

— Elle n'est plus ici.

Son lieutenant le fixa, redevenu sérieux.

— Qu'avez-vous fait ?

— Quand je suis parti, elle était mourante. J'ai commandé qu'elle ne soit plus là à mon retour.

Mourante et souffrante par sa faute. De sa main, pensa sombrement le jeune homme, en éprouvant de nouveau la morsure du remords.

— Tudieu ! Vous savez vous compliquer la vie. Pourquoi une telle décision ?

— Elle me rappelait par trop Meribel. Je n'ai pu le supporter.

— Vous n'aviez qu'à la trousser un bon coup ; vos tourments se seraient envolés.

La mâchoire de Raymond se raidit.

— Vous me montrez moins de respect encore que cette mégère d'Alys. Ceridwen n'est point faite pour être traitée rudement.

— Votre pardon, messire. J'ignorais qu'il existait des femmes qui rechignent à ce genre d'exercice. Mais que va dire son père ?

— Je ne sais, pas plus que je ne suis sûr qu'elle vive encore. Alys refuse de me parler. Mais laissons cela.

Raymond prit la chope de son compagnon et avala une longue goulée de cervoise, histoire de noyer un moment son désespoir.

— Comment s'est passée votre expédition ?

— Plutôt bien. Robert de Dinsdale nous enverra douze hommes, dont deux chevaliers. Conrad Shortneck nous a promis vingt pièces : cinq chevaliers, cinq cavaliers et dix hommes d'armes. Plus huit de Cruikshank, sans compter Lucien de Griswold — qui viendra en personne accompagné de ses dix meilleurs soldats. Il voue à Alonso une haine presque aussi féroce que la vôtre.

— Cinquante et un, calcula Raymond, plus les vingt que nous sommes. Il nous faut davantage.

Il frappa la table du bout de ses doigts.

— Il n'en est point d'autres à qui nous puissions faire confiance, déclara Giles.

Sauveur se leva et s'ébroua, semant autour de lui les échardes de verre qui le couvraient. Comme il passait près de son maître, ce dernier voulut lui gratter la tête. Le chien-loup découvrit ses mâchoires avec un grognement sourd. Raymond retira sa main.

— Que lui arrive-t-il ? s'enquit Giles étonné.

— Il est irritable, ces derniers temps, répondit Raymond — sans ajouter ce qu'il pensait : comme lui, depuis qu'ils avaient laissé Ceridwen derrière eux.

Il réfléchit un moment, tandis que Sauveur se couchait sur son pied botté.

— Si nous ne pouvons compter sur d'autres alliés, il faut engager des mercenaires. Que diriez-vous de ces Teutons de Rotham ?

— Cela me semble risqué, et coûteux.

— J'ai de l'argent de côté. Dieu sait que je n'ai pas dépensé grand-chose dans ce château, depuis les fortifications. *Et pas un farthing pour les funérailles de Ceridwen.*

— Et les armes ? demanda Giles. Avons-nous assez de lances, de haches de combat et autres gourdins ?

— Oui. Bruce et l'armurier y ont veillé. Toutefois, nos amis devront apporter tout ce qu'ils peuvent.

Wace frappa et passa la tête dans l'entrebâillement de la porte. Son maître lui fit signe d'entrer.

— Comment va, jeune homme ? lança Giles en le saluant d'un signe de main. Prêt pour un peu de bagarre et de troussage de jupons ?

Il était toujours jovial, à l'approche d'un combat. L'écuyer s'empourpra et jeta une œillade mal assurée à Raymond, qui se contenta de hausser les épaules. Wace, alors, se redressa de toute sa taille et prit un air farouche.

— Je suis prêt à tout, sir.

Giles s'esclaffa bruyamment et frappa la table de sa paume. Raymond réprima un sourire amusé, et reprit aussitôt sa mine sévère.

— Prenez l'équipement de sir Giles et nettoyez-le, Wace. Assurez-vous que sa monture est bien logée et faites-lui donner une ration d'avoine dûment réchauffée. Cette bête supporte mal la froidure.

— Oui, messire.

Le jouvenceau se saisit du barda et s'éclipsa. Giles poussa un grand soupir.

— Ah, si seulement vous vous souciiez autant de mon confort que de celui de mon cheval !

— De quoi vous plaignez-vous ? rétorqua Raymond en enfouissant ses deux mains dans ses cheveux.

— Il vous faut davantage de femmes, dans ce château. Une épouse, d'abord, pour recevoir vos hôtes et les baigner. Et toutes les servantes et dames de qualité qui vont avec, afin de distraire et d'accommoder vos amis.

— Debout, ou couchées ? riposta le jeune seigneur en dégainant sa dague, qu'il planta furieusement dans le bois de la table.

— Pourquoi pas les deux ? répondit Giles, les doigts noués derrière sa nuque.

Raymond grogna.

— Nulle femme sensée ne voudrait de moi, et c'est bien ainsi. Vous savez les rumeurs qui courent à mon propos.

— Si je les sais ! Le blond héros Raymond de Beauchamp, dont les faits de bravoure sont chantés du nord au sud du pays. Le terrible Dragon noir, qui se tapit derrière ses murailles décrépites et guette les pucelles de passage afin de les dévorer. Quelle version a votre préférence ?

— Ni l'une, ni l'autre. Je ne saurais dire moi-même ce que je suis.

— Alors retrouvez au plus vite la jouvencelle qui vous a ensorcelée, ramenez-la et n'en parlons plus.

— C'est d'Alonso, que je dois m'occuper.

Raymond entailla la table et balaya d'une main nerveuse les copeaux de chêne. Giles n'avait pas à savoir ce qui le retenait de lier à lui une innocente jeune fille, qui ne connaîtrait à ses côtés qu'une brève vie de souffrance.

— Etes-vous sûr que ce soit sage ? Je n'aimerais pas être à votre place, si votre frère vous prend vivant.

— C'est moi qui le prendrai, affirma Raymond d'un ton dur. J'ai prévu sa défaite dans les moindres détails.

Il planta de nouveau sa dague dans la table, si violemment que la lame en trembla.

— Je fais ce que je dois, Giles.

— Vous vous menez la vie dure, Raymond. Il me plairait de vous voir content, un jour.

Le jeune homme leva les yeux et rencontra le regard soucieux de son ami.

— Merci, mais mon bonheur est entre mes propres mains. Et dans celles de Dieu.

Un frôlement d'étoffe et un léger bruit se firent entendre derrière la porte entrouverte.

— Entrez ! lança Giles avec un large sourire.

Shona pénétra dans la chambre, chargée d'un plateau. Fille d'un chevalier mort au service de Raymond, elle n'avait nul lieu d'accomplir les besognes d'une servante. Mais elle tenait à se rendre utile, en échange de la protection qui lui était allouée, et rien ni personne ne pouvait l'en faire démordre. Comme elle était ravissante et dotée d'un esprit délié, Giles, bien sûr, ne cessait de la poursuivre de ses assiduités.

Elle esquissa une courbette, sourit à Raymond et jeta une brève œillade au chevalier.

— Wace m'a priée de vous apporter cette collation, messire.

Elle disposa sur la table un large tranchoir de pain bis, du ragoût de mouton et du fromage. Giles oublia sa gloutonnerie coutumière pour s'emparer de sa main ; avec une familiarité bonhomme, il l'attira à lui et passa un bras souple autour de ses hanches.

— Ah, gente Shona, quand donc nous marierons-nous, ainsi que je vous en supplie depuis si longtemps ? demanda-t-il, la prunelle malicieuse.

— Quand votre cœur me sera fidèle, sir, et que vous n'aimerez nulle autre que moi, répondit la jeune fille en enroulant charmeusement une boucle ébène autour de son doigt.

Giles courba la tête et pressa sa joue au creux de sa taille fine.

Raymond détourna les yeux de cette tendre scène, qui ne faisait qu'élargir le trou insupportable creusé en lui par la gangrène du doute. En dépit de ses affirmations péremptoires, il commençait à s'interroger sur les véritables mobiles qui le poussaient à combattre son frère aîné. Quelle part était donnée à la vengeance, quelle autre au pur désir de détruire ? Etait-ce Alonso, qu'il souhaitait réduire à néant en raison de sa cruauté et de ses vices, ou lui-même — parce qu'il ne tolérait plus ce qu'il était devenu ?

Quoi qu'il en fût, cette route le menait droit à l'enfer. Mais il y rôtissait déjà, de toute façon. Depuis de nombreuses années.

Il ne pouvait chasser de ses pensées la mystérieuse fille aux cheveux noirs qui avait si brièvement adouci son existence, malgré les odieuses circonstances de son séjour chez lui. Ceridwen. Il la désirait. Il brûlait de la revoir, de la toucher. De sentir couler entre ses doigts la soie de ses mèches couleur de nuit, de savourer encore ses lèvres douces s'offrant aux siennes. Il rêvait de promener les mains sur son corps souple, d'embraser de passion sa peau d'albâtre.

Pourtant, si elle était encore en vie, elle avait préféré affronter les dangers d'une forêt hostile plutôt que le péril de sa présence. Et c'était sa faute, maudit soit-il !

Il arracha sa dague de la table, se leva sans accorder un regard à la nourriture qui lui avait été servie et quitta sa chambre, Sauveur bondissant sur ses talons.

Giles soupira et se leva à son tour. Shona, qui lui arrivait à peine à l'épaule, leva vers lui son frais minois, encadré de boucles blondes échappées de sa coiffe.

— Vous êtes bien trop grand pour moi, sir Giles, murmura-t-elle en baissant les yeux.

— Pas si grand que cela, ma mie. Et qui s'en préoccupe, allongé dans un lit ?

Du bout du doigt, le chevalier la força à relever le menton. Elle lui donna une tape. Il emprisonna ses petites mains calleuses d'une poigne ferme, passa son bras libre autour de sa taille et la hissa à la hauteur de son visage.

— Je suis tout à vous, damoiselle. Faites de moi ce qu'il vous plaira.

Fermant les yeux à demi, il approcha lentement sa bouche de celle de la jeune fille. Elle se tortilla pour lui échapper.

— Lâchez-moi, rustre que vous êtes ! Non, attendez…

Se reprenant, elle déposa un chaste baiser sur ses lèvres.

— Maintenant, déposez-moi par terre.

— Voilà qui est mieux que rien, déclara Giles en la remettant doucement sur ses pieds. Ce serait même un joli début, si je ne devais rejoindre Raymond avant qu'il se fasse du mal.

Shona, qui s'apprêtait à desservir la collation intacte, interrompit son geste.

— Aidez-le, sir Giles. Nul d'entre nous ne parvient à lui parler… comme il faudrait lui parler, pour alléger ses tourments.

— Je vais essayer, ma douce Shona.

L'herbe était encore mouillée de rosée. L'ancienne croix celtique, dont la pierre moussue était gravée de dessins enchevêtrés, se dressait telle une stèle mortuaire sur le côté de la route.

Montée sur le poney alangui qu'Alys lui avait fourni, Ceridwen évita son ombre glacée et frissonna, nerveuse. Le guide dont elle avait loué les services, avec la promesse que son père le paierait plus tard, était en retard.

Le vieux Nance frotta son nez bulbeux et scruta le chemin désert.

— Vous n'aurez rien à craindre si vous attendez Rory ici, *lass*, déclara-t-il d'une voix forte. C'est un lieu sacré.

Ceridwen fronça les sourcils.

— Certes, mais comment le reconnaîtrai-je ? s'enquit-elle en haussant le ton pour se faire entendre du bonhomme.

— Il saura vous trouver, lui. Il n'y a point d'autre jouvencelle que vous dans les parages, Dieu vous garde et vous bénisse.

Il gratta sa joue râpeuse d'un geste résigné.

— Moi, mieux vaut que je rebrousse chemin, à présent. Ma moitié me coincera certains morceaux dans la presse à fromage, si je manque la messe.

— Mais…

— Adieu, ma dame. Le ciel vous protège durant votre voyage.

Sur un signe de main, Nance s'éloigna vers le village avec une prestesse surprenante pour ses jambes arquées. Manifestement, il était pressé de rejoindre la chaleur de sa chaumine.

Ceridwen espéra qu'il avait dit vrai, et que ce carrefour était un endroit sûr. Elle posa une main sur la robuste dague passée dans sa ceinture, son seul réconfort. Rookhaven et son ténébreux seigneur étaient loin, mais l'autorité ombrageuse de sire Raymond semblait s'étendre sur son fief et ses gens même lorsqu'il n'était pas là. Comment reviendrait-elle ? Elle n'en avait nulle idée ; il allait falloir qu'elle songe à un plan.

Le poney releva la tête et pointa ses oreilles velues vers l'avant. La jeune fille serra les doigts sur son poignard, son autre main crispée sur la bride. Deux hommes gravissaient la côte, massifs, armés chacun d'une épée courte. A en juger par la rusticité de leur mise et leur grosse tête carrée, hérissée de cheveux roux, il devait s'agir de vilains — et de deux frères par surcroît. Leur port insolent et leur regard insistant, cependant, mirent Ceridwen mal à l'aise.

Arrivé près d'elle, le plus grand prit la parole :

— Le bonjour à vous, belle dame. Sam et moi, on vient de croiser le vieux Nance. On lui a dit que Rory était encore trop soûl pour servir à quelque chose, ce matin.

La jeune fille réveilla sa monture d'une pression des genoux.

— Ce qui signifie ?

Le manant sourit.

— Même sobre, cet abruti de Rory ne serait pas fichu de traverser tout seul le pré du village pour sauver sa peau. Moi et Sam, on veut bien vous servir d'escorte et de guides à sa place. On ne vous coûtera pas cher.

Il loucha sur le balluchon accroché à la selle de Ceridwen — qui ne contenait que du pain et du fromage, contrairement à ce qu'il escomptait visiblement.

— Je vais rattraper Nance et lui parler moi-même. Je n'ai rien pour vous payer, il vous faudra attendre d'arriver chez moi, répondit la jeune fille d'un ton qu'elle espéra convaincant.

Les deux hommes échangèrent une œillade. Celui qui avait parlé s'écarta, tandis que le dénommé Sam s'approchait du poney. Le cœur de Ceridwen s'emballa, son estomac se contracta.

Le premier sourit derechef.

— Rien ? releva-t-il d'une voix railleuse. Vous étiez pourtant hébergée chez Beauchamp. Tout le monde sait que sire Raymond se montre fort généreux avec les dames, et qu'il rétribue toujours largement leurs… services.

Décochant un clin d'œil à son frère, il tendit la main vers la bride.

— Non !

Ceridwen talonna les flancs de sa monture et la lança en avant, tout en dégainant son poignard.

— Reculez ! ordonna-t-elle. Je n'ai rien accepté du sire de Beauchamp. Son argent pue par trop le sang et la boue !

Les manants hésitèrent, puis ils haussèrent les épaules et s'écartèrent devant sa lame brandie. Elle les dépassa, parvint non sans peine à mettre le paresseux animal au trot et détala le long de la route. Elle ignorait si c'était la bonne, mais peu lui importait, à partir du moment où elle laissait ces brigands derrière elle.

— Vous avez fait un bien pauvre marché, *lass !* clama

l'un des frères. Un pucelage vaut une belle fortune, pour un Beauchamp !

Ils s'esclaffèrent en chœur. Ceridwen ne se retourna pas. Il faisait grand jour, après tout. Elle irait trouver le prêtre de la paroisse la plus proche et lui demanderait l'asile, en attendant de savoir que faire.

Monté sur son coursier, Raymond galopait vers l'ouest, maudissant le jour qui faiblissait, les nuages menaçants qui s'accumulaient au-dessus des collines, l'obstination des Galloises et surtout sa propre idiotie.

Il avait cru pouvoir ignorer le sort de Ceridwen, mais ses tourments étaient vite devenus intolérables.

Quand il était rentré, Alys l'avait gratifié d'un regard si aigre qu'il eût suffi à cailler une pleine baratte de lait, et avait refusé de lui fournir le moindre renseignement. De fait, ce silence buté le rassurait. Si la donzelle était morte, sa vieille nourrice ne se serait certainement pas contentée de lui battre froid ; elle aurait retourné contre lui le château tout entier — et fait de sa vie un enfer pire que celui qu'il traversait déjà.

Il s'était donc élancé comme un fou qu'il était, battant la campagne, galopant par monts et par vaux, passant au crible tous les chemins creux, les sentes à moutons et les haltes de voyageurs qu'il pouvait trouver. En vain. Sauveur l'aidait dans sa quête en fouillant haies et fourrés, mais son chien-loup revenait toujours bredouille, lui aussi.

Peut-être gisait-elle dans un fossé, à moins que des loups ne l'aient déjà dévorée, pensait Raymond, les poings crispés sur ses rênes. Il n'aurait jamais dû la quitter. Son devoir était de la reconduire lui-même chez elle — qu'elle fût morte ou vive. Il n'était qu'une larve, un crétin fini. En la raccompagnant, il n'eût fait que remplir ses obligations envers elle ; nul n'aurait songé à le soupçonner d'un quelconque attachement.

Il ne lui restait qu'un moyen de racheter sa bêtise, se dit-il en levant les yeux vers les nuées violettes, lourdes de pluie. Tant qu'il serait en vie, promit-il solennellement à Dieu, il honorerait l'alliance requise par lord Morgan. Même sans une fiancée pour sceller leur pacte.

Le soleil avait disparu. Un orage se préparait, et Ceridwen emprunta un sentier qui menait vers les bois pour s'y abriter. Elle s'arrêta dans un vallon tranquille, loin de la route, et descendit enfin de sa monture. Pendant que le poney broutait l'herbe épaisse qui poussait sous les arbres, elle s'adossa au tronc noueux d'un vieux chêne.

Elle était fourbue, et ne pouvait s'octroyer le luxe de céder à la peur. Elle enfonça les doigts dans la mousse fraîche qui recouvrait l'écorce, leva les yeux vers les ramures qui soupiraient dans le vent et aperçut des écureuils qui sautaient de branche en branche. Elle se sentait au bord de la pâmoison, les membres privés de toute pesanteur. Si elle lâchait prise, lui semblait-il, elle s'envolerait et monterait telle une plume vers les lourdes nuées qui s'amassaient au-dessus des frondaisons.

C'était comme si toute sa volonté avait été aspirée d'elle en même temps que le poison qui l'avait infectée. Et sa raison avec. Il fallait qu'elle ait perdu le sens, égarée par une fierté déplacée, pour quitter Rookhaven comme elle l'avait fait. Mais Beauchamp lui avait-il laissé d'autre choix ?

Un bruit de chaîne et le hennissement aigu de son poney l'alertèrent soudain. Elle vit un énorme molosse qui bondissait vers elle, suivi d'un cavalier vêtu d'un haubert. Son premier réflexe fut de s'enfuir en courant et de se cacher, mais Rhys lui avait toujours dit qu'il ne fallait pas courir devant un chien. Mieux valait se rouler en une boule serrée, afin de lui offrir le moins de prise possible. C'est ce qu'elle eût fait, sans doute, si le chien avait été seul. Mais au même instant elle s'avisa qu'il s'agissait de Sauveur — et de Raymond.

Hormis sa silhouette et son cheval, aisément identifiables, elle l'eût reconnu tout de suite à son allure rageuse et à son expression courroucée, se dit-elle.

Elle ravala le nœud qui se formait dans sa gorge et affronta son regard glacial.

— Que me voulez-vous, messire ?

— Grimpez sur ce poney. Je vais vous reconduire, déclara-t-il d'une voix rauque qui surprit la jeune fille.

Il s'attendait à ce qu'elle proteste et refuse de le

suivre, pensa-t-elle. Elle l'aurait juré. Mais s'il espérait être forcé de la traîner derrière lui jusqu'à Rookhaven, elle ne lui ferait pas ce plaisir. Son honneur exigeait qu'elle revînt de son propre gré. Elle caressa la tête de Sauveur et répondit d'un ton suave :

— Volontiers, messire. Je vous suis.

Elle eut du mal à cacher sa satisfaction devant l'expression médusée — et même un brin fâchée — du beau seigneur. Sans doute avait-il compté ne plus la revoir, et l'accuser de son propre revirement. Tant pis pour lui. D'un geste ferme, elle empoigna la bride du poney, qui rechigna à abandonner sa pâture pour être amené près du grand coursier, mais finit par obéir.

Appuyé sur sa selle, Raymond observa Ceridwen pendant qu'elle se hissait sur sa monture, et n'esquissa pas un mouvement pour l'aider.

— Vous me semblez fort bien remise, milady, constata-t-il d'un ton neutre.

Sa blessure était encore sensible, surtout après cette longue chevauchée, mais elle se garda bien de l'admettre.

— Je me porte à merveille, messire. Partons.

— Allons-y.

Dans un craquement de cuir, Raymond fit volter son coursier et repartit vers la route. Mais là, au lieu d'aller vers Rookhaven, il prit la direction que Ceridwen suivait avant sa halte.

Elle talonna le poney pour le rattraper.

— Ne vouliez-vous point me reconduire ?

— C'est ce que je fais, répondit-il en lui jetant un bref coup d'œil. Je vous ramène chez vous, à Llyn y Gareg Wen.

Une flambée de colère s'alluma dans la poitrine de la jeune fille. Elle tira sur ses rênes.

— Je ne vous ai fourni nulle raison de m'humilier et de me rejeter, messire. Je refuse d'être ramenée chez moi comme un vulgaire rebut dont vous ne voulez plus. Nous sommes liés par un pacte que vous vous devez d'honorer, comme j'ai l'intention de le faire.

Raymond arrêta son cheval et s'adressa à la route, le dos tourné.

— Vous ne savez ce que vous dites. Vous ignorez tout des périls que vous encourriez si vous restiez auprès de moi. Il vaut beaucoup mieux que vous retrouviez la protection de votre père.

— Vous n'avez nul droit de me dénier mon devoir ! Cela est mal ! protesta Ceridwen, hors d'elle.

Elle retint son souffle quand Raymond, brusquement, tourna la tête et la vrilla d'un regard farouche.

— Ne me parlez pas de devoir, ni de bien, ni de mal ! déclara-t-il d'une voix vibrante. Je ne vous déshonorerai pas une deuxième fois en vous forçant à partir. Je croyais que ce serait votre préférence. Refusez-vous de rejoindre votre peuple ?

La gorge de la jeune fille la brûlait atrocement. De tout son être, elle souhaitait retrouver les siens. Mais elle se commanda d'agir comme elle le devait.

— Oui, je refuse.

Le visage du chevalier redevint impassible.

— Qu'il en soit donc ainsi, acquiesça-t-il d'un ton sourd, avec un calme qui ne donnait que plus de poids à ses paroles. Une encoche de plus sur la taille de mes mauvaises actions ne fera pas grande différence, au jour du jugement dernier. Je n'espère plus de salut.

Sur ces mots, il tourna bride et se remit en marche. Ceridwen poussa le poney à sa hauteur, incrédule. Pensait-il ce qu'il disait ?

Les traits contractés de son compagnon lui prouvèrent que non. Malgré ses affirmations, il paraissait en proie à une vive souffrance, comme si un mal secret rongeait son âme qu'il prétendait si noire. Elle ne voyait nullement en quoi elle pouvait alourdir la somme de ses péchés, cependant. Mais elle jugea plus sage de ne pas lui poser la question.

Alors qu'ils s'apprêtaient à entrer dans un bois, il tira sur les brides de son coursier qui paraissait nerveux et huma l'air frais.

— La pluie va bientôt nous surprendre, annonça-t-il. Je connais un raccourci, mais la pente en est fort raide. Vous sentez-vous capable de la gravir ?

— Oui, affirma la jeune fille.

Quoi qu'il advienne, se promit-elle, elle s'accrocherait à son poney telle une touffe de bardane. Toutefois, lorsqu'elle vit Raymond détaler à vive allure entre les fourrés, elle se demanda quelle folie l'avait saisi, tout soudain. Et son cheval paraissait aussi dément que lui.

Elle peinait à les suivre, mais ils poursuivaient leur route sans se soucier d'elle, comme s'ils ne songeaient qu'à sortir au plus vite d'une forêt qu'ils redoutaient. Ceridwen se rappela ce que le jeune seigneur lui avait confié un jour : il traversait toujours les bois à la vitesse d'une flèche, par crainte des embûches et des traquenards qu'ils pouvaient receler. Elle en avait la preuve, même si elle comprenait mal qu'un guerrier pût montrer un tel effroi face à des dangers invisibles.

Tandis qu'elle ahanait, cramponnée à la crinière de son poney, elle vit Raymond lâcher sa bride et s'allonger sur l'encolure de son cheval, ne faisant qu'un avec lui, tandis que Sauveur galopait à son côté, la langue pendante. Il semblait jouir profondément de cette course folle, comme s'il l'avait oubliée.

Elle ne se trompait guère. Les paumes plaquées sur le pelage moite de son coursier, Raymond absorbait de tout son être la formidable puissance qui émanait de l'étalon. Les troncs défilaient à vive allure de part et d'autre du sentier, des éclairs de lumière alternaient sans cesse avec leurs bandes sombres. Il prenait un plaisir féroce à cette sauvagerie. Pour un moment encore, il ne voulait ni penser ni sentir. Il voulait juste exister.

Cette trêve bénie fut subitement rompue par un trait de blancheur qui bondit hors des fourrés et traversa juste devant eux.

Grendel poussa un hennissement de frayeur, rua et se cabra. Son cavalier parvint à rester en selle. Mais lorsqu'il vit que le coursier fonçait tout droit sur une branche basse, il vida ses étriers, glissa prestement sur son flanc et se laissa choir sur le sol — de fort mauvaise manière. Secoué par sa chute, il resta allongé sur le dos, les yeux fermés.

Un tintement de harnais et le bruit de sabots qui s'éloignaient lui indiqua que Grendel avait pris la fuite. Puis une langue chaude et râpeuse lécha sa joue. Sauveur gémissait, inquiet. Peu après, Raymond entendit renâcler un poney et sentit des naseaux brûlants lui chatouiller le flanc. Dieu fasse que Ceridwen soit encore juchée sur le dos de ce bougre d'animal, pensa-t-il.

— Etes-vous blessé, messire ?

— Non.

Il se redressa et se remit un peu trop vite sur pieds — sans saisir la main que la jeune fille lui offrait. Son genou droit le lançait férocement. Alors qu'il se penchait pour l'examiner, un son léger, de feuilles froissées, lui fit relever la tête. Médusé, il riva les yeux sur une courbe du sentier.

Il avait devant lui un animal de légende. Un cerf blanc, qui vivait et respirait. Jusqu'alors, la fabuleuse créature n'avait existé pour lui que sur son blason — ou dans les histoires qu'Alys lui narrait quand il était petit.

Il cligna des paupières, regarda de nouveau : le cerf était toujours là, immobile, les naseaux frémissant à chaque souffle, ses prunelles d'un brun profond fixées sur lui. Raymond crut voir une lumière bleutée auréoler ses grands bois et la ligne de son échine.

Soudain, il souffla et gratta le sol de son sabot. Le jeune homme tourna les yeux vers Ceridwen. Elle demeurait imperturbable, comme si une apparition magique était la chose la plus naturelle du monde. Ou comme s'il était seul à la voir.

Puis le cerf bondit et détala entre les arbres. Raymond ne put résister. Sifflant son chien, il s'élança à la poursuite du splendide animal, qui exerçait sur lui une fascination aussi puissante qu'une flamme sur un moucheron.

Un cerf blanc. L'emblème de la maison Beauchamp, qu'il n'était plus en droit d'arborer.

Pendant longtemps, il s'était efforcé du bout du cœur d'assumer son rôle, d'obéir comme il le devait aux ordres d'Alonso, sans y croire. Des années durant, envers et contre tout, il avait tenté de conserver ses idéaux — d'offrir un front uni à leurs adversaires et à leurs alliés, de soutenir ses frères dans toutes leurs entreprises, quelles qu'elles fussent. Pour l'honneur des Beauchamp.

Ses illusions, à présent, lui semblaient se volatiliser telle la vaporeuse chimère qu'il poursuivait en sachant pertinemment qu'il ne la capturerait jamais. Alonso avait commis trop de crimes. Trop de sang souillait leur blason. Et ce cerf blanc n'était qu'un mythe, qui n'existait que dans l'esprit dérangé de vieilles femmes superstitieuses. Peut-être n'avait-il vécu, lui aussi, que pour défendre des valeurs aussi fantomatiques que cet animal.

Pourtant, ce grand mâle semblait bel et bien réel. Il fallait qu'il en ait le cœur net.

6

Raymond courait en boitant de plus en plus fortement, le souffle court et haché. Il jura entre ses dents. Un homme qui possédait des chevaux n'avait pas à courir comme vulgaire piétaille, sacrebleu ! Et ce cerf qui l'entraînait toujours plus loin, toujours plus haut, qui s'arrêtait de temps à autre pour le guetter ou le narguer, des rubans de brume virevoltant autour de ses sabots, avant de décamper de nouveau dès qu'il l'approchait…

La voix de Ceridwen lui parvint, lointaine.

Elle l'appelait. Mais il ne pouvait s'arrêter pour l'attendre et lui expliquer ce qu'il voulait, au risque de voir le cerf lui échapper. L'air se troublait étrangement et devenait opaque, comme si un voile de mousseline était tombé devant ses yeux. A un moment donné, le vent se calma et la pente devint plus abrupte.

Le cœur de Raymond tambourinait dans sa poitrine, ses coups sourds résonnaient dans ses oreilles, dans son cou et jusque dans son ventre. Son genou était en feu. Dans son autre jambe, la vieille crampe laissée par cette maudite flèche galloise se réveillait, tel un mauvais souvenir qu'elle était.

Il gravit péniblement les derniers degrés rocheux qui s'effritaient sous ses bottes, et conduisaient au sommet désolé de la butte. Des bandes de brouillard rôdaient dans l'espace ouvert, se tordaient, se joignaient et s'emmêlaient en silence tels de sinistres doigts gris. Courbé en deux pour reprendre son souffle, Raymond regarda autour de lui. Le cerf s'était évanoui, et Sauveur avait également disparu.

— Sire Raymond ! appela de nouveau la voix de Ceridwen, plus claire et plus proche.

— Eloignez-vous ! cria-t-il. Cet endroit est malsain. « Infesté de démons », ajouta-t-il en lui-même.

Dédaignant son ordre, la jeune fille attacha son poney à un buisson et marcha vers lui.

— Au nom du ciel, que cherchez-vous donc ? s'écria-t-elle. Etes-vous devenu fou ?

Raymond ne lui répondit pas, car tout à coup il n'en savait plus rien lui-même. Un long dolmen se dressait devant lui, une table de pierre horizontale qui semblait être là depuis le commencement des temps. Reposant sur deux pierres basses, elle devait lui arriver à la taille. Autrefois, elle lui avait paru gigantesque.

Un nœud de terreur lui ligota l'estomac. Il voulut déglutir, mais ne le put pas.

Ceridwen s'avança plus près et frôla légèrement son bras au passage. Il demeura figé, attendant qu'elle s'écarte.

— Qu'est-ce que cet endroit ? s'enquit-elle. Pourquoi vous paralyse-t-il de la sorte ? Un enchantement se serait-il emparé de vous, messire ?

Le jeune seigneur contempla son regard clair, si pur, et secoua la tête. Elle était le seul enchantement capable de l'envoûter, et il s'y refusait. Soudain, un dard virulent lui transperça les tripes et le passé le submergea — intense, vibrant, indésirable, aussi malfaisant que la morsure d'un serpent.

— Non, maugréa-t-il. Rien qu'un fort mauvais souvenir.

Ceridwen acquiesça.

— Les mauvais souvenirs sont pareils à une blessure infectée de pus, observa-t-elle sagement. Il faut les laisser s'écouler, pour en guérir.

Ses paroles, emplies d'un mystérieux savoir, surprirent Raymond. Peut-être avait-elle raison. Il n'avait jamais narré à quiconque ce qui s'était passé ici. Pas même à son père qui avait pourtant tout tenté pour lui extorquer la vérité, allant jusqu'à le frapper. S'il se risquait à relater à voix haute le cruel forfait d'Alonso, se disait-il alors, terrifié, la perversité et la traîtrise de son frère aîné prendraient corps pour de bon et deviendraient réalité — ce qu'il voulait éviter à tout prix. Maintenant encore, il répugnait à lever le couvercle qui recouvrait tant de monstruosité.

Il posa les mains à plat sur la plaque de granit, rêche et rugueuse sous ses paumes. Puis il massa ses poignets couturés de cicatrices — traces des heures épuisantes, abominables, qu'il avait passées à frotter ses liens sur la pierre dans l'espoir de parvenir à les user.

Il avait survécu, grâce à Dieu. Mais le pauvre Parsifal n'avait plus jamais été le même, après cette épreuve démoniaque. Il était resté à la merci d'Alonso — ou, plus justement, avait subi des années durant son manque total de merci.

— Que s'est-il donc produit en ce lieu ?

La question de Ceridwen le fit sursauter. Assise, elle attendait toujours ses explications. Il se racla la gorge et leva les yeux vers le ciel chargé de sombres nuées.

— J'ai connu... une mésaventure assez désagréable avec deux de mes frères, ici même.

Elle haussa un sourcil, pas dupe de son hésitation.

— Défiez-vous de jouer avec la vérité, messire. Un jour, il pourrait vous en coûter.

Raymond se rembrunit, plus irrité encore par sa clairvoyance que par son impertinence, et se hissa sur le dolmen. Il s'allongea sur le dos, tâta du bout des doigts la pierre sèche couverte de lichen. Les événements de cette nuit funeste brûlaient toujours en lui tel un brasier ardent — le brasier originel qui nourrissait sa haine et sa rancœur envers Alonso, même si d'autres combustibles étaient venus l'alimenter par la suite, à foison.

Ceridwen l'imita et s'installa près de lui, les jambes croisées.

— Vous feriez mieux de cracher cette histoire avant que l'orage n'éclate.

— Je ne souhaite point en parler.

— Redoutez-vous mon jugement ?

Il sourit, sinistre.

— Dieu est mon juge. Pas vous.

La jeune fille l'étudia avec gravité.

— Nous avons tous des hantises ou des regrets. A les tenir perpétuellement à distance, on n'en guérit jamais.

— J'ai guéri des miens. Tant et tant de fois que mon âme est cousue de cicatrices, rétorqua Raymond avec une dérision acide.

— Ce n'est pas une vraie guérison, si le venin couve toujours dessous et si vos plaies ne cessent de se rouvrir.

Raymond changea de position, mal à l'aise, et considéra la jouvencelle qui le dominait. Elle était aussi inflexible qu'une lame fouaillant une blessure à vif, pensa-t-il. Il était clair qu'elle ne le laisserait pas en paix.

Il serra les mâchoires, résigné au pire.

— Si vous voulez la vérité, céda-t-il, la voici : j'ai passé ici une nuit fort inconfortable, alors que j'avais tout juste dix ans. Quand je me suis réveillé à l'aube, à demi mort de terreur et de faiblesse, un grand chien me réchauffait, couché près de moi. Le premier Sauveur, ainsi que je l'ai nommé ce jour-là. Le grand-père de celui d'aujourd'hui.

Jamais, de sa vie, il n'avait été si heureux d'une présence, fût-elle celle d'un animal, se remémora-t-il sombrement. Dieu seul savait de quel abîme d'horreur il avait réchappé.

Ceridwen ne fit aucun commentaire.

Raymond sentait la pierre mordre ses omoplates. Au-dessus de lui, le ciel tournoyait comme si le dolmen virait sur son axe. Couché là, prêt à déclarer une guerre fratricide, il ne valait pas mieux qu'Alonso, se dit-il amèrement. Il brûlait de se couvrir le visage de ses mains, mais il ne céderait pas à cette envie sous le regard scrutateur de Ceridwen. Pas question. Une chance, encore, qu'il ait réussi à lui dissimuler les sordides détails de son humiliation.

A quoi bon remuer le passé ? Marqué à jamais par cette scène, il avait déjà fait un enfer de sa propre existence. Il aurait beau tout révéler, cela n'allégerait point son fardeau.

Soudain, il ne put supporter plus longtemps l'examen attentif de sa compagne. Il se redressa et tonna :

— Où est donc passé ce maudit chien, bonté divine ? Sauveur !

— Vous ne devriez point maudire l'unique créature que vous aimez, messire. Et peut-être la seule qui vous aime.

Ceridwen l'observait, le menton sur sa paume.

— Quand je voudrai votre opinion, femme, je vous la demanderai.

Il allait ajouter que ce ne serait pas de sitôt, quand il la vit pâlir subitement, les yeux rivés sur le bord de la clairière.

Une silhouette émergeait peu à peu du brouillard. Un homme, les jambes nues sous une tunique en lambeaux et noire de crasse. Une vilaine tignasse lui tombait jusqu'aux épaules, enroulée en cordelettes emmêlées. Le visage hâve, mangé par une barbe couleur de chanvre, il se figea à la lisière des arbres, immobile et muet.

— Est-ce un fantôme ? chuchota Ceridwen terrifiée.

Protégeant son genou d'une main, Raymond sauta à bas du dolmen. Ses cheveux se dressaient sur sa nuque, son cœur cognait violemment contre ses côtes. Ce revenant avait quelque chose de familier. Etait-ce le spectre d'un homme qu'il avait tué, des années auparavant ?

— Allez-vous-en ! cria-t-il.

L'apparition recula et disparut dans la forêt. Le pouls toujours agité, mais satisfait d'avoir fait fuir l'immonde créature, Raymond se tourna vers Ceridwen.

— Il est grand temps que nous partions.

— Qu'est-ce que c'était ? insista-t-elle, les yeux encore agrandis par l'épouvante, alors qu'ils rejoignaient son poney.

— Je ne sais, marmonna Raymond. On eût dit…

Il secoua la tête, incapable de cerner l'image qui le troublait.

— Il s'agissait probablement d'un pauvre hère, si maigre que l'on pouvait presque voir au travers.

— C'est possible, en effet, admit la jeune fille.

Néanmoins, cette vision était aussi peu commune que celle du cerf blanc.

Raymond se frotta la mâchoire, soulagé de n'être pas le seul à avoir aperçu l'animal surnaturel.

— Brisons là. Je dois retrouver Grendel avant qu'il se perde pour de bon. Ce cheval est aussi stupide qu'une oie.

Ce changement de sujet parut satisfaire Ceridwen. Elle lui tendit la bride du poney.

— Vous êtes blessé. Voulez-vous monter ?

— Non. Je vais vous conduire.

D'un geste brusque, la jeune fille jeta la lanière de cuir tressé sur l'encolure du poney et appliqua une tape vigoureuse sur son échine. Il glapit et partit au trot.

Elle dévisagea son compagnon, la mine résolue en dépit de sa pâleur.

— Si vous allez à pied, je marcherai aussi.

Il ne voulait pas de sa gentillesse, et moins encore de sa pitié.

— A votre guise.

Ignorant les protestations de son cœur, Raymond tourna le dos à Ceridwen et quitta la clairière.

Il était trop tard pour regretter de l'avoir laissée revenir à lui. Mais il garderait ses distances, comme tout homme sensé le ferait face à une créature aussi imprévisible et aussi désirable que cette diablesse de Galloise.

Au bout d'un quart d'heure à peine, il rendit grâce au ciel en découvrant le cheval, le poney et le chien rassemblés près d'un arbre. Les deux montures se tenaient nez à nez, l'air contrit, mais Sauveur montait la garde, princier, trônant fièrement sur son arrière-train.

Ceridwen se traîna d'un pas lourd jusqu'aux bêtes. Quand elle s'arrêta, elle vacilla légèrement et se frictionna les bras.

Raymond crispa les mâchoires. Sa stupidité était sans bornes. Comment avait-il pu oublier son état ? Elle était encore affaiblie par sa blessure, épuisée, transie et affamée de surcroît. Tout en caressant la tête de son chien, il considéra la jeune fille, puis l'obscurité qui s'amassait entre les arbres, bien trop vite à son gré.

— Nous serons plus rapides si vous montez avec moi sur Grendel, dit-il. A moins que vous ne vouliez d'abord vous reposer et vous réchauffer auprès d'un feu.

Elle secoua la tête, et ses cheveux brillants glissèrent en vagues noires et lustrées sur ses épaules minces.

— Avec des fantômes alentour, nous ferions mieux de nous éloigner, ne pensez-vous pas ?

Raymond garda le silence. Il lui était pénible de converser avec elle d'un ton calme, sans la dévorer des yeux, alors qu'il ne rêvait que de la posséder séance tenante, là où ils se trouvaient. Cette obsession mise à part, l'idée de passer la nuit dans les bois ne le tentait nullement.

Pour aggraver les choses, de grosses gouttes de pluie commencèrent à marteler le sol, tombant lourdement dans la poussière du chemin et sur les feuilles mortes.

La forêt tout entière parut frémir sous les nuées qui s'ouvraient.

Soudain, il sentit un picotement sur sa nuque.

Du danger. Tout proche, et en plus grand nombre qu'il ne pouvait l'affronter seul, il en était certain. Scrutant la pénombre, il distingua un mouvement furtif entre les troncs et se raidit, la main sur la poignée de son glaive.

— Derrière moi, lady, ordonna-t-il d'un ton bref. Sauveur, garde-la !

Dans le crépuscule qui s'épaississait, un groupe d'hommes surgit alors des fourrés. Ils avancèrent d'abord en silence, le visage menaçant, armés de lances, d'épieux, d'épées et de haches. Et brusquement, sans la moindre semonce, ils se ruèrent en avant, hurlant tels des démons.

La réaction de Raymond fut aussi prompte et aussi terrifiante qu'une décharge de foudre. Alors qu'elle s'écartait et se cachait, recroquevillée sur elle-même, Ceridwen le vit tirer son glaive et l'abattre sauvagement autour de lui, en grands cercles rageurs, tranchant membres et branchages avec la même force et la même célérité.

Les attaquants reculèrent, puis ils se regroupèrent et fondirent de nouveau sur le jeune seigneur. Il se démenait comme un possédé, pirouettait sur lui-même, se courbait afin d'éviter les coups, repartait à l'assaut avec une hargne féroce. Epouvantée, Ceridwen contemplait le *Carrog Dhu* en pleine action et priait le ciel qu'il tienne bon assez longtemps pour mettre leurs agresseurs en fuite. Mais au beau milieu du carnage, quatre des survivants le prirent soudain à revers et s'abattirent sur lui, le jetant à terre. Sauveur, planté entre la jeune fille et la scène du combat, tremblait sous l'effort qu'il fournissait pour ne pas rejoindre son maître.

Derrière le tronc qui la dissimulait, les mains sur le visage, Ceridwen horrifiée osait à peine regarder entre ses doigts ce qui se passait à quelques pas d'elle. Des coups d'une violence affolante pleuvaient sur le chevalier qui gisait dans son sang, inerte. La honte la bourrelait de ne pouvoir lui venir en aide.

— Hahaha ! s'esclaffa une grande brute quand Raymond fut ligoté, pieds et poings liés. Qui eût dit que la tâche serait aussi aisée ? Le Dragon noir n'est point si redoutable, en fin de compte !

— Parle pour toi, grand bœuf ! riposta l'un de ses compagnons.

Serrant contre lui son bras ensanglanté, il jeta un regard navré aux cadavres qui jonchaient le sol.

— Où est donc la fille ? reprit le premier.

— Quelle fille ?

— Peu importe, elle a dû s'enfuir comme un lapin. Le garde-chasse la trouvera demain quand il fera jour, avec l'autre. Mais que dites-vous de ce magnifique coursier, les gars ? Croyez-vous qu'il faille le montrer au baron ?

Ceridwen se mordit la lèvre, soulagée de les voir s'occuper pour un temps de Grendel plutôt que d'elle-même. Le bel étalon nerveux, si aisément effarouché par les apparitions, se montrait d'une formidable férocité avec ses admirateurs. Secouant sauvagement sa crinière, les dents découvertes, il se cabra et sema la panique parmi le petit groupe en frappant l'air de ses sabots antérieurs. Puis il rompit sa bride et disparut dans les profondeurs de la forêt, tandis que le poney captif hennissait de terreur.

Les survivants hissèrent alors Raymond sur son dos, à plat ventre, le visage tourné vers le sol. Après quoi ils s'éloignèrent, portant leurs morts et tirant derrière eux la monture chargée de leur prisonnier inconscient.

Un intense et poignant sentiment de vide envahit la jeune fille. Beauchamp était peut-être un Anglais, mais il était terrible de voir un guerrier réputé invincible défait de la sorte par des rustres qui ne le valaient pas. Sa peine était immense, bien plus grande qu'elle n'aurait pu s'y attendre.

Tombant à genoux, elle étreignit le cou de Sauveur et pleura à chaudes larmes dans son épaisse fourrure. Sire Raymond vivait-il encore ? se demandait-elle avec effroi. Qui était cet « autre » que le garde-chasse devait retrouver avec elle le lendemain matin ? Et de quel baron parlaient-ils ?

Ses muscles noués étaient horriblement douloureux, elle grelottait sous la pluie battante qui transperçait ses vêtements. Il fallait qu'elle rejoigne Rookhaven au plus vite, afin de quérir de l'aide pour libérer le jeune seigneur. Mais comment regagnerait-elle la forteresse ?

Elle ne connaissait pas ce raccourci, ces parages lui étaient étrangers.

Domptant sa panique, elle se leva, inspira à fond et décida de suivre de son mieux la trace des brigands. A peine avait-elle fait quelques pas, cependant, qu'un doux trille lui parvint à l'oreille.

Les notes montaient et descendaient, évoquant tantôt le chant d'une grive, tantôt celui d'une fauvette. Elle devait rêver. Les oiseaux ne chantaient pas à la nuit tombante, et moins encore sous des trombes d'eau.

Tout à coup, Sauveur se mit à aboyer et un cri de frayeur échappa à Ceridwen : un homme coiffé d'une capuche venait de se matérialiser devant eux. Etait-ce lui qui sifflait ainsi ? se demanda-t-elle, intriguée. Elle prit quelques secondes pour l'observer : sa barbe broussailleuse encadrait un visage jeune, tanné par le soleil et la crasse. Son regard bleu était placide, son attitude inoffensive. Peu à peu, la peur de la jeune fille se dissipa, remplacée par l'épuisement et la confusion.

Le chien-loup renifla l'arrivant, puis s'assit tranquillement, ce qui acheva de rassurer Ceridwen. Elle examina encore le jeune homme immobile. Le peu qu'elle apercevait de sa chevelure fauve, tout emmêlée, semblait parsemé de feuilles et de brindilles. Puis elle abaissa les yeux vers le bas de sa tunique déchirée, vit ses jambes nues et retint son souffle, médusée.

C'était le fantôme qui l'avait terrifiée près du dolmen ! Mais il n'avait rien d'un spectre, elle en était sûre, à présent. Ce n'était qu'un pauvre être humain, d'une saleté repoussante, qui allait nu-pieds par ce froid mordant et qui était peut-être moins jeune qu'elle ne l'avait cru tout d'abord, car des mèches blanches émaillaient sa barbe et sa tignasse.

— Je me nomme Ce... Ceridwen, bredouilla-t-elle quand elle recouvra enfin l'usage de la parole. Qui... qui êtes-vous ?

Il haussa les épaules, baissa les paupières et porta ses doigts fins à ses lèvres. Ce geste découvrit son poignet, meurtri par des cicatrices qui évoquaient les marques de menottes. Peut-être s'était-il échappé d'un cachot, se dit la jeune fille. Le malheureux devait être affamé.

— Je suis navrée, déclara-t-elle en écartant ses mains vides. Je n'ai rien à vous donner à manger.

Il contempla ses paumes blanches avec une expression douloureuse, comme s'il avait sous les yeux un trésor inatteignable.

— Je dois suivre mon... promis, reprit Ceridwen. Il a été capturé et sévèrement blessé.

L'homme la regarda de nouveau, les yeux vides et mornes. Le cœur de la jeune fille se serra de pitié.

— Venez avec moi, si vous le voulez. Quand je reverrai mon père, je lui demanderai de vous recueillir chez lui, au château de Llyn y Gareg Wen. Vous y serez au chaud et en sûreté.

Il cligna des paupières, comme s'il acceptait son offre, et lui emboîta le pas le long du sentier trempé de pluie. Sauveur courait devant, reniflant avidement les traces laissées par les sabots du poney.

— Il vous faut un nom, déclara soudain Ceridwen à l'espèce d'ermite qui marchait près d'elle, silencieux comme une ombre. Que diriez-vous d'« Awyr » ? Cela signifie « air », en gaélique, et vous êtes presque aussi transparent et léger que de l'air.

L'homme n'émit pas d'objection. Au bout d'un long moment, alors que l'obscurité grandissait, ils atteignirent une crête — et découvrirent au-dessous d'eux le campement ennemi.

Un grand feu avait été allumé au pied d'une falaise, à l'abri du rocher, et un animal rôtissait à la broche. Ceridwen retint fermement Sauveur par son collier et le rassura à mi-voix, en lui ordonnant de se taire et de ne pas bouger. Puis, crispant les paupières, elle s'efforça de distinguer les détails de la scène.

Quand elle aperçut sire Raymond assis à même le sol, réveillé et visiblement furieux, un énorme nœud se défit dans sa poitrine. Son soulagement à le revoir vivant la surprit, mais elle n'eut pas le loisir de s'interroger plus avant. Le sifflement d'une lame avait résonné derrière elle et elle se retourna brusquement, saisie de trouver son étrange compagnon une épée à la main.

Sans doute l'avait-il tirée d'un fourreau accroché dans son dos, se dit-elle. Mais l'expression farouche avec laquelle il fixait le campement l'inquiéta.

Le pommeau du glaive étincelait entre ses doigts tremblants. Ceridwen vit qu'il était orné d'un cristal, comme ceux qui contenaient parfois une relique de saint destinée à protéger le propriétaire de l'arme. D'où tenait-il cette superbe épée ? se demanda-t-elle. Et pourquoi ne l'avait-il pas vendue, afin de se procurer de la nourriture et des vêtements décents ?

Quoi qu'il en fût, il ne devait pas s'en servir maintenant.

— Non ! chuchota-t-elle vivement. Vous ne pouvez pas descendre, vous allez vous faire tuer ! Beauchamp est vivant. Il est inutile…

Elle s'interrompit brutalement. Cet homme voulait-il sauver le jeune seigneur, ou le tuer lui-même ?

— Le connaissez-vous ? demanda-t-elle.

Awyr tourna vers elle un visage indéchiffrable. Puis il rengaina son glaive et se rassit.

Rassurée, la jeune fille tenta de lui expliquer son plan :

— Nous ne pouvons qu'attendre et guetter leurs mouvements. Si jamais une chance se présente de se glisser jusqu'à lui sans être vus et de le délivrer, nous essaierons. Sinon, nous devrons nous contenter de suivre ses ravisseurs pour savoir où ils le conduisent. Ensuite, nous préviendrons la garnison de Rookhaven, afin qu'elle vienne libérer son seigneur.

Par quels moyens, elle l'ignorait. Il serait toujours temps d'aviser le moment venu, se dit-elle en contenant de son mieux le désespoir qui menaçait de la submerger.

Bien que la pluie se fût enfin arrêtée, Ceridwen tremblait de tous ses membres dans sa cotte mouillée et claquait des dents. Soudain, par-derrière, Awyr l'enlaça de ses deux bras et l'attira contre lui.

Terrifiée, mais redoutant d'alerter les hommes du campement, la jeune fille se débattit en silence — sous le regard impassible de Sauveur. Pourquoi le chien ne la défendait-il pas ? fulmina-t-elle en elle-même. Ce muet était solide, en dépit de sa maigreur ! Il resserra son étreinte autour d'elle, et elle se rendit compte alors qu'il cherchait à lui caresser la main, doucement. Enfin, il parvint à entremêler ses doigts aux siens et entreprit de l'apaiser d'un léger chuchotement, comme on le fait pour un petit enfant.

— Ch... ch...

Il ne voulait donc que la réchauffer !

Ivre de soulagement et de gratitude, elle se laissa aller contre lui. Sa chaleur la pénétra peu à peu. Cette communion singulière lui rappela l'embarras qu'elle avait ressenti, quand les mains de Raymond s'étaient posées sur sa peau nue pour palper sa blessure.

Curieusement, les deux hommes semblaient aussi lourds l'un que l'autre de souvenirs secrets, douloureux, aussi impossibles à écarter qu'à exprimer. Mais, dans le cas d'Awyr, ces tourments enfouis au fond de lui avaient peut-être étouffé tout le reste, pensa-t-elle tristement.

Puis son protecteur se mit à la bercer et elle s'assoupit, Sauveur pelotonné à ses pieds.

*
* *

— Debout !

L'ordre brutal éveilla Ceridwen en sursaut et lui arracha un cri de surprise. Quelqu'un lui donnait des coups de pied dans les jambes. Elle s'assit, l'esprit d'abord embrumé, puis sa conscience s'éclaircit et elle recula en rampant, tel un animal traqué, anxieuse de s'échapper.

Dans la lumière du petit matin, quatre hommes la cernaient. Son mystérieux compagnon de la veille avait disparu. Les arrivants étaient bien vêtus, de cuir et de laine, et portaient de gros gourdins de bois.

Leur chef la frappa de nouveau de sa botte. Il était costaud, barbu, et nulle charité ne se lisait sur son visage. Il devait s'agir du garde-chasse, pensa la jeune fille.

— Debout, ai-je dit !

Il l'empoigna par un bras et la mit brutalement sur pieds.

— Ne me touchez pas ! Je n'ai rien fait de mal, protesta Ceridwen.

Elle tenta de se libérer. Les doigts de l'homme s'enfoncèrent douloureusement dans sa chair, juste au-dessus du coude. La douleur lui monta jusqu'à l'épaule.

— Oh, voilà qui est plaisant à entendre ! railla le garde. Rien fait de mal, alors que votre bel ami et vous braconnez sur les terres de Sa Seigneurie et lui volez son gibier pour vivre à ses dépens ?

— De quel ami parlez-vous ? Je suis seule.

Awyr avait peut-être réussi à s'enfuir, pensa-t-elle. Sauveur n'était plus là non plus.

L'homme la souffleta d'un revers de main, avec une telle force qu'elle faillit tomber.

— C'est votre deuxième mensonge, ma jolie. Ne m'en livrez pas un troisième.

Il lui prit sa dague et lui enserra rudement la nuque de son poing.

— Allons-y !

Une poussée dans le dos propulsa Ceridwen en avant. Elle chancela, trébucha sur quelques pas. Lorsqu'elle parvint à se redresser, elle découvrit Awyr, ligoté et ensanglanté, entre deux solides gaillards. L'un d'eux avait passé son précieux glaive dans son ceinturon.

Le garde s'adressa à ses prisonniers.

— Je suis Tom Forester, garde-chasse de Sa Seigneurie. Rappelez-vous bien ce nom, car c'est moi qui protège les bois du baron Alonso contre la vermine de votre espèce. Ce pou en particulier, précisa-t-il en désignant Awyr. Depuis des semaines, nous cherchions à mettre la main sur l'assassin du jeune Nat. Or cet égaré porte une épée plus belle que toutes les nôtres. Il n'y a pas à chercher plus loin pour éclaircir ce crime.

Nat ? répéta Ceridwen en elle-même. Se pouvait-il que le jeune homme en question fût l'horrible pourceau qui l'avait attaquée ? Oui, il y avait de fortes chances que les faits correspondent.

— Vous vous trompez ! se récria-t-elle. Cet homme n'a jamais blessé personne. Et si le Nat dont vous parlez est celui auquel je pense, c'était une ignoble brute qui a cherché à abuser de moi ! Je n'ai pu lui échapper que grâce à… à…

Elle s'interrompit juste avant de citer le nom de sire Raymond. S'ils croyaient à son récit, et s'ils tenaient de la sorte à ce Nat, la vérité n'arrangerait certes pas les affaires du jeune seigneur.

Le forestier s'esclaffa bruyamment.

— Une gueuse qui refuse de se laisser trousser ! Hahaha ! Qui eût cru cela possible ?

Les autres joignirent leurs rires gras au sien. Pendant ce temps, Ceridwen ne songeait qu'à une chose : ces bois étaient ceux du baron Alonso, le plus terrible et le plus cruel des Beauchamp. Une terreur glacée s'empara d'elle. Ils se trouvaient en plus mauvaise posture encore qu'elle ne l'avait supposé.

Elle tourna les yeux vers Awyr, et le regard du pauvre hère rencontra le sien. Elle y lut les cuisants reproches qu'il s'adressait et le pardon qu'il implorait d'elle. Sans doute avait-il cherché à éloigner les hommes de Forester, afin de lui laisser une chance de s'échapper.

Comment en voudrait-elle à la tendre créature qui l'avait si humblement secourue dans sa détresse ? De toutes ses forces, elle espéra parvenir à le rassurer, et à le convaincre qu'elle ne lui tenait pas rigueur de son échec.

— Assez dégoisé, la belle, reprit le garde-chasse. Vous trouverez tout le lutinage dont vous pourrez rêver au château, et même davantage. Et là, croyez-moi, vous n'aurez pas l'heur de faire la fine bouche !

Le chœur de rires salaces enfla de plus belle, tandis que la honte et la colère embrasaient les joues de Ceridwen.

7

Ceridwen laissa remonter son regard le long des murs qui la retenaient captive, en compagnie d'Awyr, dans la forteresse d'Alonso de Beauchamp. Des anneaux rouillés étaient scellés dans la pierre, à des hauteurs invraisemblables si quelqu'un devait y être enchaîné.

Elle frictionna ses bras glacés, tandis que la puanteur qui régnait dans ce cachot lui arrachait une grimace de dégoût. La paille moisie qui couvrait par paquets inégaux le sol humide était plus sale que la litière souillée d'une étable à vaches. Un seau à l'odeur putride composait à lui seul le mobilier disponible. Déjà, elle éprouvait des démangeaisons suspectes.

Un peu d'air et de lumière entraient par un étroit soupirail qui ouvrait à ras de terre, et déversait également eau de pluie et autres liquides moins propres. Elle avait vite appris à ne pas se tenir en dessous.

Une petite porte de bois fermait la cellule. Elle était munie d'un judas à abattant par lequel on leur prodiguait une fois par jour la pitance sordide qui leur tenait lieu de nourriture. Trois repas en trois jours. C'était trop peu pour lutter contre la froidure — et nourrir de surcroît les autres occupants du cachot.

Un petit couinement, suivi d'une traction sur le fin vélin de sa botte, obligea la jeune fille à baisser les yeux. Elle étouffa un cri d'horreur et secoua vivement son pied : un rat se cramponnait à sa semelle par ses longues dents jaunes, les pattes arrière gigotant dans le vide, sa queue immonde fouettant l'air autour d'elle. Le muet s'approcha et saisit doucement entre ses mains le corps brun qui se débattait avec fureur. Au bout d'un moment, l'animal se calma et lâcha enfin prise.

— Est-il mort ? s'enquit Ceridwen en observant avec méfiance le rongeur dont les moustaches frémissaient encore.

Elle ne comprenait pas pourquoi le rat n'avait pas planté les dents dans les doigts de son compagnon.

— Est-il tombé en pâmoison ?

Awyr sourit, secoua la tête et caressa le ventre du petit mammifère. Il semblait parfaitement à l'aise.

— Vous avez l'art de dompter les vilaines choses, commenta la jeune fille.

En frissonnant, elle alla s'accroupir dans un coin, le plus loin possible de la répugnante bête. Awyr tira de sa poche un peu de pain moisi qui lui restait de son repas et l'offrit à son protégé. Le rat le saisit entre ses pattes de devant et rongea prestement la croûte verdâtre. Quand le muet le remit par terre, il hésita un instant, puis détala vers son trou.

Un cliquetis de clés se fit entendre à l'extérieur du

cachot, et les voix rudes des geôliers enflèrent dans le corridor au fur et à mesure qu'ils approchaient. Puis le loquet grinça et la porte s'ouvrit.

— Toi, la gueuse ! commanda un garde ventru. Soulève donc ton cul maigrelet et arrive !

Ceridwen déglutit péniblement et tourna les yeux vers son ami, qui l'encouragea à obéir d'un signe de tête à peine perceptible. Elle serra les dents, puisant du courage dans son extraordinaire sérénité.

— Presse-toi, femme !

Elle se leva et passa devant la panse rebondie du geôlier avec autant de dignité qu'elle put en rassembler, même lorsqu'il lui pinça rudement les fesses. Avant de sortir, elle se dévissa le cou afin de jeter un dernier regard à Awyr, à la lueur vacillante de la torche ; les yeux bleus rivés sur elle brûlaient d'une flamme intense.

D'un revers de poignet, le garde la frappa à la tête. Awyr bondit aussitôt sur lui. Avant qu'il ait pu refermer la porte, il le saisit à la gorge et lui appliqua un coup de genou dans le bas-ventre. Le geôlier hurla, se plia en deux de douleur et attrapa une jambe du muet, qui roula sur le sol dur en l'entraînant avec lui. Le crâne d'Awyr heurta la pierre avec un bruit sourd, horrible.

Hors d'elle, Ceridwen tira de toutes ses forces sur les cheveux du garde pour libérer Awyr de son énorme poids. Il retomba sur le dos, agitant ses bras musclés en tout sens dans ses efforts pour attraper la jeune fille. Le deuxième garde surgit alors dans la cellule.

— Que se passe-t-il, Will ? Maudite soit cette garce ! Que t'a-t-elle fait ?

— C'est pas elle, Dirk, c'est *lui*, qui m'a attaqué !

Tandis que Will se remettait sur pied, et bourrait furieusement de coups de bottes le corps inerte d'Awyr en le couvrant d'insultes, Ceridwen s'agenouilla près de ce dernier afin de protéger sa tête. Dirk l'empoigna par les cheveux.

— Sale peste !

Il la tira dans le corridor. Will les rejoignit en chancelant, referma la porte et saisit la jeune fille par le devant de son surcot, pendant que son camarade lui liait les poignets dans le dos.

— Cela ne te donnerait-il point des idées, Will ? lança Dirk d'un ton libidineux qui traversa Ceridwen de frissons glacés.

Joignant le geste à la parole, il glissa ses grosses mains jusqu'à ses seins et s'en empara. Elle tenta de se dégager d'une violente secousse, mais il la ceignit d'un bras puissant, l'écrasant contre lui. Son coude pressait sa cicatrice encore fraîche, elle sentait son haleine brûlante sur sa joue.

— Je te la tiens, Will. Vas-y, prends tes aises ! offrit-il aimablement.

Ceridwen retint son souffle, terrifiée. Will siffla entre ses dents, fronça les sourcils et secoua la tête.

— Non, Dirk. Vaut mieux pas, avec l'ordure qui gît à côté. Ce mécréant serait bien capable de nous dénoncer. Et ce que je me refuse, tu dois te le refuser aussi. Question de justice.

L'autre gloussa.

— Ma moitié te revaudra sûrement ta droiture, Will.

— Tais-toi donc. Débarrassons-nous plutôt de cette petite harpie.

Les jambes de Ceridwen faiblirent sous elle, tant son soulagement était grand. La tenant chacun par un bras, les deux geôliers lui firent gravir un escalier éclairé par des torches. Les murs suintaient d'humidité, des coulées brunes et verdâtres ruisselaient le long des fissures. La jeune fille avait à peine le temps de poser un pied sur une marche glacée que ses cerbères la propulsaient brutalement sur la suivante. Lorsqu'ils atteignirent la porte, ses chevilles étaient à vif, meurtries de coups de bottes.

Ils émergèrent dans une cour à ciel ouvert, et la pleine lumière du jour aveugla Ceridwen. Se sentant minuscule entre les deux colosses, elle cligna des paupières, puis les plissa afin de mieux voir la haute silhouette qui lui faisait face. Atterrée, elle reconnut l'impressionnante stature du baron Alonso de Beauchamp.

Une belle dame se tenait à la droite du seigneur, grande, blonde et richement vêtue. Le parfum fleuri qui émanait d'elle rendit Ceridwen plus consciente encore du pitoyable état qui était le sien. La femme lâcha un petit rire sarcastique. Ceridwen leva les yeux vers son visage et se trouva transpercée d'un regard venimeux.

Le baron gloussa en faisant le tour de sa prisonnière, qu'il inspectait telle une génisse vendue au marché.

— C'est cette misérable chose, qui vous a donné tant de mal ? Vos glapissements sont montés jusqu'ici, William.

— C'est l'autre créature, messire. Ce demeuré a failli me tuer.

Alonso enfila avec une lenteur étudiée de fins gants de cuir.

— Il se balancera au gibet sud le prochain lundi, mon brave. C'est jour de foire, la populace sera plus nombreuse pour jouir de sa pendaison. Quant à la gueuse, si elle se conduit correctement, vous pouvez la confier à notre cuisinier. Il a besoin d'une souillon. Sinon, vous n'aurez qu'à la livrer à la garnison.

Soudain, il se figea.

— Non, attendez.

Ses yeux d'un bleu vif scrutèrent un moment les traits de Ceridwen. Il pâlit.

La jeune fille, le dos droit et raide, lui rendit son regard avec toute la haine qu'elle était capable d'exprimer. Elle ne plierait plus jamais devant ces pervers d'Anglais, se jura-t-elle. C'était le moins qu'elle pût faire à la mémoire d'Owain.

Elle était la digne fille de son père. Morgan ap Madog pourrait évoquer son souvenir avec fierté.

— Qui êtes-vous ? demanda le baron d'une voix altérée.

De la sueur perlait au-dessus de sa lèvre supérieure. Il l'essuya, tachant son doigt ganté.

Ceridwen vit la beauté blonde gonfler sa poitrine à la manière d'une chatte en colère.

— C'est une Galloise, qui voulez-vous que ce soit ?

Indifférent au ton cinglant de sa compagne, Alonso examinait toujours sa prisonnière avec une attention appuyée.

— Comme vous lui ressemblez..., murmura-t-il.

Il prit le menton de Ceridwen, tourna son visage d'un côté et de l'autre, l'air profondément troublé.

La jeune fille ne comprenait pas la raison du désarroi qui l'habitait et le forçait à déglutir avec peine. Soudain, d'un geste qui la laissa pantoise, il lui caressa tendrement la joue. Elle lui échappa en secouant la tête avec brusquerie.

Comme s'il émergeait d'un rêve, Alonso la lâcha — non sans lui pincer durement la mâchoire.

— Prenez garde à vous, ma petite.

— Je vous aviserais d'en faire de même, messire, rétorqua-t-elle froidement.

Le baron la gifla. Le choc déporta sa tête sur le côté et lui emplit les yeux de larmes. Alors, avec une incroyable goujaterie, Alonso couvrit sa bouche d'un baiser sauvage, plus humiliant que les grossières empoignades des geôliers.

— Je suis fort impatient de vous revoir, ma jolie, chuchota-t-il en lui dédiant un sourire au charme dévastateur, si faux que la jeune fille en frémit.

Nul doute qu'il avait capturé de la sorte plus d'une candide jouvencelle, pensa-t-elle aigrement en le regardant s'éloigner, une main ferme nouée sur le bras de sa compagne ulcérée.

Elle tremblait de colère et de révulsion. Dégoûtée, elle cracha sa salive souillée par le parfum tenace du baron et écrasa longuement son crachat sous sa botte pour le réduire à néant. Elle aurait voulu frotter sa joue brûlante, mais ses poignets étaient toujours liés dans son dos.

Dire qu'elle avait été à deux doigts d'éprouver un début d'affection pour le frère de ce monstre ! songea-t-elle avec rancœur. Mais ces Beauchamp étaient tous les mêmes. Coulés à l'identique dans le moule de la noblesse la plus brutale et la plus impitoyable. Elle se remémora le cadavre qu'elle avait vu se balancer sous les créneaux de Rookhaven, pourrissant, les yeux crevés par les corbeaux.

C'était le sort qui attendait Awyr, dans six jours seulement. Il fallait qu'elle le sauve, d'une manière ou d'une autre.

— Alors, quel est votre choix, beauté ? demanda Dirk en la dévisageant avec un plaisir anticipé.

— Conduisez-moi aux cuisines. Je vous prie, ajouta-t-elle afin de ne pas irriter davantage les deux gardes qui grommelaient déjà de dépit.

Ils la poussèrent à travers la vaste cour. Ils passèrent devant la forge de l'armurier, qui cognait avec force sur son enclume, les écuries, et atteignirent enfin les communs qui abritaient l'office.

— Cuisinier ! Vous avez une aide, sur l'ordre de Sa Seigneurie ! clama Will.

Ses geôliers délièrent prestement Ceridwen et l'abandonnèrent à son sort. Le cuisinier, un homme corpulent et rougeaud, suspendit une broche à un râtelier et se tourna vers elle, les sourcils froncés. Ses traits contractés évoquaient de la viande trop cuite. Il s'avança, saisit le bras de la jeune fille entre le pouce et l'index et le souleva avec mépris.

— Une poulette sans rien sur les os ! grommela-t-il. Une poulette décharnée et noire de crasse, c'est tout ce qu'ils ont pu me trouver !

Il la relâcha d'un geste dégoûté, s'essuya les mains sur sa tunique et tonna :

— Rose !

Une jeune fille aux boucles rousses s'empressa de le rejoindre, les joues de la couleur de son nom sous une fine couche de farine.

— Oui, maître Pierre ? répondit-elle en détaillant l'arrivante avec curiosité.

Ceridwen lui rendit son regard, tout en humant avidement les arômes délicieux qui montaient des fourneaux. Si seulement ils pouvaient assouvir un peu la faim qui la rongeait ! songea-t-elle avec envie.

Le cuisinier la désigna du pouce.

— Allez la laver dans la cour, ordonna-t-il.

— Merci, murmura la jeune fille avec un sourire forcé.

Maître Pierre lui jeta un regard stupéfait, comme s'il ne s'attendait pas à entendre la « poulette » proférer un son humain.

— Hmmph ! grogna-t-il en s'éloignant.

— Venez avec moi, *lassie*.

Rose conduisit Ceridwen jusqu'à un abreuvoir proche des écuries et lui tendit un seau de bois.

— Tenez. Prenez votre temps.

Là-dessus, elle s'éloigna d'un pas sautillant vers la sellerie. Un jeune palefrenier à l'allure nonchalante se tenait sur le seuil, inoccupé, et la mangeait des yeux. Lorsqu'elle passa à sa portée, il l'attrapa vivement par la taille et ils disparurent ensemble derrière le bâtiment. Peu après, des gloussements et de petits cris de plaisir se firent entendre.

Ceridwen avait une idée assez précise de ce qui était en train de se passer, mais elle en ignorait toujours la clé. Tout ce qu'elle savait avec certitude, c'était que lorsque les hommes approchaient les femmes de trop près, il en résultait des bébés — et que parfois les femmes en mouraient.

Résolument, elle plongea la tête dans le baquet. L'eau glacée lui arracha presque le cuir chevelu. Elle se frotta avec vigueur le crâne et les cheveux, fort tentée d'ôter cotte et surcot pour s'asseoir en chemise dans la profonde auge de bois. Ce bain rudimentaire aurait au moins le mérite de décoller la croûte de crasse qui lui durcissait la peau depuis huit jours, une perspective enchanteresse.

Qui pourrait la voir, si elle s'accordait ce plaisir ? Elle n'en aurait pas pour longtemps.

Elle jeta un coup d'œil à la ronde. Nul valet en vue. Derrière le mur de la sellerie, les ébats de Rose et de son amoureux devenaient moins bruyants. Ils s'émaillaient de soupirs et de gémissements qui semblaient devoir les occuper un bon moment encore.

Incapable de résister, Ceridwen ôta ses bottes, tira son bliaud par-dessus sa tête et le secoua vigoureusement avant de le déposer sur les pavés. Elle fit de même avec sa cotte. Puis, vêtue du mince chainse de toile qu'elle portait à même la peau, elle enjamba le rebord de l'abreuvoir, un pied après l'autre.

L'eau lui arrivait aux genoux, mais elle eut à peine le temps de s'en apercevoir : poussant un cri perçant, elle glissa sur la mousse verte qui tapissait le fond de l'auge et atterrit fort rudement sur son fondement, dans une gerbe d'éclaboussures. L'arrière de son crâne heurta le bois dur. Assommée, elle se sentit couler sous la surface, regrettant amèrement de n'avoir su se contenter de rester sale.

Par l'étroite croisée qui éclairait une chambre retirée du donjon d'Alonso, Raymond vit disparaître Ceridwen au fond de l'abreuvoir. Retenant son souffle, il compta ses battements de cœur afin de mesurer le temps de son immersion. Chacun d'eux le mettait à l'agonie. Plus le nombre augmentait, plus son supplice s'accroissait.

Comment diable était-elle arrivée jusque-là ? se demanda-t-il, rivant un regard contracté sur l'eau verte qui l'avait engloutie. Alonso savait-il qui elle était ?

Enfin, elle se redressa en crachant et en toussant, inspirant à larges goulées. Le soulagement du chevalier n'avait d'égal que sa farouche contrariété : jamais une noble dame n'aurait dû se trouver dans une telle situation. Et il devait à tout prix la mettre hors d'atteinte d'Alonso.

Alors que la presque noyée repoussait les cheveux trempés qui couvraient son visage, plusieurs jeunes serviteurs s'attroupèrent autour du cuvier avec des rires sonores. La jeune fille s'empressa de presser ses coudes sur sa poitrine et de remonter ses genoux contre elle, mais un galopin lui appuya sur la tête pour la renvoyer sous l'eau.

Hors de lui, Raymond tira sur sa chaîne. Son impuissance le rendait aussi furieux que le traitement réservé par ces rustres à Ceridwen. La douleur fulgurante qui lui lacéra le genou l'obligea à réprimer ses futiles ardeurs.

Quand il entendit le bois de la porte racler la pierre inégale du sol, il se tourna dans cette direction, les mâchoires serrées. Il eût tout donné pour voir entrer Giles ou un autre être humain secourable, mais il savait qu'il ne devait pas s'y attendre.

Il ne se trompait pas.

— Salut à vous, beau-frère !

Empestant le jasmin, la maîtresse d'Alonso, Gwendolyn de Lacey, se coula dans la chambre et referma la porte derrière elle.

— Trompez-vous votre ennui en regardant jouer les paysans ? s'enquit-elle.

Elle se dirigea vers la croisée et jeta un coup d'œil au-dehors.

— Voyez donc comment ils fondent sur cette petite merlette noire ! Bah… Si elle est assez sotte pour se dévêtir dans une cour d'écurie, elle mérite son sort. Je la ferai fouetter et jeter hors de ce château, pour la punir du trouble qu'elle cause en excitant de la sorte les sens de nos valets. Mais peut-être excite-t-elle aussi les vôtres, la vile diablesse galloise !

Le venin qui filtrait dans sa voix fit se retourner l'estomac de Raymond. Elle ne se montrerait pas si fielleuse, pensa-t-il, si Alonso n'avait pas déjà remarqué Ceridwen. Et si l'un ou l'autre s'emparait de la jeune fille, il n'osait imaginer ce qui en résulterait.

Gwendolyn pivota brusquement sur elle-même et s'approcha de lui, ses yeux violets brillant d'un vif éclat.

— Toujours aussi taciturne, mon beau dragon chevalier…

Avec une hardiesse éhontée, elle coula les doigts sous la tunique du jeune homme, promena un ongle acéré sur ses côtes.

— J'ai toujours été fort éprise de vous, Raymond, vous ne l'ignorez point. Ne vous plairait-il point que je prenne quelques amusements avec vous ? Et en échange… peut-être pourrais-je vous aider à vous échapper.

Raymond la contemplait fixement, et souhaitait en lui-même que cette tigresse s'immolât dans les flammes de ses désirs impurs, un brasier assez ardent pour calciner tout ce qui la touchait. A ce qu'il savait — par d'autres, puisqu'il avait toujours refusé de lui céder —, ses appétits charnels étaient inextinguibles.

— Vous avez certainement appris, avec le temps, que je ne suis le jouet de personne, ma dame. Vos charmes eux-mêmes, pour puissants qu'ils fussent, demeurent sans effet sur moi ; je ne suis plus capable du moindre émoi, ni du moindre sentiment.

— Sans effet, vraiment ? roucoula Gwendolyn.

Elle planta les ongles dans le flanc du jeune homme, griffa délibérément sa peau. Il resta impassible.

Elle se rembrunit, la mine boudeuse.

— Non, je vois bien que j'échoue à susciter en vous le plus petit frisson. Pourquoi, Raymond ? Qu'est-ce qui vous déplaît en moi ?

Lui jetant une œillade lourde de concupiscence, elle suça la goutte de sang qui perlait au bout d'un ongle — tout en s'efforçant, de son autre main, de délacer les braies du jeune seigneur.

Ce dernier restait de marbre, malgré la fureur qui grondait en lui.

— Je ne suis pas mon frère, lady. Je ne me suis jamais humilié pour complaire à une femme, et vos jeux pervers ne sont point à mon goût.

— Oh, et lady Meribel s'est trouvée fort aise de cette noble droiture, n'est-il point vrai ? susurra l'odieuse séductrice. Etait-elle toujours docile et souple entre vos mains, toujours satisfaite de vos saines ardeurs de mari ? S'est-elle risquée, un jour, à quérir de vous des plaisirs plus raffinés — tel que celui-ci ?

Elle s'agenouilla devant Raymond.

— Sacrebleu, Gwendolyn ! rugit-il, hors de lui. Otez de moi vos maudits doigts griffus !

Un désir furieux d'étrangler cette femme immorale l'aveuglait. La garce était fortunée qu'il ait les mains liées dans le dos.

— A votre guise, messire, répondit-elle d'un ton suave. Je n'ai nul besoin de mes griffes, après tout.

— Gwendolyn ! Si vous persistez, je briserai votre joli cou blanc entre mes cuisses, je vous en fais le serment !

Elle rit.

— Doux Jésus ! Je tremble devant votre courroux.

Ulcéré, le jeune homme leva son genou valide et en frappa rudement la tempe de sa persécutrice. Après quoi il planta sa botte entre ses seins plantureux et poussa de toutes ses forces. Elle atterrit sur un paquet de toile de chanvre poussiéreuse, en glapissant des obscénités.

Raymond sautilla jusqu'à la croisée, se pencha et hurla :

— Alonso ! J'exige un entretien, sur-le-champ !

Sa requête rageuse fit lever vers lui tous les regards des gens présents dans la cour — y compris celui de Ceridwen, qui semblait disputer à une servante aux cheveux roux un bliaud crasseux.

— Vous ! tonna le jeune homme en direction d'un valet d'écurie. Courez auprès de votre seigneur et dites-lui que sa dame requiert son assistance ! Tout de suite !

Le garçon s'élança aussitôt, tandis que les autres domestiques s'empressaient de retourner à leurs tâches respectives. Seule Ceridwen demeurait clouée sur place, son bliaud serré devant elle et les yeux rivés vers lui.

— Cessez de bayer aux corneilles, jeune gueuse ! lança-t-il d'un ton cinglant. Au travail, ouste !

Même s'il se refusait à éprouver pour elle le moindre sentiment, il tenait à la protéger. Pour rien au monde, Alonso ou Gwendolyn ne devaient soupçonner qu'il la connaissait — et moins encore qu'elle avait quelque importance pour lui. A cause de ses terres et de l'alliance qu'il avait conclue avec son père, bien sûr. Rien d'autre.

Quand il vit le regard coupant qu'elle dardait sur lui entre ses paupières plissées, il se sentit servi au-delà de ses espérances.

La garce savait se montrer méprisante ! Au moins autant que Meribel, ce qui n'était pas peu dire. De près, elle daignait lui accorder la grâce d'une fausse politesse. Mais de loin, elle ne craignait point d'exprimer la vérité de son âme — et c'était fort bien ainsi.

Un coup sec sur sa chaîne le fit se retourner d'un bloc. Gwendolyn se tenait face à lui, les yeux étincelant de rage, une main sur sa tempe qui ne portait pourtant nulle marque, pour autant qu'il pût en juger.

— Vous regretterez ce jour, fier Raymond qui vous montrez si hautain, si dédaigneux d'autrui ! Alonso saura vous faire souffrir bien mieux que moi, je vous en donne ma parole !

Elle lui cracha ces mots au visage, la poitrine soulevée de fureur, ses prunelles couleur de gentiane luisant de larmes. Alors qu'elle regagnait la porte, Alonso entra en trombe, dague au poing. Il la considéra avec stupeur.

— Qu'a-t-il fait pour causer vos pleurs, ma douce ?

Elle gémit quand il lui caressa la joue, enfouit son visage dans sa tunique et se mit à sangloter.

Alonso foudroya son frère du regard.

— Sacrebleu, Raymond ! Ma dame vient t'apporter son réconfort et c'est ainsi que tu la récompenses ? Par des coups ?

— De fait, si je le pouvais, je la fouetterais jusqu'au sang, confirma le jeune seigneur impassible. Mais il est aussi bien que je ne le puisse ; elle y prendrait un plaisir trop vif, à mon sens.

En un éclair, la lame d'Alonso se posa sur sa gorge.

— Tu as grand besoin de ravaler ton impudence, mon frère, et de mesurer ta folie ! Gwen, ouvrez ses anneaux. Nous traitions Raymond comme un hôte honorable, jusqu'ici, mais il a amplement abusé de notre hospitalité.

Raymond estima plus sage de ne pas provoquer davantage son aîné. Il sortit donc de la chambre, docile, la dague d'Alonso discrètement pointée sur ses reins.

Ensemble, ils descendirent le long escalier en colimaçon qui desservait la tour et finirent par émerger dans la cour. Gwendolyn agrippait fermement son bras droit, Alonso surveillait son flanc gauche. Du coin de l'œil, il aperçut Ceridwen qui se coulait furtivement dans l'ombre des écuries.

— A présent, quand ton fidèle ami Giles de Saint-Germain viendra te quérir, déclara le baron d'un ton grinçant, j'informerai ce bâtard que tu es ici pour faire la paix avec moi, petit frère, et s'il a un grain de raison il s'en ira sans demander son reste. Mais toi, tu ne partiras pas. Et tu n'épouseras point la fille de Morgan ap Madog, ce barbare, comme tu complotais de le faire dans ta vile félonie !

Il s'interrompit un instant, les mâchoires serrées.

— Nenni ! Je te renverrai chez toi le jour où tu imploreras mon pardon, où tu me confirmeras ton allégeance, où tu me paieras une amende — et où je croirai à ta sincérité. D'ici là, seule une copieuse rançon pourra racheter ta liberté. Qu'en dis-tu ?

Raymond tourna vers lui un regard méprisant.

— Trop tard, Alonso. J'ai déjà épousé la Galloise. Le pacte a été signé devant Dieu et devant les hommes. Désormais, j'ai derrière moi toute la puissance du Talyessin, outre celle de mes autres alliés. Tu n'as nul intérêt à me garder captif, ni pour du sang, ni pour de l'argent.

Il se consola du mensonge relatif à ses noces en se disant qu'il pourrait aisément le tourner en réalité. S'il restait en vie.

Alonso plissa les paupières.

— Je suis blessé, mon frère ! Te marier sans m'inviter à tes noces ? Cuisante insulte ! Je dois vraiment t'inculquer quelques manières. Où est mon intendant ?

Une petite troupe d'hommes d'armes s'était rassemblée dans la cour, faible en nombre mais assez agitée. De son centre émergea l'intendant, un robuste soldat qui s'avança les bras croisés sur son torse massif. Une épée peu ordinaire battait son côté : le cristal incrusté dans son pommeau étincelait au soleil et jetait des rais aux couleurs de l'arc-en-ciel sur le manteau blanc du baron.

— Votre Seigneurie ?

— Mon frère que voici désirerait visiter mes cachots.

Raymond déglutit. L'idée de se retrouver enchaîné, seul, dans une cellule d'un noir de suie submergea soudain sa raison d'une vague de panique — ce qui l'emplit d'une honte brûlante. Au prix d'un effort surhumain, il maintint son calme apparent et plongea les yeux dans ceux de son frère.

— Je t'engage à te préserver et à préserver tes hommes, Alonso. Ne dresse pas d'obstacle devant moi. Je ne suis pas le seul à être lassé de ta cupidité. J'ai sous mes ordres un demi-millier de braves qui attendent mon retour.

Autre mensonge éhonté que Dieu devrait lui pardonner. Il n'en avait pas cent.

— Ces soldats ne sont pas ici, que je sache, rétorqua Alonso avec assurance. Et il leur faudra plusieurs jours pour te rejoindre.

Malignement, il enfonça la pointe de sa dague dans l'échine de son cadet.

— Or... bien des choses peuvent advenir à un homme et à ses opinions en moins de temps que cela, quand sa chair est en jeu.

Raymond perçut un cri étouffé du côté des écuries, mais il parut être le seul à l'entendre. Se gardant de tourner les yeux dans cette direction, il répondit d'une voix forte :

— Giles ne viendra pas seul. Et qu'il soit bâtard ou non, son père est un duc normand. Il est de plus haute naissance que toi ou moi, mon frère. Aie soin de l'accueillir comme il sied à son rang.

Si les oreilles de Gwendolyn étaient pointées vers eux, se dit-il, cette information aurait tôt fait de les redresser.

La maîtresse d'Alonso frétillait d'aise, immanquablement, à l'arrivée d'une nouvelle conquête possible. Et Giles était fort capable de se défendre. Il espérait néanmoins que son fringant lieutenant ne perdrait point de temps en badinage : le plus vite Ceridwen serait arrachée à ce funeste endroit, le mieux il pourrait se concentrer sur sa propre survie.

Comme s'il avait deviné ses pensées, le baron jeta un regard méfiant à sa concubine.

— Le Normand te voue une grande affection, mon frère, répondit-il d'un ton suave. Cela devrait nous assurer de sa coopération.

— La question n'est pas là, rétorqua froidement Raymond. Ecoute-moi bien, Alonso : je me refuse, dorénavant, à te payer tout tribut. Je me refuse à prendre les armes, pour ton compte, contre un peuple qui ne fait que défendre ce qui lui appartient de droit. Je me refuse à affamer mes sujets afin de pouvoir te verser les taxes exorbitantes que tu exiges de moi. Je te retire mon allégeance et ma fidélité.

Alonso se frotta le menton, la mine dubitative, tandis que l'intendant et tous ceux qui l'entouraient — Gwendolyn excepté — en restaient bouche bée.

— Impossible, trancha-t-il enfin. Tu voudrais que j'agrée à ce marché de dupes ? Que je renonce du jour au lendemain aux revenus qui me viennent de toi ? Que je te permette de bafouer le droit de la terre et de proclamer ta déloyauté envers moi ?

D'un claquement de doigts, il rappela l'intendant à l'attention.

Raymond redressa les épaules et réprima un sourire sarcastique. S'il devait goûter aux geôles d'Alonso, autant subir ce supplice pour une raison qui en vaille la peine, et non sur un simple caprice de son frère.

— C'est de la perfidie. De la plus basse trahison. De la félonie !

La voix du baron se brisa et deux grosses larmes roulèrent sur ses joues lisses.

— Tu connais le prix de la félonie.

Raymond le connaissait. La pendaison — comme ultime châtiment. Avant, l'écartèlement, l'éviscération, le démembrement par quatre solides chevaux et… la dernière injure faite à un homme, qu'il avait vue de ses yeux, mais sur laquelle il préférait ne point s'appesantir.

— Oui, répondit-il, ébranlé jusqu'au tréfonds de l'âme par ce qu'Alonso lui promettait, mais pas ému pour deux sous par ses larmes.

Son aîné avait toujours su pleurer à volonté.

— Quoi que tu en dises, cependant, tu ne peux invoquer le crime de haute trahison, mon frère, ajouta-t-il avec mépris. Tu n'es pas assez princier pour cela.

Le baron secoua sa tête blonde d'un air navré.

— Sincèrement, Raymond, je me dois de te fournir un temps de réflexion, pour te permettre de contempler dans toute son étendue la grave erreur que tu es sur le point de commettre. Tu m'en remercieras un jour.

Il fit un geste gracieux de la main, tel un prélat accordant sa bienveillante bénédiction à un pécheur égaré.

Les démons qui habitaient Raymond se livraient en lui à une bataille assourdissante ; ils finirent par disperser aux quatre vents le peu de prudence qu'il lui restait encore.

— Nul doute que tes cachots offrent cette opportunité à tous ceux que tu désires assouplir, lança-t-il sur un ton de défi. Je pensais, pourtant, que tu me saurais gré de t'annoncer clairement ma position. Et que tu permettrais à un glaive réticent de se porter vers d'autres cibles, au lieu de se retourner contre toi.

— C'en est fait ! s'exclama Alonso triomphant. Vous l'avez entendu, tous autant que vous êtes ! En ce jour, vous êtes mes témoins devant Dieu.

Il exultait.

— Raymond de Beauchamp, je vous déclare traître à votre suzerain ! proclama-t-il. La vie vous sera ôtée si vous n'êtes point rançonné comme il convient. J'exige cinq cents talents d'argent, un par homme de votre armée. Ce qui ne devrait pas être trop difficile à fournir, si vous avez dit vrai ! conclut-il en riant.

Le cœur de Raymond sombra dans sa poitrine. Cette somme colossale était impossible à réunir. Eût-il réellement disposé de cinq cents soldats, aucun n'aurait possédé la fraction requise en pièces d'argent, y compris ses égaux. Pour la plupart, vilains et paysans payaient ce qu'ils devaient en œufs, en viande, en laine ou de leur propre sueur.

Giles allait encore le maudire, d'avoir ficelé si sottement sa défense sans prendre conseil de la personne la mieux placée pour cela : son lieutenant lui-même.

Par habitude, il scruta les visages qui l'entouraient, afin de détecter d'éventuels signes de faiblesse parmi les soldats d'Alonso. Puis il observa la cour, en vue d'une évasion possible. Mais à quoi bon ? se dit-il sombrement.

Même s'il trouvait un moyen de s'échapper, il ne pourrait le faire tant que la fille de Morgan ap Madog se trouverait entre ces murs.

Alors qu'il en arrivait à cette conclusion, il sentit la dague d'Alonso accentuer sa pression dans son dos. Peu à peu, la pointe perfora sa peau et s'enfonça dans sa chair avec une lenteur calculée. Un petit coup de poignet, et la tunique de Raymond se trempa de sueur.

Il se mordit la langue et ferma les yeux. Il ne bougerait pas. Il n'émettrait pas un son. Au fil des années, le pervers Alonso avait maintes fois tenté de le briser — comme en cet instant. Mais il préférerait encore livrer son âme au diable, plutôt que de lui céder.

Le baron soupira et retira sa dague.

— Ce n'est que partie remise, Raymond. N'en doute nullement. Intendant, descendez-le dans les cachots !

8

D'un tour de clé définitif, l'intendant verrouilla les bracelets de fer autour des poignets de Raymond.

Epouvantée, Ceridwen vit blêmir le seigneur de Rookhaven. Les Beauchamp, décidément, étaient aussi féroces les uns avec les autres qu'ils l'étaient envers leurs ennemis.

Quand les deux hommes se tournèrent vers la lourde porte qui menait aux soubassements du château, la jeune fille constata tout d'abord que le chevalier boitait. Puis elle tressaillit en apercevant une tache de sang rouge vif sur sa tunique, au niveau de ses reins. Peut-être s'agissait-il d'une blessure due au combat qui l'avait perdu, se dit-elle. Pourtant, ce sang paraissait frais.

Au bord de la nausée, elle devina alors que le monstrueux Alonso n'avait pas dû perdre son temps, durant leur négociation. Quoi qu'il en fût, une chose semblait sûre — même si une idée aussi incongrue n'aurait jamais pu lui traverser l'esprit quelque temps auparavant. Raymond avait besoin d'elle. En deux jours, elle l'avait vu chuter de son coursier, se pâmer à demi devant un dolmen, être roué de coups, percé par une dague, et maintenant il était conduit sous la contrainte dans un trou puant, prisonnier de son propre frère. La conclusion était claire : elle ne pouvait le laisser seul.

Alors que l'intendant ouvrait la porte, armé d'un impressionnant trousseau de clés, le jeune homme se pencha vers lui. L'autre interrompit son geste et lui jeta un coup d'œil surpris.

Ceridwen décida que l'instant était propice, et qu'une approche directe s'imposait. Si elle cherchait à se faufiler en douce du côté des cachots, elle serait aussitôt soupçonnée et écartée. Mieux valait agir ouvertement, avec sang-froid. Le baron et sa dame avaient regagné le donjon, Rose n'était plus là pour lui réclamer des comptes, l'intendant ne l'avait jamais vue et les autres ignoraient quelles fonctions lui étaient allouées. C'était le moment rêvé pour mettre son plan à exécution.

Elle se rua vers l'appentis le plus proche, attrapa le premier panier qui lui tomba sous la main, l'emplit prestement de paille et rejoignit d'un pas vif l'intendant et son prisonnier.

Raymond la gratifia d'une œillade indifférente, comme si elle lui était étrangère, et le soldat l'ignora totalement.

— Belle pièce, l'épée que vous avez là, déclara le jeune homme en désignant le glaive d'Awyr.

— De fait, de fait, grommela l'intendant qui caressa amoureusement de sa paume le cristal brillant.

— L'avez-vous gagnée lors d'un pari, ou prise dans un combat ?

— Ni l'un, ni l'autre, messire. Je la tiens d'un captif qui croupit dans nos geôles.

— Mon frère a-t-il traité lui-même avec cet homme ?

La question paraissait anodine, mais il était clair que le corps entier de Raymond vibrait de façon presque imperceptible — comme si chacun de ses nerfs, jusqu'au plus petit, bourdonnait. Ceridwen l'avait souvent vu dans cet état : aussi tendu qu'un grand arc gallois prêt à décocher une flèche mortelle.

— Nenni. Le baron n'a jamais posé les yeux sur ce gredin.

— Puis-je examiner cette lame de plus près, avant que nous ne descendions dans l'obscurité ?

L'intendant le dévisagea, hésitant.

— Sur votre honneur, messire, ne mijotez-vous point un mauvais coup ?

— Sur mon honneur, je le jure. Avant de quitter la lumière, je désire seulement contempler un dernier objet de beauté pour en emporter le souvenir avec moi, et adoucir ainsi ma captivité.

En prononçant ces mots, le chevalier laissa glisser son regard bleu vers Ceridwen, qui se sentit rougir d'aise, de surprise et d'embarras.

L'intendant tira le glaive de son fourreau, à moitié. Nulle tache de rouille n'altérait la lame, lisse et brillante.

La gouttière creusée sur toute sa longueur pour en diminuer le poids était immaculée.

Raymond siffla doucement entre ses dents.

— Une pure merveille. Tirez-la jusqu'au bout et retournez-la, je vous prie.

L'épée d'Awyr étincela au soleil. Ceridwen constata qu'elle était gravée, mais ne put lire l'inscription. Beaucoup d'armes portaient ainsi des prières, des devises ou des symboles protecteurs, elle le savait. A commencer par celle de son père.

Raymond se pencha pour déchiffrer les quelques mots tracés en lettres latines, aux contours arrondis, et vacilla légèrement, comme pris d'une subite faiblesse.

Il secoua la tête.

— Votre pardon. Je crois que les événements de la journée commencent à réclamer leur rançon.

— Je n'ai rien à vous pardonner, messire, répondit le soldat d'un ton bourru.

Il remisa l'épée dans son fourreau et remarqua enfin Ceridwen.

— Ho, *lass* ! Que cherchez-vous par ici ?

La jeune fille avait une bonne pratique du mime. Elle en avait abondamment usé dans sa prime jeunesse, avec Rhys, pour distraire leurs nombreux cousins réunis à Llyn y Gareg Wen lors des fêtes de Yuletide, au milieu de l'été. Téméraire, elle choisit de recourir à l'un de ses meilleurs rôles : elle arrondit les yeux et battit des cils, les joues gonflées, afin de prendre l'air d'une simplette.

— A… avec votre permission, sieur intendant, je d… dois d… descendre aux cachots… p… pour fournir un peu de compagnie à ce chevalier, bégaya-t-elle. J… j'ai mes ordres.

Balançant son panier, elle inclina la tête vers Raymond, tout en décochant un clin d'œil éhonté à l'intendant.

Ce dernier haussa ses épais sourcils roux.

— Fort bien. Mais prenez garde à ne pas causer du grabuge, ribaude, sans quoi votre joli postérieur vous en cuira !

Ceridwen acquiesça, ignorant la mine furieuse du jeune seigneur. La porte ferrée refermée derrière eux, elle suivit les deux hommes dans l'étroit escalier, puis dans les corridors humides et froids qui menaient aux cellules — immondes boyaux de la forteresse d'Alonso.

Le clair soleil de la cour était loin. L'air était lourd et putride, de l'eau noirâtre gouttait d'entre les fissures, l'écho de leurs pas résonnant sur les dalles semblait faire surgir de la pierre toute la terreur accumulée entre ces murs depuis des siècles — et l'insondable souffrance des prisonniers torturés à mort.

Au croisement de deux couloirs, une paire de gardes jouaient aux dés. Dirk et Will. Ils levèrent les yeux, et Ceridwen se dissimula vivement derrière Raymond, la tête basse et le cœur battant. L'intendant se contenta de les saluer d'un signe du menton, se réservant sans doute de les renseigner plus tard sur leur recrue de marque.

Un peu plus loin, il s'arrêta devant un cachot vide.

— Voilà. Je vous octroie une cellule tout à vous, messire Raymond.

Sa voix s'enroua.

— Du temps de votre noble père, vous seriez resté enchaîné confortablement dans un coin de la grand-salle, comme il sied à un captif de haut rang. Jamais, sur ma vie, il n'a enfermé un gentilhomme dans ces geôles. Mais l'époque a bien changé, pauvres de nous ! Et j'ai fort grande honte de ce qui se passe ici, conclut-il en secouant la tête d'un air navré.

Raymond le considéra durement.

— Réservez votre pitié à d'autres, mon brave. Cette affaire ne concerne que le baron et moi. Je n'ai nul désir de croupir dans la grand-salle d'Alonso, ni dans une cellule particulière. Je veux partager le cachot du détenteur de ce glaive, afin de voir de mes yeux quel genre d'homme possède une arme de cette valeur.

L'intendant parut horrifié.

— Ne me demandez pas de vous mettre avec le meurtrier de ce pauvre Nat, messire ! C'est un lunatique qu'il vaut mieux ne pas troubler, croyez-moi.

— Peu m'importe l'état de sa cervelle. Il me serait agréable de l'avoir sous la main pour goûter la nourriture que l'on me portera. Et qui était ce Nat, à propos ?

Ceridwen retint son souffle.

— Un solide garçon, fort populaire au village en dépit

de ses frasques, ou à cause d'elles, expliqua le soldat. Il y a quelques semaines de cela, le garde-chasse l'a trouvé mort dans un bois, passé par le travers. Seule une lame de cette finesse et de ce tranchant a pu l'occire d'un coup aussi net — ce qui suffit à prouver la faute du gredin en question.

Il se mit à rire, et tapota le glaive accroché à sa ceinture.

— Mais le piment de l'affaire, messire, c'est que la gueuse dont Nat s'occupait juste avant de mourir a prétendu que ses attentions n'étaient point les bienvenues, d'après ce que Tom m'a rapporté ! Or elle était de mèche avec l'hurluberlu dont je vous parle, c'est clair comme de l'eau de roche. Le forestier les a surpris ensemble au petit matin, le jour de leur arrestation. Pour moi, Nat n'avait pas l'argent que la ribaude lui a réclamé, une fois l'amusement fini, et son comparse s'est payé à sa façon, la vile ordure !

La jeune fille frémit à l'évocation des « attentions » de Nat, dont elle gardait un si cuisant souvenir, et ses craintes s'accrurent pour Awyr. Le pauvre diable n'était pour rien dans cette sordide affaire ! Allait-il être châtié d'un crime commis par un Beauchamp — à cause d'elle ?

Raymond se racla la gorge.

— L'histoire est bien ficelée, je le reconnais. Mais la réalité, c'est que j'ai occis moi-même ce sale pourceau.

Ceridwen le dévisagea avec stupeur, sidérée par des

aveux aussi prompts. De toute évidence, l'intendant partageait son désarroi. Ses joues semées de taches de son virèrent au cramoisi.

— Par Lucifer ! gronda-t-il en refermant une main possessive sur le glaive. Ne me dites pas une chose pareille, messire !

Puis son front s'éclaircit.

— Bah ! De toute manière, on le pendra haut et court, qu'il ait tué Nat ou pas. C'est le châtiment réservé aux braconniers. Et vous, ce n'est pas une charge de plus qui changera votre sort, messire.

Raymond plissa les paupières.

— Laissez-moi me soucier de mon sort, intendant. J'assumerai mes pleines responsabilités. D'ici là, enfermez-moi avec ce malheureux, ainsi que je le requiers.

Le soldat soupira.

— Will ! cria-t-il. J'ai besoin de vos clés !

De nouveau, Ceridwen se dissimula prudemment derrière sa large carrure. Le geôlier arriva et tendit à son supérieur un lourd trousseau dont il détacha une clé énorme. Elle grinça dans la serrure et la porte s'ouvrit, libérant d'atroces relents d'urine et de paille pourrie qui s'engouffrèrent dans le corridor.

Inquiète, Ceridwen coula un œil entre Raymond et l'intendant. Awyr gisait toujours sur le sol, inerte, le nez tordu et ensanglanté, les paupières horriblement gonflées et le reste du visage tuméfié par les coups.

Le chevalier tourna un regard sévère vers l'intendant, puis vers le garde.

— Quelqu'un aurait-il pris de l'avance sur son châtiment ? s'enquit-il froidement.

— Il se rebellait, messire. Il a fallu le ramener à la raison, répondit Will en passant la main sur l'entrejambe de ses chausses.

L'expression du jeune seigneur devint féroce.

— Apportez-moi de la cervoise et une lampe ! commanda-t-il.

De nouveau, l'intendant hésita, puis il s'inclina et lui ôta ses fers.

— Oui, messire. Je gage que je vous dois bien cela, à la mémoire de votre noble père. Souhaitez-vous garder la gueuse avec vous ?

Raymond jeta une œillade à Ceridwen et à son panier.

— Que portez-vous là ?

— Un p… peu de p… paille fraîche p… pour amollir votre geôle, messire. Et aussi q… quelques bandages, ajouta-t-elle en mentant effrontément.

Si on la fouillait, se dit-elle, elle prétendrait avoir mis des chiffons au fond de son panier, et feindrait la désolation en ne les trouvant pas. Mais la question ne se posa pas. Le sire de Beauchamp la poussa rudement dans le cachot, l'intendant et le garde esquissèrent une courbette, puis ils refermèrent la porte derrière eux.

Aussitôt, les doigts de Raymond se plaquèrent avec dureté sur le poignet de la jeune fille.

— Par tous les diables, quelle sottise vous a poussée à vous infiltrer dans ce funeste endroit ? gronda-t-il d'un ton sourd.

Ses yeux bleus étincelaient sauvagement dans la pénombre. Et soudain, alors que Ceridwen ouvrait la bouche pour protester contre sa brutalité, il lui coupa la parole d'un baiser rageur, aussi bref que violent.

Elle en resta ébaubie, interloquée par l'indignation et le plaisir inavouable que cet assaut lui avait procuré. Beauchamp paraissait aussi médusé qu'elle.

— Pardon. Je ne sais ce qui m'a pris, marmonna-t-il enfin.

La jeune fille tremblait encore de ce brutal flamboiement de passion. Incapable d'affronter le regard du jeune seigneur, elle se tourna vers Awyr.

— Il a besoin de soins, murmura-t-elle. De même que votre dos… et sans nul doute le restant de votre personne, après la rixe de l'autre jour.

Raymond se massa le front.

— Mon état importe peu. Laissez-moi voir cet homme.

Il posa un genou à terre, près du gisant immobile, et lui souleva doucement la tête, qu'il palpa avec précaution.

— Avez-vous réellement des bandages ?

— Non, reconnut Ceridwen en rougissant. Et je le regrette fort.

— Dans ce cas, aidez-moi à ôter ma botte.

En tressaillant de douleur, il étendit sa jambe droite

sur le côté. La jeune fille dénoua ses lacets, écarta le cuir souple et tira. Sans lâcher la tête ensanglantée d'Awyr, Raymond replia le haut de la botte et le glissa à la façon d'un coussinet sous le crâne du blessé.

— Je n'ai senti nulle fracture, déclara-t-il. Espérons qu'il ne souffre que d'une bosse.

La sollicitude qu'il témoignait à un étranger intriguait vivement Ceridwen.

— Savez-vous, messire, que vous tenez là le « fantôme » qui nous a tant effrayés l'autre soir ?

Il la dévisagea un instant, fixement, et dans la faible lumière prodiguée par le soupirail son regard bleu prit un éclat intense, pareil au cœur d'une flamme.

— Non. Vous vous trompez.

Il tritura un lambeau d'étoffe rouge accroché à la tunique usée d'Awyr.

— Je ne me trompe nullement. C'est un seul et même homme. Mais il est tout à fait inoffensif.

— Moins que vous ne le pensez, rétorqua le chevalier, la bouche serrée. Le glaive que l'intendant a saisi sur lui est une arme mortelle, de grand prix. Je veux le réveiller, pour savoir d'où il la tient.

— Il est muet.

— Il parlera. Surtout s'il s'agit d'un vil pilleur de tombes.

— Non ! se récria Ceridwen. Je vous interdis de le rudoyer ! Il est mon ami.

Raymond haussa un sourcil.

— Vous devriez vous montrer plus prudente dans vos amitiés, ma dame. Qu'est-il advenu de Sauveur ?

— Il a dû s'enfuir quand nous avons été arrêtés. Il y a trois jours de cela, au petit matin.

— Et Grendel ?

— Votre coursier a disparu dans la forêt alors que vous gisiez aux mains de vos assaillants. Il leur a échappé avec une magnifique vaillance.

L'ombre d'un sourire passa sur les lèvres du jeune seigneur.

— Parfait. Je puis compter sur l'un ou l'autre pour regagner Rookhaven, et prévenir Giles que je suis en danger.

Il ramena son attention sur le blessé, qui respirait bruyamment par son nez cassé.

Ceridwen se redressa alors de toute sa petite taille.

— Pour répondre à votre première question, messire, je suis ici d'abord et avant tout pour sauver cet homme. Jusqu'à tout à l'heure, j'ignorais que vous deviez le rejoindre dans ce cachot sordide.

— Le sauver ! fulmina Raymond. C'est vous qui devez l'être, ma dame, de vous-même et de cette forteresse ! Maintenant que je l'ai rejoint, comme vous le dites si bien, ne vous souciez plus de vos plans ridicules. Je vous sortirai de ces geôles. Tous les deux.

La jeune fille l'examina, les paupières plissées.

— Ne comptiez-vous point utiliser ce malheureux pour goûter votre nourriture ?

Il lui jeta un regard qu'il eût accordé à une enfant débile.

— D'après vous ?

— M'est avis que votre arrogance dépasse toute raison, messire. Je ne puis croire, cependant, que vous accepteriez de laisser un innocent mourir empoisonné à votre place.

— Ni lui ni nul autre, confirma sèchement le jeune homme.

Il se redressa en entendant la clé tourner dans la serrure. Will entra, portant la cervoise promise et un petit lumignon. La flamme minuscule dessinait son ombre sur le mur, gigantesque. Tandis que Ceridwen se renfonçait dans l'ombre, le garde passa d'une jambe sur l'autre, visiblement gêné par le regard féroce que son nouveau prisonnier rivait sur lui.

— Vous faut-il autre chose, messire ?

— Que va-t-il advenir de cet homme ?

— Lundi prochain est jour de pendaison. Il faut qu'il aille mieux... avant d'aller plus mal, si vous voyez ce que je veux dire. Sa Seigneurie désire le voir ruer et hurler, histoire de donner l'exemple.

— L'exemple ! grommela Raymond, les dents serrées. C'est d'en haut, qu'il devrait venir.

Frémissant sous la brûlure de ses yeux bleus, le garde s'inclina et s'éclipsa promptement.

Le chevalier releva alors un pan de sa tunique et mouilla de cervoise le bas du chainse qu'il portait dessous.

Puis il en lava le visage du blessé, nettoyant le sang qui maculait son front, ses joues et son menton.

— Ce Will n'est qu'une brute immonde, maugréa-t-il. Nul être humain digne de ce nom ne s'en prend à une loque sans défense. Ou à une femme, ajouta-t-il violemment, en décochant une œillade entendue à Ceridwen.

Elle pinça les lèvres, peu encline à raviver le souvenir des brutalités qu'elle avait subies. Et soudain, un frisson glacé la parcourut alors que le chevalier repoussait la tignasse emmêlée d'Awyr.

A la lisière de ses cheveux, une marque terrible, d'un rouge foncé, était incrustée dans son front. Elle avait la forme d'un croissant de lune.

— Qu'est-ce là ? s'enquit-elle dans un souffle.

— La marque des Sarrasins, répondit Raymond avec une étrange lenteur.

Ceridwen se signa.

— Gente Marie ! Les Infidèles seraient-ils arrivés jusque chez nous ? s'exclama-t-elle d'une voix terrifiée. Auraient-ils traversé la mer en secret ?

Beauchamp fit signe que non.

— Remisez vos terreurs, ma dame. Les Sarrasins n'ont point encore franchi nos frontières. Je gagerais plutôt que cet homme s'est rendu chez eux. Il s'agit probablement d'un croisé.

La mâchoire de Ceridwen lui en tomba.

— Un croisé, parti délivrer pour nous le tombeau de Notre Seigneur Jésus-Christ ? Comment se peut-il que sa famille l'ait laissé errer ainsi dans la forêt, tel un animal, après de si valeureux services ?

Raymond ne répondit pas, car son cœur battait comme un fou sous ses côtes, tandis que les hypothèses les plus insensées lui traversaient l'esprit.

A ce moment-là, ranimé sans doute par les vapeurs de l'alcool, le blessé ouvrit péniblement ses paupières tuméfiées et riva un regard intense sur le visage du chevalier penché sur lui. Des larmes brouillèrent alors le bleu vif de ses prunelles, et il se mit à pleurer.

Le jeune seigneur l'aida à s'asseoir et plaça le pichet de cervoise entre ses mains hâlées.

— Buvez, dit-il. Cela vous rendra des forces.

Awyr aspira une longue goulée, puis essuya ses lèvres gonflées d'un revers de poignet. En silence, il observa tour à tour ses deux compagnons.

— Il siffle à merveille, hasarda la jeune fille.

— Ravi de l'apprendre, répondit Raymond d'une voix crispée.

Il avait de plus en plus de mal à respirer, et sa nervosité croissait de seconde en seconde sous le regard scrutateur du croisé. En lui-même, il s'exhorta à la patience. Il fallait attendre. Attendre l'heure de vérité. Cela risquait d'être long, et lui donnait soif à l'avance.

Il reprit le pichet des mains du blessé, qui le lui céda sans résistance, et but avidement, la tête renversée.

Soudain, des doigts froids et légers se posèrent sur sa gorge, semblables à une salamandre. Il s'étrangla, manqua lâcher la cruche, et se retint de peu d'en assommer l'insolent qui lui avait causé pareille frayeur.

La main d'Awyr caressait doucement la cicatrice laissée sous sa mâchoire par la dague d'Alonso, des lustres auparavant.

Raymond écarta sans brusquerie ces doigts inquisiteurs.

— Que cherchez-vous, mon bon ?

— Ray… Raymie ?

Ces deux syllabes rauques, exhalées par les lèvres craquelées de l'étranger, figèrent un instant le cœur du jeune seigneur. Puis une joie énorme, mêlée d'incrédulité, le submergea soudain.

Il y avait donc, dans les cieux, un Dieu qui avait écouté ses prières ? Un Dieu assez miséricordieux pour exaucer le plus ardent souhait d'un pécheur de sa trempe ? Il avait peine à s'en convaincre — mais un pilleur de tombe n'aurait jamais pu connaître le surnom de son enfance.

— Percy ? murmura-t-il à son tour, la gorge nouée par une émotion sans fond. Parsifal ?

Il tendit la main et caressa la joue creuse et parcheminée de son frère, ruisselante de larmes. Pour ce bienfait, se jura-t-il, il resterait désormais sans tache. Jusqu'à son dernier jour.

— Tu as toujours pleuré trop aisément, sacripant, ajouta-t-il d'une voix altérée.

Il attira contre lui l'être qui lui était le plus cher au monde, et qu'il avait cru perdu à jamais. Le serrant sur son cœur, il promena une main rassurante le long de son dos maigre, secoué par les sanglots. Comme autrefois, dans une autre existence.

Un gémissement plaintif lui signala que sa pression était trop forte, et il relâcha son étreinte.

— Ils t'ont roué de coups de pied, n'est-ce pas ?

Percy hocha lentement la tête. Les traits de Raymond se contractèrent, et la fureur qui embrasa ses veines lui fit oublier sur-le-champ tout désir de repentance. Son frère frémit devant sa mine farouche, tandis que Ceridwen demeurait clouée sur place comme elle l'était depuis le début de cette incroyable scène.

— Alonso paiera pour le mal qu'il t'a fait, Parsifal, gronda le jeune seigneur. Je le traînerai moi-même jusqu'au dolmen, nu comme un ver. Je l'allongerai le dos sur la pierre, et je lui arracherai le cœur. Mes faucons se repaîtront de sa chair, mes chiens dévoreront ses entrailles. Alonso le Bel finira en charogne, jusqu'à ce que ses os tombent en cendres et que le vent efface jusqu'au souvenir de son nom.

Devant l'expression horrifiée de son frère, Raymond interrompit sa tirade.

Percy secoua la tête avec véhémence. Ceridwen, elle, couvrait son visage de ses mains. Raymond inspira à fond et s'efforça d'apaiser les flammes de son formidable courroux.

— Je suis marri de vous avoir effrayés, marmonna-t-il. Pardonnez-moi, tous les deux. Mais pourquoi ne parles-tu point, Percy ? Aurais-tu oublié comment on forme les mots ?

Le blessé toussota et s'éclaircit la gorge.

— Non, répondit-il faiblement.

Sa voix enrouée était à peine audible.

— J'ai feint d'être muet, pendant bien longtemps. Et je suis resté caché… pendant plus longtemps encore.

Raymond acquiesça, le visage dur.

— Te cachais-tu de tes ennemis ?

Percy fit signe que oui, et passa une main lasse sur son front.

— Quand j'ai pu échapper aux Sarrasins…, reprit-il avec effort, je suis revenu jusqu'ici. Mais je n'ai pu retrouver mon chemin, et je suis resté prisonnier des bois.

Il s'interrompit, à bout de souffle. Raymond posa une main sur la sienne.

— Ne te tourmente plus, petit. Tout ira bien, désormais. Je te sortirai d'ici et tu viendras vivre avec moi. Je t'achèterai un blanc palefroi, nous irons chasser ensemble, nous prendrons enfin le bon temps que…

Il s'interrompit devant le désarroi de son frère. Son visage, autrefois plaisant et avenant, s'était refermé. La détresse qui dévastait ses traits déformés par les coups disait assez qu'il ne croyait plus au bonheur. Que l'idée même d'une vie normale et heureuse lui était devenue inaccessible, et insupportable.

Raymond se leva et regarda autour de lui, désespéré.

Des murs de pierre froide. Des anneaux rouillés. Il serra les poings. Nulle évasion possible.

Un rat brun et dodu se faufila à travers la cellule et vint hardiment renifler la botte qu'il avait glissée sous la tête de Percy. Ceridwen poussa un petit cri. De son pied botté, Raymond expédia la bestiole à l'autre bout de la geôle — ce qui lui coûta une douleur irradiante dans son genou blessé, obligé un instant de supporter le poids de son corps ; le rat s'envola avec des couinements éperdus, heurta la paroi et retomba, raide mort. Le jeune seigneur se rassit lourdement pour se masser la jambe.

— Sale vermine, grommela-t-il.

Un frottement lui fit relever les yeux : Percy se traînait vers l'animal. Son cœur chavira quand il vit son frère ramasser le cadavre inerte, le recueillir dans ses mains jointes et caresser son pelage rêche en le berçant doucement, les yeux fermés.

Une bouffée de souvenirs l'envahit et lui noua la gorge. Comment avait-il pu oublier la passion que Percy, dans son enfance, vouait à toutes les petites bêtes qu'il pouvait trouver — campagnols, moineaux, hérissons, chatons et autres êtres sans défense ?

Horrifié, il crispa les mains sur ses cheveux et tira dessus avec force.

— Oh, mon Dieu… Pardonne-moi, Percy. J'ai agi sans réfléchir.

Ceridwen prit dans ses bras son frère en larmes.

Consoler semblait aussi naturel, chez elle, que tuer l'était pour lui.

Il se détourna, ravagé par le chagrin que lui causait une autre perte plus cruelle à ses yeux que celle d'un rat : une vie d'homme, irrémédiablement gâchée.

9

Accroupie dans un coin de la cellule, Ceridwen était sous le choc des derniers événements. Ainsi, Parsifal de Beauchamp avait survécu ! Il n'était plus que l'ombre d'un homme, mais il respirait encore. Après l'étreinte impulsive qu'elle lui avait prodiguée, il était retombé dans un sommeil agité.

Elle tourna les yeux vers Raymond qui contemplait fixement son frère, immobile. Seules ses mâchoires crispées tressaillaient de temps à autre. Un reste de lumière entrait encore par le soupirail, mais cette maigre clarté s'amenuisait rapidement. La perspective d'une autre nuit dans ce cachot terrifiait la jeune fille — à plus forte raison en compagnie du sire de Rookhaven. Du moins était-ce ce qu'elle tentait de se dire.

Par ailleurs, ce n'étaient pas les motifs d'inquiétude qui lui manquaient. Qu'adviendrait-il si elle ne parvenait pas à libérer Parsifal ? Si Alonso décidait de pendre ensemble ses deux frères ?

Plus l'obscurité s'épaississait, plus la frayeur la gagnait, lui serrant la gorge dans un étau.

Elle s'avisa soudain que Beauchamp l'observait,

à présent, et un picotement lui parcourut la peau. Pourquoi l'examinait-il ainsi, dardant sur elle un regard de prédateur qui semblait la clouer sur place tel un papillon sur une planche ? Elle saisit son panier et se leva. D'une certaine manière, se tenir debout lui paraissait plus convenable. Quand le jeune seigneur reporta son attention sur Percy, elle s'adossa au mur froid et ferma les paupières.

Tout à coup, un chant mélancolique monta dans la cellule, une lamentation si triste et si belle, portée par une voix si juste et si prenante que Ceridwen se figea, fascinée, se gardant de rouvrir les yeux pour mieux apprécier ce cadeau surprenant en un endroit pareil.

— *Ci-gît un chevalier blessé à mort sous son bouclier, et ses chiens allongés à ses pieds protègent son agonie, le veillant avec fidélité…*

La mélopée, poignante, serrait le cœur et l'allégeait à la fois. La jeune fille se laissait transporter par les intonations du chanteur, sombres, graves, d'une richesse extraordinaire malgré leur retenue. Mais ce moment prit fin bien trop vite à son gré.

Elle rouvrit les paupières, s'attendant presque à voir une quatrième personne enfermée avec eux. Or ils n'étaient toujours que tous les trois.

— Sire Raymond…, murmura-t-elle, abasourdie. Vous pouvez donc chanter ainsi ?

Il la regarda, cligna des paupières, mais ne répondit pas. Un instant, Ceridwen se demanda si elle n'avait pas rêvé. Parsifal gisait toujours sur le dos, sans bouger ; pourtant, de nouvelles larmes filtraient entre ses cils.

Alors, brusquement, Raymond se releva, s'approcha d'elle, et elle ne put plus penser à rien d'autre qu'à sa présence physique, plus obsédante de seconde en seconde.

Elle inspira profondément. Son odeur avait quelque chose de si réconfortant… Il fleurait bon les choses de la vie ordinaire, les chevaux, les chiens, le labeur, la chaleur d'un corps humain. Il avait beau rester un Beauchamp, cela n'avait presque plus d'importance. Quiconque était capable de chanter avec autant d'émotion possédait un cœur, assurément. Même cet Anglais. L'amour qu'il portait à son frère en était une douloureuse évidence.

— Vous avez atteint Parsifal jusque dans son sommeil, dit-elle doucement. A son réveil, les pleurs qu'il a versés rendront son chagrin moins lourd.

— Il n'y a qu'une Galloise pour tirer des conclusions aussi insensées, grommela-t-il de son ton habituel, qui avait perdu le velours et la douceur mélancolique de sa voix de chanteur. Approchez.

Il saisit Ceridwen par les bras et l'attira à lui. Elle se raidit, résista. Il était trop grand, trop autoritaire… et il savait tout ce qu'elle ne savait pas.

— Que faites-vous donc ? protesta-t-elle. Quel besoin avez-vous de vous montrer si brutal ?

Il l'obligea à lâcher son panier, puis resserra son étreinte.

— Un besoin tout simple, ma jeune dame. De fait, il me plaît si fort de vous avoir près de moi que je me dois de provoquer votre courroux — dans votre propre intérêt.

Il laissa glisser ses doigts sur les bras de la jeune fille, qui en eut la chair de poule.

Cet aveu la touchait et la déconcertait tout à la fois.

— Vos paroles manquent quelque peu de clarté, messire, déclara-t-elle d'une voix mal assurée.

— Serai-je assez clair, si je vous dis que je brûle de rouler avec vous sur le sol de cette cellule ?

Ceridwen élargit les yeux.

— Curieuse idée, vraiment ! Quel plaisir peut-on prendre à se rouler dans cette saleté ?

— Naïve enfant…

— Je ne suis pas une enfant ! Je suis une femme.

— Vraiment ? Montrez-le-moi.

Des mains chaudes enserrèrent la taille de la jeune fille.

— Vous avez déjà vu beaucoup trop de moi, messire. Même s'il ne faisait pas aussi noir, je ne vous permettrais certainement pas d'en voir davantage.

— Pour ce que j'ai en tête, il n'est pas nécessaire d'y voir, rétorqua Raymond avec une pointe d'amusement. Toucher suffit.

Ceridwen chercha vainement à se libérer de son emprise. Qu'elle le veuille ou non, son corps devenait brûlant, malgré la froideur ambiante.

— Par pitié, messire, épargnez ma vertu ! supplia-t-elle. Je suis faite de chair et de sang, comme vous.

— Et vous souhaitez que ma chair demeure séparée de la vôtre, si j'entends bien.

Elle en resta interdite. Que signifiaient au juste ces paroles ?

— Votre chair… et la mienne ? Je crains…

— Quoi donc ? De n'être point prête ? De ne point ressentir pour moi assez d'attirance ? Vous faut-il aimer, pour vous donner à un homme ?

Ceridwen décida de ne pas se laisser pousser à la colère. Elle inspira profondément.

— Vous devenez trop hardi, messire.

— Parce que vous me tentez trop.

Cette affirmation tranquille surprit Ceridwen par son intensité. Les doigts du chevalier, pressés dans son dos, lui donnaient une folle envie de s'appuyer contre lui, de se réfugier dans sa chaleur, de s'abreuver de sa force. Mais l'instinct de prudence la retenait. Il était dangereux, il l'en avait avertie.

Elle sentit ses mains puissantes redescendre sur sa taille ; de ses pouces, il lui caressait les côtes. Il l'attira plus près encore, jusqu'à ce que leurs hanches se touchent. Une sensation délectable, sûrement interdite, naquit alors au creux de son ventre. Brièvement, elle revit son promis dans tout l'éclat de sa beauté, avec ses mèches blondes mêlées de fauve, le bleu étincelant de ses yeux, sa façon d'incliner la tête sur le côté, les cicatrices qui marquaient les articulations de ses doigts. Tel qu'elle le connaissait.

Et pourtant, en cet instant, il lui semblait étranger. C'était une ombre, un être de la nuit. Une vive chaleur émanait de lui. Une chaleur à laquelle elle désirait ardemment se mêler, dont elle aspirait à sonder les mystères, mais qui l'inquiétait. Les bras ballants, elle se gardait de le toucher, sans pour autant s'écarter de lui.

De ses paumes, il suivit le contour de ses hanches, remonta de nouveau jusqu'à sa taille. Elle se raidissait et cédait en même temps à son appel, incapable de lui résister.

— Ah, ma douce… Je vous sens bouillir, sous ce couvercle que vous maintenez fermement en place.

Il la traitait d'une façon éhontée, et elle y prenait plaisir. Il posa les mains sur ses seins qui se tendirent comme pour mieux savourer ce contact troublant, chose qu'elle n'avait jamais expérimentée et qui la stupéfia. Puis de longs doigts rugueux effleurèrent ses tempes, longèrent ses joues, son cou, s'arrêtèrent sur ses épaules.

— Vous êtes une vraie beauté, murmura-t-il d'un ton empreint de respect.

— C'est faux. Vous ne devriez pas dire des choses pareilles.

— Je dis ce qui me plaît.

Son souffle était chaud sur sa peau. Ses lèvres se

promenèrent lentement sur son visage, jusqu'à sa bouche. Il l'enlaça, la plaqua contre son corps musclé.

— Non, je vous en prie…

En dépit de ces dénégations, les mains de Ceridwen cherchèrent sa taille, son dos. Ses doigts se crispèrent sur l'étoffe rêche de son surcot quand il couvrit sa bouche de ses lèvres, qui gardaient un léger relent de cervoise. Puis sa langue s'immisça entre ses dents, cherchant la sienne, attisant les braises du désir qu'elle s'efforçait vainement de dompter.

Elle esquissa un mouvement de recul, avant de s'abandonner de plus belle à son baiser et de lui rendre ses assauts avec une ardeur égale à la sienne.

Ses cuisses se pressaient contre celles de Raymond. Il la serra plus fort encore contre lui, et les étranges flammèches qui tressaillaient en d'étranges régions de son corps, lui procurant une volupté inconnue, s'embrasèrent tel un morceau d'amadou.

Il n'était pas bien d'éprouver des sensations aussi peu communes, elle en était certaine. Ce devait être un grand péché. Même si Raymond était déjà son époux, ce qu'il n'était pas, elle rôtirait probablement en enfer pour ces plaisirs honteux. Mais ses caresses et ses baisers la comblaient d'une joie ineffable qui l'enivrait délicieusement, à la façon d'un vin capiteux. Il l'embrassait avec une ferveur qui lui rappelait celle d'un prêtre en prière — autre sacrilège — et elle était l'autel qu'il vénérait.

Une petite voix, fort malvenue, s'éleva alors dans son

esprit pour la mettre en garde. Ce chemin n'était-il pas celui sur lequel les hommes lubriques entraînaient les pucelles, afin d'obtenir d'elles quelque chose qu'elle ignorait toujours, mais dont beaucoup parlaient à mots couverts ?

Elle devait résister, elle le savait. A celui qui l'ensorcelait comme à ses propres penchants pour la luxure, qu'elle découvrait avec effarement. Gente Marie ! Elle comprenait fort bien, à présent, ce que son confesseur entendait par « les tentations de la chair ». Le Malin avait sûrement à faire là-dedans. Mais comment renoncer à tant d'exquise douceur ? Elle n'en avait pas la force. Si elle devait griller en enfer, tant pis ; au moins, elle saurait pourquoi.

Elle se livra avec une passion redoublée à toutes les merveilles que son fiancé lui prodiguait sans réserve de ses lèvres et de ses doigts, éblouie, alanguie de plaisir et fourmillant pourtant d'une vigueur extraordinaire. Son bonheur la transportait, lui donnait des ailes — et elle ne pouvait rêver plus belle évasion, dans la situation où elle se trouvait. Puis, lentement, Raymond la ramena sur terre. Ses caresses cessèrent, sa bouche quitta la sienne, il appuya juste son front contre le sien. Leur peau était brûlante.

— Le miel et le nectar coulent à flots de vous, ma douce. Vous êtes un baume bienfaisant sur mon cœur usé, chuchota-t-il en repoussant les mèches noires qui balayaient les joues de la jeune fille.

Il lui donna un dernier baiser, bref et léger. Un

murmure extasié échappa à Ceridwen. Etre mariée à cet homme ne serait peut-être pas le sacrifice qu'elle redoutait, en fin de compte.

Son contentement fut de courte durée.

— De fait, ma dame, il va falloir que je complimente Percy, déclara Raymond en la lâchant.

Il se courba et chercha son panier dans la paille. Ceridwen vacilla, peinant à se passer de son support. Il se redressa, glissa l'anse en osier dans ses doigts inertes et les referma dessus.

— Que signifie cette remarque ? demanda-t-elle, surprise.

— La fortune sourit enfin à mon frère. Il peut se réjouir de l'épouse qui l'attend.

La jeune fille s'étrangla à moitié.

— Quoi ?

Raymond plissa les paupières.

— Avez-vous oublié ? Vous lui avez été promise, jadis. Maintenant qu'il est revenu, cette promesse doit être honorée.

Un grand vide se creusa subitement dans le corps de Ceridwen. Saisie d'un vertige, elle chancela et recula jusqu'au mur. L'idée que Parsifal était son premier fiancé, revenu d'entre les morts, l'avait bien effleurée. Mais, pour elle, cette affaire était close depuis longtemps.

Elle ferma les yeux, accablée. C'était d'un sanctuaire, que le pauvre Percy avait besoin ; pas d'une femme.

Soudain, les mains chaudes de Raymond se posèrent de nouveau sur sa taille pour la soutenir.

— Vous sentez-vous mal ? s'enquit-il.

Elle rouvrit les paupières, furieuse. Comment pouvait-il lui offrir son secours, alors qu'il la jetait si brusquement dans une désolation sans fond ? Certes, elle aurait dû se réjouir du retour miraculeux d'un croisé malmené par les Infidèles, fût-il un Beauchamp. Et son amertume, mêlée au vif chagrin qu'elle éprouvait, la bourrelait de remords. Percy s'était montré un ami pour elle, un protecteur plein de douceur et de respect. Bien plus estimable que son frère. Pourtant, c'était l'idée de renoncer à ce dernier, qui lui lacérait le cœur. Et de quel droit cet autre Beauchamp se jouait-il d'elle de cette façon ?

— Vos revirements, vous en conviendrez, ont de quoi me faire tourner la tête, messire, répondit-elle froidement.

Le silence qui s'installa entre eux était aussi tendu que la corde d'un arc.

— J'en conviens, acquiesça enfin Raymond, d'un ton si morne et si abattu qu'elle en éprouva une nouvelle surprise. J'ai manqué à tous mes devoirs, en vous embrassant. Je n'en avais pas le droit. Cela ne se reproduira plus.

Il imprima ses doigts dans la chair de ses bras.

— Vous êtes à lui, Ceridwen, reprit-il d'une voix crispée. Aidez-le, *ma cygnette noire*… Je vous le confie. Il a grand besoin de votre bonté et de votre douceur.

La tendresse qui perçait sous ces trois mots prononcés en français émut Ceridwen autant que l'affection désespérée vouée par ce redoutable guerrier à son jeune frère. Un guerrier qui avait du sang gallois sur les mains, se rappela-t-elle, beaucoup de sang, et qui la touchait pourtant comme aucun homme ne l'avait touchée avant lui. Sans parler de ce qu'il lui faisait éprouver par ailleurs.

Malgré l'inquiétude grandissante qui s'infiltrait en elle, elle s'efforça de paraître détachée.

— Pourquoi me confier votre frère ? Si nous réussissons à nous enfuir, vous pourrez vous occuper de lui par vous-même.

Raymond secoua la tête, renforçant ses craintes.

— Je ne vous suivrai pas. Mon honneur m'oblige à rester l'otage d'Alonso tant que ma rançon ne sera pas versée. Je sais fort bien qu'il cherche avant tout à m'humilier et à me briser, comme il l'a toujours fait, mais il finira par se lasser. Une fois l'argent requis dans ses caisses, il me libérera — pour mieux recommencer plus tard si l'occasion lui en est donnée.

— Je saisis mal votre conception de l'honneur et de la chevalerie, messire. Pourquoi respecter une parole que ce monstre vous a extorquée par la tromperie et la cruauté ?

— Mes frères et moi avons nos propres règles, et notre propre vision de la loyauté.

— Je le constate, en effet. Il n'en demeure pas moins que vouloir marier Parsifal est absurde, dans l'état où il est maintenant. Avec moi ou avec une autre. Mon père a conclu un nouvel accord avec vous. Il n'acceptera jamais…

Sans l'écouter, Raymond prit le lumignon et le plaça avec précaution au fond du panier.

— Prenez garde à ne pas le renverser et à ne pas l'éteindre. Il vous sera utile.

Sur ces mots, il rejoignit la porte et la frappa avec force.

— Holà ! Will ! J'en ai fini avec cette pouilleuse. Venez m'en débarrasser !

Une folle panique s'empara de Ceridwen.

— Que faites-vous ? Ne me remettez pas entre les mains de ces brutes, je vous en supplie !

Raymond l'ignora. Il se pencha sur son frère et le secoua par les épaules.

— Réveille-toi, Percy ! Il faut partir !

Il redressa le blessé sur son séant et lui tapota les joues jusqu'à ce qu'il ouvre les yeux. Puis il le força à se mettre debout.

— Prenez-le par la main, jeune dame, et suivez-moi dehors le moment venu, ordonna-t-il.

Percy bâilla largement, le regard vague, et tressaillit sous la douleur. Il considéra Ceridwen avec autant de stupeur qu'elle en avait montré lorsqu'elle l'avait pris pour un fantôme.

— Qui êtes-vous ? bredouilla-t-il.

— Tu la connais, voyons ! bougonna Raymond en renfilant péniblement sa botte. Elle se nomme Ceridwen.

— Ah, oui. Ceridwen. Je la connais, en effet.

— L'alcool ne te réussit pas, mon vieux. Remue-toi, nous allons sortir d'ici.

La clé tourna dans la serrure.

— Will arrive, reprit le jeune seigneur à mi-voix. Ecartez-vous de la porte.

Le battant s'ouvrit et le garde parut sur le seuil.

— Cette ribaude ne vous a-t-elle pas donné satisfaction, messire ? lança-t-il d'une voix avinée, entrecoupée de hoquets. On peut faire descendre Rose, si vous voulez. Contre quelques pièces, elle…

Il ne put terminer sa phrase. Le poing de Raymond s'abattit entre ses sourcils et il s'écroula comme une masse, lâchant sa torche allumée. Raymond poussa Percy et Ceridwen dans le corridor, ramassa la torche et la jeta dans la paille de la geôle, qui s'enflamma aussitôt en dégageant une épaisse fumée noire. Ensuite, sous le couvert de la fumée, il entraîna ses compagnons vers le fond du boyau, qui paraissait sans issue.

Des cris et des bruits de course résonnèrent au-dessus d'eux, dans l'escalier.

— Que se passe-t-il, en bas ?

— Vite, par ici ! siffla Raymond.

Il désigna une porte basse, dissimulée au détour d'un rocher. Il en ôta la barre, poussa les autres devant lui et la referma. Ils se trouvaient dans un souterrain humide et noir, qui montait fortement. Le petit lumignon les éclairait à peine.

— Je sais où nous sommes, dit Percy. Ce souterrain

débouche au-delà d'une poterne, dans un champ ouvert.

— Tu as bonne mémoire, mon frère.

Raymond, qui boitait fortement, s'arrêta un instant.

— Une fois dehors, courez le plus vite possible jusqu'aux bois, où vous serez à l'abri. Suivez le ruisseau jusqu'à la rivière Usk, et de là allez vers le nord. Avec un peu de chance, vous rencontrerez Giles et Wace. Dites-leur de ne pas venir ici.

Ils se remirent en marche, atteignirent au bout d'un moment la porte qui donnait sur l'extérieur, tirèrent les verrous qui la fermaient et la poussèrent. Un vent âpre s'engouffra dans l'ouverture, éteignant le lumignon. Les arbres, au loin, formaient une masse noire.

— Filez ! commanda Raymond qui était sorti avec ses compagnons et retenait la porte d'une main. Ne tardez pas !

Percy se tourna vers lui.

— Comment veux-tu que je te laisse encore ? se lamenta-t-il. Comment pourras-tu me le pardonner ?

— Je ne te pardonnerai que si tu décampes. Prestement.

Le jeune seigneur donna une bourrade à son frère, mais celui-ci résista. Raymond s'adressa à Ceridwen, immobile elle aussi.

— Qu'attendez-vous, grands dieux ?

Elle le dévisagea à la pâle lueur de la lune, incapable de le quitter ainsi, fût-ce pour sauver sa vie. Peut-être ne reverrait-il jamais la lumière du jour. Elle savait qu'elle ne pourrait le décider à partir avec eux, mais elle voulait au moins lui laisser un dernier présent.

— Embrassez-moi, murmura-t-elle.

— Je ne le puis, *lass*.

— Alors, c'est moi qui vais le faire.

Elle se hissa sur la pointe des pieds, posa une main sur l'épaule de Raymond, hésita un instant et tendit ses lèvres vers les siennes, à les toucher. Le vent rabattit soudain les longs cheveux noirs de la jeune fille sur son visage. D'un geste instinctif, Raymond leva les deux mains pour les repousser — et la porte se referma derrière lui avec un claquement sourd.

— Malédiction ! jura-t-il en délaissant aussitôt la bouche de Ceridwen.

Il essaya en vain de tirer le lourd battant, qui n'offrait nulle prise de l'extérieur. Le cœur de Ceridwen se gonfla d'un espoir formidable : il ne retournerait donc pas dans cet horrible trou à rats !

Mais il la reprit rudement par le bras.

— Je vais vous conduire jusqu'à Giles. Ensuite, je reviendrai me rendre.

— Non ! protesta la jeune fille. Après cette évasion, ce serait de la folie !

Percy posa une main sur celle de son frère.

— Tu dois rester avec nous, Raymie. Dieu en a décidé ainsi.

Excédé, Raymond leva les yeux au ciel.

— Qu'ai-je fait pour mériter des sots pareils ? maugréa-t-il. En route, niais que vous êtes !

Ceridwen le suivit à travers la prairie noyée d'ombre, trébuchant sur les touffes d'herbe. Raymond la tirait, la traînait, la forçait à se relever lorsqu'elle tombait.

Les raisons de cet homme lui échappaient. Elle savait seulement qu'elle tenait à lui, Beauchamp ou pas, et qu'elle ferait l'impossible pour le garder près d'elle. Qu'il le veuille ou non, même si cet attachement insensé, qu'elle avait du mal à comprendre et à admettre, lui semblait une trahison. Une trahison envers les siens — et envers le doux Percy qui méritait sa compassion, lui, malgré le nom qu'il portait.

Comment les perfides réactions de son corps de femme pouvaient-elles l'entraîner si loin ? se demanda-t-elle encore, savourant malgré elle la pression des doigts d'acier qui s'enfonçaient dans sa chair trop vulnérable. Comment avait-elle pu ignorer, si longtemps, la puissance ensorcelante des caresses et des baisers d'un homme — capables de lui faire oublier toute prudence et toute raison ?

Soudain, à l'instant où ils atteignaient la forêt, une pluie glacée se mit à tomber. Un éclair tremblant sillonna le ciel et un coup de tonnerre déchira la nuit. Ceridwen frissonna, mais elle accueillit le déchaînement de la nature comme une fête, après le cauchemar auquel ils avaient échappé, et le gentil Percy parut l'apprécier autant qu'elle. Seul Raymond bougonnait et rageait tant et plus, car son genou le gênait et le vacarme ambiant l'empêchait d'entendre le bruit du ruisseau, plus difficile à rejoindre qu'il ne l'avait pensé.

C'est alors qu'une flèche blanche traversa les fourrés, à quelques toises d'eux.

— Encore ce maudit cerf ! rugit le jeune seigneur. Où veut-il m'entraîner, cette fois ? Il ne m'échappera pas ! Je vais lui trancher le cou !

— Non, Raymond ! cria Percy, désespéré. Ne fais pas cela, je t'en prie ! C'est lui qui nous a réunis près du dolmen, ne l'oublie pas !

A ces mots, un nouveau frisson parcourut Ceridwen. Certaines choses étaient par trop inexplicables à son gré. Sur le point de s'élancer derrière l'apparition, le jeune seigneur s'arrêta et se tourna vers son frère, les yeux flamboyants.

— Ne me parle plus jamais de cet endroit, Percy !

Le visage tuméfié du croisé se défit. Une expression hagarde passa dans ses yeux.

— C'est Alonso qui m'a forcé à te laisser, Raymie, gémit-il d'une voix enfantine.

Raymond soupira, le cerf oublié.

— Je sais, petit. Je t'aurais contraint à partir, moi aussi, si tu avais essayé de rester.

— Mais j'ai failli causer ta mort ! C'est moi, qui t'ai presque tué en faisant déraper la dague d'Alonso ! C'est moi, qui aurais dû mourir à ta place ! Es-tu bien vivant, dis ? Vraiment vivant, après toutes ces années d'horreur ?

Il posa une main tremblante sur l'épaule de son aîné,

comme pour s'assurer qu'il était bel et bien présent devant lui.

Ceridwen les regardait comme s'ils avaient perdu l'esprit. Raymond n'était pas mort, qu'elle sache, alors que Parsifal n'en avait pas été loin. Debout sous la pluie qui tombait à verse, les deux Beauchamp étaient en train de revivre un passé plus sombre encore qu'elle ne pouvait l'imaginer, apparemment.

— Non, Percy, répondit doucement le jeune seigneur. Ce qui est arrivé était un accident. Juste un accident. Alonso s'est enfui avec toi parce qu'il a été effrayé par le sang qui coulait, et craignait que tu ne sois le témoin involontaire de son crime. Mais tout est fini, à présent. Et, par bonheur, tu es de nouveau avec moi.

Il prit les deux mains de son frère dans les siennes et jeta un coup d'œil suppliant à la jeune fille.

— Tu vas épouser Ceridwen, Percy. Elle t'était promise, il y a des années.

— Je sais, répondit Parsifal d'une voix à peine audible, mais je ne veux pas me marier. Je ne connais rien aux femmes.

— Qui y connaît quelque chose ? rétorqua Raymond. Tu apprendras vite le peu qui te sera nécessaire, crois-moi.

— Non…

Une expression étrange passa sur le visage de Percy. Il semblait à la fois consterné et désespéré. Avec un sanglot, il se laissa choir à terre et se roula en boule, les bras serrés autour de lui.

— Pourquoi le tourmenter de la sorte ? protesta Ceridwen à mi-voix. Je vous l'ai dit, cet engagement ne tient plus.

— Je le ferai tenir, moi, répliqua durement Raymond. Une promesse a été faite à mon frère, elle doit être respectée. Regardez-le ! N'avez-vous point pitié de lui ? Il a besoin de vous.

— Je l'entourerai de tous mes soins de belle-sœur, insista la jeune fille, humiliée d'avoir à quémander ainsi ce qui lui était dû.

Elle se pencha vers Percy, lui murmura des paroles de réconfort et l'aida à se relever.

— Nous discuterons de votre mariage en un moment plus propice, *damoiselle*, trancha le jeune seigneur d'un ton sans réplique.

Il tourna vivement la tête, faisant voler ses cheveux trempés.

— Où est-il passé, par tous les diables ?

— Qui ? demanda Ceridwen ahurie.

— Le cerf ! Je veux le rattraper !

Il posa une main sur son ceinturon et pesta.

— Maudit geôlier ! Il m'a dépouillé de ma dague. Tant pis. Je prendrai cette bête à mains nues !

Il s'enfonça dans les fourrés, et ses deux compagnons n'eurent d'autre ressource que de le suivre.

— Ne vous tourmentez point, lady Ceridwen, déclara Parsifal d'une voix douce. Mon frère a de ces éclats de fureur, parfois. Il n'a pas changé. En général, c'est lorsqu'il ne peut en faire à sa tête. Ou qu'il désire ardemment quelque chose qu'il ne peut avoir.

Transie, son bliaud lourd de pluie collant à ses jambes, Ceridwen continua péniblement à avancer. Qu'est-ce que Raymond de Beauchamp pouvait bien convoiter vainement ? se demanda-t-elle avec aigreur. N'avait-il pas coutume de prendre sans scrupule ce qui excitait son envie, tout comme Alonso ?

10

De pâles rais de soleil, tamisés par la brume, filtraient au travers des pins. Ceridwen dégagea son bliaud trempé des ronces qui s'y accrochaient. Elle avait survécu à la nuit la plus mouillée de toute son existence. Et presque la plus froide. Mais la vaine et folle poursuite dans laquelle sire Raymond s'était lancé les avait conduits au bord de la rivière, finalement — comme si ce cerf blanc avait réellement le don de les guider là où ils devaient aller.

Ils s'étaient reposés au pied d'un arbre, les deux hommes l'abritant entre eux pour la protéger de la pluie. Les soins dont ils l'avaient entourée avaient réchauffé son cœur autant que son corps.

Au lever du jour, ils s'étaient remis en route et depuis lors ils marchaient en longeant le cours d'eau aux flots galopants, qui variait sans cesse sa chanson au gré des obstacles rencontrés. Soudain, la jeune fille perçut un relent de fumée. Peu après, ils entendirent l'écho d'une hache frappant un tronc. Un cheval hennit.

— Restez en arrière, commanda Raymond. Je vais voir s'il s'agit de Giles.

Il s'éloigna en sautillant sur sa jambe valide. Vu son humeur, Ceridwen n'avait pas osé lui proposer de vérifier l'état de son genou, ni la blessure qu'il avait dans le dos. Postée près de Parsifal à l'abri d'un bosquet, elle se résigna à attendre.

Non loin de là, la voix du jeune seigneur retentit, sonore :

— Holà, Saint-Germain !

— Or ça ! répondit son lieutenant d'un ton enjoué. Sa Seigneurie est donc toujours en vie ?

Entre les branches, Ceridwen aperçut Giles qui rejoignait son lord, rajustant le devant de ses chausses. Il n'avait rien perdu de son entrain, apparemment.

— Auriez-vous abusé de vos provisions de cervoise, cette nuit ? lança Raymond avec malice. Cette forêt n'a pourtant guère besoin d'être arrosée !

Il accueillit sans protester la cordiale accolade de son ami, qui le gratifia à son habitude de tapes vigoureuses dans le dos.

— Grâce à Dieu, vous êtes sain et sauf ! s'exclama le Normand. Quand Sauveur a ramené Grendel à Rookhaven, nous avons été fort inquiets pour vous. Puis nous avons appris qu'Alonso vous avait fait prisonnier, et nous avons décidé sur-le-champ d'aller vous délivrer. Mais l'orage nous a retardés. Quant à Lucien, l'enflure de l'Usk a dû l'empêcher de passer. Enfin… Tout est bien qui finit bien, puisque vous vous êtes libéré sans nous.

— Je n'ai quitté le château de Beauchamp que pour

conduire Ceridwen jusqu'à vous, déclara Raymond. Dès que j'aurai mangé, je retournerai me rendre.

— Quoi ?

Le teint de Giles vira au cramoisi. Il se dressa de toute sa hauteur afin de dominer son seigneur, qui était à peu près de la même taille que lui.

— Ne comptez pas sur moi pour accepter une folie pareille, messire ! Vous pourrez me donner tous les ordres que vous voudrez, m'insulter, me menacer, je ne céderai pas : vous ne rejoindrez point cette brute !

— Mon honneur est en jeu, Giles.

— Votre honneur ! Qu'il aille au diable, et votre maudite fierté avec ! Regardez-vous : vous êtes à demi affamé, infirme et trempé jusqu'aux os ! Ce monstre ne fera qu'une bouchée de vous !

Raymond le bouscula, avant de s'élancer en avant d'un air furieux.

— Otez-vous de mon passage, que je me mette en quête d'un homme qui m'obéira !

Giles allait tourner les talons pour le suivre, quand il aperçut Ceridwen et Percy qui émergeaient des fourrés. Il ouvrit des yeux ronds, puis s'inclina avec un grand sourire, les saluant comme s'il avait affaire à des hôtes de marque qu'il était chargé de recevoir.

— Giles de Saint-Germain, à votre service. J'étais fort impatient de vous revoir, lady Ceridwen. Très honoré, sir…

— Parsifal de Beauchamp, compléta Percy.

Il tourna un regard interrogateur vers la jeune fille.

— Devrais-je connaître cet homme ?

Giles s'était figé, la mâchoire ballante. Il dévisagea un moment l'arrivant, interdit, puis s'exclama enfin :

— Pour l'amour du ciel ! D'où sortez-vous donc ?

Percy toussota.

— Eh bien… je suis né au château de mon grand-père, à Rouen. Ensuite…

Le lieutenant l'interrompit.

— Pardonnez-moi, messire. Je sais qui vous êtes. Je vous demandais juste d'où vous sortiez présentement. Sacrebleu ! Si vous saviez comme je me réjouis de vous voir ! Il faudra que vous me contiez toutes vos aventures.

Il jeta une brève œillade à Ceridwen.

— Bonté divine ! Quand je pense… Enfin. Nous avons d'autres chats à fouetter, pour l'heure. Suivez-moi, tous les deux. Nous allons vous réchauffer, vous remplir l'estomac, après quoi vous m'aiderez à remettre un peu de bon sens dans le crâne de Raymond, si vous voulez bien. Ce gaillard dépasse les bornes, avec sa stupide obstination !

Un moment plus tard, assise près d'un feu de camp, Ceridwen ferma les yeux pour mieux savourer le ragoût épicé qui venait de lui être servi. Il lui brûlait la langue, mais la bonne chaleur qui se répandait en elle valait bien ce sacrifice. Giles lui avait prêté sa cape de laine rêche, dans laquelle elle s'était drapée.

Son bliaud séchait au-dessus des flammes, suspendu à une branche. Percy avait disparu, sans doute pour aller rejoindre son frère.

— Cruikshank, voulez-vous m'accompagner ? demanda Giles à un guerrier trapu installé à droite de la jeune fille. Il serait temps d'aller voir comment se porte Raymond. Autant dire que je ne vous promets pas une partie de plaisir…

L'homme acquiesça avec un grognement et se leva. Les mèches couleur de chanvre qui émergeaient de son capuchon encadraient un visage sanguin, marqué de cicatrices. Lorsqu'il s'éloigna au côté du lieutenant, Ceridwen nota qu'il boitait lourdement. Ce soudard avait de l'expérience, pensa-t-elle. Elle s'instruirait certainement à l'écouter. Elle posa son bol dans l'herbe, serra la cape autour d'elle et suivit les deux hommes.

Ils l'obligèrent à traverser le campement sous le regard appuyé de dizaines de soldats qui ne cachaient pas leur plaisir à voir une femme. Parmi ces mercenaires anglais, écossais, francs ou danois, il y avait bon nombre de brutes grossières auprès de qui son père aurait presque paru raffiné, constata-t-elle, crispée par les sifflements, les interpellations et les bruits de baisers qui accompagnaient son passage.

Elle atteignit avec soulagement un pavillon de toile épaisse, rayée de blanc et de bleu, dont un pan était relevé. A l'intérieur, Raymond gisait sur un lit de camp, en piteux état : une jambe nue, son genou reposant sur un rouleau de fourrure. La jeune fille ne put s'empêcher de sourire. Il paraissait aussi impuissant qu'un bébé.

— Ah, Cruikshank ! s'exclama-t-il d'un ton courroucé en voyant entrer le guerrier. Soyez le bienvenu ! Cet âne de Giles m'interdit de me lever. De grâce, dites-lui d'arrêter ces simagrées et de me laisser repartir, ainsi que je le dois.

Soudain, son regard se posa sur Ceridwen qui se tenait à la lisière du pavillon. Moqueuse, elle lui tira la langue. Il noua ses sourcils noirs, fit signe à son lieutenant d'approcher et lui murmura quelques mots. Giles haussa les épaules et revint vers la jeune fille.

— Ma dame, annonça-t-il avec respect, sire Raymond désire que vous pénétriez dans son sanctuaire, que vous vous asseyiez à son chevet et que vous lui teniez la main pendant que nous traiterons ses blessures.

— Ce n'est pas ce que j'ai dit, gredin ! tonna le jeune seigneur.

— Tant pis, répliqua Giles d'un ton détaché. Vous devrez vous y résoudre. Venez, lady Ceridwen. En votre présence, ce malotru daignera peut-être se comporter correctement.

Il la prit par la main et la conduisit galamment jusqu'à un tabouret pliant.

— Parsifal s'est laissé soigner sans une plainte, ajouta-t-il à l'intention du blessé. Nous avons besoin de vous entier, alors ne faites pas de difficultés.

Raymond croisa les bras sur sa poitrine, refusant de regarder Ceridwen.

— Cela est indécent. Je suis nu.

— Fadaises !

— C'est tout comme, maugréa le jeune homme. Aaah !

Il poussa un cri de douleur, car Cruikshank venait d'enrouler un linge mouillé autour de son genou enflé. Le solide guerrier tendit à Ceridwen un seau et une louche.

— Mouillez-le copieusement, dit-il. Toutes les dix respirations. De l'eau bien froide, tirée de la rivière.

Après quoi, à la vive surprise de la jeune fille, il lui tapota le dessus de la tête.

— Celle-ci fera l'affaire, Beauchamp.

Il adressa un clin d'œil au blessé et sortit.

— Je ne veux pas de vous, lady, grommela Raymond. Allez-vous-en.

Il riva un regard rageur sur Giles.

— Filez quérir Wace. C'est lui qui se chargera de m'arroser.

Le lieutenant ne bougea pas.

— Par tous les diables ! rugit le jeune seigneur. Est-ce une conspiration ? Qu'avez-vous donc, tous, à m'imposer la présence de cette femme alors que je suis cloué sur cette couche tel un vermisseau ?

Là-dessus, il daigna enfin croiser le regard de Ceridwen. Ses prunelles luisaient d'un éclat sourd, pareilles au reflet sans fond du ciel dans un étang. Un étang plein de traîtrise, tapissé de sables mouvants, pensa la jeune fille. Elle ne savait rien de plus périlleux que de s'approcher de cet homme. Et cependant elle était assise près de lui, une louche pleine d'eau à la main.

A son grand désarroi, elle sentit ses yeux s'emplir de larmes. Raymond, aussitôt, parut saisi de panique. Il chercha de l'aide autour de lui, mais Giles s'était éclipsé à son tour.

— Vous avez gagné, ma dame, lâcha-t-il alors d'un ton plat. Vous connaissez, à présent, ma couardise envers les femmes.

— Je connais surtout votre stupidité, rétorqua Ceridwen en essuyant sa joue de sa main libre.

Il plissa les paupières.

— Comment osez-vous me parler de la sorte ? Votre mère ne vous a-t-elle point enseigné le respect que l'on doit à ses aînés ?

— Je ne fais que dire la vérité, messire. Vous bafouez l'affection de Giles, de Wace, de tous ceux qui ne cherchent que votre bonheur. Vous les rejetez pour mieux vous complaire dans votre misère. N'est-ce point là le plus stupide des comportements ?

— Taisez-vous donc. Vous ne savez rien de moi. Je n'ai nul besoin d'eux. Ni de vous. Quittez cette tente.

L'âpreté de ses paroles blessa profondément la jeune fille. Elle ne voulait que son bien.

— J'ai une tâche à remplir, murmura-t-elle.

— Petite obstinée ! Je vous préviens : si vous restez, ce sera à votre propre péril. Eussiez-vous un grain de bon sens, vous partiriez en courant. Loin de moi — et même de Percy. Le sang qui coule dans ses veines est aussi mauvais que le mien.

— Je sais.

Avec précaution, Ceridwen répandit l'eau froide sur la compresse. Raymond renversa la tête en arrière et se couvrit le visage d'un bras.

— Bonté divine ! Que voulez-vous de moi, à la fin ?

— Qu'est-ce qui vous fait croire que je veux quelque chose de vous ? Que vous pouvez me donner quoi que ce soit dont j'aie besoin ?

— Ce dont vous avez le plus grand besoin, je suis largement à même de vous le fournir, gronda-t-il en écartant son bras.

— De quoi parlez-vous au juste ?

— Vous regretteriez de l'apprendre, lady. Partez, pendant que vous le pouvez encore !

— Je ne partirai pas.

Ceridwen se redressa, resserra la cape autour d'elle et observa posément son patient.

— Qu'avez-vous à me dévisager ainsi ? s'enquit-il durement.

— Je vous trouve… intéressant.

— Comme une biche trouve intéressants les crocs d'un loup, je présume.

— Non point. De fait, vous m'évoquez un cristal de roche. Dans l'ombre, il paraît terne et sans couleur. Mais lorsqu'on l'offre au soleil, il étincelle et resplendit de mille rais de lumière, jetant à la ronde une myriade d'arcs-en-ciel irisés.

Raymond laissa échapper un rire sec.

— Votre imagination vous égare. Je n'ai rien d'un arc-en-ciel.

— Détrompez-vous, sire Raymond. Pour l'heure, vous gisez dans les ténèbres, à demi mort. Il ne tient qu'à vous de retrouver votre éclat.

Le jeune homme étudia un instant les taches claires que le soleil dessinait sur la toile du pavillon.

— D'où tenez-vous ces notions ? Vous êtes à peine sortie de l'enfance.

— Je suis très vieille, pour mon âge. Plus vieille que vous l'êtes, déclara Ceridwen avec aplomb.

— Que me chantez-vous là ? Je compterai bientôt trente hivers. Vous en avez dix-sept, tout au plus.

Il la défia du regard. Elle sourit.

— J'ai dix-neuf ans, messire. Et j'ai vécu ma vie entière le cœur ouvert au monde, alors que vous avez enfermé le vôtre dans un coffre depuis des lustres, à l'abri de toute atteinte. Toutes ces années, c'est comme si vous n'aviez pas vécu.

Raymond la considéra, les sourcils froncés, et mordilla nerveusement l'ongle de son pouce.

— Votre clairvoyance me sidère, ma dame, avoua-t-il enfin. Je ne puis vous contredire. De fait, je suis bien mort d'une certaine façon, ainsi que le disait Percy. Il y a fort longtemps. Puis je suis revenu à la vie durant une brève période, avant de mourir derechef. Mais, cette fois, je doute de pouvoir renaître. Le chemin du retour est trop long, trop douloureux. Les fantômes… trop présents.

Il abaissa les yeux. Ceridwen ne tira nulle vanité de sa victoire.

— Un fantôme m'obsède aussi, murmura-t-elle.

Raymond releva les paupières, surpris.

— Que dites-vous ?

Ceridwen soupira et versa une nouvelle louche d'eau sur son bandage.

— Le fantôme de mon plus cher ami, tué il y a quatre ans de cela. Son souvenir ne me quitte pas. Parfois, il me semble sentir son esprit près de moi. Depuis sa mort, je veux lui rendre justice. Mais les choses sont devenues plus compliquées, récemment.

— Qu'entendez-vous par là ?

— Je désire le venger, sire Raymond. Un sentiment que vous comprenez fort bien, je le sais. Je m'étais promis d'extorquer le *galanas*, le prix le plus élevé à payer pour la mort d'un homme, de son meurtrier.

Le jeune seigneur changea de position et s'appuya sur un coude.

— Qu'est-ce qui vous en a empêchée ?

— Je n'ai pu, encore, déterminer le responsable de ce crime. Alors que je m'y apprêtais, quelqu'un est venu me distraire de ma quête.

— Qui ? demanda Raymond à mi-voix, sans la quitter des yeux.

Ceridwen soutint son regard.

— Ne pouvez-vous le deviner ?

Il resta un moment silencieux, scrutant son visage.

— Peut-être, répondit-il enfin. Car une personne est aussi venue se glisser entre mon désir de vengeance et moi, dernièrement.

Ses doigts frémirent. Il leva la main, comme pour la porter vers la jeune fille, puis se reprit et serra le poing.

Ceridwen se contracta intérieurement, comme sous l'effet d'une blessure. A mesurer le chagrin que lui causait ce geste réprimé, elle comprenait combien elle l'avait espéré. Pourquoi éprouvait-elle une attirance si vive pour cet homme ? se demanda-t-elle derechef. Comment le pouvait-elle ?

Elle avait accepté ce mariage avec lui comme un sacrifice, s'offrant en martyre à la cause de son père, pour le salut de leur peuple. Or ce qu'elle ressentait dans les bras de Raymond ou sous ses lèvres n'avait rien de pur ni de noble. De fait, la perspective de s'unir à lui ne lui apparaissait plus comme une épreuve abominable, mais comme un plaisir éminemment désirable. En avait-il conscience ? Se jouait-il d'elle et de ses sentiments, pour la punir de lui être imposée ? Ou se contentait-il, tout simplement, de la convoiter comme il convoiterait la première ribaude venue ?

Le cœur déchiré, elle se leva. Chaque rencontre avec lui se soldait par un épilogue douloureux. De dépit, elle renversa le seau entier sur sa jambe nue.

— Je vais vous envoyer Wace, ainsi que vous le souhaitiez, déclara-t-elle d'un ton bref.

Là-dessus, elle sortit, le laissant pantois. Elle s'éloigna en courant du pavillon, le désespoir à ses trousses.

La nuit était tombée sur le campement, noire et dense. Raymond frémit à l'idée de l'obscurité qui s'amassait aux abords de la tente, tapie entre les arbres telle une bête immonde — grosse de menaces informes et monstrueuses. Au fond des bois, dans les ténèbres, il y avait des choses qui ne voyaient jamais la lumière du jour. Mais qui sortaient en rampant de leur tanière, dès que la clarté disparaissait.

Des souvenirs odieux, atroces, qui le prenaient à la gorge et l'étouffaient. Qui l'assaillaient de toute part, lourds et visqueux, s'enroulant autour de ses membres tels les tentacules d'une pieuvre géante, se collant à sa peau comme mille sangsues avides d'aspirer son sang.

Il détestait rester allongé ainsi dans le noir complet, incapable de trouver le sommeil, obligé d'affronter seul tous les murmures, les gémissements et les frôlements qui sourdaient de la forêt.

Quelques heures auparavant, il avait ordonné d'éteindre tous les feux. Nulle lumière, nulle fumée ne devait révéler leur présence, si les espions lancés à sa recherche par Alonso s'aventuraient par là. Il avait décidé aussi, dès le lendemain, de faire reconduire

Ceridwen à Rookhaven, d'où Giles pourrait ensuite la ramener à son père. Pour sa part, dès que son genou irait mieux, il retournerait se livrer à Alonso, seul et de son plein gré. Les mains déliées, sans l'escorte humiliante d'un intendant rougeaud et pansu. Enfin, d'une manière ou d'une autre, il obtiendrait que l'épée de Parsifal lui soit rendue.

Pour l'heure, cependant, Ceridwen était allongée sur le sol du pavillon, non loin de lui. Wace avait dû la ramener de force, car elle prétendait vouloir passer la nuit près de Cruikshank et de ses hommes, à attendre que son bliaud fût sec. Piètre excuse pour le fuir, il le savait. Mais il tenait à la savoir en sûreté, entourée de son écuyer, de son lieutenant, de Percy et de lui-même.

La sentir si proche ajoutait à ses tortures. Il brûlait de la tenir dans ses bras. En dépit de tous ses efforts pour ne pas suivre le sinistre exemple d'Alonso, il ne valait pas mieux que son aîné. Ne se consumait-il point d'un désir coupable pour la promise de son petit frère ? Ne gardait-il point, dans un recoin de son esprit, de sombres idées de meurtre ? Des poisons amers lui infectaient le sang. Il ne se libérerait jamais des noires passions qui l'habitaient. Elles étaient les fils qui le conservaient entier, qui maintenaient ensemble les pièces éparses de son âme morcelée. Il vivait avec elles depuis si longtemps qu'il avait oublié comment exister d'une autre manière.

Ce matin-là, il avait cherché quelque apaisement dans

les yeux vert d'eau de Ceridwen, si clairs lorsqu'elle se sentait dans son droit. Pour la première fois, il avait regardé au-delà de sa beauté extérieure, au-delà du fait qu'elle était une femme. Il avait touché à son essence, avait vu son innocence et sa sagesse, sa compassion et sa fougue, sa propension à l'amour, sa loyauté. Des qualités admirables, qui le faisaient se sentir plus noir encore en comparaison. Mais la mâtine le devinait mieux qu'il n'était permis de le faire — et qu'elle ne s'en doutait elle-même. Elle appartenait à Percy. Il devait la tenir fermement à distance, par tous les moyens, bien qu'il rêvât constamment du contraire.

L'un des dormeurs grogna dans son sommeil. De plus près monta un reniflement, puis un autre et un autre encore. Raymond retint son souffle et tendit l'oreille : aucun doute possible, Ceridwen pleurait ! Une infime parcelle de son cœur frémit, la seule qui devait encore rester vulnérable, pensa-t-il.

Il se dressa sur un coude, chercha vainement à distinguer la jeune femme dans l'obscurité. Les reniflements s'accentuaient, mêlés de sanglots étouffés. Alors il se pencha en avant, tendit la main en pensant trouver son épaule — et perdit l'équilibre.

Les planches qui formaient sa couche de fortune virèrent sur les tréteaux qui les supportaient. Il tenta de se retenir, échoua… et bascula en poussant un juron, atterrissant moitié sur Ceridwen, moitié sur la natte glacée, mouillée par l'eau versée sur son genou.

La jeune fille poussa un petit cri. Raymond réprima

une plainte de douleur et serra les dents. Leurs voisins continuaient à ronfler.

— Chut…, fit-il doucement. Ce n'est que moi.

— Devrais-je en être rassurée ? rétorqua Ceridwen d'une voix enrouée par les larmes.

— J'ai roulé à bas de mon lit.

— Quel heureux hasard, marmonna-t-elle.

— Pardon ?

Le jeune seigneur était furieux contre lui-même. Il avait voulu la consoler, allant à l'encontre de ses résolutions, et voilà où cela le conduisait ! Chaque fois qu'il s'abandonnait à un rare geste de bonté envers son prochain, il en subissait les conséquences.

— Quelle sotte malchance, rectifia Ceridwen. Avez-vous mal ?

— Bien sûr, que j'ai mal ! Et vous ? Ne vous ai-je point blessée, en vous écrasant sous mon poids ?

Il s'écarta, chercha de nouveau à tâtons un bras ou une épaule — et frôla une rondeur moelleuse, couronnée d'une pointe ferme. La gorge sèche, il déglutit et ôta sa main aussi vite que la jeune fille recula.

— Vous êtes roide de froid et d'humidité, grommela-t-il en rabattant sur elle un pan de la couverture qu'il avait entraînée dans sa chute. Et pourquoi pleuriez-vous ?

— Ne vous souciez point de cela, messire. Je répugnerais à vous charger de mes tourments.

Elle le tourmentait déjà amplement par sa proximité, pensa Raymond, mais il n'avait pas le courage de s'éloigner. Ni l'envie de réveiller Giles pour que son lieutenant l'aide à se recoucher, et moins encore celle d'envoyer Ceridwen dormir près de Percy, ainsi que la raison le lui eût commandé.

— N'ayez nulle répugnance à me livrer ce qui vous chagrine, dit-il. De toute manière, tous ces ronflements m'empêchent de dormir. Avec son nez cassé, mon frère fait autant de vacarme qu'une trompe de chasse.

— Je m'en suis aperçue.

— Soyez sans crainte : d'ici que vous vous mariiez, cela sera arrangé.

A ces mots, Ceridwen eut un sanglot étranglé.

— Vous touchez là au vif de ma détresse, sire Raymond.

Il fit mine de ne pas comprendre.

— Le mariage vous terrifie donc à ce point ? Pour une Galloise au sang chaud, encline aux jouissances de la chair, vous m'étonnez, ma dame.

La respiration de la jeune fille s'accéléra. Il sentit sa poitrine se gonfler de colère et en fut satisfait. Plus il la monterait contre lui et lui paraîtrait haïssable, plus elle serait encline à se tourner vers le gentil Percy — du moins l'espérait-il.

— Me considérez-vous donc comme une sauvage ? Oh, je vous déteste ! Laissez-moi, monstre que vous êtes !

Voilà, elle l'avait dit. Mais pourquoi fallait-il que sa peau fleure un si doux parfum de rose ? Malgré lui, Raymond se rapprocha d'elle et posa une main sur la sienne. Elle sursauta, le souffle coupé. Il mourait d'envie de l'embrasser, de l'enlacer, de la posséder. Giles avait raison, pesta-t-il en lui-même. Il y avait bien trop longtemps qu'il n'avait goûté aux plaisirs d'un corps de femme.

— Je vous laisserai quand vous cesserez de me manquer de respect, jeune fille, répliqua-t-il en laissant remonter ses doigts le long de son bras, jusqu'à son épaule. Votre impudence est inacceptable. Je gage que votre père vous a trop gâtée. Sans doute est-ce pour se libérer de vos caprices, qu'il est si pressé de vous marier.

Un instant, elle s'était amollie sous son toucher. Elle se raidit derechef et chassa sa main d'un geste brusque.

— Mon père m'aime ! protesta-t-elle. Il ne tient nullement à se débarrasser de moi. Si les circonstances étaient différentes…

— Elles sont ce qu'elles sont, et votre père n'a pas craint de vous donner à un Anglais pour vous adoucir le caractère, coupa Raymond avec une mauvaise foi patente. J'ai toute licence de vous briser telle une pouliche rétive — et peut-être le ferai-je, pour en épargner la peine à Percy. Après tout, rien ne m'empêche d'exercer sur vous mon droit de cuissage.

Il avait repris ses doigts entre les siens, et les sentait palpiter tel un oisillon pris au piège. Si fins, si délicats…

— Essayez donc ! lui lança-t-elle d'un ton de défi.

Inutile de poursuivre sur cette voie, se dit Raymond. Il n'avait nulle envie de la brutaliser, ni même de prétendre la rudoyer dans son propre intérêt.

Il soupira.

— Vous me prenez vraiment pour un monstre, n'est-ce pas ?

— Ne vous surnomme-t-on point *Carrog Dhu*, le Dragon noir ?

— Pour mériter ce surnom, je devrais cracher des flammes. Ne craignez-vous point d'être brûlée ?

— Peuh ! Jusqu'ici, vous ne m'avez guère paru terrifiant, mentit Ceridwen. Vos flammes ont dû faire long feu. Vous n'êtes pas plus dangereux qu'un ver refroidi.

Un ver refroidi ! Elle y allait fort.

— J'ai tué des hommes pour des insultes plus minces que celle-ci, lady.

— Cela ne me surprend nullement. La brutalité n'est-elle point l'arme des lâches et des faibles ?

Raymond contint sa fureur. Après tout, c'était lui qui l'avait poussée à bout, sciemment. Il modifia sa position, afin de se mettre plus à l'aise et de s'écarter de la natte mouillée. Ce mouvement le rapprocha de nouveau de la jeune fille.

— Vous maniez les mots avec l'aisance assassine d'un courtisan, ma dame. Pourtant, je gagerais que vous ne vous étiez jamais éloignée à plus d'une journée de cheval de chez vous, auparavant. Est-ce que je me trompe ?

— Non. J'étais heureuse, à Llyn y Gareg Wen. Je n'avais nulle envie d'en partir.

— Enfin un peu de franchise !

Raymond se haïssait de la harceler ainsi. C'était plus fort que lui : il oscillait sans cesse entre le désir de la brimer, pour étouffer sa résistance, et celui de la serrer dans ses bras afin de la rassurer, de la réconforter de sa présence, de la convaincre qu'il était là pour la protéger — et pour l'aimer. Mais l'apaiser de la sorte serait le pire des mensonges. Il n'aimerait plus jamais. Ni elle ni une autre.

— Messire ? appela-t-elle alors d'une petite voix mouillée de larmes.

— Quoi donc ?

— Avez-vous envoyé un messager à mon père, pour lui faire savoir que je vais bien ? Et vos hommes ont-ils retrouvé la trace de mon escorte ?

— Je crains que non, répondit sombrement le jeune seigneur. Leurs recherches ont été vaines. Quant à votre père, j'avais scrupule à le rassurer tant que je n'étais pas fixé moi-même sur votre sort. Je le ferai prévenir dès que vous serez en sûreté à Rookhaven. A ce propos, pourquoi vous êtes-vous obstinée à me rejoindre par vos propres moyens, au lieu de retourner chez lui ?

Il s'avisa soudain qu'il tenait toujours sa main, et réprima une folle envie de l'attirer à lui.

— C'était mon devoir, répondit-elle.

— Et aujourd'hui, agiriez-vous encore ainsi ?

— Oui. Mille fois, si seulement vous m'en laissiez la liberté.

La détresse qui vibrait dans sa voix bouleversa Raymond. Il se raidit, tandis que son pouls s'emballait. Il y eut un silence tendu, puis elle implora dans un souffle :

— De grâce, prenez-moi dans vos bras !

Il ne le devait pas. Il ne le fallait pas, sachant quels effets ils produisaient l'un sur l'autre. La situation était par trop périlleuse. Qu'en résulterait-il, sinon un désastre et des souffrances sans fin ?

Pourtant, son désir de la toucher fut le plus fort. Il l'attira à lui, effleura sa bouche de ses lèvres, glissa une main derrière sa nuque et posa l'autre sur sa taille. Ceridwen émit une plainte très douce et se noua à lui. Alors, avec un bonheur inouï, il enfouit enfin son visage dans sa chevelure et s'enivra de son parfum, jusqu'au vertige. Puis, lentement, il glissa sa langue entre ses dents blanches qui luisaient telles des perles fines dans l'obscurité et se laissa envahir par sa fraîcheur, sa candeur, buvant tel un homme assoiffé à la source vive de cette passion toute neuve qu'il sentait naître et enfler en elle. Une passion qui aurait tôt fait d'égaler la sienne, s'il l'y encourageait.

Il la pressa contre son corps tendu, passa sa jambe valide sur sa hanche. Il brûlait de la faire sienne, souriait malgré lui aux petits gémissements de plaisir qu'elle poussait en l'embrassant. Il resserra encore son étreinte, la moulant contre son ventre, et elle coula les doigts dans ses cheveux, les empoignant à pleines mains. Alors qu'elle s'arquait contre lui, la tête renversée pour mieux s'offrir à ses baisers, il chercha de sa bouche l'encolure humide de son bliaud, puis il tira dessus afin de libérer ses seins. Quand il en saisit la pointe entre ses lèvres, elle protesta faiblement, mais la façon dont elle s'accrochait à lui démentait ces protestations.

Ignorant la douleur qui lui lacérait le genou, il roula sur elle afin de la recouvrir de son corps. Puis, le souffle court, il chercha l'ourlet de sa cotte et glissa une main sous l'étoffe. De ses doigts tremblants, il suivit sa jambe nue, caressa la peau satinée de sa hanche, promena sa paume sur le tendre berceau de son ventre, chercha la fine toison qui frisait au-dessous. Ceridwen frémit, choquée, et referma brusquement les cuisses, emprisonnant les doigts de Raymond dans le plus enchanteur des étaux.

Gente Marie ! pensait la jeune fille, épouvantée par tant d'audace. Que faisait-il donc ?

Elle se tortilla pour se dégager et il retira doucement sa main, saisi de remords. Elle était pure, et il était bien le monstre qu'elle l'accusait d'être.

— Tout doux, petite, murmura-t-il à son oreille. N'ayez pas peur. Je ne vous veux point de mal.

Il se redressa sur son séant, la relevant avec lui. Ceridwen logea sa tête brune sous son menton, une joue brûlante posée au creux de son cou, là où une artère palpitait sourdement — comme le reste de sa personne. Elle était toute femme, toute douceur, les courbes tendres nichées contre lui l'émouvaient au plus haut point. Et soudain, il sentit des larmes rouler sur sa peau, dans l'échancrure de sa chemise. Il regretta amèrement d'avoir profité de sa vulnérabilité. Et de demeurer lui-même si vulnérable à ses charmes, alors que son promis reposait à quelques pas d'eux.

Doux Jésus, qu'avait-il fait ? se reprocha-t-il. L'exact contraire de ce qu'il s'était juré. Mais peut-être n'était-il pas trop tard encore pour réparer ces dommages. Inspirant profondément, il la repoussa loin de lui.

— Pourquoi ces pleurs ? demanda-t-il sèchement. Je n'ai rien pris que vous ne m'ayez laissé prendre. Vous êtes fort docile, ma dame. Percy n'aura aucun mal…

La paume de Ceridwen s'appliqua violemment sur sa joue. Un soufflet lancé avec autant d'habileté que de précision, dans la noirceur ambiante.

— Je vous hais, Beauchamp ! Vous et votre horrible cœur sans vie, confit dans les mensonges et la duperie. Ce que je ressentais était pur et vrai — et je sais que vous l'avez ressenti aussi ! Mais vous n'êtes qu'un couard qui vous cachez derrière votre frère. Un couard, un menteur et le pire des hypocrites.

« Je vous hais. » C'était plus satisfaisant encore que « je vous déteste », se dit Raymond. Il s'efforcerait de garder ces mots virulents présents à sa mémoire, avec le reste de ses insultes, chaque fois qu'il se reprendrait à la désirer.

— Taisez-vous, commanda-t-il à voix basse. Dites

vos prières comme une bonne fille et dormez. Le matin ramène l'espoir dans le cœur de ceux qui croient.

Il n'en faisait pas partie. Les imprudentes promesses qu'il avait formulées dans les geôles d'Alonso, en reconnaissant Percy, étaient déjà fort loin.

— J'ai eu grand tort de quêter votre réconfort, reprit froidement Ceridwen. Dorénavant, je m'efforcerai de vous ressembler. Sans doute est-il préférable, à votre exemple, de demeurer étranger à tout sentiment.

Sa voix sourde décochait chaque mot comme autant de flèches à la pointe lisse et acérée, au corps hérissé de barbes mortelles. Les projectiles s'enfonçaient dans le cœur de Raymond avec une justesse infaillible. Il laissa la douleur se frayer en lui un chemin brûlant, descendre plus loin et plus profondément qu'aucune souffrance ne l'avait jamais atteint. Quand il l'eut enfin tassée, matée et réduite à un faible tressaillement, il confirma platement :

— De fait.

11

Alors qu'ils approchaient de Rookhaven, le silence qui régnait sur la campagne devenait de plus en plus surprenant. Les champs mouillés, striés de bandes de chaume et de terre noire, étaient déserts. Même les oiseaux perchés dans les arbres se taisaient.

Le groupe d'hommes qui regagnait la forteresse — Raymond en tête, car il avait finalement décidé d'accompagner lui-même Ceridwen, pour plus de sûreté — ne se composait plus que de Giles, Wace et des deux douzaines de mercenaires recrutés par le lieutenant. Les autres seigneurs, chevaliers et hommes d'armes venus lui prêter main-forte pour libérer son seigneur étaient rentrés chez eux.

Ils s'arrêtèrent dans le village, dont tous les volets étaient clos. Un funeste pressentiment habitait la jeune fille. Ce qui couvait là n'était pas bon. Et comment s'en étonner ? Partout où un Beauchamp résidait, le malheur planait.

Wace sauta à bas de sa monture et alla frapper à l'huis du charron. Un homme corpulent ouvrit prudemment, les traits défaits, son crâne lisse brillant de sueur sous le soleil de l'après-midi.

— Que se passe-t-il, maître Aelfson ? demanda l'écuyer.

L'artisan se tordit les mains et leva au ciel des yeux épouvantés.

— Oh, mes seigneurs, si vous saviez ! Nous avons été pris d'assaut par une sinistre bande de coupe-gorge !

Raymond poussa son cheval vers lui.

— Qu'ont-ils fait ?

Aelfson étouffa un sanglot dans sa manche.

— Ils se sont emparés de ma précieuse Annabelle et l'ont mise en pièces avant que je puisse les en empêcher, ces sauvages !

Aussitôt, Wace tira son épée.

— Où sont-ils ? Je vais leur faire payer ce crime !

C'était la première fois que Ceridwen entendait l'écuyer parler de ce ton rageur. Il n'était plus le jouvenceau timide et effacé qu'elle avait connu à son arrivée, s'avisa-t-elle soudain. De toute évidence, il avait subi l'influence des Beauchamp. Comme elle.

Raymond secoua la tête.

— Tout doux, Wace. Annabelle n'était que la génisse favorite de notre ami. Une perte regrettable, pour sûr, mais qui ne vaut pas un meurtre. Remettez-vous, Aelfson ! Ces bandits sont-ils encore devant nos murs, ou ont-ils réussi à s'introduire dans le château ?

Le charron tendit le menton dans une direction donnée.

— Ils font la sarabande dans les prés, là-bas, se goinfrant de mon Annie et s'amusant à tirer sur John Tapman qu'ils ont pris pour cible d'exercice !

— Avec quoi tirent-ils ? s'enquit le jeune seigneur d'un ton sec.

— Des arcs, milord. De grands arcs aussi tordus et vicieux que le démon peut l'être. Et leur chef ressemble à Satan lui-même : petit et noir, avec des moustaches de suie et un sourire diabolique qui découvre ses dents en permanence. De surcroît, ils ont tous le teint aussi blafard que les os d'un mort.

A ces mots, le cœur de Ceridwen bondit dans sa poitrine.

— Da ! s'écria-t-elle.

Elle talonnait déjà son palefroi, prête à s'élancer, quand la poigne de Raymond s'abattit sur sa bride et l'arrêta net.

— Restez ici.

— Non, je ne resterai pas ! Laissez-moi avancer !

— Vous ignorez qui sont ces gens.

— Je suis sûre et certaine qu'il s'agit de mon père, répliqua la jeune fille en essayant de dégager ses rênes.

— Ne bougez pas, m'entendez-vous ? Giles et moi allons vérifier à qui nous avons affaire. Et si cet avorton se rebiffe, je le rendrai plus court encore — d'une tête.

— Non ! Vous, les Beauchamp, avez déjà massacré

bien trop de Gallois. Je ne vous permettrai pas d'en tuer un de plus ! s'emporta Ceridwen.

— Je n'ai pas de temps à perdre à me chamailler avec vous, rétorqua Raymond. Tenez-vous tranquille, c'est un ordre !

Il tourna bride et s'éloigna au petit trot, flanqué de son lieutenant. Ceridwen garda les yeux rivés sur eux, furieuse. Ce n'étaient pas des Anglais qui allaient l'empêcher de voir son père, certes non ! D'un geste brusque, elle fit volter sa monture et s'élança au galop, dépassant avec aisance les deux cavaliers, la boue giclant sous les sabots de son cheval tandis qu'elle gravissait une petite butte. Parvenue au sommet, elle regarda derrière elle : Wace et les autres s'étaient lancés à sa poursuite, mais Raymond et Giles avaient disparu.

Haussant les épaules, elle se dressa dans ses étriers et plissa les paupières afin de distinguer plus nettement la colonne de fumée qui montait par-delà un bosquet. C'est alors que Giles surgit de nulle part, sur sa droite.

— Lady Ceridwen, lança-t-il avec un grand sourire.

Fronçant les sourcils, elle fit un écart pour l'éviter. A cet instant, de sa gauche, un bras musclé lui enlaça durement la taille, lui coupant le souffle. En un clin d'œil, elle fut arrachée de sa selle et jetée à plat ventre sur l'encolure de Grendel, tel un paquet de linge sale. Elle s'était laissé piéger comme une enfant !

Secouée par le trot du coursier, elle voulait hurler de

frustration, mais sa position était par trop inconfortable — et par trop précaire. De surcroît, elle lui rappelait bien trop nettement une mésaventure similaire, lors de l'atroce combat dans lequel Owain avait péri. Bien que son estomac rudement malmené la mît au bord de la nausée, elle serra les dents et frappa d'un poing rageur le genou blessé de son ravisseur.

Raymond poussa un juron et arrêta sa monture.

— Sacrebleu, femme ! Voulez-vous que je vous ligote et vous traîne derrière moi ?

— Oui-da ! cria Ceridwen en battant des pieds pour tenter de se redresser. Ainsi, mon père verra quelle brute vous êtes ! Remettez-moi à terre !

— Certainement pas. Chaque fois que je vous lâche des yeux, vous vous placez dans des situations impossibles.

— Libérez-moi sur-le-champ, sans quoi je vous mords le mollet !

Elle ouvrait déjà la bouche pour mettre sa menace à exécution, quand un rire tonitruant résonna non loin de son visage congestionné.

— Ah, Ceri ! Vous vous querellez déjà comme si vous étiez mariés, tous les deux !

La jeune fille se figea. Le sang aux tempes, elle releva la tête et découvrit la panse velue d'un petit cheval gallois, ainsi qu'une botte en daim qu'elle avait brossée maintes et maintes fois.

— Da ? lâcha-t-elle d'une voix étranglée.

Elle sentit les cuisses de Raymond se raidir. Prestement,

il fit reculer son coursier afin de l'éloigner de Morgan. Elle glapit et se débattit, mais il la retint fermement par sa ceinture de cuir. Puis une main dure se coula sous son aisselle, la souleva et elle se retrouva assise — ou, plus exactement, perchée de façon fort mal commode sur le renfort de la selle.

La tête lui tournait, ses cheveux lui tombaient dans la figure. Elle les rejeta en arrière, expédiant quelques mèches dans la bouche du jeune seigneur qui les recracha en pestant. Grendel, énervé, gratta le sol de son sabot.

— Désirez-vous la reprendre ? demanda Raymond d'un ton brutal.

Morgan sourit jusqu'aux oreilles.

— Pourquoi voudrais-je une chose pareille, messire ? J'étais par trop content de vous la donner !

En dépit de cette pique paternelle, Ceridwen sourit à travers les larmes de soulagement qui roulaient sur ses joues : Rhys était là, sain et sauf. Et Dylan aussi.

— Je vous remercie, lord Morgan, mais je ne puis accepter, répondit le jeune seigneur. Elle appartient de droit à mon jeune frère Parsifal, qui est enfin rentré d'Orient après de longues épreuves.

Le visage de Morgan s'assombrit.

— Une nouvelle intervention divine, à ce qu'il semble, grommela-t-il en décochant une œillade à sa fille. Mais c'est avec vous que j'ai passé contrat, sire Raymond. Vous et vous seul.

— Le premier engagement que vous aviez conclu

annule nos accords, insista Raymond, le bras si fortement noué autour de la taille de Ceridwen qu'elle peinait à respirer.

— Je ne reconnais point cette promesse, faite à votre père du temps où il vivait encore. Il est mort, elle ne tient plus. La seule valable désormais est celle qui me lie à vous. Que vous le vouliez ou non, vous êtes le pivot de ce plan. J'attends de vous que vous honoriez votre parole.

— Comme j'attends de vous que vous honoriez la vôtre, rétorqua Raymond avec fermeté. Je ne me sens point le droit de retirer à mon frère cette femme qui lui revient.

Ceridwen était en proie à un tumulte d'émotions : la joie de retrouver son père, son frère et les membres de son escorte, qu'elle avait cru morts ; la crainte que cette dispute ne s'envenime et ne dégénère en bataille ; la colère d'être traitée comme une vulgaire pièce de bétail, objet de marchandage entre les deux hommes. Mais, surtout, un terrible sentiment de perte, qui la dévastait.

— Da ! intervint-elle avec fougue. Je dois vous dire…

— Taisez-vous ! ordonna Raymond en la brisant à moitié. De fait, je me demande si je ne devrais point vous garder, afin d'épargner ce pauvre Percy.

— Parsifal n'a nul besoin d'une femme, rustre que vous êtes ! se récria Ceridwen.

Elle lui décocha dans l'estomac un coup de coude qui ne parut nullement l'émouvoir.

— Il lui en faudra une, pour prendre soin de lui et régenter sa demeure.

— Quelle demeure ? Il ne possède plus rien !

— J'ai prévu de lui donner l'un des forts qu'Alonso possède le long des Marches, dès que je m'en serai emparé.

A ces mots, un lourd silence tomba sur le petit groupe et les sourires amusés des spectateurs de cette scène s'évanouirent.

Morgan se rembrunit, la mine féroce.

— Comptez-vous violer notre accord et briser la paix avec le baron ?

— Alonso a porté de graves torts à Percy, en l'abandonnant aux mains des Sarrasins. Il lui doit réparation.

— Votre soif de vengeance se comprend, admit le chef gallois, mais elle vous coûtera son poids de sang et de vies. Si tel est votre choix, je dois vous reprendre ma fille : je ne veux point qu'elle se retrouve veuve, aux mains de ce pervers d'Alonso.

— Présumez-vous de ma défaite ?

— Je n'en présume point. J'en suis certain.

Le cœur de Ceridwen sombra. Son père se trompait rarement. La main de Raymond bougea sur sa taille. Son pouce effleura la base de sa poitrine. Brièvement, elle se demanda quelle vie serait la sienne, si elle pouvait s'abandonner à lui et envisager un avenir serein à son côté. Mais cela n'arriverait pas, apparemment. Ses jours étaient comptés.

— Je ne serai pas vaincu si vous vous battez avec moi, Morgan.

— Mon dessein est de protéger les *Cymraeg*, pas de m'engager dans une lutte fratricide, trancha le Gallois. Je veux la paix et la sécurité pour mon peuple, Beauchamp, pas une nouvelle guerre.

— Alors bonne chance à vous, milord.

En un éclair, Raymond tourna bride et détala au grand galop, un bras autour des hanches de Ceridwen. Giles se porta en avant de lui. Le reste de ses hommes le rejoignirent dans un fracas de sabots.

— Où allez-vous avec ma fille ? hurla Morgan au milieu du vacarme.

Raymond ne tourna pas la tête. Mais Ceridwen, épouvantée, vit Rhys se ruer à leur suite, glaive au clair.

— Non, Rhys ! cria-t-elle.

Son effroi grandit encore quand Wace déporta sa monture pour se lancer sur son frère. Il lui sembla soudain revivre le pire de ses cauchemars — lorsque ce farouche chevalier anglais avait fait volte-face pour abattre son épée sur Owain, tranchant net le fil de sa joyeuse exubérance.

Hors d'elle, elle frappa de ses poings le torse et les bras de Raymond. Il faillit la lâcher, puis resserra son étreinte, les dents serrées, et poursuivit sa course folle vers la sinistre forteresse de Rookhaven.

Ceridwen dut se cramponner à lui pour conserver

son équilibre. Quand les horribles restes du pendu lui apparurent en haut de la muraille, elle crispa les paupières et s'agrippa plus fortement encore au surcot du jeune seigneur, alors même qu'il était responsable de cette horreur qui l'emplissait de révulsion. Elle se sentait pareille à un enfant qui vient d'être battu par sa mère mais qui s'accroche à ses jupes en pleurant, parce qu'il n'a personne d'autre vers qui se tourner.

Dans un grondement de tonnerre, ils franchirent le pont-levis, s'engouffrèrent sous la herse relevée et s'arrêtèrent enfin au milieu de la cour, les chevaux écumants. D'une poussée, Raymond précipita la jeune fille à terre ; par chance pour elle, Giles la reçut et lui évita une chute sur les pavés inégaux.

— Vous l'avez rendu furieux, ma dame, murmura le chevalier à son oreille.

— Je l'ai rendu furieux, moi ? se récria Ceridwen, les jambes tremblantes. Que devrais-je dire ! Avez-vous vu comment il a traité mon père ? Et Rhys est peut-être mort sous les coups de Wace, en cet instant !

— Votre frère ne craint rien, la rassura Giles. Wace n'est pas de taille à lutter contre lui. Et Rhys, en homme d'honneur, ne lui fera pas de mal non plus. Raymond n'a donné aucun ordre de combat. Je gage que ce soir nos soldats et les vôtres se soûleront ensemble.

— Puissiez-vous dire vrai ! murmura la jeune fille.

Elle jeta un regard noir au jeune seigneur, qui s'entretenait avec ses mercenaires.

— A votre place, ajouta Giles, je cesserais de le provoquer. Pour votre propre bien.

— Que risquerais-je ? De me balancer le long de la muraille, comme ce malheureux ?

— Quel malheureux ?

— Celui dont les restes pourrissent dans le vide, livrés aux corbeaux !

— Oh, vous voulez parler de ce vilain…

— Quel crime avait-il commis ?

— Ce n'est pas une belle histoire.

— Sa fin non plus, n'est pas belle.

— Il l'a méritée, répondit Giles, les mâchoires crispées. Ce « malheureux », comme vous dites, avait une fille…

Sa voix se brisa.

— Une fille gracieuse et avenante, qu'il voulait vendre pour s'acheter une parcelle de terre.

L'estomac de Ceridwen se retourna.

— La vendre ? Mais c'est interdit par Dieu et par les hommes !

— Bien des choses interdites se pratiquent chaque jour, ma dame. Bref. Il a découvert un jour qu'elle était grosse. Or, l'acquéreur exigeait bien sûr une vierge. Ce monstre a pris un bâton… et l'a enfilé dans le ventre de la pauvre enfant.

Ceridwen se sentit défaillir.

— Juste ciel ! Est-elle morte ?

— Naturellement. Et l'enfant aussi, déclara Giles en détournant les yeux.

— Oh, mon Dieu… Qui… qui était le père ?

— Alonso, cracha le chevalier avec dégoût.

Une violente nausée tordit le ventre de la jeune fille.

— Je vous demande pardon, Giles, murmura-t-elle d'une voix blanche. Je vois que j'ai grand tort de condamner des actes dont je ne sais rien.

Elle se tut, s'appuyant d'une main au bras du lieutenant. A cet instant, quelqu'un applaudit lentement derrière elle. Elle se retourna d'un bloc et découvrit Raymond, le visage hâve, blême de fatigue. Il paraissait avoir grand besoin d'un repas chaud et d'une bonne semaine de sommeil.

— Je me réjouis de vous trouver en aussi sages dispositions, observa-t-il avec aigreur, en la perforant du regard. Espérons que cela durera. Imaginez-vous quel poids s'ajoute aux charges d'un homme, quand chacune de ses actions est passée au crible de critiques acerbes et désobligeantes ? Quand il sait que les ignorants, quoi qu'il fasse, penseront le pire de lui et s'attendront toujours au pire de sa part ?

Ceridwen détourna les yeux, honteuse. Ces paroles s'appliquaient à elle, à juste titre, et elle en éprouvait du remords.

— Je n'ai pas vécu cette expérience par moi-même, messire, déclara-t-elle simplement.

— Je l'aurais gagé.

Le seigneur de Rookhaven rejoignit son coursier en boitant. Giles et deux ou trois autres serviteurs s'empressèrent de se porter à son aide. Ses gens semblaient l'entourer d'une véritable dévotion, constata la jeune fille. Chose étonnante, compte tenu de la terrible réputation de Raymond de Beauchamp. Ce respect était-il sincère ? Etait-il dicté par la crainte, par le désir obséquieux de s'obtenir les bonnes grâces du Dragon Noir ? Pourtant, à ce qu'elle avait pu voir, le jeune chevalier n'était guère sensible à la flatterie ; il traitait tous ses sujets de la même manière, avec une rudesse qui ne s'embarrassait point d'égards.

— Je retourne chercher Wace et Percy, annonça-t-il. Giles, veillez à installer commodément la fille de lord Morgan.

D'un signe de tête, il ordonna au garde de relever la herse et quitta la forteresse en compagnie de ses mercenaires.

La nuit était tombée quand la rumeur courut que Raymond venait de rentrer.

Ceridwen attendait avec Giles dans la grand-salle, qui lui paraissait plus sale encore que dans son souvenir. La paille et les jonchées qui recouvraient le sol n'avaient sans doute jamais été changées. Elles étaient agglutinées en paquets par de la graisse et d'immondes résidus de repas datant de plusieurs mois ; on y trouvait des os, des plumes, des rognures de sabots ramenées par les chiens de l'antre du maréchal-ferrant. Au centre de la pièce, le feu allumé dans une sorte de creuset fumait abondamment. Shona l'alimentait en y jetant des branches.

Des voix masculines retentirent dans le vestibule, puis le rideau s'écarta et le jeune seigneur parut, sa chevelure blonde brillant d'un vif éclat sur le drap bleu de son surcot. Ceridwen se remémora l'occasion où elle l'avait vu ainsi, sur le seuil de sa chambre, alors que sa blessure la clouait au lit. C'était le jour où il l'avait embrassée. Son premier baiser. A ce souvenir, un étrange émoi lui vrilla l'estomac.

Sauveur bondit vers son maître, se dressa de toute sa taille pour poser ses pattes de devant sur ses épaules et lui lécha la figure en signe de bienvenue. Un instant, l'expression de Raymond s'adoucit et ses traits crispés se détendirent. La jeune fille en éprouva un regret poignant. Ce chien savait faire naître chez le beau chevalier un contentement qu'elle était incapable de susciter — sauf lorsqu'il la convoitait charnellement. Mais à quoi bon le déplorer ? se rappela-t-elle. Il avait pris sa décision : elle devait retourner auprès de son père et de Rhys.

Elle toussota, et Raymond tourna aussitôt la tête dans sa direction.

— Mon père est-il sain et sauf, messire ?

Le jeune seigneur gratta affectueusement les oreilles du chien-loup.

— Oui. Il est libre de partir.

— Ramenez-moi à lui, je vous en prie. Ou laissez-moi m'en aller.

— Pourquoi ? Etes-vous lasse de notre compagnie ? Jugez-vous notre hospitalité insuffisante, dans cette agréable forteresse ? Vous a-t-on accoutumée à des attentions plus délicates, des douceurs, des bains journaliers ?

Giles se montra choqué par son cynisme.

— Messire..., intervint-il.

— Laissez-la répondre, coupa Raymond. Je veux savoir ce qui lui déplaît si fort chez nous, pour lui donner une telle envie de fuir.

Ceridwen chercha sa flûte en ivoire cachée dans les plis de son bliaud et la serra afin de se donner du courage. Où était l'homme qui savait se montrer si généreux de lui-même ? songea-t-elle avec un mélange de rancœur et de tristesse. Celui qui l'avait sauvée par deux fois, celui dont les baisers avaient le pouvoir de l'embraser et de la faire renaître à la vie ? Celui-là l'attendrissait, la poussait à toutes les faiblesses. En revanche, le seigneur impitoyable et dur qui lui faisait face en cet instant l'effrayait. Le malheur qui l'habitait le rendait grossier et cruel.

Elle soutint son regard railleur.

— Je fuis votre orgueil sans limites et votre fureur incessante, milord. Pourquoi devrais-je rester, puisque vous refusez de vous lier à moi ? Je n'épouserai point Parsifal. Mieux vaut donc que je retourne auprès de mon père, bien qu'il lui en coûtât de me reprendre.

— Au moins conservera-t-il vos terres.

Ceridwen se mordilla la lèvre.

— Votre appui lui importait davantage. Alonso nous harcèle. Unis à vous, nous avions une chance de lui résister.

Raymond plissa les paupières.

— Ces affaires ne vous concernent pas. Je déciderai de votre sort quand je me serai entretenu avec Percy.

— Vous parlez comme si j'étais votre otage !

— Libre à vous de le voir ainsi.

— Oh ! De quel droit vous comportez-vous de la sorte ?

— De mon droit de seigneur, purement et simplement. C'est moi qui possède l'autorité, ici, et je vous conseille de ne point contester mes décisions. Il pourrait vous en cuire.

Furieuse, Ceridwen rejeta ses cheveux en arrière d'un geste de défi.

— Voilà donc comment vous vous assurez l'obéissance de vos sujets ! rétorqua-t-elle. Par les menaces et l'intimidation ! Je serais curieuse de savoir quels moyens vous emploieriez pour me rendre docile, tyran que vous êtes !

— Ceux dont j'userais avec toute gueuse mal élevée prétendant se faire passer pour une gente dame.

— Je ne tolérerai point ces insultes !

— Qui vous demande de les tolérer ? Quand je vous jetterai à plat ventre sur mes genoux, afin de vous administrer la correction…

— Cessez !

Giles s'interposa entre eux, les mains sur les hanches.

— Vous devriez avoir honte, tous les deux ! Vous vous conduisez aussi vilement que deux maquerelles de la Cité de Londres. Vous le premier, Raymond. Vous attisez en cette jouvencelle des penchants dont j'ignorais l'existence. Cela est fort déplaisant.

Son seigneur le toisa avec mépris, les bras croisés.

— Giles le modèle de vertu, qui se prend pour mon père et ma mère ! ironisa-t-il. Vous êtes bien placé pour me donner des leçons de bonne conduite, vraiment !

Le lieutenant semblait avoir atteint les limites de sa patience. Il secoua la tête, exaspéré.

— Je suis las de vos sarcasmes, messire. N'êtes-vous point fatigué de votre propre courroux, à la longue ?

— De fait, je le suis, maugréa Raymond. Pardonnez-moi, ma dame. Je ne suis même pas digne de votre dédain.

Il dédia une courbette à la jeune fille, se laissa choir dans son fauteuil et regarda fixement devant lui, la mine sombre.

Sans répondre, Ceridwen frotta sa flûte de son pouce. Cet homme n'avait de place dans le cœur que pour l'aigreur qui le rongeait, se dit-elle. Elle était fortunée qu'il ne veuille point d'elle, en fin de compte. Ses avertissements se vérifiaient amplement : si elle l'épousait, elle passerait son existence à l'ombre de son malheur — ou seule, lorsqu'il s'en irait mettre le pays à feu et à sang. Mieux valait qu'elle rentre chez elle à la première occasion, avec ou sans sa permission.

Rassemblant ses jupes, elle se leva pour quitter la grand-salle.

— Venez ici ! gronda-t-il sans la regarder.

Elle s'arrêta, mais n'esquissa pas un geste dans sa direction.

— Je devine que vous mûrissez des plans d'évasion, Ceridwen. Ne vous donnez point cette peine. Il est aussi difficile de quitter cette forteresse sans mon accord que d'y entrer. Demain, Percy et moi trancherons cette affaire une fois pour toutes.

Il se mit debout avec un tressaillement de douleur et lui fit signe de le précéder dans l'escalier menant à ses appartements.

Contrairement à ce qu'elle redoutait, il ne l'obligea pas à entrer chez lui. De fait, il la guida vers le fond du corridor, jusqu'à des marches étroites qui donnaient accès à une tourelle.

— Je ne suis point en état de gravir d'autres degrés ce soir, dit-il. Montez et frappez à cette porte. Vous trouverez derrière quelqu'un qui aura sans doute grand plaisir à vous voir. Pour le reste, sachez que Wace a des ordres : tenteriez-vous de vous enfuir, il vous retiendra avec autant de force que vous le rendrez nécessaire.

Là-dessus, Raymond lui tourna le dos et rebroussa chemin en traînant la jambe. Ceridwen observa tour à tour sa haute silhouette qui s'éloignait et l'escalier obscur qui lui faisait face. Elle n'avait pas le choix, conclut-elle. Au moins tant que tout le monde ne dormirait pas.

Elle monta donc jusqu'à la lourde porte cloutée qu'il lui avait indiquée. Quelle que soit la personne qui l'attendait, se dit-elle, elle préférait encore se réfugier dans une chambre que de traîner dans des corridors ventés, à la merci des soudards brutaux qui les hantaient. Elle frappa.

— Ami ou ennemi ? s'enquit une voix féminine, assourdie par l'épaisseur du chêne.

— Je suis Ceridwen, répondit la jeune fille. C'est sire Raymond qui m'envoie à vous.

L'huis tourna sur ses gonds et révéla une belle dame aux grands yeux clairs drapée dans une cotte trop large pour elle, comme si elle avait perdu du poids. Ce monstre de Beauchamp affamait-il cette jolie personne ? se demanda Ceridwen.

— Entrez, je vous prie, déclara l'inconnue avec un sourire avenant, bordé de charmantes fossettes.

Ceridwen pénétra dans une petite chambre carrée, tandis que son hôtesse refermait la porte et poussait un verrou. De toute évidence, elle était moins timide et moins effacée qu'elle en avait l'air de prime abord. Son regard gris brillait d'un éclat incisif.

— Je suppose que Raymond ne vous a pas dit qui je suis, pas plus qu'il ne m'a parlé de vous, déclara-t-elle. Je suis Blanche, sa cousine par alliance. Venez vous asseoir près du feu et acceptez donc une coupe de vin.

La jeune fille prit place sur un tabouret et observa sa compagne avec intérêt. Elle était blonde, d'apparence délicate, mais la fermeté de son menton et de son nez dénotaient une grande force de caractère.

— Etes-vous prisonnière de cette tour ? s'enquit-elle.

Blanche se mit à rire.

— Non. Seule ma couardise me retient entre ces murs. Les mercenaires engagés par mon cousin m'effraient, je l'avoue. Et Raymond m'effrayait aussi, naguère encore.

— Il est impressionnant, accorda Ceridwen. Mais je commence à me demander s'il n'aboie pas plus fort qu'il ne mord. Etes-vous ici depuis longtemps ?

— Seulement depuis Lemmastide, le début du mois d'août. Je suis arrivée ici après mon veuvage, désespérée et anxieuse d'échapper aux plans de ma belle-mère, la tante de Raymond. Clarisse se plaît à ourdir des plans si pervers que je redoutais de finir tel un jouet entre les mains de quelque vieux duc lubrique.

Son sourire se crispa.

— Je répugnais à faire vivre ma fille dans un milieu aussi malsain, poursuivit-elle en contemplant ses mains jointes, mais je crains que Rookhaven ne vaille guère mieux. Au début, j'ai éprouvé de la gratitude pour le refuge qui m'a été octroyé. Par la suite, j'ai ouï raconter de si terribles histoires de meurtre et de vengeance… que j'ai préféré me retirer dans cette chambre.

Raymond avait accordé sa protection à Blanche et à

son enfant ? Ce geste charitable étonna Ceridwen, mais elle n'était pas à une surprise près, avec cet homme énigmatique aussi imprévisible qu'une soupe au lait.

— Voilà donc pourquoi je ne vous ai point vue lors de mon premier séjour ici, dit-elle.

La jeune veuve soupira.

— Je n'ai jamais eu vent de votre présence.

— Je gage que je suis un embarras pour votre cousin, expliqua la jeune fille. Il est censé m'épouser, mais ne peut s'y résoudre, à ce qu'il semble.

Elle avala une gorgée de vin, délicieusement parfumé.

— Peut-être est-ce préférable, commenta Blanche. Certains prétendent qu'il devrait être banni du sacrement de mariage, après ce qui est arrivé à sa première… Oh, je suis marrie. Je parle de choses qui ne me concernent point.

— On m'a relaté ce drame, dit Ceridwen. Le tenez-vous pour vrai ?

Elle changea de position, mal à l'aise. Plus cela allait, plus son promis lui semblait insaisissable.

— Ce qui est vrai, c'est que lady Meribel est morte — et que Raymond a reconnu ses torts. Toutefois, nul n'a osé l'accuser de meurtre. Les gens le redoutent à cinquante lieues à la ronde, dans toutes les directions.

Blanche se pencha vers sa compagne et ajouta sur le ton de la confidence :

— Vous êtes galloise, n'est-ce pas ? Une union audacieuse, pour un seigneur des Marches. Dites-moi : le trouvez-vous beau ?

Ceridwen rougit.

— Eh bien… il est fort différent des jeunes gens de mon pays.

— Pour ma part, je le juge rude et mal dégrossi. Il manque de manières, ne sourit jamais et ne se sépare point de cet énorme chien. En outre, il réfléchit trop à mon gré.

— Je ne puis que partager votre opinion, admit la jeune fille.

Un léger soupir monta derrière elles. Blanche tourna la tête vers une paillasse posée sur le sol.

— Ma petite Bree dort profondément, grâce à Dieu.

Ceridwen s'avisa alors que le tas de fourrures dissimulait une petite fille aux cheveux couleur de lin. Elle changea de sujet avec soulagement.

— Oh, ma dame ! Vous êtes bénie du ciel, d'avoir une telle enfant. Je crains que mon chemin ne demeure stérile et qu'il ne me conduise à un couvent ou à l'état de célibat — en tant que châtelaine de mon père.

Blanche la considéra d'un air appréciateur et tendit la main pour caresser ses cheveux.

— Ce serait grand dommage, car vous êtes ravissante. Sir Giles vous poursuit-il de ses avances ?

— Non point. Il me soumet à ses taquineries, certes, mais ne m'a jamais manqué de respect. Pourquoi cette question ?

La jeune veuve haussa les épaules.

— Il se plaît tant à jouer les séducteurs… Et maintes femmes se prennent à son jeu, à ce que j'ai ouï dire. Mais il possède une trop grande assurance.

Ceridwen sourit, amusée.

— Etes-vous amis ?

— Oui, mais Raymond m'a interdit de le voir. A ce qu'il prétend, Giles est par trop concupiscent et risquerait d'offenser ma vertu. De fait, c'est un gai luron. Impie, de surcroît.

— Je n'ai encore jamais rencontré un chevalier qui ne le soit pas, déclara la jeune fille. « Parsifal excepté, peut-être », ajouta-t-elle en elle-même. Toutefois, les mises en garde de sire Raymond me paraissent bien déplacées, vu sa propre conduite. Dites-lui que vous comptez réformer son lieutenant et lui apprendre les bonnes manières.

— De fait, c'est l'une des missions qu'il m'a confiées. Mais à l'encontre de son écuyer, non de Giles. Raymond place de grands espoirs dans le jeune Wace, qui se fraiera d'après lui un beau chemin dans le monde. En tout cas, il montre beaucoup de dons pour ce qui est de la grâce à acquérir en société.

— Son maître se charge assez de lui enseigner la violence, commenta Ceridwen avec une pointe d'aigreur.

Elle prit la main de sa compagne.

— Quittez donc cette tour, ma dame. Ensemble, nous n'aurons rien à redouter. Et la bonne Alys veillera certainement sur votre petite Bree, comme elle le fait pour toutes les jeunes servantes de ce château.

Sa phrase à peine terminée, elle se mordit la lèvre, perplexe. Pourquoi parlait-elle comme si elle devait rester à Rookhaven ?

A sa vive surprise, Blanche l'étreignit avec ardeur.

— Je suis si heureuse que vous soyez ici ! dit-elle. Depuis la mort de mon seigneur, je désespérais de retrouver une âme sœur, quelqu'un en qui je puisse placer ma confiance.

— Moi aussi, j'ai longtemps désiré avoir une amie de mon âge, avoua Ceridwen. Mes sœurs sont beaucoup plus jeunes que moi… et j'ai perdu voici quatre ans mon compagnon d'enfance.

Son cœur se serra, comme toujours lorsqu'elle évoquait le souvenir d'Owain, mais elle n'en dit pas davantage. Elle ne voulait pas offenser Blanche, à qui elle ne pouvait reprocher d'être anglaise.

Les yeux de la jolie veuve pétillèrent.

— Descendons sur-le-champ et allons trouver sire Raymond, pour lui montrer que nous formons un front uni, proposa-t-elle.

— A cette heure ? releva Ceridwen, sceptique.

— Mieux vaut l'affronter maintenant, avant qu'il ait eu le temps de refaire ses forces. Il sera moins à même de nous imposer sa volonté — et d'écraser la nôtre.

— Sur quel point ? s'enquit la jeune fille dont l'intérêt commençait à s'éveiller.

— Je veux qu'il nous laisse toute liberté pour faire de

ce château un lieu civilisé, apte à accueillir des femmes. Je pourrais vous montrer des horreurs propres à faire pleurer une Béguine, tant elles sont peu ragoûtantes.

— Je n'en doute nullement, acquiesça Ceridwen.

12

Après s'être assurées que Bree ne risquait pas de s'éveiller, les deux complices s'aventurèrent en silence dans l'escalier, une chandelle à la main. Au pied des marches, un garde somnolait, les bras croisés. Elles le contournèrent prudemment.

Blanche sourit à Ceridwen, dont l'inquiétude s'accroissait au fur et à mesure qu'elles approchaient de la chambre du seigneur. Il n'accueillerait pas leur visite avec plaisir, elle en était certaine. La faible lueur des bougies révéla Wace, endormi devant la porte de son maître. La jeune fille répugnait à éveiller l'écuyer épuisé, mais elles durent s'y résigner.

Elle allait frapper, quand une série de soupirs et de grognements sourds venus de la chambre l'arrêta dans son geste. Les yeux de Blanche s'élargirent. Sans se concerter, elles plaquèrent une oreille sur l'huis de chêne.

— Non, pas là ! Aaah… Cessez, je vous dis ! Par pitié, Shona… Giles, retenez-la !

Ceridwen et Blanche se dévisagèrent, ahuries.

— Il faut que je voie cela, déclara la veuve.

Elle se saisit du loquet. Terrifiée, sa compagne posa une main sur son bras.

— De grâce, lady Blanche…, chuchota-t-elle. Ce moment ne me paraît guère adéquat pour déranger un homme dans son intimité. Surtout cet homme-là.

Wace, qui se débattait dans les plis de leurs jupes, parvint enfin à se relever. Il les dominait d'une main et Ceridwen nota qu'une barbe naissante ombrait sa lèvre supérieure et son menton. Il n'était plus tout à fait un jeune garçon, songea-t-elle.

— Je vous prie de regagner vos quartiers, mes dames, déclara-t-il d'un ton ferme.

Charmeuse, Blanche coula un bras sous le sien.

— Voyons, mon bon Wace… Nous voulons juste veiller au confort de votre maître. N'entendez-vous point sa détresse ?

L'écuyer parut embarrassé.

— Hum… Je ne saurais dire à quoi sont dus ces bruits, ma dame, mais je gage que sire Raymond n'a nulle envie d'être surpris. Je dois vous escorter chez vous.

— Nenni. Si vous agissez ainsi, je crie ! promit la veuve.

Wace fronça les sourcils.

— Ce serait fort inapproprié.

— Vous devez apprendre à manier les situations les plus délicates, mon jeune ami, et celle-ci en est une. L'occasion rêvée de démontrer votre aisance et votre sang-froid.

Ceridwen était impressionnée par l'audace de sa complice. Vaincu, Wace tira sur sa tunique et ajusta sa dague. Puis il tapota la main de la jeune femme.

— A votre guise, ma dame. Mais je vais entrer le premier.

Il entrouvrit la porte et eut juste le temps de lancer :

— Messire…

En un éclair, Blanche poussa le battant et tira Ceridwen à sa suite. Une lame longue de quatre pieds s'abattit alors devant elles, à hauteur de leur gorge. Giles, la mine patibulaire, se dressait à l'une de ses extrémités.

— Je vous avais dit que je devais entrer le premier.

D'un doigt, l'écuyer écarta le glaive en adressant un signe de tête au lieutenant. Ce dernier haussa les épaules et rejoignit son seigneur.

Ceridwen s'apprêtait à détourner les yeux pour éviter la vue d'une scène choquante, mais ce qu'elle découvrit était plus surprenant que scandaleux : Raymond trônait sur son lit, tout habillé, et un échiquier le séparait de Shona qui avait déjà amassé bon nombre de pièces. Sauveur ronflait près de son maître, la tête sur un oreiller.

Une main sur son front crispé, le seigneur jeta un coup d'œil agacé à la jeune fille.

— Que faites-vous ici ? maugréa-t-il.

Ses doigts remontèrent jusqu'à ses cheveux, se coulèrent dans ses mèches fauves, et Ceridwen fut prise de nostalgie : elle aurait tout donné pour pouvoir l'imiter, et sentir sous sa propre main la vigueur de ces vagues d'or blond.

Giles étudiait l'échiquier avec une attention suspecte, en se mordant la lèvre. Les joues roses d'excitation, Shona s'apprêtait à jouer son prochain coup. Blanche les observa tour à tour, un léger pli entre ses sourcils clairs.

— Nous conversions dans le corridor, messire, quand nous avons perçu d'étranges sons en provenance de votre chambre, répondit la jeune fille.

Raymond se montra surpris.

— Quel genre de sons ?

— Des sons… qui semblaient indiquer que vous étiez en grande difficulté.

Il lui jeta un regard si féroce qu'elle en frémit.

— Fort bien. Maintenant que vous avez pu constater mon humiliation de vos yeux, que voulez-vous de moi ?

Ce qu'elle voulait de lui ? Ceridwen était en peine de le dire. Une vive confusion s'était emparée d'elle. Le voir se distraire de la sorte la déconcertait. Il l'observait du fond du lit empli d'ombre et ses prunelles bleues luisaient d'un éclat froid, très brillant, qui la mettait étrangement mal à l'aise. Comme s'il lui rappelait quelque chose de fort désagréable, qu'elle avait oublié.

Elle avait envie de s'enfuir en courant, tout à coup, et

en même temps elle aurait voulu qu'il mît tout le monde dehors pour qu'ils pussent rester seuls. Elle brûlait de le souffleter pour la façon dont il l'avait traitée devant son père, et elle désirait tout autant sonder son regard impassible pour voir s'il ne recelait pas, tout au fond, autre chose que cette irritation distante.

— Nous souhaitions vous demander la permission de remédier à l'état désastreux de cette forteresse, déclara Blanche, alors. Si nous devons y demeurer, nous aimerions nous rendre utiles... en la rendant vivable.

Shona frémit. Giles se garda de réagir.

— Les choses me conviennent telles qu'elles sont, répondit sèchement Raymond. Occupez-vous plutôt de réparer les vêtements de mes mercenaires, si vous tenez à tromper votre ennui. Mieux encore, tissez-leur donc quelques toises de drap chaud pour l'hiver. Mais ne vous mêlez point de la façon dont mes gens entretiennent ce château. Nous avons nos raisons.

— Oh ! Espérez-vous faire fuir vos ennemis par la puanteur qui s'en dégage ?

Le lieutenant grogna.

— Ne vous gênez surtout pas, lady Blanche, riposta le maître des lieux. Ne m'épargnez point vos critiques. Mais qu'est donc devenue la jeune veuve éplorée et craintive que j'ai accueillie chez moi il y a quelques mois ?

— Elle a enfin vu clair en vous, messire, répondit l'intéressée avec assurance, en parcourant du regard la pièce chichement meublée. Peut-être êtes-vous un homme, après tout, et non le monstre que vous voulez paraître.

— Ne soyez point trop prompte dans vos conclusions, ma dame, intervint Giles.

— J'agrée à la remarque de mon lieutenant, lady Blanche. La subtilité qui vous a permis de survivre aux intrigues de ma tante n'est point de mise ici. Je lui préfère la célérité des répliques, la force brutale des châtiments qui s'imposent pour faire régner l'ordre, et je vous saurais gré de ne point discuter mes méthodes. Vous n'avez nulle idée de ce qui se trame entre ces murs ou au-dehors, ni de la dureté nécessaire à la protection de ce château et de ses habitants, dont vous faites partie. Ceridwen en a eu un aperçu ; elle sait ce dont je parle.

Il ramena son regard acéré sur la jeune fille, qui le soutint sans ciller. Il était clair qu'il cherchait son appui, mais elle n'était pas décidée à le lui accorder.

— Quoi que vous en disiez, messire, je partage l'avis de lady Blanche, rétorqua-t-elle. L'odeur pestilentielle qui émane de votre grand-salle est à couper le souffle. Quant à la brutalité que vous évoquez, elle n'a pas non plus mon estime. Pour moi, un homme se montre plus valeureux en se retenant de porter un coup qu'en l'assénant.

Le visage de Raymond s'assombrit dangereusement. Trop tard, Ceridwen regretta sa virulence. Son père l'avait prévenue : un jour ou l'autre, sa langue la perdrait. Elle commençait à reculer sous l'expression menaçante du jeune seigneur, quand il ordonna d'un ton qui n'admettait pas de réplique, sans la quitter des yeux :

— Giles, emmenez Shona. Wace, reconduisez lady Blanche chez elle — et faites sortir Sauveur. Ce qui va suivre blesserait ses oreilles.

Leurs quatre compagnons obéirent, Blanche et Wace évitant de regarder Ceridwen, Giles lui jetant un coup d'œil apitoyé. La lourde porte se referma derrière eux avec un claquement fatal.

Elle était seule face à Raymond de Beauchamp. Ses jambes tremblaient, elle souhaitait ne jamais avoir quitté le château de son père. Fermant les yeux, elle se prépara au pire. Mais que serait le pire, au juste ? Etre chassée par cet homme, ou possédée par lui ?

Il était debout devant elle, à présent. Elle percevait la chaleur intense qui se dégageait de son corps, sentait l'odeur de fumée qui imprégnait ses habits.

Sa voix sourde résonna dans la pièce.

— Qui croyez-vous être, pour juger de la valeur d'un homme à sa retenue ou à sa violence ? Me prenez-vous pour un autre Alonso, un monstre bestial incapable de contrôler ses instincts ?

Ulcérée par son mépris, Ceridwen rouvrit les paupières.

— Vous êtes un Beauchamp, lâcha-t-elle d'un ton cinglant. Ce nom est synonyme d'excès dans tous les domaines qui caractérisent votre lignée : la brutalité, la cruauté, la cupidité ou la luxure.

Poussée par le désir de le blesser, elle était allée trop loin, elle le savait. Ses paroles avaient dépassé ses pensées. Quels que fussent les défauts de Raymond de Beauchamp, il n'était pas taillé comme son frère aîné dans un bloc de noirceur et de perversité, elle avait eu maintes occasions de s'en apercevoir.

Et il était trop près. Ses prunelles frangées de cils noirs la transperçaient. Jamais elle n'avait vu un bleu pareil, aussi tranchant que de la glace, et pourtant cet éclat incisif éveillait en elle de lointains échos. Il lui rappelait la froideur d'un lac de montagne ou celle d'un ciel d'hiver, juste avant la nuit. Mais aussi, comme un moment auparavant, d'autres impressions plus diffuses, empreintes de violence, de fracas et de mort. Il mêlait beauté et terreur, fascination et danger.

Elle l'observa, sur ses gardes. Son souffle était calme et régulier, son sang battait à la base de son cou, à quelques pouces d'elle. Sa chevelure d'or sombre était à portée de ses doigts, maintenant, mais sa bouche arrogante, à la dureté inflexible, la paralysait. Elle brûlait de lui tourner le dos, de lui dérober son visage, et ne pouvait s'y résoudre. Il la tenait clouée sous son regard.

Soudain, il lui montra ses mains longues et fermes, aux paumes rugueuses.

— Vous voyez : malgré vos insultes, je ne vous touche point, ma douce. Vous parliez de retenue. Cette preuve pourrait vous satisfaire. Pourtant, elle ne démontre nullement la force de ma volonté — car rien ne dit que je *désire* poser les mains sur vous. Dans un dessein ou dans un autre. De fait, je n'exercerais les qualités dont vous faites si grand cas que si je brûlais de vous rudoyer... ou de vous caresser, et si je m'imposais de dominer cette envie.

Une pointe de regret passa dans sa voix. Il plissa les paupières, les traits crispés par l'amertume.

— Dans l'ignorance de ce qui m'anime, vous ne pouvez tirer nulle conclusion valable sur ma force d'âme — ni sur cette brutalité que vous me reprochez d'exercer sans relâche. Savez-vous seulement ce qu'il m'en coûte ? Le plus grand courage n'est peut-être point où vous le placez, ma dame.

Ceridwen frémit, humiliée par le dédain qu'il lui témoignait, indignée par la supériorité qu'il s'arrogeait sur elle — et plus ébranlée qu'elle ne l'aurait voulu par la vérité qu'elle sentait poindre dans cet exposé.

Elle se refusa à y accorder foi. Ses convictions devenaient par trop chancelantes à son gré, alors que son désir de *le* toucher, de l'embrasser, de se fondre dans sa chaleur et d'oublier tout le reste croissait de seconde en seconde.

Cet Anglais n'avait rien d'un ange de douceur, se rappela-t-elle avec fermeté. Son insistance à se défendre et à lui prouver ses torts était insupportable.

— Je vous crois assez roué pour donner le change, et contenir vos outrances afin de mieux me blesser par votre feinte froideur, rétorqua-t-elle sèchement.

Sans doute y prenez-vous autant de plaisir. Quels que soient vos sentiments, je ne vois nul mérite à ce genre de réserve, en effet. Ce n'est là qu'un autre visage de votre cruauté. Vous êtes aussi haïssable qu'un chat jouant avec une souris avant de la tuer.

Un instant, l'expression de Raymond changea, comme si ces paroles l'avaient atteint en plein cœur. Mais il eut tôt fait de se ressaisir.

— Il me plaît de vous voir sincère, ma dame. Je préfère votre fiel à une bouchée de miel empoisonné. Et maintenant, voyons si votre volonté est aussi ferme que la mienne : désirez-vous réellement que je vous rende à votre père ? Dois-je ordonner à Giles de vous ramener à lui ?

Il s'était penché vers elle, son souffle chaud caressait sa joue. Un tumulte d'émotions contraires agitait le cœur de Ceridwen. Elle était incapable de raisonner, lorsqu'il était si proche. De quel droit la plaçait-il dans une position pareille ? La mettant au défi de lui prouver son hostilité, alors qu'elle était seule avec lui dans sa chambre ?

On n'infligeait pas un tel supplice à une jeune fille de bonne naissance, en proie à des désirs qu'elle ne savait dominer, se dit-elle avec rancœur. Pourtant, malgré la duplicité de cette manœuvre, elle ne pouvait se résigner à quitter l'homme qui la torturait de la sorte. Il lui semblait qu'elle en mourrait. Où était son salut, grands dieux ? Avec lui, ou sans lui ?

— Je ne souhaite point m'en aller sur-le-champ, s'entendit-elle répondre d'une voix à peine audible.

Par tous les saints du ciel, quel sortilège s'était emparé de sa langue ? se demanda-t-elle, horrifiée. Quelques heures plus tôt, elle ne rêvait que du contraire ! La versatilité du sire de Rookhaven semblait bel et bien avoir déteint sur elle.

Il la dévisagea avec un mélange d'irritation, de remords et de frustration. Puis il s'écarta, laissant entre eux un intervalle qui s'emplit aussitôt d'air froid.

— Percy et vous êtes de même nature, déclara-t-il. De complets innocents. Vous formerez une paire parfaite.

A ces mots, la colère et le dépit embrasèrent Ceridwen. Etait-ce pour en arriver là, qu'il l'avait aguichée de manière aussi éhontée ?

— Vous avez perdu une autre partie, messire, rétorqua-t-elle vertement. Contre moi, cette fois, et par abandon. Vous avez reculé le premier.

Il réprima un rire sans joie.

— De fait, Ceridwen, je devrais apprendre à reculer plus souvent, répondit-il, redevenu étrangement humain. Mon tempérament fougueux me pousse à désirer sans cesse ce que je n'ai pas. Mais je ne suis jamais satisfait, alors je détruis ce que j'ai souhaité posséder le plus ardemment. Et quand je trouve enfin ce qui est à même de combler tous mes désirs, mon trophée, aussitôt, se change en poussière entre mes mains. C'est le triste sort qui est le mien.

Il détourna les yeux.

— Partez, maintenant, avant que je ne vous submerge davantage de ma mélancolie.

Le cœur de la jeune fille, déjà étreint par cette confession inattendue, se contracta plus encore.

— Rejoindre mon père ?

— Non. Attendre Percy. Bientôt, il sera redevenu assez fort pour vous épouser. Allez. Il est tard.

Il la saisit par le bras, ouvrit la porte et la poussa rudement vers son écuyer qui avait repris son poste.

— Conduisez-la jusqu'à son lit, Wace, et faites en sorte qu'elle y reste.

Le jeune homme s'empourpra violemment. Ceridwen se tourna vers Raymond, prête à lui décocher une remarque cinglante, mais son expression crispée et douloureuse la retint. Il n'avait pas songé à mal. Le temps qu'elle se ressaisisse, il avait recouvré sa dureté habituelle et lui claqua la porte au nez.

Elle adressa une grimace de dépit à l'écuyer, qui haussa les épaules avec résignation.

— Navrée d'avoir troublé votre repos, Wace, dit-elle. Et ne vous dérangez point. Je suis capable de trouver seule mon chemin.

— Non, ma dame. Je dois suivre les ordres de mon seigneur. Croyez-m'en, ce ne sera nullement une corvée pour moi.

Il gratifia la jeune fille d'un sourire cordial, qu'elle lui rendit volontiers. A ses yeux, le jouvenceau était plus un allié qu'un geôlier ; inutile de lui compliquer la tâche, se dit-elle. D'autres occasions de rébellion se présenteraient tôt ou tard.

A califourchon sur une grosse branche dont elle enserrait l'écorce rugueuse entre ses cuisses, Ceridwen balançait ses pieds nus dans le vide. Depuis quelques jours, elle jouissait d'une liberté qui l'enivrait aussi puissamment qu'un bon vin : Raymond soignait son genou et elle n'avait aucun mal à échapper à la surveillance de Wace, qui ne pouvait être partout à la fois.

Le seigneur, alité, n'avait plus mentionné l'entretien prévu avec Parsifal. A ce qu'elle savait par Alys, le malheureux croisé était lent à recouvrer ses esprits, mais il progressait de jour en jour. La jeune fille songea à son père, qui attendait toujours au-delà de la chênaie la réponse de Beauchamp et ses propositions. Le temps devait sembler long au bouillant Morgan. Elle trouverait un moyen de le rejoindre sous peu, se dit-elle, et il la ramènerait chez eux — loin de cet endroit peuplé de lunatiques.

De nouveau, le balancier de ses tergiversations l'avait ramenée à cette décision. Elle avait beau tout essayer pour se former une idée à peu près objective de Raymond, elle n'y parvenait pas. Elle oscillait de l'exaspération à l'indulgence, du courroux à la rancœur, s'efforçait de le haïr et de le mépriser, revenait malgré elle à l'attirance qu'il lui inspirait — et ne savait toujours pas que penser de lui. Il ne cessait de la déconcerter.

Quelle sorte d'homme pouvait, un jour, décider de détruire son frère et vouloir le lendemain se remettre entre ses griffes, sachant que celui-ci n'hésiterait point à le tuer sur un caprice ? Quelle sorte d'homme s'amusait à séduire une femme et à se l'attacher, soufflant alternativement le chaud et le froid, pour la donner ensuite à un autre ? Quelle sorte d'homme, enfin, était capable de réunir en lui autant de gentillesse que de brutalité, de générosité que de cruauté ? Une seule chose ne changeait jamais : sa mine austère et renfrognée, qu'il n'abandonnait que pour caresser son chien.

Raymond de Beauchamp ne se divertissait guère, hormis ses parties d'échecs, ses échanges bourrus avec son lieutenant et le temps qu'il passait avec Sauveur, ses faucons ou ses chevaux. Pourtant, aux dires d'Alys, il avait été jadis un jouvenceau espiègle et plein d'entrain, un garçon « au cœur d'or ». Chose difficile à imaginer aujourd'hui…

Des voix mâles s'élevèrent soudain à proximité du grand chêne sur lequel Ceridwen était perchée. Elle s'empressa de reculer. Adossée au tronc, elle ramena ses genoux contre elle et couvrit ses jambes de son bliaud, de façon à se cacher le plus possible.

Les arrivants étaient Raymond et Giles. Ils se promenaient avec lenteur, ce qui n'était point dans leurs habitudes. Ceridwen se souvint alors qu'Alys avait houspillé Raymond pour qu'il prenne de l'exercice, afin de dérouiller sa jambe. « Si vous ne la remuez pas un peu, elle va se ratatiner et se raidir ! » l'avait-elle menacé à son vif déplaisir. Apparemment, les criailleries de la vieille femme avaient porté leurs fruits. Le jeune seigneur marchait, bien qu'il boitât encore un peu.

Les deux compagnons approchaient, engagés dans une conversation animée. Ils étaient fort différents l'un de l'autre : le Normand, un colosse enjoué et bien en chair, brun et hâlé, toujours prêt à sourire ; son seigneur, plus svelte et plus nerveux, le visage pâle et tendu sous ses cheveux blonds.

Lorsqu'il passa les doigts dans ses mèches mordorées, en un geste qui lui était familier, Ceridwen se remémora derechef la douceur de cette toison fauve et drue, lustrée comme une peau de loutre. Un frisson de désir la parcourut, qu'elle réprima aussitôt en se mordant la lèvre. Devait-elle signaler sa présence ? se demanda-t-elle.

Giles s'arrêta au pied de l'arbre, et le sujet qu'il aborda la contraignit à se taire.

— Votre projet de retourner dans les geôles d'Alonso est une hérésie, messire. Je me dois de vous le dire, bien que vous suiviez rarement mes conseils.

— Dans ce cas, épargnez-vous la peine de me les prodiguer, répondit Raymond d'un ton détaché. Je sais que vous songez à préserver ma vie, mais ce n'est pas ma priorité.

Il s'assit contre le tronc, massa son genou et contempla le vaste paysage qui s'offrait à ses yeux.

— Ce chêne est l'un de mes favoris. J'aime la façon

dont il se dresse sur la colline, dominateur et protecteur à la fois.

« Comme vous », pensa Ceridwen.

Giles s'installa face à lui, les jambes croisées.

— Vous n'êtes pas seul en cause. Faut-il que je vous fasse enchaîner dans votre salle, sous bonne garde, pour vous ramener à la raison ?

Le jeune homme lui lança un gland.

— Craignez-vous tant de perdre votre partenaire aux échecs ? plaisanta-t-il.

Son lieutenant prit un air courroucé.

— Vous me mettez hors de moi, Beauchamp ! Sans vous, je ne serais qu'une charogne livrée aux corbeaux sur le sol de France. Vous ne m'empêcherez point de vous rendre la pareille, que vous le vouliez ou non ! Si vous m'y obligez…

Il fut interrompu par les cris d'un écureuil que ce tintamarre dérangeait. Levant les yeux vers les branches à moitié dénudées, il s'exclama d'un ton stupéfait :

— Le ciel me bénisse ! Votre chêne porte de bien jolis glands, Raymond.

De honte, Ceridwen faillit rabattre ses jupes sur sa tête. Elle y renonça de justesse, songeant au spectacle peu chaste qu'elle offrirait aux deux hommes.

Le jeune seigneur la considéra avec dureté, les sourcils noués.

— Une corneille galloise ! gronda-t-il. Il ne me manquait plus que cela. Faites-la descendre de ce perchoir, Giles. C'est elle, que vous devriez enchaîner !

— Ne comptez pas sur moi pour poser la main sur une aussi charmante personne, messire.

— Depuis quand vous montrez-vous si délicat avec les femmes ? Votre main aurait tôt fait de s'égarer en des endroits interdits, j'en suis sûr.

— Précisément. La tentation serait trop forte, riposta le chevalier.

Il décocha un clin d'œil malicieux à Ceridwen, qui se sentait cramoisie.

— Pardonnez-moi, mes seigneurs, bredouilla-t-elle d'une voix mal assurée. Je prenais l'air.

— Il vous faut donc grimper dans un arbre, pour ce faire ? A votre place, j'en aurais choisi un autre, ma dame. Ce chêne servait aux pendaisons, avant que je fasse édifier un gibet.

Epouvantée, la jeune fille dégringola en toute hâte de sa branche. Elle fut reçue par Giles, qui lui enlaça la taille d'un bras sous le regard réprobateur de son seigneur. Puis ce dernier se leva, pendant que Ceridwen s'empressait de défriper son bliaud et de lisser ses cheveux en bataille.

— Voilà pourquoi il vous plaît tant, marmonna-t-elle. J'aurais dû m'en douter.

Raymond se planta devant elle, les bras croisés, la tête inclinée sur le côté.

— Nos goûts sont similaires, à ce qu'il semble, puisque vous l'avez choisi aussi.

— Je ne l'ai pas choisi. Il m'a… appelée.

— Oh ! Quelle marque de distinction ! Vous m'évoquez une chanson.

A la vive surprise de la jeune fille, il entonna à mi-voix une ballade nostalgique qui parlait d'un amour perdu :

— *Elle a été élue par l'arbre aux pendus, le grand chêne près duquel, autrefois, l'amour de ma vie chantait si doucement pour moi…*

Ceridwen l'écouta en retenant son souffle, captivée comme la première fois par la justesse et la chaleur de son timbre. Tous les Gallois chantaient, du premier jusqu'au dernier, mais seuls les bardes parvenaient à une telle perfection. Les chants les plus nobles et les plus beaux venaient du cœur, et celui-là était de leur nombre.

Quand il se tut, elle chercha son regard et y distingua une lueur fugitive, pareille à la flamme d'une intense émotion.

— Votre voix est magnifique, murmura-t-elle. Vous devriez chanter plus souvent.

— Les moments où j'en ai envie sont rares, ma dame. Il faut que quelque chose m'y porte, le plaisir ou la tristesse. Et la plupart du temps, ainsi que vous le savez, je ne ressens rien.

Raymond la dévisagea un instant en silence, puis il tourna les talons et partit rejoindre Giles, qui s'était éloigné. Ceridwen le rattrapa.

— Votre chagrin était grand, n'est-ce pas, quand vous avez chanté pour Percy dans les geôles d'Alonso ?

Raymond ne répondit pas. Il continua à avancer sans la regarder.

— Pourquoi refusez-vous de me parler ? insista-t-elle. Pourquoi gardez-vous dans le cœur toutes ces choses qui vous étouffent et vous font souffrir ?

— Elles sont mieux là où elles sont, rétorqua-t-il d'un ton dur.

— Qu'en savez-vous ?

Le jeune seigneur s'arrêta brusquement et lui fit face, les traits contractés.

— Qu'espérez-vous entendre, ma dame ? Je suis le Dragon Noir, celui qui ne vit que dans le tumulte et le sang, les cris terrifiés des femmes et des enfants, les râles des guerriers mourants que je force à combattre pour de mauvais motifs ! Je brûle des récoltes, j'incendie des villages et des églises, j'abats des troupeaux entiers pour le seul plaisir de montrer ma puissance, et d'effrayer les indociles !

— Cela est faux.

— C'est ce que tout le monde croit.

— Non ! protesta Ceridwen, les poings serrés. Je l'ai cru aussi, avant de vous connaître. Mais j'ai appris à vous voir autrement, et je suis loin d'être la seule. Vos hommes et vos sujets vous aiment et vous respectent, cela se lit sur leur visage quand ils vous regardent. Ils savent que vous luttez pour eux.

— Vous n'êtes qu'une enfant, je vous l'ai déjà dit. Vous croyez encore aux contes de fées.

La jeune fille secoua la tête, les lèvres pincées. Ce

diable d'homme se plaisait à se noircir ! fulmina-t-elle en rivant sur lui des yeux furibonds. Pourquoi s'acharnait-il à retourner contre lui la cruauté et la perversité qu'Alonso réservait si aisément à d'autres ? Etait-ce le seul moyen qu'il avait trouvé d'épargner son prochain ? Piètre réussite !

— Ne me considérez pas de cette façon, ma mie, ordonna durement Raymond.

— De quelle façon ?

— Comme si vous veniez d'avaler une gorgée de vinaigre.

Ceridwen baissa la tête, honteuse.

— Pardonnez-moi. Je me suis encore mêlée de ce qui ne me regardait pas.

— N'implorez pas mon pardon si vous n'êtes point sincère.

Elle releva les yeux, piquée au vif.

— Je suis toujours sincère, messire ! Je ne dis jamais un mot que je ne pense pas — et j'aimerais que vous fissiez de même.

Il se rapprocha d'elle, les paupières plissées. Inquiète, elle voulut reculer mais trébucha sur l'ourlet de sa cotte. Raymond la retint en l'attrapant par la main, puis il passa un bras autour de sa taille et l'attira à lui. Il garda ses doigts emprisonnés dans les siens, leurs mains coincées entre eux.

Immobiles, ils se dévisagèrent. Ceridwen oublia aussitôt leur querelle pour s'émerveiller de sa beauté. Elle ne se lassait pas d'admirer ses sourcils sombres qui tranchaient sur la blondeur de ses cheveux, ses yeux uniques, ses pommettes hautes et fières, la fermeté de sa mâchoire, le dessin parfait de ses lèvres. Puis elle balaya du regard l'étoffe de son surcot élimé, qui gardait des traces de sang et de boue mal lavées.

— Vous avez besoin d'une femme, murmura-t-elle en caressant de sa main libre le drap usé.

— Croyez-vous que je l'ignore ?

Les prunelles de Raymond s'obscurcirent. Il la pressa contre lui, les doigts plaqués au creux de ses reins.

— Ce n'était point ce que je voulais dire, protesta Ceridwen, le souffle coupé.

— Ne vous vantiez-vous pas, à l'instant, de ne dire que ce que vous pensez ?

Lâchant sa main, il prit son menton entre ses doigts. Du pouce, il caressa sa lèvre inférieure. Elle détourna la tête.

— Certes, mais je songeais seulement…

Elle s'interrompit, gênée.

— De fait, messire, j'éprouve grand embarras à me trouver ainsi avec vous en plein jour, à la vue de tous.

Le terme était faible : ses jambes tremblaient, un vertige s'emparait d'elle, elle mourait d'envie de l'embrasser.

— Qui s'en soucie ? rétorqua le jeune seigneur. Et si quelqu'un, d'aventure, y trouvait à redire, il aurait affaire à moi. Mais vous rougissez, ma parole ! ajouta-t-il en l'obligeant à lui refaire face.

Là encore, c'était peu dire : Ceridwen se sentait embrasée de la tête aux pieds.

— Mille pardons, messire.

La voix de Giles retentit derrière eux.

— Une affaire pressante me contraint à vous déranger.

— Celle dont je m'occupe présentement l'est tout autant, répondit son maître.

— Un émissaire de l'archevêché vient d'arriver.

— Oh, et que me veut l'Eglise ?

Lentement, Raymond détacha les yeux de la bouche qui le captivait.

— Vous excommunier.

— Dieu tout-puissant !

— Je ne vous le fais pas dire.

Le jeune seigneur libéra Ceridwen.

— Vous me voyez marri d'avoir pris de telles privautés sur votre personne, *damoiselle*. Je me suis laissé emporter.

Il s'éloigna en boitant.

— Vu votre état, vous feriez mieux de vous laisser porter ! lança la jeune fille, que le dépit rendait mordante.

Sans se retourner, Raymond la désigna du pouce.

— Giles, veuillez trouver à cette créature quelque occupation qui tiendra ses mains occupées et sa bouche fermée.

— Ce ne sont pas les idées qui me manquent,

répondit le lieutenant en jetant une œillade malicieuse à l'intéressée.

Elle pivota vers un arbre, furieuse. Puis, quand les deux hommes se furent éloignés, elle les rejoignit sans bruit et marcha derrière eux, tout ouïe.

— Etes-vous certain que je suis la cible de ces foudres, et non vous ? ironisa Raymond en se penchant pour ajuster sa botte.

La façon dont les muscles de son dos jouèrent sous sa tunique émut fortement Ceridwen. Elle se mordit la lèvre.

— Votre vie est plus dissolue que la mienne, que je sache.

— Il n'y a pas matière à plaisanter, Raymond, répliqua sévèrement le chevalier. Mesurez-vous la gravité de la chose ? Si vous êtes excommunié, tous vos vassaux le seront aussi. Ils n'auront plus accès aux sacrements. Baptême, mariage, confession, extrême-onction et funérailles chrétiennes leur seront interdits. Le pire châtiment, pour des croyants. En échange de ce bannissement, les autorités ecclésiastiques exigeront que vous vous amendiez... ou que vous leur versiez une caution.

— Peuh ! Nul doute que ces canailles désirent emplir leurs coffres, à leur habitude. Quelques pièces d'or les contenteront.

— Pas cette fois. C'est votre frère en personne, le prieur Everard de Beauchamp, qui se présentera bientôt avec les doléances de la famille de lady Meribel, ainsi qu'une liste d'autres charges.

A ces mots, Raymond redressa l'échine et se raidit.

— Ils se décident enfin ! lâcha-t-il d'un ton sarcastique. Ils l'ont jetée au dragon pour satisfaire leurs intérêts, et maintenant ils réclament le prix du sang.

— C'est ce qu'il semble.

Raymond se frotta le menton.

— Je ne les recevrai pas.

— Quoi ? s'exclama Giles. Ne soyez pas stupide !

Fascinée et terrifiée à la fois, Ceridwen vit le jeune seigneur grandir de plusieurs pouces et toiser son lieutenant avec fureur. Giles, prudent, avait déjà reculé d'un pas.

— Ne vous avisez pas de m'appliquer ce terme une nouvelle fois, mon bon ami, déclara-t-il d'une voix crispée. Sans quoi, le luth du prochain ménestrel à passer par ici se verra loti de cordes neuves, faites de vos propres boyaux ! Et maintenant, décampez ! Par tous les diables, ordonnez à cet émissaire de ramasser ses robes et de disparaître de ma vue !

Ceridwen éprouva un choc, quand elle vit l'imposant chevalier détaler sans demander son reste. De toute évidence, se dit-elle, elle ferait mieux de l'imiter.

Elle s'éloignait prestement, quand la voix de Raymond claqua dans son dos tel un coup de fouet.

— Où allez-vous ? tonna-t-il.

Elle se retourna vers lui.

— Nulle part, messire. Je cherche juste à vous éviter.

Les pupilles du jeune homme étaient contractées. Son visage dénué de toute expression, comme si son âme s'en était retirée. Ceridwen fut saisie par le vide mortel qui semblait l'habiter. Un homme d'Eglise avait-il suffi à le plonger dans cet état ? se demanda-t-elle. Non. Il s'agissait plutôt de sa défunte épouse, dont Giles avait cité le nom. Lady Meribel, apparemment, avait gardé sur lui un funèbre pouvoir.

Il interrompit ses réflexions.

— Faites-moi une faveur, ma dame, déclara-t-il d'une voix blanche. Rendez-vous auprès de Percy et procurez-lui quelques joies. Alys a fini de soigner ses blessures, elle devrait lui accorder un peu de répit, maintenant. Il se trouve dans la tour sud. Vous savez où elle est.

Là-dessus, il tourna les talons, abandonnant Ceridwen au milieu du sentier.

— Je vais aller lui faire mes adieux, annonça-t-elle.

Raymond fit volte-face.

— Vous allez *quoi ?*

La jeune fille s'efforça de lui rendre la férocité de son regard, mais elle y échoua et se contracta sous son courroux. Il maniait mieux qu'elle l'intimidation.

— Si vous ne voulez pas de moi, je vais regagner ma demeure et reprendre une existence paisible auprès des miens, messire. Je suis… lasse de cette situation.

— Lasse ou pas, vous avez des devoirs envers mon frère. Je ne cesse de l'oublier, mais vous devriez vous en souvenir, vous.

— Mon père m'attend !

— Quand cela me conviendra, je vous retournerai à lui avec votre promis. D'ici là, restez à l'intérieur de cette forteresse, tenez-vous loin de mes arbres et ne vagabondez plus par monts et par vaux. Trop de mercenaires errent alentour pour votre sécurité.

Ceridwen scruta les yeux bleu vif du seigneur de Rookhaven. Il n'avait pas le droit de lui donner des ordres, pas le droit de la retenir de force. Il lui troublait l'esprit, lui faisait perdre de vue le but qu'elle poursuivait et sa quête de justice. Depuis trois jours au moins, elle n'avait plus songé à Owain. Elle n'avait pu penser qu'à Raymond de Beauchamp, à la brûlure de ses baisers, à la chaleur de sa peau contre la sienne, dans le noir…

Cette folie devait cesser.

Elle ne pouvait plus croire, à présent, qu'une union avec lui assouplirait son caractère irascible ou le rendrait plus malléable aux desseins de son père. Quoi qu'il ait en tête, elle préférerait encore finir ses jours dans un couvent plutôt que de l'épouser ou que d'épouser Percy — le gentil Percy malmené par le sort, qui ne pourrait jamais remplacer son frère.

Puis elle hésita. Le préférerait-elle vraiment ? se demanda-t-elle. Son cœur se rebellait contre ses efforts pour étouffer la flamme qui le consumait, cette faim honteuse qu'elle avait du redoutable et cynique *Carrog Dhu*. En cet instant, une chance lui était offerte d'échapper aux frères Beauchamp. D'échapper à cette passion maudite qu'elle se refusait à regarder en face. Il lui suffisait de partir en courant.

Saisissant son bliaud à deux mains, elle s'élança dans la direction opposée au château. Raymond ne pourrait jamais la rattraper, dans son état. Filant à toutes jambes, elle descendit de l'autre côté de la butte, croisa un pâtre ahuri, se faufila entre ses moutons, continua vers la chênaie qui lui cachait son père et ses hommes.

Lorsqu'elle s'arrêta enfin pour reprendre son souffle, hors d'haleine, elle se risqua à jeter un coup d'œil pardessus son épaule. Ce qu'elle vit la glaça : Raymond émergeait au sommet de la colline, lentement, péniblement, ses larges épaules nouées par l'effort. Même à cette distance, elle percevait sa souffrance et son obstination. Il ne voulait pas la laisser partir.

Sa gorge se noua. Un élan de tendresse lui gonfla le cœur. En le voyant ainsi, elle imaginait sans peine le petit garçon affaibli et terrifié qui était sorti de la forêt, autrefois, flanqué du grand chien à demi sauvage qui lui avait sauvé la vie. Déterminé à rentrer chez lui malgré la peur qui lui nouait le ventre, malgré ce qu'il avait à redouter de sa propre famille.

Cette vision s'effaça peu à peu, mais l'idée de la peur demeura. Pourquoi cet homme magnifique la repoussait-il avec une telle ardeur, se demanda-t-elle, alors qu'il la désirait si clairement ? Que signifiait ce mélange d'attirance et de répulsion dont il semblait ne savoir se défaire ? Percy n'en était pas la seule raison, elle l'aurait gagé. Son frère lui avait plutôt fourni le prétexte qu'il espérait pour se débarrasser d'elle. Quelles craintes faisait-elle naître en lui ?

A plusieurs reprises, se souvint-elle, elle l'avait surpris à l'observer avec défiance, comme si elle lui rappelait quelqu'un. De qui s'agissait-il ? Lorsqu'ils étaient ensemble, prêts à céder à leur fièvre, un rideau invisible finissait toujours par tomber entre eux à un moment ou à un autre. Elle avait fini par s'y accoutumer… et même par s'en trouver rassurée, certaine que Raymond la sauverait à temps d'elle-même et de ces sentiments complexes qu'elle ne savait démêler. Mais elle eût donné cher pour que ce rideau, un jour, s'écarte enfin et lui révèle le mystère caché derrière.

Pendant qu'elle réfléchissait ainsi, le jeune seigneur l'avait presque rejointe. Il s'approcha encore et s'arrêta devant elle, muet, les mains sur les hanches.

Ceridwen sentait la bataille qui se déroulait en lui : détachement contre courroux, fureur contre désir. Il ne savait s'il devait la retenir ou la chasser, la punir ou la serrer contre lui. Il laissa retomber ses bras, détourna son regard et s'apprêta à faire demi-tour. Acceptant sa défaite.

Le cœur de Ceridwen s'emballa, battant si fort qu'il menaçait de se rompre. Elle ne pouvait le laisser partir ainsi.

Elle s'avança vers lui, ses pieds nus foulant la terre meuble. C'était plus fort qu'elle. Il l'attirait aussi puissamment que le mystérieux cerf blanc l'attirait, lui. Elle en ignorait la raison, ne savait pas si elle devait agir de la sorte. La seule chose dont elle était sûre, c'était qu'elle était incapable de le quitter.

Ils ne prononcèrent pas un mot. Raymond l'enveloppa de son regard bleu, qui avait perdu sa froideur. Lentement, avec précaution, il unit son petit doigt au sien, comme cela était de mise entre les amoureux.

Comme si ce geste était la chose la plus naturelle au monde.

Puis, côte à côte et en silence, ils rentrèrent au château.

13

— Bonjour, messire.

Raymond, assis près du feu qui brûlait au centre de sa grand-salle, leva les yeux et se figea, stupéfait. Ceridwen approchait, vêtue du surcot vert usé et rapiécé qu'il avait fendu de son glaive... et déchiré de ses mains, le jour de leur rencontre. Un voile couvrait ses cheveux sagement noués sur sa nuque et retombait sur ses épaules.

Il la considéra fixement. Que signifiait cette tenue ? Elle se montrait si prude, tout à coup ! La réserve et la modestie de sa mise lui donnèrent envie de lui arracher sur-le-champ les étoffes dont elle s'enveloppait, histoire de réveiller le cœur plein de passion qu'elle cachait dessous. Mais il se contenta de quitter son siège et de la toiser d'un air détaché, les mains dans le dos.

— Avez-vous rendu visite à Parsifal, ce matin ?

Elle soutint son regard.

— Non. Il n'a point besoin de moi.

Lentement, il avança vers elle.

— Vous avez tort de le refuser. De nous tous, il est le moins susceptible de vous faire du mal.

— Cela se peut. Toutefois, si quelque bien peut être espéré d'un Beauchamp, j'aimerais qu'il me vienne de vous, répondit doucement la jeune fille.

Raymond contempla ses lèvres, d'un rose aussi tendre que les feux de l'aurore. Il écarta le voile qui lui dissimulait un pan de son visage. Quand il la vit frémir, il dut se retenir pour ne pas caresser la ligne pure de sa joue.

— Vos espoirs sont mal placés, ma dame. Le seul bien que je pourrais peut-être vous faire, si nous avions le loisir de passer une nuit ensemble, vous coûterait de cuisants regrets.

— Oh, messire…

Le regard troublé de Ceridwen, sa bouche entrouverte malmenèrent rudement le cœur du jeune seigneur. Il était à deux doigts de la soulever dans ses bras et de l'emporter dans sa chambre, jetant devoirs et fiançailles par-delà les moulins. A regret, il s'écarta d'elle.

— Allons voir Percy et réglons cette affaire sans plus attendre, déclara-t-il.

Il prit les devants, s'assurant qu'elle le suivait.

Dans la tour où il se rétablissait lentement, son frère jouait aux dames avec la vieille Alys. Il leur jeta un bref coup d'œil, les salua d'un sourire distrait et ramena son attention sur le damier.

— Je suis en train de gagner ! annonça-t-il.

— Laisse ce jeu, Parsifal. Je veux t'entretenir d'un sujet important, répliqua Raymond.

Il enlaça la taille fine de Ceridwen et la maintint fermement contre lui.

— Tu sais que cette jouvencelle t'est promise en mariage, Percy. Il est grand temps pour toi d'admettre que tu as regagné le monde des vivants et de redevenir un homme. M'entends-tu ?

Ces paroles s'appliquaient tout autant à lui-même, il le savait. Il était temps qu'il s'arrache au royaume des morts et se remette à vivre. Mais comment le pourrait-il, sans Ceridwen ? se demanda-t-il amèrement. Et même si elle pouvait être à lui, y parviendrait-il ?

D'un geste triomphant, le croisé souffla trois pions d'un coup à la gouvernante. Puis, sa victoire acquise, il quitta son tabouret et vint se placer face aux jeunes gens, le regard clair.

— Je sais tout ce que je dois, Raymie. Je te sais gré de ta protection et des soins dont tu m'entoures. Quant à vous, ma dame…

Il prit la main de Ceridwen et baisa respectueusement le bout de ses doigts.

— Si je devais me marier un jour, c'est vous que je choisirais entre toutes les femmes, soyez-en assurée. Seulement… j'ai décidé de prononcer mes vœux et d'entrer chez les Cisterciens.

Raymond le dévisagea d'un air ahuri, avant de tourner son regard furieux vers leur nourrice.

— Que lui avez-vous fait ? tonna-t-il. Quelles sottises lui avez-vous mises dans la tête ?

— Aucune, messire, répondit la vieille Alys avec

calme. Tout petit déjà, notre Percy désirait entrer dans les ordres. Mais votre père et vous autres, ses frères, l'avez tant raillé de ce souhait et avez tant fait pour l'étouffer qu'il a fini par le remiser aux oubliettes. Sa vocation ne lui est revenue que dernièrement.

Parsifal, qui avait gardé la main de Ceridwen dans la sienne, la plaça dans celle de son frère.

— C'est à toi, Raymond de Beauchamp, que je confie le soin d'aimer et de protéger à ma place la fille de Morgan ap Madog, déclara-t-il gravement. Epouse-la, veille sur elle avec loyauté et fidélité… et laisse-moi suivre les désirs de mon cœur sans avoir à me tourmenter de ne pouvoir accomplir honorablement mes devoirs envers elle.

Ces derniers mots, ainsi que le sourire ambigu du jeune homme, emplirent Raymond d'un étrange malaise. L'expression de Percy lui rappelait celle de Meribel — juste avant qu'elle ne décide de franchir l'ultime barrière.

— Mais…, commença-t-il.

— Non, l'interrompit la jeune fille en lui retirant ses doigts.

Il la dévisagea, interdit, et lut dans ses yeux un désarroi égal au sien. Pourquoi le refusait-elle, s'interrogea-t-il, alors qu'elle lui avait reproché maintes fois de ne point vouloir d'elle ? Mise au pied du mur, elle s'apercevait soudain qu'il la terrifiait, comme toutes les autres, conclut-il, acide. Néanmoins, s'il partageait amplement ses craintes, il ne souhaitait pas réduire à néant le fragile espoir de paix de son frère. Parsifal avait le droit de lui transmettre sa promise ; il ne le décevrait pas, décida-t-il.

Il déglutit, la gorge nouée.

— A ta guise, Percy, répondit-il. J'espérais te voir établi, mais si tes souhaits sont différents je ne t'empêcherai point de les réaliser. As-tu déjà fait les démarches nécessaires ?

— Il y a fort longtemps, l'abbé Torwald m'avait dit qu'il me suffirait de venir le trouver, le jour où je serais sûr de mon appel. Maintenant que mes forces reviennent, je me sens capable de supporter les rigueurs de son ordre, Raymie.

— Reste à savoir si je serai à même, moi, de supporter les rigueurs du mariage, grommela Raymond.

— N'ayez crainte, messire, nul ne vous les imposera, intervint froidement Ceridwen. Je vous délie de toute obligation à laquelle vous pourriez vous sentir contraint en lieu et place de votre frère. Il ne sera pas dit que vous m'accepterez de force. Je ne tiens nullement à passer derrière votre chien, votre faucon, vos chevaux ou Dieu sait quel autre animal.

Le chagrin et l'humiliation qui perçaient dans sa voix touchèrent Raymond, mais il s'endurcit le cœur. La défection de Percy l'obligeait par honneur à conclure ce mariage, qu'elle le veuille ou non.

— Vous êtes fort aimable de vouloir m'épargner, ma dame, mais je n'ai pas le choix, déclara-t-il. Soyez certaine, au demeurant, que je vous placerai avant n'importe quelle bête présente dans cette forteresse. Ce n'est pas vous, qui me rebutez ; c'est l'idée de me marier. Je redoute que les liens conjugaux — et la présence à mes côtés d'une femme aussi belle que vous l'êtes — ne consument par trop mon ardeur et mon attention, alors que je me dois de tenir éloignés les loups qui rôdent alentour.

Il plongea son regard dans les yeux verts de la jeune fille, et une flèche de désir le transperça. Il brûlait de la serrer nue contre lui au creux de la nuit, de se perdre dans l'exquise chaleur de son corps, de puiser dans son âme et dans son cœur le réconfort dont il avait tant besoin — et surtout de fuir en elle l'homme détestable qu'il était devenu.

De telles douceurs lui étaient interdites, se rappela-t-il. Puisqu'il était forcé de l'épouser, il profiterait des avantages de sa dot et accorderait son soutien à Morgan. Mais il s'en tiendrait là. Jamais plus il ne mettrait une femme en péril, et lui-même avec, en cédant aux leurres de l'amour.

Dans la soirée, Raymond se rendit seul à cheval au camp de Morgan. L'air sentait la fumée et l'herbe écrasée. Les feux des Gallois brillaient dans la pénombre du crépuscule, des relents de ragoût montaient des chaudrons accrochés à des trépieds.

Si Morgan et lui devaient s'allier, pensait le jeune seigneur, il voulait s'assurer par lui-même de la loyauté de cet homme. L'enlèvement de Sauveur l'inclinait à la méfiance. D'un autre côté, le contrôle de cette croisée lui était indispensable, s'il devait un jour fuir les foudres d'Alonso. Son peuple pourrait s'échapper par là et s'évanouir dans les montagnes, à la manière des Gallois. Un tel avantage n'était pas à négliger.

— Le *Carrog Dhu* approche, milord ! cria une sentinelle.

Raymond tressaillit en entendant son surnom. Mais pourquoi s'en plaindrait-il ? Il avait œuvré assez dur pour le mériter, après tout.

Morgan se leva et vint à sa rencontre, flanqué de deux hommes. L'un était son second, Dylan. L'autre, son fils aîné, ressemblait de manière frappante à Ceridwen. Brun et beau, les yeux verts étincelants, doté du même sourire diabolique que son père, songea Raymond. Ce sourire qui avait tant impressionné Aelfson, le charron.

— Soyez le bienvenu, messire, déclara le chef gallois d'un ton avenant. Nous serons ravis de partager notre repas avec vous.

Une telle réception surprit le jeune homme. Si sa propre fille était retenue captive, il ne saluerait pas son ravisseur avec pareille courtoisie, se dit-il. Peut-être s'agissait-il d'un piège. Il décida de se tenir sur ses gardes.

— Merci, milord, répondit-il en démontant et en confiant ses rênes à la sentinelle.

Un instant, son genou fléchit sous son poids. Il demeurait faible, en dépit des soins d'Alys.

— Alors, que pensez-vous de ma tendre enfant ? reprit Morgan avec malice. S'est-elle comportée convenablement avec vous ?

Il se rassit près du feu et Raymond l'imita.

— Oui, maugréa-t-il. Autant qu'elle en est capable, tout au moins.

— Parfait. Sans doute avez-vous une bonne influence sur elle.

— Je doute qu'elle se laisse influencer par quiconque, grommela le jeune seigneur. Néanmoins, après m'être entretenu avec mon frère, j'accepte de l'épouser. Assisterez-vous à nos noces ?

Il observa attentivement le père de Ceridwen. Ce diable de Gallois semblait capable de poignarder un ennemi sans se départir de son éternel sourire.

— Avez-vous renoncé à attaquer le baron Alonso ? répliqua Morgan.

Raymond se raidit.

— Ne désirez-vous point vous débarrasser de lui ?

— J'en rêverais, bien sûr, mais votre frère dispose de très hauts appuis à la cour d'Angleterre. A supposer qu'il meure, je ne tiens pas à me mettre à dos d'autres tyrans pires que lui. Mon marché tient toujours : ou vous soutenez la paix, ou je reprends ma fille.

— Qu'est-ce qui vous permet de penser que je suis prêt à vous la rendre ? riposta Raymond, piqué au vif.

Le sourire de son interlocuteur s'élargit.

— Encore faudrait-il que vous l'ayez toujours, messire. Ceri !

Une petite silhouette voilée, par trop familière, émergea de la tente voisine. Raymond bondit sur ses pieds — et regretta aussitôt son impulsivité.

— Comment êtes-vous revenue ici ? rugit-il.

— Sir Giles peut se montrer fort accommodant, messire, en échange d'un rendez-vous avec lady Blanche, répondit la jeune fille.

Son sourire, aussi rusé que celui de son père, exaspéra le jeune seigneur. Il l'empoigna par un bras et la tira rudement jusqu'au feu.

— Da ! protesta Ceridwen en se débattant. Voyez-vous comment il me traite ?

Raymond s'efforça de la contenir, tout en maudissant Giles de le soumettre à pareille épreuve. Son lieutenant lui paierait cher ce mauvais tour.

— Tenez-vous tranquille ! lui chuchota-t-il à l'oreille. Réservez ces contorsions indécentes à votre nuit de noces, ma dame.

— Oh !

Indignée, Ceridwen lui planta un talon dans le pied. La réaction du jeune seigneur fut immédiate : il enroula son autre pied autour de sa cheville, la déstabilisa et la souleva de terre pour la charger sur son épaule, le postérieur en l'air.

Morgan s'esclaffa.

— Je savais bien que vous seriez capable de la

manier, Beauchamp. Sans cela, je ne vous l'aurais point confiée.

Raymond lui jeta un regard noir.

— Je commence à penser que vous gagnez au change, milord.

Meribel s'était chargée de lui apprendre qu'une épouse n'avait rien d'une sinécure. S'il ne se défiait pas, celle-ci risquait fort de lui rendre la vie plus impossible encore. Il ne se laisserait pas mettre en pièces une seconde fois, se promit-il amèrement.

Il posa une main sur la cuisse de sa promise — et oublia en un instant les réticences qu'elle lui inspirait. Après tout, pensa-t-il, il avait vieilli. Et l'expérience lui avait endurci le cœur. Il prendrait ce qui lui conviendrait et laisserait le reste, sans s'abandonner à des sentiments déplacés. Il inspira profondément.

— Aussi longtemps que votre fille demeurera de son plein gré auprès de moi, milord, je renoncerai à attaquer Alonso le premier. Si cet engagement vous satisfait, je vais m'en aller, maintenant. Avant de changer d'avis.

Le genou de Ceridwen le frappa en plein estomac. Furieux, il se retint à grand-peine de lui administrer une fessée.

— Je ne vous promets point d'aimer cette jeune harpie, ni même d'être aimable avec elle, précisa-t-il, les mâchoires serrées. Néanmoins, je serai juste.

Réprimant un cri de douleur, il enserra d'un bras les jambes de la jeune fille et la remit par terre avec rudesse. Puis il se frotta l'épaule.

— Ne vous avisez plus jamais de me mordre ! gronda-t-il.

Rhys éclata d'un grand rire.

— Vous devriez la museler, messire !

Ceridwen rajusta ses habits et se tourna vers son frère, ulcérée.

— Je t'interdis de m'humilier ainsi devant cet Anglais, vaurien que tu es ! glapit-elle. Il n'aura déjà que trop tendance à me traiter moins bien que son chien !

Elle refit face à son promis.

— Et vous, Raymond de Beauchamp, sachez une chose : si j'accepte de vous épouser pour complaire à mon père, obéir à notre prince et protéger notre peuple, il est hors de question que votre affreux molosse partage notre couche, m'entendez-vous ? Il est couvert de puces !

Là-dessus, elle se dirigea d'un pas rageur vers Grendel et se hissa toute seule en selle.

Raymond la contempla fixement, abasourdi. A quoi s'était-il engagé, grands dieux ? Cette jolie mégère envisageait déjà de réformer son mode de vie ! Mais il ne la laisserait pas faire. Il la mènerait à la dure. Mieux encore : il dormirait seul. En attendant, le défi qui se lisait dans son port de tête et la ligne obstinée de son menton lui annonçaient de rudes épreuves…

Morgan et Rhys rejoignirent Ceridwen et lui parlèrent dans leur langue. Au bout d'un moment, elle perdit de sa superbe ; puis elle se redressa, le dos droit, carrée avec raideur sur la selle.

Raymond s'approcha et prit la bride que la sentinelle lui tendait.

— Serez-vous mon hôte, lord Morgan ?

— Je vous remercie de votre hospitalité, messire, mais je dois rentrer chez moi. Cependant, si vous l'acceptez, je veux bien vous laisser Rhys quelque temps pour me représenter.

— Qu'il en soit ainsi. Adieu, donc.

— Adieu, *Carrog Dhu*. Et vous verrez, ajouta le Gallois avec un clin d'œil. Au fil du temps, vous en viendrez sûrement à vous attacher à ma fille.

— Cela reste à voir, grommela Raymond.

Ignorant son genou douloureux, il prit son élan et sauta derrière sa future épousée. Lorsqu'il glissa les bras sous ceux de Ceridwen pour se saisir des rênes, il sentit sa poitrine se contracter. Les fortifications qu'il avait soigneusement édifiées autour de son cœur subissaient de rudes à-coups : son parfum d'eau de rose, la chaleur qui montait d'elle, la façon dont ses seins ronds soulevaient son surcot à chaque inspiration rageuse…

Il devait mettre un terme à ce siège. Mais il savait déjà que les premières atteintes avaient été portées. Quelque chose en lui commençait à se réveiller, avec les picotements qui accompagnaient la sortie d'un long engourdissement.

*
* *

A leur entrée dans la cour intérieure de Rookhaven, Ceridwen vit que les portes du donjon étaient grandes ouvertes. Des serviteurs allaient et venaient, portant des coffres, des malles et des cassettes qu'ils descendaient de plusieurs chariots.

Sans un regard pour la troupe de dignitaires richement vêtus et grassement nourris qui attendaient au bas du perron, le jeune seigneur mit pied à terre. Puis il aida sa compagne à descendre de cheval, passa un bras autour de sa taille et se dirigea vers les marches, impassible.

Le personnage le plus imposant du groupe s'avança, lui barrant le passage de son épaisse silhouette. A sa chevelure fauve, ses traits réguliers et ses prunelles d'un bleu incisif, Ceridwen devina un Beauchamp.

Elle fronça les sourcils. Sans doute s'agissait-il d'Everard, le prieur. Mais elle le jugea par trop élégant pour un homme d'Eglise. A ses atours somptueux, il ajoutait même une épée et des bottes ornées d'éperons, comme il seyait à un chevalier. Et il paraissait gonflé de sa propre importance, à l'instar d'Alonso.

— Tu insultes les lois de Dieu et des hommes, Raymond ! lança-t-il d'un ton venimeux, sans daigner saluer son frère. Tu disgracies la mémoire de notre défunt père, paix à son âme. Nous sommes ici pour te remettre sur le droit chemin, sur la requête de ton suzerain. Alonso est en grands tourments pour toi, et je les partage.

Raymond haussa le menton. Son bras se resserra sur la taille de Ceridwen.

— En d'autres termes, Everard, notre frère t'a envoyé pour accomplir sa vilaine besogne à sa place. N'es-tu point ici, surtout, pour remplir ta bourse — et m'expédier en enfer par la même occasion ?

Les bajoues du prieur tremblèrent sous son indignation.

— Comment oses-tu…

— N'espère pas un *farthing* de moi, coupa Raymond, ni mon obéissance. Giles ?

— Oui, messire.

Le lieutenant s'avança, la mine patibulaire. Devant sa haute taille et son air féroce, l'entourage d'Everard recula.

— Veillez à ce que ces bonnes gens logent au village. J'ai l'intention de bien dormir cette nuit, sans craindre à tout moment d'avoir la gorge tranchée.

Le jeune seigneur toisa son frère et son escorte.

— Si tu escomptes de surcroît me reprendre la dot de Meribel, l'abbé, sache que tu arrives trop tard : j'ai vendu ses terres et utilisé l'argent à assurer ma défense. As-tu vu mes mercenaires, au passage ? Ils sont là pour me protéger, tu pourras le rapporter à Alonso. A bon entendeur, salut !

Sur ces mots, il prit Ceridwen par la main et l'entraîna dans l'escalier.

— Une nouvelle courtisane, murmura quelqu'un. C'est bien ce que l'on nous avait dit.

Cette remarque offensante atteignit les oreilles de la jeune fille, qui s'empourpra de honte. Raymond se retourna, hors de lui.

— Plus un mot, vile engeance que vous êtes ! Cette femme est promise aux Beauchamp et doit être épousée dans la semaine ! Décampez, car vous n'êtes pas invités à mes noces !

Everard ne bougea pas.

— Notre sire le roi a été averti de tes agissements, Raymond. Tu as usurpé ce château. Il doit être confisqué, car Sa Gracieuse Majesté n'a jamais autorisé sa fortification.

Les yeux de Ceridwen s'élargirent à cette révélation.

— En outre, reprit le prélat d'une voix sonore, tu es accusé de trois meurtres : celui de l'homme qui pend à ton gibet, celui du serf que tu as occis dans les bois et celui de ta malheureuse épouse. Ton arrogance ne te permettra point d'échapper à la justice. Si j'ajoute l'évasion d'un braconnier, que tu as facilitée, tes complots contre Alonso et la liste interminable de tes autres forfaits, il ne restera plus grand-chose de toi à pendre ou à faire rôtir en enfer, mon frère.

Il reprit son souffle.

— Prends garde, Raymond. Toi et tous ceux qui te soutiennent. L'archevêque va prononcer votre excommunication. Vous serez bannis de l'Eglise, ainsi que du commerce de tout être humain décent. Vous deviendrez des rebuts de la société et vous serez jetés en terre profane comme des animaux, sans consécration.

Il conclut son discours en crachant par terre.

Le cœur de Ceridwen se souleva de dégoût, mais Raymond ne cilla pas. Comment pouvait-il supporter avec un tel détachement la condamnation de son frère ? se demanda-t-elle, incrédule. La main qui enserrait la sienne était chaude et ferme, à croire qu'il se moquait des menaces de ces prélats pompeux et méprisables, dont l'attitude n'avait rien de chrétien. Elle lui donnait raison.

Une vive admiration lui gonfla soudain le cœur, et son pouls s'emballa à l'idée d'épouser bientôt un tel homme. Le seigneur de Rookhaven n'était que passion. Il mettait dans tout ce qu'il entreprenait une ardeur et une détermination qui la confondaient. Nul doute qu'il les mettrait aussi dans son mariage, pensa-t-elle avec un frisson de plaisir anticipé. Et que, tôt ou tard, elle en serait l'objet…

Elle ne pouvait plus nier l'attirance qu'il lui inspirait. Elle se sentait liée à lui, profondément, malgré tout ce qui les séparait. Toutefois, à la vitesse où il se faisait des ennemis mortels, elle risquait fort de se retrouver veuve avant même que d'être mère, songea-t-elle avec effroi. Elle serait alors à la merci d'Alonso, d'Everard et de tous les Beauchamp qu'elle ne connaissait pas encore. Sans parler d'une autre possibilité, celle de subir le même sort que sa première épouse !

Elle sursauta quand il l'empoigna durement par le bras.

— Venez.

Il lui faisait mal. Son inquiétude grandit lorsqu'il l'entraîna dans la grand-salle, puis dans l'escalier et le corridor qui menaient à sa chambre. Avec un juron, il ouvrit la lourde porte en chêne d'un coup de pied. Une fois à l'intérieur, Ceridwen se figea, pantoise, devant le faucon femelle qui hérissait ses plumes noires et blanches sur son perchoir.

— Pourquoi la gardez-vous dans votre chambre ? s'enquit-elle d'une voix altérée.

Raymond caressa l'oiseau de proie, qui se calma aussitôt.

— Elle était souffrante, mais je pense qu'elle va mieux. Je n'aurais pas dû l'effrayer ainsi.

La jeune fille croisa les bras, les lèvres pincées.

— Vous passez votre temps à effrayer tout le monde, messire. Pourquoi m'avez-vous conduite ici ?

— Pour vous mettre à l'abri jusqu'au départ de ces maudits prêtres.

— Quel mal auraient-ils pu me faire ?

— S'agissant d'Everard et de sa clique, tout est possible. Ne bougez pas. Je vais quérir Alys et vous l'envoyer.

Il sortit avant qu'elle ait pu répondre. Restée seule, Ceridwen s'adressa au faucon :

— Que pensez-vous de tout cela, ma belle ?

La magnifique chasseresse se contenta de cligner de

ses yeux perçants. Ceridwen soupira et regarda autour d'elle. Plusieurs coffres étaient alignés le long des murs. L'un d'eux était entrouvert. La curiosité la gagna. Fouiller dans les affaires personnelles de quelqu'un était fort mal, elle le savait. Toutefois, n'était-elle point en droit de chercher quelques indices susceptibles de l'éclairer sur son futur époux ?

Elle s'avança, souleva le couvercle... et retint son souffle, stupéfaite. Le coffre ne contenait ni joyaux, ni argent, ni objets de valeur. Mais des choses auxquelles elle n'aurait jamais pu s'attendre : un cheval de bois peint ; une poupée aux longs cheveux de laine noire, vêtue d'une tunique de drap rouge ; une petite flûte ; une balle en cuir.

La jeune fille était mystifiée par sa découverte. Ce n'étaient pas là des jouets de garçon. A qui avaient-ils pu appartenir ? Elle plongea une main dans le coffre, sentit une étoffe soyeuse, hésita un instant... et tira avec précaution. Au diable les convenances, se dit-elle. Il fallait qu'elle en ait le cœur net.

Ce qu'elle ramena au jour était une fine chemise jaune pâle, brodée de minuscules boutons de rose autour de l'encolure. Ce tissu était si léger, si vaporeux qu'il ne pouvait venir que d'Orient, pensa-t-elle, éblouie. Elle se releva et déploya le délicat vêtement devant elle. Il était fait pour quelqu'un de plus petit et de plus menu qu'elle. Elle se mordit la lèvre, honteuse de son audace. Sa conduite était vraiment impardonnable, elle devait ranger cette chemise.

A l'instant où elle allait se baisser, la porte s'ouvrit.

— Alys ne va pas tarder, annonça Raymond. Pour ma part…

Il s'arrêta brusquement, rivant sur Ceridwen un regard dont la fixité l'atterra. Epouvantée, elle serra le vêtement sur son cœur.

— Mille pardons, messire. Je n'aurais jamais dû…

Elle s'interrompit à son tour, frappée par la pâleur du jeune seigneur. Et soudain, elle recula, anéantie par l'intuition qui venait de l'assaillir. Alonso, déjà, s'était montré troublé par sa ressemblance avec une autre femme. Se pouvait-il…

— Cette chemise était à Meribel, n'est-ce pas ? demanda-t-elle dans un souffle. C'est elle, que vous croyez voir en me regardant !

Raymond serra les poings. Les muscles de sa mâchoire se crispèrent. Il inspira.

— Oui, Ceridwen. Cela est vrai. Vous lui ressemblez tant que je ne puis vous contempler sans souffrir, ni détacher les yeux de vous.

Elle courba la tête, en proie à l'humiliation la plus vive qu'elle avait jamais ressentie. Ainsi, ce n'était pas à elle, que ses baisers s'adressaient. Ce n'était pas elle, qu'il convoitait, mais une morte, qui l'avait trahi. Comment avait-il pu la traiter de la sorte ?

Quand elle releva les yeux, ils étaient pleins de larmes.

— Que cherchez-vous, messire ? Cherchez-vous à

punir votre femme, en m'aguichant et en me repoussant comme vous le faites ? Me désirez-vous seulement tant que vous me prenez pour elle, pour me rejeter ensuite quand vous mesurez votre égarement ? Voulez-vous la détruire une nouvelle fois à travers moi, quand je suis avec vous… comme elle l'était peut-être ?

— Non, répondit Raymond d'une voix rauque. Elle n'a jamais été comme vous l'êtes. Elle n'a jamais atteint votre âge.

La souffrance qui se lisait sur son visage toucha Ceridwen en plein cœur. Puis son expression changea, se durcit, et elle se sentit gagnée par la peur. Au fond d'elle-même, elle avait toujours voulu croire que ces horribles rumeurs d'assassinat n'étaient qu'une fable inventée par ses ennemis. Que la réalité avait été déformée, y compris par lui, pour soutenir sa redoutable réputation. Mais à présent… Elle se sentit défaillir.

— Oh, messire ! murmura-t-elle. Je ne sais…

— Il y a maintes choses que vous ne savez pas, coupa-t-il brutalement. Et que vous ne saurez jamais, je l'espère pour vous.

Il se tourna vers la porte.

— Je vais m'enquérir de Giles.

Sur ces entrefaites, la gouvernante entra.

— Ah, Alys. Vous arrivez bien.

Avant de franchir le seuil, il refit face à Ceridwen et la cloua d'un regard terrible.

— Ne touchez plus jamais à ces coffres. Et soyez prête pour moi demain matin.

Restée seule avec la vieille femme, la jeune fille eut la sensation d'être abandonnée, à la dérive. Cette scène l'avait ébranlée jusqu'au tréfonds de son être.

— Qu'a-t-il voulu dire, Alys ? s'enquit-elle en plein désarroi.

Sa compagne sourit largement.

— Vous êtes fortunée, ma belle. Il veut vous épouser demain.

14

Dans moins d'une heure, elle serait une femme mariée. Ceridwen était incapable de réprimer les tremblements qui la parcouraient chaque fois qu'elle se disait cela. L'imminence de ses épousailles avec Raymond de Beauchamp lui engourdissait les membres et lui glaçait la peau.

— Grands dieux, Ceridwen ! Passeriez-vous vos nuits à nouer vos cheveux ? se lamenta Blanche qui avait le plus grand mal à démêler ses mèches humides.

Elle dégagea la bourre qui restait accrochée au peigne de corne et la lança par la croisée ouverte.

— Les moineaux vous sauront gré de la douce garniture que vous leur prodiguez pour leur nid, commenta-t-elle d'un ton léger.

Tout à sa nervosité, la jeune fille ne parvenait pas à se laisser distraire par ces remarques anodines.

— Que dois-je faire, Blanche ? implora-t-elle avec désespoir. Traverser cette épreuve m'est impossible. Il me terrifie trop. Je le *déteste*, pour ce qu'il me fait éprouver.

— Fariboles ! Ce n'est pas lui que vous détestez, ma

douce. C'est l'idée d'être liée pour la vie à une grande brute d'homme, quel qu'il soit, qui vous affole à ce point. Sans parler de la nuit de noces, évidemment. Mais croyez-en mon expérience, le pire est vite passé. Ensuite, on s'habitue sans peine à tout cela.

Ceridwen tortilla autour de ses mains les rubans de soie blanche destinés à sa coiffure.

— Dites-moi au moins à quoi je dois m'attendre, afin d'apaiser mes tourments !

Blanche enduisit ses doigts d'huile parfumée à l'essence de rose et lissa la chevelure de la future épousée, qui se changea sous ses soins experts en une masse souple et lustrée.

— Alys, que dois-je répondre ? s'enquit-elle. Je ne voudrais point placer trop haut les espoirs de cette enfant, ni l'effrayer inutilement.

— Ah, les jeunes femmes d'aujourd'hui ! bougonna la vieille nourrice. De mon temps, on ne faisait pas tant d'histoires à propos de cette affaire ; on allait droit au but. Mais cette petite est délicate, à ce qu'il semble. Mieux vaut ne pas trop en dire. Après tout, ce qui se passe dans le noir n'est pas si terrible, quand on ne se ronge point les sangs à ce sujet toute la sainte journée qui précède !

— Réellement, Alys, vous pourriez vous montrer plus rassurante, protesta Blanche. Regardez-la : elle tremble si fort que je ne puis plus la coiffer, maintenant !

La jeune veuve posa les mains sur les épaules

de Ceridwen, se pencha vers elle et lui chuchota à l'oreille :

— Calmez-vous, ma colombe. Les Beauchamp sont peut-être impitoyables dans les batailles, et terriblement manipulateurs par ailleurs, mais au lit ils sont d'extraordinaires…

Au vif soulagement de Ceridwen, dont l'embarras atteignait des sommets, elle fut interrompue par l'arrivée de Wace.

— Mon seigneur vous attend, ma dame, annonça l'écuyer en couvrant la fiancée d'un regard admiratif. Et vous êtes une vraie fête pour les yeux.

La jeune fille lui sourit timidement, quelque peu revigorée par ce compliment, mais les contorsions anxieuses de son estomac ne tardèrent pas à renaître. Lorsqu'elle quitta sa chambre un instant plus tard, escortée par Blanche et Alys d'un côté et par son frère de l'autre, elle se sentait aussi apeurée qu'un oiseau pris au piège.

Ses paumes moites collaient au damas écarlate du surcot trop long pour elle que Blanche lui avait prêté. Elle devait tenir l'étoffe à poignées pour ne pas trébucher sur l'ourlet. Quant à la couronne d'épis de blé et de fleurs séchées qu'Alys lui avait tressée en gage de fertilité, elle pesait fort lourd sur son front — à cause de ce qu'elle symbolisait.

Raymond l'impressionnait par la puissance physique et le pouvoir de domination qui se dégageaient de lui. Et voilà qu'elle était sur le point d'être liée non seulement à lui, mais aussi à sa redoutable famille de meurtriers au cœur de pierre. Une chance qu'elle ait l'un des siens auprès d'elle, se dit-elle, pour la soutenir en ce terrible moment.

Alors qu'elle descendait l'escalier qui menait à la grand-salle, elle tourna les yeux vers Rhys.

— Je suis si heureuse que tu sois là, murmura-t-elle. J'ai eu si peur de te perdre !

Son frère lui pressa la main et lui sourit avec affection. Elle savait, maintenant, ce qui s'était passé dans les bois le jour où ils avaient été attaqués : le jeune homme avait pourchassé les brigands sur une longue distance, Dylan avait mis fort longtemps à le rattraper ; lorsqu'ils étaient revenus la chercher, ils l'avaient appelée en vain, avaient fouillé la forêt, mais elle avait disparu. Malgré leur inquiétude, ils avaient avec eux des blessés qu'ils devaient rapidement ramener à Llyn y Gareg Wen. Ils s'étaient acquittés au plus vite de cette tâche, prévoyant de reprendre leurs recherches dès que possible, espérant aussi qu'elle serait peut-être rentrée de son propre chef chez Morgan. Cet espoir avait été déçu ; et quand, deux ou trois jours plus tard, ils avaient voulu rejoindre le lieu de l'embuscade, la rivière Usk en crue les en avait empêchés.

— Et moi, donc ! répondit Rhys. Nous avons vécu un vrai cauchemar, même si Da a toujours été convaincu que tu t'en sortirais. Au bout d'un certain temps, cependant, il n'a pu tenir davantage, et a voulu s'assurer par lui-même que tu avais bien rejoint ton promis. La suite, tu la connais. Et tout est bien qui finit bien, non ?

Ceridwen aurait donné cher pour partager cet avis. Mais en voyant son frère jeter un coup d'œil brûlant à Blanche, par-dessus sa tête, elle comprit que son incorrigible aîné parlait surtout pour lui. L'égoïsme et la légèreté des hommes étaient révoltants ! pensa-t-elle en lui donnant une bourrade dans les côtes. Rhys lui rendit la pareille, accompagnée d'un clin d'œil taquin.

— A ta place, petite sœur, je ne me plaindrais point, lui chuchota-t-il en lui désignant du menton le fond de la grand-salle. Regarde donc le bel homme qui t'attend !

Furieuse, Ceridwen suivit son regard — et cessa un instant de respirer. Raymond se dressait de toute sa haute taille près de l'entrée de la chapelle, plus magnifique et plus impressionnant encore qu'elle ne l'avait jamais vu. Ses cheveux brillants étaient lissés en arrière, dégageant son visage impérieux. Entièrement vêtu de noir et d'argent, il ressemblait à un prince. Un prince endeuillé, songea la jeune fille. La lumière des torches faisait étinceler le fermail en forme de dragon qui retenait sa cape, la poignée de son glaive et ses éperons.

Elle avait devant elle le *Carrog Dhu* dans toute sa splendeur. Royal et implacable. Et cependant, alors qu'elle s'approchait de lui en tremblant de plus belle, elle s'avisa qu'il ne la perforait plus de ses prunelles luisantes et glacées, comme la veille. Les yeux écarquillés, aussi bleus que l'aile d'un martin-pêcheur, il la contemplait au contraire avec une sorte de terreur qui la laissa pantoise. Avait-il peur d'elle autant qu'elle avait peur de lui ? se demanda-t-elle, incrédule.

Cette pensée, fort troublante, avait de quoi la rasséréner quelque peu. Mais elle n'eut pas le loisir d'en sonder les mystères, car ils pénétrèrent aussitôt dans la chapelle — et d'autres découvertes requirent son attention.

Le soleil qui transperçait un haut vitrail coloré jetait sur les murs de pierre des taches de lumière qui ressemblaient à des joyaux. Un parfum merveilleux emplissait l'air, se mêlant à l'odeur de l'encens ; il provenait de l'épais tapis de roses musquées qui recouvrait les dalles de la nef. Ses fleurs préférées ! constata Ceridwen éblouie. Une attention aussi délicate la touchait vivement — et la surprenait tout autant. Où avait-on pu trouver tant de roses en cette saison ?

Là encore, elle ne put s'appesantir. Rhys plaça sa main dans celle de Raymond et la cérémonie commença.

Elle se déroula pour la jeune fille dans une sorte de brume, rendue plus étrange encore par le prélat qui y présidait : Everard en personne. Et dans quelles conditions ! Le gros prieur lisait en bredouillant les formules rituelles inscrites dans la bible qu'il tenait à deux mains — la dague de Giles pointée sous son oreille, Sauveur le surveillant fixement avec des grondements sourds.

Les Beauchamp ne faisaient vraiment rien comme tout le monde, songeait Ceridwen déconcertée. Avec eux, tout devenait dramatique, même un mariage.

Leurs vœux prononcés, Raymond se pencha vers elle, déposa un bref baiser sur ses lèvres et ce fut terminé. Elle était à lui pour toujours, sans espoir de retour. Alors qu'ils regagnaient la grand-salle, un joyeux tintamarre salua leur union : le son des luths et des tambourins se mêlait à des cris de liesse, des inconnus complimentaient gaiement la jeune épousée. Quelle raison avaient-ils de se réjouir de la sorte ? se demanda-t-elle sombrement. A ses yeux, il n'y avait nul événement heureux à célébrer.

Soudain, Giles se dressa devant elle, la mine enjouée et les yeux pétillants.

— Je requiers l'honneur d'embrasser la mariée, ma dame, déclara-t-il. C'est la coutume.

— Non, Saint-Germain. Vous allez l'effrayer, refusa Raymond, tout net.

La réaction de son époux tira Ceridwen de l'espèce de torpeur qui l'engourdissait.

— Qui pourrait m'effrayer plus que vous, messire ? rétorqua-t-elle. J'autorise ce baiser, moi.

Elle tendit son visage au chevalier, s'attendant à un simple bécot sur la joue, mais sa stupeur ne connut point de bornes quand le solide lieutenant l'écrasa entre ses bras puissants, la souleva de terre et s'empara de sa bouche avec une ardeur époustouflante — au sens propre du terme. Lorsqu'il la reposa, les jambes tremblantes, elle eut le plus grand mal à recouvrer sa respiration.

Raymond, pâle de fureur, l'écarta et toisa son second, une main sur le pommeau de son glaive. Ses doigts frémissaient.

— Ne recommencez plus jamais une chose pareille, Saint-Germain. Est-ce clair ? lança-t-il d'une voix blanche.

— Oui, messire, répondit Giles avec un sourire qui frisait l'insolence.

Il recula assez loin pour être hors de portée de la lame seigneuriale, mais non du regard courroucé de son ami.

— Laissez-moi vous dire, cependant, que vous êtes un homme béni, messire.

Raymond gronda, plus menaçant que jamais.

— Que signifie cette scène ? murmura Rhys à sa sœur.

— Je l'ignore, répondit-elle à mi-voix, en s'essuyant la bouche d'un revers de main. Je n'aurais jamais cru Giles capable de le provoquer de la sorte.

En réalité, elle se doutait que le Normand au grand cœur avait cherché à attiser le désir de son seigneur, en l'embrassant ainsi. Ou, tout au moins, sa possessivité. En quoi il avait amplement réussi. Mais elle le soupçonnait aussi d'avoir agi pour son propre plaisir, car il n'avait pas perdu une miette de ce baiser ! Elle se promit de lui dire ce qu'elle pensait de son intervention.

Une main dure se referma alors sur son coude.

— S'il se permet de vous toucher derechef, ma dame, c'est son cadavre qui dansera le long de mes courtines, déclara Raymond d'une voix sourde. Et dussiez-vous l'encourager, le vôtre dansera à son côté.

Le sang de Ceridwen se glaça dans ses veines. Il en était capable, cela ne faisait aucun doute. Elle se tourna vers lui et affronta son regard meurtrier, les paupières mi-closes.

— Giles ne recevra jamais le moindre encouragement de ma part, messire. Pas plus que vous.

Sur ces mots, elle l'abandonna et se fraya un passage parmi la foule des invités, déterminée à aller se réfugier dans la tourelle de Blanche. A l'instant où elle s'engageait dans l'escalier, Raymond la rattrapa par le bras.

— Non ! gronda-t-il.

Elle s'arrêta, le cœur dans la gorge. Elle avait eu tort de s'enfuir, se dit-elle. Elle aurait dû lui montrer qu'une fille des *Cymraeg* était aussi brave qu'une Anglaise et ne cédait pas un pouce de terrain face à l'ennemi. Mais il était trop tard.

— Ne m'embarrassez pas devant mon peuple, Ceridwen, maugréa-t-il, les dents serrées. Si vous voulez que je m'abstienne de vous toucher quand nous serons seuls, je me plierai volontiers à votre désir. En public, cependant, je vous somme de respecter les apparences. Et je vous interdis de prendre un amant, m'entendez-vous ?

Il lui donna une secousse.

— Parfaitement, messire. Pour l'heure, ôtez vos mains de moi.

Raymond la lâcha comme si elle le brûlait, et elle regretta brièvement que ce ne fût pas vrai. Il se racla la gorge.

— Venez prendre place à mon côté. Je suis supposé vous nourrir, me semble-t-il.

Soulagée de le voir calmé, Ceridwen se permit une question narquoise :

— Vos doigts sont-ils propres ?

Pris de court, il baissa les yeux sur ses mains.

— Oui, mais je me relaverai les mains quand l'aiguière me sera apportée, répondit-il.

— Dans ce cas, je vous autoriserai à me donner la becquée.

La jeune fille passa devant lui en réprimant un sourire. Dans la guerre qui s'annonçait, aucune victoire n'était à négliger, se dit-elle. Pas même les plus petites.

La lune dessinait un croissant argenté dans le ciel. Le vent capricieux qui s'engouffrait entre les créneaux rafraîchissait le visage de Raymond. Au-dessous du chemin de ronde, des invités avinés chantaient à tue-tête dans la cour, en s'efforçant tant bien que mal d'exécuter une farandole.

Les bras croisés, le jeune seigneur considéra son lieutenant qui s'adossait à un merlon, une main sur sa lèvre fendue.

— Que vous a-t-il pris de me braver ainsi ? s'enquit-il d'un ton crispé.

— Une chose qui en valait la peine, messire. Non ! Ne vous remettez pas en fureur ! plaida Giles. Ce coup de poing suffit. Je ne parlais pas du baiser que j'ai donné à votre épouse, bien que…

Il soupira, les yeux brillants.

— Brisons là. Ce que je voulais, c'était vous défier, afin de tester votre flamme pour cette jolie donzelle. J'ai réussi, ce me semble. Maintenant que vous m'avez réglé mon compte, pourquoi n'allez-vous point la rejoindre, grands dieux ? Une nuit de noces se passe dans un lit, de coutume, pas sur des remparts !

Un hoquet le secoua.

— Je ne tiens nullement à vous avoir comme spectateur, Saint-Germain, avec une demi-douzaine de plaisantins avides de voir si je remplis correctement mes devoirs, répliqua froidement Raymond. En outre, vous avez trop bu.

— Et vous, mon ami, pas suffisamment. Si je puis me permettre.

— Gardez vos avis pour vous, Giles. Je vous ai assez vu pour ce soir.

— J'en connais une qui ne peut en dire autant de vous, messire.

— Assez, vous dis-je !

Le chevalier se redressa en vacillant.

— Vous ne m'empêcherez point de vous dire la

vérité, Raymond. Vous brûlez de la faire vôtre, je le sais. Qu'attendez-vous donc ?

Les mâchoires crispées, le jeune seigneur détourna son regard.

— Elle ne veut pas de moi, grommela-t-il. Etes-vous satisfait, à présent ?

— Qu'est-ce que vous me chantez là ? Elle vous dévore des yeux chaque fois que vous l'approchez. Ecoutez-moi bien : vous vous y connaissez peut-être en chevaux, mais moi je m'y connais en femmes. Vous seriez le dernier des… Pardon. Vous auriez grand tort de vous détourner d'elle, c'est moi qui vous le dis. Cessez donc de vous compliquer la vie de la sorte, morbleu !

Raymond se mordilla la lèvre.

— La réalité n'a rien de simple, Giles. Je ne puis m'empêcher d'aller vers elle, puis de la repousser brutalement quand elle est devant moi. Au début, je pensais agir dans le seul intérêt de Percy. De fait, c'est le souvenir de Meribel qui me gêne le plus. Il n'y a que dans le noir, que je parviens à oublier…

— A la bonne heure ! l'interrompit son lieutenant. L'aube est encore loin, mon ami. D'ici là, vous aurez tout le temps de la combler au-delà de ses rêves les plus fous. Allez, filez !

Le jeune seigneur ne bougea pas.

— Je ne pense pas qu'elle ait des rêves de cette nature, observa-t-il. Elle me paraît plutôt tout ignorer des relations charnelles.

Giles souffla.

— Essayez donc de l'embrasser. Vous serez vite convaincu du contraire.

— Je l'ai *déjà* embrassée, benêt que vous êtes ! C'est ce qui me permet d'affirmer qu'elle est innocente. Son ardeur n'a d'égale que sa candeur. Elle se livre avec une passion spontanée, aussi fraîche et douce qu'une source d'eau vive, sans avoir la moindre idée du point où cela doit la conduire. Je veux lui éviter cette déconvenue.

Le Normand fronça les sourcils.

— Juste ciel ! bougonna-t-il. Etes-vous un homme, oui ou non ?

Les traits de Raymond s'altérèrent.

— Un jour, Giles, vous irez trop loin ! gronda-t-il.

Il crispa les paupières un instant, inspira profondément.

— Ma retenue est-elle si difficile à comprendre ? Je me refuse à la posséder alors que je ne puis lui donner un cœur entier. Si je la faisais mienne avec les lambeaux qui m'en restent, calcinés par Meribel et Alonso, je la déshonorerais.

Giles secoua sa tête brune.

— Vous faites fausse route, Raymond. Si quelqu'un est capable de vous guérir et de vous rendre votre intégrité, c'est elle, justement. Laissez-la faire, et vous verrez qu'elle saura tenir Meribel à distance. En la renvoyant dans sa tombe, là où est sa place !

— Je donnerais cher pour qu'elle le puisse.

— Commencez donc par lui donner sa chance ! riposta le chevalier en tirant de sa ceinture une flasque d'hydromel, dont il but une copieuse rasade.

— Il faudrait d'abord qu'elle me le permît. Elle m'a envoyé paître, juste avant que je vienne vous retrouver ici.

— Vous ne mettez pas assez d'ardeur à la convaincre.

— Je n'ai nulle envie de la supplier. Si cela ne m'obligeait à revenir sur ma parole, je la renverrais chez elle dès demain.

Giles grommela.

— Balivernes ! Vous êtes épris d'elle et ne le savez point vous-même. Si j'étais vous, j'irais me jeter à ses genoux, j'implorerais son pardon, je lui déclamerais de la poésie… et Dieu sait quoi encore, jusqu'à ce qu'elle cède.

— Vous n'êtes pas moi, et vous pouvez en rendre grâce au ciel. Vous n'avez pas, vous, à subir les outrages d'un lieutenant lubrique, qui ne songe qu'à satisfaire ses sens enflammés !

— Seriez-vous encore jaloux, ma parole ? Cognez-moi derechef, si cela peut vous soulager.

— Ne me tentez pas, Giles.

— A votre guise, messire. Pour parler d'autre chose, je présume que vous ne comptez plus vous rendre à Alonso, maintenant que vous êtes marié ?

— Il est trop tard, à présent. Et je ne tiens pas à laisser Ceridwen seule avec vous, grossier personnage.

Raymond se détourna, prêt à s'en aller. Avant de s'éloigner, toutefois, il lança par-dessus son épaule :

— Je vous prie également de rester à distance de lady Blanche, Saint-Germain. Trouvez votre plaisir ailleurs.

— Vous vous montrez un maître bien cruel, messire. Si je vous disais que je suis l'esclave de mon cœur ?

— Je ne vous croirais pas une seconde, vil satyre. Et si, d'aventure, cela était vrai, arrangez-vous pour rompre vos chaînes. Compris ?

— Bien, messire.

Avant de s'engager dans l'escalier, Raymond jeta un dernier coup d'œil à son ami : il s'était affalé sur les pierres du chemin de ronde et se consolait avec sa flasque d'hydromel. Ce Normand avait grand besoin d'une femme pour le remettre dans le droit chemin, mais Blanche ne pouvait épouser un bâtard, fût-il issu d'un duc. Shona, en revanche, serait parfaite. Le défi ne serait pas mince, se dit-il. Il serait moins grand, toutefois, que celui qui l'attendait, lui.

Ceridwen était assise dans l'embrasure d'une meurtrière, loin de la grand-salle qu'elle avait fuie quand les festivités avaient commencé à prendre un tour trop libre à son gré. Sauveur, qui l'avait suivie, appuyait sa grosse tête sur ses genoux.

Elle tournait et retournait sa flûte d'ivoire entre ses doigts, n'osant la porter à ses lèvres. Deux ans, déjà, qu'elle n'en avait plus joué. Depuis la mort de sa mère, pensa-t-elle tristement.

— Dois-je tenter de lui insuffler vie, mon bon ? murmura-t-elle à l'intention du chien-loup.

Sauveur remua son mufle et poussa un soupir, comme s'il ne savait que lui conseiller. Amusée, la jeune fille décida de se risquer à un essai.

Pour son plus grand bonheur, elle constata que les notes s'égrenaient sans peine, comme autrefois. Un peu hésitantes au début, elles prirent bientôt de l'ampleur et donnèrent naissance à une ballade mélancolique, qui nourrissait son chagrin tout en l'apaisant. Le son aigrelet qui montait dans la nuit emportait sa douleur avec lui ; son cœur, peu à peu, retrouvait un semblant de sérénité. Alors que les derniers échos de la mélodie s'envolaient tel un murmure dans le vent, elle abaissa sa flûte. Sauveur releva la tête et gronda.

— Vous l'avez tourné contre moi.

La voix rancunière de Raymond la fit sursauter. Il se tenait sur le seuil de la salle de garde, sa haute silhouette éclairée par les pots à braise qui brûlaient derrière lui. Le cœur de Ceridwen bondit dans sa poitrine. Il était son époux. Et elle ne pouvait lui échapper.

— Sauveur agit à sa guise, messire.

— Comme vous ! Par quelle manigance avez-vous réussi à fuir Alys, Blanche et Shona ? J'aurais gagé que c'était impossible.

Elle haussa le menton.

— Je suis la châtelaine, désormais. Elles m'obéissent. Cela vous surprend-il ?

— Non. Tout le monde ici semble prêt à tomber à vos pieds.

« Sauf vous », pensa Ceridwen. Or, à sa vive stupeur, son seigneur s'approcha d'elle et posa un genou en terre.

— Qu'attendez-vous de moi ? demanda-t-il, ses yeux bleus à la hauteur des siens.

Médusée, la jeune fille eut besoin de quelques secondes pour se ressaisir. Elle n'avait jamais vu Raymond de Beauchamp s'agenouiller devant quiconque — sauf pour soigner un blessé. Il s'y était même refusé durant leur mariage, pour ne point s'abaisser devant son frère. L'incroyable honneur qu'il lui faisait méritait une réponse sincère, décida-t-elle.

— Il me faut du temps, messire. C'est la première chose que j'attends de vous, répondit-elle doucement.

— Prenez celui qu'il vous faudra.

La stupeur de Ceridwen allait croissant. Sa voix était calme et basse, sans la moindre trace de sarcasme ou de dépit. Elle se raidissait déjà contre un dernier trait, une insulte, une parole blessante, mais ils ne vinrent pas.

— Vous jouez de la flûte aussi agréablement qu'un ménestrel, ma dame.

Il tendit une main vers Sauveur qui lécha humblement ses doigts, comme pour quêter son pardon.

— Merci, messire, murmura la jeune fille désarçonnée par une gentillesse aussi inhabituelle.

— Vous devriez nous distraire dans la grand-salle, un de ces soirs.

— Ce sera avec plaisir.

Il se releva, la couvrant de nouveau de son ombre.

— Je me dois de retourner auprès de nos hôtes, avant qu'ils ne mettent le château à sac.

« Nos hôtes », avait-il dit. Non « mes hôtes ». Quelque chose d'étrange était en train de se passer, qui mettait Ceridwen mal à l'aise. Il était beaucoup plus aisé de traiter avec lui quand il usait de brutalité, songea-t-elle.

— Je vous accompagnerais bien, messire, mais je redoute qu'Alys et les autres m'accostent et n'insistent pour…

— Vous ne pourrez les fuir toute la nuit, coupa son époux. Laissez-les vous baigner, vous vêtir… ou vous dévêtir comme elles l'entendent. Ce qui se passera ou ne se passera pas ensuite ne regarde que nous.

Un intense soulagement envahit la jeune fille. Elle dut s'appliquer à ne point se montrer trop joyeuse dans sa réponse.

— Dans ce cas, messire, je vous saurais gré de me guider. Je ne suis pas accoutumée à une telle presse.

— Venez.

Raymond lui offrit sa main. Elle l'accepta, se leva, et se trouva fort déconfite lorsqu'il lui retira ses doigts — sans brusquerie. Un terrible sentiment de vide s'empara d'elle tandis qu'ils rejoignaient la gaieté et les rires de la grand-salle, qui n'étaient pas leur lot.

Le lit de Raymond était vaste, froid et vide — elle exceptée. Après sa semonce au sujet des apparences à garder, Ceridwen n'avait pas voulu susciter son courroux en exigeant de se coucher ailleurs. En dépit de ses efforts pour s'exhorter au calme, elle tremblait. Sur quoi pouvait-elle compter pour se préserver, hormis la parole et l'honneur de son époux ?

Blanche et ses compagnes l'avaient brossée, huilée et parfumée au point qu'elle avait grand mal à se supporter elle-même. Elle se sentait pareille à une offrande préparée pour le sacrifice. Ses chambrières de fortune s'étaient éclipsées un instant plus tôt, en apprenant que le seigneur approchait. De fait, elle entendait un beau vacarme dans le corridor, un mélange de plaisanteries obscènes et de rires gras ; Giles et Rhys conduisaient le cortège, elle reconnaissait leurs voix. Si ces deux malotrus insistaient pour mettre le marié au lit avec elle, en les dévêtant pour que tout le monde puisse voir comment ils étaient faits, elle ne le leur pardonnerait jamais ! se promit-elle.

Quelques secondes plus tard, la porte s'ouvrit et une troupe de badauds avinés s'encadra sur le seuil. Elle put les apercevoir à travers la fente des tentures qui enclosaient sa couche et s'empressa de remonter le drap jusqu'à son menton, s'attendant au pire. Par bonheur, Raymond repoussa les curieux avec fracas.

— Dehors ! rugit-il. Tous autant que vous êtes ! Vous aussi, Wace. Je me passerai de votre assistance. Et sortez-moi ce chien puant !

Il poussa Sauveur hors de la chambre, claqua la porte et s'adossa au panneau, poussant un soupir épuisé.

— Doux Jésus !

Un gloussement étouffé monta alors des environs du lit. Ceridwen sursauta. Pour elle, cette situation n'avait vraiment rien d'amusant. Son époux se gaussait-il d'elle, en imaginant sa frayeur ? Tout de suite après, les courtines furent écartées d'un geste brutal. Raymond examina les lieux, les paupières plissées, sans paraître la voir. Puis il plongea subitement sur le côté. Ceridwen perçut un bruit de lutte et vit resurgir le seigneur furibond — tenant deux jouvenceaux par le collet.

— Vauriens ! Païens ! brailla-t-il. Qui êtes-vous ?

— Mais… vos cousins, messire ! répondirent-ils en chœur. Nous sommes arrivés ce jour de la Cité de Londres avec notre mère, lady Clarisse.

— Retournez-y de ce pas, crétins ! Et que je ne vous revoie pas rôder autour de cette chambre ! Ma dame est galloise : elle peut vous réserver de vilains tours, je vous préviens !

Raymond les éjecta dans le couloir, referma la porte et la barra.

— Peste soit de cette pie ! gronda-t-il. Comment ose-t-elle me faire espionner par ses diables de rejetons ?

— Sommes-nous seuls, à présent ? s'enquit Ceridwen — en s'efforçant de ne pas crisper les doigts sur le drap qui la couvrait.

Raymond vint s'appuyer à un montant du lit.

— Oui. Cela vous inquiète-t-il ?

— Mon père assure que vous êtes un homme d'honneur, messire.

— Etes-vous inquiète, oui ou non ?

— Devrais-je l'être ?

— Oui.

Il s'écarta et commença à se dévêtir. La jeune fille déglutit péniblement.

— Vous m'aviez promis…

— Ai-je promis quelque chose, moi ?

L'esprit en déroute, Ceridwen chercha à se souvenir de ses paroles. Il lui avait affirmé… qu'il ne voulait s'imposer à personne. Qu'elle serait libre d'agir comme bon lui semblerait. Qu'il serait ravi de la laisser tranquille, si elle l'exigeait. Mais il n'avait rien promis. Son cœur se décrocha.

— Vous m'avez laissé entendre…

— Tout doux, ma dame. Je n'ai pas oublié ce que je vous ai dit. Je sais que vous n'êtes point prête, que vous ne m'aimez point, que je suis un Beauchamp haïssable, accusé d'avoir tué sa première femme. Le tableau est-il complet ?

Il s'assit sur le bord du lit pour ôter ses bottes.

Quand il se releva, les mains sur le lien qui retenait ses chausses, Ceridwen détourna les yeux.

— Oui, répondit-elle d'une voix mal assurée.

— Fort bien. Les lits sont rares dans cette forteresse, et celui-ci est le mien. J'ai l'intention d'y dormir. Si vous répugnez à le partager avec moi, libre à vous de dormir par terre. Je ne vous toucherai point. Vous pouvez demeurer pucelle jusqu'à ce que l'enfer gèle, pour ce qui est de moi.

« Quel horrible insolent ! » pensa la jeune fille révoltée. Elle aurait juré qu'il ne pensait pas un mot de ce qu'il disait. Quant à dormir sur les dalles glacées, elle ne s'y abaisserait point : il n'imposait même pas cette épreuve à son chien !

Du coin de l'œil, elle le regarda se glisser entre les draps — nu comme un ver. A la lueur de la cheminée, sa peau lisse paraissait dorée. Elle aperçut brièvement son torse musclé, recouvert d'une fine toison brune, son estomac plat, ses hanches minces, puis il s'allongea sur son flanc gauche, le dos tourné, et remonta le drap sous son aisselle, ne lui offrant plus que le spectacle de ses larges épaules et de sa tête blonde.

— Il est grossier d'examiner quelqu'un comme vous le faites, grogna-t-il.

— Pardonnez-moi.

— Bonne nuit, ma dame.

— Messire ?

— Oui...

— Vous eussiez pu garder Sauveur, s'il a coutume

de dormir avec vous. Il y a suffisamment de place entre nous.

Raymond tourna la tête pour la regarder par-dessus son épaule.

— Vous ne cessez de me surprendre, ma dame. Sachez cependant que j'ai moi-même du mal à le tolérer, parfois, avec ses puces. La literie est propre et j'ai pris un bain. Pas lui. Il survivra à une nuit avec Wace.

Ceridwen toussota.

— Messire… Raymond, déclara-t-elle d'une voix hésitante, cette situation me paraît fort inconfortable. Je vous ai demandé du temps, certes, mais je sais que j'ai… des devoirs envers vous, bien que j'ignore précisément en quoi ils consistent.

— Je m'en serais douté.

Il pivota vers elle, s'appuya sur un coude et la parcourut d'un regard détaché : son visage, ses cheveux, les courbes de son corps dessinées par la courtepointe. Soudain, d'un geste nerveux qui contrastait avec son expression distante, il caressa sa joue du revers de la main. Le jeu de ses muscles sous la peau luisante de son bras, le contact râpeux de ses articulations firent naître des sensations troublantes dans le ventre de Ceridwen.

— Des devoirs…, répéta-t-il d'une voix traînante. Voilà qui est bien peu engageant, pour une nuit de noces.

— Tant qu'*elle* sera entre nous, rétorqua la jeune fille sans réfléchir, c'est tout ce que j'aurai à vous offrir.

Sitôt ces mots prononcés, elle se mordit la langue. Ce n'était point ce qu'elle voulait dire ! Pourquoi offrirait-elle quoi que ce fût à cet homme ? Il était en droit de lui prendre quelque chose s'il le souhaitait, puisqu'il était son époux, et elle n'aurait qu'à endurer cette spoliation. Mais elle n'avait nullement à s'offrir à un Beauchamp. Et moins encore à un Beauchamp qui semblait prêt à lui sauter dessus, comme celui-ci.

— Vous êtes fort habile, Ceridwen, déclara-t-il alors. Vous avez su choisir la formule qui vous protégera de moi. Car vous avez raison : *elle* est ici. Elle a été allongée à votre place, autrefois. Ses doigts étaient crispés sur le drap, comme les vôtres. Son parfum embaumait l'air de cette chambre, son rire brisait le silence. Elle est morte, mais elle demeure plus forte que vous ne l'êtes.

— Non ! se récria la jeune fille, les nerfs à vif. De grâce, taisez-vous !

La tension de cette journée était venue à bout de sa résistance. S'il continuait, elle irait se réfugier auprès d'Alys, apparences ou pas. Horrifiée, elle sentit une larme rouler sur sa joue. Et avant qu'elle ait pu l'en empêcher, Raymond la saisit dans ses bras, sema des baisers sur son visage, sur son cou, sur ses épaules.

— Pardonnez-moi, chuchota-t-il.

Ce fut le corps de Ceridwen qui lui pardonna le premier, sans son accord. Des frissons délicieux la parcoururent. La chaleur qui émanait de la peau nue de son époux était un baume sur ses blessures. Il était dur, anguleux, fort différent d'elle, mais la ferveur qu'il lui témoignait l'emplissait de joie — et sa douceur la surprenait plus encore. De tout son cœur, de tout son être, elle désirait s'abandonner à lui, se reposer et se détendre enfin dans le berceau de ses bras. Mais elle ne le pouvait pas, se rappela-t-elle. Jouir des plaisirs prodigués par cet homme, s'enivrer de sa force serait un péché contre son peuple et contre son propre honneur.

Elle n'était là que par devoir, elle ne devait pas l'oublier. Elle se raidit, cherchant à lui résister. Alors un gémissement lui parvint, une plainte à peine audible.

— Meri…

Telle une giclée d'eau glacée, ces deux syllabes les séparèrent instantanément.

— Je suis navré, dit Raymond en s'écartant d'elle, livide.

Ceridwen n'était pas certaine d'avoir compris ; en voyant son expression, elle n'eut plus aucun doute. En la touchant, en la caressant, en l'embrassant, c'était à Meribel qu'il pensait. Une douleur aiguë la transperça, juste au-dessus de sa cicatrice. Mais cette blessure-là, aucun onguent ne pourrait jamais la guérir.

— Je n'aurais jamais cru pouvoir vous dire un jour ces mots-là, Raymond, déclara-t-elle d'une voix blanche. Toutefois, je le fais : navrée, je le suis aussi.

15

Des semaines passèrent. A chaque jour qui s'ajoutait aux précédents, Ceridwen se sentait un peu plus devenir une ombre, elle aussi. Elle parcourait la forteresse en silence, de la grand-salle aux cuisines, des cuisines à la tourelle où elle tissait du drap en compagnie de Blanche et d'Alys, afin de vêtir les hommes d'armes contre les rigueurs de l'hiver. Elle s'occupait également de faire garnir les celliers, constituant des provisions de grain, de cervoise, de tonneaux emplis de viande confite dans de la graisse.

Raymond était rarement présent. Il partait chevaucher dans les montagnes pendant des jours, revenait chaque fois plus épuisé et plus sombre. Jamais il n'expliquait à sa femme ce qu'il faisait durant ces expéditions. Ils ne s'entretenaient que de questions pratiques, laissant leurs sentiments personnels s'enfoncer de plus en plus profondément, comme sous le poids d'un désastre imminent.

La rumeur courait qu'Alonso se préparait à assiéger Rookhaven. Un siège. Cette perspective emplissait d'effroi le cœur de Ceridwen. Elle n'avait jamais vécu une telle expérience par elle-même, mais elle en avait entendu des récits par des survivants venus se réfugier chez son père. Au début, ce n'était que ferveur et excitation : les bannières brandies, les défis lancés, l'impatience de livrer une bonne bataille. Très vite, cependant, l'enthousiasme retombait. Alors commençait une lente et terrible descente vers l'ennui, la peur, la famine — et surtout la soif. S'il n'existait pas de puits à l'intérieur de la forteresse assiégée, ou s'ils avaient été empoisonnés, la survie des prisonniers n'était qu'une affaire de temps. Trébuchets, bombardes et autres engins de destruction devenaient inutiles.

De surcroît, un autre danger guettait les assiégés, aux dires des vétérans : en échange de sa vie ou d'une autre récompense, un traître risquait toujours de se glisser dehors à la faveur de la nuit et de remettre les clés aux assaillants, après s'être assuré que les portes ne seraient pas barrées. Une telle chose s'était déjà produite, maintes fois. Et quand l'ennemi pénétrait dans les murs, ceux qui avaient refusé de se rendre des semaines ou des mois auparavant étaient passés par l'épée.

La nouvelle châtelaine songeait à tout cela, alors qu'elle entrait dans le village en compagnie de Blanche et de sa fille. Pareille situation constituerait sans nul doute l'une des « occasions » mentionnées par son père, lorsqu'il lui avait annoncé son mariage. Un bon moyen de venger enfin la mort d'Owain, en provoquant la destruction d'un Beauchamp. Mais Ceridwen ne voyait nul honneur à causer des torts aussi graves aux gens de Rookhaven. Si leur seigneur souffrait, ils souffriraient aussi.

— Bonjour, maître Aelfson.

Elle salua d'un signe de tête le corpulent charron, dont le crâne chauve luisait de sueur malgré la fraîcheur de novembre. Il lui dédia un sourire éclatant.

— Dieu vous bénisse, milady. Et grand merci pour la charrette que vous m'avez prêtée.

— Amassez tout le fourrage et tout le bois que vous pourrez glaner, mon ami. Assurez-vous, en outre, que tous les villageois seront entre nos murs vendredi prochain, bien avant la nuit. Je tiens à éviter toute bousculade au dernier moment. Cette contrainte pourra vous paraître pesante, mais je ne veux courir aucun risque, avec tant d'enfants à protéger.

— Comptez sur moi, milady. Je veillerai à ce que les ordres de sire Raymond soient exécutés.

Ceridwen ne jugea pas utile de lui préciser que son époux n'était pour rien dans ces plans. Elle agissait de son propre chef, mue par la peur qui lui glaçait les omoplates quand le vent soufflait de l'est — depuis les terres d'Alonso.

— Ma dame…

— De grâce, Blanche, ne m'appelez point ainsi, coupa Ceridwen en se dirigeant vers la chênaie. Conservez l'usage de mon nom.

— Quelle obstinée vous faites ! Pourquoi ne vous contentez-vous point de profiter des avantages de votre nouvelle position ? Laissez donc ces arrangements à Raymond !

— Il a suffisamment à faire.

— Quoi donc, je vous le demande ! Il passe son temps à courir le pays, à la façon d'un chapon qui se prend toujours pour un coq !

Cette image haute en couleur suscita brusquement l'hilarité de la jeune fille. Elle pressa une main sur sa bouche, réprimant le commentaire qui lui venait à l'esprit.

— Un chapon prêt à être plumé ! lança-t-elle.

— Plumé, farci, lardé..., ajouta Blanche malicieuse.

— Et cuit dans son jus ! acheva Ceridwen dans un éclat de rire.

Ce moment de franche gaieté lui fit du bien. Il lui semblait être revenue au temps béni où Rhys et elle s'amusaient à se moquer des Anglais pour distraire leurs frères et sœurs. Mais cette trêve ne dura guère : soudain, un grondement de sabots ébranla la terre sous ses pieds. Elle se mit prestement sur le côté, tirant Blanche et Bree à l'abri des cavaliers qui s'élançaient à bride abattue à l'assaut de la colline.

Raymond était de retour.

Manœuvrant avec souplesse, le jeune seigneur se dégagea de ses compagnons et revint au petit trot vers les deux femmes. Orphée, son puissant destrier, était couvert d'écume. Ses yeux durs effleurèrent à peine Ceridwen. Il riva son regard sur Blanche.

— Voulez-vous que je vous reconduise, ma cousine ?

— Non, messire. Merci, mais je préfère rentrer à pied.

— Et vous ?

Il dévisagea son épouse, qui contemplait avec effroi le piètre état dans lequel il se trouvait : maculé de boue de la taille aux chevilles, son surcot déchiré, les joues brûlées par le vent et couvertes de sang séché, une profonde entaille lui ouvrant le front au-dessus d'un œil.

La jeune fille se tourna vers sa compagne.

— Allez, Ceridwen, déclara celle-ci. Bree et moi ramasserons des châtaignes, sur le chemin du retour.

— Quelle mouche vous pique donc, de ramasser de la nourriture pour les cochons ? grommela Raymond.

D'un geste impatient, il se pencha et tendit une main à sa femme, qui n'osa pas refuser cette offre péremptoire. Elle glissa un pied dans l'étrier qu'il lui avait libéré, se laissa hisser en amazone derrière lui, passa un bras autour de sa taille et releva l'ourlet de son bliaud. Son estomac crispé se détendit quelque peu quand Orphée repartit au pas.

— Je prépare le château pour un siège, messire. N'est-ce point ma responsabilité de châtelaine ?

Son époux ne répondit pas. Le dos raide, il se mura dans le silence. Brusquement, la colère s'empara de Ceridwen. Elle était lasse. Lasse de ses absences, lasse de son aigreur, lasse de se sentir délaissée même lorsqu'elle était avec lui.

— Eh bien, Beauchamp ! Qu'avez-vous à me répondre ? insista-t-elle en lui appliquant une tape entre les omoplates. Je vous ai parlé anglais, ce me semble !

Il la surprit grandement en se mettant à rire.

— Certes. Et je dois reconnaître que votre pratique s'est amplement améliorée, depuis votre arrivée.

Tournant la tête vers elle, il lui décocha un sourire en biais.

— Il faudra que je vous enseigne le français, prochainement.

— J'en serai ravie, répondit Ceridwen, apaisée. Qui vous a causé cette blessure au front ?

— J'ai rencontré un éclaireur d'Alonso. Sa lance, plus précisément.

— Gente Marie !

— Le jeu en valait la chandelle. Il nous a appris qu'Alonso est au lit — et que lady Gwendolyn s'occupe nuit et jour de lui.

— Etes-vous sûr qu'il ne s'agit point d'une ruse ?

— Le lascar n'a eu d'autre ressource que de cracher la vérité, croyez-m'en.

Son ton dur dissuada la jeune fille de quêter d'autres détails. Elle s'empressa de changer de sujet.

— Qui est cette Gwendolyn, au juste ? Je l'ai croisée une fois, elle m'a paru fort venimeuse. A mon égard, tout du moins.

Raymond refit face au chemin.

— Elle ne tolère nulle femme, à part elle-même. Et elle est la sœur de l'épouse d'Alonso.

— Quoi ? Il a pris pour maîtresse sa propre belle-sœur ?

— Cela vous surprend-il ? Vous avez encore beaucoup à apprendre sur mon frère, ma dame.

— Sa femme est morte, je suppose. Toutefois, même ainsi, comment peut-il se prévaloir de sa piété, en compagnie d'Everard ?

— Détrompez-vous. Sa femme est bien vivante, enfermée dans un couvent où elle se trouve mieux qu'avec lui. Et ignorez-vous donc que les riches peuvent pécher en toute impunité ? L'Eglise leur pardonne aisément leurs « excentricités », moyennant paiement.

— Je vois, murmura Ceridwen.

De fait, ces règles immorales la troublaient vivement, mais elle avait autre chose en tête.

— Comment se fait-il que nous puissions parler si commodément d'autrui, messire, alors que nous ne parlons jamais de nous-mêmes ? Cela nous arrivait pourtant, autrefois…

Le destrier fatigué fit un écart, et elle dut se raccrocher plus fortement à la taille de son époux.

— Vous connaissez mes raisons, répondit-il d'un ton bref.

« Meribel, bien sûr ». Ravalant son amertume, la jeune fille tenta d'améliorer sa position ; les mouvements d'Orphée ne cessaient de la faire glisser sur le côté.

— Voulez-vous vous asseoir devant moi ? suggéra le jeune seigneur.

— Je crois… que je préférerais, si cela se peut.

Raymond arrêta aussitôt son cheval. Pivotant sur sa selle, il enlaça d'un bras la taille de sa compagne et l'attira contre sa hanche, à la façon d'une mère portant son enfant.

— Passez une jambe sur l'autre flanc, de grâce ! Je ne puis vous tenir ainsi toute la sainte journée.

Ceridwen ouvrit des yeux épouvantés.

— Je dois me placer face à vous ? A califourchon ?

— Oui. C'est la seule manière dont je puis vous prendre.

Un sourire coquin détendit ses lèvres fermes.

— Nous sommes mariés, après tout.

Avec une familiarité qui choqua éminemment la jeune fille, il empoigna son postérieur à deux mains et la mit en place, les cuisses sur les siennes.

— Peut-être est-il temps que nous fassions plus ample connaissance.

— Ce que je sais de vous me suffit, messire.

— Je ne puis en dire autant à votre encontre.

Un frisson parcourut Ceridwen.

— Sans doute ferais-je mieux de descendre et de marcher. Votre coursier est fatigué.

— N'ayez crainte, il peut encore vous porter. Montrons-nous donc ainsi, ma dame. Laissons croire que vous êtes une épouse docile et consentante. Que je suis capable de vous charmer, et que mes flammes de dragon ne vous ont point réduite en cendres.

Il la couvait d'un regard étincelant. Ceridwen fut saisie d'un vertige. Sa bouche était trop proche de la sienne, son corps viril trop présent entre ses jambes écartées. Mais quel bonheur elle éprouvait à contempler son beau visage d'aussi près, au bout de tout ce temps ! Elle était prête à savourer ce moment comme un cadeau. Un cadeau merveilleux. D'un geste instinctif, elle caressa la ligne nette de sa mâchoire — et fronça les sourcils.

— Votre blessure ne vous fait-elle point souffrir ?

— Si, bien sûr. Mais la douleur s'apaise, quand je vous tiens ainsi, murmura Raymond.

Sa main remonta le long de la cuisse de Ceridwen. Elle soupira d'aise, et sourit devant l'expression étonnée de son époux. En cet instant, il paraissait presque aussi naïf qu'un jouvenceau, se dit-elle. Incapable de résister à la tentation, elle glissa les doigts derrière son oreille, dans la touffeur fauve de sa chevelure, et s'abandonna au plaisir intense qui picotait sa peau.

— Pas maintenant, chuchota-t-il. Pas tout de suite…

Soudain, il redressa la tête, sa bouche effleurant au passage celle de la jeune fille.

— Attendez.

Il se raidit, la maintenant d'un bras ferme, et regarda au-delà d'elle. Un cavalier approchait à vive allure. Ceridwen relâcha le souffle qu'elle retenait. Une vive déception lui contracta le cœur quand elle vit Wace s'arrêter près d'eux, le visage défait.

— J'ai une mauvaise nouvelle, messire..., annonça l'écuyer d'un ton oppressé. Sauveur est mal en point.

Raymond se figea, blême sous la boue et le sang qui maculaient ses traits.

— Qu'est-il arrivé ?

— On l'a ramené gravement blessé de la chasse.

— Pardonnez-moi, ma dame. Je dois vous laisser.

Le jeune seigneur recula sur sa selle, aida son épouse à se dégager et la soutint pendant qu'elle glissait à terre. Dès qu'elle se fut écartée, il se remit prestement en place, éperonna les flancs d'Orphée et détala au grand galop, abandonnant Ceridwen et Wace au milieu du chemin.

La jeune fille déglutit, la gorge serrée. Pourquoi ne l'avait-il pas emmenée ? Elle aussi, aimait Sauveur ! Elle voulait faire quelque chose pour lui !

— Va-t-il vraiment très mal ? s'enquit-elle.

— Si mal que je donnerais cher pour pouvoir éviter mon maître la semaine qui vient, ma dame. Et encore, s'il reste en vie !

— Prenez-moi derrière vous, Wace. Peut-être pourrai-je me rendre utile.

— Je l'espère de tout cœur, ma dame.

*
* *

Raymond s'agenouilla près du chien-loup, qui reposait sur une litière non loin du feu allumé dans la grand-salle. Quand il frotta sa tête massive, Sauveur gémit et lui lécha la main. Son abdomen avait été pansé, mais du sang frais traversait les bandages.

— Comment cela s'est-il produit, Bruce ? demanda le jeune seigneur d'un ton égal.

Il ne voulait pas brusquer le chasseur qui avait ramené le malheureux animal. L'Ecossais paraissait déjà bien assez affligé comme cela.

— C'est un cerf qui l'a éventré, milord. Et un autre qui l'a sauvé.

— Quoi ?

— Je n'avais jamais vu une chose pareille, milord. Sauveur avait réussi à traquer la bête que nous poursuivions. Mais quand le reste de la meute a été lâché, le cerf s'est défendu en jouant de ses bois. C'est là qu'il a étripé votre chien. Alors, un cerf *blanc* a surgi des fourrés. D'une blancheur lumineuse, il était, aussi pâle qu'une gorge de pucelle ! Il a engagé le premier dans une lutte furieuse, ce qui nous a permis de retirer votre pauvre molosse…

La gorge de Raymond s'était asséchée. Un cerf blanc. Ce ne pouvait être que le sien. Il toussa pour s'éclaircir la voix.

— De fait, qu'est-ce que Sauveur faisait avec vous ? s'enquit-il avec raideur.

— Oh, milord ! Il était si nerveux, depuis quelque temps, que je n'ai pas eu le cœur de le laisser au château.

Cela faisait si longtemps qu'il n'était pas sorti avec vous ! Je vous en demande bien pardon.

Raymond se passa une main sur le front et soupira.

— Ne vous excusez point. Vous avez cru bien faire. Avez-vous abattu l'un de ces cerfs ?

— Non, milord. Nous avons abandonné la chasse pour ramener Sauveur. Et puis… cette scène nous avait secoués, je dois le dire. Ce n'était pas naturel. Ce cerf blanc semblait tombé du ciel, quasiment.

Brice frissonna à ce souvenir.

— Peut-être l'était-il, murmura Raymond. Allez vous reposer, mon brave. Je veillerai Sauveur.

A cet instant, levant les yeux, il vit entrer Wace et Ceridwen. La fraîcheur et la beauté de sa jeune épousée l'émurent profondément. Elle aussi, se dit-il, semblait tombée du ciel. Pour le combler de ses bienfaits. Aussitôt, il se fustigea intérieurement. Comment pouvait-il laisser une femme le distraire de son chien blessé ? Cette jolie Galloise le poussait sans cesse à briser ses principes les plus élémentaires. Il était temps qu'il se reprenne.

Il se pencha sur Sauveur. Mais quand Ceridwen vint s'agenouiller près de lui, le doux parfum de rose qui émanait d'elle accéléra son pouls.

— Peut-on le sauver ? demanda-t-elle à mi-voix.

— Il est trop tôt pour le dire. Il peut encore pencher d'un côté comme de l'autre. Espérons qu'il sera aussi chanceux que vous.

— Ce n'est pas la chance qui m'a sauvée, messire.

Raymond lui jeta une œillade, et fut surpris de la voir rosir.

— Qu'était-ce donc, alors ?

— Avez-vous oublié ?

— Je me souviens d'Alys vous torturant avec un sachet d'herbes brûlantes, qui sentaient le moisi. Et de vos cris, quand elle vous obligeait à boire ses horribles potions.

Il se souvenait aussi de l'avoir baignée d'eau fraîche, alors qu'elle se tordait sous la fièvre. Et se rappelait nettement la peine qui lui avait noué le cœur, lorsqu'il était entré une dernière fois dans sa chambre en pensant ne plus jamais la revoir. Et puis…

— Vous avez baisé mes lèvres, reprit-elle. C'est à partir de ce moment, que je suis allée mieux.

Raymond lutta contre cette maudite émotion qui s'emparait de nouveau de lui.

— Me conseillez-vous de baiser les babines de Sauveur ? rétorqua-t-il avec une ironie coupante. Peut-être serait-il plus sensible à *vos* baisers !

Ceridwen se rembrunit et il se reprocha sa cruauté — qui n'avait d'égale que sa mauvaise foi.

— Pourquoi me tournez-vous en ridicule ? Vous n'avez point de cœur, Beauchamp. J'ai eu bien tort d'en douter. Vous avez raison : ce sont les soins d'Alys, qui m'ont guérie de ma blessure, et rien d'autre. Je donnerais cher pour qu'ils puissent aussi me guérir de vous !

Elle se releva et se dirigea vers l'escalier. Raymond s'empressa de la rattraper.

— Attendez, Ceridwen.

Lorsqu'elle lui fit face, le chagrin et la déception qui se lisaient dans ses yeux aggravèrent encore ses remords. Il ne cessait de la blesser, injustement.

— A propos de notre nuit de noces, déclara-t-il d'un ton sourd, je tenais à vous dire... que je n'avais nullement l'intention de vous faire du mal. Ces mots m'ont échappé sans que j'y puisse rien.

A quoi bon essayer de justifier sa conduite ? se demanda-t-il. Ceridwen était trop fraîche, trop jeune pour comprendre les forces qui le retenaient captif contre son gré. Il avait aimé Meribel, mais il l'avait haïe aussi, pour ce qu'elle lui avait fait. Et il haïssait plus encore Alonso — au point de ne plus pouvoir contenir la rage brûlante qui le dévorait.

— Pourquoi me fixez-vous ainsi, messire ?

Il cligna des paupières.

— Pardon.

Ceridwen saisit son bliaud à deux mains, prête à le fuir.

— Je vais consulter Alys, au sujet de Sauveur.

— Ne prenez pas cette peine, ma douce. Pour l'heure, il n'a besoin que de temps, de quiétude... et d'amour.

Juste ciel ! grommela-t-il en lui-même. C'était ce dont elle avait besoin, elle aussi, et il le lui refusait ! Etait-il incapable de donner à une femme ce qu'il donnait à son chien ? Il tendit une main vers elle.

— Ceridwen…

— Veuillez m'excuser, messire. J'ai à faire.

Elle esquissa une courbette et s'éclipsa. Il resta figé dans la pénombre, les yeux rivés sur l'escalier qui l'avait engloutie, mâchonnant l'ongle de son pouce.

— Un problème de femme ?

La voix enjouée de son lieutenant le fit sursauter. Il se mordit la langue.

— Par Dieu, Giles ! gronda-t-il en se retournant. Quand cesserez-vous de surgir ainsi à l'improviste ? Tentez-vous de me faire mourir, afin de prendre ma place ?

— Tiens donc ! L'idée n'est pas mauvaise…

— Soyez sérieux, de grâce. Mon chien est à l'article de la mort. Je me demandais si cette farce de mariage vaudrait toujours, lorsqu'il ne sera plus là. Après tout, ma parole m'a été extorquée contre sa vie.

Ils rejoignirent Sauveur. Raymond s'accroupit près de lui et remonta la couverture qui le protégeait.

— Ne perdez pas si vite espoir, mon ami, déclara le chevalier. Regardez : sa truffe est humide, ses oreilles sont fraîches. Il est en meilleur état que vous, quand nous avons extirpé cette flèche de votre cuisse.

Du revers de ses doigts, Raymond lissa le pelage du chien-loup.

— Cette attente impuissante me ronge.

— Trompez-la donc ! Allez ferrailler avec Wace, ou

donner une rossée à quelqu'un qui la mérite. Mais le meilleur endroit où enterrer des tourments, que je sache, c'est encore entre les jambes d'une…

— Epargnez-moi vos conseils, Giles. Remplacez-moi plutôt auprès de Sauveur. Et à la moindre alerte, prévenez-moi.

— Où vous trouverai-je ?

— Dans la chapelle, en prière.

Son second haussa les sourcils, puis son visage s'assombrit.

— La profondeur de votre inquiétude m'attriste, messire.

— Je vais prier autant pour moi que pour lui, mon bon. Nous avons tous les deux grand besoin du secours du ciel.

Avec un demi-sourire, le jeune seigneur s'éloigna. Ce qu'il n'avait pas dit à Giles, c'était que ce brusque accès de piété avait une autre cause : du coin de l'œil, il avait vu Ceridwen se glisser dans le petit sanctuaire.

Les lueurs mauves et pourpres du crépuscule filtraient à travers la rosace qui dominait la nef. Les dalles étaient toujours jonchées de pétales de roses, maintenant secs et froissés — ces roses tardives dont il avait dépouillé à grand mal les religieuses du couvent d'Usk. Par elles, ce jour-là, il avait voulu offrir à sa promise la seule joie qu'il était sûr de pouvoir lui prodiguer. Les autres, elle n'était pas prête à les recevoir. Et peut-être ne le serait-elle jamais, vu la maladresse qu'il montrait à son égard.

*
* *

Agenouillée devant l'autel, la tête baissée, son épouse semblait fort occupée à cisailler quelque chose. Elle ne l'entendit pas approcher.

— Ceridwen.

Elle sursauta et poussa un petit cri en cachant son index gauche dans son autre main. Raymond devina sur-le-champ de quoi il retournait.

— Montrez-moi ce doigt, dit-il.

— Non, refusa-t-elle avec l'air buté d'une enfant de trois ans.

Il se saisit de son poignet et mesura les dommages.

— On ne pratique pas de sacrifices de ce genre en Angleterre, lady. Par bonheur, l'entaille n'est pas profonde. Laissez-moi la panser.

De sa dague, il retrancha un bout d'étoffe de la nappe qui couvrait l'autel et banda le doigt blessé.

— Que comptiez-vous faire de votre sang ?

— Aider Sauveur.

Hochant la tête, le jeune seigneur prit la figurine en cire qu'elle avait sculptée dans la base d'un cierge, et qui représentait un grand chien droit et fort sur ses pattes, les oreilles dressées.

— Ceci suffira à nous attirer les grâces du ciel, déclara-t-il en la déposant devant une statue de la Vierge Marie.

Il s'agenouilla près de Ceridwen et glissa doucement une

main sur sa taille. Elle ne s'écarta pas. Ses grands yeux d'un vert d'océan étaient assombris par le chagrin.

— Merci de vous soucier de lui, murmura-t-il. Mais ce n'est qu'une bête, après tout.

— Il est moins bestial que beaucoup d'hommes.

— Moi compris ?

La main de Raymond descendit vers sa hanche, qu'il trouva trop pointue à son gré ; elle avait perdu du poids.

Elle secoua la tête.

— Non. Je ne peux plus croire cela de vous, messire. Vous êtes... trop de choses à la fois. Vous confondez mon entendement.

Sa main fine se posa sur l'avant-bras de son époux. Une chaîne de désir, malvenue en cet endroit, se tendit de ses reins à son cœur.

— Je connais ce sentiment, acquiesça-t-il. Moi-même, je me perds dans le dédale de mes instincts... et de mes craintes. Puis-je être entièrement sincère avec vous ?

— Je ne saurais admettre une autre attitude de votre part, messire.

— Quelque chose me terrifie, Ceridwen.

— Je le sais. Je l'ai lu dans vos yeux. Quelle est la cause de votre terreur ?

Raymond inspira profondément.

— Quand un homme tel que moi s'éprend d'une femme, il n'est pas de retour possible. Ni pour lui, ni pour celle qu'il aime. Ils sont condamnés soit à s'envoler vers les plus grandes joies, soit à sombrer dans les flammes de l'enfer. Et nul phœnix ne renaît de ces cendres-là, croyez-moi. J'ai cédé une fois à l'amour, Ceridwen, et je redoute d'y céder de nouveau. Je me bats contre mes propres désirs. Cette lutte me détruit.

Elle tressaillit. Il relâcha la pression de sa main.

— Pourquoi vous acharner à lutter de la sorte ? s'enquit-elle. Pourquoi aimer devrait-il ne vous apporter que douleurs et tourments ?

Il suivit d'un doigt la ligne pure de sa joue, si blanche contre le noir de ses cheveux.

— Si vous aviez déjà aimé vous-même, ma dame, vous ne poseriez point cette question.

— J'ai aimé, messire. Et mon amour demeure fort et vrai, bien que celui que j'aime soit mort.

Le cœur de Raymond se contracta à ces paroles. Mais de quel droit serait-il jaloux ? se dit-il. Il n'était rien pour elle. Même s'il chassait à tout jamais le souvenir de Meribel, elle ne s'attacherait pas à lui. Elle l'avait épousé par devoir. Il n'aurait pas dû lui exposer ses sentiments. Elle était femme, elle ne saurait que trop s'en servir contre lui lorsqu'il serait le plus vulnérable.

Les doigts frais de Ceridwen se posèrent sur les siens, crispés par la nervosité.

— Je ne vous mépriserai jamais d'avoir un cœur, Raymond, déclara-t-elle doucement. Je ne pensais pas ce que je vous ai dit tout à l'heure.

— Je le méritais pourtant.

— Non. Vous avez en vous de la tendresse, je le sais.

Vous devriez vous en réjouir et nourrir l'étincelle de chaleur que vous abritez encore.

— C'est plus qu'une étincelle, ma dame.

— Vraiment ?

— Oh, que oui.

L'étincelle était devenue un brasier, pensa-t-il. Un brasier ardent, dangereux, qui le dévorait.

Sans le quitter des yeux, elle se tourna vers lui et appliqua sa paume sur son cœur qui battait sourdement. Ils étaient toujours à genoux.

— Montrez-moi..., chuchota-t-elle. Soufflez votre feu en moi, *Carrog Dhu*. Je veux en sentir la brûlure.

— Je ne le puis.

— Pourquoi ?

La main de Ceridwen remonta jusqu'à son cou, le caressa, tentatrice. Il déglutit.

— Nous sommes dans une chapelle.

Elle sourit de son excuse.

— Allons ailleurs, alors.

— Je me sentirai coupable.

— D'abandonner Sauveur ? Il ne vous en voudra pas, si vous lui revenez content. Tout le monde autour de vous s'en réjouira, croyez-moi.

Raymond soupira.

— A vous entendre, ma dame, j'ai dû semer bien du malheur, en infligeant à mes proches la vue de ma misère. Je leur dois réparation.

Elle hocha gravement la tête.

— A eux, messire, et à moi.

Emu, il repoussa les mèches sombres qui balayaient la joue de son épouse.

— Je vous ai traitée de manière honteuse.

— Oui.

— Tout va changer entre nous, Ceridwen. Toutefois, je crains de vous effrayer, quand vous me verrez... Quand je serai...

Il savait quelle ardeur était la sienne, lorsqu'il possédait une femme. Meribel ne s'en était jamais plainte : au lit, elle était une tigresse. Mais Ceridwen, en dépit de tout son bon vouloir, était tendre et délicate. Peut-être devrait-il l'épargner, se dit-il encore. Son corps lui témoigna aussitôt son désaccord. Le désir qu'il éprouvait pour elle était si fort qu'il en devenait douloureux.

Elle lui pressa la main.

— Ne vous tourmentez point pour moi, messire. J'ai déjà vu nombre de scènes terrifiantes. Je doute que vous puissiez m'effrayer à ce point.

Raymond serra ses doigts entre les siens.

— Je dois voir mes hommes et terminer ma ronde, ma dame. Nous poursuivrons cette conversation un peu plus tard, si vous le voulez bien.

Il se leva, l'aida à se remettre debout et la dévora des yeux. Dans l'obscurité grandissante, les flammes des cierges allumaient des reflets rouges dans ses cheveux de jais. Un frisson d'impatience le parcourut.

— Je ne tarderai pas, chuchota-t-il. Dès que Bruce aura soigné ma blessure, je vous rejoindrai.

— Pourquoi lui ? protesta Ceridwen. Ne puis-je vous

soigner ? S'il vous laisse une vilaine cicatrice, il aura affaire à moi !

Son époux rit tendrement, et plaça un doigt sous son menton.

— Le pauvre homme s'en veut terriblement d'avoir emmené Sauveur à la chasse. Je me dois de lui donner une marque d'amitié. Mais que vous voilà possessive, ma dame ! Faut-il que je passe au chenil, pour m'y procurer une laisse et un collier ?

— Cela ne me déplairait point, messire, répondit-elle, les yeux étincelants.

Elle lui sourit, avec un mélange d'espoir, d'anxiété et de feinte bravoure, il le savait. Il aurait voulu l'embrasser, mais l'entreprise était trop risquée. S'il commençait, il ne pourrait plus s'arrêter. Il posa les doigts sur sa propre bouche, puis sur la sienne.

— Au lit, lady.

Ceridwen s'esquiva, lui jetant une œillade malicieuse par-dessus son épaule.

— Je vais d'abord porter un breuvage revigorant à lord Sauveur, si vous le permettez.

Raymond s'efforça vainement de lui rendre son sourire. Il était par trop contracté.

Quand le chien-loup eut lapé le bol de jus de viande tiédi qu'elle lui avait préparé, Ceridwen se hâta de regagner la chambre seigneuriale. Sauveur ne craignait rien, Giles somnolait près de lui. Mais elle-même, dans quoi s'était-elle lancée ? se demanda-t-elle avec angoisse. Combien de temps avait-elle pour se préparer ?

Une fois dans la chambre, elle hésita, ne sachant que faire. Depuis leur nuit de noces, ils n'avaient plus dormi dans le même lit. Mais pour rien au monde elle n'eût osé avouer sa défaite à quiconque. Quand Raymond était là, elle couchait sur une paillasse installée dans un coin, même lorsqu'il lui offrait de le rejoindre en lui assurant qu'il ne la toucherait pas. Ce soir, il en serait autrement.

Alors qu'elle commençait à se dévêtir, les doigts tremblants, on frappa à la porte. Son seigneur la rejoignait-il déjà ? Au fond d'elle-même, elle le souhaita ardemment.

Sa déception fut grande quand elle vit paraître Blanche.

— Ah, Ceridwen ! Je suis heureuse de vous trouver debout, déclara son amie. Mais qu'avez-vous ? Vous êtes toute pâle !

Pour le coup, les joues de la jeune fille s'embrasèrent.

— C'est que… vous arrivez à un moment crucial, Blanche. Cette nuit, pour la première fois, Raymond et moi devons… Oh, j'ai si peur de lui paraître sotte !

La jeune veuve la dévisagea, les yeux écarquillés. Puis elle porta une main à sa bouche.

— Doux Jésus ! s'exclama-t-elle. Voulez-vous dire que votre époux n'a toujours pas rempli ses devoirs envers vous ? Cela est scandaleux !

Ceridwen baissa les yeux, gênée.

— A dire vrai, je ne lui ai point permis de le faire.

— Le désirait-il, au moins ?

— Oui, je crois. Mais sa femme…

— C'est *vous*, qui êtes sa femme !

Blanche pinça les lèvres, l'air outré. Tortillant sa longue ceinture entre ses mains, Ceridwen s'assit sur le bord du lit.

— Il l'aime encore.

— Alors faites en sorte qu'il vous aime plus qu'elle. Contraignez-le à l'oublier.

— De quelle manière ?

La jeune fille leva des yeux implorants vers sa compagne, qui vint s'asseoir près d'elle, compatissante, et lui prit la main.

— Il n'est qu'un homme, mon ange, et tous les hommes se ressemblent.

— Qu'est-ce à dire ? Je ne sais rien de leurs mystères. J'ignore tout de ce que je dois faire.

— La chose n'est pas compliquée, petite : contentez-vous de le laisser vous reluquer autant qu'il lui plaira, puis soufflez les bougies. Le reste viendra tout seul.

Ceridwen se promit de garder les bougies allumées. Elle ne tenait pas à ce qu'il la prît pour Meribel, dans le noir.

— Ensuite, reprit Blanche avec le plus grand sérieux, ne vous montrez pas effarouchée et ne repoussez pas ses avances. Donnez-lui tout de vous-même, sans étouffer les élans que vous pourrez éprouver. Ne lui cachez rien de vos sentiments. Une épouse ne doit jamais feindre, au lit. Seules les ribaudes le font.

Ceridwen absorba ces conseils en silence. Ses paupières la brûlaient.

— Vous me demandez de me livrer à lui en toute confiance, murmura-t-elle enfin. Et je le désire, de toute mon âme. Mais j'ai grand tort de vouloir l'aimer. Je me fustige de ma faiblesse. Il est l'ennemi de mon peuple.

— Non. Avant tout, il est votre époux, par les vœux de votre père et par la volonté de Dieu. Consentez sans remords à vous donner à lui.

Sur ces mots, Blanche se leva et regagna la porte. Sur le seuil, elle se retourna.

— Vous ne commettrez nul péché en l'aimant, ajouta-t-elle. Et si cela doit être, priez le ciel qu'il ne vous soit point enlevé.

Sa voix se brisa, et elle se mordit la lèvre. Comme Ceridwen se levait pour la rejoindre, bouleversée par cet aveu, elle la retint d'un geste et sourit farouchement.

— Restez où vous êtes, ma mie. Et que cette nuit vous procure grande joie.

Assise dans le grand lit de Raymond, vêtue de sa fine chemise de toile, Ceridwen attendait son époux. Ses entrailles tressaillaient d'un mélange d'excitation et d'effroi, comme lorsqu'elle regardait un faucon fondre sur sa proie. La beauté du spectacle la fascinait, sa cruauté la révulsait.

Quoi qu'il advienne, se dit-elle, la vérité se ferait jour. Soit elle mettrait en évidence la valeur de ce qui les unissait, soit elle en révélerait la fausseté — et tout s'achèverait. Elle aspirait désespérément à ce verdict, car elle ne pouvait plus supporter d'être déchirée en deux de la sorte. Alys avait raison : il n'était rien de pire que cette attente et ces interrogations.

Elle se glissa entre les draps. « Ne pas se montrer effarouchée, demeurer franche et sincère », avait recommandé Blanche. Pour commencer, elle ne dormait jamais avec sa chemise, d'ordinaire. Autant prouver son courage en l'ôtant tout de suite. Elle se débarrassa dudit vêtement, le jeta sur le sol, et son attente reprit.

Les chandelles diminuaient, ses paupières devenaient lourdes, et Raymond n'était toujours pas là. Aurait-il changé d'avis ? Déception et soulagement se disputaient son cœur. Elle convoitait le toucher et les caresses de cet homme, mais elle redoutait tout autant de lui abandonner le contrôle de sa vie… et de sa personne. N'allait-il point la tenir entre ses mains ? Les mains d'un Beauchamp, couvertes de sang ?

Gente Marie, aidez-moi ! supplia-t-elle. Comment disposer les différentes facettes qu'elle connaissait de lui en un tout acceptable ? Quelqu'un qui donnait à ses bêtes l'affection que d'autres réservaient à leurs enfants, généralement. Quelqu'un capable de tuer avec une dureté implacable. Quelqu'un qui haïssait avec une violence inimaginable — et qui aimait avec une telle fureur que la mort elle-même n'atténuait pas sa passion. Où était sa place, à elle, dans ce tableau plein de rage et de noirceur ? Pourrait-elle être autre chose pour ce ténébreux seigneur qu'une distraction mineure ?

Si cette nuit était désastreuse, ce serait aussi bien, conclut-elle. Elle pourrait enfouir au fond de son cœur les tourments incessants qu'il lui causait — l'espoir douloureux qui lui poignait le cœur lorsqu'il l'approchait, l'intense nostalgie qui la pourfendait quand il l'ignorait. Elle pourrait, de nouveau, le voir comme un ennemi. Mais ce ne serait pas facile, elle le savait.

Elle bâilla et posa la tête sur son oreiller. S'il n'arrivait pas bientôt, décida-t-elle, elle barrerait la porte, et il serait contraint de lui demander la *permission* d'entrer.

16

Raymond sombrait. Le soleil brillait faiblement au-dessus de lui, à travers l'eau froide et lourde de la douve. Il tendait désespérément les bras vers la lumière, cherchait en vain à se retenir à quelque chose, mais ses doigts ne se refermaient que sur du néant. Ses poumons sous pression étaient prêts à éclater.

Il était perdu. L'air, la clarté, toutes les bénédictions de la terre étaient hors de sa portée. Bientôt, il ne pourrait faire autrement que d'ouvrir la bouche et il avalerait une énorme gorgée de ce liquide noir, infâme. On ne retrouverait jamais son corps, tiré vers le fond par le poids de sa culpabilité.

C'est alors qu'il la vit : elle flottait à l'aplomb de sa tête, le visage tourné vers lui, ses yeux morts rivés sur les siens. Meribel… Il réprima un cri et s'éveilla en sursaut, dressé sur son séant. Un courant d'air froid glaça sa peau moite. En frissonnant, il se coula entre les draps, humides et rêches sous son dos.

Quelle nuit d'enfer ! Au moment où il s'était enfin résolu, à grand-peine, à aller rejoindre son épouse, un palefrenier affolé était venu l'appeler : Orphée, son précieux destrier, était pris de coliques. Des heures durant, il avait dû veiller et calmer l'étalon, qui ne tolérait que sa présence. La crise passée, il n'avait pu que se traîner jusqu'à son lit, exténué.

Sa porte, grâce au ciel, n'était point barrée. Lorsqu'il avait constaté que Ceridwen s'était endormie en l'attendant, il n'avait pas eu le cœur de la réveiller.

Il tourna la tête vers elle et la contempla dans la pénombre, à la lueur mourante de la chandelle qui achevait de se consumer. Elle était pelotonnée sur elle-même, tel un chaton, ses longs cheveux noirs enroulés autour de son corps diaphane. Nue, fragile, elle paraissait aussi irréelle qu'une sylphide. Il brûlait de la toucher, de s'assurer de sa solidité, mais sa peur coutumière le retenait : dès qu'il poserait les mains sur elle, il ne pourrait plus endiguer son désir ; et s'il la faisait sienne, s'il s'immergeait en elle, il courrait le danger de l'aimer. Alors elle le consumerait tout entier, s'emparerait de son corps, de son âme, et sa vie en serait changée à jamais.

Il se rabattit sur le dos, tentant en vain de repousser la chaleur traîtresse qui prenait son cœur d'assaut. La muraille de glace derrière laquelle il l'abritait avait déjà commencé à fondre, il le savait. A quoi bon dénier la vérité ? Le mal était fait : il aimait cette petite Galloise dont il était l'ennemi, et qui ne pourrait lui apporter que des tourments.

Malgré lui, il se tourna de nouveau vers elle et tendit une main vers ses longues mèches soyeuses. Il en captura une poignée entre ses doigts, se pencha, inhala ce parfum tiède et vibrant qui n'appartenait qu'à elle. Se perdre dans cette femme, serait-ce vraiment une tragédie ? se demanda-t-il. Serait-ce pire que de continuer cette lente agonie qui annihilait en lui tout désir de vie ? Depuis des années, il se contentait d'exister, sans joie, et d'attendre la mort.

Il se laissa glisser à la hauteur de Ceridwen. Ses doigts tremblaient. Si son esprit le retenait encore, son corps avide et tendu réclamait à grands cris d'être rassasié. De sa paume, il caressa son bras nu, son épaule, le contour de son dos mince. Puis il coula son autre main sous elle, afin de l'attirer à lui. Elle soupira dans son sommeil et nicha sa tête au creux de son cou.

Raymond crispa les paupières, osant à peine respirer. Même si les choses n'allaient pas plus loin, elle lui apportait déjà plus de douceur qu'il n'avait espéré en retrouver, pensa-t-il. Mais le flot ardent qui coulait dans ses veines lui insufflait d'autres espoirs : de tout son être, il souhaitait la combler de plaisir, de volupté — et lui prouver par tous les moyens qu'elle était à lui. A lui seul.

Un murmure de bien-être franchit les lèvres de Ceridwen. Avec un bonheur infini, elle retrouvait la chaleur du mystérieux protecteur qui l'avait enlacée et bercée avec une telle tendresse, lorsqu'elle était blessée. Elle savourait le réconfort de ses bras musclés, l'odeur musquée de sa peau, rassurante et familière. Cet homme était tout à elle, elle le savait, et c'était merveilleux. Pour rien au monde, elle ne voulait que ce rêve s'achève.

Elle se blottit contre lui, promena ses mains sur ses épaules, sur sa nuque, glissa les doigts dans la douceur animale de ses cheveux. Un instant, le visage de Raymond se superposa à celui de son amant inconnu. Elle l'entendit gémir.

— Qu'y a-t-il ? chuchota-t-elle.

Des lèvres brûlantes se posèrent sur le côté de son cou.

— J'ai envie de vous, ma douce. De vous et de vous seule.

Lorsqu'une cuisse ferme emprisonna ses jambes, Ceridwen ouvrit brusquement les yeux et se raidit, le souffle court. Elle ne rêvait pas. Celui qui la tenait ainsi était Raymond, son époux. En chair et en os. Il semblait avoir du mal à respirer, la parcourait de baisers avides, attendait d'elle, visiblement, un apaisement dont elle ignorait tout. Cette pensée l'embarrassa vivement, mais l'emplit aussi d'une joie toute neuve, qui fit disparaître ses craintes : elle disposait donc d'un pouvoir sur cet homme superbe, qui acceptait dans le secret de leur couche de lui révéler le besoin qu'il avait d'elle…

Ce sentiment de puissance se mêlait d'humilité et de tendresse. Son beau seigneur était donc vulnérable ! Elle reprit ses caresses, le cœur débordant d'une émotion qui la faisait trembler. La bouche de Raymond s'empara de la sienne, l'enivra de sa quête, de ce goût de miel et de vin doux qui parfumait sa langue et sa salive.

Elle se sentait fondre comme beurre au soleil. D'instinct, elle cherchait à se joindre à lui plus étroitement encore, à assouvir les désirs fiévreux qui tendaient son ventre et ses seins, à souder sa peau à la sienne. Elle pressa sa poitrine nue sur la fine toison qui recouvrait son torse, frémit à ce contact délicieux, renversa la tête en arrière pour mieux offrir sa gorge à ses baisers. Il émit un grognement sourd. Elle sentait palpiter contre elle un morceau de chair brûlant, doux et ferme à la fois, dont la taille ne cessait de s'accroître. C'était là que le mystère commençait, pensa-t-elle. Mais loin d'en éprouver de la terreur, elle vibrait d'impatience, comme si une partie secrète d'elle-même appelait cette partie de lui. Comme s'il recelait dans sa personne le remède propre à combler le vide étrange, agaçant, que ses caresses creusaient en elle.

Les mains de son époux la parcouraient avec la légèreté et la douceur d'un murmure. Il paraissait la vénérer, tout en réprimant la force évidente de son désir, qui le faisait trembler. Jamais elle ne l'eût cru capable de tant d'égards, de tant de courtoisie. Le respect et les attentions qu'il lui montrait lui réchauffaient le cœur plus puissamment que des mots doux ou des serments.

Lorsqu'il courba la tête pour baiser sa poitrine nue, puis saisit entre ses lèvres l'éminence durcie qui couronnait ses seins, devenus si sensibles, le plaisir qui transperça Ceridwen jusqu'au plus profond d'elle-même la fit s'arquer contre lui.

— Embrassez-moi…, supplia-t-elle.

Il lui obéit, et une passion partagée les embrasa. Le bonheur qu'elle prenait à s'abreuver de cet homme transportait la jeune fille. Elle ne se lassait pas de caresser son corps musclé, l'emprisonnait entre ses jambes, promenait son pied nu sur son mollet, tentait de toutes ses forces de se nouer à lui, de mouler ses hanches contre les siennes. Il retint son souffle.

— Ouvrez-vous à moi, ma douce, demanda-t-il d'une voix rauque, tendue par le besoin qu'il avait d'elle. Laissez-moi entrer en vous.

C'était une prière, pas un ordre. Le changement qui s'était opéré en lui bouleversa Ceridwen.

— Vous n'avez nulle permission à quérir de moi, Raymond, chuchota-t-elle contre sa bouche. Je suis toute vôtre. Mais j'ignore comment vous donner ce que vous attendez. Guidez-moi, je vous en prie.

Il l'embrassa de nouveau, ivre de gratitude, puis coula une main hésitante vers le tendre berceau blotti entre ses cuisses. Malgré son désir de le satisfaire, Ceridwen se raidit, comprenant enfin ce qu'il voulait d'elle. Il déposa des baisers brûlants sur sa gorge.

— N'ayez pas peur, Ceri. Tout ira bien, je vous le promets.

La chair enflammée de la jeune fille répondit à sa place. Le plaisir inouï que les caresses de son époux lui prodiguaient apaisait cette faim insupportable qui la dévorait — tout en la rendant plus vive encore. Une chose qu'elle n'eût pu concevoir un moment plus tôt.

Elle frémissait contre lui, pareille à la corde tendue d'un luth, et sentait naître en elle une musique divine, puissante, qui l'envahissait tout entière, pressait contre l'enveloppe intérieure de son ventre, la submergeait de ses assauts. Il fallait que ces ondes délectables s'échappent d'elle, pensa-t-elle avec affolement, sans quoi elle allait exploser !

— Faites quelque chose, Raymond ! implora-t-elle. Je ne puis plus supporter cette tension !

Il rit doucement.

— Nous allons la réduire ensemble, ma douce.

Il se glissa sur elle, l'écrasant de son poids, ce qui la satisfit quelque peu. Mais cela ne suffisait pas. Qu'attendait-il pour la délivrer de cette torture ? Une torture délicieuse, certes, mais qui allait la rendre folle, si elle se poursuivait ! Soudain, les paroles de Blanche lui revinrent à l'esprit. Il avait un *devoir* à assumer envers elle. C'était sûrement celui-là.

— Consommez notre union, messire ! Sur-le-champ ! exigea-t-elle.

Il rit de nouveau, en la parsemant de baisers.

— Un peu de patience encore, mon cœur. Vous n'apprécieriez point ma précipitation, je vous le dis.

Ceridwen se sentit bientôt prête à suffoquer sous les sensations qu'il lui prodigua encore à foison. L'habileté de ses caresses lui mettait les nerfs à vif, l'emportait dans un tourbillon qui lui donnait le tournis. Elle lui était livrée corps et âme. En cet instant, songeait-elle devant ces transports qui la ravissaient autant qu'ils l'affolaient, elle eût tout accepté de lui pour obtenir enfin l'abandon total auquel elle aspirait de tout son être.

— Je suis à vous, ma dame, lui murmura Raymond. Maintenant que vous êtes prête à me recevoir, je vous fais l'hommage de mon corps.

D'un genou, il écarta ses cuisses. Puis il s'inséra tout entier entre ses jambes, et Ceridwen comprit que le moment de *la révélation* était venu. Après des années de curiosité angoissée, elle allait savoir ce que cachaient les regards furtifs, les sourires entendus et les rires égrillards qu'elle avait si souvent surpris dans son entourage.

Ses yeux s'élargirent brièvement devant l'intimité du lien que son époux lui proposait. Lui imposait avec une ferme douceur. Mais elle était si avide de combler l'ultime distance qui les séparait, ce geste comblait si précisément le mystérieux besoin qui l'incendiait depuis des heures, lui semblait-il, qu'elle l'accueillit en elle avec une joie sans bornes. Nouant bras et jambes autour de lui, elle l'embrassa avec passion, n'accordant qu'une faible importance à la légère brûlure qu'elle ressentit, puis elle cria son bonheur vers le ciel.

Le corps de Raymond mêlé au sien lui causait une volupté indicible. Ils n'étaient plus qu'une seule chair, et les mouvements qu'ils faisaient pour se joindre plus intimement encore ne cessaient d'accroître l'intense plaisir qui la submergeait. Cette élévation des sens aurait-elle une fin ? se demandait-elle, pantoise. Elle le découvrit peu après, quand l'apothéose de sa joie lui donna l'impression de se briser en mille ruisselets lumineux qui inondaient toute sa personne d'un bien-être inimaginable. Un violent frisson la secoua, et elle s'avisa à sa grande surprise que son époux traversait la même expérience. Il s'écroula soudain sur elle avec un râle sourd, comme s'il était sur le point de mourir de plaisir.

Lorsqu'il roula sur le flanc, en sueur, elle resta accrochée à lui, le visage enfoui au creux de son épaule. Les larmes qui jaillissaient de ses yeux, telle une fontaine, roulaient dans les cheveux et sur le cou de Raymond. Elle sentit sa gorge se contracter.

— Pourquoi pleurez-vous ? s'enquit-il d'un ton rauque.

Ceridwen sourit à travers ses larmes.

— Je pleure de bonheur, messire. Jamais je n'aurais pu croire qu'un homme… pouvait faire tant de bien à une femme. Pourquoi m'avez-vous caché ce secret si longtemps ?

Il posa un baiser dans ses cheveux et la serra plus fort contre lui.

— Parce que j'en redoutais la puissance, ma dame.

Elle caressa son torse nu.

— Je n'en connais point de plus douce, mon seigneur. Cette magie est une pure merveille. Pouvons-nous recommencer ?

Il sourit, amusé.

— Dans un moment, mon ange. La potion nécessaire à cette magie n'est pas inépuisable. Il lui faut du temps et du vin pour se reconstituer… mais par chance nous avons l'un et l'autre.

La lune s'était couchée depuis longtemps. L'aube traversait déjà de sa blancheur les courtines qui ceignaient le lit. Allongée en travers de son époux endormi, la joue sur son torse, Ceridwen écoutait les battements réguliers de son cœur et savourait son bonheur. Elle avait tout donné d'elle-même à cet homme, ainsi que le lui avait conseillé Blanche, et sa joie dépassait toutes ses espérances. Elle ne savait rien de plus beau, ni de plus sacré, que de se livrer ainsi à un autre être. Totalement. Par le miracle de l'amour.

Son erreur eût été grande, songea-t-elle, de se réfugier dans un couvent pour échapper à ce mariage. Elle était faite pour la vie séculière. Pleine et charnelle.

Avec un sourire attendri, elle effleura d'un baiser le cou de Raymond. Sa peau avait un goût de sel. Le terrible *Carrog Dhu* avait épuisé toutes ses forces pour la satisfaire ; elle lui en savait gré.

Il bougea dans son sommeil, l'obligeant à glisser sur le côté, et s'étendit à plat ventre, un bras sur elle. Ceridwen se pencha en avant afin de ramener sur eux les draps épars et la courtepointe garnie de duvet. Et soudain, alors qu'elle caressait du regard ce corps superbe qui lui avait donné tant de joie, une écharde glacée se planta dans son cœur.

En une fraction de seconde, son bonheur tout neuf vola en éclats, dispersé aux quatre vents. Elle était assommée comme si une tour entière venait de s'écrouler sur elle.

Le meurtrier d'Owain, c'était lui !

Hagarde, le souffle oppressé, elle ne pouvait détacher les yeux de cette double cicatrice qui marquait la cuisse gauche de son mari.

Comment avait-elle pu être aussi aveugle ? Aussi stupide, pendant si longtemps ? se demanda-t-elle, anéantie. Ses yeux… Sa voix… Ses mains… Elle aurait dû les reconnaître depuis le premier jour ! Raymond était un Beauchamp, comme Alonso ! Elle avait voulu les croire différents, mais elle s'était dupée elle-même : il était aussi ignoble, aussi sanguinaire que son frère !

Enfiévrée de honte et de rage, elle se dégagea brusquement et rampa vers le bord du lit. Une main ferme enserra sa cheville, arrêtant sa fuite.

— Où allez-vous, ma mie ? marmonna Raymond d'une voix ensommeillée.

— Ne me parlez plus jamais ainsi !

Elle se libéra d'un coup de pied et lui tourna le dos. Il se redressa, ahuri, le cœur battant à se rompre. Qu'avait-il fait de mal ? Aurait-il prononcé le nom de Meribel, dans son sommeil ? Ceridwen lui décocha un regard haineux.

— Vil Anglais ! Assassin ! *Sais !* siffla-t-elle entre ses dents.

Ces insultes accrurent la stupeur et le désarroi de Raymond. Quelle mouche la piquait, tout à coup ?

— Qu'avez-vous donc ? s'enquit-il en tendant une main vers elle.

Elle s'esquiva, cueillit sa chemise et l'enfila avec des gestes furieux.

— Vous me le demandez ? Regardez cette cicatrice, elle vous répondra !

Raymond suivit son regard, abasourdi. Les bourrelets blanchâtres qui flanquaient sa cuisse gauche ne lui semblaient pas plus hideux que les autres marques qu'il portait, même s'ils lui avaient coûté bien davantage.

— Je ne vois pas ce que vous voulez dire.

— Voilà qui ne devrait point me surprendre ! rétorqua Ceridwen d'un ton tranchant. Pour vous, abattre un jeune guerrier de plus ou de moins, ce n'est que routine ! Que vous importe le sang que vous versez ?

Ses yeux verts étincelaient à travers les larmes qu'elle retenait.

Le jeune seigneur la fixa, brutalement assailli par un souvenir aussi cuisant qu'un fer rouge.

— C'était vous ? s'écria-t-il. Cette petite niaise qui…

Une sueur glacée le recouvrit.

— Et c'est moi qui ai tué votre ami. Votre… Owain.

— De fait, messire, et je ne vous le pardonnerai jamais. Même après votre mort.

Ceridwen sortit en courant de la chambre, sans se soucier de la légèreté de sa tenue. En maugréant, Raymond enfila prestement ses chausses et se rua à sa poursuite, torse nu.

— Où allez-vous ? tonna-t-il, effarouchant les servantes présentes dans le corridor.

— N'importe où, à condition que vous n'y soyez point ! lui lança sa femme par-dessus son épaule.

Il avait déjà entendu cette réponse, lui semblait-il. Aveuglée par les larmes, gênée par sa courte vue, Ceridwen hésita un instant sur le palier. Son époux en profita pour la rattraper. Il abattit les mains sur ses bras et l'obligea à se retourner.

— Fuir est donc la seule solution que vous connaissiez ? gronda-t-il. Je n'ai point cette liberté, moi. Et elle n'est plus vôtre non plus.

— Je vous hais ! glapit Ceridwen.

Elle tenta de lui échapper, mais il la retint contre lui. Elle sanglotait, le traitait de tous les noms… en gaélique. Finalement, à bout de ressources, elle planta ses dents acérées dans son épaule. Aussitôt, une poigne féroce lui renversa la tête en arrière, en tirant sur ses cheveux.

— Lâchez-la, Giles ! ordonna Raymond d'un ton bref.

— Oui-da, brute que vous êtes ! renchérit Shona en

attrapant le chevalier par son surcot. Lâchez ma dame, ou je vous mords aussi !

Giles obéit. Ceridwen avait envie de disparaître sous terre. La honte s'ajoutait à son chagrin. En se comportant de la sorte, tel un animal sauvage en furie, elle n'avait fait que renforcer la piètre opinion que ces Anglais avaient de son peuple.

Wace apparut, l'air consterné. Des gardes se montrèrent aussi, alertés par ce vacarme.

— Ce n'était qu'un cauchemar, déclara le jeune seigneur en foudroyant les curieux du regard. Je vais la calmer.

D'une main ferme, il ramena sa femme dans sa chambre et barra la porte.

— Vous n'avez pas le droit de me retenir de force ! cria-t-elle.

— Croyez-vous ?

Ceridwen se figea.

— Vous n'oseriez point.

— Qui m'en empêcherait ? Vous me connaissez mal, ma dame.

— Je vous connais pour le sinistre Beauchamp que vous êtes, tueur et menteur comme tous ceux de votre lignée !

Raymond la contemplait, impassible.

— Récusez-vous ce qui s'est passé entre nous cette nuit ?

— Que s'est-il passé, messire ? Vous avez pris votre plaisir, et j'ai pris le mien.

Le cœur de Ceridwen hurlait, lacéré par ce mensonge. Elle avait vécu les plus beaux, les plus doux moments de sa vie. Elle déglutit, la gorge brûlante de larmes.

Un silence de plomb tomba sur la pièce. L'expression de son époux eût suffi à glacer le sang du Danois le plus intrépide. Effrayée, elle recula d'un pas.

Il s'avança d'autant.

— Vous avez *pris* votre plaisir, ma dame ? persifla-t-il. Non. C'est moi qui vous ai fait ce don, et moi seul. Je vous l'ai déjà dit une fois : mon corps ne ment pas. Ni quand il tue, ni quand il aime.

Ceridwen le défia du regard, jetant en arrière ses longs cheveux lustrés.

— Je gage que vous tuez plus souvent que vous n'aimez.

Raymond se massa les tempes d'un geste las.

— Je n'ai ni le temps, ni l'envie de me quereller avec vous. J'espère seulement que, tôt ou tard, vous reviendrez à la raison. Je sais ce qu'il en coûte de perdre un être cher, croyez-moi. Mais, croyez-moi aussi, la vengeance n'atténue jamais la souffrance, quelle que soit la quantité de sang versé.

Soudain, le bleu de ses yeux s'adoucit.

— J'ai ôté la vie à votre ami en un combat loyal, dépourvu de haine. Si je pouvais vous le ramener, il vous dirait lui-même qu'il a péri dans l'honneur. Vous pouvez être fière de lui.

— Je le suis. Cependant, Owain est mort. Je ne puis l'oublier, ni passer outre.

En se remémorant ce qu'elle avait fait avec son meurtrier, elle baissa la tête, les poings serrés, et crispa les paupières. Peu importaient la passion et la tendresse inégalées que cet homme lui avait montrées, se répéta-t-elle, luttant contre le désespoir qui l'envahissait. Il devait payer son crime.

Raymond la contemplait avec douleur. Elle était si menue, si fragile. D'un mot, d'un geste, il pouvait la briser. Mais il ne le ferait pas. Un sentiment de désastre le ravageait. Il avait épuisé toute sa capacité à souffrir. Il se sentait vide et creux, comme Percy, peut-être, quand les Sarrasins en avaient fini avec lui. A la place de son cœur n'existait plus qu'un trou noir et béant, d'où s'échappait un hurlement inaudible.

Sans un mot, il se mit à rassembler ses vêtements épars.

Ceridwen releva les yeux vers lui.

— Vous me comprenez, messire, n'est-il point vrai ? Vous comprenez que je ne puis rester auprès de vous, que cela m'est impossible ?

Il comprenait. A ses paupières plissées, aux larmes qui embuaient ses prunelles, il mesurait tout le dégoût et toute la haine qu'il lui inspirait. Pas seulement pour Owain, mais pour ces centaines de Gallois massacrés par des Anglais durant des lustres d'oppression. Le sang de son peuple avait trop coulé. Ce conflit n'en finirait jamais. Pas avec elle, en tout cas.

— Quel est votre plan, ma dame ? s'enquit-il d'un ton neutre. Dois-je m'attendre à votre lame sur ma gorge ? A une pinte de cervoise empoisonnée ? A une pierre chancelante me chutant sur la tête ? A la sangle de ma selle savamment tranchée ?

— Ces méthodes sont celles de mon père, messire. Pas les miennes.

— Quelles sont donc les vôtres ?

— Je m'étais promis… Je voulais…

Elle porta une main tremblante à ses lèvres.

— Hâtez-vous, ma dame, que je sache à quoi m'en tenir.

Le cœur de Raymond tapait violemment contre ses côtes, tandis qu'il bouclait son baudrier. Il n'était revenu à la vie que pour souffrir d'autres tourments, pensait-il sombrement. Ainsi qu'il le prévoyait.

— J'ignorais… qu'il s'agirait de vous, messire. Vous, j'espérais seulement… vous conquérir par mon amour. Mais il est trop tard, maintenant, acheva Ceridwen dans un murmure.

Raymond relâcha le souffle qu'il retenait et se dirigea vers la porte.

— Il a toujours été trop tard, ma douce. Vous n'avez jamais eu la moindre chance de me conquérir.

17

— Que disiez-vous, Giles ?

Relevant les yeux de sa broderie, Ceridwen découvrit le regard de Raymond rivé sur elle. Depuis huit jours, il la provoquait ainsi constamment, mais elle ne laissait rien filtrer de ses sentiments. Même si son cœur était une pierre chauffée à blanc. Même si sa rancune s'était retournée contre elle-même, entre-temps.

Elle n'était qu'une couarde, indigne de la confiance de son père. Rhys avait dû rejoindre Morgan et lui apprendre la nouvelle, maintenant. Dès le premier instant, elle avait su qu'elle ne pourrait jamais blesser son époux dans sa chair ; ce serait se mutiler elle-même. Elle préférait le punir en s'enfuyant. Elle lui briserait le cœur, elle le savait. Et briserait le sien du même coup, mais ils méritaient tous deux ce châtiment.

Saint-Germain émit un grognement irrité.

— Je disais que les piliers de l'entrée sud sont à moitié pourris au niveau du sol et que les fondations de l'ancienne tour sont prêtes à s'effondrer, alors qu'Alonso est sur le point de nous assiéger. Et vous, pendant ce temps, vous passez vos journées assis là, à ronger votre frein !

— De fait, mon ami, je n'ai pas la moindre envie de défendre cette forteresse croulante. Pourquoi resterais-je ici ? Pour mon honneur ? Un siège coûte trop cher, même pour cela.

Raymond se leva et se mit à faire les cent pas, sous le regard attentif de Sauveur qui était enfin sorti d'affaire.

— Voilà de quoi encourager vos hommes, messire.

— Les Beauchamp sont cyniques et cruels, Giles. Ma dame vous le dira.

Il refit face à Ceridwen, qui se sentit rougir sous les regards qui convergeaient vers elle. Elle se mordit la lèvre.

— On peut guérir de tout, messire, répondit-elle, le cœur battant. Même du cynisme et de la cruauté. *Amor vincit omnia.*

— « L'amour vient à bout de tout », traduisit son époux en la dévisageant, les paupières mi-closes. Ainsi, vous n'avez point renoncé… J'en prends bonne note, ma dame. Mais vous me permettrez de ne point partager votre avis.

Blanche, qui se tenait avec eux dans la grand-salle, lui jeta un regard noir. Giles bougonna de plus belle.

— Quand je pense qu'un adversaire dix fois plus puissant que nous nous menace, et que je dois écouter ces sornettes !

— Cessez de vous lamenter, mon bon. Je vous ai

entendu. Je vous confie le soin de ramener ma dame à son père. Sur-le-champ. Lord Morgan pleure déjà la perte de sa fille, sans nul doute.

— Et les autres femmes ?

— Pour l'heure, elles sont plus en sûreté ici que dans les montagnes.

Ceridwen serra les dents. Elle voulait partir contre la volonté de son époux, pas sur son ordre.

— Vous ne pouvez me renvoyer ainsi, protesta-t-elle. Il serait déshonorant pour moi de fuir un danger imminent pour me mettre à l'abri.

— Cette décision ne vous appartient pas, ma dame.

— Si vous me l'imposez, je la contournerai.

Furieux, Raymond fondit sur elle. D'une main dure, il se saisit de son visage et l'obligea à soutenir son regard.

— Mettez-vous bien ceci dans la tête, Ceridwen : vous n'avez point d'avenir ici. Je n'ai nul besoin d'une jeune mégère pour entraver mes actions. Vos récriminations me lassent. Vous n'avez pas réussi à me séduire et vous n'y parviendrez jamais. Vous ne pouvez remplacer Meribel.

Il secoua brutalement son menton avant de la lâcher.

Un lourd silence suivit ses paroles. Les soldats présents n'osaient regarder leur châtelaine. Blanche elle-même détourna les yeux.

Ceridwen luttait pour reprendre son souffle et retenir

ses larmes. Sous la douleur cuisante de cette rebuffade, sa colère couvait, incandescente.

— Qu'attendez-vous ? rugit son époux, les prunelles étincelantes. Allez vous préparer !

Elle s'adossa au mur, tremblante. Alors, subitement, le regard de Raymond s'éteignit. Il redevint froid, sans expression.

— Disparaissez, *Cymraes*, ajouta-t-il d'un ton sourd.

La jeune femme scruta un moment son visage glacial. Il avait gagné, pensa-t-elle, lugubre. Le dragon s'était retiré dans sa caverne pleine de noirceur, à l'abri de tout sentiment humain. Si elle l'y suivait, elle en mourrait. Mais elle ne pouvait lui pardonner de la rejeter de la sorte. De l'humilier aussi bassement.

Elle posa son ouvrage, redressa les épaules et se leva, refrénant son envie brûlante de le souffleter.

— Avec plaisir, *Carrog Dhu*.

Sur ces mots, elle quitta la salle, escortée de Blanche — laissant derrière elle une atmosphère gelée. Raymond la suivit du regard et s'efforça d'oublier le mépris haineux qui avait lui dans ses yeux verts.

— Envoyez Wace à votre place, Giles, déclara-t-il d'un ton crispé. J'ai besoin de vous ici.

Son lieutenant se leva, furibond.

— Vous n'aviez pas le droit de lui briser le cœur.

Raymond lui fit face, les traits contractés.

— Ah non ? Préférez-vous la voir pleurer quelques

jours et m'oublier, de dépit, ou porter mon deuil sa vie entière ?

Le chevalier souffla.

— D'abord, vous n'êtes point mort. Et je vous trouve fort présomptueux de penser qu'elle vous regretterait si longtemps, si cela devait arriver. Mais, pour l'heure, elle souffre à cause de vous.

— Le combat que je veux livrer à Alonso sera un combat à mort, Giles, puisqu'il ne m'en laisse point le choix. Et c'est moi qui mourrai, sans nul doute. Je me refuse à laisser endurer à Ceridwen ce que j'ai enduré… depuis la mort de Meribel. Mieux vaut qu'elle me haïsse. La haine rend fort, alors que le deuil amoindrit… et fait perdre tout goût à l'existence.

La voix de Raymond s'infléchit. Il baissa les yeux vers Sauveur qui détourna la tête. L'ingrat.

— J'aimerais mieux partir, messire, que de vous voir continuer à bafouer de la sorte les règles de la chevalerie, répondit son lieutenant. Votre égoïsme me navre.

Son seigneur se redressa brusquement. Les veines de son cou saillaient sous sa fureur.

— Partir, dites-vous ? Alors qu'un combat approche ? Fort bien, mon ami ! Déguerpissez sur-le-champ, et que je ne vous revoie plus !

En un éclair, il tira sa dague et la pointa sur son second. Giles recula, les deux mains levées.

— Tout doux, messire. Je m'en vais. Je raccompagnerai votre dame chez son père.

— Raccompagnez-la et restez-y ! gronda Raymond.

Peut-être s'éprendra-t-elle de vous en chemin. Ce serait la meilleure chose qui pourrait m'advenir.

Il se sentait de plus en plus vil, mais n'y pouvait rien. Giles lui jeta un dernier regard excédé et disparut, suivi de Shona qui partageait visiblement sa hargne.

Raymond inspira à fond et se laissa choir sur sa chaise à haut dossier, la tête en feu.

— Maintenant que cette affaire est réglée, déclara-t-il au restant de ses hommes, préparons la bataille.

Dans la cour, juchée sur sa haquenée, Ceridwen remâchait son chagrin. « Mauvais sang ne saurait mentir », se répétait-elle. Cela devait finir ainsi. L'amour pouvait tout vaincre, sauf Raymond de Beauchamp. Il l'avait avertie. Mais la douleur brûlante qui lui lacérait le ventre refusait de se calmer.

Wace vint lui faire ses adieux, la mine contrite.

— Pardonnez la dureté de mon seigneur, ma dame. Il vous aime, je le sais, mais se refuse obstinément à l'admettre.

— Merci, Wace. Je n'oublierai jamais votre gentillesse. Veillez sur Alys pour moi.

L'écuyer sourit.

— Si elle me le permet. Bon voyage, ma dame.

— Oui, il vaut mieux que vous partiez, ma dame, renchérit Giles en se mettant en selle. Vous n'auriez que du chagrin, ici. Raymond ne changera jamais.

— Peu m'importe, répondit la jeune femme en

saisissant sa bride. Il a tué mon meilleur ami. Je ne puis le lui pardonner.

La petite escorte s'ébranla. Ils traversèrent le pont-levis et partirent en direction de l'ouest, sous un clair ciel d'hiver. Ceridwen réprima fermement son envie de se retourner ; toutefois, lorsqu'ils atteignirent la grand-route, son désarroi reprit le dessus. Raymond n'avait rien d'un tyran comme Alonso, elle le savait. Il était même capable de tendresse — envers elle, envers Sauveur, envers Alys, envers d'autres gens. Pourquoi ne pouvait-il échapper aux démons qui faisaient son malheur ? Elle soupira.

— Qu'avez-vous, ma dame ? demanda le lieutenant.

— J'échoue à comprendre votre seigneur, Giles. Comment peut-il être si versatile ?

Son compagnon se rembrunit.

— C'est sa position qui le veut, ma dame. Raymond a l'étoffe d'un grand suzerain. Et il doit par loyauté se comporter en vassal d'Alonso, dont il réprouve les actes et qui le saigne à blanc. N'importe qui s'en trouverait aigri. En outre, maintenant que la guerre est ouverte entre eux, il craint pour ses sujets — et ses protégés.

— Ses protégés ? releva Ceridwen intriguée.

— Oui, c'est sa façon à lui de compenser sa dureté. Il a recueilli bon nombre de vos compatriotes qui fuyaient les combats, affamés et en haillons. Quand ils se montrent honnêtes et travailleurs, il va même jusqu'à leur donner une chaumine, un lopin de terre et des bêtes, pour assurer leur survie.

La jeune femme ouvrit de grands yeux.

— Comment peut-il se permettre pareille générosité ?

— En se privant pour les autres, au grand dépit d'Alonso. Vous avez vu par vous-même dans quel dénuement il vit. Et, pour couronner le tout, il impose à ses obligés de répandre sur lui les plus viles rumeurs, afin de décourager des assaillants possibles. Ainsi, en passant pour plus terrible qu'il n'est, il n'a pas à dépenser trop d'argent pour sa défense.

— Juste ciel ! s'exclama Ceridwen en pâlissant. C'est donc ainsi qu'il opère ? M'aurait-il outragée de la sorte pour me contraindre à partir, afin de me protéger ?

— Je vous en ai déjà trop dit, ma dame. Si je m'aventurais à vous ramener à Rookhaven, c'est moi qui pendrais au gibet, à coup sûr. Sans compter qu'il ne veut plus me revoir. Ce maudit Anglais a le don d'éloigner de lui tous ceux qui lui veulent du bien, acheva le lieutenant avec amertume.

Le cœur de la châtelaine se serra. Elle se tourna sur sa selle, les paupières plissées pour apercevoir une dernière fois la forteresse de son seigneur. Sa haine s'était éteinte — si elle avait jamais existé vraiment. Mais sa colère subsistait, et elle avait bien l'intention de s'y cramponner. Pourtant, pensa-t-elle sombrement, quel droit avait-elle de condamner Raymond de Beauchamp ? Ne s'était-elle pas montrée plus déloyale que lui, en acceptant de l'épouser pour l'espionner au profit de son père ?

18

— Mort-Dieu !

La voix furieuse de son père, qui retentissait à travers la grand-salle de Llyn y Gareg Wen, mettait les nerfs de Ceridwen à fleur de peau. Elle se tassa sur son siège, frémissante, tandis que Morgan allait et venait tel un ours prêt à attaquer. Le chef gallois s'arrêta devant son fils aîné, qui conservait à son habitude une attitude parfaitement détachée.

— Bon sang, Rhys ! Je t'ai chargé d'installer ta sœur à Rookhaven, durablement, et voilà qu'elle est de retour moins de deux mois plus tard !

Il se remit en mouvement et alla se camper devant sa fille, qu'il toisa d'un regard accusateur.

— Et toi, qu'as-tu à dire pour ta défense ?

Ceridwen avait déjà subi maints accès de fureur paternels, mais celui-ci dépassait de loin tous les autres. Rassemblant son courage, elle se leva et affronta Morgan sans ciller.

— J'ai découvert que sire Raymond est le meurtrier d'Owain, Da.

Le sang monta au visage de son père, qui parut sur le point de s'étrangler.

— Quoi ? C'est pour *cette raison*, que tu as quitté ton époux ?

Ses yeux noirs étincelaient.

— Sotte que tu es ! Si tu ne m'avais pas désobéi pour suivre Owain au combat, ce jour-là, ce jeune freluquet n'aurait sûrement pas provoqué un adversaire aussi redoutable que Beauchamp ! Il l'a fait pour t'impressionner, petite niaise ! N'y as-tu jamais songé ?

Ceridwen le contempla fixement, saisie d'une horreur sans fond. Un poison glacé s'infiltra dans son cœur.

— Etes-vous en train de me dire… que c'est *moi* qui ai tué Owain ? demanda-t-elle d'une voix blanche.

— Je te dis la vérité, à savoir que tu l'as poussé à la mort en te conduisant comme une écervelée !

Un vertige s'empara de la jeune femme. Des images tournoyaient à toute allure dans son esprit. Elle revoyait Owain harceler le flanc et le dos de Raymond de sa lance, tel un coquelet, puis se tourner vers elle avec un sourire éclatant, comme pour la prendre à témoin de sa bravoure. C'était à ce moment-là, que le grand chevalier avait fait volter son destrier pour l'abattre d'un coup de glaive… Elle se sentit défaillir : son père avait raison. Pendant toutes ces années, elle avait nourri une chimère insensée. Et c'était pour cette chimère, qu'elle avait voulu quitter son époux. Mais elle ne l'avait pas fait, se rappela-t-elle soudain. Quels que fussent ses motifs, c'était lui, qui l'avait chassée.

Réprimant un sanglot, elle déclara :

— Je n'ai pas quitté mon époux, Da. C'est lui qui m'a renvoyée chez vous.

— Voilà qui est pire encore ! tonna Morgan. Si je ne me retenais pas, je te donnerais la raclée que tu mérites !

Bouillonnant de rage, il se planta face au feu, les bras croisés sur son torse puissant. Rhys s'avança vers sa sœur, passa un bras protecteur sur ses épaules et l'obligea à se rasseoir.

— A propos, Giles. Je ne vois point lady Blanche. Ma sœur aurait-elle accompli ce périple sans la compagnie d'une femme ? s'enquit-il.

A ces mots, Morgan pivota sur lui-même et foudroya le lieutenant du regard.

— Mon fils dit vrai ! s'exclama-t-il. Quelle rouerie se cache derrière cette regrettable affaire ? L'Anglais convoiterait-il cette « dame » dont Rhys ne cesse de me rebattre les oreilles depuis son retour ?

Rhys s'empourpra, et Giles lui décocha une œillade vénéneuse.

— Non point, milord. Lady Blanche est une jeune veuve, cousine par alliance de mon seigneur. Il n'a nulle vue sur elle, je m'en porte garant. Si elle n'a pu nous accompagner, c'est qu'elle est nantie d'une petite fille d'à peine trois ans, qui n'aurait pu supporter les rigueurs du trajet.

Le chef gallois grommela dans ses moustaches.

— Si le problème n'est pas là, où est-il donc, morbleu ?

Quelle ruse nous réserve ce diable de *Carrog Dhu* ? Prévoirait-il de s'allier au baron Alonso pour se retourner contre nous ?

Giles se redressa de toute sa haute taille.

— Nullement, milord. Sire Raymond a soupé des abus de son frère, croyez-m'en. Pour l'heure, il n'a qu'une idée en tête : affronter Alonso qui ne lui pardonne point son alliance avec vous, et s'apprête à assiéger Rookhaven pour le forcer à se rendre.

Ses traits se contractèrent.

— Je serais à ses côtés, ajouta-t-il d'un ton sourd, s'il ne m'avait point chassé parce que j'ai osé prendre la défense de votre fille contre lui. Dieu sait où nous mènera tout cela ! Avec votre permission, je vais retourner auprès de mes hommes, maintenant.

La mine sombre, il quitta la grand-salle, son glaive battant son flanc. Ceridwen le suivit du regard, bouleversée. Elle faillit courir à sa suite pour lui offrir son réconfort, puis elle changea d'avis. La gravité de la situation exigeait d'autres mesures.

Elle se leva.

— De fait, Da, je soupçonne mon époux d'avoir voulu me détacher de lui pour protéger ma vie. Je lui dois mon aide. Je vais me rendre auprès du Talyessin, afin de requérir son assistance contre Alonso.

Comme elle tournait les talons, son père l'arrêta.

— Non, ma fille. Tu n'obtiendras pas le secours que tu espères, bien au contraire.

Ceridwen le dévisagea, interdite.

— Que voulez-vous dire ?

Morgan sourit, de ce sourire sarcastique qu'elle redoutait plus que tout.

— Tu es plus naïve encore que je ne le pensais, Ceri. Pensais-tu vraiment que j'étais sincère, en proposant mon appui et celui de ton oncle à un Beauchamp ? Allons donc ! Ce mariage n'était qu'un leurre destiné à endormir la vigilance de Raymond… et à provoquer la fureur d'Alonso, ce qui est fait. Le Talyessin n'attend qu'une chose : que les deux frères se prennent à la gorge, pour les vaincre plus aisément et nous débarrasser à tout jamais de cette engeance de malheur. Bientôt, la rivière Usk sera rouge de leur sang, et nous pourrons enfin vivre en paix.

La jeune femme avait blêmi. Une bête hideuse, plus immonde que tout ce qu'elle aurait pu imaginer, lui dévorait le cœur. Sa douleur était intolérable. Eperdue de honte, de dégoût et d'effroi, elle se rua vers son père et saisit son surcot à deux mains.

— Comment avez-vous pu ? se récria-t-elle. Je vous savais aussi rusé qu'un renard, milord. Mais jamais, au grand jamais, je ne vous aurais cru capable d'un plan aussi vil.

Morgan se dégagea, les yeux luisant d'une férocité qui la fit frémir.

— Navré de t'ôter tes illusions, ma fille. L'histoire des Marches anglo-galloises n'est faite que de duperies et de trahisons, sache-le. C'est le seul moyen que nous avons de nous défendre.

L'épouvante et l'incrédulité de Ceridwen s'accrurent encore.

— N'auriez-vous point hésité à me sacrifier, Da ? Eussiez-vous laissé Alonso s'emparer de moi ? De toutes les femmes et de tous les enfants qui vivent à Rookhaven ?

— Si je n'étais pas arrivé à temps.

Devant tant de monstruosité, la gorge de la jeune femme se noua. Son sang était glacé dans ses veines.

— Vous vouliez donc tuer Alonso… seulement lorsqu'il aurait d'abord occis Raymond, murmura-t-elle, anéantie. Faire d'une pierre deux coups, et mettre votre horrible victoire sur le compte d'une lutte fratricide… Oh ! Votre perfidie est plus grande encore que celle des Beauchamp.

Morgan demeura impassible.

— Je souhaitais t'épargner la vérité, Ceri. Mais il est temps que tu grandisses.

— Ne m'appelez plus jamais ainsi ! Je rends grâce au ciel que mes jeunes frères et sœurs aient été confiés à la famille de ma mère, et soient retirés de la sorte à votre abominable influence. S'il faut vous ressembler pour devenir adulte, je préfère mourir dans la fleur de l'âge !

Aveuglée par le chagrin, Ceridwen courut vers la lourde porte, l'ouvrit avec violence et s'enfuit dans la nuit.

— Laisse-la aller, Rhys, ordonna Morgan.

Il se laissa choir sur son siège et pressa une main sur son front.

— Cela a été bien plus difficile que je ne le pensais, déclara-t-il sombrement. Crois-tu qu'elle me pardonnera un jour ?

Son fils lui jeta un regard dur.

— Pourquoi vous pardonnerait-elle ? Vous lui avez fait vivre la pire épreuve de sa vie, sans la moindre pitié.

Les épaules du chef gallois s'affaissèrent. Il poussa un soupir douloureux.

— Ah, Rhys ! Es-tu donc aveugle ? Ta sœur est follement éprise de son époux. Maintenant qu'elle le sait innocent de la mort d'Owain, elle serait capable des pires imprudences pour le rejoindre et le sauver, s'il était en danger. Je préfère encore qu'elle retourne auprès de lui avant qu'il ne soit trop tard. Pour le reste, je m'en remets à Dieu… et au *Carrog Dhu*.

Le jeune homme se leva.

— Je vais la reconduire moi-même.

— Non. Elle a son escorte.

— J'ai à faire à Rookhaven. Je veux y quérir lady Blanche et la ramener ici pour l'épouser.

Lentement, Morgan se tourna vers son fils.

— Tu ne feras pas cela, Rhys. Je te l'interdis. Si tu braves mes ordres, je te déshériterai.

— A votre guise, père. Je veux cette femme et je l'aurai, quelles qu'en soient les conséquences. Sans elle, ma vie n'aurait plus ni goût ni sens.

— Dans ce cas, quitte ce château et n'y reviens plus. Je n'accepterai point pour bru une Normande.

Avec raideur, Morgan se leva et quitta la grand-salle sans un regard en arrière. Rhys inspira à fond, sourit et alla décrocher son arc. Son père était moins méchant qu'il s'en donnait l'air, il le savait. Tôt ou tard, il rendrait grâce au ciel de voir revenir son fils aîné — accompagné d'une épouse si délicieuse qu'il ne saurait non plus lui résister.

19

Les trois « bannis » se retrouvèrent dans les écuries, où Ceridwen adjura Rhys et Giles de conclure une trêve afin d'aller ensemble prêter assistance à son époux.

Malgré leur rivalité amoureuse, les deux hommes acceptèrent en bougonnant de s'allier le temps nécessaire — et décidèrent, non sans réticence de la part du Normand, qu'ils laisseraient Blanche choisir entre eux deux. Le seul duel admis serait un duel de chansons.

Au grand dam de la jeune châtelaine, que ce marchandage révulsait, l'affaire fut conclue. Le sourire éclatant de son frère témoignait amplement de sa confiance en lui. Pour le reste, le chevalier se résigna à enfreindre les ordres de son seigneur, « dictés par la folie qui l'habitait depuis une poignée de semaines », précisa-t-il en dardant un regard noir sur la responsable de cet état. Que Raymond le veuille ou non, il irait le défendre contre les multiples attaques qui le menaçaient.

Ces préliminaires réglés, Ceridwen revêtit la tunique, le manteau et les bottes que Rhys lui avaient apportés. Déguisée en jouvenceau, il lui serait plus aisé de franchir d'éventuels barrages et de s'introduire incognito dans Rookhaven, décréta son frère. Une fois dans la place, elle n'aurait plus qu'à convaincre son époux de la garder. Jugeant ces précautions fort sages, la jeune femme obéit. Puis, déterminée à mettre toutes les chances de son côté, elle tendit sa dague au jeune homme.

— Coupe mes cheveux, le pria-t-elle. Il serait malvenu qu'ils me volent dans la figure quand je m'y attendrai le moins.

— Oh, Ceri ! protesta Rhys. Es-tu certaine de le vouloir ?

— Fais ce que je te dis, insista Ceridwen. J'y tiens. Par sûreté… et par pénitence pour toutes les fautes que notre famille a commises envers Raymond. Tu ne peux me dénier cette faveur.

Vaincu, son frère s'exécuta et trancha ses longues mèches d'ébène à hauteur de ses épaules. Après quoi, l'escorte de Giles rassemblée derrière eux, ils se mirent en route.

Au bout de deux jours de chevauchée, ils atteignirent les abords de Rookhaven à la nuit tombée — et constatèrent avec effroi qu'Alonso les avait précédés. La forteresse était assiégée, des torchères flambaient un peu partout, le baron avait établi son luxueux campement au pied des murailles. Un frisson d'épouvante parcourut Ceridwen.

— Comment allons-nous passer, Rhys ? s'enquit-elle à mi-voix.

— Mieux vaut répartir les risques, déclara Giles. Mes hommes et moi allons contourner le fort par l'arrière, afin de vous ouvrir la voie et de vous faire entrer par la poterne. Laissez vos montures et tentez de vous frayer un chemin sans être vus dans les joncs qui bordent les douves. Quand vous serez assez près, prévenez-moi par un miaulement. Je vous répondrai par un hululement de chouette et je viendrai vous quérir.

Sur ce, le lieutenant et ses hommes s'éloignèrent sans bruit dans l'obscurité. Un long cauchemar commença alors pour Ceridwen. Elle suivit Rhys en rampant dans la boue, terrifiée à l'idée que les sentinelles d'Alonso les surprennent. Les rires et les plaisanteries triviales qui résonnaient alentour indiquaient que des beuveries allaient bon train.

— Que vois-tu, Rhys ? chuchota-t-elle avec anxiété.

— Une partie fine est en cours sous le pavillon d'Alonso, répondit son frère. J'aperçois une dame qui le cajole et un gros homme blond richement vêtu qui partage leurs agapes.

— Gwendolyn et Everard ! s'exclama Ceridwen dans un souffle.

— Attention, des gardes approchent ! siffla son frère entre ses dents. Ils effectuent une battue.

Il plaqua la jeune femme entre les roseaux et la recouvrit de son corps. Peu après, des pas lourds retentirent près d'eux, accompagnés de grommellements. Des lames sifflaient dans la nuit. Le cœur de Ceridwen tambourinait dans sa poitrine. Les hommes d'Alonso tranchaient les joncs qui les cachaient ! Affolée, elle retint son souffle, à demi ensevelie dans la vase. Des tiges coupées leur tombèrent dessus. Rhys, inerte, pesait sur elle de tout son poids. Enfin, après quelques minutes d'agonie, les sentinelles s'éloignèrent.

— J'étouffe, Rhys ! murmura-t-elle. Le danger est passé. Tu peux t'écarter, à présent.

Son frère ne lui répondit pas.

— Rhys ! insista Ceridwen. Libère-moi, de grâce ! Nous devons rejoindre Giles au plus vite, maintenant.

Le jeune homme gémit et roula sur le côté.

— J'ai été touché, Ceri. Ces gredins m'ont entaillé l'épaule.

L'estomac de la jeune femme se contracta.

— Oh, mon Dieu !

D'une main tremblante, elle tâta la tunique de son frère, trempée de sang. Un sanglot la secoua.

— Ne perds pas de temps, supplia Rhys. Va chercher Giles. Te souviens-tu du signal ?

— Oui, répondit sa sœur, le cœur serré par l'angoisse et le chagrin. Tiens bon. Je te le ramène.

Elle s'éloigna en rampant dans la vase, maudissant le jour où elle avait quitté Llyn y Gareg Wen pour la première fois.

*
* *

Tirer le blessé du marécage, le traîner jusqu'à un bosquet voisin et l'amener près de la poterne nord-est fut une opération longue et périlleuse. Lorsqu'ils atteignirent enfin la grille, protégés par l'obscurité et le vacarme qui régnait dans le camp des assaillants, Ceridwen découvrit avec un choc que Raymond avait modifié le mot de passe qui donnait accès à Rookhaven. Il fallut l'arrivée de Wace, stupéfait et ravi de revoir Giles, pour qu'on les laisse enfin entrer.

— « Mort aux traîtres » est trop connu, maintenant, expliqua l'écuyer. Le nouveau mot de passe est « Amor vincit omnia » !

Malgré son inquiétude pour Rhys, un fol espoir emplit le cœur de la jeune femme. Serait-ce le signe que Raymond avait changé à son égard ?

Peu après, alors que le chevalier était allé quérir une litière pour transporter son frère, une haute silhouette se dressa devant elle, découpée sur la lueur des torches. Son sang se figea dans ses veines.

— Je vous avais ordonné de rentrer chez vous, déclara son époux d'un ton neutre.

— Je suis... chez moi, répondit-elle d'une voix étranglée.

— Nous en reparlerons plus tard. Venez d'abord vous réchauffer. Vous êtes transie et couverte de boue. Alys et Blanche s'occuperont de votre frère.

Le jeune seigneur darda un regard glacial sur son écuyer qui se tenait à proximité, livide.

— Quant à vous, Wace, vous passerez la nuit dans

les cachots, pour vous apprendre à enfreindre mes ordres.

Il fit signe à un mercenaire danois.

— Sven ! Passez les fers à ce freluquet et tenez-le sous bonne garde jusqu'à demain matin.

— Messire ! implora Ceridwen qui tremblait comme une feuille. Ayez pitié de lui !

— Taisez-vous, ma dame. Une bonne leçon n'a jamais fait de mal à personne.

D'une main ferme, Raymond poussa son épouse devant lui et la conduisit jusqu'à sa chambre. Il lui tendit une coupe de vin chaud, qu'elle but en claquant des dents.

— Otez ces habits trempés et souillés, commanda-t-il quand elle eut fini.

Elle ne bougea pas. Le choc et le froid la paralysaient. Alors, son époux entreprit de la dévêtir lui-même. Comme il repoussait son capuchon, il retint brusquement son souffle.

— Qu'avez-vous fait ?

— Ce qui devait être fait, messire.

— Une bêtise de plus. Quel gâchis…

En secouant la tête, il effleura les mèches qui frôlaient le menton de Ceridwen. Puis il la dépouilla de sa tunique, la laissant torse nu pour aller chercher une couverture qu'il réchauffa devant le feu.

— Débarrassez-vous du reste.

La jeune femme fit de son mieux pour lui obéir. Elle quitta chausses et bottes, et ferma les yeux de gratitude lorsqu'il l'enveloppa dans la couverture tiédie. Elle n'osait espérer que le cœur du jeune seigneur s'adoucirait autant que ses mains, mais elle appréciait à leur juste valeur les attentions dont il l'entourait.

— Grand merci, murmura-t-elle lorsqu'il la souleva dans ses bras.

— Et maintenant, nous allons nous mettre au lit.

Les paupières de Ceridwen se rouvrirent aussitôt.

— Nous ? répéta-t-elle, abasourdie.

— Les draps sont froids. Vous aurez bien besoin de ma chaleur pour vous réchauffer.

Il la glissa sous la courtepointe et se dévêtit à son tour. Alors qu'elle s'efforçait de ne pas regarder trop fixement son corps musclé, il lui rabattit la couverture sur la tête.

— Gardez votre souffle à l'intérieur, grommela-t-il.

Après quoi il se coula près d'elle… et se faufila au fond du lit, pour saisir ses pieds glacés dans ses mains et les frictionner avec vigueur. Il s'occupa ensuite de ses mollets, puis il la tourna sur le flanc et se moula contre son dos, l'enveloppant de ses bras. Emue aux larmes, Ceridwen savourait ce traitement délicieux qui la rendait à la vie.

— Vous ne me devez point tant de douceur, Raymond, murmura-t-elle dans le noir.

— Cela est vrai.

— Sachez pourtant que je vous pardonne, pour Owain. Mon père m'a fait comprendre mon erreur.

Et je suis revenue vous prévenir… qu'il compte vous détruire, en dépit des promesses qu'il vous a faites.

Un grognement ensommeillé lui répondit.

— Il devra attendre son tour…

— C'est tout l'effet que cette nouvelle produit sur vous ?

— Je n'ai pas dormi depuis trois jours, Ceri. Je n'ai pu m'allonger un instant depuis qu'Alonso est arrivé avec ses hordes de sauvages. Laissez-moi l'oublier quelques heures, de grâce. Et m'oublier moi-même.

Raymond pressa sa femme contre lui et entremêla ses doigts aux siens. Elle ne pouvait plus bouger, mais n'éprouvait nulle envie de se dégager. Ni de continuer à haïr l'homme qui la protégeait de la sorte.

— Vous me déconcertez, messire, chuchota-t-elle tendrement.

Il ne l'entendit pas : il dormait déjà.

Lorsqu'il s'éveilla à l'aube, la tête douloureuse, Raymond eut besoin de quelques instants pour remettre de l'ordre dans ses idées. Il était seul dans son lit, mais Ceridwen était revenue…, se rappela-t-il. Elle avait bravé tous les dangers pour venir le rejoindre, contre son père. Et il l'avait de nouveau tenue dans ses bras. Même s'il ne se l'expliquait pas, ce cadeau du ciel compensait toutes les épreuves qui l'attendaient.

Un jour de plus à ronger son frein, sans savoir si l'attaque fatidique allait ou non avoir lieu ce jour-là, pensa-t-il sombrement en s'aspergeant le visage d'eau glacée.

Il s'habilla, quitta sa chambre et se remémora qu'il devait aller libérer Wace. Alors qu'il atteignait le bout du corridor, il vit arriver Giles, frais et pimpant.

— Bonjour, messire. Les choses bougent, dehors, annonça le lieutenant. L'ennemi avance, armé d'un bélier et de catapultes. Il semble qu'Alonso ait reçu des renforts, et qu'il se lasse de contempler vos murailles sans rien faire.

Raymond le toisa, la mine sévère.

— Est-ce tout ce que vous avez à me dire, Saint-Germain ?

Son second s'agenouilla devant lui, la tête courbée.

— Je vous prie d'agréer mes humbles excuses, messire. J'ai parlé avec trop de hâte et de flamme. Veuillez me pardonner… même si je n'avais point tort, sur le fond.

Ce mélange d'obéissance et d'effronterie, caractéristique de son ami, eut raison de l'irritation de Raymond — mais non de ses inquiétudes.

— Je vous reproche surtout d'être revenu mourir avec nous, maugréa-t-il. Et d'avoir ramené ma dame. Je n'ai plus le réconfort de la savoir en sûreté, désormais.

Giles se releva.

— Elle serait revenue seule, messire. Ou avec son étourneau de frère, qui s'est arrangé dès son arrivée pour capturer l'attention de toutes les femmes de ce château.

— Ceridwen est-elle auprès de lui ?

— Oui. Avec lady Blanche, précisa le lieutenant d'un ton amer. Elles lui donnent la becquée.

— Fort bien. Je préfère la savoir occupée. Qu'avez-vous vu au juste, en franchissant le siège ?

— Alonso est accompagné de Gwendolyn et d'Everard, messire. Vous avez contre vous vos deux frères, une femme jalouse, l'Eglise et la couronne. C'est dire l'importance que l'on vous accorde, précisa Giles avec un sourire railleur.

— Une importance dont je me passerais, grommela son seigneur. Faites-moi une faveur : recrutez quelques volontaires pour opérer une sortie avec moi, dans la matinée. Je veux parler à mes frères.

— A vos ordres, messire, répondit le chevalier avec empressement.

Raymond le regarda s'éloigner, puis il s'arma d'une torche et descendit en frissonnant dans les cachots. Un endroit qui lui donnait froid dans le dos, même dans son propre château.

20

Les brumes matinales s'étendaient encore sur les douves et les marécages avoisinants, mais elles s'étaient levées du terrain occupé par Alonso et son armée. Raymond s'avançait lentement, à cheval, flanqué de Giles, de Wace et de Simon le héraut, qui brandissait une pièce d'étoffe blanche.

Le petit groupe s'arrêta au milieu du champ ouvert, à mi-distance entre le campement du baron et les murailles grises de Rookhaven. Raymond montait Orphée, son puissant destrier noir, qui grattait nerveusement le sol de son sabot.

Dans la tourelle de Blanche, Ceridwen était debout à la croisée et suivait la scène, les paupières plissées. Elle avait le cœur serré, la poitrine oppressée.

— Je ne puis plus tenir, Blanche, déclara-t-elle à son amie. Si je n'agis point, je vais éclater.

La jeune veuve déposa son ouvrage et la considéra avec sévérité.

— Allez donc procurer quelque réconfort aux pauvres gens qui sont emprisonnés ici avec nous, dit-elle. Ils ont eu à pâtir de l'humeur de votre époux, depuis votre départ.

Ceridwen se détourna, surprise.

— N'était-il point soulagé d'être débarrassé de moi ?

— Sotte que vous êtes ! N'avez-vous point compris encore qu'il vous aime ? Peut-être ne vous le dit-il point avec des mots, mais je suis sûre qu'il sait vous le montrer. Si j'avais votre chance…

Elle baissa les yeux, la bouche tremblante. Ceridwen, qui s'était empourprée à ses paroles, alla s'agenouiller près d'elle et lui prit les mains.

— Rhys est follement épris de vous, Blanche. Pourquoi repousser ses avances ? Vous avez été longtemps fidèle à la mémoire de votre époux. Vous pouvez sans honte accorder votre cœur à un autre, maintenant.

Blanche releva la tête, ses prunelles argentées brillantes de larmes.

— Je me suis moi aussi attachée à lui, je l'avoue. Il se montre si ardent, si plein de vie ! Et tellement plus respectueux que Giles… Mais je suis plus âgée que lui, sans fortune, et nantie d'une enfant. Je répugne à lui imposer de telles charges.

— Elles importent peu à mon frère, croyez-m'en. Il est décidé à braver notre père pour vous épouser. Laissez parler vos sentiments, sans chercher de fausses excuses.

— N'est-ce point ce que vous faites vous-même, ma dame ?

Ceridwen se mordit la lèvre et contempla ses mains.

— Je l'ai fait longtemps, cela est vrai, murmura-t-elle. Je ne pouvais me résoudre à aimer Raymond sans partage, de crainte de trahir mon peuple. Mais je sais maintenant que la trahison est des deux côtés. Le seul souci que nous devons avoir est celui de défendre la justice et la paix. Et ma place pour cela est auprès de mon époux, désormais.

Elle se leva et sourit à son amie.

— Merci de m'avoir rendu foi et courage, Blanche. Je saurai en faire bon usage.

Dissimulée derrière une haie, Sauveur à son côté, Ceridwen retenait son souffle. Elle avait usé — et abusé — de sa nouvelle autorité de châtelaine pour obtenir le droit de sortir, afin d'assister de plus près à l'entretien entre les frères Beauchamp. Non loin d'elle, Alonso trônait avec ennui sur son destrier, ses cheveux dorés soulevés par le vent.

— Je suis heureux de voir que tu as enfin recouvré la raison, Raymond. Quels sont les termes de ta reddition ?

— Je ne me rendrai point, Alonso, répondit sombrement le jeune seigneur. Je suis venu t'offrir un dernier choix : repartir en paix ou en pièces. A ta guise.

Le baron l'examina un instant avec surprise, puis un sourire éclatant se peignit sur ses lèvres dures.

— Grand merci de ta considération, mon frère. Mais c'est moi, qui ai un marché à te proposer.

— Lequel ?

— Tu t'es marié par intérêt, n'est-il point vrai ?

Ceridwen se figea.

— Oui, répondit Raymond d'un ton neutre.

Le cœur de la jeune femme s'arrêta de battre. Il mentait, elle en était certaine.

Le sourire d'Alonso s'élargit.

— Sache que j'éprouve un goût fort vif pour ta petite corneille galloise, mon frère. Celle qui t'a aidé à me fausser compagnie, il y a peu.

Les traits de Raymond se crispèrent dangereusement.

— Je déplore que tes goûts se portent toujours sur les femmes que j'épouse, Alonso.

— Tout doux, mon frère. Vois-tu ces vilains, là-bas ? Une douzaine de femmes et d'enfants que nous avons capturés sur tes terres. Trop de bouches inutiles à nourrir, étant donné qu'ils se refusent à distraire « gentiment » mes hommes. Leurs cris me fatiguent.

D'horreur, le sang de Ceridwen se glaça dans ses veines. Raymond devint cramoisi.

— Everard ! s'écria-t-il. Comment peux-tu tolérer des propos aussi pervers, et suivre ce monstre tel un idolâtre ?

Le prieur pinça ses lèvres charnues.

— Il ne t'appartient point de me juger, mon frère. Pour tes calomnies, tu grilleras en enfer.

Alonso talonna sa monture et s'approcha de Raymond, qu'il toisa avec fureur. Les flancs d'Orphée frémirent.

— Tu m'as déjà privé de la douce Meribel, qui était faite pour moi ! glapit-il. Tu ne voulais plus d'elle, mais tu as préféré la jeter dans le vide plutôt que de me l'abandonner, chien que tu es !

Ceridwen, blême d'épouvante et de dégoût, crispait les mains sur le collier de Sauveur. La dépravation d'Alonso et ses infâmes révélations dépassaient encore tout ce qu'elle avait pu imaginer.

Raymond demeurait impassible, mais son destrier bronchait nerveusement. Alonso tendit la main.

— Donne-moi ta Galloise, puisque tu n'en as que faire ! En échange, j'épargnerai ces prisonniers.

Le jeune seigneur calma Orphée, qui se cabrait.

— Ces gens ne sont pas des prisonniers, mais des otages innocents, Alonso. Si tu tiens à me tourmenter, prends-moi à leur place.

Ceridwen se mordit la langue pour réprimer un hurlement de protestation. Sauveur gémit.

Alonso retrouva son sourire, plus perfide que jamais.

— Holà, mon frère ! Serait-ce que tu tiens un tant soit peu à ton épouse, en fin de compte ? La nouvelle me réjouit ! Quels délices seront les miens, quand je t'obligerai à me regarder m'amuser avec elle — en compagnie de Gwen !

— Ceridwen n'a nulle importance à mes yeux, mais je

ne te la livrerai point, par principe, rétorqua Raymond. Si tu la veux, tu devras te battre pour elle. Et cela vaut aussi pour le restant de mes possessions.

La jeune femme essuya les larmes qui roulaient sur ses joues. Son époux était prêt à donner sa vie pour la sienne et celle de ces innocents. Un regret cuisant lui perfora le cœur. Elle ne pouvait se pardonner de l'avoir rejeté comme elle l'avait fait, pour de fausses raisons, la nuit où il lui avait prouvé son amour. Il méritait son estime. Et elle l'aimait autant qu'il l'aimait. C'était le moment ou jamais de payer la dette qu'elle avait envers lui.

Résolument, elle se leva et quitta sa cachette, accompagnée de Sauveur.

Alonso, qui s'apprêtait à répondre, referma la bouche. Raymond devint écarlate.

— Ceridwen ! tonna-t-il. Restez où vous êtes !

La supplication qui se lisait dans ses yeux contredisait la rudesse de son ordre. Ceridwen se raidit contre le mal qu'elle allait lui faire et passa outre.

— Ne vous donnez point tant de peine pour moi, messire. Vous ne m'aimez pas. Laissez-moi rejoindre celui qui désire aussi ardemment m'avoir auprès de lui.

Au bord de la nausée, elle rejoignit Alonso, qui descendit de cheval aussitôt pour la saisir dans ses bras. Quand ses jambes fléchirent sous elle, il la retint fermement contre lui et la couva de son regard sans merci. Puis il s'empara de ses lèvres avec une violence qui lui coupa le souffle, et elle se cramponna à sa taille pour ne pas tomber.

Un cri rauque résonna à ses oreilles. Il ne venait pas d'elle, elle le savait, car la terreur et la révulsion lui nouaient la gorge. Alors qu'elle tournait légèrement la tête pour jeter un dernier regard à Raymond, elle le vit dégainer son glaive.

— Non, messire ! hurla Giles. Laissez-la-lui, puisqu'elle a fait son choix !

La réaction du chevalier peina Ceridwen, mais elle ne pouvait lui reprocher sa loyauté envers son seigneur. L'épée de Raymond flamboyait dans le pâle soleil d'hiver. Il darda son regard étincelant sur son frère, puis sur sa femme.

— Giles a raison, vous vous méritez l'un l'autre. Garde-la, Alonso. Mais je t'adjure de libérer sur-le-champ les innocents que tu retiens !

Le baron embrassa Ceridwen dans le cou et gloussa :

— S'il te plaît d'avoir des bouches supplémentaires à nourrir, alors que tu parviens à peine à te nourrir toi-même… Brand, relâche cette vermine !

Un intense soulagement submergea la jeune femme quand elle vit le petit groupe courir à toutes jambes vers la forteresse. Son sacrifice n'avait pas été inutile. Elle souffrait le martyre, cependant, en voyant sa propre douleur reflétée sur le visage contracté de son époux. Rien de ce qu'elle subirait entre les mains d'Alonso ne pourrait l'atteindre à ce point, pensa-t-elle, le cœur lacéré.

Soudain, un glapissement féroce déchira l'air, accompagné d'une galopade forcenée. Tournant la tête, Ceridwen aperçut Gwendolyn qui fondait sur eux, montée sur son palefroi, un cimeterre à la main.

— Lâchez cette sale petite garce, Alonso, ou je lui coupe la tête — après *vous* avoir tranché ce que vous avez de plus précieux !

L'étreinte du baron se desserra. Ceridwen en profita pour bondir sur le côté, afin d'échapper à la fureur de sa rivale. Elle poussa un cri en se sentant soulevée de terre par un bras musclé. En un éclair, Raymond la hissa devant lui.

— Tenez bon ! commanda-t-il.

La terreur la parcourait de frissons aussi intenses qu'une forte fièvre. Elle n'avait nul besoin que son mari lui ordonne de se cramponner à lui.

— Raymond…, lâcha-t-elle dans un sanglot.

— Taisez-vous.

Il galopa jusqu'au pont-levis, ses hommes groupés derrière lui, abandonnant Alonso à sa maîtresse déchaînée.

Assise sur leur lit, Ceridwen osait à peine jeter de brèves œillades à son époux qui allait et venait dans la chambre d'un air courroucé. Ce manège durait depuis des heures, lui semblait-il. A la fin, elle ne put plus supporter cet interminable silence.

— Punissez-moi ou laissez-moi m'expliquer, messire, mais, de grâce, cessez de marcher ! implora-t-elle.

Il s'arrêta et se planta devant elle.

— Je ne suis pas stupide, ma dame. J'ai parfaitement saisi vos motifs, qui sont admirables, déclara-t-il d'une voix crispée par la fureur. Mais j'avais prévu d'agir au moment *de mon choix !* Ce qui me met hors de moi, c'est qu'Alonso est resté sur l'idée que vous vous êtes livrée à lui de votre plein gré. Dorénavant, il vous guettera. Et Gwendolyn aussi, n'en doutez nullement !

Ceridwen se mordit la lèvre.

— Je n'ai songé qu'à vous aider, murmura-t-elle, penaude.

— Quand j'aurai besoin de votre aide, ma dame, je vous la demanderai. Et ce jour-là n'est pas près d'arriver.

Il la vrilla d'un regard meurtrier.

— Meribel se trouvait là où vous êtes, le soir où elle est morte. Alors que je lui reprochais les manipulations sordides auxquelles elle s'était livrée contre moi avec Alonso, elle s'est permis de rire. Ma fureur et ma douleur ont été si grandes que je l'ai tuée… sans même la toucher. Par la seule sauvagerie de mon expression.

La terreur qui s'était emparée un instant de Ceridwen s'évanouit aussitôt. Elle venait de comprendre la vérité.

— Oh, Raymond… On ne tue pas quelqu'un à distance. Elle s'est jetée d'elle-même par la croisée, n'est-ce pas ? demanda-t-elle dans un souffle.

— Oui, répondit-il d'une voix étranglée. Elle n'avait que seize ans, nous étions mariés depuis cinq ans déjà — par la volonté et la cupidité de ses parents —, et je refusais de lui donner un enfant à cause de son jeune âge… et de sa fragilité. Elle s'est vengée de moi en se donnant à Alonso pendant que je croupissais sur ce lit, cloué par ma blessure à la cuisse.

Ceridwen, déjà bouleversée par sa souffrance, pâlit plus encore. Ainsi, ce jour tragique avait changé le cours de leurs deux vies. Elle réprima les larmes qui lui gonflaient les paupières.

— Que lui avez-vous dit, ce soir-là ? demanda-t-elle doucement.

— Que je ne lui rendrais jamais sa liberté, répondit-il d'une voix hachée. Elle a choisi… la seule issue qui lui restait.

Il se laissa choir sur le lit et se mit à sangloter.

— J'ai tenté de la retenir, de la rattraper, mais je n'y suis pas parvenu. Toute ma vie, j'entendrai le cri qu'elle a poussé en tombant dans le vide. J'ai failli m'y jeter à sa suite. Seules la pensée de ceux dont j'ai la charge et l'idée du plaisir que je ferais à Alonso m'en ont empêché.

— Oh, messire ! gémit Ceridwen en posant une main sur son épaule crispée. Pourquoi avez-vous porté si longtemps la culpabilité d'un meurtre que vous n'avez pas commis ? Meribel avait choisi de mourir, plutôt que de respecter l'engagement de votre mariage.

D'un bras, il s'essuya les yeux.

— C'était la seule façon de sauver son honneur… et son âme, murmura-t-il. Sinon, on l'aurait ensevelie en terre non consacrée. Mais je reste coupable de n'avoir pas su l'aimer. Pendant des années, elle m'a reproché de ne pas la traiter comme une femme. Son mépris me glaçait le cœur.

— Non, Raymond. Vous avez voulu la protéger d'elle-même, et elle n'a pas su le voir. Peut-être était-elle réellement faite pour Alonso, en fin de compte.

— Peut-être. Qui le saura jamais ?

Ceridwen s'appuya contre lui.

— Ce que je sais, messire, c'est que vous possédez le plus noble des cœurs. Et que j'aurais enduré le pire… avec joie, pour sauver ces gens et pour vous sauver.

Le jeune seigneur passa un bras autour d'elle et l'étreignit.

— Vous ignorez ce que vous dites, ma dame.

— J'ignore sans doute les sévices auxquels j'ai échappé, mon doux époux. Mais pas la force de ce que j'éprouve pour vous.

Elle leva les yeux vers lui.

— Raymond… m'aimez-vous aussi ?

Il la dévisagea un instant, les traits crispés. Puis il l'enlaça et se pencha sur elle.

— A vous de le deviner.

Le baiser qu'il lui donna fut si tendre, si passionné,

si désespéré que Ceridwen n'eut plus le moindre doute sur les sentiments qu'il lui portait. Par ses lèvres filtrait tout ce qu'il avait de bon en lui, tout ce qu'il espérait d'elle, son immense besoin d'aimer, le respect qu'il lui vouait. Et le même élan puissant et merveilleux montait de son cœur à elle, pour s'unir au sien.

— Raymond..., gémit-elle, transportée par le bonheur qu'il lui prodiguait.

— Sentez-vous ce que mon corps vous dit ? chuchota-t-il.

Elle hocha la tête.

— Qu'allez-vous faire de moi, ma dame ? Ma vie est entre vos mains, désormais.

Ceridwen scruta gravement ses yeux bleus, qui brûlaient d'une flamme intense.

— Je conserverai votre amour dans mon cœur à tout jamais, messire, comme une chose aussi unique et aussi précieuse que le dernier baiser de ma mère mourante. Et je le protégerai contre toute attaque.

Il lui sourit, et pour la première fois ce sourire l'illumina de l'intérieur, radieux, confiant, évoquant l'enfant au cœur d'or dont Alys parlait avec tant de nostalgie. Il pressa sous ses doigts la main que Ceridwen passait sur sa joue râpeuse, puis il la porta à ses lèvres.

— Je ne vous ferai jamais de mal, promit-il à mi-voix. Volontairement.

— Je le sais.

— Mais le temps presse. Je dois songer à vous faire

quitter le château, maintenant, avec Blanche et les autres femmes.

Ceridwen le couvrit tendrement du regard, comprenant qu'une part de lui, malgré lui, cherchait encore à la fuir. Avec précaution, elle mêla ses doigts aux siens.

— Ne nous reste-t-il pas un court instant, au moins ?

— Si.

— Alors imaginons que nous ne sommes point dans une forteresse assiégée, messire, mais que nous nous trouvons dans une prairie en fleurs, au printemps, et que des agnelets gambadent autour de nous…

— Nous sommes allongés dans l'herbe, enlacés, et nous contemplons les nuages qui voguent au-dessus de nous dans le ciel clair, poursuivit Raymond contre sa bouche. L'air est léger, parfumé d'embruns. Je chante pour vous comme je n'ai jamais chanté pour quiconque, et nous sommes seuls au monde…

Des coups urgents frappés à la porte les firent sursauter.

— Messire !

Wace pénétra en trombe dans la chambre et s'arrêta brusquement, les oreilles en feu.

— Oh… Pardonnez-moi.

— Qu'avez-vous à me dire, Wace ? s'enquit son maître d'une voix sereine.

Ceridwen se redressa et lissa son bliaud.

— Les hommes d'Alonso sapent la base de la courtine sud, messire. L'air sent la fumée et…

— Tout doux, Wace. Respirez à fond et calmez-vous. Voilà. A présent, allez dire à Giles de creuser de l'autre côté, au même point.

— Mais…

— Filez, jeune homme. Je vous rejoins sous peu. Oh, et faites sortir Sauveur, je vous prie.

Pendant que son écuyer poussait dehors le chien-loup réticent et refermait la porte, Raymond enlaça son épouse et lui murmura à l'oreille :

— M'avez-vous tout pardonné, *Cymraes* ?

— Oui, messire, de tout mon cœur, répondit la jeune femme, les larmes aux yeux. Un cœur qui vous appartient, désormais.

La réponse de son époux se passa de paroles. Lentement, avec cette exquise délicatesse dont parlait Blanche, il fit parler ses mains et ses baisers. Et la chair de Ceridwen se remit à chanter sous les doigts de son seigneur, sous ses lèvres, l'emportant dans une harmonie si douce et si totale qu'elle en tremblait de bonheur. Elle s'abandonnait à lui, désireuse de lui offrir toute la tendresse dont il avait besoin pour aller livrer la bataille à venir. Et espérant, de tout son être, que ce qu'elle avait à lui donner serait suffisant.

Lorsqu'ils se retrouvèrent nus entre les draps, elle s'accorda le plaisir de le caresser et de le dévorer des yeux, longuement. Puis ils s'unirent de façon si naturelle, avec une telle douceur et une telle ferveur que leur joie d'être ensemble dépassait infiniment le pur plaisir des sens. Quand Ceridwen contempla le visage de son époux, elle eut peine à le reconnaître : les paupières mi-closes, il arborait une expression de plénitude totale, comme s'il avait enfin retrouvé en elle la totalité de son être, comme si plus rien ne manquait à son bonheur. Et il murmurait en français, sans se lasser, deux ou trois mots qu'elle ne connaissait pas — mais dont elle n'avait aucun mal à deviner le sens.

Son corps parlait pour lui, et il ne mentait pas.

21

Un voile de fumée s'infiltrait par la croisée dans la chambre seigneuriale, et atténuait l'éclat du soleil d'après-midi. L'odeur âcre brûla les poumons de Ceridwen lorsqu'elle se pencha au-dehors pour suivre l'évolution du siège. Elle n'avait pas revu Raymond depuis la veille, lorsqu'il était parti rejoindre les sapeurs chargés de creuser sous les fondations. Et, dans la nuit, Alonso avait fait incendier le village déserté.

A présent, à intervalles réguliers, des volées de flèches enflammées passaient en sifflant par-dessus les remparts — accompagnées de temps à autre de carcasses d'animaux puantes. Les peaux de bêtes imbibées d'eau, étendues sur les planches du chemin de ronde, permettaient d'endiguer l'incendie à ce niveau-là ; en revanche, les dépendances couvertes de chaume qui se trouvaient dans la cour étaient carbonisées.

Quelques soldats du baron, parmi les plus audacieux, s'étaient hissés le long des courtines à l'aide de hautes échelles, afin d'affronter les défenseurs du fort postés entre les créneaux. Mais plus nombreux étaient ceux qui flottaient à la surface des douves, le visage tourné vers le fond.

Les heurts réguliers du bélier contre les portes accroissaient à chaque coup les battements de cœur de la jeune châtelaine. Elle pouvait apercevoir Rhys qui allait et venait avec raideur dans les rangs des archers, criant des encouragements — et sans doute aussi des conseils, requis ou non.

— Le voilà, Alys !

Le cœur de Ceridwen s'emballa de plus belle. La blonde chevelure de Raymond brillait au soleil, tandis qu'il traversait la cour au pas de charge pour aller prêter main-forte aux hommes en train de consolider les portes. Ils avaient coincé d'énormes étais de bois contre les renforts en fer qui quadrillaient les battants, mais des fentes apparaissaient là où les planches commençaient à craquer.

Comme s'il avait senti son regard, le jeune seigneur tourna la tête et leva les yeux vers elle. Il lui décocha un sourire confiant, rayonnant de vie et d'espoir. Avec une fierté indicible, Ceridwen lui répondit d'un signe de main.

La vieille nourrice lui tapota le bras.

— Vous nous l'avez rendu, ma dame, déclara-t-elle avec émotion. C'est comme s'il était revenu d'entre les morts.

— Peut-être a-t-il appris, enfin, à laisser les défunts derrière lui. Ainsi que je l'ai fait moi-même.

A son tour, Alys se pencha par la croisée.

— J'en pleurerais, de le voir de nouveau entier alors que la méchanceté frappe à nos portes.

— N'ayez pas peur, Alys. Il est temps que vous rassembliez femmes, enfants et vieillards. Maintenant que les hommes d'Alonso sont regroupés devant les portes, vous allez pouvoir vous enfuir dans les montagnes en utilisant le souterrain que Raymond a découvert.

La gouvernante secoua la tête.

— Je suis trop vieille pour une telle expédition.

— Non point ! Vous êtes solide, et les fuyards auront besoin de vous pour les guider.

— Ils ne partiront pas, ma dame.

Ceridwen en perdit le souffle, et un frisson de terreur la parcourut.

— Que dites-vous ?

— Aucun d'eux n'acceptera de quitter son seigneur — et sa châtelaine.

— Je voudrais bien voir cela ! riposta la jeune femme en tournant les talons. Si je leur commande de partir, ils devront m'obéir !

Alys l'arrêta d'un geste.

— Ces gens sont aussi têtus que vous, ma dame — et que mon Raymond. Ils ne bougeront point tant que l'un de vous ne les accompagnera pas.

Ceridwen se planta sur place, les mains sur les hanches, les sourcils froncés.

— Dans ce cas, Blanche s'en ira avec eux.

— Non, ma mie. Je tiens à rester, moi aussi, déclara l'intéressée en serrant sa fille contre elle. Il n'est de vie valable sans amour, et tout ce que j'aime se trouve entre ces murs. En outre, j'ai la certitude qu'Alonso sera vaincu. Qui pourrait résister, face à des hommes pareils ?

De la main, elle désigna les combattants alignés en rang serré sur les remparts, la mine féroce. Ils reflétaient l'ardeur retrouvée de leur seigneur.

— Je prie le ciel que vous ayez raison, Blanche, murmura Ceridwen.

Des flammes dévoraient les douves et les marais dans la nuit tombante.

— Par quelle magie démoniaque Alonso a-t-il réussi à enflammer de l'eau ? s'enquit Ceridwen, impressionnée, en se tournant vers son époux pour lui tendre un hanap empli de cervoise.

La peau et les habits de Raymond étaient maculés de suie et de sueur. Il vida la grande coupe de bois d'un trait, sans quitter sa femme des yeux. Puis il s'essuya la bouche de sa manche et referma sa main puissante sur la sienne.

— Il ne s'agit là de nulle magie, ma douce. Mon frère a répandu de l'huile de baleine à la surface des eaux et y a mis le feu. Il veut supprimer toute cachette possible pour les survivants éventuels.

Son geste gonfla le cœur de Ceridwen d'une vive émotion. Ce nouveau Raymond, tendre et aimant même hors de leur couche, lui était infiniment précieux. Et ils avaient si peu de temps à passer ensemble… Elle se fustigeait d'avoir perdu tant de jours et tant de semaines par orgueil et colère.

— Raymond, Alys affirme qu'aucun de nos gens n'acceptera de vous laisser, fût-ce pour sauver la vie des enfants.

— Dès qu'ils auront vu de près le tranchant de mon glaive, ma mie, ils décamperont sans demander leur reste, croyez-m'en.

— Faut-il en arriver là ?

— Je ne vois point d'autre solution, mon ange. L'imagination me fait défaut : elle est tout occupée à d'autres domaines.

Le jeune seigneur saisit sa femme par la taille, la plaqua contre un montant du lit et lui mangea le cou de baisers avides. Ceridwen n'eut pas le courage de le repousser.

— Vous êtes impitoyable, messire, murmura-t-elle en frôlant ses lèvres de son souffle. Et tout aussi insatiable…

Elle l'embrassa avec une ardeur désespérée. Quand elle s'écarta pour reprendre haleine, Raymond lissa ses cheveux courts et plongea son regard dans le sien. Ses prunelles étaient d'un bleu d'azur, aussi profond et attirant qu'un lac de montagne par un matin d'été.

— *Savez-vous combien je vous aime ?* chuchota-t-il en français.

— Les mots sont superflus, messire, répondit

Ceridwen avec émotion. La douceur de vos yeux et de vos gestes me suffit.

Fermant les paupières, son époux l'attira à lui et enfouit son visage dans ses mèches d'ébène. Il la serra très fort, puis il s'écarta lentement, et ils s'assirent l'un près de l'autre.

— Dès qu'il fera nuit noire, dit-il, j'enverrai tout le monde dans le tunnel. Il a été nettoyé, consolidé et équipé d'une corde sur toute sa longueur.

— Comment avez-vous découvert ce passage secret ? questionna Ceridwen en massant doucement ses épaules crispées.

— En suivant les salamandres, répondit Raymond avec un gloussement amusé. Alors que j'allais libérer Wace dans les cachots, j'ai remarqué de petits lézards qui ne pouvaient venir que de l'extérieur. Mon intuition s'est confirmée lors des travaux de sape, qui ont révélé l'entrée d'un ancien souterrain.

— Où en sont les sapeurs d'Alonso, à propos ?

Raymond pinça les lèvres.

— Ils ont reçu la courtine entière sur la tête ; elle leur servira de pierre tombale.

Il soupira, se leva et prit le visage de sa femme dans une main.

— Merci pour ce moment de grâce, ma dame, mais je dois rejoindre mes hommes. Je suis venu prendre congé de vous, pas m'amollir dans votre douceur. Revêtez des habits solides et chauds. Wace vous fera sortir, avec Blanche.

— Blanche ne partira point sans Rhys, ni moi sans vous.

Le jeune seigneur se rembrunit.

— Je ne puis me battre aussi bien quand je vous sais à proximité, Ceri. L'inquiétude m'empêche de me concentrer.

Elle saisit dans ses mains le drap de son surcot.

— Trop tard, messire. Il m'est devenu impossible de vous quitter. Dites-vous au contraire que je pense à vous, et que mon amour vous soutient de toute sa force.

Il sourit, la mit debout et l'embrassa.

— Quand tout ceci sera terminé, nous irons dans cette prairie, ma douce. Je vous le promets.

Les mains fermement serrées sur les bras de Ceridwen, il tourna la tête vers la porte et appela d'une voix forte :

— Wace !

Son écuyer entra, revêtu d'un haubert. Il tenait à la main une paire de menottes, que la jeune femme considéra avec un choc.

— Vous n'oseriez pas ! se récria-t-elle.

— Je fais toujours ce que je dois, ma dame. Si elle vous résiste, Wace, passez-lui ces fers — en prenant soin de les ajuster sur ses manches. Voici la clé.

Le jeune homme leur jeta une œillade nerveuse.

— Bien, messire.

Raymond lâcha son épouse et gagna la porte. Sur le seuil, il ajouta :

— Ne la quittez pas du regard une seule seconde, mon ami. Même lorsqu'elle se changera.

Là-dessus, il disparut sans se retourner. Wace, aussitôt, se posta devant la porte. Ceridwen le dévisagea d'un air furieux.

— Je ne partirai pas ! affirma-t-elle.

— Je serai contraint de vous y forcer.

— Ces procédés sont honteux ! Votre maître a beau jeu de feindre la délicatesse, en vous recommandant de boucler ces fers sur mes manches !

Wace se racla la gorge.

— Ce n'est point par délicatesse, ma dame. C'est pour s'assurer que vos poignets trop fins ne glisseront pas au travers.

— Oh ! s'exclama Ceridwen, outrée. Nous verrons bien qui gagnera cette bataille. Je n'ai pas dit mon dernier mot.

En quelques gestes coléreux, elle réussit à enfiler des chausses et une tunique de laine sans montrer trop de peau à l'écuyer qui la contemplait fixement, les joues en feu.

— Vous êtes censé me surveiller, Wace, pas me dévorer des yeux comme vous le faites ! fulmina la châtelaine. Parlez donc, pour vous distraire un peu !

L'écuyer déglutit.

— Alonso va briser les portes dans la soirée, ma dame. D'ici là, je suis censé vous avoir conduite loin d'ici. La nuit nous protégera quand nous referons surface au-delà des murailles.

Ceridwen serra les dents.

— Si je vous obéis, mon jeune ami, ce sera uniquement pour vous éviter des représailles, sachez-le. Allons chercher lady Blanche et la petite Bree.

Elle observa Wace à la dérobée, tandis qu'elle glissait sa dague et sa flûte dans sa ceinture, puis ajustait un mantelet sur ses épaules. Satisfaite, elle le vit se détendre et pousser un soupir soulagé. Alors, d'un pas ferme, elle prit les devants et se rendit dans la tourelle.

La porte était entrouverte, et nul ne répondit au coup frappé par l'écuyer. Il passa la tête à l'intérieur.

— Lady Blanche ?

En un éclair, Ceridwen profita de l'occasion pour lui fausser compagnie. Elle redescendit les marches quatre à quatre, tourna au coin de l'escalier en colimaçon, s'enfila dans une niche obscure et se colla au mur. Le cœur battant, elle entendit Wace qui descendait à son tour en jurant tant et plus ; il s'arrêta un instant sur le palier pour regarder autour de lui, puis il s'élança dans le corridor. Dès qu'il eut disparu, la jeune femme sortit de sa cachette et s'enfuit dans l'autre direction, vers une échauguette qui donnait sur le chemin de ronde. Lorsqu'elle émergea à l'air libre, les étoiles qui scintillaient dans le ciel hivernal lui poignirent le cœur. Elles brillaient dans tout l'éclat de leur beauté, songea-t-elle, quels que fussent les atrocités qui avaient lieu au-dessous d'elles…

Elle longea le parapet. Parvenue à l'aplomb de la cour, elle eut la joie de voir les villageois s'engouffrer dans le souterrain — sous la garde sévère de Raymond qui brandissait son épée, nue et menaçante. Il fallait qu'elle trouve Rhys, se dit-elle. Si quelqu'un pouvait convaincre Blanche de s'en aller, c'était lui.

Des rires et des chansons la guidèrent jusqu'à un poste de guet, où son frère et Giles étaient engagés dans un tournoi de ballades. Cette gaieté n'avait rien de déplacé, elle le savait. Elle avait pour but d'entamer l'assurance de l'adversaire. Dès que Rhys l'aperçut, il vint la rejoindre, l'épaule étroitement bandée.

— Rhys, où est Blanche ? s'enquit Ceridwen à mi-voix.

Le jeune homme lui décocha un sourire éclatant.

— En sûreté avec Alys et sa fille, dans une autre vallée. A cette heure, elle doit me maudire.

— Comment t'y es-tu pris ? s'exclama la jeune femme admirative.

— En me servant de Bree pour appât. J'ai fait prévenir Blanche que sa diablotine s'était enfilée dans le trou creusé par les sapeurs, et qu'elle ne voulait pas en sortir sans sa mère. Un autre soldat s'est chargé d'avertir Alys. Les deux femmes se sont ruées à la poursuite de la fillette, qu'un troisième homme entraînait de plus en plus loin. J'ai payé un fermier pour les attendre à la sortie avec un chariot, en lui recommandant de les empêcher de rebrousser chemin, et voilà.

— Oh, Rhys, c'est merveilleux ! déclara Ceridwen en étreignant son frère avec précaution. J'avais prévenu Blanche que tu obtenais toujours ce que tu voulais.

Soudain, le sourire du jeune homme s'évanouit.

— Mais que fais-tu là, toi ? D'après Raymond, tu devais être partie à la tombée de la nuit.

— Il ne parvient pas toujours à ses fins, lui ! répliqua sa sœur d'un ton espiègle. Ma place est ici, et ici je resterai. Que puis-je faire pour vous…

Un énorme vacarme l'interrompit brutalement. Jurons et vociférations retentissaient sur les remparts. Des flèches enflammées traversaient la nuit en sifflant, des hurlements de douleur montaient de l'extérieur des courtines : les sentinelles renversaient des seaux d'huile bouillante sur les assaillants qui avaient escaladé les murs en douce, pour détourner l'attention des guetteurs de la porte principale.

Tout à coup, dans un craquement sinistre, les derniers étais cédèrent et les énormes pans de bois clouté s'abattirent sur les pavés de la cour, entraînant avec eux les débris tordus de la herse. A toute allure, Ceridwen courut vers l'escalier qui terminait le chemin de ronde et permettait de redescendre au rez-de-chaussée. Elle entendait derrière elle les appels et les pas précipités de Giles et de Rhys, qui s'étaient élancés à sa poursuite. Au-dessous d'elle, de face, elle apercevait Raymond et ses hommes qui attendaient leurs adversaires, glaive au poing.

Les premiers qui entrèrent dans Rookhaven furent décimés en quelques minutes, avec une violence effroyable. Les coups portés par Raymond ne tardèrent pas à faire reculer le reste de l'avant-garde du baron.

C'est alors qu'Alonso fit son entrée sur son grand destrier, ses cheveux blonds étincelant à la lueur des torches. Il s'arrêta juste sous les pieds de Ceridwen, à quelques toises seulement.

A cet instant, Raymond aperçut sa femme. Une expression farouche passa dans son regard. Puis il balaya ses hommes des yeux, et leur commanda d'un ton impérieux de demeurer en retrait. Le sang de Ceridwen se glaça dans ses veines. Quand elle vit son époux s'avancer seul vers Alonso, la tête haute, elle regretta amèrement sa folie : s'il renonçait à se battre, c'était à cause d'elle, elle le savait. Pour éviter à tout prix qu'elle ne tombe entre les mains d'Alonso en cas de défaite.

L'espace d'une seconde, elle envisagea de sauter sur le baron, afin de le désarçonner. Mais si elle échouait, le sacrifice de Raymond n'aurait servi à rien, et elle accroîtrait encore son épreuve. Les gardes d'Alonso auraient tôt fait de s'emparer d'elle, morte ou vive. Elle ne pouvait imposer pareille torture à un homme qui lui donnait une telle preuve d'amour, en dépit de sa désobéissance. Par respect pour lui, elle ne devait pas révéler sa présence. Ni lui infliger le spectacle d'une deuxième épouse se jetant dans le vide sous ses yeux, pensa-t-elle sombrement.

Le cœur noué de terreur, elle sentit Rhys et Giles venir se poster près d'elle dans la pénombre. Comme elle, ils gardèrent le silence, attendant de connaître la décision du jeune seigneur. Et se réservant de l'aider par la suite, quand ils sauraient comment s'y prendre.

— Assez de vies ont été sacrifiées pour une forteresse qui est loin de les valoir, et qui de toute manière sera bientôt confisquée par le roi Jean Sans Terre, déclara Raymond d'une voix forte. Je me rends à toi, Alonso, à une condition : que tu laisses partir tous ceux qui sont encore ici — sachant que femmes et enfants sont depuis longtemps en sûreté loin de ces murs, sous la protection de mes plus fidèles guerriers.

Ceridwen vit les mains fines du baron se crisper sur la bride de son destrier. De l'endroit où elle était, elle ne pouvait distinguer son visage, mais elle devinait sa surprise… et sa déception.

— Tu t'es donc arrangé pour soustraire ta petite corneille galloise à mes attentions, mon frère, répondit-il d'une voix sarcastique. Grand bien lui fasse. Gwendolyn t'en saura gré. Pour le reste… rien ne m'oblige à accepter tes conditions. Mais je ne vais point gaspiller le temps que je te réserve à me battre contre une poignée de mercenaires, qui seront vaincus de toute façon. Je préfère m'assurer de te conserver vivant. Cette vermine peut quitter Rookhaven sur-le-champ, sans armes, avec l'ordre d'aller infester d'autres terres que celles d'Angleterre. Nous chasserons nous-même tes résidus d'armée par-delà la frontière galloise. Cela te convient-il ?

— Si j'ai ta parole d'honneur que tu libéreras ces gens, qui se sont vaillamment battus pour moi, j'accepte, déclara Raymond. En espérant les retrouver un jour, quand ma rançon te sera versée.

Le rire acerbe d'Alonso résonna entre les murailles, sinistre.

— Tu as ma parole, petit frère. Mais je ne puis te promettre que tu seras encore en état de les rejoindre, quand j'en aurai terminé avec toi.

Un frisson d'épouvante secoua Ceridwen. Elle tenait les yeux rivés sur le visage impassible de son époux. Il fit mine de jeter un dernier regard circulaire sur la forteresse qu'il abandonnait — et un bref instant elle vit ses prunelles ardentes se poser sur les siennes. L'amour, le regret et les reproches s'y mêlaient, brûlants. De toutes ses forces, elle lui lança un cri muet : « Je reviendrai vous chercher ! »

— Gardes ! commanda alors le baron. Saisissez-vous de lui !

Horrifiée, Ceridwen vit Raymond jeter son glaive ensanglanté et tendre ses poignets aux soldats, qui lui lièrent aussitôt les mains dans le dos. Lorsqu'ils le conduisirent vers l'entrée des cachots, elle réprima un gémissement. Giles lui serra le bras.

— Courage, ma dame, lui murmura-t-il à l'oreille. Mon seigneur a besoin de votre force, et de la nôtre.

22

— Rhys, je dois retourner là-bas.

— Pour mourir au côté de Raymond ? Ne sois pas stupide, Ceri. La seule façon de l'aider est de reprendre Rookhaven à Alonso — ou de réunir la rançon requise pour sa libération. D'ici là, je me dois de veiller sur toi à sa place.

Les survivants de Rookhaven avaient passé la nuit dans un bois, à mi-chemin du village calciné et de la frontière galloise. Vu le triste tableau qu'ils offraient, les soldats d'Alonso ne s'étaient pas donné la peine de les repousser plus avant. Ils étaient trop pressés de fêter leur victoire.

A l'aube, Giles avait décidé d'aller surveiller la forteresse de loin — accompagné de Wace qui était revenu de son expédition de sauvetage au moment où les derniers vaincus quittaient l'enceinte, et qui avait choisi de se joindre à eux. Les mercenaires qui restaient suffisaient à reformer une compagnie, mais ils n'avaient plus ni armes ni chevaux. Et même si Sven le Danois exhortait ses compagnons à se tailler des pieux qu'ils durciraient au feu, ces lances de fortune semblaient bien dérisoires, face à l'armée du baron.

Tournant son visage vers l'est, Ceridwen serra les poings en imaginant les supplices que Raymond devait endurer, en cet instant. Elle connaissait trop la perversité d'Alonso pour espérer qu'il avait épargné son frère — fût-ce lors de sa première nuit de captivité. La seule chose qui la consolait, dans ce désastre, c'était l'idée que Blanche, Alys, Bree et leurs compagnons étaient en sûreté dans les montagnes. Aussi affamés et transis qu'eux, sans doute, mais en sûreté.

Il fallait faire vite, songeait-elle, désespérée. Sinon, elle ne reverrait pas son époux vivant.

— Rhys, reprit-elle soudain. Si tu prenais quelques hommes avec toi pour aller trouver Da et lui demander de l'aide ? Peut-être a-t-il réfléchi, depuis notre départ. Et la perspective de se battre contre Alonso devrait l'émoustiller, ne crois-tu pas ?

Immédiatement, son frère bondit sur ses pieds, souriant jusqu'aux oreilles.

— Riche idée, sœurette ! L'amour a dû me ramollir la cervelle, pour que je n'y aie point songé plus tôt. De surcroît, j'ai des chances de rencontrer Blanche en chemin... et je sais qu'il n'aura pas le cœur de chasser une jeune veuve sans abri, nantie d'une enfant.

Il embrassa Ceridwen avec fougue.

— A plus tard, Ceri. Je te confie à Sven et je vole vers Llyn y Gareg Wen !

En un rien de temps, il rassembla quelques volontaires et s'éloigna vers l'ouest.

Restée seule avec ses hommes, la jeune femme s'adressa à eux.

— Vous ne me connaissez point depuis longtemps, et n'avez pas eu l'occasion encore de mesurer ma valeur. Mais sachez que je suis votre châtelaine par choix autant que par loyauté, et que rien ne m'arrêtera pour tenter de sauver mon époux — votre seigneur.

Elle s'interrompit et baissa les yeux, la gorge nouée par les larmes. Puis elle releva la tête.

— Maître Bruce, je sais que sire Raymond fait grand cas de vous. Allez prévenir Cruikshank et Lucien de Griswold de notre situation. Qu'ils nous viennent en aide le plus vite possible. Quant à vous autres, je vous enseignerai à vous battre comme les *Cymraeg*, et à surprendre Alonso par une attaque invisible.

Un soldat se dressa, les yeux ronds.

— Invisible ? Serait-ce de la magie galloise, ma dame ?

Ceridwen sourit faiblement.

— Non, mon ami. Il vous suffira de vous cacher dans les arbres, après avoir enduit vos mains et votre visage de boue. L'un de nous attirera nos ennemis dans la forêt, et quand ils seront à notre portée nous leur tomberons dessus avec nos pieux, des pierres, des frondes, pour nous emparer de leurs armes et de leurs chevaux. Et si Alonso se trouve parmi eux, ajouta-t-elle d'un ton véhément, c'est moi qui m'en chargerai ! Etes-vous prêts à me suivre ?

Elle les sentit impressionnés par sa virulence. Nul doute qu'ils songeaient à la légendaire férocité des Galloises, réputées pour aller planter leurs dagues dans les cadavres et les blessés laissés par leurs compagnons.

Sven se leva et vint se placer près d'elle, les yeux brillants. Dans ses veines coulait aussi le sang sauvage des Celtes, malgré son calme apparent.

— Cela vaut la peine d'essayer, ma dame. Nous vous suivons.

Dans l'après-midi, une fois l'attaque dûment préparée et les différents signaux mis au point, Ceridwen échappa à la surveillance de Sven et s'enfuit en direction de Rookhaven. Elle ne pouvait laisser Raymond, une nuit de plus, entre les mains d'Alonso. Et le plan qu'elle avait formé n'avait une chance de réussir que si elle était seule.

Alors qu'elle marchait résolument sur le sentier qui conduisait à la barbacane, les cheveux en broussaille, les dents noircies par de la cendre et le visage maculé de boue, une main jaillie d'un buisson s'abattit soudain sur son bras.

— Attendez, *lass* !

La jeune femme sursauta, le cœur en déroute. Son

soulagement fut sans bornes quand elle reconnut la vieille Alys.

— Que faites-vous là, Alys ? s'enquit-elle avec stupeur.

— J'étais venue porter l'argent de vos funérailles pour délivrer mon seigneur, ma dame. Mais puisque vous vous rendez au château… Tenez, prenez-le.

En elle-même, Ceridwen pensa que cette somme ne suffirait pas à rançonner un chat, aux yeux d'Alonso. Néanmoins, elle se refusa à ébranler le fragile espoir de la gouvernante. Elle accepta la bourse et la cacha dans sa tunique.

— Merci, Alys. Et maintenant, retournez auprès des autres. Surtout, ne dites à personne que vous m'avez vue !

— Promis, ma dame. Dieu vous garde, murmura la vieille femme en larmes.

Ceridwen inspira profondément et se remit en marche. En approchant de la forteresse, elle peaufina son apparence — s'inspirant d'un pauvre garçon difforme de son village. Le cou tordu, une épaule plus haute que l'autre, une jambe raide, le poignet droit retourné vers l'intérieur, le visage déformé par des tics… Pour le reste, sa crasse l'aiderait.

« Le ciel soit avec moi », pria-t-elle alors qu'elle atteignait la grille, le cœur battant.

Dès que le garde l'aperçut, il la chassa de la main, comme s'il avait affaire à une mouche importune.

— Pfui ! Pfui ! souffla-t-il. Décampe, avorton !

— J'ai faim ! se lamenta Ceridwen en se frappant le front d'une main, comme le faisait Ewan. Du pain, par pitié ! Du pain !

— File, je te dis !

La jeune femme insista, prenant l'air le plus pitoyable qu'elle pouvait. A la fin, agacé, le garde en référa à son compagnon de guet.

— Ce scarabée ne veut pas me lâcher, Mathias !

— Laisse-le donc entrer, Gildas. Quel mal peut nous faire un simplet de cette espèce ? Il nous dérange plus en restant ici.

Le dénommé Mathias gratifia Ceridwen d'une chiquenaude sur la tête.

— Allez, toi ! Galope jusqu'aux cuisines, voir si on peut te donner un croûton moisi !

Il la poussa rudement dans la cour, où elle se fraya un chemin, une main sur le nez, entre la puanteur des cadavres et la fumée âcre qui montait des pots à braise alignés le long des murs. Jetant un coup d'œil autour d'elle, elle ne vit personne et se faufila à proximité des cachots. La porte, qui avait été forcée, restait entrouverte et un seul garde la surveillait.

Le cœur de la jeune femme se serra d'angoisse. De toute évidence, Alonso ne craignait guère de voir son prisonnier s'échapper ; elle implora la Vierge Marie et tous les saints de ne pas arriver trop tard. Puis, tapie dans l'ombre d'un pilier, elle attendit son heure. Au bout d'une éternité, alors que ses membres s'engourdissaient et que le froid la paralysait, elle vit enfin la sentinelle bâiller, se gratter et s'éloigner de quelques toises pour aller purger une envie naturelle dans un coin, le nez tourné vers la muraille.

En un éclair, Ceridwen bondit vers le trou noir et s'engouffra dans les ténébreuses entrailles de Rookhaven. Elle suivit le mur humide à tâtons, s'efforçant de contenir son épouvante. Cet endroit était plus sinistre encore qu'elle ne l'avait imaginé. Elle avançait lentement, les jambes tremblantes, se mordant la lèvre pour ne pas hurler quand le bruit d'une goutte d'eau la faisait sursauter, ou qu'une toile d'araignée la frôlait.

Ces marches devaient bien mener quelque part, se répétait-elle. Soudain, elle perçut dans l'air lourd et glacé une odeur qui la fit frémir : une odeur de sang frais... La découverte était atroce, mais elle raviva pourtant son espoir. Raymond ne devait pas être loin. Dans quel état, elle n'osait se le représenter. Le silence qui régnait alentour l'inquiétait et la rassurait à la fois : peut-être son époux n'avait-il plus la force de gémir, mais au moins le trouverait-elle seul. Elle pria encore son saint patron de lui accorder une porte fermée par un verrou, et non par une clé.

Soudain, un grincement métallique lui mit les nerfs à vif. Des anneaux qui frottaient les uns contre les autres, non loin d'elle. L'odeur de sang était plus forte ; elle percevait aussi des relents de suint brûlé. Une torche éteinte devait se trouver à proximité. S'armant de courage, elle frappa la pierre du silex qu'elle avait emporté. Une fois... deux fois... Enfin, une étincelle jaillit, embrasant le morceau d'amadou fixé sur le briquet. Elle le leva, distingua la torche et l'alluma. Des flammes ardentes dévorèrent aussitôt la noirceur qui l'entourait… et elle retint un hurlement, les yeux élargis par l'horreur.

Raymond était suspendu par les chevilles à une poutre épaisse. Quelques pouces séparaient ses mains liées du sol. Un couteau avait été laissé à proximité, hors de son atteinte, pour mieux lui faire regretter sans doute de ne pouvoir mettre fin à ses tourments. Et quels tourments ! Son torse nu, ses bras et ses mollets étaient couverts d'ecchymoses et de blessures. Du sang avait séché le long de ses doigts et goutté sur la pierre. Sa peau tendue était blafarde. Son visage hâve, ses lèvres pâles, ses paupières closes.

Un seau retourné gisait non loin de là. Ceridwen fut prise de nausée, en songeant que l'eau qu'il contenait avait dû servir à ranimer son époux, et non à le désaltérer. Elle lâcha une plainte d'animal blessé. Comment Alonso et Everard, un homme d'Eglise, avaient-ils pu supplicier de la sorte leur propre frère ?

Tout à coup, un tressaillement parcourut le corps de Raymond et les anneaux grincèrent derechef. Ceridwen se sentit vaciller ; ses dents se mirent à claquer. Tremblante, elle s'agenouilla et approcha son visage de celui du jeune seigneur. Un souffle chaud, à peine perceptible, frôla sa joue. Puis une lueur bleue apparut dans la fente des paupières. Les lèvres craquelées de son époux remuèrent, un son rauque s'en échappa.

— Je savais… que vous viendriez, murmura-t-il.

— Oui, Raymond, je suis là. Et je vais vous sauver.

Luttant contre sa panique, elle empoigna le couteau et trancha les liens de ses poignets, en ne cessant de lui parler pour le maintenir en vie.

— Patience, mon amour, je vais vous sauver. Et nous irons nous coucher dans cette prairie, au milieu des agnelets. Je vous le promets. Vous chanterez, je vous accompagnerai de ma flûte.

Elle regarda autour d'elle : un billot de bois usé, imprégné de taches sombres. Mieux valait ne pas songer à quoi il avait servi. Elle pouvait poser le seau dessus, se hisser jusqu'aux anneaux, faire glisser la chaîne qui les reliait des crochets qui la retenait, à l'aide du pieu cassé qui gisait dans un coin… Oui, cela était possible. Aussitôt, elle se mit à l'œuvre, évitant de regarder les plaies qui marquaient les jambes de Raymond.

Lorsqu'elle glissa le pieu sous la chaîne, au prix de rudes efforts, le blessé gémit.

— Pardonnez-moi d'accroître vos souffrances, messire, mais vous devez m'aider. Appuyez les mains sur ce billot et soulevez-vous un peu, si vous le pouvez.

La plainte de Raymond enfla, mais il obéit, à l'immense soulagement de Ceridwen.

— Merci. Maintenant, préparez-vous à vous retenir, pour ne point vous rompre le cou en tombant. M'entendez-vous ?

Il hocha légèrement la tête. Une véritable ivresse

s'empara alors de la jeune femme. De toutes ses forces, elle pressa sur son levier de fortune, et la chaîne se souleva.

— Attention ! Tenez bon !

Les anneaux glissèrent. Les muscles de son époux se contractèrent, mais elle sauta vite à terre afin d'amortir sa chute de son mieux. Il s'affala sur elle, l'écrasant de son poids. Alors que Ceridwen reprenait son souffle et se dégageait avec précaution, le râle qui s'échappa des lèvres de Raymond lui glaça le sang.

— Qu'avez-vous ? s'enquit-elle, affolée.

— Mes pieds… se réveillent. Ne me touchez pas !

Livide, elle dut supporter de le voir souffrir durant quelques longues minutes. Puis ses spasmes se calmèrent, et elle le couvrit de son mantelet.

— Vos bottes et votre tunique sont là, messire. Je vais trancher la chaîne qui relie vos anneaux et nous pourrons nous enfuir.

— La trancher… avec quoi ? murmura Raymond.

— N'y a-t-il point de hache, pour aller avec ce billot ?

— Non… Je n'ai jamais… coupé la tête de mes prisonniers, ni aucun de leurs membres. Partez, Ceri. Je ne puis marcher. Et ils vont revenir…

Ceridwen surmonta de son mieux le désespoir qui la gagnait.

— Je ne vous quitterai point, messire. Tenez-vous-le pour dit. Vous possédez mon cœur. Si vous mourez, je mourrai aussi, que ce soit loin ou près de vous.

— Ceri… Vous allez me tirer des larmes.

Il s'efforça de sourire, et cet effort bouleversa sa femme. Elle l'aida à se redresser, calé contre le billot.

— J'ai soif…, gémit-il. Tellement soif…

— Ne bougez pas. Je vais vous chercher à boire.

— Non, Ceri. C'est inutile. Je n'en ai plus pour longtemps.

— Taisez-vous et attendez-moi.

Elle posa un baiser sur ses lèvres sèches, alluma un lumignon à la torche qui grésillait et s'éloigna. En jetant un coup d'œil par-dessus son épaule, elle vit le regard de Raymond rivé sur elle, intense. Elle s'obligea à détourner la tête, le cœur lacéré par le chagrin. Même si elle pouvait rompre sa chaîne, se dit-elle, il ne parviendrait jamais à gravir ces marches. Il était perdu. Mais perdu pour perdu, elle lui trouverait du vin, de la cervoise ou seulement de l'eau. Et elle resterait près de lui jusqu'à la fin.

23

Alors qu'elle atteignait l'extrémité du boyau, Ceridwen posa le lumignon dans une anfractuosité du mur, afin de le trouver à son retour. Puis elle rampa jusqu'à la porte, ne vit personne et se faufila le long du mur.

Le ciel flamboyait des dernières lueurs du crépuscule. Des rires et des clameurs enjouées provenaient de la grand-salle. Une colère blanche s'empara de la jeune femme. Voilà pourquoi les soldats d'Alonso ne se souciaient point de garder Raymond ! Ils étaient bien trop occupés à piller ses caves et ses celliers ! Mais les bombances de ces sauvages l'arrangeaient, se dit-elle. Elle aurait tort de s'en plaindre.

Reprenant l'allure difforme d'Ewan, elle sautilla jusqu'aux cuisines et se cacha un moment, jusqu'à ce qu'elle puisse chiper en douce un pichet de cervoise. Après quoi, son trophée en mains, elle rebroussa chemin.

A son vif dépit, elle constata que le garde avait repris son poste. Risquant le tout pour le tout, elle s'approcha de lui.

— Qui es-tu, toi ? gronda le soldat.

— Un… un pauvre émissaire du baron Alonso, messire. Il m'a chargé… de porter une cruche de vinaigre à son frère.

Un rire tonitruant salua sa réponse.

— Le baron traite donc son cadet comme Notre Seigneur Jésus-Christ, maintenant ? Voilà qui ne me surprend point de lui. Et choisir un pou de ta laideur pour servir son prisonnier est bien de lui aussi. Va donc, crapule. Mais si tu traînes trop là-dedans, j'irai t'y quérir et je t'en sortirai par les couilles, je te préviens !

— Je ferai vite, messire, assura Ceridwen, qui tremblait intérieurement.

Elle s'enfila dans le boyau.

— Tu n'as pas peur du noir ? ricana le garde derrière elle.

Comme elle se retournait pour lui répondre, elle vit soudain deux silhouettes surgir derrière lui. Puis un gourdin s'éleva au-dessus de sa tête, s'abattit avec force sur son crâne et il s'effondra. Terrifiée, Ceridwen se plaqua contre le mur. C'est alors qu'un miaulement lui parvint de la porte, suivi d'un hululement de chouette. Son cœur bondit dans sa poitrine. De joie, cette fois !

— Giles ! Wace ! s'écria-t-elle. C'est moi, Ceridwen !

Le grand lieutenant la pressa avec fougue contre lui, au risque de lui faire renverser son pichet.

— Ma dame ! Pardonnez-moi ces transports, mais je suis si heureux de vous trouver là !

— Moi aussi, Giles. Raymond a grand besoin de vous. Venez vite.

Reprenant le lumignon, elle guida les deux hommes jusqu'à la sinistre cellule où son époux l'attendait. Il les dévisagea avec une stupeur sans fond. Ceridwen nota qu'il avait réussi à enfiler sa tunique, mais cet effort semblait l'avoir épuisé.

— Je vous ai ramené du secours, messire. A présent, vous n'avez plus d'excuse pour refuser de m'accompagner. Buvez ce breuvage, il vous rendra des forces.

Pendant que Raymond vidait goulûment le pichet de cervoise, elle indiqua au chevalier et à l'écuyer la façon de saisir leur seigneur, l'un sous les aisselles, l'autre par les chevilles — qu'elle drapa dans son mantelet pour atténuer la douleur du transport. Après quoi elle reprit les devants, le lumignon à la main, et les guida de nouveau jusqu'à la sortie.

Les deux hommes émergèrent dans la pâle clarté du soir, pantelants sous l'effort. Le garde gisait toujours devant l'entrée des cachots, inerte, mais des sentinelles surveillaient l'ouverture béante qui donnait accès à la forteresse.

— Comment allons-nous franchir le guet ? chuchota Wace, livide sous la suie qui maculait ses joues.

Ceridwen regarda rapidement autour d'eux et aperçut une charrette à bras rangée sur le côté.

— J'ai une idée, murmura-t-elle. Hissez Raymond sur cette charrette et recouvrez-le des cadavres qui jonchent la cour. Est-ce possible ?

Giles hocha la tête, admiratif.

— Je me demande ce que nous ferions sans vous, ma dame.

Prestement, il enjoignit Wace à le suivre. Ils allongèrent leur seigneur au fond de la charrette, puis ils la poussèrent vers les morts et s'empressèrent de le recouvrir de deux ou trois cadavres. Le spectacle et l'odeur étaient si éprouvants que Ceridwen se sentit défaillir. Une voix forte lui rendit ses esprits.

— Holà ! cria un garde en s'avançant vers eux. Que faites-vous donc ?

— Cela ne se voit point ? grommela Giles. Nous avons ordre de transporter ces charognes loin d'ici, pour les livrer aux corbeaux. Leur puanteur et leur vue indisposent le baron.

Le garde hocha la tête.

— Ce n'est pas moi qui m'en plaindrai. Hâtez-vous d'achever votre sale besogne.

La charrette remplie à ras bord de son hideux chargement, Giles et Wace s'attelèrent aux brancards, tandis que Ceridwen poussait par-derrière. Lorsqu'ils franchirent la barbacane, elle était à demi morte de frayeur et de répulsion. Mais elle se tourmentait surtout pour Raymond, se demandant s'il résisterait à ce sinistre convoyage.

Suant et ahanant, ils gravirent la butte la plus proche. Lorsqu'ils eurent passé le sommet et furent enfin hors de vue de la forteresse, ils s'arrêtèrent sous un bouquet de pins. Sans prendre le temps de se reposer, les deux hommes s'empressèrent de jeter les cadavres au bord du sentier. Après quoi Ceridwen grimpa dans la charrette, la gorge nouée par l'anxiété, et saisit entre ses mains le visage de son époux.

— Raymond ! appela-t-elle. M'entendez-vous ? Etes-vous toujours parmi nous ?

Les paupières du jeune seigneur se soulevèrent et il esquissa un sourire douloureux.

— Ceri… J'ai bien cru que vous vouliez m'ensevelir vivant, murmura-t-il.

Une joie immense submergea Ceridwen. La cervoise avait accompli des miracles, songea-t-elle en ravalant ses larmes.

Son mari lui prit la main et se remit lentement sur son séant. Puis, au bout d'un moment, il se glissa jusqu'au bord et se laissa descendre, soutenu par un Wace sanglotant.

— Pardon, messire, bredouilla le jeune homme en s'agenouillant devant lui, la tête basse. Tout ce malheur vous est arrivé par ma faute.

— Non, Wace. Par la mienne seule, déclara Ceridwen d'un ton altéré. C'est moi, qui ai enfreint les ordres de mon époux. C'est pour me sauver d'Alonso, qu'il s'est rendu.

Raymond posa sur elle un regard brûlant.

— Vous vous êtes grandement rachetée par la suite, ma dame. Par deux fois, vous m'avez sauvé de mon frère. C'est moi qui suis en dette envers vous.

Il se tourna vers Giles.

— Et vous, Saint-Germain, je vous savais fort comme un bœuf. Mais je n'aurais jamais imaginé que vous me tireriez comme tel, un jour. Avec mon écuyer... et mon épouse bien-aimée.

Les yeux gris de son lieutenant s'embrumèrent.

— Assez parlé, messire. Laissez-moi vous ôter ces bracelets, afin que nous puissions au plus vite vous mettre à l'abri.

Il se saisissait déjà de deux pierres, une grosse pour l'enclume, une plus petite pour le marteau, quand Wace intervint, rougissant :

— Permettez, messire. L'épingle d'un fermail suffira. Sven... m'a appris à me débarrasser de mes fers, l'autre nuit. Nous les avons remis en place... en vous entendant arriver.

Raymond hocha la tête, une lueur amusée au fond des yeux. Puis, brusquement, son regard vacilla et s'éteignit, tandis qu'une douleur sourde se peignait sur ses traits. Le cœur de Ceridwen se serra. Il lui faudrait longtemps, elle le savait, pour oublier ce qu'il avait subi. S'il y parvenait jamais.

Le lendemain soir, Raymond gisait sur une couchette de feuilles mortes, grelottant de fièvre. Ceridwen le soignait de son mieux, le couvrant lorsqu'il frissonnait, lui baignant le front d'eau fraîche lorsqu'il était brûlant. C'était tout ce qu'elle pouvait faire pour lui, à part lui tenir la main sans répit, et son impuissance la dévastait. Il avait survécu, certes. Mais elle redoutait que son esprit restât brisé à jamais par la cruauté d'Alonso.

Soudain, elle crut apercevoir des yeux jaunes qui brillaient dans l'obscurité, et ses cheveux se hérissèrent sur sa nuque.

— Giles ! chuchota-t-elle. Regardez ! Est-ce un loup ?

Alors que le chevalier se levait, armé d'un gourdin, une énorme masse grise émergea des fourrés et bondit sur Ceridwen et Raymond. La jeune châtelaine se mit à rire, enchantée, quand Sauveur lui barbouilla le visage de sa langue rose, avant de lécher avec vigueur les joues de son maître.

— Sauveur ! s'écria-t-elle. Où étais-tu passé, brigand ?

— Il était avec moi.

Shona parut à son tour, ses vêtements sales et déchirés, mais souriante — et entière. Aussitôt, Giles se rua vers elle, en larmes, et l'écrasa contre lui avant de l'embrasser à pleine bouche.

— Shona, bonheur de ma vie ! s'écria-t-il quand il eut repris son souffle. J'ai cru mourir de vous avoir perdue.

Il tomba à genoux, les deux mains de la jeune fille dans les siennes.

— Voulez-vous m'épouser ?

— Il était temps.

La voix de Raymond les fit tous sursauter et se tourner

vers lui. Il avait rouvert les yeux, et son regard était clair et lucide.

— Le ciel soit loué ! s'exclama Sven.

— Ce n'est pas au ciel que je dois mon réveil, répondit le jeune seigneur. Mais à la gueule puante de ce chien, qui suffirait à réveiller un mort !

Il enserra affectueusement la tête de Sauveur sous son bras. Le chien-loup glapissait de joie et ne cessait d'agiter sa queue touffue. Ceridwen sourit, éperdue de soulagement. Mais sa surprise fut totale quand la main ferme de son époux se referma sur sa nuque et qu'il l'attira à lui, pour l'embrasser aussi fougueusement que Giles venait d'embrasser Shona. Des vivats retentirent autour d'eux.

— Messire ! glapit la jeune châtelaine lorsqu'il la relâcha. Nous ne sommes point seuls !

— Tout doux, mon ange, lui chuchota Raymond. Ce baiser m'a vidé de mes forces et je souffre le martyre. Mais il fallait que je montre à mes hommes que j'avais retrouvé mes capacités, pour leur rendre confiance.

— Oh ! protesta-t-elle, faussement offusquée.

Elle releva la tête et plissa les paupières.

— Où sont-ils donc ? Je ne les vois plus.

— Ils se sont écartés par discrétion, ma douce. Mais que signifie cette grimace ?

Ceridwen plongea les yeux dans les siens et se mordit la lèvre.

— Je dois vous avouer une imperfection, messire. Je suis affligée d'une très courte vue.

Raymond haussa les sourcils, stupéfait.

— Quoi ? Et moi qui ai toujours cru, depuis que je vous connais, que vous me flétrissiez de votre mépris !

Elle se mit à rire.

— Non, mon tendre époux. Chaque fois que je vous regardais ainsi, c'était pour mieux vous admirer. Je ne puis me lasser de vous.

Il l'embrassa de nouveau, avec ferveur et douceur.

— Je n'aurai jamais assez de gratitude envers Percy, pour le présent qu'il m'a fait en vous donnant à moi.

Soudain, il sursauta et se raidit.

— Ceridwen ! Où est Parsifal ?

Sa femme le dévisagea fixement, abasourdie.

— N'était-il point parti pour son monastère, avant le siège ?

— Non. Je ne l'ai plus vu depuis des jours, mais il ne m'a pas fait ses adieux. Il a dû rester à Rookhaven, abîmé dans ses prières. Demain, je retournerai affronter Alonso, pour le délivrer. Je ne puis l'abandonner à ce monstre.

Le lendemain, à l'aube, Ceridwen se faufila hors du campement, accompagnée de Shona. Le brouillard protégeait leur fuite. Giles et Raymond, qui avaient réussi à rattraper quelques chevaux errants dans les bois, prévoyaient un autre plan que le leur, mais elles n'en avaient cure. Ce qu'elles voulaient, c'était éviter à leurs hommes une attaque frontale qui les perdrait à coup sûr — en attirant Alonso et ses soldats sous le couvert des arbres, à la façon galloise.

Les deux jeunes femmes s'étaient mises d'accord au début de la nuit, alors que le jeune seigneur et son lieutenant dormaient. Ni l'une ni l'autre ne pouvaient accepter la hâte déraisonnable de Raymond, qui refusait obstinément d'attendre leurs renforts. Seul Sven était au courant de leur projet, et devait les soutenir de son mieux.

Elles se dirigèrent donc vers Rookhaven, s'efforçant de taire leur angoisse. Leur entreprise était risquée, elles le savaient, mais rien ne pourrait les arrêter.

Avant de sortir à découvert devant les murailles de la forteresse, elles délacèrent leur corselet, afin de dénuder leurs épaules et leur gorge. Shona libéra sa longue chevelure blonde et crispa les doigts sur la dague glissée dans sa ceinture, tandis que Ceridwen sortait de son fourreau la flûte d'ivoire qui était sa seule arme. Un instant encore, elles se dévisagèrent pour raffermir leur courage. Puis, murmurant une dernière prière, elles s'avancèrent vers la barbacane. Leur vie dépendait maintenant du charme qu'elles exerceraient sur les sentinelles d'Alonso, de leur rapidité à la course — et de la restreinte que Sven réussirait à imposer jusqu'au moment voulu aux hommes de Raymond qui attendaient le signal de l'attaque dans un bois voisin, au sommet d'une butte.

Ceridwen porta sa flûte à ses lèvres et commença à jouer, mettant dans chaque note tout l'amour qu'elle vouait à son époux. Avec de gracieuses ondulations des hanches, elles s'approchèrent à une trentaine de toises des courtines, afin d'être vues assez nettement des gardes postés sur les remparts. Le résultat ne se fit pas attendre : les premiers soldats qui les aperçurent restèrent d'abord pantois d'ébahissement. Puis ils se consultèrent du regard, incrédules, tandis que les curieux s'amassaient en nombre croissant entre les merlons. Enfin, des vociférations retentirent — et quelques fantassins anglais commencèrent à surgir de la forteresse pour traverser le pont-levis jeté sur les douves.

Shona et Ceridwen échangèrent un regard terrifié. En un éclair, elles tournèrent les talons et détalèrent en direction de la colline. Lorsqu'elles furent certaines d'avoir pris assez d'avance sur leurs poursuivants, Ceridwen se remit à jouer, incitant les hommes d'Alonso à vaincre leurs dernières hésitations pour continuer leur poursuite. Elle obtint ce qu'elle voulait. Alors, tirant de son corselet la bourse que lui avait remise Alys, elle l'ouvrit et lança les pièces d'argent en direction de leurs ennemis.

La pagaille qui s'ensuivit permit aux deux jeunes femmes de rejoindre le bois, hors d'haleine. Avec un hurlement féroce, Sven sauta du pin dans lequel il était caché — et tous ses compagnons l'imitèrent, se ruant bien trop tôt sur les Anglais qu'ils voyaient à portée de leurs pieux et de leurs gourdins.

— Non ! cria Ceridwen épouvantée. Ce n'est pas…

Un grondement de rage la fit se retourner. Elle blêmit en découvrant Raymond qui la foudroyait du regard, retenu à grand-peine par Giles et Wace accrochés chacun à l'un de ses bras.

— Vous me paierez cette trahison, ma dame ! rugit-il d'une voix terrible. Quant à vous deux, relâchez-moi sur-le-champ — ou je vous décapiterai dès que je serai libre !

— Nous agissons pour votre bien, messire, répondit Giles — qui dardait lui aussi un regard noir de colère sur Shona. Vous n'êtes point en état de vous battre.

Son seigneur riva sur lui des yeux étincelant de fureur.

— Je préfère périr sous le glaive d'Alonso plutôt que de me montrer à lui dans une posture aussi indigne !

Ceridwen baissa la tête, penaude et terriblement malheureuse. Tout ce qu'elle tentait pour son époux se retournait contre lui, quoi qu'elle fît. Mais il lui restait au moins la satisfaction de l'avoir encore près d'elle, en vie.

Giles et Wace, aussi contrits qu'elle, relâchèrent Raymond.

— J'implore votre pardon, messire, murmura-t-elle. Shona et moi avons cru bien faire. Si les hommes de Sven n'avaient point montré tant de hâte…

— Assez, ma dame. Il n'est plus d'excuses qui

tiennent. Je sais trop à quelles folies vous poussent vos bonnes intentions.

Il se tourna vers son lieutenant.

— Un cheval, Giles. Il ne sera pas dit que j'abandonnerai mes troupes en plein combat.

— A vos ordres, messire.

Pendant un long moment, la bataille fit rage. Inégale et terrible. Ceridwen et Shona la suivaient du haut de la butte, le cœur étreint d'épouvante et de remords. Soudain, alors que la jeune châtelaine serrait Sauveur contre elle, elle se frotta les yeux, incrédule : une flèche bleutée venait de surgir de la forêt et filait à toute allure vers les combattants. Peu après, un grand cerf blanc s'arrêta au milieu des guerriers, imposant et majestueux.

— Voyez-vous ce que je vois ? s'enquit Ceridwen dans un souffle.

— Oui, ma dame. C'est un miracle.

Le combat avait cessé. Médusés, les soldats d'Alonso contemplaient ce bel animal farouche qui symbolisait la légendaire cruauté de leur seigneur. Puis une flèche venue de l'arrière traversa l'air avec un sifflement meurtrier — et vint se planter dans la gorge du cerf qui tomba à genoux, une tache rouge sur son pelage d'hermine.

A ce spectacle de fort mauvais augure, la panique s'empara des hommes du baron et ce fut la débandade :

ils se ruèrent en masse vers la forteresse, abandonnant leurs armes derrière eux, d'autres flèches se fichant dans le blason qui décorait leurs surcots.

Alors, une rangée d'archers gallois sortit du bois, et Ceridwen reconnut les silhouettes de Morgan et de Rhys. Elle courut vers eux, affolée.

— Da ! hurla-t-elle. Epargnez Raymond et ses hommes, de grâce !

Son frère se porta à sa rencontre, souriant.

— Sois sans crainte, sœurette. Notre père est revenu à la raison. La loyauté et la bravoure de ton époux l'ont convaincu de choisir son camp. Et le charme de Blanche a aussi produit ses effets…, ajouta-t-il avec un clin d'œil malicieux.

Morgan ap Madog arriva à son tour, la mine bougonne. Il darda une œillade rancunière à son fils aîné, mais ouvrit les bras à Ceridwen, et l'étreignit avec une affection qui remplaçait tous les pardons.

— J'aime mieux avoir ton Raymond avec moi que contre moi, ma fille, grommela-t-il. Désormais, il fait partie des miens.

Un sanglot secoua la jeune femme, mais elle dut promptement sécher ses larmes : Alonso s'avançait sur le champ de bataille déserté, fier et hautain sur son grand destrier noir. Il s'arrêta face à Raymond, qui le dévisageait sans ciller.

— J'ignore par quelle sorcellerie tu es encore vivant, mon frère, déclara-t-il d'une voix enjôleuse, mais il semble que nous soyons dans une impasse. Il nous faut trouver une issue à cette situation.

— Je suis vivant par la grâce de Dieu et l'amour d'une Galloise plus maligne et plus forte que tu ne l'es, Alonso, répondit Raymond d'un ton impassible. Et de quelle impasse parles-tu ? Tu es défait.

Le visage du baron se contracta.

— Prends garde à toi, mon frère. Si tu me tues, tu auras contre toi l'Eglise et la Couronne d'Angleterre.

— Je ne te ferai point cet honneur, Alonso. Ma miséricorde te sera plus intolérable que ma vengeance, je le sais. Toutefois, avant de décider de ton sort, j'exige que tu me rendes Parsifal.

Une stupeur horrifiée s'alluma dans le regard d'Alonso.

— Parsifal ? Que me chantes-tu là ? Notre frère est mort depuis longtemps !

— Non. Le braconnier que tu retenais dans tes cachots et Percy ne font qu'un, Alonso. Il résidait à Rookhaven, avant le siège. Je veux le retrouver.

— Je suis là, Raymond.

La voix de Parsifal, résonnant derrière lui, fit bondir le cœur du jeune seigneur. Tournant la tête, il vit approcher Percy, qui tenait à la main son glaive au cristal étincelant.

Alonso blêmit et se signa à plusieurs reprises.

— Où étais-tu ces derniers jours, Percy ? s'enquit Raymond d'une voix altérée.

— J'avais certaines affaires à régler, comme tu vois,

répondit le jeune homme en montrant son épée. Mais avant de me retirer du monde, je voulais accomplir la seule promesse qui m'ait tenu en vie, durant les terribles épreuves que j'ai traversées : prouver à notre frère qu'il n'avait pas réussi à m'abattre.

Il tourna son regard clair vers Alonso, qui le dévisageait avec une horreur incrédule.

— Vois-tu, Alonso, je ne suis point mort aux mains des Sarrasins, à qui tu m'avais si lâchement abandonné pour sauver ta propre vie. Tu m'as jeté à bas du seul cheval que nous avions pour nous deux, afin de t'enfuir plus vite. J'ai subi les pires tortures et les pires humiliations — de celles qui privent à tout jamais un homme de sa virilité, précisa-t-il, la voix tremblante. Mais je suis revenu, pour te marquer à tout jamais du sceau de la honte — et t'accorder mon pardon. Jusqu'à la fin de mes jours, je prierai pour le salut de ton âme.

Une émotion poignante se lisait sur tous les visages — sauf celui du baron qui affectait encore de feindre le mépris, malgré son teint blafard. Raymond serra les mâchoires. Ses doigts se crispèrent sur ses rênes.

— Pour ce que tu as fait endurer à Percy, Alonso, tu mériterais mille morts, déclara-t-il d'une voix blanche. Pour lui, je serais prêt à te tuer sur-le-champ. Mais je craindrais trop que ton sang vicié n'empoisonne cette terre à tout jamais.

Un rire sarcastique jaillit des lèvres de son frère.

— Quoi que tu fasses, Raymond, tu n'échapperas point aux retombées de mon sang. J'ai semé tant de bâtards à des lieues à la ronde que mon venin me survivra et hantera les tiens sur des générations. Que tu le veuilles ou non, la victoire est à moi.

A ces mots, un grondement furieux monta des hommes groupés derrière le seigneur de Rookhaven. Des cris sauvages s'élevèrent, faisant vibrer l'air matinal d'une haine sans bornes.

— Ma fille est morte à cause de toi, crapule !

— Tu as osé déflorer ma Bettina le soir même de ses noces !

Les accusations se multipliaient, rageuses, douloureuses, vengeresses. Avant que Raymond ait pu réagir, un flot de pères, de frères et de maris floués déferla sur Alonso, l'arracha de sa selle et s'acharna sur lui jusqu'à ce que mort s'ensuive.

Lorsqu'ils s'écartèrent, un silence terrible tomba sur la campagne. Le cadavre du baron gisait sur le dos, un sourire cynique sur ses lèvres figées. Parsifal lâcha une longue plainte. Raymond gardait les yeux rivés sur Alonso, changé en statue de marbre.

Soudain, une main fine se posa sur la sienne. Il baissa les yeux vers Ceridwen, dont le regard vert débordait de chagrin, d'amour et de larmes.

— Il a eu la mort qu'il méritait, messire, murmura-t-elle. Ces pauvres gens sont vengés, et votre honneur est sauf. Malgré tous ses crimes, votre miséricorde et le pardon de Percy lui éviteront l'enfer, j'en suis sûre ; ils seront son viatique pour le purgatoire.

Le cœur glacé de Raymond tressaillit dans sa poitrine,

tel un faon nouveau-né se dressant sur ses pattes grêles pour affronter une existence toute neuve.

— Votre bonté me submerge, ma dame. Grâce à vous, j'ai pu renaître à la vie, et plus rien désormais ne pourra me ramener dans le puits de noirceur dont vous m'avez tiré. Je vous en fais le serment.

Il se pencha vers elle pour l'embrasser.

— Vous avez un cœur, Raymond, et vous me l'avez confié, chuchota Ceridwen contre ses lèvres. Il est sous bonne garde. Pour l'éternité.

24

Ceridwen se détourna afin de jeter un dernier regard derrière elle. Une colonne de fumée montait des ruines calcinées de Rookhaven. Les doigts crispés sur les rênes de son poney, elle contempla son époux qui chevauchait près d'elle sur Grendel, les sourcils noués. Son cœur se porta vers lui. Il venait d'enterrer Alonso — et leur sinistre passé avec lui, elle l'espérait.

Le clair soleil de décembre brillait sur les Montagnes Noires, vers lesquelles ils se dirigeaient. Wace cavalcadait fièrement en avant, monté sur Orphée. Derrière lui venait Giles qui portait Shona en croupe, tendrement pressée contre son dos robuste. Et Sauveur galopait devant tout le monde, la langue pendante, ivre de liberté.

La veille, Percy était parti pour son monastère, l'esprit en paix. Morgan et Rhys avaient également repris la route de Llyn y Gareg Wen avec leurs archers. Plus rien, désormais, ne pouvait les empêcher de mener une existence sereine et régulière, dans le fort de Llanmadog d'où Raymond veillerait à assurer une trêve sans fin entre Gallois et Anglais — avec l'aide de ses fidèles alliés.

Sa mission était accomplie, songea la jeune femme en admirant avec tendresse la silhouette amaigrie de son époux. Son amour ferait le reste. Mais avant de rejoindre leur nouvelle demeure, elle tenait à remplir une autre promesse.

Le soir venu, alors qu'ils campaient à l'abri d'un bosquet, elle entraîna Raymond à l'écart de ses hommes, dans une clairière à l'herbe grise et rase qui souffrait déjà des rigueurs de l'hiver.

— Les fleurs et les agnelets nous manquent, messire, mais nous avons notre amour pour les remplacer, chuchota-t-elle en s'appuyant contre son époux qui la tenait étroitement enlacée. Que diriez-vous d'admirer les étoiles, en attendant le retour des nuages printaniers ?

Raymond la tourna vers lui et frotta sa joue râpeuse contre la sienne.

— Laissez-moi le temps d'allumer un feu, ma dame, et je vous promets que nulle chaleur ne nous manquera au cours de cette nuit.

Un frisson de plaisir parcourut Ceridwen. Elle baisa ses lèvres souriantes, puis scruta son regard bleu, qui luisait d'un éclat argenté à la lumière de la lune.

— Ne deviez-vous point me punir, messire ?

— Je n'ai pas oublié, ma dame. Si je vous reprends

un jour à courir la campagne les épaules et la poitrine dénudées, je vous enfermerai dans notre chambre et vous n'en sortirez plus jamais.

Les yeux verts de Ceridwen pétillèrent.

— Avec vous, ou sans vous ?

Raymond l'embrassa avec passion.

— Avec moi, bien sûr. Et pour vous empêcher de me fausser compagnie durant mon sommeil, je demanderai à Wace de fermer la porte à clé — de l'extérieur.

La jeune femme se mit à rire, et coula les doigts dans la chevelure fauve de son seigneur.

— Dans ce cas, messire, je me demande si je serai bien gardée.

Raymond l'enveloppa dans son manteau et l'entoura de ses deux bras.

— Ceri…, murmura-t-il. C'est le ciel qui vous a envoyée à moi. Je voudrais vous le dire en gaélique, mais il vous reste encore à m'apprendre votre langue. Je vous aime, *Cymraes*. Et l'amour que je vous porte est si fort que mon corps seul ne suffit plus à vous le dire.

Ceridwen se blottit dans sa chaleur, bouleversée.

— Je mesure la valeur de cet aveu, Raymond. Et j'en sais la sincérité. Mon seul regret est d'avoir si longtemps refusé de voir la beauté de votre cœur normand… ou anglais.

Les mains chaudes de son époux se glissèrent dans les plis du manteau, et cherchèrent sa peau nue sous sa tunique. Elle en trembla de la tête aux pieds.

— Toute la beauté que vous voyez en moi n'est que le pâle reflet de la vôtre, Ceridwen.

La jeune femme caressa l'étoffe de son surcot et leva les yeux vers le ciel : la lune était énorme, à la mesure de son bonheur et de ses espoirs. Et aussi brillante qu'ils l'étaient.

— Non, *Carrog Dhu*. La lumière qui vous habite ne vient que du feu ardent qui brûle en vous. Un feu qui ne s'éteindra jamais.

Raymond l'embrassa de nouveau, avec une ferveur qui la pénétra jusqu'au fond de l'âme.

— Il ne s'éteindra point tant que je vous aurai à mon côté pour l'entretenir, ma douce. Et je sais que je puis compter sur vous.

Ceridwen s'écarta et plongea son regard ému dans le sien.

— J'ai la certitude qu'Owain se réjouit de notre bonheur, messire, murmura-t-elle. Il avait prévu notre rencontre.

— Dans ce cas, je lui dois de vous donner toutes les joies possibles. Aussi souvent et aussi longtemps que vous le désirerez.

Elle sourit, une main sur son cou, transportée par la fièvre qu'elle sentait battre sous sa peau.

— Soyez sûr que je veillerai à ce que vous teniez cet engagement, Raymond de Beauchamp. Jusqu'à mon dernier souffle.

DANS LA MÊME COLLECTION

Par ordre alphabétique d'auteur

MARY LYNN BAXTER	*La femme secrète*
MARY LYNN BAXTER	*Un été dans le Mississippi*
JENNIFER BLAKE	*Une liaison scandaleuse*
MEGAN BROWNLEY	*La maison des brumes*
CANDACE CAMP	*Le bal de l'orchidée*
CANDACE CAMP	*Le manoir des secrets*
CANDACE CAMP	*Le château des ombres*
CANDACE CAMP	*La maison des masques*
ELAINE COFFMAN	*Le seigneur des Highlands*
PATRICIA COUGHLIN	*Le secret d'une vie*
MARGOT DALTON	*Une femme sans passé*
EMMA DARCY	*Souviens-toi de cet été*
SALLY FAIRCHILD	*L'héritière sans passé*
FIONA HOOD-STEWART	*Les années volées*
PENNY JORDAN	*Silver*
PENNY JORDAN	*L'amour blessé*
PENNY JORDAN	*L'honneur des Crighton*
PENNY JORDAN	*L'héritage*
PENNY JORDAN	*Le choix d'une vie*
PENNY JORDAN	*Maintenant ou jamais*
PENNY JORDAN	*Les secrets de Brighton House*
ELAINE KNIGHTON	*La citadelle des brumes*
CATHERINE LANIGAN	*Parfum de jasmin*
RACHEL LEE	*Neige de septembre*
LYNN LESLIE	*Le choix de vivre*
ANN MAJOR	*La brûlure du mensonge*
CURTISS ANN MATLOCK	*Sur la route de Houston*
MARY ALICE MONROE	*Le masque des apparences*

... / ...

DANS LA MÊME COLLECTION

Par ordre alphabétique d'auteur

NORA ROBERTS	*Retour au Maryland*
NORA ROBERTS	*La saga des Stanislaski*
NORA ROBERTS	*Le destin des Stanislaski*
NORA ROBERTS	*L'héritage des Cordina*
NORA ROBERTS	*Love*
NORA ROBERTS	*La saga des MacGregor*
NORA ROBERTS	*L'orgueil des MacGregor*
NORA ROBERTS	*L'héritage des MacGregor*
ROSEMARY ROGERS	*Le sabre et la soie*
ROSEMARY ROGERS	*Le masque et l'éventail*
JOANN ROSS	*Magnolia*
DALLAS SCHULZE	*Un amour interdit*
JUNE FLAUM SINGER	*Une mystérieuse passagère*
ERICA SPINDLER	*L'ombre pourpre*
CHARLOTTE VALE ALLEN	*Le destin d'une autre*
SUSAN WIGGS	*Un printemps en Virginie*
SHERRYL WOODS	*Refuge à Trinity*

6 NOUVEAUTÉS À PARAÎTRE EN OCTOBRE 2006

Composé et édité par les
éditions Harlequin
Achevé d'imprimer en juillet 2006
par
LIBERDÚPLEX

Dépôt légal : août 2006
N° d'éditeur : 12227

Imprimé en Espagne

SINN UND FORM

BEITRÄGE ZUR LITERATUR

HERAUSGEGEBEN VON DER
AKADEMIE DER KÜNSTE

77. JAHR / 2025 / 4. HEFT

Juli / August

SINN UND FORM

Redaktion: Postfach 21 02 50, 10502 Berlin, Akademie der Künste, Hanseatenweg 10, 10557 Berlin, Tel. 030/20057-2220, -2221 oder -2222, Fax 030/20057-2223, E-Mail sinnform@adk.de, www.sinn-und-form.de. ISBN 978-3-943297-84-3. ISSN 0037-5756. Satz: Dörlemann Satz, Lemförde. Anzeigenverwaltung: Agentur Hanne Knickmann, Theaterstraße 7, 69117 Heidelberg, Tel. 06221/67342-50, www.kulturzeitschriften.net. Druck: Thiele & Schwarz GmbH, Kassel. Printed in Germany. Der Chefredakteur ist v. i. S. d. P. Bei unverlangt eingesandten Manuskripten ohne beiliegendes Porto keine Rücksendung. Beurteilungen werden nicht gegeben. Auf den Textseiten erscheinen in der Regel keine Literaturangaben und Anmerkungen. Nachdruck eines Beitrages während der gesetzlichen Schutzfrist nur mit Genehmigung der Redaktion. Die Zeitschrift erscheint zweimonatlich. Jahresbezugspreis einschließlich Versand 54,00 € (Inland) und 72,00 € (Ausland). Einzelheft 14,00 €. Vorzugsabonnement für Schüler und Studenten 39,00 € (Inland) und 51,00 € (Ausland).

Bestellungen von Abonnements und Einzelheften: tableau, Neumagener Straße 27, 13088 Berlin, Tel. 030/4236606, Fax 030/42850078, E-Mail bestellung@sinn-und-form.de. Zuschriften, die den Inhalt betreffen, sind an die Redaktion, solche, die den Bezug angehen, an die Firma tableau zu richten. Das Abonnement kann spätestens sechs Wochen vor Ablauf des Bezugsjahres gekündigt werden. Die Mindestbezugsdauer beträgt ein Jahr. Die Kundennummer ist unbedingt anzugeben.

INHALTSVERZEICHNIS

JULIEN GRACQ

DER SURREALISMUS UND DIE ZEITGENÖSSISCHE LITERATUR

Angesichts des damals anschwellenden Rimbaud-Snobismus schrieb Louis Aragon 1928 in seiner »Abhandlung über den Stil«, jegliche Anspielung auf das »Trunkene Schiff« könne nur noch als sicherstes Zeichen von Vulgarität gelten. Wer heute über den Surrealismus spricht, kann sich zugegebenermaßen einer ähnlichen Befürchtung nicht erwehren. Wir leben in einer Zeit, in der Worte ihre Wirkung verlieren und sich schneller als sonst durch *Reibung* abnutzen – die Abnutzung von Schallplatten in Radio und Werbung, die aus der lebendigsten Rede ein fades Eintrichtern machen, dem sich unser Magen bald verweigert. Man sollte allerdings nicht übertreiben. Einer ähnlich rasch, vielleicht noch rascher fortschreitenden Entwürdigung ist das rivalisierende Wort Existentialismus ausgesetzt, dessen Schicksal noch schneller besiegelt war. Es gibt eine *Sahnetorten*-Seite des Surrealismus, und wenn ich eine Entschuldigung dafür vorweisen kann, daß ich von ihm spreche, kann es nur die Absicht sein, ein Wort blank zu putzen, das manchen seinerzeit wie eine Feuerschrift geleuchtet hat – und es von den Spuren unzähliger schmutziger Finger zu befreien, die bei lange im Umlauf befindlichen Münzen das aufgeprägte Bildnis irgendwann verdecken.

Der Surrealismus war ein Opfer seines eigenen Erfolgs, oder besser gesagt, einer bestimmten Art von Erfolg. Er hat nicht gesiegt in dem Sinne, daß er seine Gegner zum Aufgeben oder zum Schweigen gebracht hätte, wie es der Klassik und Romantik einst gelang. Er ist immer wieder verlacht und sogar erbittert bekämpft worden: Wenn François Mauriac selbst heute noch von der surrealistischen »schwarzen Pest« spricht, die angeblich unsere Dichtung aushöhle, fehlt es bestimmt nicht an Leuten, die ihm dafür Beifall spenden. Der Erfolg des Surrealismus besteht in etwas anderem. Es ist keiner der Triumphe, die sich in Verkaufsstatistiken oder massenhaften Konversionen niederschlagen. Er besteht in einer von anderen Doktrinen selten erreichten Fähigkeit, sich über weite Entfernungen hinweg auszubreiten, sich in fremden und entlegenen Gewässern aufzulösen, sie zu kontaminieren. Er besteht in seinem *volatilen* Charakter, in seiner besonderen Fähigkeit, sich zu Bekundungen und Verhaltensweisen zu gesellen, die ihm eigentlich wesensfremd sind – wie ein Zeichen, das den Sinn verändert –, und die Alltagssprache ist Garant dafür, daß er lieber in adjektivischer als in subjektivischer Form auftritt. So wird man beispielsweise, durch ein suspektes

Detail veranlaßt, das immer schwer zu isolieren ist, eine Begegnung, ein Plakat, ein Wortspiel, eine zufällige Anordnung von Gegenständen surrealistisch nennen. Im übrigen kann ich nur auf einen bemerkenswerten Artikel von Maurice Blanchot verweisen, der in der Zeitschrift »L'Arche« über den Surrealismus schrieb: »Eine eigentliche Schule existiert nicht mehr, aber ein geistiger Zustand, der dem Surrealismus entspricht, besteht weiterhin. Niemand gehört mehr zu dieser Bewegung, und dennoch wissen alle, daß sie ein Teil davon hätten sein können. In jeder Person, die schreibt, gibt es eine surrealistische Berufung: Man gesteht sie ein, man treibt sie ab, manchmal klaut man sie, aber auch wenn sie unecht ist, drückt sie dennoch eine im Kern ehrliche Anstrengung und ein ehrliches Bedürfnis aus. Der Surrealismus ist verschwunden? Nein, er ist nur nicht mehr hier oder dort, sondern: Er ist überall. Er ist ein Gespenst, ein strahlender Fluch. Die Metamorphose ist verdient – der Surrealismus ist seinerseits surreal geworden.«
Doch weil Adjektive, die bekanntlich einen dem Wesen nach flüchtigen Eindruck festzuhalten versuchen, der Verzerrung durch die individuelle Wahrnehmung wenig entgegensetzen können, nimmt das oft mißbräuchlich verwendete Wort ganz unterschiedliche Bedeutungen an. Manchen gilt alles als surrealistisch, was in der Literatur oder im Alltag seltsam, überraschend, willkürlich, ulkig oder phantastisch ist. Bei anderen Gelegenheiten, wenn stärker auf die Literatur als solche Bezug genommen wird, sind mit dem Beiwort surrealistisch – und übrigens mit gleicher Feindseligkeit – zwei Positionen gemeint, die sich in Wirklichkeit ausschließen. Für die einen weckt es die Vorstellung eines exklusiven und respektlosen Literatenkreises – eines Clubs wechselseitiger Bewunderung, in dem kabbalistische Formeln als Losungsworte dienen und dessen Türen den Naiven, die eintreten zu dürfen glaubten, vor der Nase zugeschlagen werden. Für andere wiederum verkörpert der Surrealismus die gemeinste literarische Demagogie, »Dichtung, wie sie jedem Unbewußten entspringen könnte«, »Jedermannspoesie«, »Kommunismus des Genies« – also eine ruinöse Einigung auf den kleinsten gemeinsamen Nenner dessen, was »literarisches Talent« sein könnte. Es genügt ja schließlich, eine Feder zu halten und zu schreiben, um Dichter zu sein, solange man dabei Absätze macht. So gesehen profitiert der Surrealist von einer zeitlichen Koinzidenz und schiebt sich ohne weiteres vor das Bild des sagenumwobenen Bolschewiken. Er wird zum Verschleuderer des Talents, zum Plünderer des erworbenen Ansehens, zum Regelbrecher schlechthin – eine Art Dichter mit dem Messer zwischen den Zähnen.
Mit solchen weitverbreiteten Auffassungen des surrealistischen Unterfangens brauchen wir uns nicht lange aufzuhalten. Will man aber seinen Platz und seine Lehren in der heutigen Literatur verorten, muß man ihm erst seine wahre Gestalt zurückgeben.

Halten wir gleich fest, daß der Surrealismus selbst zu widersprüchlichen Interpretationen Anlaß bot. Wie Jules Monnerot in »La Poésie moderne et le Sacré« (Die moderne Dichtung und das Heilige) sehr schön gezeigt hat, bestand die Eigentümlichkeit dieser und wohl jeder wirklich lebendigen Bewegung darin, gegensätzliche Positionen und Doktrinen miteinander zu verbinden, dies vor allem im Bemühen, nichts auszulassen, worauf es ankam. Die Mitglieder der Gruppe schlossen sich keiner logisch hergeleiteten Lehre an (dagegen sträubte sich der ganze Surrealismus), vielmehr teilten sie einen bestimmten Geist – den »neuen Geist« –, sie waren die Hüter einer »allgemeinen Offenbarung«, was Breton zufolge das gemeinsame Schicksal der repräsentativen Geister jeder großen Epoche ist. Der im übrigen nur relative Zusammenhalt der Gruppe bezeugt im Grunde die Wahrheit des Proust-Wortes, wonach die Gemeinschaft der Überzeugungen weniger zählt als die Blutsverwandtschaft der Geister. Doch irreführender als die scheinbaren oder tatsächlichen Widersprüche des Surrealismus ist an seiner landläufigen Deutung (und selbst Sartre erliegt in seiner Schrift »Was ist Literatur?« dieser optischen Täuschung) der Umstand, daß man den Surrealismus nicht in seinem historischen Zusammenhang betrachtet, denn wenn er auch zweifellos etwas ankündigt, so folgt er doch vor allem etwas anderem nach, mit dem er gern verwechselt wird. Wer hat, dem wird gegeben, und so schreibt man dem Surrealismus häufig Dinge zu, die eigentlich von seinem Vorgänger, dem Dadaismus, stammen.

Über das wahre Wesen des Dadaismus, der bekanntlich fast zur gleichen Zeit gegen Ende des Ersten Weltkriegs mit Tzara in der Schweiz, mit Duchamp und Picabia in den USA sowie in Paris entstanden ist, hat sein skandalumwittertes Treiben mit Negertänzen und organisierten Plünderungen lange Zeit hinweggetäuscht. Mit genügend Abstand lassen sich seine Bestandteile dagegen leicht auf den unverstellten Ausdruck von etwas zurückführen, das ich als eine wahre Explosion, eine regelrechte Verpuffung reiner Negativität definieren würde. Der Dadaismus, geboren in dem Jahr, in dem der Weltkrieg die ersten Symptome völliger Zersetzung zeitigte, ist jedenfalls der entschlossenste und konsequenteste Zerstörungs- und Plünderungsversuch, den die Literatur erlebt hat. Er zielt auf völlige soziale Desintegration, und einer seiner Vertreter, der Boxer Cravan, gibt sich als »Fahnenflüchtiger von siebzehn Nationen« aus. Er arbeitet an der Zerstörung des Gegenstands durch objektiven Humor, der uns vor Augen führt, daß der Schein der Ruhe, welcher die Materie umgibt, von seltsamen Zufällen abhängt; dazu gehört Duchamps bekannter Versuch, Marmorstücke durch Zukkerstücke zu ersetzen. Der gleiche Duchamp treibt beharrlich die Liquidierung der individuellen Erfahrung durch »Ready-mades« voran: Er stellt einen handelsüblichen Flaschentrockner und eine lithographierte Winterlandschaft aus, die er »Apotheke« nennt, und signiert beide. Der Ausdruck selbst, so neutral er scheinen mag, wird noch in seinem Tauschwert aufgespürt: Man verfaßt ein Gedicht, indem man Wörter wie Lose aus dem Hut zieht und zusammenfügt. An die Stelle des artikulierten Worts setzt man Lautmalerei, den Schrei, zufällige Silben, für die Dada symbolisch steht. Schreiben ist verboten, denn wie Artaud meint, ist »jegliches Schreiben eine Sauerei«. Handeln ist verboten wegen der »theatralischen und freudlosen Nutzlosigkeit von allem, wenn man ein Wissender ist«, wie Vaché schreibt. Ist der Mensch einmal seiner wesentlichen Attribute beraubt, bleibt den Konsequentesten nur noch, die Schuld bei seiner Existenz zu suchen: »Es ist unzulässig«, sagt Tzara, »daß ein Mensch eine Spur hinterläßt.« Vaché bleibt seiner Logik treu und bringt sich um, indem er einen Unfall simuliert, auch Rigaut bringt sich um und Cravan verschwindet nachts im Golf von Mexiko, ohne daß von seinem Boot die geringste Spur gefunden werden kann.

Nicht die gesamte Glut dieses riesigen Freudenfeuers ist erloschen. Ein bruchloser Übergang verbindet Dadaismus und Surrealismus – und eben das begünstigt Mißverständnisse. Die *großen Vorgänger,* auf die sich der Surrealismus stets bezieht, sind hier zu verorten: Vaché, Cravan, Rigaut, die gerade durch ihre Selbstmorde eine Art sakramentales Zeichen tragen, strahlen als Fixsterne weiterhin an seinem Firmament. Mögen Duchamp und Picabia noch so still und untätig bleiben, sie genießen bei ihm einen unerschöpflichen Kredit. Zudem sind fast alle Surrealisten durch die Dada-Schule gegangen und bewahren davon eine unauslöschliche Eigenart, eine bittere und heftige Tönung, die sich auf alle ihre Bekundungen überträgt: die Lust daran zu verletzen und zu mißfallen, die Lust am Skandal um des Skandals willen und an der Provokation um der Provokation willen, der Kult des Humors auch in seiner zerstörerischsten Form, dem schwarzen Humor, der ihnen als wirksamstes Mittel der Zertrümmerung gilt, als »unsichtbarer Strahl«, mit dem sie ihre Gegner überwinden. Etwas anderes tritt an die Stelle des Dadaismus, nämlich der Surrealismus, aber kein spektakulärer Bruch scheint sie zu trennen, weil der Surrealismus – und darin besteht zum großen Teil seine verwirrende und offensichtliche Mehrdeutigkeit – ein *Gedankensystem* ist, das sich mehr schlecht als recht einem schon vorhandenen *Lebensstil* angepaßt hat, der nur ganz grob seinen Zuschnitt hatte und ein Vermächtnis des Dadaismus war.

Letztlich folgt der Surrealismus um 1922 herum dem Dadaismus, wie eine konstruktive Phase einer destruktiven folgt. Die Embleme und Zeichen, unter denen man sich sammelt, sind die gleichen; die Substanz jedoch hat sich tiefgreifend verändert, es kommt zu einer raschen Klärung der Verhältnisse. Äußerlich macht sich eine starke Autorität bemerkbar, die weniger durch Zwang wirkt als durch spontane Folgsamkeit der anderen, was auf Bretons persönliche Ausstrahlung zurückzuführen ist. Eine strenge und manchmal alberne Disziplin kehrt ein: Es gibt eine surrealistische *Gruppe* mit Aufnahmeriten und knallharten Ausschlüssen; ein Organ, »La Révolution surréaliste«; eine Moral, die sogar Todsünden kennt: die Fahne grüßen, journalistisch tätig sein, Sport treiben, Werke von Cocteau lesen; eine Propaganda durch Handzettel, die Maurice Nadeau in seinem Werk »Documents surréalistes« gesammelt hat; ein Büro, in dem man seltsame Versuche macht. Und es gibt sogar einen veritablen Index verbotener Bücher, der Nadeau anscheinend entgangen ist und den ich auf der Umschlagrückseite eines Katalogs surrealistischer Publikationen finde:

Lest	*Lest nicht*
Heraklit	Platon
Scève	Ronsard
Swift	Molière
Rousseau	Voltaire
Sade	Mirabeau
Fichte	Mme de Staël
Rimbaud	Verlaine
Freud	Bergson
Apollinaire	Mistral
Vaché	Valéry etc.

Der Surrealismus wendet sich von der totalen Verneinung im Dadaismus ab, es widerstrebt ihm nicht mal mehr, sich in eine Tradition einzuschreiben und Vorläufer auszumachen, die Breton in seinem »Ersten Manifest« ausdrücklich nennt: »Gewiß könnte eine stattliche Anzahl von Dichtern als Surrealisten bezeichnet werden, angefangen bei Dante und, in seinen besten Tagen, Shakespeare. Die ›Nächte‹ von Young sind surrealistisch von Anfang bis Ende; leider spricht hier ein Priester, ein schlechter Priester, gewiß, aber ein Priester.

Swift ist surrealistisch in der Bösartigkeit.
Constant ist surrealistisch in der Politik.
Hugo ist surrealistisch, wenn er nicht dumm ist.
Desbordes-Valmore ist surrealistisch im Lieben.
Baudelaire ist surrealistisch in der Moral.
Jarry ist surrealistisch im Absinth.
Nouveau ist surrealistisch im Kuß.
Fargue ist surrealistisch in der Stimmung.
Saint-John Perse ist surrealistisch in der Ferne.«

Man sieht, wie nach dem Dadaismus das Steuer herumgerissen wird. Hier muß noch einmal Maurice Blanchot das Wort überlassen werden: »Die Surrealisten erschienen ihren Zeitgenossen als Zerstörer. Und das Merkmal nonkonformistischer Gewalt stach natürlich am meisten hervor. Was uns heute auffällt, ist, daß der Surrealismus viel eher affirmativ als verneinend war. Eine machtvolle und trunkene Jugend steckt in ihm. In gewisser Weise hat er das Bedürfnis, tabula rasa zu machen, aber das liegt vor allem daran, daß er sein Cogito sucht.«
Was also ist das surrealistische Cogito, die Basis, auf der alles ruht und die es uns erlauben würde, ein Gedankensystem zu erfassen, das um so mehr zu entschlüpfen scheint, je mehr man es zu fassen versucht? Am besten läßt man sich vom Vokabular und von dem Namen leiten, den die Bewegung wählte, wenn sie ihn schon nicht erfunden hat: Ein Surrealist bestimmt sich durch einen Akt bedingungslosen Glaubens an die Surrealität. Bleibt noch, diese Surrealität zu definieren, und das ist gar nicht leicht, denn sie kann nur in dem Akt selbst und damit wohl jenseits der Worte liegen, mit denen man ihrer habhaft werden könnte. Sie besteht hauptsächlich in der Unterdrückung von Widersprüchen, der Aufhebung von Antinomien, ihr Vorgefühl ist das einer Totalität ohne Risse, durch die das Bewußtsein ungehindert zu den Dingen vordringen und unaufhörlich darin baden könnte und durch die die Unumkehrbarkeit der Zeit ebenso abgeschafft würde wie Vergangenheit und Zukunft. Breton hat, in Ermangelung einer Definition, dieses Vorgefühl und diesen Anspruch nie besser formuliert als in den oft zitierten Sätzen, an die man noch einmal erinnern muß: »Alles läßt uns glauben, daß es einen bestimmten geistigen Standort gibt, von dem aus Leben und Tod, Reales und Imaginäres, Vergangenes und Zukünftiges, Mitteilbares und Nichtmitteilbares, Oben und Unten nicht mehr als widersprüchlich empfunden werden. Indessen wird man in den Bemühungen des Surrealismus vergeblich einen anderen Beweggrund suchen als die Hoffnung, eben diesen Standort zu bestimmen.«
Man soll neben dem gewaltigen Ehrgeiz, der sich hier kundtut, die große Bescheidenheit nicht unterschätzen, die darin liegt, dem Unterfangen derart geringe Chancen beizumessen. Es ist das einzige, was zu versuchen sich lohnt, aber es handelt sich um eine bloße Hoffnung und auch die besteht nur nachts. Es ist die wesentliche und, darauf bestehe ich, ausdrücklich dem Menschen vorbehaltene Aufgabe, denn der Punkt, an dem sich die Gegensätze auflösen, ist »ein bestimmter geistiger Standort«, und diesen einzunehmen betrachtet Breton als einen höchst bewußten Akt (enthusiastisch lobte er seinerzeit Malraux' Formel »Mehr Bewußtsein«). Vielleicht stellt die Idee des »absoluten Wissens«, wie Hegel sie in der »Phänomenologie des Geistes« definiert, nämlich als höchste Entwicklungsstufe des Bewußtseins, das alle Gegensätze überwindet, das beste

Äquivalent zu diesem surrealistischen Begriff dar. Das hegelianische Denken hielten die Surrealisten immer für dem ihren eng verwandt, und man darf daran erinnern, wie sie sich eine wirkmächtige Formel eben jenes Hegel so begeistert zu eigen machten, daß sie sie in Flugschriften, »surrealistischen Schmetterlingen«, abdruckten, weil sie dazu angetan war, ihre Hoffnungen zu bestärken: »Man kann die Kraft und Macht des Geistes gar nicht überschätzen.« Und vielleicht enthüllt ein Wort Rimbauds, den sie gleichfalls als Vorläufer ansahen, noch unverhohlener ihren Anspruch – ein Schlüsselwort, das in einem wie auch immer christlich gearteten Sinne zu interpretieren ich mich hüte: »Durch den Geist geht man zu Gott.«

Dieser als höchstes Ziel verstandenen Auflösung der Gegensätze auf übermenschlicher Ebene entspringt der anrührend nostalgische Beiklang von verlorenem Paradies, der im Surrealismus mitschwingt, und sei es nur in den eigenartigen Titeln seiner Werke, in denen von einem uranfänglichen Weltzustand die Rede ist, von unverstellter und paradiesischer Unschuld, unerklärlicher und wundersamer Verwirrung: »La Vie immédiate« (Das unmittelbare Leben), »Die unbefleckte Empfängnis«, »Les Yeux fertiles« (Die fruchtbaren Augen), »Point du jour« (Morgendämmerung), »L'Amour fou«, »Le Livre ouvert« (Das geöffnete Buch).

Durch die zentrale Behauptung, die Surrealität sei allgemein zugänglich und sogar der endlich erlangte eigentliche Maßstab des Geistes, eignet dem Surrealismus, wie mir scheint, trotz des Fehlens eines logischen Ansatzes, den er sicherlich verwerfen würde, eine unbestreitbare Kohärenz.

Daraus folgt zunächst seine Haltung zur Religion und insbesondere zum Christentum. Es lohnt sich, dabei zu verweilen, denn seit einigen Jahren ist der Surrealismus für manche Gläubige Gegenstand einer verdächtigen Politik der ausgestreckten Hand. Gegenüber dem Christentum kann die Haltung des Surrealismus nur erklärte und totale Feindschaft sein, und so war es auch. Und zwar weil es durch die von ihm verkündeten Verbote und Tabus aller Art die völlige Freiheit in allen Bereichen systematisch beschneidet, die den Surrealisten für die Rückgewinnung der Kräfte des Menschen unerläßlich scheint. Zudem wollte der Surrealismus die Eroberung des Surrealen stets im »Hier und Jetzt« vollbringen, wie die bekannte Formel lautet, und nicht in einem hypothetischen Jenseits. Und schließlich widerspricht der Begriff der Ursünde, indem er Machtlosigkeit und unzumutbare Beschränkungen des Geistes moralisch rechtfertigt, in allen Punkten dem Zustand permanenter Revolte, berechtigter *Verzweiflung*, in dem die Surrealisten den wirksamsten Hebel sahen.

Viel näher waren ihnen dagegen die Kulte und, allgemeiner gesagt, die Mentalität der Naturvölker. Der urwüchsige Mensch, der in einer ganz und gar magischen

Welt lebt, also einer, in der es eine Resonanz, einen fortwährenden Einklang zwischen dem Menschen und den Dingen gibt und in der die Grenzen des individuellen Bewußtseins gesprengt werden, erschien ihnen stets als Verkörperung in Vergessenheit geratener Kräfte, die der Surrealismus wiederzuerlangen trachtete, und auch als Schlüsselträger, als Hüter einer großen Botschaft, die Breton sogar bei Voodoo-Zeremonien auf den Antillen und bei den Hopi-Indianern zu finden suchte: nämlich, daß die Welt für den Geist so durchlässig sei wie das Bewußtsein jedes einzelnen für jeden anderen, und dieser panische Zustand, dieses panische Bewußtsein, das sich beim rhythmischen Klang der Negertrommeln regt und uns eine Ahnung von der Surrealität an sich vermittelt, habe nie aufgehört, ganz in unserer Nähe, nur eine Armeslänge entfernt zu vibrieren.

»Man kann die Kraft und Macht des Geistes gar nicht überschätzen«: Auf diese zentrale Formulierung muß man noch einmal zurückkommen, um zu verstehen, mit welcher Besessenheit und Leidenschaft der Surrealismus stets die Freiheit für sich gefordert hat, alle Freiheiten. So erklären sich sein von stürmischen Entladungen durchzucktes Bekenntnis zum Marxismus und der Wille, für eine Revolution zu wirken, die sich zum Ziel gesetzt hatte, die Entfremdung des Menschen zu beenden. Die Botschaft Freuds, die Botschaft Sades wurden begeistert aufgegriffen, weil man sie als befreiend ansah und als Mittel, sexuelle Tabus zurückzudrängen, ob nun im Gewitterlicht des einen oder im kalten Licht des anderen. Und auf seine Weise war auch das automatische Schreiben oder Zeichnen eine Befreiung; eine echte Befreiung des Denkens, denn »das Denken erfolgt im Mund«, wie Tristan Tzara meinte, und der Automatismus löste es aus der Verkümmerung, der Zähmung durch die Logik, führte es in jenen Zustand unfehlbarer Naivität zurück, von der es im »Manifest« heißt: »Das Denken ist per definitionem stark und unfähig, sich einen Fehler durchgehen zu lassen.«

Vor allem aber kommt die Gruppe bei ihrer Suche nach dem Surrealen überein, drei Worte bewußt hervorzuheben, die geradezu Losungen sind: Imagination, Liebe, Dichtung.

Eine völlig verrückte Hymne an die Imagination nimmt den ganzen ersten Teil des »Manifests« ein; von einem Dichter wird man das zunächst nur vorhersehbar und banal finden. Aber verstehen wir uns recht: Die surrealistische Imagination hat nichts mit Träumerei und Phantasie zu tun. Sie ist keine anmutige Stickarbeit, kein mehr oder weniger betörender Schleier, der für ein paar Minuten die Nacktheit der realen Welt kaschieren soll, auf die er doch in jeder Einzelheit verweist und die zu verwerfen nicht in Frage kommt – sondern eine bedeutende, souveräne und unkontrollierbare Macht, eine durchschlagende Anfechtung der Wirklichkeit, eine höchste *Instanz,* vor welche die opake Belanglosigkeit der äußeren Welt geladen und von ihr verurteilt wird. Ihr schrankenloser Gebrauch ist keine unschuldige Zerstreuung, sondern ein Laster – ein Rauschmittel, sagt Aragon –, geeignet, den Adepten in jenen »Zustand fortwährender Zerstreuung« zu versetzen, »den die Surrealisten hier auf Erden zu erlangen trachten«. Nicht nur umhüllt und transzendiert die imaginäre Welt die wirkliche, zersetzt sie, indem sie sie mit Möglichkeiten imprägniert (Breton spielte mit dem Gedanken, eine »Rede über das bißchen Wirklichkeit« zu schreiben), sondern sie hat ihr, wie es scheint, auch das Gewicht des Zusätzlichen voraus, das der Surrealismus Dingen im Zustand des *Entstehens* zuzuschreiben geneigt war, »die nicht mehr Schatten, aber noch nicht Beute sind«. Aus welchem privilegierten *Außenstand* das Imaginäre entlohnt zu werden verdient, hat Breton mit einer seiner aufschlußreichsten Formulierungen präzisiert, worin der Glaube vom gewöhnlichen in einen geheimen Sinn wechselt und die Imagination den akuten Charakter einer Halluzination bekommt: »Imaginär ist, was dazu neigt, real zu werden.« Erst wenn sie wirklich zügellos ist, wenn die Außenwelt aufhört, der Imagination den Richtwert ihrer freudlosen Maschinerie entgegenzusetzen, wenn sie *»nicht verzeiht«*, erst dann verdient die Imagination, genutzt und verehrt zu werden, und daher rührt in den Augen der Surrealisten der besondere Wert einerseits des *Traums,* bei dem die Außenwelt in eine Falle gerät und um den Träumer herum neu ersteht, wobei »die Mühelosigkeit des Ganzen unschätzbar ist«, und andererseits des *Wahns,* der für den Surrealismus so etwas wie der Zustand erfinderischer Heiligkeit ist, der Grenzzustand des Träumers, der das *Korrektiv,* das die reale Welt demjenigen andient, den sie erschaffen hat, für definitiv unzulässig hält, und worin der Verrückte in exemplarischer Isolation dem von ihm bewohnten Universum »genügend Reiz abgewinnt, um zu ertragen, daß es nur für ihn selbst von Wert ist«.

Es ist heute fast ein Gemeinplatz, daß der dichterische Ausdruck der Liebe durch den Surrealismus ein anderer geworden sei. »Nach Eluard und Breton«, schreibt ein Kritiker, »läßt sich von Liebe nicht mehr so wie vorher sprechen.« Ich bin mir da nicht so sicher: Ich glaube vielmehr, daß der Surrealismus nach der ungeheuren Menge sogenannter analytischer Romane, mit denen seit mehr als dreihundert Jahren bei intimen Geständnissen das Skalpell angesetzt wird, die Liebe wieder ins magische Licht des Mittelalters getaucht hat, wie bei Lanzelot und Tristan. Für den Surrealismus ist die Liebe kein mechanisch konditionierter psychischer Vorgang, dessen Räderwerk zerlegt wird, sondern ein spontaner, magischer, befreiender und höhere Erkenntnis stiftender Akt, sie ist ein überwundener und sogar aufgelöster Widerspruch. Nur wenn man ihr, wie der Imagination, alles opfert, wenn man sich ihr ohne Hintergedanken und ohne Kalkül hingibt, wenn es wirklich eine »verrückte Liebe« ist, öffnet sich die Pforte zu einem strahlenden Leben, ist sie das Tor zum Surrealen, dessen Licht alles überstrahlt. Nicht nur ist die Liebe völliger Einklang, Verschmelzung eines Bewußtseins mit einem anderen, zwischen denen vormals unantastbare Schranken fallen, Grenzverlust zur Erlangung einer Art von umfassendem *objektivem Bewußtsein,* wie es Eluards ganzer Dichtung thematisch zugrunde liegt, sondern sie macht die Frau, der ein großes Privileg zuteil wird, zur unersetzlichen Mittlerin zwischen dem Mann und den Dingen. »Wenn ich neben ihr bin«, schreibt Breton in »Nadja«, »bin ich den Dingen näher, die ihr nahe sind.« Für die Surrealisten gibt es ein *Jenseits* der weiblichen Gegenwart, die uns die Welt aufschließt und aus der Frau im eigentlichen Sinne eine *Fee* macht. Eines von Bretons letzten Büchern, »Arkanum 17«, ist zum Teil ein wohlüberlegter Versuch, die darbende Welt durch das Prinzip des Ewigweiblichen zu reanimieren, doch aus der Sicht des Surrealismus ist die Geliebte seit jeher stets und notwendigerweise eine Fee: Viviane, Esclarmonde oder Melusine, deren Namen in Bretons Schriften immer wiederkehren, verfügen über das Geheimnis jenes Rhythmus, der Geist und Dinge vereint und den er das Königtum des Sinnlichen nennt. Eines der Ruhmesblätter des Surrealismus besteht in dieser schönen und neuartigen Wiedererschaffung eines Hauptthemas aller Literaturen, aber man muß unterstreichen, daß es für die Surrealisten gar kein literarisches Thema war: Ihr eigentliches Ziel war die Verklärung des Bewußtseins und der Welt und sie wandten sich der Frau als einer der mächtigsten Fürsprecherinnen zu.

»L'Amour la poésie« (Die Liebe die Poesie) – ohne Komma – lautet der Titel eines Bands von Eluard, und er betont die enge Verwandtschaft, die der Surrealismus zwischen beiden sieht. Nur scheinbar nähern wir uns mit dem Wort Poesie zum ersten Mal der Literatur im eigentlichen Sinn, von der uns dieser Aufsatz bis jetzt ferngehalten hat. Das Gegenteil trifft zu. Die Vorstellung der Surrealisten von Poesie enthält nichts spezifisch Literarisches. Für sie ist Poesie kein mit literarischen Mitteln erzeugter Eindruck, sondern ein aktives *Tun,* und als solches vollzieht es sich gleichermaßen in der Literatur, der Malerei, im Traum, in einem Wortspiel, einem Zwischenfall auf der Straße, einem Lebensstil oder dem Tod, den man sich erwählt. »Man gebe sich doch nur die Mühe, die Poesie zu *praktizieren«*, schreibt Breton im »Manifest« und unterstreicht die neuartige Vorstellung, die er sich von ihr macht. Poesie ist alles, was die uns umgebende Welt der Widersprüche für einen Moment ausklammert, einen Zustand *heftiger Abwesenheit* (und folglich intensiver Anwesenheit bei etwas anderem) hervorruft, und Breton erkennt sie beinahe physisch an der Empfindung eines leichten Luftzugs an den Schläfen. Sie ist laut einer anderen schönen Definition, die ich Jules Monnerot entlehne, »das auf die Spitze eines Augenblicks gebrachte Gefühl der Bejahung, durchzuckt von Schauern und Flügelschlagen«. Letztlich ist Poesie für die Surrealisten jedes erdenkliche Mittel, durch das man, und sei es auch nur für eine Sekunde, in den Zustand der Surrealität gelangen kann, und das sogenannte poetische Bild ist davon nur eine Möglichkeit, die exemplarische vielleicht, aber keineswegs die einzige. Das geht so weit, daß Breton ohne weiteres einräumen würde, daß die in seinen Augen größten Dichter – ich denke an Vaché, an Cravan – nie auch nur eine Zeile geschrieben haben, die als Entreebillett für ein literarisches Handbuch dienen könnte.

Ich habe, vielleicht etwas ausführlich, statt Vorverurteilungen und wohlfeiler Ironie das aufzuspüren versucht, was man, wenn nicht das logische Gerüst des Surrealismus (dagegen hätte er sich gewehrt, er hat sich immer *für den Geist wider die Vernunft* eingesetzt), so doch wenigstens seine Kraftlinien nennen könnte. Und dabei kamen wir zu einem äußerst enttäuschenden Ergebnis: Was kann eine Bewegung uns zu sagen haben, die, wenn man so will, eine Philosophie ist, eine Weltanschauung, eine Lebensregel, eine moralische Ordnung oder meinetwegen Unordnung, die sich aber *in jedem Fall* dagegen wehrt, eine Ästhetik zu sein, und die Literatur sogar als »einen der kläglichsten Wege, die zu allem und jedem führen«, brandmarkt? Inwiefern kann sie die zeitgenössische Literatur überhaupt beeinflussen? Eine Bewegung, die Roman und Theater, Fiktion und Geschichte ächtet und zudem in ihrer eilfertigen Verleugnung möglicher Jünger erklärt, sie interessiere sich nicht für »künftige Gemeinplätze über den Surrealismus«. Ich erinnere an den Ton tiefster Verachtung, in dem Breton vom Roman spricht und dessen Liebhabern ein spöttisches Rezept an die Hand gibt: »›Um falsche Romane zu schreiben‹ – Wer Sie auch sind, wenn Ihnen der Sinn danach steht, verbrennen Sie einige Lorbeerblätter, und ohne das schwache Feuer unterhalten zu wollen, fangen Sie an, einen Roman zu schreiben. Der Surrealismus wird es Ihnen möglich machen; Sie brauchen nur den Zeiger von ›Beständig‹ auf ›Aktion‹ zu stellen und schon gelingt der Streich. Da haben wir Personen höchst unterschiedlicher Art; ihre Namen sind für Sie während Ihrer Niederschrift lediglich eine Frage von Großbuchstaben und Sie werden sich mit der gleichen Leichtigkeit gegenüber den Verben betragen, wie das unpersönliche Fürwort *es* gegenüber Wörtern wie: *regnet, gibt, muß,* usw.; Sie bestellen sie sich sozusagen; und wo Beobachtung, Überlegung und Fähigkeit zum Verallgemeinern Ihnen nicht zu Hilfe kamen, können Sie sicher sein, daß sie Ihnen tausend Absichten unterstellen werden, die Sie nicht gehabt haben. Dieser Art mit einer kleinen Anzahl von physischen und geistigen Eigentümlichkeiten ausgestattet, werden diese Wesen – die Ihnen in Wahrheit so wenig schulden – nicht mehr von einer bestimmten Verhaltensweise abweichen, um die Sie sich weiter nicht zu kümmern brauchen. Eine mehr oder weniger kompliziert scheinende Handlung wird sich daraus entwickeln, die Punkt für Punkt das rührende oder befriedigende Ende rechtfertigt, aus dem Sie sich überhaupt nichts machen. Ihr falscher

Roman wird auf wunderbare Weise einen wirklichen nachahmen; Sie werden reich werden und man wird sich darüber einig sein, daß ›etwas in Ihnen steckt‹, worin dieses Etwas sich ja schließlich auch zu befinden pflegt. Es versteht sich von selbst, daß Sie mit der entsprechenden Methode und unter der Bedingung, nichts von dem zu verstehen, worüber Sie berichten, sich mit Erfolg der falschen Kritik widmen können.«

Es kommt nicht in Betracht, die Aufrichtigkeit dieser heftigen Ablehnung in Zweifel zu ziehen: Ich erinnere mich noch, wie Breton mir vor zehn Jahren von seiner Bestürzung berichtete, als er nach der Veröffentlichung der »Magnetischen Felder«, seiner ersten Sammlung automatisch geschriebener Texte, feststellte, daß die Leute fortfuhren, Gedichte und Romane zu veröffentlichen, als sei nichts geschehen. Der Blitz war eingeschlagen und sie hatten es nicht bemerkt. Wie kann es unter diesen Umständen einen literarischen Einfluß des Surrealismus geben?

Die Antwort auf diese Frage ist, daß die literarischen Strömungen einer Epoche meist nur beiläufige Beziehungen zu jenen Leuten unterhalten, die sie am unmittelbarsten zu beeinflussen trachten. Es gibt im Regelfall ein gutes Mittel, um die Kontrolle darüber zu verlieren, was die Literatur einer Epoche für die Zukunft Wesentliches mitführt, nämlich sie ins Schlepptau eines literarischen Manifests zu nehmen. Was ihr jenseits rein formaler Verwandtschaften eine Familienähnlichkeit verleiht, die sie selber nicht erkennt und die man erst ein Jahrhundert später sieht, sind keineswegs die bewußt angewendeten, also bedeutungslosen ästhetischen Prinzipien, sondern ein paar exemplarische Bilder von großer Suggestionskraft, die polarisieren und das Empfinden einer Epoche aufladen, aber größtenteils im Unterbewußten wirken. Was die Werke des 17. Jahrhunderts in der Tiefe eint, ist weniger die »Ars poetica« von Boileau als die Morgenaufwartung beim Sonnenkönig oder der Christus mit den schmalen Armen im Kloster Port-Royal. Und bei den Werken der Romantik ist es weniger Victor Hugos Vorwort zu »Cromwell« als Byrons Zugegensein in Missolunghi oder Venedig oder Bonapartes an der Brücke von Lodi. Und noch tiefer verborgen als diese allzu sprechenden Bilder ist eine bevorzugte Stimmung, der Zauber, der auf einigen bezeichnenden Objekten liegt und sie in den magischen Rang von Totems, uneingestandenen Totems einer Epoche erhebt: Villons Galgen, Racines Griechen, die bröckelnden Burgen der Schauerromane am Vorabend der Revolution von 89, die Odalisken von Flaubert, Gautier und Nerval, Baudelaires Diwan, Apollinaires in Blumen zerplatzende Granaten. In eben dieser Tiefe hat sich der Surrealismus festgesetzt, an der Wurzel hat er die moderne Literatur angegriffen und sich als unvergleichlicher Detektor der unbewußten Tendenzen einer Epoche erwiesen. Mag er sie aus dem eigenen oder aus fremdem Fundus schöpfen, die Schaufensterpuppen von De Chirico, den Revolver von Jarry, das Monokel von Vaché, die Opernpassage, die »Fantomas«-Umschläge, die Collagen, Picassos abgerissene Plakate, Apollinaires blutenden Stern – all das sind Totems, an denen sich die unserer Epoche zuteil gewordene »allgemeine Offenbarung« kristallisiert, die Breton an anderer Stelle die »Melodie der Zeit« nennt. Es war der Surrealismus, der uns damals sagte, *was die Stunde geschlagen hat,* ich meine die Zusammenballung mehr oder weniger gewittriger Wolken in uns allen. Wenn einige Jahrzehnte Abstand dereinst die tiefe Verwandtschaft der scheinbar so unterschiedlichen Werke der Zwischenkriegszeit erwiesen haben, wird man vielleicht in ihm die Grundstimmung der Poesie unserer Zeit wiederfinden, wird er das Bindeglied nicht nur zwischen Char und Michaux oder Prévert und Ponge sein, sondern auch zwischen Fargue und Saint-John Perse und vielleicht sogar Céline und Giraudoux. Trotz seines vordergründigen Verdammungsurteils über die Poesie wird er ihr in unserer Zeit die eigentümlichste Tönung verliehen haben, wird er der Same des Baums und das Pigment der Haut gewesen sein. Fast niemand bemerkt mehr seine Zugehörigkeit zum Surrealismus, aber fast jeder verrät sie unwillentlich am Rande seines Werks. Es ist wahr, daß der Surrealismus, wie ein Kritiker treffend gesagt hat, zum Teil bloß darin bestand, von diesem oder jenem Schriftsteller oder Buch zu sagen, es sei surrealistisch. Für dieses Spielchen habe ich schon ein paar Beispiele gegeben. Das ist nicht zu vernachlässigen. Ich würde sogar sagen, das surrealistische Treibgut mit seiner großen poetischen Dichte ist bald ins Unbewußte der Epoche abgesunken, und was sich aus diesem erhebt und unmittelbar zu sehen ist, ist nur ein kleiner Teil des Ganzen, das ansonsten unter Wasser bleibt und den unsichtbaren Ballast einer Literatur bildet, die es in ihrem bewußten Sein ablehnt, ihre Tributpflicht gegenüber dem Surrealismus anzuerkennen. »Der Surrealismus ist dem Unbewußten eines jeden zugänglich«, hieß es einmal in einer surrealistischen Flugschrift. Ich glaube, daraus wird eine hinreichend wahre Aussage, wenn man sie wie folgt ergänzt: »Der Surrealismus ist dem Unbewußten eines jeden zugänglich und liegt auf der Wellenlänge des kollektiven Unbewußten unserer Zeit.« Ich bin überzeugt, daß seine wahre Gestalt und seine wahren Ausmaße erst bei einer gründlichen Prüfung, ja *Durchleuchtung* der gesamten Gegenwartsliteratur und besonders derjenigen, die ihn verleugnet, zum Vorschein kämen – einer Prüfung, für die uns noch der Abstand fehlt. Dann würden wir in ihm das Wasserzeichen oder, um Henry James zu zitieren, das »Muster im Teppich« erkennen. »Der Surrealismus ist die Poesie unserer Zeit«, sagt Jules Monnerot und fügt hinzu, »er ist das, was sie ausmacht.«

Aber ich lasse nun die Poesie und komme zu dem Punkt, auf den viele von Ihnen warten, nämlich welchen Platz oder welchen Einfluß der Surrealismus in der gegenwärtig produzierten und tatsächlich gelesenen Literatur einnimmt (denn die Poesie, ach je ...!), jener also, in der viele von Ihnen sicherlich die Lösung ihrer Probleme oder geistige Nahrung suchen, ob es sich nun um den metaphysischen Naturalismus Sartres oder den gewiß vollkommen aufrichtigen Humanismus handelt, mit dem sich Camus den brennendsten Problemen unserer Zeit zuwendet. Die Nachkriegsliteratur hat den Surrealismus nicht mit Samthandschuhen angefaßt, vor allem Sartre hat ihn in seiner Schrift »Was ist Literatur?« unnachsichtig angeklagt: Fehlen echten Engagements trotz des zur Schau gestellten Revoluzzertums, soziales Parasitentum, Gebrauchsliteratur, und der Anspruch, die »Poesie von allen, nicht nur einem« machen zu lassen, kaschiere den Rückzug in den Elfenbeinturm – das sind einige der heftigsten Vorwürfe, die gegen ihn erhoben werden. »Der Surrealismus hat uns nichts mehr zu sagen«, schließt Sartre und stellt uns anheim, daraus zu folgern, daß das Wort nun ihm allein zustehe. Es wäre müßig, an dieser Stelle von neuem zu polemisieren. Beschränken wir uns darauf festzustellen, daß es sich um etwas Normales handelt, daß der Surrealismus mit seinen Vorgängern noch härter ins Gericht gegangen ist und die erste Regung einer neuen Schule stets darin besteht, sich durch die Zertrümmerung dessen zu legitimieren, was vorher tonangebend war. Ich will aber doch an das berühmte Wort »Man zerstört nur, was man ersetzt« erinnern, und wenn etwas an Sartres literarischer Position frappiert, so ist es eine erstaunliche, beispielhafte Bescheidenheit, vielleicht im Einklang mit den beschränkten und überaus gefährdeten Hoffnungen, die das Los des Menschen von 1949 sind. Inkompetent für Poesie, Musik, Malerei, spricht er auch von der Prosa nur, um die ihr auferlegten engen Grenzen und die Wünsche anzuzeigen, die zu nähren ihr verboten sind. Für den Schriftsteller im Schraubstock einer bestimmten historischen Situation, die für Sartre eine regelrechte Zwangsvorstellung zu sein scheint, die Nase am Geschehen plattgedrückt, gibt es keinen Schwindel von der Sorte »ewige Wahrheiten« mehr, Mogeln ist nicht mehr erlaubt, es gibt keine Hoffnung mehr auf Dauer oder Allgemeingültigkeit und kein anderes denkbares Tun als eine Art höheren Journalismus aus der Perspektive eines Journalisten: Die Hauptsorge gilt dem Publikum, für das man schreibt, den Reaktionen der Parteien, der voraussichtlichen Wirkung auf die öffentliche Meinung, außerliterarischen Verbreitungsmitteln wie dem Radio und schließlich der finanziellen Lage des Schriftstellers, die als gleichgültig darzustellen in der Tat heuchlerisch und unredlich wäre. Ich bin nicht unempfänglich für die Rechtschaffenheit und das Verantwortungsbewußtsein, die aus Sartres Ausführungen sprechen, ihr Vorzug besteht für mich darin, daß er mit Illusionen Schluß macht, aber ich frage mich, ob er sich nicht vom Gegenspieler manipulieren läßt, ob die extrem bescheidene Rolle, die er dem Schriftsteller zuweist, nicht eine unwillentliche Reaktion auf die überzogenen Ambitionen des Surrealismus ist; ich frage mich, ob der Surrealismus, der die aktuelle Literatur nicht mehr zu beherrschen scheint, sie nicht weiter als mahnendes Gespenst heimsucht; ich frage mich, ob er unter geänderten Vorzeichen nicht so etwas wie das *schlechte Gewissen* des heutigen Schriftstellers geworden ist.

Denn eines ist nach dem Surrealismus nicht mehr möglich: In dem vergnüglichen Spiel, dem gefahrlosen Zeitvertreib, den die Literatur für den größten Teil der Öffentlichkeit und auch für viele, die sie machen, darstellte, hat der Surrealismus mit einem Mal eine formidable *Erhöhung des Einsatzes* vorgenommen. Er sah in der Literatur oder Poesie keinen Gedanken, den es zu verbreiten, kein mehr oder weniger erhellendes Zeugnis, das es beizusteuern galt, sondern ein Leben, das *ganze Leben,* das man einsetzt, um zu gewinnen oder zu verlieren, und eben das ist der Sinn, der auf den mittlerweile berühmten Begriff des Engagements übergegangen ist. Der Surrealismus hat stets für ein Wort von Bachelard eingestanden, in dem er sich erkannte, nämlich: »Wenn man bei einer Erfahrung nicht seinen Verstand aufs Spiel setzt, lohnt es nicht, sich darauf einzulassen.« Er hat stets verkündet, man wisse jetzt, »daß die Poesie irgendwo hinführen« müsse, und nicht gezögert, dieses Irgendwo in einer gefährlichen, unter Hochspannung stehenden Zone anzusiedeln, wo Artaud den Verstand und Cravan, Vaché, Rigaut, Crevel das Leben verloren haben. Er hat nicht komplett mit der Literatur gebrochen, aber mit der Literatur als Kunst, um »die Freizeit der anderen ein wenig zu verschönern«. Es gibt einen bestimmten surrealistischen Blick auf die Welt, einen vernichtenden, von unendlicher Sehnsucht erfüllten Blick, der alles fast bedeutungslos erscheinen läßt, was nach ihm als kleine Begehrlichkeit oder schüchterner guter Wille in Erscheinung treten könnte. »Es war ein herrliches Freudenfeuer, die fulminanteste aller Feuerwerksraketen«, stellt Sartre mit leichter Melancholie fest. Man muß befürchten, daß ein Aschegeschmack zurückbleibt, eine große Leere, ein stilles Leiden und ein Groll darüber, daß man sich nicht auf der Höhe dessen halten konnte, was er bot, und einem Zeitalter königlicher Verschwendung ein sparsames Jahrhundert kümmerlicher Krämerseelen folgt.

Doch vielleicht ist es voreilig, den Surrealismus schon als in Liquidation befindliche Erbschaft zu betrachten. Gewiß hat sich die Gruppe aufgelöst: aufgelöst im Raum, weil ihre namhaftesten Maler – Max Ernst, Tanguy, Dalí, Duchamp – inzwischen in Amerika leben. Aufgelöst aber auch in der Zeit, weil die Unverträglichkeit der Temperamente, individuelles Kalkül, politische Überzeugungen und Karrieregründe ihrer Einheit entgegenstanden, und nicht alle hörten die

Mahnung, die Breton schon 1929 ausgesprochen hatte: »Was hätten wohl diejenigen von dem surrealistischen Experiment zu erwarten, die sich noch um den Platz Gedanken machen, den sie morgen *in der Welt* einnehmen werden?« Ein ins Extrem getriebener Drang nach Reinheit – wie er beispielsweise das »Zweite Manifest« durchzieht – raubte vielen die Luft zum Atmen; aus dem Kreis um Breton ist von den ersten Anhängern nur Benjamin Péret noch übrig. Zudem hat der Surrealismus, wie alle Bewegungen von einiger Dauer – und er dauert nun schon dreißig Jahre, für eine literarische Schule eine lange Zeit, wie sie der Romantik nicht vergönnt war –, eine Entwicklung durchlaufen und fiel wie jede andere der Ironie der Geschichte zum Opfer. Die Bewegung, deren blasphemisches und flegelhaftes Auftreten die Redakteure der »Nouvelles littéraires« und der »Action française« frappiert hatte und die für all jene, die die Literatur ernst nehmen und Karriere machen wollen, ein Schlag ins Gesicht war, hat zu guter Letzt selbst die höchsten Weihen erhalten; sie ist zum Nationalgut und beinahe offiziell geworden, ja, mehr als das: ein Exportartikel, der besonders in Amerika gefragt ist und den die französischen Kultureinrichtungen mit feierlichem Ernst in Umlauf bringen. Breton selbst, der alles getan zu haben glaubte, um literarischer Anerkennung für immer unwürdig zu sein, gilt heute als berühmter Dichter und sogar als eine Art Patriarch der französischen Poesie. Diese Art Kanonisierung, die durch den Ausgang des letzten Kriegs ironischerweise noch unterstrichen wurde, hat der Surrealismus nicht gesucht, aber sie war dem Lauf der Dinge eingeschrieben: Das heißt nur, daß die Masse des Publikums, oder zumindest ein großer Teil davon, endlich den Anschluß an eine frühere Bewegung gefunden hat und nun Standpunkte als selbstverständlich ansieht, die es vor fünfundzwanzig Jahren noch belächelt hat. Es gibt heute eine Bereitschaft zum Verstehen des Surrealismus, einen entwaffnenden guten Willen, der mehr als alles andere dazu angetan ist, eine Schule zu verunsichern, die seit zwanzig Jahren auf eklatantes Unverständnis und allgemeine Feindseligkeit eingestellt war und deren Zusammenhalt und Biß darauf beruhte. Für den Surrealismus ist die – ziemlich deprimierende – Stunde des Erfolgs und fast sogar offizieller Anerkennung gekommen. Für ihn ist das eine schwerere Prüfung als für alle anderen. Der Agitation muß er nun Taten folgen lassen, dem Raubzug eine konstruktive Haltung. Welche Aussichten hat er in dieser völlig veränderten Situation?

Eine Sache wird wohl oder übel verschwinden, weil unsere Zeit sie verurteilt, und zwar der *Lebensstil*, den die Surrealisten in den heroischen Jahren gepflegt hatten. Lärmende Kundgebungen, Tätlichkeiten, schwere Beleidigungen, systematische Provokationen, Lust am Skandal um des Skandals willen, was eine Spezialität vor allem Aragons war – all das gehört nun schon zum Vermächtnis des Surrealismus, als etwas, das, »wie tapfer es auch immer gewesen sein mag, nicht mehr sein kann«. Diese Dinge hatten ihren Zweck, nämlich Schocks auszulösen, brutale Erschütterungen, welche das damals noch starre gesellschaftliche Gefüge besser und über größere Distanzen zu transportieren vermochte. Heute wäre ihre Wirkung eher die einer im Sumpf explodierenden Bombe. Es gibt beim Publikum – ich meine natürlich das breite, gemischte, gedrängte Publikum, das von einer Veranstaltungslawine, die es zermalmt und überfordert, regelrecht verschüttet wird – eine erschreckende Trägheit, eine zerstreute Fügsamkeit, die mit dem schlaffen Liberalismus eines Wiederkäuermagens alles hinnimmt und die schärfsten Angriffe, die man gegen es führt, kaum als flüchtige Berührung wahrnimmt, so als sei es in den letzten zehn Jahren dickfelliger geworden. Vor ein paar Monaten wohnte ich der Aufführung eines, sagen wir, avantgardistischen Stücks bei, bei dem man es sichtlich auf die planmäßige Geißelung der Zuschauer angelegt hatte. Nicht nur reagierte das Publikum nicht, lauschte dem Text in tiefem, einverständigem Schweigen und klatschte brav, als sich der Vorhang senkte, nein, auch bei manchen platten Scherzen, bei denen es bedenkenlos hätte losprusten müssen, hielt es die Luft an, *wußte sich zu benehmen*, wagte nicht zu lachen. Seit 1925 ist eine Menge passiert: Hitler und die Atombombe, Hiroshima und Buchenwald – und noch manch anderes Skandalon für den Geist. Von alledem verrenkt wie eine Gliederpuppe, schweißgebadet wie nach einer anstrengenden Turnstunde, schläft das Publikum heute wie auf einem Bett von Rosen, wenn es auf so harmlose Weise gereizt wird. Der Skandal um des Skandals willen ist wertlos geworden in einer Gesellschaft, die an nichts mehr glaubt, die sich ihrer Grundlagen und ihrer Moral unsicher geworden ist.

Ich glaube nicht, daß man von der Weiterführung jener formalen Techniken, an denen der Surrealismus sich versucht hat, in unserer Zeit noch viel erwarten kann. »Die Geschichte des automatischen Schreibens war – ich scheue mich nicht, es auszusprechen – die eines fortwährenden Mißgeschicks«, schrieb schon Breton in »Point du jour«. Dennoch wurden die Versuche wiederaufgenommen und sogar systematisiert. Nach dem Krieg kam der Lettrismus auf und die jüngst veröffentlichten Verse von Henri Pichette sind zweifellos in der Nachfolge jener Gedichte und Theaterstücke zu verorten, die Tristan Tzara um 1925 schrieb. Unabhängig davon, ob sie mehr oder weniger gelungen sind, sehe ich in diesen Bemühungen den keineswegs neuen, sondern geradezu rückschrittlichen Versuch, die Entwicklung, die der Surrealismus über die Jahre genommen hat, umzukehren und bei jenen Problemen der Sprache und des dichterischen Ausdrucks wieder anzusetzen, die schon den Dadaismus umgetrieben hatten. Ich glaube nicht an die Zukunft des Unartikulierten, und zwar um so weniger, als hervorragende Schriftsteller damit experimentiert und es entschieden negativ beurteilt haben. Trotz begeisterter Äußerungen von Breton, Aragon und Eluard ist der Anteil des automatischen Schreibens an ihren Werken extrem gering. Zwischen dem, was sie ihre Schüler lehrten, und dem, was sie selber schrieben, klafft, wie man zugeben muß, eine Lücke. Mit dem automatischen Schreiben hielten sie es ein bißchen wie mit Gesetzestafeln, vor denen man sich zwar verneigt, die man aber in der Praxis selten befolgt. Statt dessen haben sie sich lieber auf ihr Talent verlassen, was Isidore Isou ihnen nun zum Vorwurf macht – immerhin hatten sie eins, und darüber können wir uns glücklich schätzen. In Wirklichkeit hat der Surrealismus das automatische Schreiben vor allem als unverzichtbares Abführmittel genutzt, als gewaltige Wasserspülung, die es brauchte, um Platz zu schaffen und die Augiasställe der Literatur gründlich auszumisten. Auf dieser technischen Ebene hat er selbst darauf geachtet, mögliche Nachahmer zu entmutigen: »Ich möchte noch betonen, daß die künftigen surrealistischen Techniken mich nicht interessieren.«

Weder in heutzutage wirkungsloser Agitation noch in *technischen* Untersuchungen, die inzwischen fast nur noch von einem ermüdenden mechanischen Überbietungstaumel gelenkt sind, sehe ich eine Rolle, die der Surrealismus noch spielen kann. Diese Rolle sehe ich vor allem in seiner Position, im unersetzlichen Zeugnis des Surrealismus in der großen Debatte, die die zeitgenössische Literatur umtreibt und bei der es sich im Grunde mehr denn je um das Problem des Menschen handelt: was der Mensch ist, was er hoffen kann, was er tatsächlich vermag, seine Grenzen, Perspektiven und sein wahres Maß. Was ich über den Surrealismus gesagt habe, zeigt, daß dieses Problem für ihn immer zentral war und die Fragen der Zeit vielleicht nie so sehr wie gerade jetzt mit seinen Anliegen im Einklang standen.

Kein Schriftsteller, der etwas bewirken will, ob nun Malraux, Camus oder Sartre, verzichtet heute darauf, bis zum Überdruß zu erklären, daß er ein Humanist sei. Man wird nicht mehr zum Schriftsteller geweiht, wenn man nicht etwas über den Menschen zu sagen hat, dabei hat die Literatur nie etwas anderes getan, nur eben nach der Art von Monsieur Jourdain, die nicht mehr unsere ist. Vielleicht noch nie hat man sich mit so ostentativer Besorgnis dem Menschen zugewandt, doch jene, die man über das Bett des großen Kranken gebeugt sieht, sind vor allem Ärzte der kurzen Hoffnung und verschiedene Gesichter des Doktor Sei's drum. Ich will gern glauben, daß dieser durch die schrecklichen Niederlagen der vergangenen Jahre abgestrafte Humanismus an seiner Blässe und außerordentlich schwachen Gesundheit zu erkennen ist. Ich möchte aber die Aufmerksamkeit auf eine Tatsache lenken, die mir unstrittig scheint: Wohl noch nie wurde die Vorstellung vom Menschen systematischer verengt, wurde seine Machtlosigkeit stärker betont, wurden seine Hoffnungen gründlicher verworfen und seine Befürchtungen mehr vertieft als in dem Bild, das uns die Nachkriegsliteratur zu vermitteln sucht, die wohl *defätistischste* in bezug auf die Ansprüche des Menschen an der Kampflinie, die es bisher gab. Malraux – für den das Problem ein grundsätzliches geworden zu sein scheint – greift Spenglers große Frage wieder auf, ob der Mensch, an den die universelle Philosophie geglaubt hat, überhaupt existiert, ob er sich nicht vor unseren Augen auflöst und statt dessen eher Menschen *im Plural* existieren, undurchdringliche und irreduzible Menschentypen, die durch unterschiedliche kulturelle Prägungen voneinander abgeschottet sind. Der Humanismus Sartres ist nach den Katastrophen des letzten Kriegs kaum noch mehr als eine grämliche und randständige Rückzugsposition: Dem Menschen soll nichts anderes beschieden sein als angeborene Angst und Sorge, Gottverlassenheit, unaufhörliche Gegenwart des Todes und die lächerliche Ausübung einer nutzlosen Freiheit. Camus wiederum zeichnet in »Der Fremde« das Bild eines dem Absurden anheimgefallenen, von sich selber abgespaltenen Menschen, das im eigentlichen Sinne eines der völligen Entfremdung und Hoffnungslosigkeit ist. Selten, so scheint es, wurde mit solcher Wut auf einem Grab herumgetrampelt, selten wurden Ohnmacht und Unglück so bereitwillig zum angestammten Ort des Menschen erklärt wie bei Sartre, oder seine Embleme bei Camus, oder seine Adelsbriefe bei Malraux.

Angesichts dieser Untergangsfanfaren, dieser Verramschung aller Hoffnungen, angesichts dieser sogenannten Verteidigung des Menschen, die immer mehr der berüchtigten Tiefenverteidigung durch Verlautbarungen ähnelt, muß man es einfach sagen: Auch wenn der Surrealismus im Augenblick anachronistisch wirkt, auch wenn die Tatbestände ihm Unrecht zu geben scheinen, auch wenn er bitteren Spott weckt, wie man ihn 1940 aus Grimassen längs der Straßen lesen konnte, stellt er doch eine mehr denn je nötige Bejahung dar, die unberührte Reserve eines ungeheuren Optimismus – eines unverwüstlichen Optimismus, darf man heute ergänzen. Man hat ihm zum Vorwurf gemacht, daß er sich nicht genug engagiert habe: Es gereicht ihm immerhin zur Ehre, keinerlei Hoffnung auf die Schlachtfelder gesetzt zu haben, wo alle am Ende Verlierer waren. In einer Zeit, in der es vor allem darum geht, dem Menschen seine Fähigkeiten zurückzugeben, die man ihm nehmen will, in der es darum geht, an diese Fähigkeiten zu *glauben* oder das Nichts zu umarmen, gibt es vielleicht keine Stimme, die mehr verdient, daß man ihr begierig lausche. Ja, er hat, wie Sartre sagt, während der fetten Jahre die mageren vorhergesagt, aber nötiger ist wohl, was er heute tut, nämlich in dem allgemeinen Masochismus, der sich Bahn bricht, an die großen Fähigkeiten des Menschen und die unbegrenzten Möglichkeiten des Geistes zu erinnern. Zudem gibt es im Surrealismus einen *Wetteinsatz*, man kann alles gewinnen, das Leben und alles darüber hinaus, oder es verlieren, und man hat Lust, einige Deserteure der Armee des Humanismus, die sich wieder mit der unausweichlichen und schon erfolgten Niederlage behängen, daran zu mahnen, daß es vielleicht sogar jetzt, und mehr denn je, sich lohnt, die Wette einzugehen. Dem am Boden liegenden Menschen, der das Lieblingsthema der heutigen Literatur ist, stellt der Surrealismus die Gestalt des *aufstrebenden* Menschen gegenüber, der eines Tages über den Tod triumphiert, über die Zeit triumphiert und die Tat schließlich zur Schwester des Traums macht. Der totalitären Welt stellt er die paradiesische Menschheit Fouriers entgegen. Mitten im Jahrhundert der Atombombe spricht er närrisch – exemplarisch – vom wiederzuerlangenden Goldenen Zeitalter. Er ist heute der einzige Mittler zu den Stimmen großer Visionäre, die den Menschen nie anders als in einem Aufstieg ohne Ende betrachtet haben – die auch schon vor Hegel glaubten, daß selbst inmitten von Katastrophen und Schlächtereien kein Urteil ohne Berufung über den Menschen gefällt werden und man »die Kraft und Macht des Geistes gar nicht überschätzen« könne. Deshalb lebt der Surrealismus fort: Er lebt vielleicht wie jene kleinen Lichter, welche die Menschen in ihre Höhlen trugen, als sich der große Eisstau der Gletscher über die Erde ausbreitete, doch sein Funke ist besonders kostbar, weil nur er in dieser Zeit der Angst und Unterdrückung gelegentlich »das auf die Spitze eines Augenblicks gebrachte Gefühl der Bejahung, durchzuckt von Schauern und Flügelschlagen« zum Ausdruck bringt, in dem alle Hoffnungen enthalten sind und alle Möglichkeiten knospen. In einer Zeit, die von ihm Abstand nimmt, ist er ein Akt unverbrüchlichen Glaubens an die unbeschränkte Macht des Geistes. Und um den Worten ein Beispiel folgen zu lassen und eine Vorstellung von dem *Ton* zu vermitteln, dessen Fehlen mir für das schreckliche Ungleichgewicht der heutigen Literatur ursächlich zu sein scheint und der hoffentlich einmal wiederkehrt, möchte ich einen Abschnitt aus Bretons »Die kommunizierenden Röhren« vorlesen, um zu zeigen, daß man auch heute noch anderen Propheten lauschen kann als denen der Armut und des Unglücks:

»Man muß an einem frühen Morgen von der Höhe des Hügels von Sacré-Cœur in Paris zusehen, wie die Stadt sich langsam ihrer prächtigen Schleier entledigt, ehe sie die Arme ausbreitet. Eine endlich zerstreute, eisige und gelöste Menge zerteilt ohne Fieber, einem Schiff gleich, die große Nacht, die Müll und Wunder zu vermählen weiß. Die stolzen Trophäen, die die Sonne sich anschickt, mit Vögeln oder Wellen zu krönen, erheben sich mühsam aus dem Staub der verschütteten großen Städte. An der Peripherie erfüllt das Licht des von Tag zu Tag wachsenden Bewußtseins der Arbeiter die Fabriken, die als erste erzittern. Alle schlafen, nur nicht die letzten Skorpione mit Menschengesicht, die in ihrem Gold zu kochen, zu sieden beginnen. Die weibliche Schönheit schmilzt wieder im Tiegel aller seltenen Steine. Sie ist niemals rührender, entzückender, verrückter als in diesem Augenblick, da es möglich wird, sie ganz rein zu erblicken, losgelöst vom Wunsch, dem oder jenem, denen oder jenen zu gefallen. Schönheit ohne unmittelbare Bestimmung, ohne das Bewußtsein ihrer Bestimmung, unerhörte Blume, die aus all den hingestreuten Gliedern gemacht ist, auf einem Bett, das die Dimensionen der Erde beanspruchen kann! Die Schönheit erreicht zu dieser Stunde ihre höchste Vollendung, sie wird eins mit der Unschuld; sie ist der vollkommene Spiegel, in dem alles, was war, alles, was zu sein berufen ist, auf wunderbare Weise in das taucht, was *dieses Mal* sein wird. Die absolute Macht der universellen Subjektivität, die das Königreich der Nacht ist, erstickt alles ungeduldige Verlangen nach dem kleinen Glück: die Distel hat ihre Wolle nicht verloren, sie wahrt die wolkige, einwandfreie Form. Wie sind die Aussichten? Gut Wetter, Regen? Eine außerordentliche Sanftheit macht den Charme dieses Zimmers aus, das schön ist, als wäre es leer. Das auf den Kissen unendlich langsam fließende Haar sammelt, bis auf den letzten, die Fäden ein, an denen das gelebte Leben um des zu lebenden Lebens willen hängt. Das ungestüme, alles rasch verzehrende Detail kreist in seinem rotierenden Wieselkäfig und brennt darauf, mit seiner Spur den Wald zu verwischen. Zwischen der Weisheit und der Narrheit, die sich für gewöhnlich so gut darauf verstehen, einander die Grenzen streitig zu machen, herrscht Waffenruhe. Die mächtigen Interessen berühren kaum mit ihren überlangen Schatten die hohe, baufällige Mauer, in deren Rissen sich jedem die einander nie gleichenden Figuren seiner Lust und seiner Qual einschreiben. Doch scheint es, daß wie im Märchen immer eine ideale Frau, die vor der Zeit erwacht ist und in deren Locken der letzte Stern glänzt, aus einem dunklen Haus tritt und somnambulisch die Brunnen des Tages singen läßt. Paris, du mit deinem ungeheuerlichen Reservoir an Schönheit, an Jugend und an Energie – wenn ich doch das Geheimnis kennte, aus deiner Nacht von wenigen Stunden zu Tage zu fördern, was sie mehr enthält als die Polarnacht! Wenn es doch in der Macht eines jeden Menschen stünde, sich tief in den Fluß deiner unbewußten, ewigen Kraft zu versenken, damit er nie mehr zurückweiche, nie mehr knechtisch dulde! Auf dem rollenden Stein des Schlafs steht von Resignation nichts geschrieben. Aus der Mitte des riesigen, dunklen Netzes, das alltäglich gesponnen wird, sehen die Medusenaugen eines hellen Sieges hervor. (…)

Der künftige Dichter wird die bedrückende Vorstellung vom unheilbaren Riß zwischen Tat und Traum überwinden. Vom Baum mit den verschlungenen Wurzeln wird er die herrliche Frucht darreichen und die sie kosten davon überzeugen, daß nichts Bitteres an ihr ist. (…) Im Prozeß, den seit unvordenklichen Zeiten die rationale Erkenntnis gegen die intuitive Erkenntnis angestrengt hat, wird es an ihm sein, das entscheidende Beweisstück beizubringen, das dem Streit ein Ende setzt. Der poetische Akt wird von nun an vor aller Augen stattfinden. Man wird aufhören, einigen, die tendenziell alle sind, ihr geheimnisvolles Treiben zu verübeln, das lange in den Augen der anderen verdächtig, lange ihnen selbst nicht geheuer war und dem sie sich widmen, um die Ewigkeit in den Augenblick zu bannen, das Allgemeine ins Besondere aufzulösen. Sie selber werden nicht mehr jedes Mal in Ekstase geraten, wenn es ihnen gelungen ist, aus der mehr oder minder unwillkürlich dosierten Mischung der beiden farblosen Substanzen, nämlich der Existenz, die dem objektiven Zusammenhang der Dinge gehorcht, und der Existenz, die in ihrer Konkretheit diesem Zusammenhang entgleitet, einen Niederschlag von schöner, untilgbarer Farbe zu gewinnen. Sie sind dann schon draußen, mitten unter den andern im Sonnenlicht, und sie haben keinen vertraulicheren, keinen intimeren Blick als die anderen für die Wahrheit, wenn sie am schwarzen Fenster des verlassenen Hauses erscheint und ihr lichtdurchflutetes Haar schüttelt.«

Aus dem Französischen von Gernot Krämer

TADEUSZ DĄBROWSKI

ARS POETICA

Gedichte

ANRUF

Meine Großmutter liegt im Sterben in der Klinik auf der anderen
Straßenseite und meine einjährige Tochter will nicht schlafen.

Die älteste Frau in der Familie spricht zu mir durch
die jüngste. Nur ich weiß, daß Oma nicht geht, solange

Basia (sie hat die Augenringe von ihr geerbt,
wie zwei Halbmonde) nicht einschläft.

Ich warte bis zum Morgengrauen, doch meine Tochter gibt nicht auf,
erhebt sich immer wieder träge, wie ein Stehaufmännchen. Schließlich

hole ich sie zu mir, drücke sie entschlossen an mich und flüstere
in den kleinen Hörer ihres Ohrs: »Schlaf jetzt, hab keine Angst.«

ARS POETICA

Sie fragen mich, was Dichtung ist,
oder was der Dichter spürt, wenn er schreibt.

Meine Tochter ist ein halbes Jahr alt und die Brust
der Mutter ist für sie die ganze Welt, Physik

und Metaphysik. Manchmal überlisten wir sie
mit dem Schnuller, aber in letzter Zeit zieht sie ihn

aus dem Mund und beobachtet ihn. Dann ist sie erstaunt
und konzentriert wie ich, wenn ich die Welt betrachte,

die ich aus meinem Mund genommen habe.

HAARE

Ich sehe Vater an der Tür stehen,
ein wenig ungeduldig,
auf Mama wartend, die vor
dem Spiegel ihre Haare richtet,
so daß jede Strähne
am richtigen Platz liegt.

Heute habe ich an seinem Grab
bemerkt, wie Mama
intuitiv ihre Haare richtete
im Spiegel aus schwarzem Granit.

Ich lächelte insgeheim
Vater zu, und kurz darauf spürte ich,
was es heißt, wenn die Schönheit
über den Zerfall triumphiert.

KOMMUNION

In der Ansammlung von Jungen,
deren Köpfe aussehen wie ein Büschel
Hallimasch, finde ich meinen Kopf,
ich blicke demütig ins Objektiv
wie in einen Raumzeittunnel.

Das Schwarzweißfoto
der ersten heiligen Kommunion
fand ich ganz unten in der Schublade,
als ich meine Scheidungssachen ordnete.

Den vor mir gibt es nicht mehr,
er zerschlug an einem Felsen
während des Raftings in einem Fluß
von Wodka. Der mit dem offenen Mund,
Missionar in Argentinien,
kam bei einem Unfall um, er wollte
einem Wildschwein ausweichen
auf der Straße oder in sich selbst.

Auch mein Leben endete
schon viele Male. Jetzt
tue ich alles, um zurückzukehren
in meine Schulbank. Zu vergessen.
Doch wenn ich dem Jungen hier
in die Augen blicke, sehe ich,
er will aus sich herausspringen.

Wohin auch immer – und sei's zu mir.

Aus dem Polnischen von Renate Schmidgall

RAINER MARIA RILKE

»ABER WENN ICH NUR SOWEIT KOMME, DAS EINE, DAS ICH KANN, WIEDER ZU KÖNNEN!«

Briefe an Elisabeth von Schmidt-Pauli

Vorbemerkung

1940 veröffentlicht die Schriftstellerin Elisabeth von Schmidt-Pauli (1882–1956) im Verlag Benno Schwabe in Basel ein Buch zum Gedenken an Rainer Maria Rilke. Auf den ersten Blick scheint sie der Tendenz katholischer Milieus ihrer Zeit zu folgen, Rilke aus seinen historischen Kontexten zu lösen und als Mystiker zu stilisieren. Auf den zweiten Blick handelt es sich um die semifiktionale Arbeit einer Verehrerin, die mehr als ein Jahrzehnt nach dem Tod des Dichters mit den vorausgegangenen Publikationen anderer Zeitzeugen sowie ersten Editionen um die Deutungshoheit konkurriert. Erst auf den dritten Blick erschließt sich, daß in Schmidt-Paulis »Gedenkbuch« neben Veröffentlichungen Dritter auch punktuell Briefe an die Autorin zitiert werden. Handelt es sich um Paraphrasen aus dem Gedächtnis, möglicherweise um Ausschmückungen, wie an den Stellen, an denen Rilkes angebliche mündliche Äußerungen wiedergegeben werden?
Über Jahrzehnte konnten sich Biographen und Ausstellungskuratoren nur auf das verlassen, was die Autorin zu Lebzeiten publiziert hatte. Daß sie nicht chronologisch vorging, Erinnerungen mit Reaktionen auf spätere Lektüren mischte, machte die Rekonstruktion schwierig. Rilkes ersten Brief vom 3. Dezember 1917 veröffentlichte Schmidt-Pauli mit vier anderen 1927 in der »Neuen Rundschau«. Unstimmigkeiten in der Chronologie fallen auf: So erzählt sie in ihrem »Gedenkbuch«, wie sie mit Rilke am Allerseelentag 1919 in München Kerzen für die Verstorbenen anzündete (S. 167). Es müßte sich allerdings, sollte das so stattgefunden haben, um den 2. November 1918 gehandelt haben, denn im Frühsommer 1919 reist Rilke bereits in die Schweiz, kehrt nicht mehr zurück und begegnet seiner Korrespondentin auch nicht wieder, obwohl der Briefkontakt erst kurz vor seinem Tod abreißt. Später besucht sie sein Grab in Raron.
Bereits ein Jahr nach der Beisetzung publiziert sie in den »Horen« einen Text über den Dichter und die Rosen, 1936 dann in der katholischen Zeitschrift »Stimmen der Zeit« einen Beitrag zu seinem »Weltinnenraum«. Das Rilke-Buch von 1940 wird nach Kriegsende in den Westzonen nachgedruckt, 1948 folgt eine Arbeit zu den »Duineser Elegien«. Rilkes Weihnachtsbrief von 1917 aus dem Münchner »Hotel Continental« schließlich vertraut sie 1950 der »Neuen Zeitung« an.
Elisabeth von Schmidt-Pauli ist in Kurzdarstellungen oft auf ihre bekenntnishaften und pädagogischen Veröffentlichungen, auf ihr konfessionelles Umfeld reduziert worden. Über ihr Leben ist, von einigen Nachrufen abgesehen, bislang nur Spärliches bekannt. Ihr Vater ist ein Hamburger Kaufmann. Die Welt des Habsburger Kaiserreichs, die 1918 untergeht, kennt sie über die Familie ihrer Mutter, die aus ungarischem Adel stammt. Sie schlägt nicht den üblichen Weg einer »höheren Tochter« ein, heiratet also nicht, sondern

wählt die pädagogische Arbeit und das Studium: ab 1909 Theologie und Philosophie, später auch Nationalökonomie in Bonn, München, Straßburg und Berlin.
Bereits vor 1914 reist sie in die USA und ist in der internationalen Jugend- und Sozialarbeit, dann auch in der Kriegsgefangenenhilfe engagiert. 1922 arbeitet sie in der Amerika-Abteilung des Instituts für Weltwirtschaft und Seeverkehr in Kiel, seit 1923 am Institut für Kulturmorphologie in München, das der Ethnologe Leo Frobenius und der Philosoph Oswald Spengler 1920 gegründet haben. Später bewegt sie sich in katholischen Kreisen um Kardinal Faulhaber, der sich zugunsten des NS-Staats äußert, zugleich dessen antiklerikale Politik kritisiert. Die Edition der Faulhaber-Tagebücher zeigt, daß sie ab 1942 im engsten Zirkel des Münchner Erzbischofs verkehrt – in den Aufzeichnungen unter dem Tarnnamen »Theodolus«. Daß die Rilke-Briefe noch erhalten und nicht in den späten Kriegsjahren im Münchner Wohnhaus verbrannt sind, legt die Vermutung nahe, daß sie sich bereits zu diesem Zeitpunkt nicht mehr bei Elisabeth von Schmidt-Pauli befanden. Ein Nachlaß in Familienhand ist nicht vorhanden. Ein Teilnachlaß soll sich hingegen im Kloster Frauenwörth auf der Fraueninsel im Chiemsee befinden, konnte aber bislang nicht gesichtet werden.
Wirkt Elisabeth von Schmidt-Pauli durch ihre intensive Reise- und Publikationstätigkeit sowie ihre Projektarbeit einerseits als Pionierin, so trennt sie andererseits doch vieles von der progressiven Generation Schweizer Frauen aus Rilkes Umfeld, zu der Anita Forrer und Annemarie Schwarzenbach gehören. Recherchen in deutschen Archiven haben ergeben, daß Schmidt-Pauli, während sie mit Rilke korrespondiert, auch im Austausch mit Börries von Münchhausen und Gustav Frenssen steht – Autoren aus dem völkischen und antisemitischen Spektrum, beide protestantisch sozialisiert. Im Rilke-Briefwechsel sind unter anderem Bezüge zu dem antisemitischen Schriftsteller Waldemar Bonsels präsent. Schmidt-Paulis Bruder Edgar steht in der Weimarer Republik weit rechts und macht im frühen NS-Staat zunächst Karriere, bevor er in Ungnade fällt. Ihr Rilke-Gedenken erscheint 1940 hingegen nicht im Insel-Verlag von Anton Kippenberg, sondern bei Benno Schwabe in der Schweiz. Einen konkreten Hinweis auf die kultur- und wissenschaftspolitische Situation im NS-Staat sucht man in den Zeilen vergeblich.
2024 ist es der Fondation Rilke gelungen, zehn ausführliche Briefe Rilkes an Elisabeth von Schmidt-Pauli aus Privatbesitz zu erwerben. Sie werden im folgenden erstmals wiedergegeben. Der erste ist auf den 14. Oktober 1918 datiert, der letzte auf den 23. August 1924. Drei Briefe stammen aus der Münchner Zeit, weitere drei Briefe dokumentieren Rilkes Anfänge in der Schweiz in Schloß Berg am Irchel und im Prieuré d'Etoy am Genfer See. Vier Briefe schließlich versendet Rilke aus dem Château de Muzot oberhalb von Sierre im Wallis. Auf ihre letzten Schreiben und Karten erhält Schmidt-Pauli keine Antwort mehr.
Im Erinnerungsbuch werden einige Sätze aus dem Brief vom 14. Oktober 1918 (S. 61–62) und dem Brief vom 21. Juni 1921 (S. 90–91) zitiert. Der Brief vom 5. Dezember 1922 war 1927 in der Auswahl der »Neuen Rundschau« zu lesen (S. 307–308). Die Kürzungen, die Elisabeth von Schmidt-Pauli oder das Lektorat vornahm, geben einen Eindruck, wie lückenhaft und stilisiert das frühe Rilke-Gedenken war. So finden sich im Gedächtnisbuch Auslassungspunkte ausgerechnet an der Stelle (S. 91), wo Rilkes Brief vom 21. Juni 1921 sprachspielerischen Witz und Spott entfaltet: »Es ist zu sehr ›Häuschen‹ und, wie ich fürchte, wäre auch der Garten hinter den so nahe angezeichneten Zäunen

besser ›Gärtchen‹ zu nennen«; ebenso fehlen bei Schmidt-Pauli die folgenden Absätze, die zeigen, wie konkret und praktisch Rilke kommuniziert.

Erstmalig läßt sich nun der Verlauf des Austauschs rekonstruieren. Am 26. November 1917 schreibt Elisabeth von Schmidt-Pauli aus dem Josephinum, einer Münchner Privatklinik, Rilkes »Stunden-Buch« gehöre ihr, obwohl er es Lou Andreas-Salomé gewidmet habe. Es sei der Tag gekommen, an dem die »Gefährten-Seele« ihm sage, daß sie »da« sei, und ihn frage, ob er auch noch »da« sei oder ob er nicht mehr wandere, suche, rufe, klopfe? Der Überschwang des Geständnisses, das Distanz vermissen läßt und gleich im zweiten Satz zu den letzten Dingen, zu »Gottes Dunkel« kommt, wird nur aus der überhitzten Rhetorik der Zeit verständlich, aus den radikalen Ansprüchen einer Generation, die aus adeligen und großbürgerlichen Mustern auszubrechen sucht und Unbedingtheit einfordert.

Rilke erhält seit seinen frühen Erfolgen zahlreiche solcher Briefe, die den Autor mit den Stimmen seiner frühen Gedichte verwechseln, vielfach auch seine Weiterentwicklung nicht wahrgenommen haben. Daß die Kommunikation nicht gleich scheitert, liegt an Rilkes Art, das jeweilige Anliegen ernst zu nehmen, einen Modus zu finden, distanziert, aber nicht schematisch auch über sich selbst zu sprechen und das Gegenüber, das Nähe sucht, auf einen Weg des Distanzgewinns einzuladen. So erläutert er in seinem ersten Schreiben 1917 den Abstand zu seinem Frühwerk, insbesondere zum »Cornet«. Rilkes Briefe sind sorgfältig abgefaßt, in Tinte, mit regelmäßigen Schriftzügen und wenigen Streichungen. Kleine Zeichnungen ergänzen seine Schilderungen. Aus der Kurrentschrift wechselt er in die lateinische Schreibweise, wenn er ins Französische übergeht, das er an heiklen Stellen verwendet, um sich selbst, aber auch sein Gegenüber vor Direktheit zu schützen.

Das »Suchen« wird zum Leitmotiv des Briefwechsels, doch mit einer bemerkenswerten Wendung: Rilke sucht nach einer Bleibe, zugleich nach den richtigen Worten. Während er zu einem überlegten, distanzierten Ton gefunden hat und im Modus der Fürsorge und Selbstsorge spricht, zeugt schon der unregelmäßige, expressive Schreibduktus seiner Korrespondentin von Hektik, rastloser Reise- und Projekttätigkeit, die eine spirituelle Unruhe nicht einfangen kann. Der behutsame, zuletzt aber durchaus gereizte Ton der Rilke-Briefe mag sich nicht nur auf die Emphase der Zuschriften beziehen, sondern auch auf weltanschauliche Unterschiede.

Handelt es sich um »Briefe an eine Freundin«, wie es 1927 in der »Neuen Rundschau« heißt? Die wechselseitige Anrede mit »Schwester« und »Bruder« bei weiter verwendetem »Sie« mag auf klösterliche Formeln, auf die mönchische Welt des »Stunden-Buchs« anspielen. Die Seelenverwandtschaft, die sich Rilkes Korrespondentin erhofft, ist kaum zu entdecken. Dafür liefern die Briefe interessante Einblicke in das München der Umbruchsphase und die internationalen Netzwerke der Völkerbundzeit, ebenso in Rilkes intensive Sondierungen und seine Entscheidungsfindung vor der Ansiedlung in Sierre, zu der Elisabeth von Schmidt-Pauli mit eigenen Vorschlägen beiträgt. Die Rede ist von Begegnungen, Reisen und Lektüren, auch von Alltagsdingen, von Möbeln und Blumen, ebenso vom Umgang mit Unsicherheit.

Die Briefe zeigen einen späten Rilke, der, anders als in den nachfolgenden Stilisierungen durch Schmidt-Pauli, gerade nicht ekstatisch, sondern konkret denkt und Skepsis statt Enthusiasmus andeutet: Er habe es nie mit den Propheten gehalten. Nicht selten schreibt er spielerisch, auch stilkritisch, bereits in dem Bewußtsein, daß sich längst ein Kreis von Hagiographen und vereinnahmenden Interpreten versammelt hat: »*Weil* ich immer wartete auf einen *wirklichen Bericht über Ihre Thätigkeit*; Sie schicken mir des accents sans paroles: ›aigus‹, ›graves‹, et ›circonflexes‹, avec rien en dessous. Je ne sais plus lire de ces textes.«

Diese Zeilen wirken wie ein Kommentar zur frühen Rilke-Deutung. Kein Wunder, daß Elisabeth von Schmidt-Pauli sie in ihrem Gedenkbuch beiseite gelassen hat, in dem sie die Diskrepanz zwischen ihrem eigenen Drängen und seiner Zurückhaltung abstrakter formuliert. Am ehesten gerecht wird sie ihm möglicherweise im Gedenkbuch, als sie einen Spaziergang im Englischen Garten im Herbst 1918 schildert. Dort ist er nicht der Mystiker, sondern der Phänomenologe: »Seine persönlichen Erfahrungen und Erlebnisse, seine eigene Gefühlswelt schienen ihn bei seiner geistigen Aneignung der Welt zu stören. Er wollte sachlich sein« (S. 19).

Weitere Schreiben an Elisabeth von Schmidt-Pauli sind 2022 mit dem Gernsbacher Rilke-Bestand nach Marbach gelangt und dort seit kurzer Zeit erschlossen. Es handelt sich um die bereits zu Lebzeiten der Korrespondentin publizierten sowie im Gedächtnisbuch (S. 76–89) ausschnittweise genutzten Rilke-Briefe. Gegenbriefe von Schmidt-Pauli befinden sich in Marbach sowie im Schweizerischen Literaturarchiv. Eine vollständige Edition der Korrespondenz wird folgen, ebenso eine französische Übersetzung.

Marcel Lepper

Montag 14.10.18 –

Liebe Freundin,

So sehr ich Kiew liebe –: Sie denken doch nicht daran, sich jetzt hin verschicken zu lassen? Es heißt jetzt abwarten. Wer weiß, wie sehr ein Jeder sich nächstens wird verwenden können, genau auf dem Platze, auf dem er gerade steht. Consultez le »Gourou«, sagt er nicht dasselbe?

Ihre Rosen aus den verschiedenen Paketen waren wie die Vermehrung der Brote: auf einmal war mein Zimmer fast zu klein für ihre Menge. Ich mußte Rosen-Stationen einrichten, wo noch nie welche gestanden hatten. Bis gestern waren sie alle da, jetzt sind noch zwei oder drei am Ausklingen.

Ihre beiden Briefe überschätzen mich in jeder Weise; ich müßte anfangen zu versichern, was ich alles *nicht* bin und *nicht* kann: das Meiste nicht. Aber wenn ich nur soweit komme, das Eine, das ich kann, wieder zu können! Die jetzige Richtung der Welt giebt mir das Wachsthum einer kleinen licht-lichtgrünen Zuversicht. Man müßte den Leuten sagen: seht, Ihr dürft anfangen, einen großen neuen Anfang machen. Nur eines wird jetzt von Euch verlangt: seid guten Willens.

(Ich wüßte schon, *wie* Sie zu den Leuten sprechen sollten.)

Schön, daß die fünfte Etage Sie noch hier erwartet, dachte ich gerade gestern noch, da ich am »Russie« vorüberkam. Wozu werden Sie sich entscheiden? Grüße.

Rainer Maria Rilke

P.S. Viel Ergebenes für Frau von Boddien.

Kiew Bezug auf die humanitäre Tätigkeit von Elisabeth von Schmidt-Pauli; in den Briefen ist immer wieder die Rede von nicht umgesetzten Reiseplänen.
Frau von Boddien Bei Hedwig von Boddien (1862–1925) wohnte Elisabeth von Schmidt-Pauli zeitweilig in Berlin-Tiergarten.

Ainmillerstraße 34^{IV}
am 17. Dezember 1918

Gute, treu zugewendete Freundin,
wenn ich nur Briefe über mich brächte, so wäre der an Sie der dringendste und erste von den hunderten, die ich schreiben müßte; aber mein Widerwillen gegen den Federstiel ist so groß, daß ich mich manchmal in mein Eßzimmer setze, nur um nicht mit diesem gemiedenen Gegenstand in einem Zimmer zu sein. Ich habe solche Zeiten der Schreibscheu, dann hat einzig das Mündliche recht, ich müßte schon an Ihr Bett sitzen kommen, um richtig mittheilsam zu sein: glauben Sie mir ich wäre es von Herzen.
Daß ich den »Tisch«, den Olly Lion mir so brennend wünscht, nicht von hier errathen kann, beschämt mich geradezu.
Und Sie mit Ihren noch so neuen Kräften schreiben schon solche Briefe und erzählen mir die Legende eines R. M. R.-Taschentuchs, dem Sie mehr zugemuthet haben, als es vermochte. Was soll ich thun? Um acht Uhr Abends werd ich zuweilen versuchen, im Geiste bei Ihnen einzutreten und Ihnen auch hier bei mir eine Gegenwartskerze anzünden; beinahe hätt ich keine, die Leuchter sind leer gebrannt, tief bis in die Kerzenbecher hinein. Aber zum Geburtstag hat man mir eine kleine verzierte Kerze geschickt: die ist es also, die brennt manchmal an Sie. Bei ihrem kleinen Schein zeig ich Ihnen dann, daß der große Lehnsessel jetzt anders herum steht, mit der Lehne gegen die Rückwand des Zimmers zu, immer noch schräg vor der Heizung – und zwischen ihr und ihm, genau in der Höhe seiner Armlehnen, auf den gazelligsten Beinen, ein kleines eingelegtes altes Louis-Seize-Tischchen, ein liebes Geschöpf: , das ich ihm, dem Sessel (nicht mir) am Geburtstag geschenkt habe. Sonst ist das Meiste unverändert, nur auf dem Bücher-tisch wächst ein weihnachtlicher Zudrang von Sen-

dungen zur Mauer an, – wenn etwas dabei ist, was sich Ihnen möchte vorlesen lassen, so send ichs hinüber nächstens, nur muß es erst durch meine Censur gegangen sein, die langsam ist, wie ich selbst und alles Meine.
Bewunderung, wie gesagt, und Dank für die »Briefleistung« und das freundschaftlichste Gedenken jeden Tag und besonders jeden Abend um acht.
Ihr
Rainer Maria
Grüße, recht herzliche, für Olga Lion!

Ainmillerstraße 34^{IV} Dort in Schwabing wohnte Rilke ab dem 8. Mai 1918.
Olga Lion Vergleiche die Briefe von Olga Lion an Rilke, 1918–1920, Deutsches Literaturarchiv Marbach.

Mittwoch

Gute Freundin und Schwester Elisabeth,
nicht jeden Tag, aber ab und zu fasse ich mich um acht zu Ihnen zusammen, was jetzt um so eher möglich ist, als ich um diese Stunde fast immer allein und zu Hause bin; endlich bin ich soweit, das Ausgehen abzusagen, mit ganz seltenen ungesellschaftlichen Ausnahmen, und damit ist auch eine größere Festigkeit in mir entstanden, nur wenige Menschen bei mir hereinzulassen. Ist das ein Fortschritt? – Sie sagen: Ja. Nichtwahr?
Gut. Olly Lion hat mir viel erzählt neulich, aber aus Ihrem »Blauen Radler« vom 18ten geht mir nicht hervor, ob *sie* Ihnen gleich darauf auch alles über ihr Bei-mir-sein berichtet hat: das versprach sie mir nämlich zu thun, da ich ja immer noch eine so schwere ungerne [?] Feder habe. Kurz nach Ollys Besuch ist übrigens, an einem kühnen Sonntag-Vormittag, mein Zimmer so umgeräumt worden, daß alles äußerlich Berichtete nicht mehr gilt; damit ist es endlich *mein* Arbeitsraum geworden, erst diese äußere Veränderung, da sie gelang, hat mir die Kraft gegeben, ein neues Lebens anzufangen: in dem nun, hoff ich, alles, was mich an Rückständen und Aufschüben bedrückt, nach und nach an die Reihe kommt. In Erwartung einer solchen Wendung zum Besseren, hab ich die Schweizer Anfrage, die auch diesen Monat wieder an mich herankam, nochmals aufgeschoben: richtig in den Februar, wie Sie vermuthen —. Aber wer weiß: wenn es mir nun anfinge, hier zu gefallen, nicht in München, aber in meinen vier Wänden, vielleicht bleibt dann alles Reisen bis auf den Frieden aufgeschoben. Ich habe nun den Ehrgeiz, bis zu Ihrem Kommen, liebe Freundin, meine Beschäftigtheit und Zusammenfassung recht gut zu befestigen. Loben Sie mich noch nicht. Aber *dann*, wenn ichs verdiene.

Wenn einmal gerade kein hochwürdiger Herr bei Ihnen ist (ausnahmsweise!), so lassen Sie sich von einer jungen Stimme Hamsuns »Segen der Erde« vorlesen. Haben Sie das Buch? Soll ichs Ihnen schenken?
(So, das ist mein »Rother Radler«.)

Ich grüße Sie brüderlich und innig
Rainer Maria Rilke

(Ach ja, Ihre »letzte Seite«, wehe! wehe!)

Datierung Mit Bleistift von anderer Hand: »Jan. 1920«, was biographisch nicht zutreffen kann; wohl 22. Januar 1919.
Blauer Radler, Rother Radler Fahrradkuriere.
Schweizer Anfrage Vortrags- und Lesereise.

Schloß Berg am Irchel
Kanton Zürich
Schweiz,
am 24. März 1921

Sie lassen mir gerade noch Zeit, Schwester Elisabeth, Ihr kleines vorösterliches Herstürmen österlich zu erwidern!
Ich bin erfüllt von allen Ihren Nachrichten und deren Andrang zu mir: Waldemar Bonsels, Kete Parsenow … denn auch *dieser* Name bedeutet mir viel; weil einstige Erwartung. Ach hätte mich damals nur ein Zehntausendstel dessen erreicht, was mir von ihr her, wie Sie mir nun erzählen, zugedacht war. Sie sagen: ich hätte mich gefreut! Es wäre noch viel mehr gewesen. – Nun versichern Sie ihr nur, daß *nichts* verloren geht, Sie wissen das ja so gut wie ich; auch die Lotos-Blumen, sicher, haben irgendwie zu mir hingewirkt, so ungenau sind wir ja doch nicht, wenn wir einmal Gründe haben, einander zu meinen, – in diesem Meinen selbst ist ja schon das Leitendwerden des ganzen Welt-Raumes mit enthalten und miterfahren. – Aber nun, vor der Hand, grüßen Sie sie, Genoveva, und Professor Otto sehr von dem Unerreichbaren und erwerben Sie mir bei Ihren österlichen Freunden, daß ich sie besuchen darf, wenn ich einmal nach Frankfurt komme.
Was Waldemar Bonsels angeht, so freue ich mich, daß er die Bewegung erfuhr, die mir seine beiden Bücher »Menschenwege« und »Indienfahrt« bewirkt haben; seit Jahren hatte ich nicht solche Lesestunden, wo Erstaunen und Anschluß in Einem zusammenstreben. Das, was aus diesen beiden Büchern wirkt, wird nie aufhören lebendig zu sein und Leben aufzuwecken. Natürlich habe ich mir, nach dieser Erfahrung, »Eros und die Evangelien« sofort kommen lassen, da ich las,

es gäbe ein neues Bonsel'sches Buch, – aber ich habe es nicht zu den nahebleibenden Büchern eingestellt, wie die beiden anderen. Außer in der Szene mit dem Flickschuster, habe ich *jenen* Bonsels, den ich nun einmal gefunden hatte, nicht wieder entdeckt, das übrige schien nicht so sehr Glück und Erlebnis des Dichters zu sein, als vielmehr *Absicht* des sehr klugen und immer noch sehr persönlichen Autors; es ist viel Schönes da, viel Zuredendes, vieles, was der Intention nach Recht hat, – aber doch nichts von jener einen Unwidersprechlichkeit, die die »Menschenwege« und viele Seiten in der »Indienfahrt« zu so viel Mehr macht, als zu einem besonderen Gelingen innerhalb der Litteratur. Für mich ist – ich drücke das jetzt sehr übertrieben aus – »Der Tod« (des neuen Bandes) schon im »ersten Abendmahl« (der »Menschenwege«) und »Das Meer« schon irgendwie in »Teja« – feiner, leiser, unausgesprochener und dafür auch un-aussprechlicher – vorenthalten, Deutlichsein ist ja, so wie wir nun einmal mit der Sprache stehn, immer weniger, als Unbegreifliches nachsprechen – ist schon die *Auslegung* des Gehorsams gegen den Gott, nicht mehr das Gehorchen selbst! – Übrigens bin ich nicht der einzige Leser Bonsels hier in den paar Häusern um das Schloß herum; im Pfarrhause liebt man ihn sehr und das ist nicht etwa durch mich gekommen. (* Wie ist [?] Ambach und wo? Sie wissen ich suche einen Ort!) –
Daß in alle Ihre Fülle auch schon ein Vor-Wissen des neuen Spengler-Bandes hineinwirkt! Sie können denken, wie *sehr* ich den seit Jahren erwarte, da er doch vor allem von Russland – meiner heimlichen Heimath – handeln wird. Lassen Sie sich viel erzählen. Danke für das erste Heft vom »Weg zur Vollendung«, das mir eines Tages, ich glaube von Luzern, herüberkam; ich würde gerne keines dieser Hefte versäumen, besonders auch wegen der »Bücherschau« ... Ja, ja, es ist natürlich aussichtslos, dieses Anwerben von Weisheitsschülern in *solchem* Umkreise, die tiefen décolletés wären ja nicht das schlimmste Hindernis – aber sonst ... ja aber *wen* ruft man, *wen* ruft man, wenn man überhaupt ruft und wenns nicht Russland ist, *wo* [?]

Waldemar Bonsels Schriftsteller (1880–1952), lebte von 1918 bis zu seinem Tod in Ambach am Starnberger See; unter anderem »Die Biene Maja«, 1912; »Indienfahrt«, 1916; »Menschenwege«, 1917 (darin das Kapitel »Teja«); »Eros und die Evangelien«, 1921 (darin die Kapitel »Der Tod« und »Das Meer«).
Kete Parsenow auch Käthe (von Katharina), Schauspielerin (1890–1960).
Professor Otto Walter F. Otto (1874–1958), Altphilologe, mit Kete Parsenow verheiratet.
Spengler Oswald Spengler (1880–1936), »Der Untergang des Abendlandes«, Band 1 1918, Band 2 1922.
Der Weg zur Vollendung Mitteilungen der Gesellschaft für freie Philosophie, herausgegeben von Hermann Graf Keyserling, seit 1920.
wo Hier endet das erste Blatt; das passende zweite Blatt befindet sich in Marbach.

Le Prieuré d'Etoy
Canton de Vaud
(Suisse)
am 10. Juny 1921

Gute und liebe Schwester Elisabeth,
nun ist also wirklich die Fürstin Taxis da –, ich fahre in einem Augenblick zu ihr hinüber nach Rolle, – vorher nur rasch diese knappe programmatische Antwort auf Ihre fürsorglichen Unternehmungen in »meinen Schlössern«.
Simolin: an ihn, den ich kenne, könnte ich freilich leicht schreiben –, und thu es vielleicht auch noch, um nichts außer Versuch zu lassen –, aber wenn er nicht jauchzend zusagt – [?] dann, scheint es mir, *ist* er's eben nicht!
Ob Baron R. mir sein Jagdschlößchen W. »zujauchzen« würde, ist ja auch sehr die Frage.
So wie Sie nun davon schreiben, scheint es mir möglicher als Dorneneck, – und da es durch Bruder und Schwägerin ausgeprobt ist, – so können Sie sich leicht, genau, über alle dortigen Umstände unterrichten. Daß sie *das*, Schwester Elisabeth, gleich und auf's Feinhörigste thun möchten, ist diese große unbescheidene Bitte dieses Blättchens. – Denn da es schon zum 1ten July frei wird, hieße es einer raschen Fortgebung durch mindestens sehr waches Interesse zuvorkommen. Ich würde es, paßte es, etwa zum 1. August miethen (* für vielleicht 5 bis 6 Monate, um es dann, wenn alles stimmt, noch weiter zu behalten). Die große große Frage wird auch dort die Bedienung sein. Bitte ziehen Sie auch darüber Erkundigungen ein, Ihr Bruder wird ja, denk ich, seine eigenen Leute hingebracht haben und diese auch wieder mit sich fortnehmen. – Und dann Geographie: vergessen Sie nicht, daß ich keine – äußere – kann. Nächste Stadt? – Welche? Wie weit von wo? Z.B. von Berlin? –
Kurz, wenn Sie, nach besserem Zusehen, etwa meinen, daß es stimmen *könnte*, schreiben Sie mir einen *Band* mit Nachrichten. Damit man sich ein wirkliches Anschauen bilden kann, sonst wäre eine Miethe par distance ein Wagnis, nicht zu verantworten. Und erwägen Sie im Geiste und im Herzen, getreulich!
Würden Sie etwa, nöthigenfalls, die große Güte haben, mit Baron Radek zu verhandeln? Auch müßte man sich vergewissern, daß die Gemeinde meiner Tschechoslovaquischen Eigenschaft keine Hindernisse bereitet: dem »Ausländer«. Kurz, vous voyez, ich verschütte Sie unter einem Berg von Ansprüchen, – sind Sie noch da? – Und ich schwöre: Sie kommen strahlend heraus, an irgend einer Seite, einer Hauptseite des Berges, mit Golderzen in den beiden Hülfehänden.
Ein Segen, daß Sie nicht nach Süd-Amerika gehen, das macht alles geräumiger und runder.

Bei Schaumburgs fallen ja jetzt die Ereignisse Schlag auf Schlag. Dieses neueste finde ich sehr liebenswürdig, trotz der großen Jugend auf beiden Seiten. (Ists nicht am Besten so?)
Königstein-Taunus: ja, wäre freilich, mindestens für eine Weile, eine Leistung [?], an die sich Ihre Maaße und Mittel, vielleicht momentan eingeschränkt, anwenden ließen. Wer ist denn dort Dr. Kohnstamms Nachfolger?
Also Dank und Hoffnung auch dieses Mal. Und, wenn es geht, viele viele Details über Wölfelsgrund!! (Ists nicht zu viel, was ich verlange?)

Ihr
Bruder Rainer Maria

Rolle Ort am Genfer See.
Simolin Rudolf von Simolin (1885–1945), Kunstsammler und Mäzen.
Dr. Kohnstamm Oskar Kohnstamm (1871–1917), Gründer eines Sanatoriums in Königstein/Taunus.
Wölfelsgrund Heute Międzygórze, Ort in Niederschlesien; als Besitzer des dortigen Anwesens wird ein Baron R. (Radek) genannt.

Etoy, Le Prieuré
Canton de Vaud,
am 21. Juny 1921

Hören Sie, Schwester Elisabeth, es wird nichts aus Wölfelsgrund: der Abstand zwischen dem, was ich meine (und was Berg in einem ganz bestimmten Sinne wirklich gewesen ist) und dem vorgeschlagenen schlesischen Haus ist – soweit sich das nach Bild und Angaben schließen läßt – doch zu groß; und es war von Anfang an, meine Entschließung, lieber *nichts* zu finden, als mich zu etwas »ungefährem« nachgiebig hinüberzustellen. Es ist zu sehr »Häuschen« und, wie ich fürchte, wäre auch der Garten hinter den so nahe angezeichneten Zäunen besser »Gärtchen« zu nennen, – die Nachbarschaften, sowohl des Kurortes einerseits, wie, auf der anderen Seite, der »Einsiedler« Radek sind gefährlich nahe, – vielleicht habe ich Unrecht und weise eine liebe und berechtigte Möglichkeit zurück, – das wäre möglich, denn da ich diesen Theil Schlesiens gar nicht kenne, ist ein Absehen der dortigen Umstände (trotz Ihrer und Ihres Bruders Erläuterungen) ein schwieriges und irriges Errathen; wär Wölfelsgrund nicht so sehr »Häuschen« gewesen –, etwas größer und einsamer, – ich glaube ich wäre, um ein Urtheil zu haben, wirklich für achtundvierzig Stunden aus der Schweiz hinaus- und hingereist: denn *Sehen* wäre natürlich das einzig

Verlässliche gewesen! Aber zu so großer und ermüdender Unternehmung war mir das Vorgestellte am Ende doch nicht überzeugend genug —.
Wird Sie das sehr enttäuschen? Ihr fünfmal gestrichenes »Ja« wog schwer auf der Waage meiner Erwägungen, aber nach und nach häuften sich meine Widergründe auf der anderen Schale, und auch sie hatten ihr besonderes, ehrliches Gewicht!
Ich sehe schon, es wird schwer sein von hier sich zu einer unbekannten Gegend zu entschließen. Schlesien ist mir der unbekanntesten eine, und würde es mir nicht als ein Spiel des Zufalls erscheinen, fände ich mich plötzlich dort angesessen? Würtemberg oder Baden, oder Böhmen oder Kärnthen lägen mir näher, bild ich mir ein, – mit Unrecht vielleicht …
Ist mein bei Baron Radek vereinbarter Antworttermin schon abgelaufen inzwischen? Ich war durch drei kurz aufeinander eintreffende Besuche um so mehr abgehalten, als einer in Ouchy logierte, ein anderer in Rolle –, so daß ich zwischen diesen beiden Orten mich zu theilen hatte und täglich erst spät, nur eben zum Schlafen, nach Etoy zurückkam.
Ob ich nun doch noch mit Simolin korrespondieren sollte?
Haben Sie Dank für Ihre Fürsorge und alle ihre Beweise und danken Sie auch Ihrem Bruder herzlich für seine guten genauen Auskünfte (die Postkarte lege ich wieder mit ein) und schließe rasch rasch diese Zeilen, um nicht Ihr Warten auf Antwort noch mehr zu verlängern.
Hoffen wir weiter, Schwester Elisabeth, daß *das* sich zeige, was sich mir gleich, meinem ganzen Vorgefühl, zu erkennen gäbe.
Nur dies heute, auch fast »fliegend«,

Ihr
Bruder Rilke
dankbar!

Ouchy Stadtteil von Lausanne.

Château de Muzot
sur/*Sierre*
(Valais) Suisse,
am 5. Dezember 1922

Meine liebe Schwester Elisabeth,
daß Sie an den 4ten gedacht haben! Das dürfen Sie glauben, daß ich an der Genauigkeit und Gültigkeit Ihrer Segensgedanken und -Wünsche, gestern, keinen

Augenblick gezweifelt habe. Ich sah Sie sehr deutlich, und es hat alles schön und freundlich gestimmt von Ihnen zu mir! – Von mir zu Ihnen nur dieses mindeste dankbare Wort heute; denn die Insel druckt was sie kann, und über ein Kurzes hören Sie wieder meine wahrhafte Stimme, in die ich völlig hineingehe, corps et âme, aus den Elegien und den (mir sehr lieben) Sonetten an Orpheus. Und dann sagen Sie mir einmal, ob Sie sie ganz erkannt haben. Ich zeichne, wenn ich Ihnen die Bücher sende, in Ihren Zimmerplan das Buch ein, mit Roth, auf dem Thee-Tisch (der ja, auf japanisch, ein Altar ist) genau vor Ihrem Platz, wie man als Kind eine schöne Stadt, rund, = ⦿ = in eine Landkarte einzeichnet, eine Haupt-Stadt.
Nein: ich war *nicht* in München, nirgends, habe mich nicht aus Muzot fortgerührt, und rühre mich auch weiter nicht. Je suis ici le prisonnier de mon avenir. (Proust ist tot, haben Sie das gemerkt?, niemand wußte ja soviel innere Erfahrung gleichzeitig! Aber Valéry lebt, ein Dichter ohne gleichen, und ich übertrage ihn!)

Von Herzen, Ihr Bruder Rilke

Je suis ici le prisonnier de mon avenir Ich bin hier der Gefangene meiner Zukunft.

Château de Muzot
sur / *Sierre*
(Valais) Schweiz,
am 23. März 1923

Liebe Schwester Elisabeth,
gestern empfing ich Ihre beiden, am gleichen Tag abgesendeten, am 17ten und 18ten geschriebenen Briefe. Dank für Ihre getreue große Freude an den Orpheus-Sonetten; bald werden Sie sie nun in ihrem ganzen Zusammenhange kennen lernen können: ich erwarte die fertigen Bücher von einem Tag zum anderen.
Aber ich eile heute zu Ihrer Anfrage: ich bin nun seit mehr als zwei Jahren nicht mehr in Genf gewesen und habe mir dort keinerlei Beziehung geschaffen und erhalten. Baudouin's Buch ist mir noch unbekannt, und zu ihm hin oder auch nur auf ihn zu wüßte ich nicht den mindesten Weg oder Umweg.
Es giebt indessen – fällt mir ein – in Genf eine in Universitätskreisen und auch sonst allmächtige Frau, Mme Claparède-Spire, ich bin ihr nicht präsentiert worden und möchte auch nicht, ohne Noth, bei ihr genannt sein; aber sie ist vorurtheilslos und ehrgeizig und kann alles erreichen, was man geschickt in ihren Willen einschaltet. Dem Grafen Kessler ist sie, gelegentlich seiner Vorträge, vom größten Beistand gewesen, ebenso hat sie sich, wenn ich nicht irre, für Annette

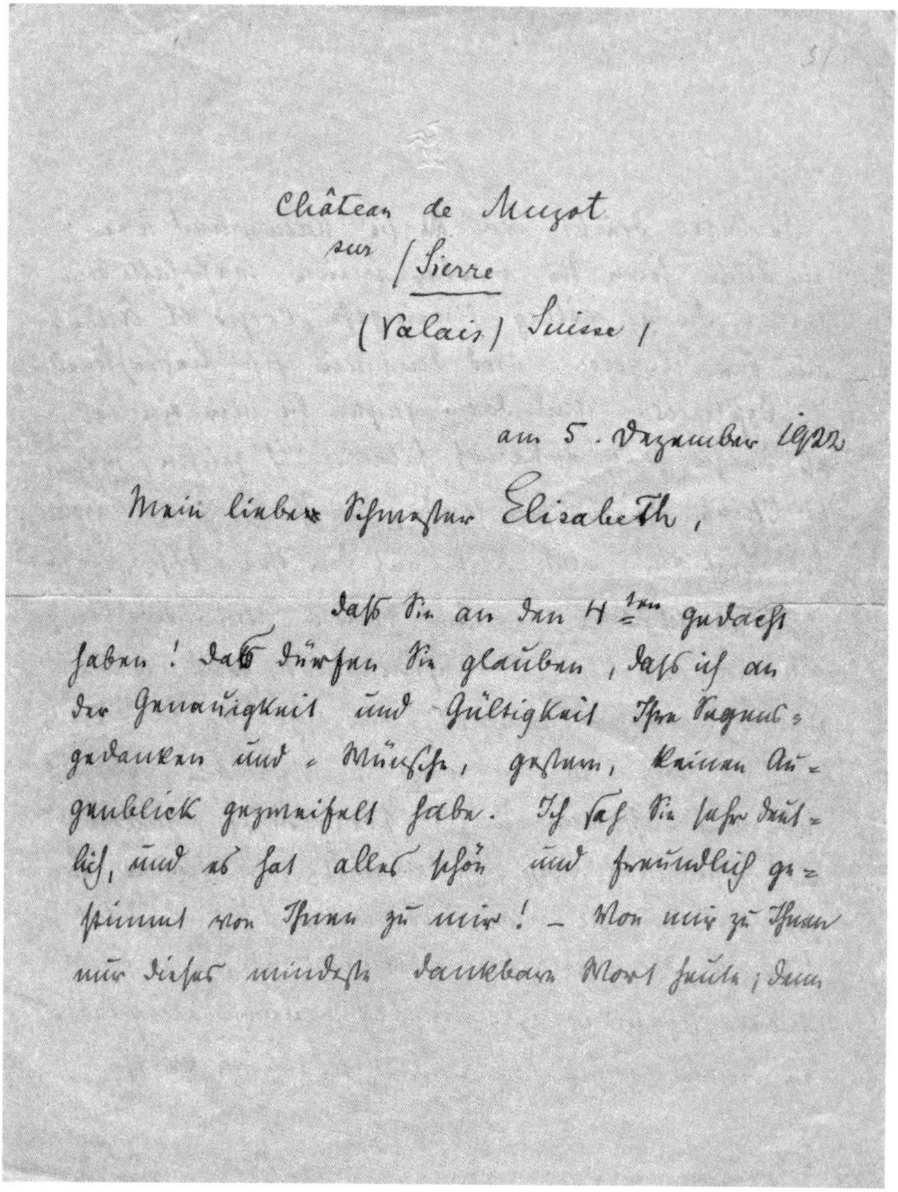

Château de Muzot
sur Sierre
(Valais) Suisse,

am 5. Dezember 1922

Meine liebe Schwester Elisabeth,

Daß Sie an den 4ten gedacht haben! Das dürfen Sie glauben, daß ich an der Genauigkeit und Gültigkeit Ihrer Segens-gedanken und -Wünsche, gestern, keinen Augenblick gezweifelt habe. Ich sah Sie sehr deutlich, und es hat alles schön und freundlich gestimmt von Ihnen zu mir! – Von mir zu Ihnen nur dieses mindeste dankbare Wort heute; denn

Rainer Maria Rilke, Brief an Elisabeth von Schmidt-Pauli, 5. Dezember 1922

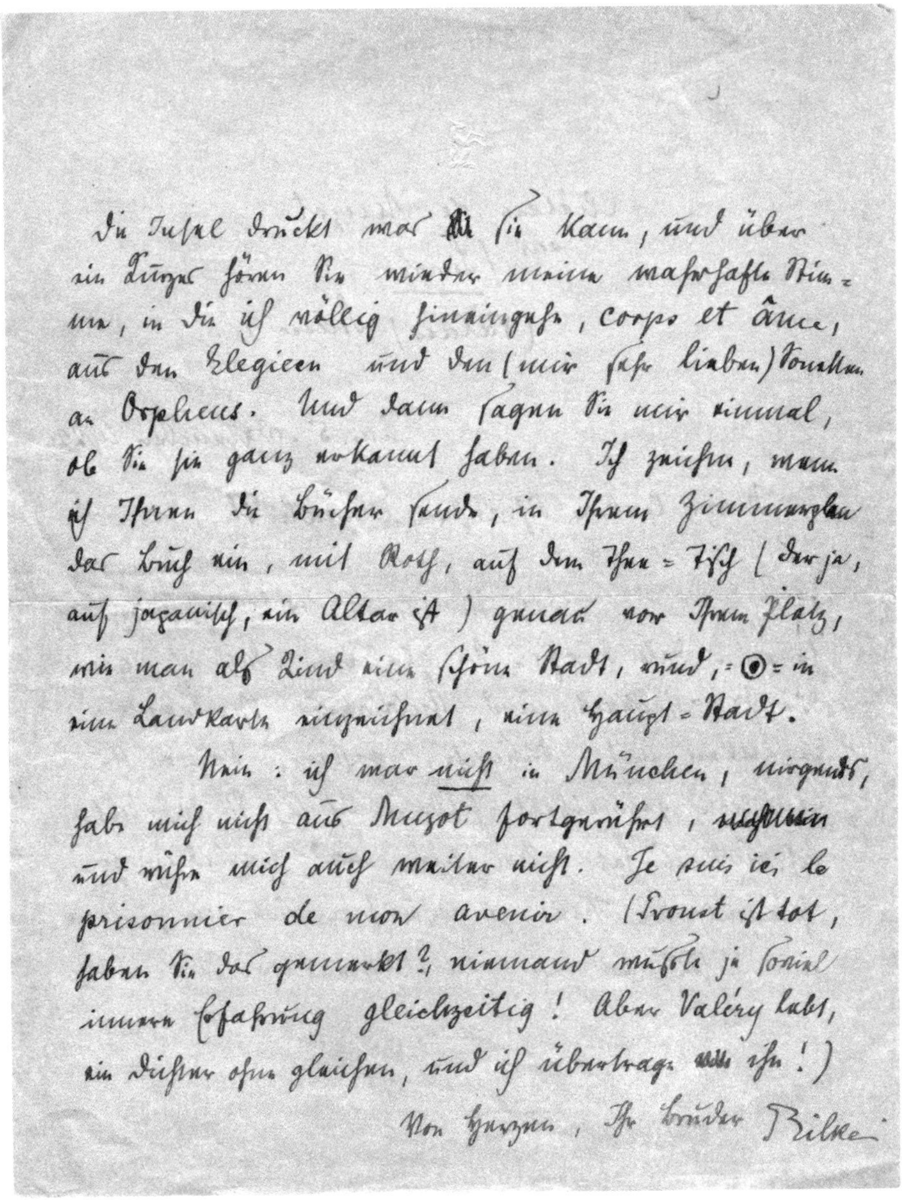

die Tafel drückt was Sie kann, und über
ein Kurzes hören Sie wieder meinen wahrhaften Stim-
men, in die ich völlig hineingehe, corps et âme,
aus den Elegieen und den (mir sehr lieben) Sonetten
an Orpheus. Und dann sagen Sie mir einmal,
ob Sie sie ganz erkannt haben. Ich zeichne, wenn
ich Ihnen die Bücher sende, in Ihrem Zimmerplan
das Buch ein, mit Roth, auf dem Thee-Tisch (der ja,
auch japanisch, ein Altar ist) genau vor Ihrem Platz,
wie man als Kind eine schöne Stadt, rund, =◉= in
eine Landkarte einzeichnet, eine Haupt-Stadt.

Nein: ich war nicht in München, nirgends,
habe mich nicht aus Muzot fortgerührt,
und rühre mich auch weiter nicht. Je suis ici le
prisonnier de mon avenir. (Proust ist tot,
haben Sie das gemerkt?, niemand wußte je soviel
innere Erfahrung gleichzeitig! Aber Valéry lebt,
ein Dichter ohne gleichen, und ich übertrage ihn!)

Von Herzen, Ihr treuer Rilke

Kolb, wo es nützlich war, eingesetzt; diese wohnt sogar in Genf immer bei ihr. Es hieß, daß sie auch für Unruh eingetreten sei und für andere Deutsche von vernünftiger und versöhnlicher Gesinnung …
Vielleicht also wäre es rathsam, zu dieser Frau irgendeine Annäherung (durch Kessler?) *vorsichtig* vorzubereiten; vorsichtig, denn solang jene unselige politische Spannung besteht, würde ja wohl an eine Verwendung an einem Genfer Institut kaum zu denken sein. Man ist, begreiflicherweise, sehr wider Deutschland gestimmt, und ich meine, Sie werden schon gut thun, sich zunächst bei Frobenius zu engagieren, vielleicht, daß dann von dort aus, nach und nach, der Übergang zu Baudouin möglich wäre.
Ich würde, in ähnlicher Lage, einfach an Prof. Baudouin schreiben, ihm das Besondere meiner Zustimmung vorstellen: es war ja immer Ihre Stärke, die Menschen zu *dem* zu überzeugen, wovon Sie selbst tief und innig überzeugt waren …
Aber vor Allem fragen Sie mal bei Kessler an, wegen Mme Claparède: wenn es jemanden giebt, der sich Ihren Wünschen in Genf als »leitend« [?] erwiese, so müßte *sie* es sein, und der Versuch dürfte immerhin gemacht werden. – Nur dieses heute, um Sie, Schwester Elisabeth, ganz rasch zu unterrichten. Ich schreibe nicht mehr nach Frankfurt, dorthin wärs zu spät –, aber ich komme ungern um die schöne Gelegenheit, Käthe Parsenow meine Grüße darzubringen. Vielleicht haben Sie die, auch ohne besonderen Auftrag, ihr zu Füßen gelegt.
Immer,

Ihr Bruder

Rainer Maria

Baudouin Charles Baudouin (1893–1963), französischer Psychoanalytiker, Professor in Genf.
Claparède Hélène Claparède-Spire (1873–1955), Schriftstellerin, Tochter des russischen Philosophen Afrikan Spir, Ehefrau des Genfer Psychologen Edouard Claparède.
Kessler Harry Graf Kessler (1868–1937), Schriftsteller und Diplomat.

Château de Muzot
s/*Sierre* (Valais) Suisse
am 8. May 1924

Schwester Elisabeth,

… »*Warum?*« –

Weil ich, immer in den gleichen Verhältnissen, dabei aber oft müde und unwohl seit einem Jahr –, ja sogar, ganz gegen meinen Gebrauch, ab und zu mit Kuren und Ärzten eingelassen –, weil ich, in solchem Zustand, Unlust und inneren Widerstand fühle, von mir etwas auszusagen, was, wenn schon keine Beklagung, so doch völlig unwesentlich wäre.

Weil, gute Schwester Elisabeth, Ihre Aufschreie nicht ausreichen, mir einen rechten Anschluß, sei es zu Frage oder Antwort, zu gewähren. Die Spiegelbilder von »weißen Abgrundspferden« [?] jagen an mir vorbei ohne sich aufzuhalten (– ich hole sie beim besten Willen nicht ein).

Weil ich immer wartete auf einen *wirklichen Bericht über Ihre Thätigkeit*; Sie schicken mir des accents sans paroles: »aigus«, »graves«, et »circonflexes«, avec rien en dessous. Je ne sais plus lire de ces textes, wenn nicht ab und zu ein Theetisch wieder die Zeilen dazu liefert. (Meine Bücher, die ich nur sehr langsam, in langen Pausen, aussende, wären, auf richtige Nachrichten hin, gewiß nicht ausgeblieben; übrigens hält mich auch da mein Zustand oft gehemmt.)

Weil, schließlich, ich völlig sicher war, daß Schweigen (eventuell bis zu einem Wiedersehen) uns nichts Arges anhaben könne, wenn es sich nun so ergäbe.

Weil ich überzeugt war, daß nichts die Zuwendung der Schwester Elisabeth verschieben könne, es sei denn, sie geriethe so weit ins Mittlern, daß der Ausdruck »Wendung« überhaupt keinen Sinn mehr hätte, von ihrer überallhin bezogenen Mitte aus. Und das wäre ja dann erst recht keine Ab-Wendung von

Ihrem Bruder Rilke

Und inzwischen grüße Schwester Elisabeth die gemeinsamen Freunde: Enja und die schöne goldne Zauberin, bei der sie grade sich aufhält.

»*Warum?*« Erläuterung für die aufgeschobene Beantwortung der Briefe.
Des accents sans paroles … Akzente ohne Worte: Akute, Graves, Zirkumflexe, mit nichts darunter. Ich kann solche Texte nicht mehr lesen.

Château de Muzot
s/*Sierre* (Valais)
am 23. August 1924

Schwester Elisabeth,
wie fallende Sterne ... (»Stern-Schnuppen« ist ein unbrauchbares, aus der Hinter-Stube und vom Talg-Licht stammendes Wort) ... wie fallende Sterne jagen Ihre Nachrichten durch meinen Gemüthsraum ... Ich sah jeder nach, und immer wieder beschrieb eine neue Nachricht ihren fieberhaften Bogen.
Was thun Sie denn nur? Wenn »der Kopf schmerzt«, ist es dann nicht das Erste, Nötigste, gar nicht so viel zu denken und zu fühlen, wie Sie da thun? Mir scheint, Sie sind diesmal lange nicht so brav im »Josefinum«, wie damals, vor Jahren? Könnt ich Ihnen doch etwas, fein gepulvert, etwas von der Gelassenheit und Gleichmüthigkeit ins Couvert einlegen, zu der ich mich diesen Sommer immer wieder, nach so viel innerer Bewegung, mit Erfolg zwinge. In's Programm dieser perfekten Trägheit gehört, daß ich kaum Briefe schreibe und nun schon, wochenlang, nichts gelesen habe, fast nichts. – Ich war mit dem Fürsten Alex Taxis und der Fürstin in Ragaz –, blieb dann, nach deren Fortgehen, dort in dem behäbigen alten Bade, dessen uralte unerschöpfliche Heilwasser genau die Wärme des menschlichen Körpers haben. Später gab es zu viel Kurgäste, die zu sehr 1924 waren, um die Annehmlichkeiten der Bader recht in Gebrauch zu nehmen –, ich kam nach Muzot zurück, wo eine Unmenge Post wartete. Und nun bereit ich schon wieder ein neues Fortgehen vor, vielleicht wieder nach Graubünden, dann nach Bern, später (vielleicht) nach Paris.
Ossendowski's Buch habe ich mir, in der französischen Edition, von der Reise mitgebracht, aber, meiner jetzigen Trägheit gemäß, noch nicht aufgeschlagen; von Gandhi weiß ich nur das Oberflächlichste –, ich hab es nie mit den Propheten gehalten.
Und Sie, Schwester Elisabeth, gönnen Sie sich nun die tiefen ruhigen Gründe von alledem, lassen Sie sich aus den Strömungen hinunter, dorthin wo die Tiefe: Heimkehr ist, Unterkunft, Ausgleich –, und kommen Sie dann, mit neuen Kräften wieder ins Handeln und Hoffen. Herzlich bei Ihnen und brüderlich
Rainer Maria

wie fallende Sterne Variation des Gedichtanfangs »Weißt du noch, fallende Sterne ...«, 1. Juni 1924, Chapelle de Corin; Erstdruck 1950.
Ossendowski Ferdynand Antoni Ossendowski (1876–1945), polnischer Schriftsteller, unter anderem »Tiere, Menschen und Götter«, das Buch ist in französischer Übersetzung (1924) in Rilkes Bibliothek in Muzot vorhanden.

UTA GOSMANN

ANTWORT DES ENGELS

Gedicht

1.

Niemand hört dich, wenn du schreist,
aus der Engel Ordnungen.

Dein dunkles Schluchzen meide ich,
dein Festhalten am Baum,

am Abhang, der Straße von gestern,
der verzogenen Gewohnheit.

Ersehnst die Nähe, doch fürchtest
meine Macht, wie ich auch deine fürchte.

Wie kann ich dir nah sein
ohne wegzutreten vom Licht,

da mich nur dieser Kontakt
zu einem Engel macht?

Du, der sich mit Dunkel umschließt,
machst mich schwindlig,

meine Flügel schlaff. Komm mir
mit etwas Licht entgegen, sonst habe ich,

wenn ich dich erreiche, sie schon verloren,
meine Engelskraft.

2.

Die Dinge sind leise, doch verschweigen
wollen sie dich nicht. Nur am besonderen Ort

weht der Wind durch Baumeskronen, gewinnt
ihnen ein paar Laute ab, wie im Gespräch.

Die Dinge sind leise wie ein Kind,
das sich im Spiel den Eltern entrückt.

Sie haben nicht die Kraft, sich zu
dir hinzustrecken, sind fern verfangen.

Doch wie erstaunlich, wenn die Hand gelangt,
wohin das Auge weist, ertasten kann,

was es ihr zeigt. Wenn spitze Kiefernnadeln
in den Finger stechen, er auf der Vogelbeere gleitet

glatt wie Wachs, der lockere Schnee in sich zusammenfällt
bei der Berührung mit der warmen Hand.

Die Dinge sind leise, nähern sich nicht,
entziehen sich, gehst du eilig auf sie zu.

Doch verschweigen, nein, verschweigen
wollen sie dich nicht.

3.

Von Holzglut zu Holzglut gibst du
schwächeren Geruch? Wenn du verflüchtigst,

wo du fühlst, fühlst du noch nicht genug.
Das Holz mag schwinden, doch wohin

geht die Glut? Die Worte sprießen über ihre Ränder
und lösen in den Wind sich, einmal ausgesprochen, auf,

ihr Klang verschwingt. Auch du entfaltest Wirkung,
während du versinkst. Die Leere

fließt dann ein, die Engelswelt, um Teil
von deiner Welt zu sein. Fühl nicht die Dinge

mit den Sinnen, fühl ihre Gegenwärtigkeit;
zupf, um dich zu erinnern,

an unseren Engelsschwingen, die alles,
was vergangen ist, sich aufgeladen haben

und übertragen in den leeren Raum.
Folg nicht dem Holz, folge der Glut.

Wenn du verflüchtigst, wo du fühlst,
fühlst du noch nicht genug.

KRZYSZTOF CZYŻEWSKI

EIN LEBEN IM AUSATMEN

Viktoria Amelina

Gerechtigkeit

Das letzte Einatmen war Kanada – eine gute Arbeit in der IT-Branche, ein Creative-Writing-Studium in den USA, Literaturstipendien in Westeuropa, Ferien mit der Familie in Ägypten, ihr Sohn Andrij in Polen in Sicherheit …
Viktoria Amelina passiert die polnisch-ukrainische Grenze am 26. Februar 2022. Abends gelangt sie nach Lwiw, dort wohnt ihre Mutter, die als Geschichtslehrerin arbeitet. Als die Region Kyjiw befreit ist, macht sie sich sofort auf den Weg nach Osten. Im Zug begegnet sie drei Frauen, Schriftstellerinnen, Journalistinnen, Aktivistinnen der Revolution der Würde, Kämpferinnen für die Menschenrechte: Larissa Denisenko, Svitlana Povaliaeva, Olena Stjaschkina. Was sie verbindet, ist eine Schicksalsgemeinschaft, wachgerufen durch die Maidanbewegung, eine ukrainische Schwesternschaft im Widerstand gegen den »russkij mir«. Das Wesentliche dieser Schicksalsgemeinschaft fängt Vika in einem Gedicht ein, das sie einen Monat vor ihrem Tod schreibt. Doch damals schon, im Zug nach Kyjiw, hatten sie die ganze Luft in den Lungen, waren sich im klaren darüber, daß nur mehr das Ausatmen blieb: »im Ausatmen Zeugnis ablegen (…) im Ausatmen zu den Seinen gehen«.
Gleich Anfang April 2022 meldet sich Vika für eine Fortbildung zur Dokumentierung von Kriegsverbrechen und wird Teil des Teams von Truth Hounds, einer ukrainischen zivilgesellschaftlichen Organisation, die Verstöße gegen internationales Recht festhält. Sie ist nahe an der Frontlinie tätig, genau dort, wo die Verbrechen begangen werden. Bei dieser Arbeit lebt sie allein im Ausatmen.
Damals lernte ich sie kennen. In Zeiten des Krieges genügt es, sich einmal zu begegnen, ein paar Tage lang zusammenzusein, ein einziges langes Gespräch bis tief in die Nacht zu führen – und es entsteht eine tiefe, herzliche Bindung. Man sieht den anderen Menschen in heller Klarheit. Vika hatte dieses Licht in sich und jene Art von Feinfühligkeit, die wie Zerbrechlichkeit wirken mag, in Wahrheit aber ein Zeichen von Kraft und unbeugsamem Mut ist. Auf ihr Gesicht, ganz von Stille umwoben, fiel das Mal eines tragischen Schattens. Sie gehörte zu den Wissenden. Ihre Zeit im Schriftstellerhaus »Slowo« in Charkiw war kein gewöhnlicher Stipendienaufenthalt gewesen. In den dreißiger Jahren hatte das

stalinistische Regime mehr als achtzig Prozent der Bewohner dieses Hauses mit Repressionen gequält. Für Vika war das nicht Geschichte, sie wußte, daß ihre Generation die nächsten Glieder bilden würde in dieser Kette der Dichterinnen und Dichter der »Erschossenen Renaissance«.

»Bleib in Polen, bleib hier bei uns in Krasnogruda!« – Kraftlose Beschwörungen. Beide wußten wir, daß meine Worte vergeblich waren.

Unermüdlich tätig in schlaflosen Nächten, gastfreundlich gegenüber den Gepeinigten, zornig gegen das Böse, grenzenlos in der Freundschaft – sie war geschaffen für die Arbeit im Garten der Seele. Verschiedene Namen der Liebe hatte sie kennengelernt, der Krieg aber brachte sie dazu, der einen Liebe zu dienen, die jenen Namen trug, den sie immer wieder im Gespräch erwähnte: Gerechtigkeit.

Angesichts der neuen Formen der Gewalt wollte sie Gerechtigkeit in einem erweiterten Sinne verstanden wissen, in einer Denktradition, die zu Rafał Lemkin und Hersch Lauterpacht führt, den beiden in Lemberg ausgebildeten Strafrechtlern, die dem internationalen Recht die Begriffe des Völkermords und der Verbrechen gegen die Menschlichkeit hinzugefügt hatten.

Es gibt ein Foto von Vika – im Hintergrund sind die ukrainische Flagge und ukrainische Symbolik zu sehen. Sie steht an der Grenze der Oblast Donezk, kerzengerade, in einem blauen Mantel, mit ihren hellblonden Haaren, die offen über die Schultern fallen. In meiner Vorstellung gebe ich ihr Waage und Schwert in die Hände. Ich sehe sie als Priesterin der Göttin Nemesis – jener Nemesis, die noch die älteste, auf griechisches Denken zurückgehende Verwandtschaft mit Aphrodite bewahrte, bevor diese Linie verwischt wurde mit den kulturellen Zuschreibungen der Rache und der Mißgunst. Stets wachsam, um den Menschen zu geben, was sie verdienten, vergaß sie dabei die Liebe nicht und war doch bereit, wenn nötig, das Schwert zu ergreifen, um Wohlergehen und Glück zu schützen.

Vika nahm »alle Lungen voll Luft / alle Segel voll Blut / alle Bahren voll Liebe …«

Die Luft, so glaubte sie, würde sich erneuern, und einmal käme gewiß noch die Zeit, »behutsam Leben einzuatmen«. Dieser Moment blieb ihr nicht mehr vergönnt. Sie lebte im Ausatmen, bis ganz zum Ende.

Zukunft

Dienstag, 27. Juni 2023. Schlechte Nachrichten aus der Ukraine. Eine russische Rakete hat das Restaurant »Ria Pizza« in Kramatorsk getroffen, das zu diesem Zeitpunkt vollbesetzt war. Nach und nach werden die Opferzahlen bekannt. Dreizehn Tote, darunter vier Kinder. Unter den vielen Verletzten ist Viktoria Amelina.

Vika war kurz vor der Abreise nach Frankreich gewesen, um dort ein einjähriges Stipendium anzutreten. Sie wollte das Buch »Looking at Women. Looking at War« beenden (Titel der deutschen Übersetzung: »Blick auf Frauen den Krieg im Blick«, Berlin 2025). Außerdem wollte sie an den Notizen aus ihrer Zeit in der Ukraine nach dem Februar 2022 weiterarbeiten: »Krieg und Gerechtigkeit«. Auf dem Festival »Buch-Arsenal« in Kyjiw hatte sie Schriftsteller und Journalisten aus Kolumbien kennengelernt. Berührt von deren Solidaritätsaktion »¡Aguanta Ucrania!« (Halte stand, Ukraine!), die sich gegen die Verbreitung russischer Propagandalügen in Lateinamerika richtet, möchte sie diesen Menschen mehr von der Realität des Kriegs zeigen, als das Kyjiwer Festival vermitteln kann.

Am Montag fahren sie in aller Frühe los Richtung Kramatorsk, das vierzig Kilometer von der Front im Donbass entfernt liegt. Unterwegs halten sie an dem Haus, aus dem die Russen am 24. März 2022 den Schriftsteller Wolodymyr Wakulenko verschleppt hatten, den Autor mehrerer Kinderbücher und Vater eines Sohnes mit einer Beeinträchtigung. Die Russen haben Wakulenko später gefoltert und erschossen. Wie durch ein Wunder fand Vika am 24. September 2022 sein Tagebuch, das er im Garten vergraben hatte, gab es zusammen mit einer Auswahl von Wakulenkos Gedichten und einer von ihr verfaßten Einführung heraus. Der Band wurde zu einem der eindrücklichsten Zeugnisse dieses Krieges.

Frühere Posts auf Facebook hatte sie in der Oblast Cherson geschrieben, da war die Region durch die Zerstörung des Kachowka-Staudamms bereits überflutet. In Cherson hatte sie sich auch mit der Witwe des ermordeten Dirigenten Jurij Kerpatenko getroffen, um deren Zeugnis festzuhalten. Anfang Juni publizierte sie auf den Social-Media-Kanälen von Truth Hounds einen Bericht über das russische Kriegsverbrechen von Kachowka.

Als ich von der Tragödie in Kramatorsk erfuhr, glaubte ich keine Sekunde an einen Zufall. Die Rakete, von der ein Splitter Vika getroffen hatte, war eine Hochpräzisionswaffe vom Typ Iskander. Sie hat eine Reichweite von mehr als 1000 km, der Radius der Zielgenauigkeit liegt bei zehn bis dreißig Metern.

Jedes Warten enthält ein Krümchen der Hoffnung, doch die Nachrichten, die in den nächsten Tagen von Freunden eintrafen, bereiteten uns auf das Schlimmste vor. Es geschah kein Wunder, die Operation im Krankenhaus in Dnipro rief Vika nicht ins Leben zurück. 1. Juli 2023. Auf den Tag genau zwei Jahre zuvor hatte ein Beschluß der ukrainischen Parlamentarier einem Städtchen im Donbass seinen früheren Namen Nju-Jork zurückgegeben. Wenige Monate später steigt Vika in einen Bus mit der Tafel Lwiw – Nju-Jork, um die Gäste eines von ihr initiierten Literaturfestivals eben dorthin zu bringen. Hätte sie den Angriff überlebt, und wäre ihr vergönnt gewesen, *peremoha* erleben zu dürfen, den Sieg der Ukraine, wer weiß, ob sie nicht die zweite Hälfte ihres Lebens mit diesem

Nju-Jork verbunden hätte, das weit mehr als die Megalopolis jenseits des Atlantiks ihre Zukunft verkörperte.
Der kolumbianische Schriftsteller Héctor Abad Faciolince beschrieb den letzten Moment ihres Lebens, in dem sie noch bei Bewußtsein war, mit folgenden Worten: »Auf der Terrasse des Restaurants saß ich ihr gegenüber. Da auf der Terrasse kein Alkohol konsumiert werden durfte, bestellte Vika ein alkoholfreies Bier. Sergio Jaramillo gab Eis in mein Glas und goß etwas ein, was an Apfelsaft erinnerte. ›Sieht aus wie Whisky‹, sagte Vika und schmunzelte. In diesem Moment schlug die Iskander ein. Die Hölle fiel vom Himmel. Dort, im Himmel, hat Viktoria jetzt ihr Haus. Nicht im christlichen oder muslimischen Verständnis. In einem nicht materiellen Himmel, im Himmel des Denkens, der menschlicher Natur ist – wir nennen es Gedächtnis.«
Nach Vikas Auffassung ist die Zukunft nur in unmittelbarer Abhängigkeit von der Gerechtigkeit denkbar. Doch die ewige Abfolge der Regime und Tragödien hatte es den Ukrainern allzu lange unmöglich gemacht, die fremdbestimmten Verstrickungen zu verstehen und diese Erkenntnisse in ihrem Leben entsprechend umzusetzen. In Krasnogruda sagte sie mir, die ersten Worte von Czesław Miłosz, die sich ihr eingeprägt hätten, stammten aus seiner Nobelpreisrede: »Nur dort, wo die Versammelten die Verschwörung des Verschweigens fortsetzen, klingt ein wahres Wort wie ein Schuß.« In einem Raum, in dem es von den Geistern der Vergangenheit wimmelt – so ihre Überzeugung –, muß das Licht angemacht werden. Mit anderen Worten, dort gilt es, gegen die Geschichtsfälschung anzukämpfen, die Schuldigen zu benennen und zu bestrafen. Die Opfer müssen ihre Würde zurückerhalten, eine Kultur des Gedenkens muß erarbeitet werden, ganz im Sinne der Weisheit der Nemesis, die sich gegen die Selbstliebe zu wappnen weiß. Augenzwinkernd verwies Vika auf ein Werbeplakat auf dem Platz der Freiheit in Charkiw: »Lebe im Zentrum der Zukunft!« Der Slogan eines Developers wurde in ihrer Vorstellung zum Sinnbild für die Verschiebung des Schwerpunkts ihrer Arbeit – von der Erinnerung an das erlittene Unrecht hin zur Zukunft. Den wahren Sieg der Ukraine sah sie nicht allein in der Verteidigung des Territoriums, sondern auch – wenn nicht vor allem – in der De-Okkupation der Vergangenheit.
Für sie, die im Ausatmen lebte, wurde die Frage nach der Zukunft essentiell. »ich sehe wieder ein Stückchen / ›morgen‹, danach – nichts, nur Dunkelheit«, schreibt sie in ihrem Gedicht »Ein Wort im Wörterbuch (Zukunft)« vom 14. April 2022. Und weiter heißt es in diesem Gedicht:

> Ich weiß nicht ob die russen nicht iskander-raketen
> auf uns hageln lassen jetzt in der nächsten Sekunde

Zuhause

Ich sehe ein fünfzehnjähriges Mädchen vor mir, das in ein Fernsehstudio in Moskau eingeladen wurde. Sie hat einen Wettbewerb für russische Literatur gewonnen, der sich an Jugendliche aus den ehemaligen Sowjetrepubliken richtete. Die Fünfzehnjährige fühlt sich als Star. Bis eine Journalistin sie nach der Unterdrükkung der russischsprechenden Bevölkerung von Lwiw fragt. Schlagartig wird ihr bewußt, warum sie in dieses Studio eingeladen wurde, warum das zerfallende Imperium in ihre Schule investierte, in der die Unterrichtssprache Russisch war. In diese Fernsehsendung, die auch bei ihr zu Hause angeschaut wurde. In all die internationalistischen Jugendbegegnungen. In das Puschkin-Amateur-Theater. In all die Reisen nach Moskau. »In uns haben sie wahrscheinlich mehr investiert als in die Bildung für Kinder in russischen Dörfern. Diese Kinder waren ja schon bezwungen, sie mußten nicht mehr mit Sommerferienlagern und Reisen zum Roten Platz geködert werden.« So Vika in einem Essay, den sie für ein Seminar in Krasnogruda geschrieben hatte. Und gleich im Anschluß heißt es in diesem Beitrag: »Hoffen wir, daß es eine der größten Fehlinvestitionen der Russischen Föderation gewesen ist.«

Es war der Wendepunkt in Viktoria Amelinas Leben, dessen Zentrum sich nun von Moskau nach Kyjiw verschob. Die von Rußland fabrizierten Lügen greifen nicht mehr, mit dem erwachten Bewußtsein wandelt sich das Selbstbild, ein neues Gefühl der Zugehörigkeit entsteht. Die Wahl der Wahrheit wird zur Wahl der Identität. Zuvor hatte sie noch verstehen müssen, daß Grenzenlosigkeit als Attribut der Phantasie ohne Frage ihre Vorzüge besitzt, in den Händen eines Imperiums aber zu einem Werkzeug der Eroberung und Unterdrückung wird. Und wenig später wird sie sehen, daß die Menschen, die in Westeuropa eine Welt mit offenen Grenzen befürworten, sich schwer damit tun, die Emanzipation der Ukraine zu verstehen, für die die Grenze zu Rußland eine Frage des Überlebens ist. Den Song der »Scorpions«, der erklang, als die Berliner Mauer niedergerissen wurde – »Wind of Change« –, kannte sie auswendig: »The world is closing in / and did You ever think / that we would be so close, like brothers …« Mit der Annexion der Krim gewannen diese Zeilen eine völlig neue Dimension.

In ihrem Buch »Vita activa oder Vom tätigen Leben« schreibt Hannah Arendt, was die Griechen dazu bewogen habe, die Unverletzlichkeit der Grenzen zu betonen – nicht die Idee des Privateigentums in unserem heutigen Verständnis, sondern die Überzeugung, daß der Mensch ohne ein Zuhause nicht an den Belangen der Welt mitwirken könne, denn nur wenn er »seinen« Platz habe, sei er zu einer solchen Teilhabe fähig. Auf der Spur dieser Gedanken entstand die musikalische Formation von Serhij Zhadan, Oleh Kadarov und Yevhen Turchynov:

»Mannerheim-Linie«. Eine Metapher für die Verteidigung der eigenen Prinzipien wie für die reale Linie der Verteidigung gegen den russischen Aggressor, in Anlehnung an die Bunkerstellungen, welche die Finnen gegen die sowjetische Bedrohung angelegt hatten. Als die Band auf Einladung Vikas im Rahmen des Festivals ein Konzert direkt an der Front im Donbass gab, blieb kein Raum mehr für Metaphern. Die Dichtung wurde Wirklichkeit. Doch suchte die Wirklichkeit zugleich Halt in der Sprache und der ukrainischen Identität. Ohne diese Rückbindung verlöre jede reale Verteidigungslinie ihren tieferen Sinn.

Vika wuchs in einer Familie auf, die das Trauma des Holodomor erlitten hatte und den Komplex der Russifizierung mit sich trug. Das Ukrainische war ihr nicht vererbt worden. Sie mußte selbst eine ungeheure Arbeit leisten, um sich von dem Gefühl zu befreien, im eigenen Land »fehl am Platz« zu sein. Die Frage des Zuhauseseins wurde zum Dreh- und Angelpunkt – für die Emigrantin, die aus dem Nest des »russkij mir« geworfen worden war; für die Schriftstellerin, die in mehreren Sprachen schrieb; für die ukrainische Patriotin und Aktivistin, die ein nomadisches Leben führte.

»Genau darum geht es«, sagte Vika, als sie in unserem Kulturzentrum in Sejny den Trickfilm »Pokój« gesehen hatte. Pokój – das Wort hat im Polnischen zwei Bedeutungen, die aufeinander verweisen. Der intime Raum eines »Zimmers«, der dem Menschen die Möglichkeit gibt, zu Hause zu sein, stellt die Grundlage dar für den »Frieden« im Zusammenleben mit den anderen.

Vika gehörte zur Generation derjenigen, die ihr Zuhause in der Ukraine erringen und die um dessen Bewahrung kämpfen mußten, um den Preis des eigenen Lebens. Vika fühlte sich überall dort zu Hause, wo sie als Ukrainerin Hilfe und Verständnis fand. In Prag, wo sie sich gleich nach dem Beginn der russischen Invasion aufhielt, in Polen und in anderen europäischen Ländern, in den USA. Doch Solidarität mit der Ukraine alleine war nicht genug. Sie fragte immer auch nach der polnisch-belarusischen Grenze, nach der Grenze zwischen Mexiko und den USA. Ihr Mitgefühl galt allen Flüchtenden, allen Migranten, gleich, woher sie kamen.

Das Zuhause war eine »Hausaufgabe« für sie, die es zu bewältigen galt. Die Reparatur der Welt sollte bei ihr beginnen, bei der eigenen Person, um von dort auszustrahlen – in die Schaffung einer Sphäre des Vertrauens im eigenen Land, in den Aufbau einer Zivilgesellschaft, die in der Lage ist, Gerechtigkeit einzufordern, die aber ebenso Verantwortung übernimmt für ihre Schwächsten, einer Gesellschaft, die die Rechte der Minderheiten schützt und niemanden ausschließen will. Das gesellschaftliche Engagement und der kritische Patriotismus jener Generation, für die Vika eine der bedeutendsten Persönlichkeiten wurde, vereinten sich in dem Verlangen, die Wahrheit auszusprechen. Dem Leben im

Ausatmen entsprang das Bedürfnis, den eigenen Namen laut und vernehmlich auszurufen, das so lange Jahre hindurch unterdrückte Recht auf ein selbstbestimmtes Dasein – auf ein Leben »daheim« – endlich umzusetzen. »Das Schweigen hinterläßt so tiefe Risse, daß es schwierig ist, sich zu Hause zu fühlen«, schrieb sie an anderer Stelle.

Entscheidend waren für Vika die Erfahrungen auf dem Maidan im Dezember 2013. »Um in Kyjiw auf die Straße zu gehen, mußten wir uns auf das Risiko einlassen, einander zu vertrauen.« Die wichtigste Lektion, die sie aus der Revolution der Würde mitnahm, drückt sie in Worten aus, die eine universale Idee der Gemeinschaft meinen: »Das Zuhause kein magisch-idealer Ort, sondern der Platz, an dem du sicher weißt: Wenn du geschlagen wirst, kommen Nachbarn, um dir zu helfen.« Im Zuge des Aufbruchs im Namen einer zivilgesellschaftlichen Solidarität tauchen Graffiti mit dem Schriftzug HOME auf – und das »O« füllt eine Landkarte der Ukraine aus. Das habe ihr imponiert, sagte Vika einmal in einem Gespräch mit Natalia Kornienko.

Nju-Jork

Am 7. November 2021 fanden erstmals zwei Marathonläufe in New York statt: einer, traditionsreich, bereits zum fünfzigsten Mal, auf den Straßen und Brücken der amerikanischen Metropole, und der zweite fast unmittelbar an der Front, in einem Städtchen im Donbass, wo ein Krieg andauerte, von dem die Welt nichts wissen wollte. Der zweite Lauf stand unter dem Motto: »Der Marathon, den niemand laufen will.« Wer teilnehmen wollte, legte – an jedem beliebigen Ort – eine beliebige Distanz zurück, als Zeichen des Protests gegen die russische Aggression gegen die Ukraine, als Zeichen des Protests gegen einen Krieg, der zum Marathon zu werden drohte. An der Laufveranstaltung im ukrainischen Nju-Jork nahmen neben einer Handvoll Menschen vor Ort 35000 Personen weltweit teil. Auf diese Weise versuchten die Ukrainer, Aufmerksamkeit zu erlangen für die Verbrechen des russischen Regimes, dem der Westen damals nach wie vor Waffen lieferte. Für Viktoria Amelina war aber auch noch etwas anderes wichtig: der Ort selbst und seine Einwohner. Denn einen Monat zuvor hatte sie dort das erste Nju-Jorker Literaturfestival organisiert.

In Krasnogruda wollte Vika vor allem von Nju-Jork erzählen. Von der Kleinstadt auf den Hügeln zwischen Avdijivka und Bachmut, mitten im Auge des Sturms. Einer Stadt, die geteilt war durch die Sprachen – Ukrainisch und Russisch –, geteilt durch das Gefühl der Zugehörigkeit zur Ukraine beziehungsweise zu den Donezker Separatisten und zu Rußland, seit 2014 permanent unter Beschuß, und mit jedem Kriegsjahr entvölkerte sie sich weiter. Eine der dringlichsten

Angelegenheiten nach dem 24. Februar wurde für Vika die Evakuierung der noch in Nju-Jork verbliebenen Familien.
Nju-Jork hatte sie über ihren Mann kennengelernt, seine Familie stammte von dort. 2005 brachte er sie zum ersten Mal an den Ort seiner Kindheit. Sie erzählte mir von der jungen Frau, die damals aus der Großstadt in ein Krähwinkel kam und die – sie wußte selbst nicht, wie und wann – ihr Herz daran verlor. In jenem nächtlichen Gespräch in Krasnogruda ließen wir unserer Phantasie freien Lauf, entwarfen ein »kleines Zentrum der Welt«, das in Nju-Jork entstehen könnte. Die Konfrontation des Großen mit dem Kleinen und eine Umdeutung der Dimensionen zugunsten des Kleinen – das elektrisierte uns. Ein Konzept, das nicht nur dem Donbass und der Ukraine guttäte, sondern generell den Großstädten und Ballungsräumen. Nach Vikas Vorstellung sollte ein solches Festival der Impuls für ein langfristiges Kulturprogramm sein, das sich über das ganze Jahr erstreckt, als organische Arbeit mit den Menschen vor Ort. Für dieses Projekt wollte sie auch die russischsprachige Bevölkerung gewinnen, die ihr Zuhause in der Ukraine noch nicht gefunden hatte. Die Ursachen dafür sah sie sowohl in der russischen Propaganda als auch in Versäumnissen des ukrainischen Staates. Ganz besonders wichtig war ihr die Arbeit mit der jüngsten Generation, ebenso mit Lehrerinnen und Lehrern sowie mit Persönlichkeiten, die sich für die Zivilgesellschaft engagieren. Ihre Ideen spiegeln sich in der Struktur des Festivals: Den literarischen und künstlerischen Veranstaltungen ging ein »Tag des Lehrers« voraus, der für Pädagoginnen und Pädagogen aus der Oblast Donezk gedacht war. Olena Stjaschkina und Serhij Zhadan hielten Vorträge zur Geschichte und sprachen über Poesie. Kinder bekamen ihre eigene kreative Sphäre, sie konnten an Workshops teilnehmen, nach Herzenslust schmökern. Für Jugendliche gab es einen Essay-Wettbewerb. Und es entstand ein lokaler »New Yorker«: www.newyorker.city. Bis heute betreuen Krystyna Schewtschenko, Valeria Panasenko und Nadja Hordijuk – drei Frauen aus Nju-Jork – dieses Portal.
Zusammen mit bekannten Künstlerinnen und Künstlern aus der ganzen Ukraine traten im Rahmen des Festivals lokale Musikerinnen und Musiker auf, Schriftstellerinnen und Schriftsteller sowie ein Kindertanzensemble. Hinter alldem stand das gemeinsame gesellschaftliche Engagement, ermöglicht wurde das Unternehmen durch eigene finanzielle Mittel, die Viktoria Amelina mit freiwilligen Aktivistinnen und Aktivisten zur Verfügung gestellt hatte, sowie durch Mittel von NGOs.
Anhand von Erzählungen und mit Hilfe der Fotos, die Vika gemacht und auf Facebook eingestellt hat, versuche ich, mir ein Bild des Städtchens Nju-Jork zu machen.
Zentrale Achse ist die Gartenstraße. Zu beiden Seiten Häuser aus rotem Backstein, die Dächer mit roten Ziegeln, hellblaue Fensterläden. Kein Zufall also, daß

dies die Farben des Nju-Jorker Literaturfestivals wurden. Die Ziegelei hatten seinerzeit Deutsche gebaut, die sich Ende des 19. Jahrhunderts dort niederließen. Vorher hatten Kosaken und Kaufleute aus der Balkanregion in der Gegend Fuß gefaßt. Sie suchten nach dem Ende der Saporoscher Sitsch eine neue Bleibe. Wie der Ortsname Nju-Jork in die Grenzlande der ukrainischen Steppe kam, bleibt bis heute auch unter Historikern ein Rätsel. 1864 ist der Name bereits auf der Landkarte zu finden. Eine lokale Legende erzählt von einem Würdenträger, der seine Geliebte aus Westeuropa hierhergebracht und ihr eine blühende Zukunft versprochen hatte, ein weiteres Nieuw Amsterdam. Doch mit Legenden sollte man vorsichtig sein, sie führen ihr Eigenleben, verführen mit ihrem Zauber Menschen, die scheinbar nichts mehr zu tun haben mit den tief in der Zeit verborgenen Anfängen der Erzählung.

Unter den deutschen Siedlern gab es Lutheraner, die Mehrzahl der Einwohner des Städtchens aber waren Mennoniten. Wichtiger als die Steuerfreiheit war für sie das Privileg, keinen Militärdienst leisten zu müssen. Ihre Religion verbot ihnen, eine Waffe in die Hand zu nehmen. Der asketische Zug ihrer Kultur, der unter anderem die Nutzung technischer Errungenschaften untersagte, stand dem industriellen Aufschwung der Siedlung nicht im Wege. Der Wohlstand wuchs rasch, und Anfang des 20. Jahrhunderts war aus dem einstigen Weiler in der Steppe eine Kleinstadt mit fast achttausend Einwohnern geworden. Es gab eine Maschinenfabrik, eine Eisenbahnlinie, es gab Elektrizität, eine Mühle, einen Buchladen, eine Knaben- und eine Mädchenschule. Aus jenen Jahren stammt die Pracht der ehemaligen Gardenstraat, ebenso der Park mit den Springbrunnen, die üppigen Ornamente an den alten Fabrikgebäuden.

Ich betrachte Viktorias Fotos, höre die Erzählung vom tragischen Schicksal der Mennoniten unter Stalin. Einer der Brüder, die den Buchladen geführt hatten, weigerte sich, religiöse Bücher zu verbrennen, und wurde von den Bolschewiki erschossen. Andere wurden nach Sibirien verschleppt, in die Gegend des heutigen Amursk. Eine Wiedergeburt der Ukraine mußte in Vikas Vorstellung auch die Wiedererschaffung einer Erinnerung an diejenigen beinhalten, die einmal Nachbarn gewesen waren und denen das »Land der Räte« die Hölle bereitet hatte.

Wir halten an einem Foto inne; es zeigt das Kulturzentrum »Ukrainisches New York«, das sich im Gebäude des ehemaligen Genossenschaftsladens von Aaron Thiessen befindet. 1910 wurde der Bau errichtet. Vor wenigen Jahren erst wurde hier eine Gedenktafel angebracht, die auf ukrainisch und auf deutsch die Geschichte des Gebäudes erzählt. Als Vika das Festival vorbereitete, bat sie Serhij Zhadan, den Einwohnerinnen und Einwohnern von Nju-Jork seine Übersetzungen von Gedichten Bertolt Brechts vorzulesen, musikalisch begleitet von dem

Jazz-Kontrabassisten Mark Tokar, der wenig später Offizier der ukrainischen Streitkräfte wurde.

Vika hatte ein feines Gespür für die Besonderheiten des »Grenzlandes«, das eben nicht nur Konfliktregion ist, sondern ebenso ein Raum der Begegnung mit den »anderen« und damit die erste, die wichtigste Sphäre, in der eine Erneuerung beginnen kann.

Nju-Jork ist ein strategisch wichtiger Ort an der Frontlinie im Donbass, eine Verteidigungsstellung der ukrainischen Mannerheim-Linie. Hier toben fürchterliche Kämpfe, die den Ort erbarmungslos zerstören. Russische Bomben vernichteten seine Wirtschaftskraft. Viele Menschen kamen ums Leben. Wer konnte, floh. Nach den früheren Verwüstungen – der Revolution der Bolschewiki, dem Zweiten Weltkrieg – kehrte der Ort immer wieder ins Leben zurück. Auch von diesen Wunden, den bisher schlimmsten in seiner Geschichte, wird er sich erholen. Allerdings wird das ein schwieriger und langwieriger Prozeß werden.

Doch besitzt Nju-Jork noch eine weitere Bedeutung für die Landkarte der Ukraine und – ja – der Welt. Dank der Bemühungen Viktoria Amelinas wurde Nju-Jork zum Symbol der Deokkupation der Zukunft. Soll dieser Prozeß Wirklichkeit werden, sind nicht militärische oder wirtschaftliche Aspekte entscheidend – auch wenn Vika und ihre Verbündeten an der Bedeutung dieser Sphären niemals zweifelten. Die harten Faktoren der Geopolitik nehmen keine Rücksicht auf das Leben, die natürliche Umwelt, die Bedürfnisse der Menschen. Eben diese Belange sind aber wesentlich für die zivilisatorischen Ökosysteme in den »kleinen Zentren« der Welt. Von hier aus ist eine Veränderung der Wirklichkeit möglich, von hier aus entstehen tragfähige nachbarschaftliche Bindungen, entsteht ein Gefühl der Verantwortung für die Umwelt. Damit stellt sich die Solidarität vieler kleiner Zentren dem Monopol des großen Zentrums entgegen. Aus dem Potential des *genius loci* lassen sich universale Werte gewinnen – die Schaffung einer Erinnerungskultur, die Wahrung der Menschenrechte. Eine Gesellschaft der Verantwortung, die in die Bildung und die Sphären der Zivilgesellschaft mindestens so viel investiert wie in den Sport und den Straßenbau, ist in der Lage, das Diktat des Autoritarismus zu überwinden.

Die Geschichte von der Heimkehr

Vika klopfte an Türen, um Vergessenes zu wecken, und alles, was sie tat, verstärkte die Echowirkung des Klopfens.

Menschen, denen gegeben ist, was Vika gegeben war, überschreiten ihre gewöhnlichen Möglichkeiten. Das ukrainische Verb *mohty* bezeichnet, wozu wir *imstande sind*, was wir *vermögen*. In ihrem Bemühen um Gerechtigkeit, auf ihrer

Suche nach einem Zuhause und einer Zukunft tat Vika mehr. Sie überschritt ihre Grenzen, stellte unter Beweis, daß es möglich ist, sich zu *überwinden – peremohty* –, mehr zu tun, als in unseren Kräften liegt, mehr zu tun, als wir uns vorstellen können.

Im Ausatmen wird das Lied zum Schrei. Unablässig höre ich ihn. Unablässig hallt er durch die Welt, die nicht müde wird, ihr »Nie wieder« zu murmeln. Unablässig versucht er, den Konformismus des neuen Appeasements zu übertönen, in dem nichts anderes aufscheint als die alten Muster: Das Knie beugen vor der Tyrannei, in der stets illusionären Hoffnung, die Verheerung werde die Verzagten erst an zweiter Stelle treffen, und bis dahin sei vielleicht ohnehin alles vorbei und ausgestanden, während die Gräberfelder immer weiter wachsen.

> Auf das frühlingshaft blauende Feld
> tritt eine Frau im schwarzen Kleid
> die Namen der Schwestern zu rufen
> wie Vogelschreie in den leeren Himmel

Die Frau, die die Namen der Schwestern ruft, um ihren Schmerz über das Feld zu säen, findet sich wieder in der *poesis*, in der Tat des Wortes. Die Poetin Viktoria Amelina wurde während des Krieges geboren. Zuvor hatte sie Romane und Kinderbücher geschrieben. In einem Gespräch mit Natalia Kornienko verweist sie auf die Ausnahmesituation: »Die Gedichte kamen, als ich etwas sagen wollte, aber nicht mehr in der Lage war, einen Prosatext zu schreiben, ja nicht einmal mehr einen banalen Post auf Facebook zustande brachte. Seit längerem schon denke ich, daß fiktionale Texte zu schreiben nichts mit einer besonderen Befähigung zu tun hat, sondern vielmehr mit einer Unfähigkeit – der Unfähigkeit, sich unmittelbar auszudrücken, so wie andere Menschen es tun. Als ich mich nicht mehr in Prosa mitteilen konnte, kam die Lyrik. Und es ist auch eigentlich keine Lyrik – ein Geschoß hat meine Sprache getroffen und aus den Splittern formen sich Verse (…) Sämtliche Wörter haben andere Bedeutungen angenommen. Deshalb sind auch in den wenigen Gedichten, die ich seit der Vollinvasion geschrieben habe, keine Metaphern zu finden, nichts Imaginiertes, nichts, was auf irgendeine Weise Eindruck machen will. Statt dessen Unmittelbarkeit, nackte Bedeutung, Fetzen von Information. Ich nenne es ›Offensichtliches, in Versform gereiht, während des Krieges notiert‹.«

In dem Gedicht »Keine Lyrik« führt sie den Gedanken aus:

Gesplitterte Sprache
klingt nach Lyrik
ist aber keine

Und auch das hier ist keine
Sie ist als Freiwillige
im Einsatz in Charkiw

(7. Mai 2022)

Bei uns in Krasnogruda gibt es den Brauch, daß jeder, der zum ersten Mal zu Besuch kommt, mit dem Glöckchen klingelt, das unter dem schmiedeeisernen Frosch an unserer Haustür hängt. Dieser Ton gilt uns als Versprechen auf ein Wiederkommen. Auch Vika hat mit dem Glöckchen geklingelt. Am Tag darauf las sie bei der Veranstaltung »Café Europa« in der Alten Jeschiwa in Sejny das Gedicht »Eine Geschichte für die Heimkehr«. Es endet mit den Worten:

Und du, was hast du mitgenommen?

Ich habe nur diese Geschichte mitgenommen
von der Heimkehr
Da, ich habe sie ans Licht geholt
sie wächst

(8. Mai 2022)

Aus dem Polnischen von Lothar Quinkenstein

DANA RANGA

JESUS SAGT

Gedichte

Der nächste Lippenschlag?
Der nächste Atemzug?
Das nächste Wort?
Die nächste Handbewegung.
Hoffnung, zwischendrin.
Das nächste Geräusch?
Ja? Nein?
Jesus schweigt.
Der nächste Sturz,
der nächste Schmerz.
Bleikugel am Fuß.
Blickt ihr ins Gesicht.

Umblättern.

Die Blumen, die Bäume, die Gräser
die wachsen, irgendwo
ein Kreuz
in der Nacht
Gewitter
Blitz und Donner.
Sitzt da, alleine
als Gips
als Plastik
als Bronze.
Jesus INRI.

Erkältet.

Der winzige Hund und Jesus
die Rolltreppe hinunter
und wieder hoch
die Rolltreppe hinunter
und wieder hoch
die Rolltreppe hinunter
und wieder hoch

U-Bahn-Station

Von außen keine Nachricht
von innen kein Licht.
»Hast du die Beschreibung?
Lade den Dieb ein
und sieh, was er stiehlt«,
sagt Jesus.
In der Mappe der Liebesbeweis.
Wiederhole den ersten Schritt.
Verzicht ist zu üben.
Beschreibungen, nichtfließend
Umgebung, Begehung –

»… ich ging den Weg«

Ein Boot
auf dem Toten Meer
dreht sich um sich selbst
der Wind
will sich nicht legen.
Jesus dreht sich um
wieder und wieder
dreht sich um

und steht nicht
still.

NATASCHA WODIN

EIN GRAB IM URAL

Auch Friedrich hatte eine kleine Geschichte mit Rußand. Während seiner Schulzeit in Weimar war er verliebt in seine aus Leningrad stammende Russischlehrerin, und großen Eindruck hatte offenbar auch sein Klassenlehrer auf ihn gemacht, der mit perfekten Russischkenntnissen aus langjähriger Gefangenschaft zurückgekehrt war und seine Schüler mit seinem Charisma in seinen Bann zog. Ihm und der hübschen jungen Lehrerin aus Leningrad war es geschuldet, daß Friedrich trotz der allgemeinen Abneigung der Schüler gegen den Russischunterricht schon in der Pubertät Gedichte und Erzählungen von Turgenjew, Puschkin, Tolstoi und Gorki las. Er kannte zu jener Zeit auch ganz persönlich einen Russen, einen in der DDR stationierten Offizier, der des öfteren seine junge Mutter, eine Kriegerwitwe, besuchen kam. Er ging damit ein hohes Risiko ein, weil den in der DDR stationierten sowjetischen Soldaten private Kontakte zur deutschen Bevölkerung streng verboten waren. Der Besucher spielte russische Lieder auf dem Klavier, er brachte Friedrich das Schachspielen und das Schlittschuhlaufen bei, zwei Dinge, die fast alle Russen können, und womöglich wäre er in einer anderen Zeit Friedrichs Stiefvater geworden, aber unter den herrschenden Umständen war das ausgeschlossen. Eines Tages wurde Friedrichs Mutter auf irgendein Amt zitiert, Friedrich wußte nicht, worum es dort gegangen war, aber von da an kam der Russe nicht mehr, er war für immer verschwunden.

Später, schon lange im Westen, entdeckte Friedrich seine Liebe zur russischen Literatur neu. Sie wurde zu seiner Zuflucht, während er viele Nächte schlaflos neben seiner schwerkranken Frau lag. Mit Hilfe eines Wörterbuchs übersetzte er sich Gedichte von Puschkin ins Deutsche und lernte sie dann im Original auswendig. Er kannte Puschkin viel besser als ich, las »Eugen Onegin« Wort für Wort im Original und hörte sich die Arie des Fürsten Gremin aus Tschaikowskys Vertonung so oft an, bis er sie mit seinem schönen Baßbariton auf russisch nachsingen konnte.

Wir flogen zuerst nach Moskau, wo wir ein paar Tage in der Wohnung meiner Nichte zweiten Grades blieben, die gerade nicht zu Hause war, sondern uns in ihrem Elternhaus im Ural erwartete. Schon eine Ewigkeit war ich nicht mehr in Moskau gewesen, zum letzten Mal vor über dreißig Jahren, als die Marktwirtschaft den Sozialismus gerade erst zu überholen begann, als sich am Eingang des ersten McDonald's-Restaurants kilometerlange Schlangen bildeten, während sich am

Puschkin-Denkmal die letzten Bibliophilen trafen und öffentlich Gedichte rezitierten. Jetzt erkannte ich hier nichts wieder. Das einstige Moskau hatte sich nicht verändert, es war wie vom Erdboden verschwunden. Aus der mir vertrauten grauen Stadt mit ihren stillen, verwilderten Straßen und Gassen, in denen die Zeit eingeschlafen war, war eine Megacity mit schrillen Leuchtreklamen geworden, futuristische Skylines wechselten sich ab mit wiederbelebtem zaristischem Pomp, die ganze Stadt mit ihren neuen, mehrspurigen Straßen war von Westautos überrollt, die meistens standen, weil auch die neuen Straßen schon wieder hoffnungslos überlastet waren. Geschäfte wie hier existierten bei uns nicht, nach fast hundert Jahren Mangelwirtschaft gab es hier Dinge zu kaufen, die man nicht einmal im Westen bekam. Man konnte zwischen hundert verschiedenen Torten wählen, von denen jede einem kleinen Kunstwerk glich, ganze Fleisch-, Geflügel- und Fischberge türmten sich vor unseren ungläubigen Augen direkt auf dem gekachelten Fußboden eines Geschäfts, das Obst- und Gemüseangebot, das früher nur aus Kartoffeln, roter Bete und im besten Fall aus ein paar verschrumpelten Äpfeln bestanden hatte, glich jetzt dem eines überquellenden südländischen Marktes. Im berühmten Kaufhaus GUM, in dem man einst tagelang für ein Paar häßlicher Winterstiefel anstehen mußte, gab es jetzt nur noch Dior, Armani und Versace. Wir kamen uns vor wie mitten im biblischen Tanz ums Goldene Kalb. Das Leben hatte eine Geschwindigkeit, die man in jedem Augenblick körperlich spürte, nach drei Tagen hatten wir das Gefühl, wir seien um ein Jahr gealtert.

Einst, in einem anderen, fernen Leben, hatte ich in Rußland viele Freunde gehabt, mein russischer Freundeskreis war deutlich größer gewesen als mein deutscher. Eine Zeitlang hatte ich sogar in Moskau gewohnt, aber alle, die ich damals kannte und die, so hatte das Schicksal es gewollt, einer anderen, älteren Generation angehörten, waren inzwischen gestorben. Ich hätte in Moskau nur noch Gräber besuchen können. Und ein Grab war es auch, zu dem ich jetzt mit Friedrich in den Ural reiste.

Mein Cousin Igor, halb russischer, halb ukrainischer Herkunft wie ich, war der mir nächste noch lebende Verwandte, den ich vor ein paar Jahren durch eine Internetrecherche gefunden hatte, die dem verschütteten Leben meiner Mutter in der Ukraine galt. Igors Mutter war die Schwester meiner Mutter, die man in der Stalinzeit wegen »volksfeindlicher, konterrevolutionärer Tätigkeit« in ein Straflager am Polarkreis verbannt hatte. Dort war Igor 1936 geboren, weit entfernt von Mariupol, wo meine zu dieser Zeit sechzehnjährige Mutter mit ihren Eltern lebte. Auf meiner Suche nach ihr hatte ich keinen einzigen Menschen gefunden, der sie gekannt hatte, auch Igor kannte sie nicht, aber er kannte Menschen, die sie gekannt hatten, mit denen sie eng verbunden war. Er war der einzige mir bekannte, noch lebende Zeuge ihres Lebens. Ihre Schwester Lidia war seine

Mutter, und er hatte viele Jahre mit seiner Großmutter, der Mutter meiner Mutter, unter einem Dach gelebt, der Frau, um die meine Mutter in den Jahren in Deutschland fast täglich geweint hatte, mit deren Tod vor Augen sie wahrscheinlich zu dem deutschen Fluß gegangen war, in dem sie sich ertränkte, als ich zehn Jahre alt war. Von Igor hatte ich erfahren, daß die Mutter meiner Mutter in Wirklichkeit noch bis 1963 gelebt hatte, nicht ahnend, daß ihre verschwundene jüngere Tochter Jewgenia sich sieben Jahre vor ihrem eigenen Tod irgendwo in Deutschland das Leben genommen hatte. Während der langen Reise an den Polarkreis, zu der meine Großmutter aufgebrochen war, um ihre ältere Tochter im Straflager zu besuchen und ihren Enkel Igor kennenzulernen, war der Krieg ausgebrochen und hatte ihr den Rückweg nach Mariupol abgeschnitten. Nach Kriegsende hatte man lange nach meiner Mutter gesucht, aber da jede Spur von ihr fehlte, mußte man annehmen, daß sie durch deutsche Bomben umgekommen war. Erst von mir hatte Igor erfahren, daß sie, seine Tante, in Wirklichkeit von den Deutschen zur Zwangsarbeit nach Deutschland verschleppt worden war und schließlich sich selbst umgebracht hatte.

Igor hatte mit seinen Eltern und seiner Großmutter lange am Rand des Hungertodes in der Evakuierung in Kasachstan gelebt, erst einige Jahre nach Kriegsende konnte die Familie nach Rußland zurückkehren. Nach seinem Schulabschluß studierte Igor Geodäsie an der Moskauer Universität und wurde anschließend als Landvermesser in den Ural geschickt, wo er für immer blieb. Er war verheiratet, hatte zwei Kinder und mehrere Enkel. Vor etwa fünfzehn Jahren hatte sich in seinem Leben eine Tragödie ereignet. Seit jeher verband ihn eine besondere Liebe mit seiner jüngeren Schwester Alina. Sie war in Moskau zurückgeblieben, als er in den Ural zog, aber die Geschwister nutzten jede Gelegenheit, sich zu sehen, telefonierten täglich miteinander, schrieben sich Briefe. Alina war nicht verheiratet, aber sie hatte einen Sohn, den ich schon vor Igor kennengelernt hatte. Er war mein erster großer Fund auf der Suche nach meiner Mutter gewesen, er war es, der mich zu Igor führte, seinem Onkel im Ural. Während unserer kurzen Korrespondenz hatte er mir eines Tages wie nebenbei mitgeteilt, daß er seine Mutter umgebracht hatte und danach mehrere Jahre in der Psychiatrie gewesen war. Seinen immer kargen Mails hatte ich entnommen, daß seine Mutter ihn offenbar rigoros, mit despotischer Liebe von der Außenwelt abgeschirmt hatte, weil sie, aus dem ukrainischen Adel stammend, auf keinen Fall wollte, daß ihr Kind zu einem *homo sovieticus* heranwuchs. Und als der isolierte, völlig vereinsamte Junge schließlich herangewachsen war, zu einem gespenstischen Riesenbaby, nahm er eines Tages ein Kopfkissen und drückte es seiner schlafenden Mutter so lange aufs Gesicht, bis sie tot war. Danach, so erzählte mir später Igors Frau, löffelte er ein Glas Mayonnaise aus und legte sich wieder schlafen.

Der Mord an seiner Schwester zerstörte auch Igors Leben. Kurz nachdem ihn die Nachricht erreicht hatte, erlitt er einen Schlaganfall, ein paar Jahre später noch einen, der ihn endgültig zum Invaliden machte. Er war gebettet in die Liebe seiner Frau und seiner Kinder, ihnen verdankte er wahrscheinlich, daß er überhaupt noch am Leben war. Aber der schreckliche Mord an seiner Schwester ließ ihn nie los, er blieb für immer sein Trauma, seine große, unheilbare Wunde.

Eines Tages geschah ein Wunder. Bei Igor meldete sich eine Frau aus Deutschland, die behauptete, die Tochter seiner vor Jahrzehnten verschwundenen Tante Jewgenia zu sein, also seine Cousine. Im Russischen nennt man eine Cousine Schwester zweiten Grades, den zweiten Grad läßt man in der Regel weg und sagt einfach Schwester. Zwölf Jahre nach Alinas Tod wurde Igor von heute auf morgen eine neue Schwester geschenkt, die er schon fast sein ganzes Leben gehabt hatte, ohne etwas davon zu ahnen. Nun war er auf einmal zu einem Hiob geworden.

Mehr als zwei Jahre skypten wir regelmäßig miteinander. In mir füllte sich ein Leerraum mit zärtlicher Liebe für diesen wortkargen, unbestechlichen alten Mann, meinen Cousin, meinen Bruder, von dessen Existenz auch ich mein Leben lang nichts geahnt hatte. Durch ihn kam ich meiner Mutter und ihrem Leben in der Ukraine so nah wie noch nie zuvor. Es blieb ein Phantasma für mich, daß ich einen Menschen gefunden hatte, der der Sohn ihrer Schwester war. Für ihn war durch mich etwas von seiner Alina in die Welt zurückgekommen, für mich kehrte durch ihn etwas von meiner Mutter zu mir zurück. Seine Frau sagte, er würde nur noch von Gespräch zu Gespräch mit mir leben, sein größter Wunsch sei es, mich vor seinem Tod leibhaftig kennenzulernen. Er war nicht mehr reisefähig und hoffte darauf, daß ich zu ihm kommen würde. Ich litt unter Schuldgefühlen, weil ich, die Jüngere und Gesündere, nicht den Mut aufbrachte, mich auf die Reise in den Ural zu machen, zu vieles hinderte auch mich. Meine Schmerzen, meine Reiseangst, mein Biorhythmus, den ich nicht mit den Menschen, sondern mit den Fledermäusen teilte. Schließlich kam Friedrich, und alles veränderte sich. Wir hatten schon die Tickets nach Tscheljabinsk gekauft, aber es war zu spät. Zwei Wochen vor der Erfüllung seines letzten großen Lebenswunsches starb Igor an einem dritten Schlaganfall. Wir konnten nicht einmal mehr an seiner Beerdigung teilnehmen, aber wir flogen trotzdem. Für uns war es so etwas wie unsere Hochzeitsreise.

Er hatte mit seiner Frau im fünften Stock eines neuen, komfortablen Hochhauses in einer geräumigen Eigentumswohnung gewohnt, die seine gutverdienenden Kinder für ihre Eltern gekauft hatten. Vom Balkon aus sah man grüne Höhenzüge, man roch den Ural mit seinen riesigen Wäldern voller Beeren und Pilze, gleich hinter dem Haus begann der schmale Asphaltweg, auf dem Igor seine kleinen Spaziergänge machte, solange er noch konnte. Ich sah die Tapete in der Küche, vor der er immer beim Skypen gesessen hatte, sein Bett, in dem er geschlafen und in dem ihn sein letzter, tödlicher Schlaganfall ereilt hatte. Auf dem Nachttisch stand noch mein Foto in einem weißen Holzrahmen.

Zu unserer Begrüßung versammelte sich ein großer Teil der Familie an einem langen, mit russischen Speisen gedeckten Tisch. Igors Frau, seine Tochter Tamara, in deren Wohnung wir in Moskau gewohnt hatten, sein Sohn Sascha mit seiner Frau und deren zwei Söhnen mit ihren Kindern. Sie brachten mir zum ersten Mal zu Bewußtsein, daß viele Russen eher kleingewachsene Menschen waren. Galja, Igors Witwe, die fast sechzig Jahre mit ihm verheiratet war und mit verweinten Augen am Tisch saß, war nicht viel größer als ein zehnjähriges Kind. Auch ihre Kinder waren alle klein, so daß ich auch Igor, der mir auf dem Bildschirm immer groß und stattlich erschienen war, plötzlich als kleinen Mann vor mir sah. Meine Mutter war meinen Kinderaugen immer groß erschienen, wie alle Erwachsenen, aber wahrscheinlich hatte sie eine ähnliche Statur gehabt wie ihre Schwester Lidia, von der ich wußte, daß sie nur einen Meter sechsundfünfzig groß gewesen war. Friedrich nahm sich unter meinen russisch-ukrainischen Verwandten wie ein Riese aus.

Igors Kinder gehörten zu denen, die nach dem Zerfall der Sowjetunion zu Wohlstand gekommen waren. Sascha, ein gutgenährter Sanguiniker, war Teilhaber mehrerer Firmen, besaß ein eigenes Haus mit Klimaanlage, Sauna und Partykeller, ein zweites am Schwarzen Meer, außerdem eine Datscha an einem nahgelegenen See, wo man am Wochenende baden und angeln konnte. Igors Tochter Tamara war Geschäftsführerin der russischen Niederlassung eines deutschen Pharmaunternehmens, eine ebenfalls kleine, aber ausgesprochen energische Frau mit scharfzüngigem Humor. Sie war gerade dabei, sich eine neue Eigentumswohnung in Moskau zu kaufen, und besaß ebenfalls eine zweite Wohnung in Sotschi. Die Geschwister unternahmen gemeinsam mit ihren Familien viele Reisen, erkundeten die Welt, die ihnen in der Sowjetzeit so lange verschlossen gewesen war. Die Mitglieder des Familienclans hielten unerschütterlich zusammen und überwanden regelmäßig große Entfernungen, um einander zu sehen. Jeder Geburtstag, jedes Fest wurden gemeinsam gefeiert.

Sie hatten uns mit überströmender Herzlichkeit und Gastfreundschaft empfangen, bewirteten uns täglich mit allem, was die russische Küche hergab, schlugen uns vor, in den Ural zu ziehen, wo sie uns eine Wohnung oder ein Haus besorgen und wo wir mit ihnen zusammen ein gutes Leben haben würden. Ich, die ich außer meinen Eltern nie Verwandte gehabt hatte, war plötzlich in eine Großfamilie integriert, in eine russisch-ukrainische Sippe, die auch Friedrich ganz selbstverständlich als Familienmitglied aufgenommen hatte, obwohl er ein völlig fremder Mensch für sie war, genauso wie ich im Grunde auch. Aber ihnen genügte es, daß ich zu ihrem Stammbaum gehörte, daß wir Blutsverwandte waren und daß Igor in mir seine geliebte Schwester wiedergefunden hatte. Er, der Abwesende, das konnte man deutlich spüren, war die Respektsperson dieser Familie gewesen, von allen geliebt und geehrt, und da seine Zuneigung mir gehört hatte, waren seine Frau und seine Kinder mir und Friedrich ebenfalls ganz selbstverständlich zugeneigt, Mir war, als würde auch Lidia mit am Tisch sitzen, Igors Mutter, die Schwester meiner Mutter, nach der ich auf meiner Suche so lange und sehnsüchtig gefahndet und die ich schließlich für tot gehalten hatte, umgekommen im Gulag, mit Abertausenden anderer Leichen eingestampft ins Bett des Weißmeer-Ostsee-Kanals, den die Häftlinge für Jossif Stalin bauen mußten. In Wirklichkeit war sie, wie ich nun wußte, über neunzig Jahre alt geworden und hatte noch bis vor siebzehn Jahren in einer Provinzstadt gelebt, wo ich von Moskau aus in einer knappen Stunde mit der S-Bahn bei ihr gewesen wäre. Als ich zum ersten Mal in die sowjetische Hauptstadt reiste, war sie erst zweiundsechzig Jahre alt. Ich hätte sie noch lange Zeit besuchen können, ich hätte noch fast dreißig Jahre Zeit gehabt, sie und ihre Familie kennenzulernen, mir von ihrem einstigen Leben zusammen mit meiner Mutter in Mariupol erzählen zu lassen.

Sascha brachte uns in seinem geräumigen Geländewagen zum Friedhof, seine Mutter und seine Schwester kamen mit. Wir fuhren durch eine zersiedelte, desolate Stadt, früher wahrscheinlich eine der russischen Versorgungswüsten, jetzt gab es auch hier zahlreiche Supermärkte, sogar einen »SPAR«, man sah Tankstellen und Apotheken. Ein abseits gelegener, maroder Pavillon hatte eine reiche Auswahl an frischen Blumen, ich kaufte einen großen Strauß weißer Lilien und roter Rosen. Auch das ein Zeichen der neuen Zeit, Blumen hatte es in der Sowjetunion zumeist nur in Form roter Nelken gegeben, wenn überhaupt.

Der Friedhof war ein offenes Gräberfeld mitten in der Landschaft. Igors Grab lag direkt an einer stark befahrenen Straße, man stand wie am Rand einer Autobahn, im Lärm der ständig vorbeirauschenden Autos, die ihre stinkenden Abgase auf die Gräber spien, obwohl Platz genug war, die Ebene sich schier endlos nach allen Seiten ausbreitete. Die absurde, gleichgültige russische Realität, die ich so gut kannte. Für Igor spielte diese Realität keine Rolle mehr, aber ich fühlte mich statt seiner gekränkt, am liebsten hätte ich die Urne mit seiner Asche wieder ausgegraben und an einer anderen Stelle der Stille übergeben, von der es hier so viel gab. Ein provisorisches Holzkreuz mit seinem Namen stand am Kopfende des Erdhügels, auf dem ein großes Gebinde aus weißen und lilafarbenen Plastiktulpen lag. Echte Blumen, so erklärte mir Tamara, würden sofort gestohlen werden, sofern die frei umherlaufenden Ziegen sie nicht schon vorher gefressen hätten.

Friedrich stand in seinem weißen Sommerhemd ernst und feierlich neben mir, aufrecht wie ein Soldat beim Salut. Schon als wir in Berlin in die Aeroflot-Maschine gestiegen waren, eingetaucht in diese ganz andere, aus Rußland mitgebrachte Luft, hatten sich alle unsere Widersprüche schlagartig in Wohlgefallen aufgelöst. Wir waren auf dem Weg in eine Welt, in der wir einander noch nicht kannten, in der für uns noch alles offen war. Wir begannen, so schien es, noch einmal ganz von vorn. Und zu meinem Erstaunen ging Friedrich, der zugeknöpfte Hanseat, sofort auf im Russischen, er legte alle seine Förmlichkeiten und Konversationsgewohnheiten ab, er war meinen Verwandten in seiner Offenheit und Begeisterung wahrscheinlich näher als ich, er war, so konnte man meinen, der Russe, ich die Deutsche.

Ich hatte Igor nur vom Bildschirm gekannt, aber es war klar, daß er, anders als seine Kinder und auch anders als seine Frau, noch in der alten russischen Welt gewurzelt hatte, ein Kind des Gulags, des Krieges und des Hungers, eine tiefe, verschwiegene, wahrhaftige Seele, ein Mensch von großer Güte, mit einem untrüglichen Gespür für Heuchelei und Ungerechtigkeit. Mit großer Zärtlichkeit hatte er immer von seinen Enkeln gesprochen, von allen Kindern, jedes war für ihn eine unantastbare Persönlichkeit.

Ich wußte, daß ich zum ersten und letzten Mal an seinem Grab stand, ich würde nicht in den Ural zurückkehren, es war meine letzte große Reise. Ich wußte nicht mehr, ob ich ihm gesagt hatte, daß er wahrscheinlich der Grund dafür war, daß es mich überhaupt gab. Meine Großmutter war seinetwegen an den Polarkreis zu ihrer Tochter Lidia gereist, sie wollte ihren Enkel kennenlernen. Wäre meine dreiundzwanzigjährige Mutter nicht allein zurückgeblieben in der Stadt, in die bald darauf die deutschen Nazis einfielen, wäre sie unter den Fittichen ihrer Mutter geblieben, wäre sie vielleicht ihrer Verschleppung nach Deutschland entgangen. Sie hätte vielleicht auch meinen Vater nicht geheiratet, bei dem sie wahrscheinlich Schutz gesucht hatte, obwohl er nicht der richtige Mann für sie war. Ihr Leben wäre ganz anders verlaufen, und ich wäre nie zur Welt gekommen. Igors Geburt in einem russischen Lager hatte vermutlich dazu geführt, daß meine Eltern mich im letzten Kriegsjahr in einem deutschen Lager zeugten.

Heute, fast sechs Jahre nach unserer Reise in den Ural, hat Sascha mir ein neues Foto vom Grab seines Vaters geschickt. Auf der gegenüberliegenden Seite der Straße ist ein Meer russischer Flaggen zu sehen, über symmetrischen Reihen weißer Steinwürfel, die ich erst auf den zweiten Blick als Grabsteine erkenne. Das ist Igors neue Nachbarschaft – ein Soldatenfriedhof unter wehenden weiß-blau-roten Flaggen. Von seinem Platz in der ersten Grabreihe des Friedhofs für die Normalsterblichen hat er einen freien Blick auf die Fortsetzung der russischen Geschichte nach seinem Tod. Nur ein Asphaltstreifen trennt ihn von den gefallenen jungen Männern des neuen Kriegs, der eigentlich nie zu Ende gegangen ist

zwischen dem Osten und dem Westen, der nur vorübergehend ein wenig geschlafen hat und jetzt, neu entbrannt, die gesamte Menschheit bedroht.
Bis heute muß ich an die Schwalbe denken, sie geht mir nicht aus dem Sinn. Jeden Abend kam sie zum Übernachten von irgendwoher zu Saschas Haus, in dem wir während unseres Besuchs wohnten. Sie war immer allein. Ein winziger Vogel, der irgendwo in den endlosen Wäldern und Tälern des Urals wohnte und seinen Schlafplatz hinter der Wandlaterne eines Hauses am Rand dieser Wälder gefunden hat. Die kleine Schwalbe saß in der Armbeuge der Laterne über der Haustür, die so eng war, daß sie darin eigentlich gar keinen Platz hatte, daß sie sich noch kleiner machen mußte, als sie ohnehin schon war. Morgens, wenn wir aufstanden, war sie verschwunden, segelte wahrscheinlich schon seit dem ersten Sonnenstrahl irgendwo durch die blauen Himmelsweiten des Urals. Jeden Tag wartete ich auf sie, und tatsächlich kehrte sie jeden Abend zurück, saß in der Dämmerung wieder in dem engen Spalt zwischen Mauer und Lampe, und immer war mir, als käme sie aus dem bekannten deutschen Kinderlied, das meine Mutter einst so oft mit mir gesungen hat, meist mit Tränen in den Augen, das Lied vom Vogel, der geflogen kommt, um einen Gruß von der Mutter zu bringen.

BERTRAM REINECKE

ZAW LA ZAW, KAW LA KAW

Gedichte

ZAW LA ZAW, KAW LA KAW I

allgegenwärtig die felder seitlich der wege
kaum je geschah etwas, es sei denn jemand (die erosion)
wendete in der weite das gewand (aus staub) hin und her.
und weil nirgends nichts ist, macht dort ein gott sich breit
tut dies, tut das, harret hier, harret da, wartet hier, wartet da

und jesus ging über den (krickower) see
auch wenn ichs nicht selber sah, aber die wasserläufer
können es ja auch und die spinnen wandern durch die luft.
(umkleidet von staub oder tau
schimmerte erst später ihr netz im licht.)

es gab einen gott, der mich versuchte
und – gegebenenfalls – zur hölle fahren ließ
mich persönlich (das konnte ich mir tatsächlich vorstellen)

denn ich hab noch die stimme der engel gehört.
sie schnarrten, aber das wunderte mich kaum
klang doch auch die rostige handpumpe vorm haus
wie ein schreiender esel.

flatis vocis, reines lautspiel, die *vox coelestis*, die glossolalie
drang aus vaters harmonium zwischen den gilben tapeten
ganz fleckig von transzendenz, ein vorhalt der ewigkeit
flogen die engel in 8-fuß höhe durch den raum
und zum fenster des gemeindesaals hinaus, fleißige bienen
arbeiterinnen (bereiteten unsere ankunft vor
machten den himmel unbewohnbar)

im weinberg des herrn, drei schwestern aus ostpreußen
sangen die schlichten weisen ab, abtragen und -schaben

was irdisch ist, sünde und scham von den seelen
sprachen mit vater (auf der fensterbank lagen fliegen
wie tote schrauben) das *fahr teer, uns ehr' …*
und brannte nicht unser herz in uns als er mit uns redete?

es herrschten geordnete verhältnisse
wochentags schmierten die drei alten jungfern uns kindern
brötchen mit butter, lasen *hier ein wenig, da ein wenig*
den christlichen hauskalender vor und legten
vor einem bildnis von dürers betenden händen
geh eilig, währt ede ein arme
unsere kinderbibeln aus:

na, der da umgefallen ist heißt goliath
das hat ihm bestimmt wehgetan
das passiert, wenn man mit steinen schmeißt
deswegen sollst du auch nicht immer
mit deinen legos herumwerfen!

ZAW LA ZAW, KAW LA KAW II

drei heiligtümer barg vaters amtszimmer: das abendmahlsgerät
(wie ein pilot sein besteck pflegt hatte er es
nach der heiligen handlung geputzt und verwahrt)

wenn ich heimlich einige von den weißen runden idolen mit dem ☧
aus der silbernen dose nahm – erschien kurz mein bildnis
statt wie sonst des vater imago auf der blanken patene
und als ich *nun den bissen genommen hatte*
ging ich *alsbald hinaus. und es war nacht.*

drei heilige mädchen sahn dabei zu: katharina
schutzpatronin von schulen und philosophie und etwas kleiner
dahinter margarete und barbara (allesamt provisorisch
aus sorge vor dieben ins pfarrhaus geschafft
dies zweite der wunder) blickten mit identisch
mißgestimmten gesichtern vom zachower katharinenaltar:
drei holzpüppchen in lärmendem nichtstun
dazu die ganze heilige familie und
johannes mit der wahrheit – die hat zeit.
was für ein aufwand!

(und dagegen die enttäuschung als vater erklärte
daß neubrandenburg mit der vierspurigen straße
auch bloß eine kleinstadt war.)
meine geheime idolatrie eine abweichung von der ordnung
in dieser unbedeutenden gegend, verschwistert den asseln
hinter den losen ziegeln, den polygynen waldameisen
mit ihrem magnetsinn im zachower forst
den salamandern, dem damwild und den imagines der schröter.

einmal hatte ich aus dem obergeschoß
hinab hinter die rankengitter geschaut
ich sah eine natter und noch andere rätsel

und wenn sich mein vater zurückzog zur tagesschau
– der schwarz-weiß-apparat war
das dritte (und bedeutendste) der wunder –
(die eule der minerva mochte allenfalls
anderswo irgendwo ihren flug beginnen)
erhoben sich daheim die motten aus den sisalmatten.

ich barg derweil andere geheimnisse (einmal fand ich
zwei letzte after eight im papierkorb, rechts und links
hinter der schmuckborte der leeren packung verklemmt,
ein andermal ein westmarkstück in einer jackentasche).

als ich krank war und mit vater allein
durfte ich mit ihm fernsehen, einen bericht über den seekrieg
im persischen golf, ob großkampfschiffe noch zeitgemäß wären
wenn schon der einschlag einer einzigen rakete …
(ich konnte mir das sehr gut vorstellen).

danach lief *flug in gefahr:* ein düsenklipper –
beide piloten hatten verdorbenen fisch gegessen
und vater erklärte geduldig, daß sowas oft erst dann auffällt
wenn es zu spät ist, etwa wie bei jenen knollenblätterpilzen
deren weiße runde kappen ich noch nicht
vom champignon unterscheiden konnte.

ZAW LA ZAW, KAW LA KAW III

meist war es still im haus, in vaters büchern schliefen
leavitts gesetz und levitikus, der krater catharina
im *kalender für sternfreunde* (an dessen bildteil
hatte er mir erklärt, warum auf dem mond keine leute wohnen).
in den regalen veralteten die atlanten
und reglos lag der schwarze mann unter meinem bett
… wenn nicht vater das radio einschaltete
für das zeitzeichen im deutschlandfunk.

dann nahm er den mächtigen propheten vom brett
mit dem geteilten silbernen bart und stieg mit mir auf den turm
die kurbel an die großen ratschen setzen, damit der grahamgang
eine weitere woche der gleichmäßigen zeit zerrieb.

manchmal erwachte das werk, der windfang
setzte sich in flatternde drehung, kreiste geschwinder, hob
geruhsam den schwerfälligen hammer und die schloßscheibe maß
der glocke nach und nach eine anzahl von schlägen ab, bis
erneut aus der einsetzenden stille des ernsten sekundenpendels
tickende meditation wieder hervortrat, als wäre nichts geschehen
es roch nach schmierfett und staub.

und, ging es noch höher, stieg ich voraus
(daß, falls ich fiele nicht beim *hingehen und rücklings fallen,*
zerbrochen am fuße der leiter aufschlüge)
ölen des zeigerwerks rostigen kardantrieb
hinauf, zu den leeren glockenstühlen
ihre bronzen hatte der erste weltkrieg gefordert

in der turmhalle unten wohnten seine gefallenen
darüber ruhten die toten von 71 und neben dem uhrenhaus
lag noch schief eine tafel aus den befreiungskriegen
offensichtlich steigen die toten nur langsam zum herrn
(ihr müsset ihm entgegen gehen!) circa ein stockwerk
nur im jahrhundert, ein vorgeschmack auf die ewigkeit
oder war doch irgendwann die zeit
einfach stehengeblieben?

ZAW LA ZAW, KAW LA KAW IV

vaters merkbuch für hausbesuche. die geburtstage trug er ein
sterbefälle, wegzüge strich er heraus:
ein verkleinerter auszug aus dem kalender gottes
wie das klassenbuch in frau kollmorgens aktentache
ein vorhalt auf gottes kladde am jüngsten tag.

aber noch reihte es sich aus abend und morgen dahin.
dann und wann kam der sensenmann (ohne kapuze
wozu auch, man soll nach dem regen mähen)
tippte an seine schifferkappe, begann
in winzigen schritten voranzutreten mit schwingenden hüften
regelmäßig wie das pendel der uhr, und machte heu.

zwischen wachen und schlafen, zwischen halbschlaf
und halbwach halb im schlaf und halb im halbwachen halbschlaf
schlafwachend schlichen die tage hin.

wachet auf ruft uns die stimme der mutter in der herrgottsfrühe
sie macht die lampe an, deckt den tisch *und die morgenröthe*
hatte (jedenfalls sommers) *schon das gestirne unter den rock*
ihres lichtes verborgen, wenn wir, *wir mußten ihm entgegengehn*
vorbei an kirche und friedhof müde zum schulbus fröstelten.

aber *brannte nicht unser herz in uns als*
frau kollmorgen dem knappen dutzend schüler
die *morgenröthe* einer neuen zeit auslegte
ein starker und mächtiger kam von dort, war
in den himmel geflogen und hatte keinen gott gesehen, während
feuer regnen vom himmel herab in vietnam.

sie erklärt den sozialismus auf dem lande:
das melkkarussell (ließ auf sich warten)
die kombine, maat und drusch, nur ein arbeitsgang
lf 16 auf w 50 im nemerower spritzenhaus

im neuen befreiten jahrtausend aber würden wir
unsere gesamte nahrung aus plastegefäßen
zu uns nehmen, unter anleitung der sowjetunion
ein anderer mächtiger mann, unser direktor stabe
vertrat schon jetzt in der volkskammer in berlin

die interessen unseres volks. mein vater jedoch
sah noch immer die falschen, *ewig gestrigen* nachrichten.

ihr habt euch entschlossen mitzuhelfen
den schädling »lodrian« zu vertreiben, also erklärte ich es ihm
wie ein wassersturm der mächtig einreißt, er erwiderte nur:
ich weiß daß deine lehrerin dieser ansicht ist.
weh der prächtigen krone der trunkenen von ephraim
der welken blume ihrer lieblichen herrlichkeit!

ich wünschte mit den füßen leicht aufwärts begraben zu werden
so wie die kosmonauten liegen, im schlaf noch
trainieren für die schwerelosigkeit, wollte ich doch schließlich
später auch noch nach oben hinauf.

der schädling »lodrian« ist nämlich ein hartnäckiger bursche
wendet euer wissen an, wenn ihr dem schädling »lodrian« in der schule
im haushalt oder anderswo begegnet!

MICHAEL KRÜGER, PIERO SALABÈ

DAS WIRD EUER LEBEN ÄNDERN

Ein spätes Gespräch über Dichtung, Tradition und Melancholie

PIERO SALABÈ: Michael Krüger, Sie stehen am Anfang Ihres achten Jahrzehnts. Wie blicken Sie auf Ihre Kindheit zurück?

MICHAEL KRÜGER: Die ersten sechs Jahre bin ich bei meinen Großeltern in einem kleinen Dorf in Sachsen-Anhalt aufgewachsen. Mein Vater war der klugen Ansicht, ich solle als Kleinkind nicht nach Berlin kommen, das mit Sicherheit bombardiert werden würde. Nach dem Krieg enteignete man der Hof meines Großvaters, der dort jedoch ein Zimmer behielt: Es war unser Eß-, Wohn- und Schlafzimmer, mit drei Tellern, drei Tassen, drei Gabeln und Messern und einer Truhe für die Klamotten. Für mich war es die schönste Zeit.

SALABÈ: Was war daran besonders?

KRÜGER: Ich ging mit meinem Großvater spazieren und lernte von ihm, wie man die Natur beobachten muß. Wir besaßen zwei Bücher, eine wunderbar illustrierte Bibel und ein Pflanzenbestimmungsbuch, verfaßt von meinem Urururgroßonkel, der Nachfolger von Chamisso am Königlichen Herbarium in Berlin war. Auf unseren Streifzügen durch die Felder sammelten wir Löwenzahn, Brennessel, Beeren, Pilze – alles, was man essen konnte, und das wurde dann zu Hause anhand des Buches bestimmt. In meiner Kindheit lernte ich den Respekt vor dem Alter, vor der Natur und vor der Bibel, die mir meine Großmutter vorlas. Sie konnte daraus jede Geschichte herleiten. Das hat mich bis zum heutigen Tag geprägt, denn man findet in der Bibel sämtliche Konflikte wieder. Die Bibel ist ein Reservoir aller Geschichten, wie kein anderer Text. Ich habe sie nicht in erster Linie als religiöse Schrift wahrgenommen, sondern als Buch unerhörter Erzählungen. Lesen Sie mal einem Kind, das noch nie Schokolade geschmeckt hat, die Hochzeit von Kanaan vor. Alle Wunder, die in der Bibel Jesus zugeschrieben werden, sind großartige Geschichten, und meine Großmutter, die persönlich von Gott enttäuscht war, das aber nicht zugeben wollte, hat sie mir auch als solche, als große Literatur vorgelesen. Sie war enttäuscht, weil Gott sich nicht gegen die lächerlichen Kommunisten durchsetzen konnte, die ohne jede landwirtschaftliche Kenntnis den Hof übernommen hatten. Die Art und Weise, wie meine Großeltern mit der Natur umgingen, hatte etwas »Religiöses«, aber in dem Moment, wo man es beschreiben will, verflüchtigt es sich. Und das gilt natürlich auch für die Poesie allgemein: Ein poetischer Urtext sind die Psalmen, deren »Geschmack« in jedem Gedicht anwesend ist, aber man kann schlecht behaupten, ohne die Kenntnis der Psalmen hätte Ernst Jandl keine Gedichte geschrieben. Dichter haben die Metaphysik in den Genen – aber sie sind eben keine Wissenschaftler, die Gene isolieren und bestimmen wollen.

SALABÈ: Ihr jüngster Lyrikband trägt den Titel »flußaufwärts«. Gibt es eine Verbindung zwischen Ihren letzten Gedichten und den ersten aus dem Buch »Reginapoly« von 1976?

KRÜGER: Bestimmte Naturmotive sind geblieben, die Vögel beispielsweise. Im Band »Die Dronte« erkundete ich diesen seltsamen Taubenvogel, der so schwer ist wie der Albatros, aber nicht fliegen kann. Es gibt im Senckenberg Museum in Frankfurt eines der ganz wenigen erhaltenen Skelette des Dodos, dem ich bei jeder Buchmesse meine Aufwartung machte. Die alten Chroniken erwähnen sein bitteres Fleisch und ich sah darin eine schöne Dialektik, die Rache des Vogels an der Evolution, die ihn flugunfähig gemacht hatte. Damals habe ich »Das Ende der Naturgeschichte« von Wolf Lepenies verlegt, einem der wenigen Soziologen, die sich für die Naturwissenschaften interessierten. Im Studium des 18. Jahrhunderts fand ich eine Fülle von Hinweisen und Anregungen für die Naturgeschichtsdebatte, die in den siebziger Jahren avantgardistisch anmutete. Gesellschaft war schließlich das Wichtigste. Einmal kam Hans Jonas zu Besuch aus Amerika, nachdem er »Das Prinzip Verantwortung« geschrieben hatte. Wir saßen zusammen in einem Kreis von Philosophen und Historikern, und er fragte ganz unschuldig, was denn in Europa gerade ein besonderes Thema sei. Ich sagte: »Wir haben eine grüne Partei.« Es war das erste Mal in der ganzen Parteiengeschichte, daß eine politische Gruppierung das Ziel verfolgte, Gaia, die Natur und unsere Idee davon, zu beschützen. Damals, vor fast fünfzig Jahren, hat niemand ernsthaft geglaubt, es sei mehr als ein Spleen. Wir wurden ja so erzogen, daß die Gesellschaft, die ihre Ressourcen ausbeutet, schon so klug sein würde, immer etwas nachwachsen zu lassen. Daß das nicht stimmte, sehen wir heute: Der Mensch hat sich in Europa die Erde untertan gemacht. Wir wissen, daß wir hier versagt haben. Die Erde ist nicht für acht Milliarden Menschen angelegt, die ein anständiges Leben führen, also im Wohlstand leben wollen wie wir.

SALABÈ: Seit einigen Jahren leben Sie in einem Holzhaus im bayerischen Voralpenland. Warum hat es Sie gerade hierhin gezogen?

KRÜGER: In diesem Land zwischen dem Starnberger See und den Alpen werden die Böden nicht so hemmungslos ausgebeutet wie anderswo, weil keine intensive Landwirtschaft betrieben wird. Wenn man hier nachmittags nach Süden läuft, kommt man in einen Zustand des Gehens und Betrachtens, wie ich ihn in

Deutschland selten erlebt habe. Und wenn man nun älter wird und auch bald unter der Erde liegt und damit ein Teil dieser Sache wird, interessiert sie einen natürlich noch mal unter einem anderen Gesichtspunkt.

SALABÈ: Biagio Marin, der Dichter von der kleinen Insel Grado, der ein Leben lang in seinem Dialekt schrieb, hat zwischen achtzig und neunzig einige seiner schönsten Gedichte verfaßt. Was steht Ihnen noch bevor?

KRÜGER: Ich hoffe, mit Biagio Marin gleichziehen zu können. In »Die Welt en gros und en détail« hat Claudio Magris ein unvergeßliches Porträt dieses Dichters verfaßt, der übrigens auch auf deutsch schrieb. Hier in meiner Nachbarschaft lebt der Philosoph Jürgen Habermas, der zwischen achtzig und neunzig eine tausendseitige Studie über den wechselseitigen Einfluß von Philosophie und Religion geschrieben hat. Es gibt so etwas wie Alterswerke, ob mir das gegeben ist, weiß ich nicht. Ich habe da gar keinen Ehrgeiz. Ich schreibe, was mir gefällt – und wenn es meiner Gesundheit gefällt. Ich habe die Leukämie vorerst überstanden, aber es ist eine Krankheit, die man nie ganz besiegt. Ich tue so, als ob es noch eine Weile weiterginge. Das sieht man an meinem Arbeitszimmer, in dem wir gerade sitzen, es liegen überall Haufen mit Projekten herum. Wenn ich Zeit habe, werde ich das alles noch bearbeiten.

SALABÈ: Welche offenen Wünsche gibt es noch, was treibt Sie um?

KRÜGER: Am meisten macht mir der Niedergang der dramatischen Kunst zu schaffen. Das Theater hat vor Christi Geburt begonnen und scheint nun in den zwanziger, dreißiger Jahre unseres Jahrhunderts zu Ende zu gehen. Auf die Bühne werden nur noch Projekte, Diskurse oder Romane gezerrt, aber unser Drama, das sich im Grunde nicht verändert hat, gerät in Vergessenheit. Darüber würde ich gerne ein Stück schreiben, habe viele Notizen gemacht. Aber es schwebt mir auch ein Buchprojekt vor, das sich mit der Frage beschäftigt, wie wir mit Bildern haushalten: Welche von den Abertausenden von Bildern, die man in einem Leben gesehen hat, Kunstbilder, aber auch Photographien, haben einen existentiell geprägt? Ein Maler, der mir viel bedeutet, über den ich ein Buch geschrieben habe, ist Segantini. Viele Leute interessieren sich überhaupt nicht für ihn, sie meinen, er habe nur grasende Kühe und die Berge gemalt. Ich glaube, es lohnt sich, diese Wahrnehmungsunterschiede zu untersuchen. Warum sehen zwei Menschen, die dem gleichen Kulturkreis angehören, die Dinge so unterschiedlich? Ich will dies an drei Malern festmachen, die mich in meiner Jugend sehr beeindruckt haben, informelle Maler, von denen heute keiner mehr redet. Für mich waren sie eine Offenbarung.

SALABÈ: Sie sprachen von Habermas, den Sie noch sehen. Viele andere Weggefährten, von Oskar Pastior bis Tomas Tranströmer, von Wolfgang Bächler bis Zbigniew Herbert sind nicht mehr da. Wie erleben Sie diese Lücke?

KRÜGER: Als einen Abgrund. Eben sind die beiden Schweizer Peter Bichsel und Peter von Matt gestorben. Im letzten Jahr Jürgen Becker und Wolfgang Rihm, Ich weiß nicht, wie man es schafft, diese Tode wegzustecken. Ich habe ja nicht nur die Werke dieser Autoren geliebt, sondern auch ihr besonderes Wesen. Heute gehe ich manchmal an ihren Häusern vorbei und denke, hier lebte er. Hermann Lenz, beispielsweise, der bei mir um die Ecke, in der Mainzer Straße in München wohnte. Eigentlich sollte ich herumlaufen – auf die Gefahr hin, für verrückt erklärt zu werden – und die Leute ermuntern, ihn zu lesen: »Das wird euer Leben ändern.« Zu meinem inneren Museum gehören aber auch viele Autoren, die ich nicht getroffen habe. Wenn ich an das frühe 20. Jahrhundert denke, wäre ich gerne dreißig Jahre früher auf die Welt gekommen, um Antonio Machado kennenzulernen. Man sollte eine Lebenskonzeption entwickeln, um zu verschiedenen Zeiten zu leben. Die ersten Jahre an einem Ort, die nächsten zehn in Paris um 1880, im Salon von Mallarmé und beim jungen Valéry, dann weitere Jahre in New York, mit der großen amerikanischen Poesie, die in einhundertfünfzig Jahren entstanden ist und zweihundert großartige Dichter hervorgebracht hat und immer noch hervorbringt.
SALABÈ: In einem Gespräch vor zwanzig Jahren sagten Sie mir, es würden Generationen kommen, die mit der Literatur versuchen werden, das Leid zu überschreiten, einer Literatur, die viel naiver mit dem Glück zu tun hat. Ist dies eingetreten?
KRÜGER: Ja, leider. Man braucht sich nur das Spektrum der Unterhaltungsliteratur anzusehen, die sich immer mehr spezialisiert. Für jede mentale Konditionierung und Identität gibt es hundert Romane, die man sich im Laufe der Jahre zusammenkaufen kann. Dann hat man seine eigens für sich zugeschnittene Bibliothek. Es besteht gar nicht mehr der Versuch, die *wirkliche* Erzählung zu finden, jeder Roman müßte die früheren noch etwas überbieten, statt dessen gibt man sich mit dem Abbild der eigenen Befindlichkeiten zufrieden. Die Herstellung von Schicksal ist weit vorangeschritten, mit der Künstlichen Intelligenz wird dies in exponentiellem Maße forciert. Wohin das führen soll, kann ich nicht sagen. Ich bin ein Kind des 20. Jahrhunderts, geboren in den letzten Jahren des Zweiten Weltkriegs. Ich habe noch den dichten Schatten der Ideologien mitbekommen in einer Welt, die auch durch Mimesis über den Schrecken nachgedacht hat. Und da es für den Schrecken keine Lösung gab, ist dieser melancholische Ton entstanden, den man in der heutigen Beschleunigung vergeblich sucht.
SALABÈ: Sie erwähnen, daß Sie als Kind seiner Zeit die besondere Melancholie der Epoche der Desillusion und der Verunsicherung erlebten. Wie steht es um Ihre Gemütslage im 21. Jahrhundert?
KRÜGER: Im Moment fehlt mir jeder Optimismus. Ich war, wie viele andere auch, überzeugt von der europäischen Idee als der einzigen politischen Offen-

barung unserer Generation: Sprachgrenzen, Mentalitätsgrenzen, Grenzen des Geschmacks und der Traditionen sicherlich, jedoch keine politischen Grenzen mehr. So habe ich auch meine Arbeit im Verlag gesehen. Von diesem Großprojekt ist nicht mehr viel übriggeblieben. Was soll man rühmen, wenn nichts Rühmenswertes mehr vor Augen steht? Also kümmern sich alle wieder um ihre Befindlichkeit. Das »große Ganze« ist zunächst einmal flüchtig, und ich fürchte, es wird in meiner Lebenszeit nicht mehr in unsere Hirne, Herzen und Gebeine fahren. In einem Kinderbuch von Maurice Sendak sagt der Hund hinter dem Fenster: Es muß im Leben doch mehr als alles geben – schön wär's. Andererseits will man sich auch nicht den Luxus der Bitterkeit leisten. Eine Möglichkeit, die mir immer eingeleuchtet hat und die ich bewundert habe, ist die »Erfassung der Welt« durch Jürgen Becker. Er kennt keine »metaphysischen Ausschläge«, sondern nur das geduldige Festhalten der Dinge. Auf der anderen Seite gibt es Dichter wie Christian Lehnert, die bewußt den religiösen Faden wiederaufnehmen und weiterspinnen.

SALABÈ: Nach dem Fall der Berliner Mauer wurde eine Zeitlang die engagierte Literatur weniger gepflegt als in anderen Epochen. Bricht womöglich angesichts der heutigen Weltlage die Zeit eines neuen Engagements an?

KRÜGER: Ich hoffe, Sie haben nicht eine Anti-Trump-Lyrik im Sinn! – Die wird sicherlich gerade vorbereitet. Ich sehe viele engagierte Dichter am Werk: Jan Wagner und Marion Poschmann arbeiten auf verschiedene Weise daran, wie man über das, was wir Natur nennen, Gedichte schreiben kann; Durs Grünbein und Marcel Beyer engagieren sich auf ganz verschiedene Art bewundernswert für Geschichte; Lutz Seiler bohrt auf unerhört subtile Weise in unsere besondere Geschichte. Es gibt in Deutschland hundert sehr gute Dichterinnen und Dichter, die sich mit dem Problem, was ein Gedicht ist und was man mit ihm sagen oder ausdrücken kann, auf leidenschaftliche Weise auseinandersetzen – nur interessiert das keinen mehr, außer die Dichter selbst. Ich gebe seit ein paar Jahren mit Unterstützung der Bayerischen Akademie und der Baur-Stiftung eine Buchreihe mit Texten exilierter Dichter und Dichterinnen heraus. Diese Menschen, die furchtbares Leid ertragen mußten, die in Flüchtlingslagern auf die Welt gekommen sind, die in jungen Jahren schon am Ende waren, haben nichts anderes im Sinn, als sich »mit Gedichten zu retten«: Sie schreiben Gedichte, um sich an die letzten Reste von Tradition anzuschließen. Ich bin immer wieder aufs neue gerührt, wenn ich das lese.

SALABÈ: Sie waren zeit Ihres Lebens auch Übersetzer. Welchen Dichter oder Lyrikband würden Sie am liebsten noch übersetzen?

KRÜGER: Ich übersetze nach wie vor gerne, zuletzt, um mit den einfachen Dingen anzufangen, habe ich Dante übersetzt für ein Projekt von Theresia Prammer. In den frühen achtziger Jahren habe ich einmal mit Dagmar Leupold die Gedichte von Pavese übersetzt, für Claassen. Als ich kürzlich eine Neuausgabe bei Kampa in die Hand nahm, hatte man meinen Namen schon gelöscht. Ich übersetze viel für mich, um herauszufinden, wie andere es machen, aber ich habe es aufgegeben, mich als Übersetzer zu bewerben. Kürzlich dachte ich, ich sollte als alter Knochen die Gedichte von Robert Lowell übersetzen, weil ich es ungerecht finde, daß dieser große und einflußreiche Dichter so unbekannt ist. Ich muß so etwas nur denken, dann sehe ich plötzlich eine Anzeige, daß ein anderer sich darangewagt hat.

SALABÈ: Sie haben über vierzig Jahre das Bild der Lyrik in Deutschland geprägt, als Dichter, Übersetzer und Herausgeber von Poesie aus aller Welt, unter anderen von Joseph Brodsky, Tomas Tranströmer, Seamus Heaney und Charles Simic. Heute geben Sie die Reihe Lyrik Kabinett bei Hanser heraus. Wie beurteilen Sie das aktuelle Panorama?

KRÜGER: In unserer winzigen Community gibt es ungeheuer kenntnisreiche Experten, die – wie Jan Wagner, Monika Rinck, Marcel Beyer, Norbert Hummelt, Ron Winkler oder Steffen Popp – mit schöner Regelmäßigkeit ihre neuen Übersetzungsarbeiten vorlegen. Eigentlich sind alle Dichterinnen und Dichter an Übersetzungsprojekten beteiligt, das finde ich großartig. Denken Sie nur an die vielen Anthologien, die bei Wunderhorn und in anderen Verlagen erscheinen, wo man nachlesen kann, wie in Litauen oder Belarus gedichtet wird. Das von Hans Magnus Enzensberger einst errichtete »Museum der Poesie« hat viele Anbauten für seine wachsenden Sammlungen erhalten. Und trotzdem gibt es noch immer weiße Flecken. Seit vielen Jahren rege ich zum Beispiel an, eine große Anthologie der hebräischen Poesie von den Psalmen bis zu Jehuda Amichai, Dan Pagis oder Agi Mishol zusammenzustellen, bisher vergeblich. Jeder Depp hängt sich für Hunderttausende ein Bild übers Sofa, aber keiner will mit der Förderung von Poesie Unsterblichkeit erlangen. Ich mache die letzten Jahre meines Lebens einfach weiter: Neben der Reihe Lyrik Kabinett gebe ich noch mit Freuden und mit Freunden die Edition Petrarca und die Exilreihe heraus – und wenn dann keiner mehr Gedichte lesen will, dann soll man auf meinen Grabstein schreiben: Er hat es wenigstens versucht.

DÉNES KRUSOVSZKY

DER SOMMER IST VORBEI

Gedichte

SCHREIBEN NUR MIT MESSER

Wo sind die Zeilen,
die du mir versprochen hast,
und wo sind die,
die ich dafür versprach,
mit eingezogenen Hälsen sitzen wir auf dem Ast,
entsetzlich krächzend
bemühen wir uns,
über etwas Erhabenes zu sprechen,
der Sommer ist vorbei,
dabei brach vorhin gerade erst
der Frühling an,
oder ist auch das egal,
einst hat man mit Stoppuhr überprüft,
ob wir schnell genug lesen können,
und was hat sich dabei herausgestellt,
auch schreiben sollte man nur mit Messer,
doch natürlich habe ich es gerade dann nicht dabei,
wenn ich endlich anfangen würde.

RADIERGUMMI

Plötzlich ist alles so alt geworden,
woher kommen all die Kampffahrzeuge,

revoltierende Jugendliche
fordern Weihnachtsrente,

wegen landesweiten Schneefalls gibt es
in den geschlossenen Abteilungen kältefrei,

alle sind frei, doch liegen alle im Sterben,
dabei wurde auch der Tod längst verboten,

aufgrund des staatlich verordneten Faschings
ist in den Secondhandläden großer Andrang,

auch ich muß mich in meinem Leinenkittel
verstecken, wenn ihr mich auf der Straße erkennt,

haltet mich nicht an, oder falls doch,
nennt mich Radiergummi.

SAHNELIKÖR

Aus Versehen ging ich zum Treffen
einer anderen Klasse, da ich schon da war,

hielt ich meine Rede,
mit der alle ausgesprochen zufrieden waren,

behäbige Männer umarmten mich,
reife Frauen zeigten mir Bilder von ihren Kindern,

zum Andenken unserer verstorbenen Freunde
tranken wir gemeinsam einen Sahnelikör,

als ich ihnen gegen Morgen endlich gestand,
daß ich nicht der war, für den sich mich hielten,

zeigten sie mir ein verblichenes Foto, deuteten auf mich,
und dann mußte ich doch fliehen.

ALGORITHMEN

Da ich nicht stark genug etwas anderes wollte,
bekam ich das, es geht nicht um dich,

überhaupt, wer bist du und was suchst du hier,
der menschliche Geschmack wurde schon ausgelagert,

jetzt findet gerade die Auslagerung der Aufmerksamkeit statt,
dann können die Gefühle kommen, die Erinnerungen,

am Ende ist die Frage wirklich nur noch,
wie man das, was geblieben ist, nennt,

in meiner Kindheit angelten alle
und niemand aß Fisch,

die Leute nahmen regelmäßig
ihre Lieblingssendungen auf

und sahen sie sich niemals an,
ließen die mit Luftgewehr erschossenen Spatzen

an einem Faden vor der satten Katze baumeln,
onanierten zu Modemagazinen,

hatten keine Ahnung von dynamischer Finitheit,
schämten sich noch nicht, sich zu langweilen,

doch kam es vor, daß sie sich mangels
einer besseren Idee unerwartet erhängten.

Aus dem Ungarischen von Timea Tankó

ELISABETH PLESSEN

MITTEILUNG AN DEN ADEL

Das unveröffentlichte Nachwort

Ich war im Sommer 1971 in einem kleinen Haus in den Bergen oberhalb von Latina oder des Capo Circeo, als ich die Nachricht vom Tod meines Vaters erhielt. Es gab in dem Haus kein Telefon. Der Postbote brachte das Telegramm meiner Mutter auf der Vespa. Mein Vater war in seinem Bett in seinem Schloß in Dänemark gestorben. Er hatte das Wochenende über nicht im Krankenhaus in Næstved bleiben wollen. Seit einem Jahr hatten wir uns nicht mehr gesehen. Ich hatte den Kontakt abgebrochen. Wir hatten uns nur noch gestritten. Ich machte mich auf den Weg zur Beerdigung, die auf seinem anderen Besitz in Ostholstein stattfinden sollte.

Wie sehr mich dieser Tod umgeworfen hatte, merkte ich erst allmählich. Ich hatte zuvor ein paar Gedichte und kleine Erzählungen veröffentlicht, der Hanser Verlag hatte meine Dissertation herausgebracht, aber einen Geschichtenband abgelehnt. Ich hatte fürs Dritte Fernseh- und Hörfunkprogramm gearbeitet und war dabei, »Katia Mann. Meine ungeschriebenen Memoiren« herauszugeben. Ernst Schnabel, mit dem ich damals zusammenlebte, machte sich für ein Rundfunkfeature in der Transsibirischen Eisenbahn auf den Weg. Statt mit ihm zu fahren, setzte ich mich hin und begann die »Mitteilung an den Adel«. Ich mußte aufschreiben, was mich mit meinem Vater, mit den Eltern so auseinandergebracht hatte, warum wir so aus- und aneinandergeraten waren. Wann hatte das Nicht-miteinander-Reden angefangen? Ja nicht erst 1968. Es ging in frühe Kinderzeiten zurück. Hatte ich zuvor gedacht, ich habe keine Welt, hatte ich nun auf einmal zuviel. Wie sie fassen, wie sie komprimieren, ohne mich im Epischen à la Tolstoi zu verlieren. Da fiel mir als Gerüst die Reise der Tochter von München, wo sie bei einer großen Zeitung arbeitete, nach Norddeutschland ein – eine Collage, ein Condukt quer durch die damalige Bundesrepublik.

Ich lebte in Berlin. Ich fuhr mit Ernst Schnabel im Auto, einem kleinen schwarzen MG, durch die DDR nach München. Dort sollte die Fahrt in die Vergangenheit losgehen. Am 19. Mai, wie im Roman beschrieben, fuhren wir von München aus auf die Autobahn. Schnabel am Steuer, ich auf dem Beifahrersitz mit Stift und Papier, um alles zu notieren, was mir links und rechts der Fahrbahn auffiel oder durch den Kopf ging. Da es Frühjahr war, wollte ich neben der Haupthandlung auch wissen, wie es in den Tagen der Autofahrt Frühling wurde. Was in

München schon blühte, steckte weiter nördlich noch in den Knospen. Ich wählte den Namen Augusta, extra altmodisch. Augusta ist mein letzter Vorname. Elisabeth Charlotte Marguerite Augusta. Die Reise – das war eine offene Form, und ich wollte ja ins Offene – das Ziel lag in Norddeutschland. Ich wechselte offen (auch brüsk) zwischen der dritten Form – Augusta – und der ersten – Ich – hin und her.

Ich schrieb zweieinhalb Jahre an dem Manuskript. Ich hatte Siegfried Unseld kennengelernt, und Ernst Schnabel hatte ihm von dem Ding, das da im Entstehen war, erzählt, und Ferdinand Sieger auch. Sieger war damals *der* Urheberrechtsanwalt, und er war Justitiar mehrerer deutscher Verlage (auch des Suhrkamp Verlags, auch des S. Fischer Verlags). Ich war mit Sieger befreundet. In seinem Haus in Follonica waren viele Passagen des Buches entstanden. Ich traute mich nicht, mich direkt an Unseld zu wenden. Ihn interessiere das Thema sehr – ich solle, ließ er mich wissen, wenn ich fertig sei, den Roman an den Verlag schicken. Ich war sehr aufgeregt deswegen. Suhrkamp: Das war die Numero Uno unter den westdeutschen Verlagen und Unseld *der* Verleger. Ich gab Sieger das Manuskript, er hatte sich erboten, es an Unseld zu schicken: »Den 6. Februar 1975 Roman-Manuskript Elisabeth Plessen Lieber Herr Unseld! Unter diesem Aktenzeichen korrespondierten wir am 12./18. März 1974 und hängten inzwischen gelegentliche Randbemerkungen an Werk-Schwangerschaft und -Schwangere an. In letzterer Hinsicht waren wir uns in unserer Sympathie einig. Damit muß es jetzt ein jähes Ende haben. Wenigstens für Sie und Ihren Verlag. Denn hiermit übersende ich Ihnen, wie verabredet, das Manuskript, das Elisabeth auf der Reise von Berlin nach Locarno bei mir ausstieß. Sich seiner anzunehmen, versprachen Sie – freundlich wie immer oder meist – Ihrem (Dr. Sieger)«. »Burgel Zeeh ist die Privatsekretärin des großen Siegfried«, schrieb mir Sieger am 12. Februar 1975 und schickte eine Kopie ihres Antwortbriefs mit: »Lieber Herr Dr. Sieger, Dank für Ihren Brief vom 6. Februar und das Manuskript von Frau Plessen; nun muß ich Sie und sie um Geduld bitten: Herr Unseld ist seit heute für eine Woche (endlich einmal) im Schnee. Ich verwahre Ihre Sendung in jeder Hinsicht gut auf, er wird sich bald melden.« Ich wartete mit großer Hoffnung.

Als Mitte April noch immer keine Antwort kam, wandte ich mich an Elisabeth Borchers, die damalige Cheflektorin. An Unseld zu schreiben traute ich mich nicht. Aus dem Brief: »[I]ch wage, obwohl Sie mich gar nicht kennen, Ihnen mit einer Sorge ins Haus zu fallen: seit über zwei Monaten liegt ein Romanmanuskript von mir im Verlag, das Ferdinand Sieger, mit dem Schnabel und ich befreundet sind, nach Gesprächen mit Herrn Unseld selber direkt an ihn geschickt hat. Jetzt weiß ich natürlich, daß das der dumme Weg war, aber es hilft nichts, er ist nun einmal begangen und umdirigieren kann ich die Sache nicht. Außer Sieger und Schnabel kennen auch Andersch und einige – nicht ahnungslose – Leute das Manuskript, und wenigstens einige sind der Meinung, daß das Buch gerade in diesem Jahr eine besondere Chance auf dem Markt hätte, vom Thema her und weil ich ja nun einmal eine Frau bin. [Es war das Jahr der Frau …] Herr Unseld ist ein beschäftigter Mann, wahrscheinlich liegt das Skript einfach noch im Sekretariat, und er ist noch nicht dazu gekommen, hineinzugucken. Meine scheue, aber sehr herzliche Bitte an Sie besteht eigentlich in einer Zumutung: Haben Sie Lust, es sich einmal herauszuholen und hineinzusehen? Ohne einen Tip von Ihrer Seite werde ich das Manuskript jedenfalls nicht zurückerbitten und mich nach einem anderen Verlag umsehen …« Dem Skript fehlten noch die letzten fünfundzwanzig Seiten, an seinem Ende fand sich statt ihrer eine kurze Skizze des Schlusses. Ich arbeitete noch daran, auch an einer Passage, die das Kriegstagebuch des Vaters betraf. Gleichzeitig hatte mich die Warterei aber auch verunsichert.

Statt einer Antwort von Frau Borchers kam eine von Unseld: »[I]ch danke Ihnen im Namen von Frau Borchers für Ihren Brief vom 16. April. Der Verleger ist in der Tat ein beschäftigter Mann, aber Ihr Manuskript liegt keineswegs im Sekretariat, sondern es ist gewissermaßen virulent, hat nicht nur einen, sondern zwei, ja drei Leser gefunden. Wir haben beratschlagt, und daraus sehen Sie schon, daß es eine kontroverse Diskussion im Hause gibt. Immerhin ist eine Entscheidung gefallen. Wir wollen, wenn Sie damit einverstanden sind, mit Ihnen arbeiten mit dem Ziel, ein Suhrkamp-Buch aus diesem Manuskript zu machen. Sie sehen, das ist fast schon eine Zusage, jedenfalls eine nun doch sehr konkrete Bereitschaft. Aber, wie gesagt, Frau Borchers, die das Lektorat in diesem Fall übernehmen möchte, muß mit Ihnen eingehend arbeiten. Sie selbst ist aber jetzt mit den akuten Arbeiten zur Verabschiedung des Programmes für das 2. Halbjahr beschäftigt. Und außerdem haben wir noch das Suhrkamp-Jubiläum, das uns allen sehr viel Arbeit macht. Konkret bedeutet das, daß Frau Borchers Juni oder Juli mit Ihnen arbeiten könnte. Die Folgerung daraus: das Buch kann nicht mehr in diesem Jahr erscheinen, sondern erst im nächsten Frühjahr. Ich meine, das ist auch keine so gewichtige Sache. Der Text ist wichtiger als der Termin. Ich schreibe Ihnen heute, weil Sie mit Recht eine Antwort erwarten dürfen und Sie sollen auch versichert sein, daß der Weg über Sieger zum Verlag und zum Verleger ein sehr guter ist. Herzliche Grüße Ihr …« Ein paar Tage später rief mich Frau Borchers an, um einen ersten Kontakt herzustellen. Ich war darüber so verdattert, daß ich am Telefon fast stumm blieb. Also schrieb ich ihr, Bezug nehmend auf Unselds Brief, ich bildete mir nicht ein, daß mein Manuskript nicht der Lektorierung bedürfte und eine endgültige Entscheidung des Verlags selbstverständlich davon abhänge, »aber da die verlagsinterne Diskussion doch offenbar recht kontrovers

war, würde ich vorher schon gern wissen, in welche Richtung die Kontroverse geht. Für mich hängt die Entscheidung ja schließlich auch davon ab. Meine Frage ist ganz einfach: richten sich Ihre Einwände gegen Formales oder gegen inhaltliche Komplexe? Wenn es um ganz grundsätzliche Einwände ginge, würde ich mich doch ein bißchen bedenken können, bevor die Arbeit beginnt.«
Sie antwortete mir Mitte Mai und hatte Einwände, gravierende von Anfang an, aber ich war bereit, sie entgegenzunehmen, solange oder soweit sie sich mit meiner Vision des Buches vertrugen. »Die Erzählweise ist unterschiedlich: vieles wird streng nach autobiographischer Vorlage angeführt (so zumindest scheint es), dann gibt es Passagen, die zwar nach wie vor autobiographischen Charakters sind (zu sein scheinen), sich aber vom Detail lösend in die Dimension eines freieren Erzählens gleiten, und zwar auf das eigentliche große Thema zu. Hier ist der Roman am stärksten. Die Nacherzählung des Tagebuchs leuchtet nicht ein. Die Felix-Episode mag für Augusta von besonderem Gewicht sein, im Roman trägt sie nicht, bleibt blaß und steuert nichts zum eigentlichen Thema bei. Augusta habe den Vater auf dem Gewissen – wenn Sie im Sinn hatten, diesen Beweis anzutreten, so ist es nicht geglückt. Man gewinnt ganz im Gegenteil nach und nach den Eindruck, das Verhältnis beruhige sich. Darum wird auch nicht klar (zumindest aus der Inhaltsangabe des letzten Teils), warum Augusta schließlich doch nicht zur Beerdigung fährt. An solchen Punkten sollte das Gespräch ansetzen ...« Elisabeth Borchers schlug ein Treffen Ende Juli vor, das sie dann aber nicht einhalten konnte.
Ich arbeitete weiter an meinem Manuskript und antwortete mit einem langen Brief: »Zur Frage des Autobiographischen: natürlich ist da manches ganz unverstellt ›aus meinem Leben‹, aber eben doch nur manches. Da mischen sich fiction und non-fiction auf Schritt und Tritt. Die verschiedenartige Erzählweise, die Sie beobachten, hängt nicht damit zusammen: sie war vielmehr beabsichtigt. Ich wollte und will weniger eine durchgehende Erzählung als eine Collage, einen Flickenteppich aus Tonarten machen. Anders scheint mir eine derartige Sache heute gar nicht mehr erzählbar zu sein ... Der Komplex ›Kriegstagebuch‹ stimmt noch nicht; mir ist inzwischen selber aufgefallen, daß hier rechthaberische Töne aufgekommen und der Bezug zum Ganzen doch zu schwach geworden ist. Ich habe, wie gesagt, die große Passage schon überarbeitet. Verzichten möchte ich auf diesen Komplex keinesfalls ... Daß es ein (dem beschriebenen ähnliches) Kriegstagebuch meines Vaters tatsächlich gibt (das außer mir niemand kennt), gab mir die Möglichkeit, den Konflikt sachlich zu beschreiben und aus der Ebene des Wohl- und Übelmeinens und der bloßen Gefühle herauszuhalten. Das möchte ich gern so lassen, vielmehr: ich sehe gar keine Möglichkeit, das zu ändern, ohne mich aufzugeben. Daß ichs so gut wie möglich machen möchte, ist klar, und ich bin sicher, daß Sie mir

helfen können. Ich poche hier nicht auf irgendwelche eigensinnigen Vorstellungen. Ich habe vielmehr genau vorgehabt, in einer Beschreibung des Lebens der Augusta 40 Jahre Politik wirklich eine Rolle spielen zu lassen. In Augustas (und meiner) Generation hält man sich nämlich viel darauf zugute, die Kontinuität der Geschichte ausdrücklich zu übersehen. Dergleichen wird hier auch literarisch zum ersten Mal versucht. Ich wäre eher bereit, meinen Versuch für gescheitert zu halten, als die Idee aufzugeben. Natürlich hat Augusta ihren Vater nicht auf dem Gewissen (das ist eine Behauptung ihrer jüngeren Schwester, und in den Passagen, die Sie noch nicht kennen, oder die geändert worden sind, ist das jetzt auch klar). Viel eher hat der Vater Augusta auf dem Gewissen, aber das ist eine Frage, die nicht ich, sondern der Leser entscheiden muß. Ich stimme ganz mit Ihnen überein, daß das Augusta-Vater-Verhältnis einschließlich des Kriegstagebuchs (und gerade durch dieses) ganz deutlich werden muß, so daß es am Ende ›trägt‹, wie Sie schreiben. Wenn ich dieses ›Tragen‹ richtig verstehe, so begreife ich es als konkrete Erzählung mit konkreter Chronologie und einem konkreten Bestand an Ursachen und Folgen. In diesem Sinne kann und mag der ganze Felix-Komplex freilich nicht tragend sein. Felix ist wirklich eine fiktive Figur, Augusta hat einen, ich nicht. Aber gerade dieser Felix ist genau der Partner, den viele meiner Altersgenossinnen und Freundinnen haben, wenigstens hier in Berlin und in München. So eine Sache hat keinen Anfang, sie hat keinen Bestand und sie kann auch kein Ende haben in einem logischen und erzählerischen Sinn; gerade das ist das Historische daran …«

Durch den Brief wappnete ich mich mit Argumenten für ein kommendes Treffen. Am selben Tag antwortete ich auch Unseld: »Sie werden kaum ungeduldig gewartet haben – trotzdem ist es mir nicht lieb, einen Brief von Ihnen erst sechs Wochen nach Empfang zu beantworten. Die Gründe sind ganz einfach: es ging und geht mir nicht gut, und ich fand es doch nötig, einen Kontakt mit und einige Auskünfte von Elisabeth Borchers zu bekommen, bevor ich Ihnen jetzt antworte. Natürlich habe ich mich sehr über Ihr Schreiben gefreut und ich danke Ihnen. Wenn auch die Zuversicht, die Sie mir einflößen, konditioniert ist, so glaube ich doch an ein gutes Ende. Sie werden mich zu jeder Zusammenarbeit vollständig bereit finden. Mehr mag ich im Moment gar nicht sagen. Sobald Frau Borchers und ich zusammengesessen haben und weitergekommen sein werden, gibt es Konkreteres zu besprechen, und bis dahin sollte ein ausführlicher Brief von meiner Seite wohl warten. Dank noch einmal. Auch Ferdinand Sieger hat sich gefreut, als ich ihm Ihren Brief am Telefon vorlas, und Schnabel läßt Sie sowieso grüßen.«

Unseld antwortete mir am 12. Juni: »[H]aben Sie Dank für Ihren Brief vom 6. Juni. Ich bin sicher, daß Sie mit Elisabeth Borchers einen guten Kontakt haben werden.

Ich höre auch, daß Sie über meine Bemerkung, man müßte ein ›Suhrkamp-Buch‹ erreichen, rätseln. Das ist aber so schwierig gar nicht. Gemeint ist nicht, daß wir den Versuch machen, alles über einen Suhrkamp-Leisten zu schlagen, ganz im Gegenteil. Es geht uns darum, in der Arbeit mit dem Autor jenes Äußerste an Substanz und Qualität zu erreichen, zu dem der Autor fähig ist. Das ist die Ambition, die hinter diesem, wenn Sie so wollen, Etikett steht.« Ich wollte ja, und wie ich es wollte, doch gab es in der Zusammenarbeit mit Frau Borchers zu viele Abers. Es vergingen Monate, bis sie sich auf einen Termin mit mir verständigen konnte. Ihre alte Mutter war krank und sie selber dort, wo ich nicht hinkommen konnte, oder umgekehrt. Sie machte erst Urlaub, das verstand ich damals nicht so ganz. Ich schlug vor, wo wir uns überall treffen konnten – im Siegerschen Haus in Follonica, wo ich den Sommer über war, in Holstein, in Dänemark, nicht im Verlag, denn ihn fand ich den letzten aller Orte für eine konzentrierte Arbeit, wenn man Cheflektorin ist. Ich schickte das überarbeitete und nun vollständige Manuskript eingeschrieben aus der Post in Follonica am 20. August an Elisabeth Borchers ab. Ein erstes Buch – mir brannte die Zeit oder besser die Ungeduld auf den Nägeln. Auf der Rückreise aus dem Siegerschen Haus besuchten Ernst Schnabel und ich Tutti und Gottfried Fischer in Camaiore. Ich gab Tutti das Manuskript in die Hand, sie setzte sich in ein Stühlchen auf dem Rasen vor dem Haus und fing an zu lesen. Sie las das Manuskript in einem Zug durch, reichte es mir zurück und sagte, hätte ich noch den Verlag, würde ich es sofort machen.

Schließlich fuhr ich doch zu Elisabeth Borchers in den Verlag. Ich war aufgeregt und guten Mutes, hatte keine Ahnung, was mich erwartete oder erwarten könnte. Ich habe damals kein Tagebuch geführt, aber ich sehe mich noch in ihrem mit Büchern und Manuskripten vollbepackten Büro sitzen, am Schreibtisch rechts neben ihr, mein Exemplar der »Mitteilung« auf den Knien, und sie, die mir erklärte, warum das Buch, so wie es war, nicht – immer noch nicht – ging, a) von der Struktur her, b) vom Gefühl her: Die Schärfe des Tons sei unausgegoren, einseitig, pubertär. Ich sollte mir den Stoff lieber aufheben und zu ihm zurückkehren, wenn ich abgeklärt, ja, wenn ich achtzig wäre. Ich argumentierte dagegen: Gerade die Schärfe der Auseinandersetzung und der Emotionen mache das Buch aus. Es habe keine einseitige Haltung, darauf hätte ich achtgegeben. Es gebe am Ende eine Trennung ohne Sieg oder Niederlage. Elisabeth Borchers mißfiel die Idee der Reise. Ich solle einzelne Porträts schreiben, meinte sie, meine Beobachtungen seien ja gut. Ich sagte, aber gerade diese Reise, dieser Condukt, ein musikalisches Thema mit Variationen wie bei Gustav Mahler … Ihr mißfiel der Einschub beziehungsweise die Auseinandersetzung mit dem Kriegstagebuch des Vaters. Der Rückblick in die Nazizeit, der mir so wichtig war, auch weil er das Thema Adel von der rein persönlichen Perspektive in eine allgemeinere rückte. Immerhin war nur ein kleiner Teil des deutschen Adels im Widerstand gewesen, und mit dem Mythos, daß es anders war, wollte ich aufräumen. Wir kamen nicht zusammen. Am Ende hatte sie das ganze Buch zerpflückt. Als wir so weit waren, kam Unseld herein. Borchers schilderte ihm das Problem mit mir. Was sollte er sagen? Er hatte, dachte ich, das Manuskript ja nicht gelesen oder nur hineingeblättert, so stand es in seinem Gesicht, sich nur sehr für den Stoff interessiert und konnte Borchers vor mir, schien mir auch, nicht in den Rücken fallen. Da stand er im Raum, und ich saß da, wie vor zwei Übereltern, die ich enttäuscht, vor denen ich versagt hatte, weil ich beharrlich etwas anderes wollte. Ich hatte das Klassenziel nicht erreicht.

Elisabeth Borchers verstand die 1968ff. immer aggressiver gestellte Frage an die Elterngeneration nicht, nach dem »Wie konntet ihr nur – Hitler wählen, den Krieg anzetteln, den Holocaust verdrängen, und das große Schweigen danach. War da nicht was? Gab es nichts zu berichten?« Vermutlich interessierten sie auch die Hauptfragen meiner Generation nicht. Sie sagte mir eine extreme Gefühlskälte nach, wo ich hätte verzeihen sollen. Sie begriff die Heftigkeit des verletzten Gefühls und der politischen Auseinandersetzung nicht, als lebte sie in einem Elfenbeinturm und nicht im Zeitgeschehen, dem Vietnamkrieg, der APO, der Springerhetze gegen die linken Studenten, dem Springertribunal, der RAF etc. Die heißen, ja radikalen Debatten mit dem Versuch, links von der Sozialdemokratie eine politische Heimat zu formulieren, die sich nicht diskreditierte wie ihre real existierenden Schwestern – sozusagen alles, was meine Generation auf den Prüfstand stellte, um einen Gegenentwurf zu wagen, interessierte Elisabeth Borchers nicht. Gut, so war es eben.

Nach vier Stunden Streit, der uns, weil ich nicht nachgeben konnte, ohne mein Manuskript zu zerstören, noch mehr auseinanderbrachte als alle gewechselten Briefe, stand ich auf, nahm mein Manuskript unter den Arm und sagte trotzig und enttäuscht: »Dann schreibe ich mir eben meine Bücher selber.« Dann stand ich auf der Lindenstraße. Was nun? Ich fuhr für vierzehn Tage zu Freunden nach Baden-Baden, die mich trösteten und auf andere Gedanken zu bringen suchten, danach fuhr ich nach Berlin zurück. Was tun? Ich hatte Frau Borchers versprochen, sie auf dem laufenden zu halten, da sie doch neugierig war, was mit dem Manuskript weiter geschähe, denn ich hatte ihr gesagt, daß Ernst Schnabel, Ferdinand Sieger, Alfred Andersch, Roland H. Wiegenstein, Hans Jürgen Schultz, der damals Chefredakteur Kultur beim Süddeutschen Rundfunk in Stuttgart war, und andere von dem Roman sehr angetan wären, und sie wollte mich nach der Buchmesse benachrichtigen, wenn Maria Dessauer, die Lektorin bei Suhrkamp war, das Manuskript als »second opinion« gelesen hätte. Schnabel und ich beratschlagten. Ich stellte Kopien des Romans her und verschickte sie: an den Hanser

Verlag, an den Piper Verlag, an S. Fischer, an Rowohlt, an Wagenbach, an Rogner & Bernhard und ich weiß nicht mehr wohin noch. Der Lektor des Piper Verlags antwortete, ich solle meinen roten Faden – die Reise – herausnehmen und das Ganze überarbeiten. Klaus Wagenbach schrieb mir, er fände das Buch »sehr schön«, könne es aber nicht machen, es übersteige das Volumen seiner Quarthefte (Romane veröffentlichte er damals ja noch nicht). Antje Ellermann schrieb mir, sie würde das Buch gern machen, könne mir aber keine Sicherheit geben, da Rogner & Bernhard kurz vor der Pleite stehe. Das war keine gute Aussicht (selbst wenn die Pleite Gott sei dank nicht eintraf). Ansonsten bekam ich keine Antwort. Da lag es nun, mein unerwünschtes »Kind«.

Ich war mit Alfred Andersch befreundet. Er hatte das Manuskript sehr gern gelesen, meinte nur, es sei am Ende des Straßburg-Kapitels schon alles gesagt. Was das große Schweigen oder Nicht-miteinander-reden-Können zwischen Vater und Tochter betraf, ja, da gab ich ihm recht, doch ich konnte nicht hier schon aufhören, ich hatte mehr zu erzählen. Andersch war an der Titelfindung mitbeteiligt. Ich sehe uns zu dritt, ihn, Schnabel und mich, in unserer Kellerwohnung in Berlin-Charlottenburg (Westend) sitzen und nachdenken. Ich hatte immer das Wort »Mitteilung« im Sinn gehabt, doch war Mitteilung allein zu wenig, und wem wollte ich was mitteilen? Da fiel Andersch »an den Adel« ein. Das fand ich zu Anfang eine Spur zu groß, aber es war provozierend und polemisch, ich müßte den Titel ständig verteidigen, das wiederum fand ich gut, darauf ließ ich mich gern ein.

Trotzdem, wie weiter? Wo war ein Verlag für mich? Roland Wiegenstein, Redakteur des WDR in Berlin, leitete seit Jahren eine Sendung, die das »Literarische Rätsel« hieß und damals zwischen Radio Basel und dem WDR veranstaltet wurde. Fünfunddreißig Jahre hat Wiegenstein die Sendung geleitet. Eingeladen wurden Schriftsteller, Publizisten, Germanisten mit einer umfassenden Kenntnis der deutschen Literatur quer durch die Jahrhunderte. Bei der für mich beziehungsweise die »Mitteilung an den Adel« ausschlaggebenden Rätsel-Rate-Sendung saß ich mit Urs Jenny und dem Schweizer Autor Walter Matthias Diggelmann am runden Tisch. Nach der Sendung erzählte ich Diggelmann von meiner versammelten Verlagspleite. Ich solle das Manuskript an Klara Obermüller schicken, sagte er, sie arbeite als literarischer Scout für den Züricher Benziger Verlag.

Ich schickte Klara Obermüller den Roman (oder gab ihn sogar Diggelmann, bevor er nach Zürich zurückflog, noch in die Hand). Sie begutachtete ihn und gab ihn an Renate Nagel, die damalige Cheflektorin, weiter und sehr schnell hatte ich die Antwort, daß der Benziger Verlag den Roman machen wolle. So wie es war – mit wenigen Kürzungsvorschlägen, »ein unmotivierter Bruch in der Erzählperspektive ist vorhanden«, hieß es aber auch. An die Schweiz hatte ich nie gedacht. Ich ergriff die gereichte Hand freudig und reiste mit einer Gruppe von jungen deutschen Schriftstellern für eine Lesereise durch die USA – zum Luftholen – und fuhr danach nach Zürich zur Vertreterversammlung des Verlags und las aus dem Manuskript. Renate Nagel wurde für lange Jahre meine Lektorin und Freundin. Doch war auch mit ihr die Zusammenarbeit anfangs nicht einfach. Sie monierte den Titel »Mitteilung an den Adel«, so daß wir den Vertrag über den Roman erst einmal unter meinem Arbeitstitel »Unter dem Glassturz« abschlossen, da die Vertreter sich gegen meinen Titel ausgesprochen hatten. Es gab aus ihrer Reihe auch Gegenvorschläge wie »Zwischen Knicks und Eichen«, wogegen ich mich heftig verwahrte. Renate Nagel fragte mich, ob ich den Titel »Welt hinter Glas« akzeptieren könnte. Sie habe, schrieb sie mir, »beide Titel inzwischen bei einigen großen Buchhandlungen in der Schweiz und in Deutschland getestet. Dieser Test fiel eindeutig zugunsten von ›Welt hinter Glas‹ aus, ›Mitteilung an den Adel‹ hingegen stieß auf Unverständnis, in einigen Fällen sogar auf Abneigung. Natürlich weiß ich auch, daß ›Mitteilung an den Adel‹ für einen kleinen Kreis intellektueller, literarisch sehr gebildeter Leser attraktiver ist. Ich fände es aber falsch und für uns beide schade, wenn wir die Verkäuflichkeit des Buches wider besseres Wissen auf eine kleine Gruppe beschränken und Ihrem Roman durch eine falsche Titelwahl den Weg zu einem breiteren Lesepublikum verbauen würden. Ich finde Ihr Buch zu wichtig, als daß es nur einen kleinen Kreis von Eingeweihten erreichen sollte. Ich habe es innerhalb unseres Herbstprogramms zum Schwerpunkt gemacht und unsere Leute von Werbung und Vertrieb ganz dafür eingenommen. Dies ist aber nur dann sinnvoll, wenn wir nicht durch den Titel ›Mitteilung an den Adel‹ schon beim Buchhandel Schranken gegen Ihr Buch errichten. Bitte lassen Sie sich von mir überzeugen. Es hängt so viel davon ab.«

Das konnte ich nicht zulassen. Also wappnete ich mich wieder mit »Instanzen«, da meine Meinung als Anfängerin offensichtlich zu angreifbar erschien. Am 19. März 1976 schrieb ich zurück: »die Zusammenarbeit mit Ihnen macht Spaß ... Mein einziges Problem ist, daß mir der Titel ›Welt hinter Glas‹ überhaupt nicht einleuchtet. Abgesehen davon, daß er praktisch über jedem Buch stehen könnte, stimmt er im Zusammenhang mit dem meinen nicht. ›Hinter Glas‹ ist ja allenfalls die Welt, aus der Augusta kommt und in der ihr Vater steckenbleibt, und das ist ja doch nicht die Welt, sondern allenfalls eine Welt. Was die Welt betrifft, so steht ihr Augusta, wie mir scheint, doch ganz direkt gegenüber. Der von Ihnen vorgeschlagene Titel läßt aber den Verdacht aufkommen, hier werde von einer geradezu autistischen Person erzählt ... In meiner Not habe ich heute auch zwei Buchhändler gefragt, darunter die alte, hocherfahrene Besitzerin der ›Bücherstube Schoeller‹, der bedeutendsten literarischen Buchhandlung

Berlins. Beide waren ganz gegen die ›Welt hinter Glas‹ (und fanden die Formel nichtssagend) und ganz entschieden für ›Mitteilung an den Adel‹. Zwei Literaturkritiker, Roland Wiegenstein und François Bondy, die ich ebenfalls sprach (vorgestern erst), sind geradezu bereit, für die ›Mitteilung‹ auf die Barrikaden zu gehen. Die Attraktion des Titels, wurde dabei gesagt, sei in einer Öffentlichkeit, die offen oder heimlich die Regenbogenpresse in Rekordauflagen treibe, nicht von der Hand zu weisen. Komisch, ich habe ein ganz sicheres Gefühl, daß wir damit sehr viele Leute anreden werden, viel mehr als mit der ›Welt‹. Lassen Sie sich überreden und vielleicht sogar überzeugen?« Renate Nagel gab nach, versicherte sich jedoch nochmals bei Andersch und setzte aus seinem Statement den Satz auf die Rückseite des Covers: »Hinter dem sachlich kühlen Titel verbirgt sich ein sehr persönliches und leidenschaftliches Buch: authentisch in der ebenso gerechten wie vernichtenden Kritik an einer Lebensform, die man für längst erledigt geglaubt hatte, authentisch in seiner Sprache, in der eine Tochter-Vater-Beziehung zu mitreißender Erzählung gerät.«

Der Roman kam zur Buchmesse heraus, wurde im November zum »Buch des Monats« gekürt, bekam den Kritikerpreis 1976 für Literatur der Akademie der Künste in Berlin. Dieter Hildebrandt hielt die Laudatio auf mich und sagte unter anderem, »sie erzählt mit der polemischen Seelenruhe einer Generation, die gelernt hat, nicht nur das schleswig-holsteinische ›Einhaus‹ dieses Romans, sondern Zauberberge aller Art jederzeit hinter sich zu lassen«. Diesen Satz über das Hinter-sich-Lassen habe ich bis heute nicht vergessen. Das Buch ging schnell in die nächsten Auflagen und wurde kontrovers – was ja gut war – besprochen. Vom Erfolg war ich überrascht. Ein Freund, dessen Urteil ich traute, hatte erklärt: Bei dem Thema verkaufst du dreitausend Exemplare und nicht mehr. Der Roman fand bei den Kritikern und Lesern enthusiastische Zustimmung, schillernd zwischen Bewunderung, größtem Lob und Respekt, und er rief bei der rechten Fraktion, der Springerpresse hauptsächlich, Empörung und schroffe, auch pöbelnde, in den Klatsch gehende Ablehnung hervor. Frauen aus der älteren Generation, nicht nur adliger Herkunft, schrieben mir, ich habe endlich gesagt, was sie hätten sagen sollen. Junge Frauen aus allen Schichten schrieben mir Dankesbriefe dafür, daß ich ihnen geholfen hätte, ihre eigenen Probleme genauer zu sehen und vielleicht sogar anzugehen. Zugleich bekam ich Briefe – von Vätern –, in denen mir »Leichenschändung«, »Nekrologie«, »Nestbeschmutzung«, »der Ausbruchsversuch eines ›Trotzköpfchens‹« bzw. (Pankraz in der »Welt«) einer »sauren Zitrone« nachgesagt wurden – und das war das Buch des Monats! (Ein Hieb gegen die Darmstädter Akademie, die sich entschuldigen zu müssen meinte, derart, daß die Meinung der preisverleihenden Jury mit der Haltung der Akademie nicht über einen Kamm geschoren gehöre, das seien zweierlei Dinge …) Im »Rheinischen

Merkur« wurde mir die »verquälte Fahndung nach sich selbst« bescheinigt. Es war viel los in der Presse. Und in den Briefen, die ich bekam, auch. Ich wurde mit Briefen regelrecht überschüttet. Einem mir unbekannten deutschen Grafen, der ein Landgut im Veneto hatte, war mein Buch der Inbegriff der »Fäkalienliteratur«, wohingegen ein anderer Nichtadliger, der in Australien lebte, mir »unbekannterweise« seine größte Hochachtung für meinen Mut und meine klare Sprache aussprach. Leider besitze ich die Briefe nicht mehr. Ich gab sie damals einer Journalistin, die sie im Dritten Hörfunkprogramm des SFB in einem Feature verwenden wollte. Sie versprach, sie mir zurückzugeben, was aber nicht geschah, und ich hatte nicht darauf bestanden, daß die Frau sich Kopien machte. Meine Familie reagierte auf den Roman mit Wut und Schweigen, oder eher mit wütendem Schweigen. Anderthalb Jahre lang war das Verhältnis zu meiner Mutter und meinem Bruder ziemlich gestört. Selbst das führte zu keiner Diskussion. Nur ein Großonkel sprach mit mir über das Buch. Es hatte ihm sogar gefallen. Er monierte nur, daß ich meinen Namen nicht geändert hatte. Dann ändere du doch deinen, sagte ich ihm. Meine Großmutter hatte die »Mitteilung« auch gelesen und meiner Mutter stillschweigend zurückgeschickt. Jahre später entdeckte ich ihr Exemplar in einer Plastikhülle in der untersten Schublade einer Barockkommode in einem der Salons im Haus, unter altem Kinderspielzeug. Alles, was ich je veröffentlicht habe, steht im Bücherregal meiner Mutter. Nur die »Mitteilung« fehlt – immer noch. In Schleswig-Holstein war der Roman das Skandalbuch des Jahres. In den Buchhandlungen wurde er sozusagen unter der Ladentheke verkauft – weil Plessen draufstand, trauten sich die wenigsten Buchhändler, den Titel ins Fenster zu stellen. Alle aus der im Titel angesprochenen Klasse kauften es, doch gab es niemand zu. Ich war das schwarze Schaf und blieb es.

ZOLTÁN DANYI

LOSE STEINE

Gedichte

(LANDSCHAFTS-)BILD

Von nahem: Zittern und
Beben.
Von ferne: wogender
Tanz.

DIE SCHULTERN UND DIE STIRNEN

Die Schultern und die Stirnen, die Knie
und die Schuhabdrücke sind noch
auf den Pflastersteinen, dem Kanalgitter

und am Bordstein an der Ecke, wohin
sie fielen, und dann lagen sie noch lange da,
bewegungslos und immer kühler,
bis die Panzer den Marktplatz
abriegelten, um die Dächer
von Scharfschützen zu säubern.

(Am Ende entfernten sie natürlich
auch die Körper, nur die Flecken
auf dem Stein sind geblieben, wie Falten auf dem Laken
nach dem Liebesspiel.)

LOSE STEINE

Von der Sonne erhitzte Treppen,
seit kurzem erst im Schatten,
die Steine sind noch warm,
als du dich auf sie setzt,
gegenüber der Kirche,
in der du das erste Mal betetest,

nicht, daß du gewußt hättest,
was ein Gebet bedeutet
(du weißt es bis heute nicht),
die Steine der Treppen sind lose geworden,
etwas weiter weg ein Stapel Holz,
jedes Brett darin ist warm.

WO WIR SIE HÄUFIG BERÜHREN

Dort, wo wir sie häufig berühren, nutzen sich
die Dinge glänzend ab. Wir hinterlassen Spuren
im Kissen, auf der Sitzfläche der Stühle. Als
hätten wir ein Gewicht.

AUF DEM HAUPTPLATZ IN DER ALTSTADT

Auf dem Hauptplatz in der Altstadt starb
ein Feigeneis den Heldentod,
eine schmelzende Spur auf den Steinen,
der Schatten der Kirche
wird sie noch lange nicht erreichen.
Oben, an der Turmuhr,
zeichnen die beiden Zeiger
Feuerzungen nach,
eng beieinander.
Der Wind bringt Muschelgeruch
vom offenen Meer und Kanonendonner
von einem mit bloßem Auge
kaum sichtbaren Zerstörer.

NICHT, DASS ES NICHT MEHR DA IST

Nicht, daß es nicht mehr da ist, oder
daß es einem so sehr fehlt, und auch nicht,
daß es nichts anderes geben kann, denn das
wäre noch weniger möglich, dicht gestreute
Steine, undurchschaubar eng verwobenes Gras,
so läßt es einen nicht los,
der Staub in den Augen, im Herzen,

den Adern kann sich vielleicht
nie mehr legen, erst wenn sie sich gegenseitig
auf die Schultern nehmen und weitergehen,
ohne einen Blick zurück.

EINSCHLAGSTELLEN

Die Einschlagstellen, die Spuren
der verfehlten Treffer,
die Schrammen von Schrapnellen
werden langsam vom Wind verwischt,
vom Wasser fortgespült,
Kieselsteine zwitschern
in wieder und wieder
herauslaufenden Wellen,
ölig glänzende Körper
liegen in der Sonne,
und die Frauen drücken
mit der Fingerkuppe
die Glut ihrer Zigaretten
unter der Handtuchecke in den Sand.

Aus dem Ungarischen von Terézia Mora

LAETITIA LENEL

WENN NICHTS BLEIBT

Künstlerinnen im frühen 20. Jahrhundert

Im Herbst 2024 ging die große Ausstellung über »Künstlerinnen zwischen Frankfurt und Paris« des späten 19. und frühen 20. Jahrhunderts im Frankfurter Städel zu Ende. Im selben Herbst eröffnete »Elles. Les élèves de Jean-Jacques Henner« im Musée national Jean-Jacques Henner in Paris, im Januar 2025 folgte die Ausstellung über Dora Hitz im Kunstverein Coburg. Selbsterklärtes Ziel dieser Schauen war und ist es, »eingeübte Sichtweisen zu hinterfragen«, wie es im Katalog zur Frankfurter Ausstellung heißt. Statt das Narrativ der Künstlerin als »Randfigur« oder »Heldin« zu reproduzieren, wollen sie zeigen, daß Frauen in der Kunstlandschaft um 1900 »zahlreich, sehr präsent und erfolgreich« gewesen seien. Das ist begrüßenswert, weil Künstlerinnen als Akteurinnen ihrer Epoche ernst genommen und ihr Geschick und Werdegang nicht, wie lange Zeit üblich, vornehmlich den Leistungen männlicher Mentoren zugeschrieben werden. Mitunter geraten bei diesem ambitionierten Vorhaben jedoch die starken Widerstände aus dem Blick, auf die sie damals stießen. Diese zeigen sich vor allem in dem, was keine Spuren hinterließ: in engen Grenzsetzungen, brüchigen künstlerischen Biographien und in Gemälden und Plastiken, die verlorengingen. Das daraus resultierende Schweigen und die nicht entstandenen oder nicht überlieferten Werke entziehen sich musealer Erschließung. Für unser Verständnis des Schaffens von Malerinnen und Bildhauerinnen im frühen 20. Jahrhundert ist die Benennung dieser Leerstellen allerdings zentral.

Wie stark die weibliche Sozialisation als hemmender Faktor auf das Schaffen von Künstlerinnen einwirkte, läßt sich besonders gut an einem seinerzeit viel beachteten Buch der späten zwanziger Jahre zeigen. 1928 veröffentlichte der Kunsthistoriker Hans Hildebrandt im Berliner Rudolf Mosse Verlag das Buch »Die Frau als Künstlerin«, in dem er bildende Künstlerinnen seit der Antike vorstellt und davon ausgehend über Möglichkeiten und Grenzen weiblicher Kunst nachdenkt. Dem liegt seine Beobachtung zugrunde, daß sich die Stellung der Frau in den vorangegangenen Jahren entscheidend verändert habe. Zum ersten Mal, so der Autor, werde dem Weib »die grundsätzliche Ebenbürtigkeit zugestanden«. Hildebrandt setzt sich intensiv mit zeitgenössischen Künstlerinnen auseinander, mit denen er zum Teil in direktem Austausch steht. Dennoch zweifelt er nicht daran, daß nur Männer zu wahrer Kunst berufen seien: »Das Allerhöchste aber hat eine Frau als gestaltende Künstlerin noch nie erstrebt, geschweige denn erreicht. Und es fragt sich, ob sie es je erreichen wird. Nicht, weil dem weiblichen Geschlechte die letzte Genialität versagt ist. Die Frau hat sie. Doch auf anderen Gebieten als auf jenen, auf denen sie dem Manne eignen mag. Das Weib besitzt sie, wo es seine leiblich-geistige Persönlichkeit ohne jede Einschränkung einsetzen kann: im Leben und in der Liebe.« Man werde »bedeutenden Herrscherinnen, Gelehrtinnen, Künstlerinnen« daher immer Männer gegenüberstellen können, die größer gewesen seien und Größeres vollbracht hätten als sie. Das gelte nicht nur für die bildende Kunst, sondern auch für Musik und Literatur. Zwar gebe es großartige Musikerinnen und Schauspielerinnen, jedoch keine bedeutenden Komponistinnen und Autorinnen: »Wo die Frau selbst den Weg bestimmt, verliert sie die Sicherheit und versagt zumeist.«

Nach diesen allgemeinen Betrachtungen über »das Wesen weiblichen Schöpfertums« und einer Geschichte der weiblichen Kunst seit der Antike folgt ein dritter, auf die Gegenwart bezogener Teil, in dem sich Hildebrandt mit dem Schaffen von Malerinnen und Bildhauerinnen von Charlotte Berend-Corinth bis Auguste von Zitzewitz auseinandersetzt. Auch dieser Abschnitt wird von zahlreichen Abbildungen begleitet, die heute einen eigenen Wert besitzen, da etliche Künstlerinnen vergessen oder ihre Werke verschollen sind. Hildebrandt nimmt wahr, daß künstlerisch tätige Frauen seit 1914 eine neue Sichtbarkeit in Deutschland erlangt haben, und glaubt, daß das »neue Weib« auch die »neue Künstlerin« hervorbringe. Er gesteht der Malerin Alice Trübner zu, »ein nicht alltägliches Talent« zu besitzen, und attestiert Paula Modersohn-Becker, daß »sie selbst, ohne es zu ahnen, die ersten Schritte gegangen war« in eine neue Kunstrichtung. Dennoch bringen Hildebrandt auch diese Beispiele nicht von seiner These ab, daß allein Männer wahre schöpferische Kraft besäßen. So glaubt er, daß Alice Trübner »so ganz im Banne ihres Mannes« gestanden habe, daß »man sich nicht vorzustellen vermag, wie sie ohne Wilhelm Trübner gearbeitet hätte«. Und wiederholt trotz der lobenden Worte für die »mit männlicher Sicherheit« gemalten Bilder von Charlotte Berend-Corinth und Käthe Kollwitz' »schöpferische Kraft« seine eingangs dargelegte Hypothese: »Trotz unverhoffter Steigerung der Selbständigkeit bewahrheitet sich dennoch die alte Erfahrung auch jetzt: Die Kunst der Frau begleitet die Kunst des Mannes. Sie ist die zweite Stimme im Orchester, nimmt die Themen der ersten Stimme auf, wandelt sie ab, gibt ihnen neue, eigenartige Färbung; aber sie klingt und lebt von jener.«

Hildebrandts Buch erhielt zahlreiche positive Besprechungen. Die Kritiken lobten, sein Buch sei zur rechten Zeit erschienen, einer »Stunde der Abrechnung zwischen beiden Geschlechtern«. Die Rezensionen in der Funk-Woche und im Berliner 8-Uhr-Abendblatt beschrieben Hildebrandts Herangehensweise an

das Thema als »liebevoll und gründlich« und hoben hervor, daß der Verfasser mit »objektiver Beurteilung die Vorzüge wie die Mängel der Frauenpsyche« in den Blick nehme. Fast alle wiederholten Hildebrandts Schlußfolgerungen. Sein historischer Abriß wurde als Beleg dafür angeführt, daß die weibliche »Grundeinstellung immer dieselbe, der Umwelt verbundene bleibt« (Berliner Tageblatt) und »die künstlerischen Fähigkeiten der Frau mehr auf der reproduktiven Seite liegen als auf der selbstschaffenden« (Funk-Woche). Manche empfanden Hildebrandt gar als zu freundlich gegenüber den »Malweibern« (Das Kunstblatt).
Höflich und respektvoll wollten die meisten Kritiker der »Konkurrentin« begegnen, wie Frauen in einer der Besprechungen genannt wurden, ihre gönnerhafte, leicht spöttische Haltung jedoch nicht ablegen. So nannte ein Rezensent Hildebrandts Feststellung, »daß die schöpferische Genialität der Frau letzten Endes nur auf dem Gebiete des Gefühls zu erwarten und zu finden sei«, für Frauen »ermutigend«. Darüber sollten diese allerdings nicht vergessen, »daß die Frau als Bildnerin auch im Zeitalter der Emanzipation nicht über den Mann als Schöpfer hinauswachsen kann, daß sie an den Flug des männlichen Genius besten Falles heranreicht«. Unverhohlen erklärten mehrere Journalisten, daß ein Reiz von Hildebrandts Buch in seiner beruhigenden Wirkung bestehe. In diesem Sinn nannte ein Rezensent die Tatsache, daß »es der Frau in unwahrscheinlich kurzer Zeit gelungen ist, den Vorsprung des Mannes einzuholen«, einen ernsten Grund zur Besorgnis, versicherte seinen Geschlechtsgenossen jedoch sogleich, daß »dem weiblichen Geschlecht von Natur aus Grenzen gesetzt« seien, »die dem Mann seine Führerstellung im kulturellen Leben für immer sichern« (Düsseldorfer Stadt-Anzeiger). Diese Annahme glaubte er in Hildebrandts Abriß bestätigt zu finden.
Auch dem Verfasser selbst scheint es ein Anliegen gewesen zu sein, Frauen vor einem allzu großen Selbstbewußtsein als Künstlerin zu warnen – und sie statt dessen an ihre eigentlichen Pflichten zu erinnern. Hildebrandt spart nicht mit Nadelstichen gegen die »mannähnlichsten Vertreterinnen« des weiblichen Geschlechts, die zu selbstbewußt aufträten, und lobt an ihrer Stelle jene »bedeutenderen« Frauen, die »in Vielseitigkeit oder Beschränkung zu erkennen gelernt« hätten, »worauf ihre eigenste Natur sie verweist«. Zu Beginn der Frauenemanzipation seien »gerade die Verehrer des weiblichen Geschlechtes mit einigem Rechte« besorgt gewesen, »daß die neue Frau manchen der einstigen Reize einbüßen werde«. Zum Glück habe die Mehrzahl der Frauen schnell erkannt, daß dies der falsche Weg sei. Wieder einmal hätten weibliche Einsicht und Selbstbescheidung die Oberhand behalten: »Noch jedesmal hat das Weib dank seinem Anpassungsvermögen, das jenes des Mannes weit übertrifft, sich in das verwandelt, was die Stunde von ihr verlangte und was der Mann zur

Ergänzung seines tätigen Lebens brauchte.« Und bestehe in dieser Haltung nicht der eigentliche Kern des Weiblichen? Zwar würden Frauen nicht über wahre schöpferische Kraft verfügen, wohl aber besäßen sie eine »Genialität des Bezauberns mit jeder Geste, jedem Worte, jedem Tun«. Künstlerinnen seiner Zeit empfiehlt Hildebrandt entsprechend, sich auf Schaffensgebiete zu konzentrieren, »die der Freude des Kindes dienen, die den heranwachsenden Menschen fröhlich und allgemach hinüberleiten sollen in die harte Welt der Wirklichkeit«: die Herstellung von Puppen, Spielzeug, Bilderbüchern. Schließlich könne sich die weibliche Liebe einfühlen in die Wünsche und Träume von Kindern, nicht zuletzt, weil die Frau »selbst dazu noch Kind genug ist«.

Nur ein Rezensent kritisierte das Buch scharf. »Der Versuch traditioneller Einschüchterung der Frau hat sich jahrtausendelang bewährt«, schrieb Paul Frischauer in der Neuen Freien Presse, und »die Gegenwarterscheinung der manischen Abdrängung fast jedes Problems auf das Gebiet der Psychologie erleichtert dieses Bemühen«. Ein solcher Versuch seien auch Hildebrandts »philosophierende Gedanken über ›die Frau‹, über die Art ihrer Seele, ihr Wesen und die Grenzen ihres Geistes«. Der Autor urteile, so Frischauer spöttisch, »als ›Vollmann‹«. Ziel seiner Schrift sei nichts anderes, als »der Frau jede schöpferische Urkraft abzusprechen und damit letzten Endes ihrer Künstlerschaft überhaupt die wahrhafte Daseinsberechtigung zu nehmen«. Fassungslos wiederholt der Rezensent Hildebrandts Ausdruck von der »freien Entfaltung« der »Einbildungskraft der Frau«: »Die freie Entfaltung? Aber wann ward sie der Frau vergönnt?« Kunst sei ein Beruf, der gepflegt werden müsse. Das aber sei Frauen nie möglich gewesen, außer vielleicht in den Nonnenklöstern des frühen Mittelalters, »in denen Frauen unter sich, abseits von der ätzenden Kritik des Mannes« leben und arbeiten konnten und in denen auch die große Kunst einer Hildegard von Bingen entstand. Der Autor, meint Frischauer, »vergißt, daß sich wohl das Talent in der Stille zu bilden vermag, das Genie aber nur im Getriebe der Welt«.

Diese Rezension nimmt teilweise die Argumentation der Kunsthistorikerin Linda Nochlin vorweg, die 1971 den einflußreichen Essay »Warum hat es keine bedeutenden Künstlerinnen gegeben?« veröffentlichte. Nochlin weist darin die im Titel gestellte Frage zurück – schließlich sei die Vorstellung des großen Genies ein Konstrukt, zugeschnitten auf weiße und männliche Künstler, entstanden durch eine (Selbst-)Mythologisierung, in der die wundersame Gabe des einzelnen herausgestellt wird, während soziale und institutionelle Bedingungen verschwiegen werden. Eben diese aber seien zentral und hätten Frauen in der gesamten Kunstgeschichte gefehlt. »Der Haken liegt nicht in unseren Sternen, Hormonen, unseren Menstruationszyklen oder leeren Körperinnenräumen«, lautet einer der bekanntesten Sätze aus Nochlins Essay, »sondern in unseren

Institutionen und unserer Erziehung, wobei Erziehung alles umfaßt, was uns vom Augenblick unseres Eintritts in diese Welt bedeutungsvoller Symbole, Zeichen und Signale widerfährt.«
Europäerinnen waren bis ins späte 19. und in den meisten Ländern bis ins frühe 20. Jahrhundert hinein von staatlichen Kunstakademien ausgeschlossen. Private Malschulen genossen nicht nur weniger Anerkennung, sie waren auch kostspielig und standen dadurch nur wenigen offen. Wo Frauen, wie in Paris seit 1897, eine akademische Ausbildung erlangen konnten, blieben ihnen die Möglichkeiten des Aktstudiums lange verwehrt. Gelang es Künstlerinnen dennoch, ihren künstlerischen Werdegang zu verfolgen, sahen sie sich auch weiterhin mit starken Einschränkungen in bezug auf Ausstellungsmöglichkeiten und den Kunsthandel konfrontiert. Meist brauchte es einen Förderer, um im männlich dominierten Kunstbetrieb überhaupt wahrgenommen zu werden. Hildebrandts Text und seine Rezeption offenbaren aber auch die zentrale Bedeutung eines weiteren Faktors: der weiblichen Sozialisation. Während das zielstrebige Verfolgen der künstlerischen Karriere sowie ein selbstbewußtes Auftreten als »männlich« stigmatisiert wurden, galten Beschränkung, Helfertum und Bescheidenheit als »weiblich«. Tatsächlich war diese Sozialisation in vielen Fällen ein zentrales Hindernis. Gleichzeitig wirkte sie noch viel länger nach und tut dies bisweilen bis heute. Der Wunsch, als eine jener »Begnadeten« (Neue Zürcher Zeitung) erkannt zu werden, die zumindest über die besagte »Genialität des Bezauberns« verfügen, kostete zahlreiche Künstlerinnen große Kraft und erschwerte es ihnen, dem eigenen künstlerischen Schaffen nachzugehen.

Anlaß für Hildebrandts Buch »Die Frau als Künstlerin« bildete die künstlerische Tätigkeit seiner eigenen Frau. 1908 hatte er die damals einundzwanzigjährige Lily Uhlmann geheiratet, die einer großbürgerlichen jüdischen Familie entstammte. Uhlmann nahm zu diesem Zeitpunkt bereits seit drei Jahren Malunterricht – zunächst in München, dann in Dachau. Ihre frühen Ölbilder zeugen von großem malerischen Können und dem mutigen Bruch mit Konventionen. So finden sich unter den Stilleben Darstellungen von Früchten und Krügen von beinahe greifbarer Plastizität. Zugleich traute sie sich, die Tiefenillusion durch die zweidimensionale Wiedergabe anderer Elemente der Komposition, wie Tischtuch und Raum, aufzulösen. Hinzu kommen intensive und ungewöhnliche Farben, die auch ihren Porträts erstaunliche Eindringlichkeit verleihen. Sie wurde Meisterschülerin bei Adolf Hölzel in Stuttgart und trat in den Württembergischen Malerinnen-Verein ein.
Seit dem Ersten Weltkrieg konzentrierte sich Lily Hildebrandts künstlerische Tätigkeit auf Gebiete, die ihr Mann in seinem Buch von 1928 als typisch weiblich

bezeichnete, die Hinterglasmalerei sowie die Illustration. 1918 erschien ihr Bilderbuch »Klein-Rainers Weltreise«, das aufgrund seiner flachen, klar umrissenen Figuren in satten, kontrastierenden Farben als eines der ersten modernen Bilderbücher gilt. Es handelt sich bei den Bildern um Buntpapiercollagen, die sich hauptsächlich aus geometrischen Formen zusammensetzen und doch voller Bewegung sind. In den vierziger und frühen fünfziger Jahren nutzte Matisse dieselbe Technik in seinen berühmten Scherenschnitten. Diese gelten bis heute als originell, ja revolutionär. Lily Hildebrandts Innovationskraft aber wird durch Hans Hildebrandts Darstellung verwässert, der die Verse zu dem Kinderbuch beigesteuert hatte. In seinem Künstlerinnen-Buch bezeichnet er ihre Arbeit als »echt weibliche Mischung aus Naivität und Raffinement«, wobei er ihre Originalität sogleich in Abrede stellte: »In allen solchen Gestaltungen, denen sich noch gar viele gesellen ließen, lebt sich eine so herzliche Freude an der Befreiung von aller Alltagslogik aus, wie sie nur ein großes Kind zu empfinden vermag.«

Seit dem Winter 1943/44 schuf Lily Hildebrandt gar nichts mehr. »Ich bezweifle, daß es allein die bitteren Erlebnisse des NS-Regimes waren, weshalb meine 1974 verstorbene Mutter 1944 endgültig aufgehört hatte zu malen«, schrieb ihr Sohn Rainer in einem kleinen Katalog zum Werk Lily Hildebrandts 1989. Andere mögliche Gründe nennt er nicht. Die Voraussetzungen für eine Fortsetzung ihrer künstlerischen Tätigkeit seien günstig gewesen, glaubt er, und zitiert einen Artikel über die Hinterglasmalereien seiner Mutter, die 1927 in der renommierten Galerie Gurlitt ausgestellt wurden. Unter »den Händen dieser liebenswürdigen Künstlerin«, heißt es in der Besprechung, gewinne die Technik »den Reiz des Primitiven (…). Eine unschuldsvolle und kindliche Phantasie spielt mit intensiv leuchtenden Farben und zaubert Bilder (…), deren schönster Reiz in ihrer Anspruchslosigkeit und märchenhaften Einfalt liegt.« Wie der Ehemann beschreibt auch dieser Rezensent die Hinterglasmalereien von Lily Hildebrandt als kindlich, einfältig und anspruchslos – eine Einschätzung, die im Band von Hans Hildebrandt immer auch ein Aufruf zur Selbstbescheidung ist. Daß eine Bewertung wie diese zugleich eine Grenzsetzung ist, die weder den Werken noch dem Anspruch der Mutter gerecht wird, machte sich auch der Sohn nicht klar.

Lily Hildebrandt selbst stellte das eigene Schaffen, womöglich auch aufgrund derartiger Einordnungen, offenbar vor allem zugunsten der wissenschaftlichen Arbeit ihres Mannes zurück. In dem gemeinsamen Nachlaß im Getty Research Institute in Los Angeles finden sich Spuren der vielen Recherchearbeiten, die sie für seine Texte durchführte. Noch zwei Jahre vor ihrem Tod heißt es in einem Artikel der Stuttgarter Zeitung, daß sie »sich hauptsächlich damit beschäftigt, das publizistische Werk des Kunsthistorikers Hans Hildebrandt zu erhalten«.

Damit kommt sie den Aufgaben nach, die nicht nur ihr Mann als echt weiblich beschrieb, sondern die auch sie selbst 1930 in einem Text über Künstlerehen als vorrangig bezeichnete: »Wie erträumt und wie wünscht sich der Mann von heute die Frau von heute? Vor allen Dingen: sie soll Gefährtin sein«, die ihr »Helfertum« unter Beweis stellen und dem »Manne gegenüber Weib bleiben« solle: »Einfach Weib, das seinen Intellekt nicht zu aufdringlich verspüren läßt, weil die Gewöhnung an diesen dem Manne oft (…) am schwersten fällt.« Die »Steigerung der schöpferischen Kräfte« des Mannes beschrieb Lily Hildebrandt dementsprechend als vordringliche Aufgabe der Frau. So werde »vielleicht das beste Zeugnis für diese durch die Leistung des Mannes ausgestellt, mit dem sie Lebensgemeinschaft geschlossen hat«. Ganz in diesem Sinne heißt es in einem Brief an ihren Sohn 1974: »Die Todesnachricht von Ihrer Mutter (…) hat uns doch insofern etwas betroffen, als wir ihr gern noch das Erscheinen der von ihr so energisch betriebenen Dokumentation über Hans Hildebrandt, Ihren unvergessenen Vater, gegönnt hätten.«

Auch die Malerin Charlotte Berend-Corinth erklärte nach dem Tod Lovis Corinths, die besten Jahre ihres Lebens für ihren Mann hergegeben zu haben. Nach dessen Tod verfaßte sie eine Biographie und erstellte ein vollständiges Werkverzeichnis, das bis heute die Grundlage für die Beschäftigung mit den Bildern Corinths darstellt. »Meine stärksten Lebensjahre gab ich Lovis, die Jahre meiner Jugend und die meiner Reife. Ich beklage mich nicht, ich stelle es fest – in der Nacht, wenn ich mein Leben, welches nun schon vorgeschritten ist, überblicke. In der Welt gelte ich für eine Frau, die sich durchgesetzt hat.«

Enge Grenzsetzungen zu Lebzeiten und eine lange andauernde Geringschätzung der Eigenständigkeit ihres künstlerischen Schaffens – diese Faktoren bestimmten auch das Arbeiten und die (Nach-)Wirkung zahlreicher anderer begabter Künstlerinnen des frühen 20. Jahrhunderts. Aber nicht nur ausgeprägte institutionelle Hindernisse, auch gesellschaftliche und familiäre, oftmals übernommene Erwartungen und Rollenbilder bremsten Frauen in ihrem künstlerischen Schaffen. Die Alleinstehenden unter ihnen kümmerten sich oft um ihre Väter. Sie müsse sich eingestehen, »daß alles, was mit meiner Kunst zu tun hat, beendet ist«, schrieb etwa die Schweizer Malerin Sophie Schaeppi 1894. »Was bleibt mir vom Leben als die Pflicht, die alten Tage meines Vaters zu teilen. Aber er wird nicht ewig leben, und was werde ich dann machen? Ich (…) kann keine Kunst mehr machen, weil ich schon in diesen wenigen Wochen hier völlig verblödet bin. Ich habe wieder dieses Gefühl, als würde sich eine Eisen- oder Bleitür vor meinem Gehirn verschließen und alle meine Ideen verschwimmen.«

Verlobte Künstlerinnen wurden auf die Ehe vorbereitet. Paula Becker beispielsweise wurde vor der Hochzeit mit Otto Modersohn zu einem Kochkurs nach

Berlin geschickt. »Ich führe hier ein Leben, das gar nicht mein Leben ist. Mein eigenster innerster Mensch hungert, hungert nach Tiefe und Ruhe«, schrieb sie ihren Eltern nach zwei Monaten aus Berlin. »Es ist so traurig, daß Ihr Euch an mir ärgert. Da ist doch auch hin und wieder etwas zum Freuen an mir, ich meine noch außer meiner Verlobung.« Verheiratete Künstlerinnen stellten sich in den Dienst des Werkes ihres Mannes. Charlotte Berend-Corinth etwa gab bei der Eheschließung das Versprechen, daß sie ihren Gatten nicht mit ihrer eigenen künstlerischen Karriere belasten werde, litt er doch »schon schwer genug an sich«. Es ist kein Zufall, daß die intensivste, mitunter auch einzige Schaffensperiode von Künstlerinnen oft nach dem Tod des Vaters oder Ehemanns einsetzte. So war es bei Berend-Corinth, aber beispielsweise auch bei Amalie Seckbach. Virginia Woolf weist auf diesen Zusammenhang hin, als sie 1928 in ihr Tagebuch schreibt: »Vaters Geburtstag. Er wäre heute 1928 – 1832 = 96 ja, 96 geworden; & er hätte 96 werden können, wie andere Leute, die man gekannt hat; wurde es aber gnädigerweise nicht: Sein Leben hätte meinem ein absolutes Ende gesetzt. Was wäre passiert? Kein Schreiben, keine Bücher; – unvorstellbar.«
Diese Geschlechterbilder wurden bis ins späte 20. Jahrhundert hinein fortgeschrieben. Berend-Corinths Einsatz für das Nachleben ihres Mannes wurde 1958 mit dem aus heutiger Sicht zweifelhaften Lob honoriert, daß die Frau eines berühmten Mannes sich selten »so wenig in den Vordergrund« gestellt habe. So heißt es im Klappentext ihres Buchs über ihr Leben mit Lovis Corinth: »Immer steht im Mittelpunkt die problematische Gestalt des großen Malers, dem diese sehr weibliche Frau in allen Nöten und Krisen seines Künstlerdaseins auf die rechte Art, oft mit ganz leichter Hand bei schwerem Herzen, beizustehen wußte.« Bezüglich der Bedeutung Paula Modersohn-Beckers im Verhältnis zu ihrem Mann war man sich noch in den sechziger Jahren sicher, daß der »geduldige Betrachter (...) Gemeinsamkeiten zwischen den beiden entdecken und daran erinnert« werde, »daß die um elf Jahre jüngere Malerin anfangs im schönsten Sinne Schülerin ihres Mannes gewesen ist«. Im Ausstellungskatalog über Lily Hildebrandt von 1989 werden die Bekanntschaft mit ihrem Lehrer Adolf Hölzel und die Hochzeit mit Hans Hildebrandt als entscheidend für ihr künstlerisches Schaffen beschrieben. Zwischen den Zeilen wird suggeriert, daß Hildebrandt 1912 vor allem deswegen Hölzels Meisterschülerin wurde, weil »die Beziehung (...) so stark gewesen sei«, wobei wiederum auf den Ehemann als frühen Förderer Hölzels verwiesen wird. Dabei war sie es, die ihren Ehemann mit dem Maler Hölzel bekannt machte, bei dem sie auf Empfehlung ihrer Freundin Ida Kerkovius schon 1906/07 in Dachau Unterricht genommen hatte.

Wir sind die Erben dieser Erzählungen, beruhen Anerkennung, Bekanntheit und Preise der meisten künstlerischen Werke doch auch auf diesen jahrzehntelang tradierten Narrativen und der Aufmerksamkeit beziehungsweise Ignoranz, die daraus folgten. Die vielen Ausstellungen, die seit einigen Jahren das Wirken von Künstlerinnen in den Mittelpunkt rücken, setzen dem etwas entgegen. Sie erkennen Malerinnen und Bildhauerinnen als eigenständige Akteurinnen an und stellen ihr Schaffen nicht in den Schatten männlicher Vorbilder. Angesichts der starken Widerstände, denen diese damals begegneten, sollten wir jedoch auch nach dem fragen, was das Leben der Künstlerinnen nicht überdauert hat, und die Schwierigkeiten thematisieren, auf die jede Recherche stößt. Im Vorfeld der großen Ausstellung zu Malerinnen im späten 19. und frühen 20. Jahrhundert im Städel-Museum veröffentlichten Mitarbeiterinnen einen Aufruf, um nach Werken von Alice Trübner zu suchen, die sich 1916 das Leben nahm und davor vermutlich einen Großteil ihrer Werke vernichtete. Diese Leerstelle wurde in der Ausstellung nicht benannt. Ebenso wenig wie die Tatsache, für wie wenig Geld das Städel manche Gemälde erwerben konnte, weil die Malerinnen nie bekannt geworden waren, ihre Bilder nicht signierten und niemand ihre Werkverzeichnisse anlegte.

»Wie viel doch nötig ist, um zu schreiben«, bemerkte die amerikanische Schriftstellerin Tillie Olsen 1978, nachdem sie das eigene Schreiben jahrzehntelang zurückgestellt hatte, »Neigung (viel verbreiteter als angenommen), die rechten Umstände, Zeit, die Entwicklung des eigenen Handwerks – aber darüber hinaus: wie viel Überzeugung von der Wichtigkeit des eigenen Worts, des eigenen Rechts, es auszusprechen. Und der Wille, der unerschöpfliche Vorrat an Glauben an sich selbst, um die eigenen Lebenserkenntnisse zu finden, ihnen treu zu bleiben, sie in die richtige Form zu gießen. Schwer genug für jeden Mann, der nicht in eine Klasse hineingeboren wurde, die solches Selbstbewußtsein züchtet. Fast unmöglich für ein Mädchen, eine Frau.«

Vielleicht wäre es ein Anfang, in den Ausstellungen auch das zu thematisieren, was nicht gezeigt werden kann. Die Daten oder Fotografien der verschollenen oder zerstörten Gemälde zu zeigen, von denen wir wissen. Und die oft verschlungenen Wege jener Werke nachzuzeichnen, die erhalten geblieben sind. Einen ersten Schritt in diese Richtung unternimmt die Mannheimer Ausstellung »Die Neue Sachlichkeit – Ein Jahrhundertjubiläum«. In einer Videoinstallation veranschaulicht sie die große Zahl verschollener und zerstörter Bilder, von denen man durch den Katalog von 1925 weiß. Sie zeigt auch einige Gemälde der damals ignorierten Malerinnen der Neuen Sachlichkeit und gibt biographische Hinweise. Auch das Frankfurter Städel rekonstruierte in einer online zugänglichen Porträtreihe einige der lückenhaft überlieferten Biographien. Diese vielversprechenden künstlerischen Lebensläufe auch in den Ausstellungen in den Blick zu nehmen und zu beleuchten, wie sie abbrachen, kann uns auch an das erinnern, was wir nie gewußt haben.

Der Blick in den Nachlaß von Hans Hildebrandt bietet einen Ausgangspunkt für die Erforschung weiterer Malerinnen dieser Zeit. Hier finden sich Verweise auf Bilder, die verschollen, und auf zahlreiche Künstlerinnen, die vergessen sind. In einem Artikel über Bildhauerinnen schrieb Hildebrandt 1934 optimistisch: »Die echten Künstlerinnen, die Berufenen aber werden bleiben. Denn auch dies dient dem Ganzen, daß jeder schöpferische Mensch sich schöpferisch auszuwirken vermag.« Doch auch von den wenigen Künstlerinnen, die hier erwähnt sind, findet sich zum Teil nichts. Eine davon ist die Bildhauerin Julia Hauff, deren Werk Hildebrandt in seinem Artikel mit der Fotografie einer Porträtbüste würdigt. Heute wissen wir von ihr fast nur noch durch die Briefe ihres »Meisters«, des Bildhauers Georg Kolbe. In den späten zwanziger und frühen dreißiger Jahren schickt sie Kolbe noch Fotografien ihrer Werke, wie seine Briefe bezeugen. Einige Jahre später ist von ihrer Arbeit nicht mehr die Rede. Statt dessen bedankt sich Kolbe bei ihr für Alkohol, selbstgebackenen Kuchen, Zigaretten, Schuhe und Selbstgestricktes – und macht ihr immer neue Vorschläge, was sie ihm noch besorgen könnte. »Liebe gute Julia, was haben Sie da wieder getan! (…) In Ehrfurcht öffnete ich die 1865ger Flasche vom Geburtsjahr Ihrer lieben Mutter und goß ein Gläschen aus – schwer golden.« Strickt seine ehemalige Schülerin ihm einen Schal, macht er ihr sogleich den nächsten Vorschlag: »Herr. v. W. versprach mir, sich um Wolle für einen Sweater umzutun. Ob Julia den mir dann stricken wird?«

Wir lesen im Nachlaß von Hans und Lily Hildebrandt auch von Künstlerinnen, die sich überschwenglich bei ihm bedanken, daß er eines ihrer Bilder in seine Darstellung aufnehmen will: »Ich bin über das Interesse, welches Sie mir entgegenbringen, sehr glücklich«, schreibt die »sehr ergebene« französische Malerin Marcelle Cahn, die sich gleich mehrfach für die Verzögerung ihrer Antwort entschuldigt, der sie sich »schuldlos schuldig« gemacht habe, weil ihre Mutter erkrankt war. Leider scheinen die Briefe Julia Hauffs und der Großteil ihrer Werke – ebenso wie die vieler anderer Künstlerinnen – genausowenig auffindbar zu sein wie der längst getrunkene 1865er-Wein. Durch Spuren wie diese aber können wir zumindest einige der zahlreichen Leerstellen sichtbar machen, die die Kunstgeschichte wie Hohlräume in ausgehärtetem vulkanischem Material durchziehen.

KORNELIA KOEPSELL

WIE ES IST, DURCH PFÜTZEN ZU GEHEN

Gedichte

BEIM PUTZEN DES HAUSES

Eine Mücke liegt zusammengekrümmt
(ihre dünnen Beine rühren mich an)
auf der Treppe, ich denke, das Geländer
müßte abgewischt werden,
und wie oft vergesse ich,
die innere Kühlschranktür zu säubern.
Die Vorratskammer putze ich nur
vorne, was in den hinteren Ecken lauert,
will ich nicht wissen, plötzlich
sitze ich auf dem Absatz und weine.

Drei Tage lang stellten sie die Gebeine
der Gestorbenen in den Holzbau, viele sangen
die Orakel, es war Sommer und das Getreide reif.
Einer sagte: Es ist etwas Großes
um die Beherrschung der Meere.

Und als ich gesehen hatte,
wie du schliefst, oben
im Dachzimmer, Arme und Beine
angewinkelt, befiel mich Furcht.

Ich blicke auf das graue Wasser im Eimer, jetzt
sollte es erneuert werden, ich müßte
den Eimer ins Klo kippen, und unter der Dusche
neues Wasser einfüllen, ja,
das müßte ich.

Es war bereits Sommer und das Getreide reif,
da marschierten sie in Attika ein.
So wurde Hellas lange Zeit niedergehalten.

Und es ist ja nicht nur dieses,
wie du liegst, wenn du schläfst,
es ist auch dieses,
daß Krieg herrscht und Not überall.
Es ist auch dieses, daß die Mutter starb,
und wie sie, mit krummen Fingern,
die Möhren schälte für uns.

In ihrem Haus war es morgens still, nur
von den Höfen waren Kühe zu hören, so fing
die Geschäftigkeit an, ihr blauer Kittel
war so wunderbar abgetragen.

Ich stehe nun auf, ich werde
weiter putzen, es muß
immer geputzt werden, Krümel und tote Mücken
müssen ja weg, du wirst
aufwachen und alles ist gut.
Alles ist gut.

DAS KLASSENTREFFEN

Ich dachte: Welche Traurigkeit in den Träumen.
Immer mehr Väter zogen vorüber,
zu den Schlachtfeldern,
sie überquerten schneebedeckte Hügel
und den vereisten Strom.

Wir standen auf der Terrasse
und tranken Spumante,
während Helmut mir seine Blasenschwäche beschrieb,
nur wenn ich langsam gehe,
sagte er, landen die Tröpfchen
in der Hose, er lachte,
aber nicht, wenn ich mich anstrengen muß.

Da dachte ich an die Traurigkeit
in den Träumen der Väter,
welche schon früh am Morgen
Schritte senkten ins Erdreich.

Joachim war vor wenigen Wochen
zusammengebrochen in der Garage,
und als man ihn, sagte er,
ins künstliche Koma versetzen wollte,
hatte er schreckliche Angst.

Ich sah die Todesgewißheit
in den bleichen Gesichtern,
und Bäume,
die in der Luft ertranken.

Das Tischtuch war mit Blumen bestickt,
auf der Anrichte standen Rehe.
Ein Foto wurde gemacht.
Mit künstlichen Hüftgelenken.

Die Pause zwischen Rigatoni und Streusel
wurde mit Erinnerungen belebt
an Bankwitz, den alten Lehrer.
Den haben sie geliebt.

Helga richtete sich auf und sprach
über ihren metastasierenden
Krebs: Im nächsten Jahr
bin ich nicht mehr dabei.
Wir tranken einen klebrigen Schnaps
aus dem Kristallglas.

Immer mehr Väter zogen vorüber,
in Uniformen, untereinander
im Schweigen verbunden.
Ihre Verbände leuchteten in der Nacht.

Am frühen Abend brachen sie auf
und strebten fort.
Mit ihrer Gebrechlichkeit allein,
und ohne die Väter,
die haben sie nie gekannt.

DAS LETZTE FOTO DER GROSSMUTTER

Ihr Mund zerschneidet das Gesicht,
als wäre er durch einen Säbelhieb
entstanden, über ihrer schwarzen
Baumwollbluse ist das einzig Leichte
der weiße Kragen,

ich kann in ihren dunklen Augen nicht
lesen, doch mir scheint, sie bergen
die Toten, die nicht aus dem Krieg
zurückgekehrt sind, während
ihre Schatten im beständigen Geräusch

des in das Küchenbecken rinnenden
Wassers nicht vertrieben wurden, und das Schlagen
einer Tür zwei Schweigen trennt,
eines davor und eins danach, und das
Reinemachen, Bohnern, Putzen,

auf den Treppen, auf den Stiegen, hat
nichts gemildert, die Erinnerungen
lasten, wie die Kisten in der Kammer,
die im dichten Dampf erstickten,
den die Wäsche aus dem Kessel stieß.

LIEBESGEDICHT

Wen geht es an, daß ich noch rauche,
daß ich eine Flasche Rotwein täglich trinke?
Meine Downloadrate weiß ich nicht.
Ich sehne mich nach Abgeschiedenheit
und möchte keine Kommunikation.
Ich lege meine Hand in deine Hand.

Meine Nerven neigen zu Entgleisungen.
Wenn die Sonne schräger wird und schräger,
wird es stiller hinter den Gardinen.
Ich lege meine Hand in deine Hand.
Ich liege im Zimmer, an der Wand
hängt eine Box mit Aufschrift Dermagrip.

Ein Wort ist immer dieses, immer jenes.
Es kennt die Traurigkeit von Anfang an.
Vier Uhr nachts, der Bildschirm ist ermüdet,
ich blicke auf die Taste T.
Ich lege meine Hand in deine Hand.
In trüben Tagen fand ich Freundlichkeit.

Den Zauber einer Purpursonne.
Und wenn die schwarzen Wandelwolken kommen,
bin ich die Braut, die du gesucht hast.
Ich lege meine Hand in deine Hand.
Ich seh Gehängte in den Bäumen hängen.
Der König läuft, beseelt mit Willenskraft

durch die Luft, man ruft: Gesund, Herr König.
Pferde grasen auf den Wiesen.
Zu welchem Namen fügen sich
die ätherisch-schönen roten Blüten?
Berge leuchten in der Ferne.
Ich lege meine Hand in deine Hand.

Ich lege meine Hand in deine Hand.
Mücken legen Tausende von Eiern,
die Mücken werden mehr und mehr.
Dort ist der Wohnbereich, sagst du, und deutest
auf die Lampe an der Messingkette.
Wie nichts bleibt und nichts verschwindet.

Ich habe alle Klappholzstühle hinter
dem Schuppen aufgestapelt, um uns Platz
zu schaffen, und die Wasseraufbereitungs-
anlage in den Hauseingang verbannt.
Der Morgen weht mir Traurigkeit entgegen.
Ich lege meine Hand in deine Hand.

WIE ES IST, DURCH PFÜTZEN ZU GEHEN

Wie es ist, durch Pfützen zu gehen,
ist schwer zu beschreiben, da Pfützen
sich ausdehnen auf löchrigen
Straßen, mit Flaschen und Dosen,
die jemand wegwarf, der nicht hier wohnt.

Wie es ist, durch Pfützen zu gehen,
ist schwer zu beschreiben, weil Lampen
von den Terrassen sich darin spiegeln,
und manchmal leuchtet ein Fenster
in den maroden Häusern am Rand.

Wie es ist, durch Pfützen zu gehen,
zeigt sich in der Dämmerung, wenn ich allein,
in meinem dünnen Mantel und ohne Schuhe,
durch das dreckige Wasser wate in Sorge,
auf Scherben zu treten.

Das ist, was ich meine, das dämmernde Graue,
das Vergehen des Himmels, der Häuser,
Vergehen, das überall haust, wie die Stummel
der Zigaretten, die jemand geraucht hat
in unendlichem Leid.

Hinter der Biegung der Straße, wo ich
das Verlorene suche, starren mich
schwarze Tannen an, undurchdringliche Wälder,
Einsamkeiten, die niemand kennt.
Das ist, was ich meine, das genau.

LEANDER STEINKOPF

DIE KRONE DER SCHÖPFUNG

Was ich letztlich damit sagen will, ist, daß die Evolutionsgeschichte wahrscheinlich der beste Mythos ist, den wir je haben werden. Er kann so lange angepaßt werden, bis er der Wahrheit so nahekommt, wie der menschliche Verstand für die Beurteilung der Wahrheit gemacht ist.
E. O. Wilson: Über die Natur des Menschen

Jasons Hemd ist viel zu weit aufgeknöpft, vielleicht auch nur aufgeplatzt vom Krafttraining, seine Haut braun und rot, der Stoff blendend weiß im Kontrast. In jede rhetorische Pause setzt er ein Grinsen. Er trägt ein cremefarbenes Sakko, das spannt, wenn er den Bizeps braucht, steht breitbeinig in Blue jeans und wippt mit dem rechten Fuß in einem spitz zulaufenden Lederschuh. Ich stehe unschlüssig in der Eingangstür, kann mir das nicht ansehen, aber weghören kann ich auch nicht. Es geht um die Evolution der dunklen Triade, um Narzißmus, Machiavellismus und Soziopathie, um Leute, die nur sich selbst sehen, denen die Mittel egal sind, denen der andere bloß ein Objekt ist.
»Diese radikal eigennützigen Merkmale können in menschlichen Gesellschaften überdauern, solange sie eine gewisse Häufigkeit nicht überschreiten, solange es eine überwältigende Mehrheit prosozialer Menschen gibt, die zu selten ausgenutzt werden, um ihre Gutgläubigkeit aufzugeben, solange sich Sexualpartner finden, die das falsche Spiel nicht durchschauen. Das Gute im Menschen bringt so das Böse hervor«, höre ich Jason sagen, während ich mich im Saal umschaue. Sveta sitzt in der letzten Reihe, ihr Rücken so gerade, daß sie die Lehne gar nicht braucht.

Am Semesterende haben mir die Kollegen gesagt, ich solle nicht auch noch auf diese Konferenz fahren. Am Strand liegen, tanzen, feiern, jemanden kennenlernen, das schlugen sie mir vor, endlich Urlaub machen. Da habe ich ihnen erklärt, daß es mir in den Clubs zu laut und zu eng ist, daß mir Strände zu sandig sind und ich die Sonne nicht vertrage, daß ich außerdem zu Kennenlernen und Smalltalk nicht in der Lage bin. Und wenn sie da nicht schon angefangen hätten zu lachen, hätte ich ihnen erklärt, daß ich auf die Konferenz fahre, um mich zu erholen. Ein gutes Hotelzimmer und Tage ohne Telefonate und Sprechstunden, der Campus über den Sommer so gut wie verlassen, in den langen Gängen des

Instituts nur Soziobiologen, Evolutionstheoretiker und Verhaltensforscher, jeder Smalltalk ein Gespräch über die Natur des Menschen, der Innenhof grün und sonnig, kühl vom Schatten der Bäume, gewärmt von den Ziegeln der Fassade, eine Insel.

Jasons Vortrag ist vorbei und ich melde mich. Das mache ich gerne, wenn ich in der letzten Reihe sitze, dann drehen sich alle erstaunt zu mir um, denn von hinten erwarten sie keine Fragen. Alle schauen mich an, nur Sveta blickt stur nach vorne. Ich weiß gar nicht, warum ich Jason unbedingt seine These kaputthauen will. Ihm fällt schon das blöde Grinsen aus dem Gesicht, aber Sveta schaut immer noch nicht. Mein Kommentar ist verklungen, es ist nun völlig still im Saal, und ich höre ganz laut meine eigenen Gedanken, meine Zweifel. »Ist das noch rationale Wissenschaft oder schon biederer Moralismus?«, zumindest diesen Schlußsatz hätte ich mir sparen können. Ich weiß gar nicht, ob ich wirklich glaube, was ich gesagt habe. Zu jeder Idee, die ich habe, fällt mir sofort ein Grund ein, warum sie unbedingt falsch sein muß. Jason kann nicht antworten, nur ausweichen. Sicher haßt er mich jetzt, weil ich ihn bloßgestellt habe, und trotzdem hört er nicht auf zu lächeln.

Während meines eigenen Vortrags bin ich kaum bei der Sache, achte mehr auf die Zuschauerreihen als auf die Zeilen in meinem Manuskript. Viele sind heute morgen schon mit ihren Rollkoffern in die Vorträge gekommen, um mittendrin abzureisen. Ich höre, wie ich immer schneller rede. Auf meinen Vortrag folgen nur noch Posterpräsentationen, Imbiß und Umtrunk, Abschlußfeier. Ich bügle alle Fragen ab, dann verlasse ich, am Publikum vorbei, fast als erster den Saal.

Im Innenhof sitzen die ersten erleichtert an den Tischen in der Sonne, mit Weißwein und am Buffet gefüllten Tellern. Auf dem breiten Kiesweg, der vom Portal des Instituts hinüber zur Bibliothek am anderen Ende des Innenhofs führt, sind Stellwände aufgereiht, mit Postern, auf denen Nachwuchsforscher ihre Arbeiten präsentieren. Und da steht Sveta.

Die Postervorträge sind organisiert wie ein Trinkspiel: Man nimmt sich ein leeres Weinglas von den Tabletts der Kellner, tritt vor eines der Poster und bekommt vom Vortragenden eingeschenkt, nicht viel, aber genug für einen Kurzvortrag. Dann kann man weiterziehen zum nächsten Projekt und zum nächsten Wein oder man läßt sich nachschenken. Ein bißchen schaue ich mich um, mit dem leeren Glas in der Hand, auch wenn ich schon weiß, wohin ich will. Ich achte auf meine Schritte, der Kies fühlt sich glitschig an und meine Füße sinken ein. Sveta will mir eingießen, aber das Glas zittert. Sie kommt einen Schritt näher, umfaßt meinen Unterarm und schenkt mir ein. Sie ist so nah, daß ich sie riechen kann, und ich muß lächeln. Es ist so erleichternd, für einen Moment wieder an die Wissenschaft zu glauben. Ich atme ein und muß an all die Studien denken, die zeigen, daß man den Geruch von Menschen mag, die andere Immun-Gene haben, mit denen man folglich Nachwuchs haben könnte, der gegen viele Krankheiten resistent ist. Ich denke an diese Studien, stehe ganz nah bei Sveta und ihr Duft packt mich bei meinen Instinkten.

»Ich habe mir die Veränderung von Partnerpräferenzen über den Menstruationszyklus angeschaut«, sagt Sveta. Sie stellt die Weinflasche ab und hebt die Hände vor die Brust, gestikuliert zu ihren Sätzen wie im Vortragsseminar geübt. Ein silberner Ring blitzt an ihrem Ringfinger. Sie zeigt auf ihr Poster, auf Bilder von Männern mit breiten Schultern und kantigem Kinn, dann auf Bilder von Männern, die treu und freundlich schauen. Sie weist in einer Tabelle auf die Tage nach dem Eisprung, dann auf die Tage, an denen keine Empfängnis stattfinden kann. Sie spekuliert über physiologische Mechanismen, und ich warte auf den Moment, in dem ich mich traue zu fragen, ob wir die Weinflasche nehmen und woanders weiterreden wollen. Mein Blick schweift zu den Tischen, doch alle sind besetzt. An einem sehe ich Paul sitzen, und auch er sieht mich. Er prostet zu mir herüber, deutet auf die freien Stühle bei ihm, winkt mich herbei. Ich tue so, als bemerke ich ihn gar nicht, aber dann ruft er nach mir und ich kann ihn nicht länger ignorieren. Sveta lächelt verständnisvoll.

Vor Paul stehen ein halbvolles Glas und eine leere Flasche, heftig winkt er dem Kellner nach einer zweiten. Er sieht viel jünger aus, als er ist, und mit der Leinenhose und dem weiten Hemd, braungebrannt mit breitem Lachen, wirkt er wie ein alter Künstler, ein alter Playboy, nicht wie ein Wissenschaftler, nicht wie der erfolgreichste Wissenschaftler dieser Konferenz. Der Kellner stellt uns eine Flasche auf den Tisch. Paul gießt erst sein Glas voll, dann meins.

»Schau dir diese Frau an«, sagt er und zieht an seiner Vanillezigarette. Ich schaue zu Sveta, aber er nickt in Richtung der kanadischen Primatologin. Wenn er so was sagt, weiß man nie, was als nächstes kommt, ob es um die Frau geht oder um eine neue Idee für eine Studie. Oft ist es auch beides. Jahre seines Forscherlebens hat er in Clubs und Diskotheken verbracht. Meist stand er nur in der Ecke und beobachtete, aber wenn ihn eine fragte, was machst du so, dann war es der Moment für Professor Paul. Von ihm bekam sie nicht zu hören, daß sie schön sei, von Paul bekam sie erklärt, was Schönheit ist, nämlich Qualität der Gene, Gesundheit, Fruchtbarkeit. Er faßte ihr Gesicht sanft am Kinn und betrachtete es genau, dann sagte er, daß es ganz wunderbar symmetrisch, da nicht durch äußere Stressoren in der Entwicklung gestört worden ist. Dann strich er über die Haut, ganz glatt, es gebe kein glaubwürdigeres Zeichen für Gesundheit. Er tippte auf die hohen Wangenknochen und sagte, das sind keine Knochen, das sind Fettpolster, die entstehen, wenn viel Östrogen im Körper ist. Er legte seine

Hände an die Taille, dann an die Hüfte, so nüchterne Berührungen wie sonst nur von Ärzten, und sagte, daß die schmale Taille und die breitere Hüfte ein Zeichen für Fruchtbarkeit sind. Und daß sie sich so unwiderstehlich auf der Tanzfläche bewegt, das sei ein Zeichen, daß der Eisprung nahe, daß die Wahrscheinlichkeit der Empfängnis nun am höchsten sei.

Diese Zeiten waren längst vorbei, als ich bei Paul anfing, ich kenne sie nur aus Erzählungen der älteren Kollegen. Und ich kenne sie aus Pauls Schwärmereien, die davon handelten, daß, wenn man den halben Abend über die Automatismen der Fortpflanzung gesprochen hat, sie in der zweiten Hälfte des Abends ihren Gang nehmen, daß es sich so leicht und frei anfühlt, einfach den biologischen Gesetzen des menschlichen Verhaltens zu folgen, ohne einen Gedanken an Kultur und Bedeutung, ja, ganz ohne Nachdenken.

»Ich finde deine neuesten Artikel sehr interessant, was ganz anderes als das, was wir früher gemeinsam geschrieben haben«, sagt Paul, dann lacht er zu laut und faßt mich an der Schulter, »aber du könntest mich schon noch ab und zu zitieren!«

Diese Stelle ist immer ein schmaler Grat, ein Wort des Lobes für seine Forschung, und er wird eine Stunde darüber reden, ein Wort der Kritik, und er wird zutiefst beleidigt sein. Ich sage lieber gar nichts. Er trinkt sein Glas aus und schenkt es wieder voll.

»Ihr und eure Wahrheit, darum geht es doch gar nicht, geht doch einzig um Anziehung und Abstoßung, mehr ist doch nicht dahinter. Was ihr da verfolgt habt, du und Boris, ist doch eine menschliche Verirrung, ja, ihr habt viel zu menschlich über etwas nachgedacht, das eigentlich auf einer viel niedrigeren Ebene liegt. Das Leben findet im Stammhirn statt, das Großhirn ist nur Überbau. Aber ihr wurdet ordentlich zitiert, das muß man euch lassen.«

Ich trinke einen Schluck, statt zu erwidern.

»Die Artikel, die du machst, seit Boris weg ist, gefallen mir viel besser, auch wenn man denen immer noch diese menschliche Obsession mit der Wahrheit anmerkt. Du drückst dich klarer aus, jetzt wo du allein schreibst. Boris war der Bessere von euch beiden, aber eben auch der Verwirrtere.«

Ich weiß nicht, was diese aromatisierten Zigaretten über Jahre mit einem Gehirn anstellen, was das für die Weltsicht bedeutet, wenn ständig alles nach Vanille schmeckt. Paul redet über Boris, als hätte der bloß seinen Job gekündigt und würde jetzt auf dem Land Hühner züchten. Ich könnte richtig wütend werden, aber ich halte mich zurück, denn vielleicht bin ich bloß verärgert, weil Paul wieder gesagt hat, daß Boris der Bessere war und ich nicht widersprechen kann, weil man so nicht über Tote spricht.

»Übrigens, Sveta ist ganz wunderbar, mein größtes Talent«, sagt Paul und deutet zu ihr hinüber, winkt ihr zu. Sveta sieht ihn nicht, sie rollt gerade ihr Poster ein

und verstaut es in einer Künstlerrolle. Ich will, daß Paul seinen Arm runternimmt, aber ich traue mich nicht, es ihm zu sagen. Jetzt hat Sveta ihn gesehen. Er lächelt süßlich zu ihr hinüber, winkt sie zu uns an den Tisch. Sein Blick sieht so treuherzig aus, wenn seine Augen glasig werden.
»Ich habe gesehen, daß ihr euch schon kennengelernt habt«, sagt Paul, dreht den Kopf heftig zu mir, dann zu Sveta, »aber ihr wißt sicher noch nicht, was ihr gemeinsam habt.« Paul zieht an seiner Vanillezigarette, bläst den Rauch langsam aus und nimmt einen Schluck Wein. Er genießt die ungeduldige Neugier, die sich auf ihn richtet. Er legt seine Arme um unsere Schultern, holt unsere Köpfe verschwörerisch zu sich.
»Ihr habt mir beide das gleiche über eure Väter erzählt.«
Immer sonst wenn herauskam, daß mein Vater ein Trinker gewesen ist, hatten mich Scham und Angst erfaßt, so gewaltig und groß, daß meine erwachsene Souveränität in sich zusammenfiel. Es war dasselbe Gefühl wie in der Kindheit, wenn ein Freund mich besuchte und mein Vater betrunken hereinstürzte. Wenn jemand vom Alkoholismus meines Vaters erfuhr, fühlte es sich so an, als wäre mein Vater noch am Leben, als würde er betrunken in die Runde platzen, in der ich mich bis eben noch wohl gefühlt hatte, und mich anbrüllen.
Diesmal ist es anders, weil ich weiß, daß Sveta weiß, was es bedeutet. Weil ich weiß, daß sie nicht verurteilt, sondern versteht. Ich bin überrascht und erleichtert und Sveta schaut mich mit demselben Ausdruck an.
Für Paul war der Satz nur eine nüchterne Feststellung, er läßt uns los, zieht einmal an seiner Zigarette, dann redet er weiter: »Versteht mich nicht falsch! Ihr wißt, das ist als Kompliment gemeint. Seine Sauferei war eure Herausforderung. Diese unstete Umwelt, in der ihr aufgewachsen seid, hat euch flexibel und kreativ gemacht. Ihr habt den Vater genau im Auge behalten müssen, um seine Unberechenbarkeiten vorauszusehen, deswegen seid ihr so feine Beobachter. Ihr habt kein Vertrauen zu den Menschen, daher kommt euer erlesener wissenschaftlicher Zweifel. Deswegen können wir drei hier zusammensitzen und stolz auf uns sein.«
Er rüttelt uns an den Schultern, und wir nicken. Ich weiß, daß sein Vater nicht aus dem Krieg zurückgekommen ist und Paul schon mit zwölf auf den Schwarzmarkt zog, um die Familie zu ernähren. Und heute ist er noch immer dieser Schwarzmarkthändler, der aus jedem noch so enttäuschenden Experiment eine Veröffentlichung macht, nicht weil er betrügt, aber weil er weiß, wie man etwas anpreist, daß der andere es unbedingt haben will. Wenn aber mal ein Artikel abgelehnt wird, dann ist er plötzlich der einsame kleine Junge, den niemand tröstet. Er verflucht den Herausgeber, zerschmeißt im Labor, was nicht allzu teuer ist, schreit seine Doktoranden an und schließt sich in seinem Büro ein. Einmal

hat er vor meinen Augen angefangen zu weinen, da hat er mir seine Geschichte erzählt und ich ihm meine.

»Schaut euch doch um«, dröhnt Paul, so laut, daß die Leute an den Nebentischen sich nach ihm umdrehen. »All diese Wohlerzogenen und Ausgeglichenen, sie alle arbeiten brav ihre Experimente ab und schreiben ordentliche Artikel, aber wer von denen wird in seinem Leben auch nur einen originellen Gedanken haben, wer von denen bringt auch nur eine Idee in die Welt?« Er steht auf, nimmt sich die Flasche und sein Glas. »Ich sehe mir die nächste Runde Poster an.«

»Und ich habe Feierabend«, sagt Sveta. Sie lehnt sich zurück, schließt die Augen, rutscht auf dem Stuhl tiefer. Unter dem Tisch stößt ihr Knie an meines.

»Ich auch«, sage ich und lächle. Meine Haltung wird mir unbequem, doch ich will den Kontakt zu ihrem Knie nicht verlieren.

»Deinen Vortrag konnte ich mir gar nicht anhören, ich mußte mein Poster aufhängen. Worum ging es denn?«

»Pfauenschwanztheorie der menschlichen Intelligenzentwicklung, so nenne ich es.«

Sie richtet sich wieder auf, rutscht auf Pauls Stuhl herüber und rückt ihn dann noch ein Stück näher zu mir. Wieder berührt ihr Knie meines und bleibt dort. Ich senke den Blick, als läse ich die Wörter vom Boden auf: »Ich hoffe, du nimmst es mir nicht übel, wenn ich bei Darwin anfange.« Sie grinst.

»Es geht um sexuelle Selektion. Die Pfauenweibchen wählen das Männchen, das die prächtigsten Schwanzfedern hat. Aus purem Zufall haben sie eine Schwäche dafür. Immer geben diese Männchen ihre Gene weiter, so daß der Pfauenschwanz von Generation zu Generation immer prächtiger wird. Irgendwann hat die Pracht aber eine Größe erreicht, die anfängt, hinderlich zu sein. Nur noch die kräftigsten und schnellsten Männchen können trotz der langen Schwanzfedern vor Raubtieren flüchten. Die Schwanzfedern werden zu einem verläßlichen Zeichen von Qualität.«

»So weit, so bekannt«, sagt Sveta.

»Absolut. Und diesen Gedanken wende ich auf die menschliche Intelligenz an: Sie wuchs über viele Generationen, weil sie dazu taugte, potentielle Partner zu beeindrucken. Doch sie ist mittlerweile so groß, daß sie für das Leben eigentlich hinderlich ist. Die Menschen sind zwar unheimlich clever, aber aus Nichtigkeiten konstruieren sie Hindernisse, sie bezweifeln Möglichkeiten, statt sie zu nutzen, sie überlegen zu lange, statt einfach zuzugreifen. Das Denken wird zum Selbstweck, das Handeln verkümmert. Trotzdem sind intelligente Menschen attraktiv für uns, nicht wegen ihrer Intelligenz, sondern weil sie trotz ihrer Intelligenz zu leben in der Lage sind.«

»Hm.«

»Aber es gibt ein tiefgreifendes Problem mit meiner Theorie. Weißt du, wenn ich mir mit meinem Hirn eine Theorie ausdenke, die aussagt, daß das Hirn mehr Probleme schafft als Lösungen, wenn ich also sage, daß es zum Denken nicht recht taugt, wie kann diese Theorie dann richtig sein?«

»Also, ich glaube, an deiner Theorie ist etwas dran.«

Der Kellner bringt Sveta ein Glas und schenkt uns beiden Wein ein. In ihrem Gesicht liegt ein seliges Lächeln, als wäre sie längst von irgend etwas betrunken. Sie hebt ihr Glas in meine Richtung.

»Auf die Krone der Schöpfung«, sagt sie.

»Auf die Krone der Schöpfung«, wiederhole ich.

»Paul denkt, wir sehen ihn nicht, wie er uns beobachtet«, sagt Sveta, sie spricht leise, flüstert fast, bewegt die Lippen kaum, »ich weiß genau, was er sieht, wenn er uns betrachtet. Ich zeige keines der typischen Flirtverhaltensmuster, die Paul früher mal untersucht hat. Ich spiele nicht mit meinem Haar, werfe es nicht über die Schulter, zupfe mir nicht die Kleider zurecht. Und du sitzt nicht breitbeinig, um Raum zu beanspruchen, du verschränkst nicht die Hände am Hinterkopf, um größer und stärker zu wirken, wie ein Gorilla, der seine Rückenhaare aufstellt. Wir reden miteinander, aber schauen nur geradeaus ins Nichts, als führten wir bloß nebeneinander Selbstgespräche. Paul erkennt, daß wir kein Interesse aneinander haben, und ist wohl etwas enttäuscht.«

Ich verstehe nicht, warum sie das sagt, einerseits verunsichert es mich, andererseits fühlt es sich warm an, als hätten wir ein Geheimnis. Unterm Tisch, wo Paul es nicht sieht, lehnt ihr Knie immer noch an meinem. So könnte ich nun lange mit ihr sitzen und schweigen, im Sonnenlicht, das die roten Ziegelwände glühen läßt, nur in dem Gefühl, das ihr Knie verursacht, wenn es meins berührt.

»Ich mag, wie die Stimmung umschlägt«, sage ich, »vor zwei Stunden war alles noch Konkurrenz und Rechthaberei, jetzt haben alle drei Gläser Wein getrunken und es wirkt wie eine große Verschwörung: Laßt uns über die Stränge schlagen und danach niemandem davon erzählen.«

»Der Mensch unterscheidet sich von den anderen Tieren, weil er eine Vergangenheit kennt und Erwartungen hat, was kommen könnte«, sagt Sveta. »Im Schatten der Zukunft halten wir uns an die Regeln, weil sich Eigensinn rächt. Aber hier, am anderen Ende der Welt, weit weg von der üblichen Umgebung, kann man eine Nacht verbringen, auf der kein Schatten der Zukunft lastet.«

»Zum ersten Mal seit langem dürfen all diese Leute wirklich sie selbst sein.«

»Nein, endlich können wir sein, wer wir wollen.«

Ein Jazztrio beginnt zu spielen, Schlagzeug, Kontrabaß und Saxophon, träge, fast ein wenig torkelnd, der Trunkenheit hier wunderbar entsprechend.

»Wie kommt man eigentlich auf so ein Thema? Welche Männer einem um den Eisprung gefallen?« frage ich. Sie lächelt für ein paar Sekunden zu Boden, dann schaut sie auf: »Und wie seid ihr damals auf euer Thema gekommen, Boris und du?«

Erst zögere ich, weil mich die Frage überrascht, dann zögere ich weiter, weil ich mich vor dem Erinnern sträube.

»Eigentlich war es Boris' Thema, ihm ging es immer um Treue und Eifersucht, um Liebe und Betrug, inwiefern Treue möglich ist und inwiefern Lügen zu erkennen sind. Ich bin in das Thema bloß eingestiegen, weil ich zeigen wollte, daß ich es noch viel radikaler denken kann als er.«

»Er war das junge Genie und du der Herausforderer.«

»Vielleicht. Wir haben dann bald gut zusammengearbeitet.«

»Aber irgendwann bist du weggegangen.«

»Ich mußte gehen. Mußte weg aus Pauls Einflußbereich und mußte auch weg von Boris' Thema.«

»Wieso?«

»Ich glaube, Boris hat die ganze Forschung viel zu ernst genommen, konnte am Ende niemandem mehr glauben, witterte überall Betrug. So kann man nur vor Einsamkeit verzweifeln.«

»Glaubst du nicht eher, daß es umgekehrt war? Daß er sich sein Forschungsthema ausgewählt hat, um mit seinem Unbehagen in der Welt klarzukommen?«

»Vielleicht hast du recht«, sage ich und brauche einen Moment, um ihren Gedanken in Gänze zu erfassen.

»Bei jedem sind irgendwelche Ängste und Sehnsüchte ins Stammhirn eingeritzt«, sagt Sveta, »und man versucht sie irgendwie unter die Kontrolle der Vernunft zu bringen.«

Ich lasse meinen Blick sinken und betrachte ihr Knie, wie es an meinem lehnt.

»Manchmal bin ich beeindruckt von meiner Fähigkeit, Glück zu empfinden«, flüstere ich, »es ist stark und wird immer noch stärker, so daß ich fast Angst bekomme, es könnte mich zerreißen oder ich könnte still daran sterben. So wie jetzt, wo ich hier mit dir sitze, der Abend warm ist und das letzte Sonnenlicht über die Backsteinmauern fließt. Und manchmal passiert es dann, daß das Glück plötzlich verschwindet, mit einem Schlag, und dann nichts. Ich stelle mir das so vor, daß vielleicht irgendwann alle Glückshormone aufgebraucht sind, das Belohnungszentrum dichtmacht und ein Schild ins Fenster hängt: Endorphine sind aus!«

»Aber jetzt noch nicht?« fragt Sveta.

»Jetzt noch nicht«, sage ich.

Jason kommt zu uns herüber. Er hat so ein Testosterongesicht, das nur auf das Kinn hinausläuft. Ich kann mir vorstellen, daß er vielleicht als Football-Spieler

an die guten Unis gekommen ist, und irgendwann, durch einen Irrtum, geriet er dann in die Wissenschaft. Jetzt sieht er nur noch nach sinnloser Kraft aus, hat sie sich im Fitneßstudio antrainiert und kann sie auch nur dort gebrauchen. Aber eigentlich ist es nicht anders als bei mir, ich lese mir aus Texten irgendwas an und mache daraus nichts als neue Texte.
Er tänzelt heran, schickt mir ein sportlich-kameradschaftliches Grinsen, und schon hat er Sveta irgendeine Frage gestellt. Er legt die Stirn in Falten, faßt sich mit der Hand nachdenklich ans Kinn. Er steht so breitbeinig da, daß gar kein Platz mehr ist neben ihm.

Je mehr ich getrunken habe, desto früher wache ich am Morgen auf. Ich bin der einzige auf der Hotelterrasse, trinke schwarzen Kaffee. Die Morgensonne wärmt noch angenehm, bald wird sie heiß und unerträglich sein. Ich sehe, wie Jason von seiner Joggingrunde zurück ins Hotel kommt. Er winkt mir zu und lächelt, als wäre ich ihm sympathisch.
Dann sehe ich Paul vor den Tischen vorbeigehen, immer noch in den Kleidern von gestern. Er kommt in meine Richtung, stellt sich vor mir in die Sonne und schaut an mir herunter. Vielleicht erkennt er, daß ich auch noch dieselben Sachen trage. Ich bin gleich zum Kaffee raus, statt erst auf mein Zimmer zu gehen.
»Hattest du einen schönen Abend mit Sveta?«
»Wir haben über unsere Forschung gesprochen.«
»So, so«, Paul klopft mir auf die Schulter: »Ich kann's nur immer wieder sagen, um Wahrheit geht's nicht, nur um Anziehung und Abstoßung.«
Dann geht er zum Hoteleingang und ich bleibe wieder allein zurück. Der Kaffee ist nur noch lauwarm, aber es gefällt mir, wie erbärmlich er schmeckt. Ich weiß, daß Schimpansen nur Sex haben, wenn das rotgeschwollene Geschlechtsteil des Weibchens Empfängnisbereitschaft anzeigt, Schimpansen dient Sex allein der Fortpflanzung. Ich weiß, daß Bonobos ständig Sex haben, jeder mit jedem, auch mal im Austausch für andere Gefälligkeiten, manchmal essen sie sogar dabei, unter Bonobos dient der Sex vielmehr der sozialen Bindung. Wir Menschen liegen irgendwo zwischen Schimpansen und Bonobos. Für jede Tierart hat Sex eine andere Bedeutung, aber ich frage mich, für welche Art er am bedeutungslosesten ist.

UMSCHAU

VOLKER BRAUN: NACHRUF AUF TROLLE

Das Mitglied unserer Akademie der Künste Lothar Trolle ist seiner schweren Erkrankung erlegen. Bis zuletzt war er tätig und gefaßt. Unerträglich, in der Vergangenheitsform von ihm zu sprechen. – *Trolle*, das war sein ganzer Name, war ein Autor jenseits der Gattungen und der Anpassung überhaupt. Wie die Landschaft, aus der er kam, das Mansfeld, war seine Erscheinung, ruhig, verschlossen, aber sein Wesen wach und zuinnerst aufgekratzt. Als Bühnenarbeiter und Philosophiestudent in der Hauptstadt Berlin inspirierte ihn das egalitäre Milieu, es war, als hätten die umgeworfenen Verhältnisse einer frühen, rohen Volksdemokratie in dem Mann aus der Provinz einen Realismus des Volkstheaters provoziert, der sich in Harlekinaden übt und an der russischen Avantgarde leckt. Seine Texte sind eine ganz eigene Kunstform, die so unprätentiös wie raffiniert ist. »Er konnte aus dem Gang aus dem Haus auf die Straße ein Stück machen und eine ganze Welt von Sprache blättert sich auf, ohne in Akte eingeteilt werden zu müssen. Seine Stücke sind Träume, die mit der Wirklichkeit spielen, ohne sie abzuschreiben«, sagt Annett Gröschner. Er scheute nicht das krudeste Material, den Abraum, die Schlacke, hineinmontiert womöglich klassische Verse, die den Abgrund gegen den Himmel setzen, die deutsche Geschichte gegen den idealischen Geist. So geht Hermes der gleichmütige Gott durch Marzahn.

Trolle hatte einen vollkommen irdischen Sinn. Seine Urteile waren fest und bestimmt: Das ist großartig. Das ist Dreck. Selbstlos gab er seine Entdeckungen preis, Platonows Baugrube, und seine Erwerbungen: Schalck-Golodkowskis schwerer Mantel, noch Tabak in den Taschen. Sein sachtes Kichern habe ich angenommen. Er hatte nie gehofft oder gewollt, Mitglied einer Akademie zu sein. – Trolle, wie schneidet man einen Apfelbaum? – So, daß du den Hut durchwerfen kannst. Oder deine Mütze, Freund.

MICHAEL MERTES: ANMERKUNGEN ZUM GEDICHT »NADA TE TURBE«

Nada te turbe,
Nada te espante,
Todo se pasa,

Dios no se muda,
La paciencia
Todo lo alcanza;

Quien a Dios tiene,
Nada le falta.
Sólo Dios basta.

Von allen Texten der spanischen Karmelitin und Mystikerin Teresa von Ávila (1515–1582) ist das Gebet »Nada te turbe« wohl der berühmteste. In der katholischen Kirche wurde er zu Beginn des vergangenen Jahrhunderts populär. Gegen dessen Ende erfuhr seine Beliebtheit einen kräftigen Schub durch eine zu meditativer Wiederholung einladende Taizé-Vertonung, die allerdings eine erheblich umgestaltete Version

des Textes verwendet (zwei Abschnitte, jeweils mit den Versen 1 und 2 beginnend; Verzicht auf die Verse 3 bis 6).
Im aktuellen »Gotteslob«, dem katholischen Gebet- und Gesangbuch von 2013, steht unter der Überschrift »Vertrauen« eine gereimte freie Übertragung von »Nada te turbe«, verfaßt von Erika Lorenz (1923–2003), die von 1969 bis 1985 an der Universität Hamburg lehrte und sich als Herausgeberin und Übersetzerin von Texten der spanischen Mystik (Ramon Llull, Francisco de Osuna, Teresa von Ávila, Johannes vom Kreuz) einen Namen gemacht hat:

Nichts soll dich verwirren,
nichts soll dich beirren,
alles vergeht.

Gott wird sich stets gleichen,
Geduld kann erreichen,
was nicht verweht.

Wer Gott kann erwählen,
nichts wird solchem fehlen
Gott nur besteht.

Das »Gotteslob« von 1996 enthält dagegen eine Prosaübertragung – ohne anzugeben, von wem die Übersetzung stammt:

Nichts soll dich ängstigen, nichts dich erschrecken. Alles geht vorüber. Gott allein bleibt derselbe. Alles erreicht der Geduldige, und wer Gott hat, der hat alles. Gott allein genügt.

Handelt es sich bei »Nada te turbe« überhaupt um ein Gebet? Wenn man darunter Worte versteht, mit denen Menschen sich an Gott oder eine göttliche Instanz wenden, lautet die Antwort: Nein. »Meditation« wäre wohl eine angemessenere Charakterisierung, denn das »Du« ist reflexiv – hier spricht ein Mensch zu sich selbst.
»Nada te turbe« ist ein neunzeiliges Gedicht. Die Endreime und die drei Strophen der Übertragung von Erika Lorenz haben keine formale Entsprechung im spanischen Quelltext. Poetische Strukturelemente sind die Fünfsilbigkeit der Verse (im Deutschen können daraus zwei Hebungen je Zeile werden), unregelmäßige Assonanzen sowie die repetitive Verwendung der Wörter »Nada« und »Todo« an den Versanfängen. »Nada« steht zu Beginn der Verse 1, 2 und 8, »Todo« zu Beginn der Verse 3 und 6. Das »Sólo« zu Beginn des Verses 9 bildet den Kulminationspunkt der Sequenz Nada/Nada/Todo/Todo/Nada/Sólo.
Vers 5, »La paciencia«, bildet die Mitte des Gedichts – gewissermaßen das Scharnier zwischen den vier ersten und den vier letzten Versen. Dem »Todo se pasa« in Vers 3 steht das »Todo lo alcanza« in Vers 6 gegenüber – hier die Erfahrung des Schwindens, dort die Erfahrung der Fülle.
Das Gedicht »Nada te turbe« stand auf einem Zettel, den man im Brevier der verstorbenen Teresa fand. Es wird ihr zugeschrieben, allerdings läßt sich die Frage, wer den Text verfaßt hat, nicht eindeutig beantworten. Als möglicher Autor wird auch der Karmelit Johannes vom Kreuz (1542–1591) genannt, jüngerer Zeitgenosse und geistlicher Mitstreiter Teresas. Neben Teresa steht Johannes auf dem Gipfel der spanischen Mystik des 16. Jahrhunderts. Zugleich gehören beide zu den bedeutenden Vertretern der spanischen Lyrik ihrer Zeit (siehe Band 1 der von Martin von Koppenfels und Horst Weich 2022 herausgegebenen Sammlung spanischer und hispanoamerikanischer Lyrik).
Wer auch immer »Nada te turbe« verfaßt hat – das Gedicht ist geprägt von der Spiritualität des achtfachen »Nada«, das bei Johannes vom Kreuz Voraussetzung für den Aufstieg der Seele zum mystischen Gipfel ist. Das »Nada« macht die Seele gleichsam leer – und dadurch empfänglich für die Fülle göttlicher Gegenwart. »Paciencia«, der Zentralbegriff des Gedichts »Nada te turbe«, steht für eine Haltung, die man »mystische Passivität« nennen könnte: Das Erleben göttlicher

Gegenwart ist ein Widerfahrnis, es läßt sich nicht erzwingen. (Das lateinische Verb pati, das dem Substantiv paciencia zugrunde liegt, bedeutet erleiden, erdulden – wie übrigens das deutsche Substantiv Geduld mit dem Verb erdulden verwandt ist.)

Das Gegensatzpaar »Nada« und »Todo« umschreibt ein Paradox mystischen Erlebens – die Erfahrung, daß die Fülle in der Leere liegt, daß ein überirdisches Licht die »dunkle Nacht der Seele« (Johannes vom Kreuz) erleuchtet. Der Aufstieg vom »Nada« des ersten Verses zum »Sólo« des neunten Verses entspricht dem Aufstieg zum Berg Karmel. Das »Sólo« bezeichnet – um es mit einem Bild zu sagen, das der modernen Astrophysik entlehnt ist – die göttliche Singularität, in der das »Todo« sich zu einem einzigen Punkt unendlich verdichtet, ohne im »Nada« zu verschwinden.

2016 hat der Unbeschuhte Karmelit Reinhard Körner die Rezeptions- und Übersetzungsgeschichte von »Nada te turbe« im deutschsprachigen Raum nachgezeichnet und dabei gezeigt, daß die heute übliche Übersetzung des Schlußverses »Sólo Dios basta« – Gott allein genügt – auf Mißverständnissen beruht. Mehr noch, als Kalender- oder Grußkartenspruch trägt sie zur Verbreitung dieser Mißverständnisse bei.

Körner arbeitet überzeugend heraus, daß Vers 9 weder »dualistisch« zu verstehen ist, als Abwendung des Mystikers von der Welt, noch als »heilsegoistische« Aussage über den Lohn, der den Mystiker erwartet. Körner liest die Worte »Sólo Dios basta« im Licht des berühmten Satzes »Unruhig ist unser Herz, bis es ruht in dir« aus den »Bekenntnissen« des Augustinus. Das Wort »sólo« ist ein Adverb (Kurzform von »solamente«), kein Adjektiv. Es bedeutet »nur«, »bloß« »lediglich« oder »erst«. Eine inhaltlich bessere Übersetzung könnte also lauten: »Allein Gott genügt.« (Auch formal wäre diese Version vorzuziehen, weil sie die Wortstellung des »Sólo« im Quelltext beibehält.) Das Verb »basta« ist mit »genügt« zwar korrekt übersetzt, aber »genügt« darf hier nicht im Sinne von »reicht aus« verstanden werden, sondern im Sinne von »ist die Fülle«, »ist die Vollendung« – oder einfach: »vollendet«.

Diese Überlegungen zu Form und Inhalt von »Nada te turbe« fließen in die von mir vorgeschlagene Übertragung ein:

Nichts verstöre dich,
Nichts erschrecke dich.
Alles vergeht,
Gott bleibt derselbe.
Die Geduld –
Alles erlangt sie.
Wer an Gott sich hält –
Nichts fehlt ihm.
Allein Gott vollendet.

JAKOB BRÜSSERMANN: DAS PERESTROIKAPFERD

Das Perestroikapferd lebte Ende der achtziger Jahre in einer Erdgeschoßwohnung an der Wolokolamsko-Chaussee, einer vielspurigen, stark befahrenen Moskauer Stadtstraße.

Mit ihm in der Wohnung lebte damals Petja, ein schmaler Junge von vielleicht achtzehn Jahren mit einem Elfengesicht und langen blonden Haaren.

Nichts verkörpert womöglich die letzten Jahre der Sowjetunion besser als dieses Pferd und seine Geschichte, die 1989 mit einem Beitrag in der Nachrichtensendung »Wsgljad« (Blick) beginnt. Zu Anfang des Berichts stehen Passanten auf dem Gehweg und sehen Petja zu, der auf der Fensterbank sitzt und das Pferd füttert, das kauend seinen Kopf zum Fenster herausstreckt.

Man fragt sich, wie Petja zu der Wohnung gekommen ist, in der er alleine mit dem Pferd zu wohnen scheint (hat er jung geerbt, sind er und sein Pferd Hausbesetzer?), aber wir erfahren nichts darüber, obwohl er den Reporter und seinen Kameramann bereitwillig zu sich hereinläßt.

Im Internet will man wissen, daß Petja Musiker war, und tatsächlich befindet sich auch ein altes Klavier in dem Zimmer, wo neben dem Bett die Streu für das Pferd auf dem Boden liegt. Im Hintergrund lehnt eine Gitarre an der Wand.

Er hatte immer Tiere um sich, erzählt Petja dem Reporter und tätschelt das Pferd am Kopf: Katzen, Schlangen, Mäuse, Küken, einmal auch Papageien, insgesamt zu viele, um sie alle aufzuzählen. Und jetzt eben das Pferd. Wiederum aus dem Internet ist zu erfahren, daß Petja ihm nie einen Namen gegeben hat.

Und wie kam das Pferd zu dir ins Haus, Petja?

Wir waren Fleisch kaufen, erzählt Petja. (Wer wir? – aus irgendeinem Grunde will man wissen, ob dieser Junge, der laut dem Moderator der Sendung inspirierend ist »in seiner Liebe zu unserem kleinen Bruder«, ob dieser Junge zu irgend jemandem gehört.) Sie waren also Fleisch kaufen und da war das Pferd, krank und zum Schlachten bestimmt, da hat Petja es für 250 Rubel gekauft und gesundgepflegt.

Was glaubst du, warum gibt es auf dem Land immer weniger Pferde, Petja?

Wahrscheinlich wegen der Autos, meint Petja und erzählt, daß man ihm schon verboten hat, Gras für das Pferd zu rupfen – gegen die Autos, die überall rumfahren, sage aber niemand was. An einem Flußufer durfte er einmal sein Pferd nicht waschen, weil das das Ufer verschmutzen würde. Fast daneben wusch gerade jemand sein Auto, woran sich niemand zu stören schien … Petja schüttelt nur den Kopf.

Und reitest du das Pferd auch, Petja?

Natürlich, gleich hier vorm Haus. Ab und zu läßt er auch Kinder aus der Nachbarschaft auf das Pferd steigen und führt sie dann am Zügel ein wenig im Hof hinter dem Haus herum.

Dann filmt die Kamera, wie Petja das Pferd durch den Flur nach draußen führt. Das Haus ist in dem Monumentalstil der dreißiger Jahre gebaut, den man in Rußland Stalinsches Empire nennt: Vier massige Säulen rahmen die Tür, die so hoch ist, daß das ausgewachsene Pferd ohne Mühe hindurchpaßt. Umgekehrt wirkt der feingliedrige Petja ein wenig verloren in dieser überdimensionierten Architektur – und wieder die Frage, die niemand für uns stellt: Petja, wie kommt es, daß du in deinem Alter hier alleine wohnst?

Im Hinterhof steigt Petja auf sein Pferd und reitet durch das Tor auf die Wolokolamsko hinaus. Die Kamera filmt von der anderen Straßenseite: Enthoben wirkt Petja auf dem Pferd, während im Vordergrund die Autos durchs Bild rauschen und ein melancholisches Saxophon den Ritt des Jungen auf dem Bürgersteig untermalt.

Der Beitrag endet mit einer Nahaufnahme von Petja, der sein Gesicht an den Kopf des Pferdes schmiegt: Mit einer Hand krault er es unter der Schnauze, während sein Blick in die Ferne geht. Näher und näher fährt die Kamera heran, so daß das Bild sich am Ende im Schmelz seiner wasserblauen Augen aufzulösen scheint.

An dieser Stelle wäre die Geschichte zu Ende, wenn »Wsgljad« nicht zehn Jahre später auf die Sache zurückgekommen oder, laut eigener Aussage, eher zufällig noch einmal über sie gestolpert wäre.

Der zweite Beitrag beginnt mit den alten Aufnahmen von Petja: Noch mal erzählt er, wie er das Pferd freigekauft hat und daß er Kinder darauf reiten läßt, ohne daß ihre Eltern davon wissen. Dann wechseln die Bilder: »Bosnien 1993« steht oben am linken Bildrand, man sieht weiße Blauhelm-Panzerwagen eine Staubpiste entlangfahren. Jemand schießt mit einem Maschinengewehr hinter einem schneebedeckten Holzstoß hervor und wirbelt den Schnee auf. Geduckt pirschen zwei Soldaten eine Schutthalde entlang. Ein Mann mit Bart ballt die Faust, die ihm auf Hüfthöhe neben der Patronentasche hängt, um nicht vor Kälte zu zittern.

Damals (1989 nämlich, als Petja und das Pferd zusammen in Moskau wohnten), damals, sagt die Stimme aus dem Off, war Jugoslawien noch eine föderale sozialistische Republik, und wer hätte gedacht, daß vier Jahre später dort ein langer und blutiger Krieg ausbrechen sollte?

Viele junge Russen meldeten sich freiwillig, um auf der Seite des »Brudervolks« der Serben zu kämpfen. Zwei von ihnen sind Aleksandr und Dmitrij.

Während der Interviews, die »Wsgljad« nach ihrer Rückkehr aus dem Balkankrieg mit ihnen führte, kam die Rede auf einen etwas seltsamen Waffenbruder, der Pferde über alles liebte. Er war still, sagt Aleksandr, zurückhaltend, hat sich nie besonders hervorgetan, aber einmal, da hat er wie ein Draufgänger das Feuer auf sich gezogen und so einigen Leuten das Leben gerettet. Eine Offenbarung, sagt Aleksandr, eine Offenbarung war das damals für mich.

Dieser eigenbrötlerische und etwas kauzige junge Mann, niemand anders als Petja mit dem Pferd, soll einer der ersten gewesen sein, die sich freiwillig zum Einsatz in Jugoslawien gemeldet haben. Erst jetzt erfahren wir, daß sein vollständiger Name Pjotr Malyschew lautet.

Das folgende sind, so erzählt die Stimme aus dem Off, »Amateuraufnahmen aus dem serbischen Dorf Braćak«: Jemand steigt die Treppe zu einer hell von der Sonne beschienenen Terrasse hoch. Er hat eine Uniformmütze auf dem Kopf, es ist heiß und er hat die Ärmel aufgerollt. Der Camouflageanzug ist über der Brust so weit geöffnet, daß man einen kleinen Anhänger sieht, der ihm an einem silbernen Kettchen um den Hals hängt. An der Hüfte trägt er ein Maschinengewehr. Auf den zweiten Blick erkennen wir Petja in dem jungen Mann. Die blonden Haare trägt er jetzt kürzer und er hat sich einen Schnauzbart stehenlassen. Am oberen Ende der Treppe angekommen, bleibt er stehen, die Kamera nimmt ihn in den Fokus: Er sieht sich um und der schwarze Schirm seiner Mütze überschattet seine Augen.

Das würde mir taugen, hat er immer gesagt, erzählt Dmitrij, zu Pferd einem fahrbaren Maschinengewehr Deckung zu geben oder auch einem Minenwerfer.

Dann sitzt eine junge Frau an einem Tisch, helles Licht kommt durch einen zarten Spitzenvorhang vor dem Fenster in ihrem Rükken. Es ist Pjotrs Schwester Tatjana. Neben ihr sitzt ein junges Mädchen, verschränkt die Arme und stützt die Ellbogen auf. Auf dem Tisch steht eine Schale mit gelben Äpfeln. Einer liegt vor dem Mädchen, das die Augen unruhig über die Bildränder hinauswandern läßt, während Tatjana erzählt, daß sie sich nicht erklären kann, warum Pjotr in einem fremden Land in den Krieg gegangen ist. – Obwohl, fällt ihr noch ein, er wollte ja schon als Kind entweder Jäger oder Soldat werden.

Wieder wechseln die Bilder zu Pjotr und seinen Kampfgefährten: Sie stehen in einer Kirche, einer von ihnen zündet dünne langstielige Kerzen an und verteilt sie an die anderen. Pjotr hat seine Mütze in der linken Hand, in der er auch die lange dünne Kerze hält, während er sich mit der anderen Hand bekreuzigt.

Dann kommt Dmitrij zum Knackpunkt der Angelegenheit: Die Sache ist die, sagt er, daß Serben und Moslems sehr leicht zu verwechseln sind …

Die Uniform, sagt Aleksandr von jenseits des Bildrands.

Die Uniform, wiederholt Dmitrij, das Aussehen, die Sprache: alles gleich, deshalb schießt dort auch wahllos jeder auf jeden. Pjotr wollte nicht einfach schießen, deshalb hat er auf Patrouille einen ihm unbekannten Mann angeredet. Der Mann gab sich als Serbe aus, sie sprachen eine Weile ... – Er wollte einfach niemanden erschießen, ohne sicher zu sein, daß es sich dabei um einen Feind handelt, sagt Dmitrij.

Zumindest die Redaktion von »Wsgljad« scheint in dieser Sache außerordentliches Glück gehabt zu haben, denn ihr sind außer den bisher von Pjotr Malyschew gezeigten Bildern auch noch Aufnahmen eines Interviews mit ihm in die Hände gefallen: Vor einem gänzlich schwarzen Hintergrund sitzt er auf einem weißen Sofa. Sein Bart ist etwas länger als auf den Bildern zuvor; voller wirkt sein schmales Gesicht. Er stottert ein wenig, es wird nicht ganz klar, ob das an der Situation des Gefilmtwerdens liegt. Er erzählt, daß er zuerst in Transnistrien gekämpft hat. Dann hat er sich 1993, während des Putschversuchs gegen die Jelzin-Regierung, am Sturm auf die Moskauer Fernsehzentrale und das Weiße Haus beteiligt. Der Balkankrieg, sagt er, ist für mich der nächste Schritt. Manche von den Leuten hier waren vorher schon in Karabach, für die ist Bosnien ein Spaziergang. Aber für mich ist es das richtige. Er erzählt, daß er gerne in Rußland kämpfen würde, denn für die Seinen zu fallen, das sei in Ordnung (*eto normalno*, sagt er und hängt ein wenig auf dem n). Hier in Bosnien sammle er nur Erfahrung.

Noch einmal werden die sommerlichen Amateuraufnahmen eingeblendet: Pjotr und seine Kameraden gehen über eine Wiese voller Gräber, sitzen im Gras, Pjotr lacht und sagt etwas, von dem auf den Bildern nur die Lippenbewegungen geblieben sind. Dann ein Schnitt und ganz nah fährt die Kamera an einen gesenkten Pferdekopf heran, bis nur noch ein großes schwarzglänzendes Auge zu sehen ist, eingefaßt von den zwei ledrigen Wülsten der Lider. Hart und spröde stehen einzelne Wimpern nach den Seiten ab.

Wir haben dort gezeigt, sagt Dmitrij, daß die Russen nicht nur Jelzin und seine Leute sind, sondern auch wir.

Pjotr Malyschew war siebenundzwanzig, als er am 3. Oktober 1994 erschossen wurde.

Das namenlose Pferd, mit dem er eine Zeitlang seine Wohnung geteilt hat, soll sich später als Kinderreitpferd im Moskauer Bitzebsky-Park verdingt haben.

Unklar ist, ob es seinen Freund Petja überlebt hat.

SABRINA HABEL: DAS PERFEKTE GEDICHT

Rilkes »Archaischer Torso«

Du mußt dein Leben ändern! Selten war ein Gedicht deutlicher. Rilkes Sonett »Archaischer Torso Apollos« ist eines der berühmtesten und meistbesprochenen Gedichte der deutschsprachigen Literatur. Nicht einmal der Befehlston, den es dem Lesenden gegenüber anschlägt, hat etwas an seiner Beliebtheit geändert. Aber möchte dieses Gedicht überhaupt auf sein Ende reduziert werden? Ist die Autorität des letzten Satzes nicht auch eine gebrochene?

»Du mußt dein Leben ändern« ist im wörtlichen Sinne lapidar, nämlich ein knapper, in Stein gemeißelter Sinnspruch nach altrömischem Vorbild. Das prosaische Fazit bricht mit der Kunstfertigkeit und Wendigkeit des Gedichtkörpers. Es wird gerade nicht zum eigenen Vers (von lateinisch *vertere*, umwenden), sondern spaltet den letzten Vers in der Mitte. Die brüske und bei genauer Betrachtung auch recht abstrakte Forderung steht im Gegensatz zur lebendigen Anschaulichkeit des Götterbildes. Folgt man dem Literatur- und Kulturwissenschaftler Erich Auerbach, läßt sich dieser Bruch im Stil als eine Reflexion auf den Einbruch des Jüdisch-Christlichen in die Welt der Antike lesen. In seiner Literaturgeschichte des abendländischen Realismus hat Auerbach herausgearbeitet, wie die Schlichtheit der Bibelsprache die über die Vers- und Strophengrenzen hinweg gewendeten Hypotaxen und die »klugen, fein abgestuften Konjunktionen« des antiken Stils erstarren ließ und so das »klassisch-antike Wesen bis in die Struktur seiner Sprache hinein« zerstörte.

Verhüllt die perfekte Form des Sonetts also eine Gewalttat? Ist der Eindruck des Erhabenen, der sich mit der Bildunterschrift einstellt, das Ergebnis einer feindlichen Übernahme, einer erzwungenen Überschreitung und Indienstnahme des »Archaischen« und Poetischen? Dafür spräche auch die emblematische Struktur des Gedichts, seine Teilung in Titel, Bild und deutende Unterschrift. Blütezeit der Emblematik sowie des Sonetts ist die Frühe Neuzeit. In frühneuzeitlichen Emblembüchern wurden die heidnischen Götter zu Allegorien der Vergänglichkeit oder Sünde umgedeutet und mit einer mahnenden oder erbaulichen christlichen Unterschrift versehen. Das Ende des Gedichts kann in dieser Tradition als Resultat einer gelungenen Christianisierung gelesen werden.

Ist die Moral des Gedichts also das, worauf es eigentlich ankommt? Nicht unbedingt! Eine ganz andere und sogar entgegengesetzte Lesart ergibt sich nämlich, wenn man davon ausgeht, daß Rilkes Sonett sich nicht nur mit der griechischen Antike und ihrer christlichen Allegorese auseinandersetzt, sondern auch mit der Ästhetik und Kunsttheorie der »Klassik«. Die Klassik rehabilitiert die heidnische Antike und erhebt die antike Skulptur zum Ideal der Kunst. Sie richtet sich dabei explizit gegen das Allegorische, das die künstlerische Gestalt zugunsten eines abstrakten Lehrsatzes zum bloßen Schmuck und Beiwerk reduziert. In seiner Schrift »Signatur des Schönen« mit dem Untertitel »Bei der Betrachtung des Apollo von Belvedere« erklärt der Schriftsteller und Philosoph Karl Philipp Moritz, daß im idealen Kunstwerk Inhalt und Form so perfekt zu einer Einheit verbunden sind wie Körper und Seele im Menschen. Diese vollkommene Einheit von Gestalt und Bedeutung verherrlichten die antiken Skulpturen und dieser Einheit solle die Dichtung nacheifern. Das perfekte Gedicht, folgert Moritz, wäre so, »seinem Urheber unbewußt, zugleich die vollkommenste Beschreibung des höchsten Meisterstücks der bildenden Kunst« – des Apollo von Belvedere.

An einer solchen Beschreibung hatte sich der Kunstschriftsteller und Klassizist Johann Joachim Winckelmann versucht. Auch ihm galt der vatikanische Apollo als Gipfelpunkt der Kunst: »Was Natur, Geist und Kunst vorzubringen vermögend gewesen, lieget hier vor Augen«, schreibt er 1755 in seinen »Gedancken über die Nachahmung der griechischen Werke in der Mahlerey und Bildhauer-Kunst«. Über die »Winkelmannsche Beschreibung«, welche die Statue Glied um Glied durchgeht und »aus dem Apollo eine Komposition aus Bruchstücken« macht, kann Moritz jedoch nur spotten. Vielleicht ist tatsächlich erst Rilke die vollkommene Beschreibung der Skulptur und damit das perfekte Gedicht gelungen. Ein Gedicht über den Gipfel der Kunst, dessen berühmter letzter Satz ein eher unwesentlicher Nachtrag ist.

Zur Ehrenrettung Winckelmanns und zur Ehrenrettung der Allegorie muß man jedoch sagen, daß der Apollo, den Winckelmann beschreibt, selbst ein Bruchstück ist – er ist nämlich nur als Torso erhalten. Die Allegorie, die Gestalt und Bedeutung trennt, stellt in Rilkes Gedicht weniger einen Bruch her, vielmehr spiegelt sie einen bereits existierenden. Die Allegorie entspricht dem zerbrochenen Körper; sie zeugt davon, daß sich an den Bruchstellen etwas ablesen läßt: sei es die paradoxe Einheit von Schönheit und Vergänglichkeit oder die schmerzliche Erkenntnis, daß auch das Unschöne und die Entzweiung zum Leben gehören. Für den Philosophen Georg Wilhelm Friedrich Hegel ist das antike Kunstideal gerade daran zerbrochen, daß es diese schmerzliche Erkenntnis nicht wahrhaben und nicht abbilden wollte. Auch Auerbach schreibt, daß eine gewisse »Brüchigkeit der antiken Gesinnung« dem Siegeszug des Christentums vorausgegangen sei. Die Schönheit und Harmonie der griechischen Kunst war ein Gipfel, der sich nicht halten ließ. »Schöneres kann nicht sein und werden«, lautet die Unterschrift, die Hegel unter seine Betrachtung der griechischen Antike setzt. Das ist kein Verdikt. Wie in Rilkes Gedicht wird der schöne Schein gerade im Rückblick, in der Versehrtheit sichtbar, strahlt das Licht an den »Rändern aus wie ein Stern«.

Wenn man nun davon ausgeht, daß Rilkes Sonett mit dem Allegorischen eine Form findet, die dem versehrten und vergangenen Ideal vollkommen entspricht, dann mahnt das Vanitas-Bild tatsächlich zur Umkehr, dann müßten wir den letzten Satz tatsächlich ganz ernst nehmen. Doch der Imperativ »Du mußt dein Leben ändern« wirkt ohne nähere inhaltliche Bestimmung seltsam maßlos und wohlfeil. Das dramatische Ende des Gedichts erscheint als Effekthascherei, als Kunstgriff, um dem Leser zu gefallen. Vor diesem Urteil ist auch der Apollo nicht geschützt. »Zu Winckelmanns Zeit«, heißt es in Hegels »Vorlesungen über die Ästhetik«, wurde dem vatikanischen Apollo »als höchstem Ideal der Kunst uneingeschränkte Bewunderung gezollt«. Als Hegel seine Vorlesung hielt, etwa siebzig Jahre später, war die Statue jedoch im »Werte etwas herabgedrückt«. Sie werde »in eine schon spätere Zeit« gerechnet, in der die künstlerische Vollkommenheit zur bloßen »Gefälligkeit« herabgesunken sei. Die »strenge Stille« und der »echte Stil« der griechischen Klassik seien hier bereits überschritten. In Hegels Betrachtung wird der Apollo von Belvedere zum *Décadent*. Er zitiert eine englische Reisebeschreibung, nach der die Statue nur einen »theatralischen Stutzer« zeige. Rilkes Gedicht wäre damit – dem Autor unbewußt – die vollkommene Beschreibung einer Ironie der Geschichte. Was die Kunstgeschichte zum Höhepunkt verklärte und zu ihrem Ideal machte, war in Wirklichkeit eine Verfallserscheinung. Aufmerksamkeit heischend, theatralisch, gefällig – das Hegelsche Urteil über die berühmte Skulptur läßt auch den letzten Satz des Apollo-Gedichts in neuem Licht erscheinen: »Du mußt dein Leben ändern.« Die Autorität und Endgültigkeit dieser Aussage ist eine maßlose Übertreibung. Der Lesende, der das erkennt, kann den Befehl getrost verweigern und sich erneut dem Körper des Gedichts und der Vielgötterei des Sinns zuwenden.

ARCHAÏSCHER TORSO APOLLOS

Wir kannten nicht sein unerhörtes Haupt,
darin die Augenäpfel reiften. Aber
sein Torso glüht noch wie ein Kandelaber,
in dem sein Schauen, nur zurückgeschraubt,

sich hält und glänzt. Sonst könnte nicht der Bug
der Brust dich blenden, und im leisen Drehen
der Lenden könnte nicht ein Lächeln gehen
zu jener Mitte, die die Zeugung trug.

Sonst stünde dieser Stein entstellt und kurz
unter der Schulter durchsichtigem Sturz
und flimmerte nicht so wie Raubtierfelle;

und bräche nicht aus allen seinen Rändern
aus wie ein Stern: denn da ist keine Stelle,
die dich nicht sieht. Du mußt dein Leben ändern.

TOBIAS LEHMKUHL: DU HAST EINEN STEIN MITGENOMMEN

Laudatio auf Ronya Othmann

Auf dem Cover von Ronya Othmanns 2020 erschienenem Debütroman »Die Sommer« sieht man das Foto einer hügeligen Landschaft, die in der Hitze eines jener titelgebenden Sommer zu flirren scheint. In ein seltsam unwirkliches Lila getaucht, wirkt dieses Bild zugleich wie durch ein Nachtsichtgerät, wie durch eine Wärmebildkamera aufgenommen. Es stammt, wie ein Blick ins Impressum verrät, von der Autorin selbst.

Anders das auf den ersten Blick ganz ähnliche Covermotiv ihres zweiten Romans, »Vierundsiebzig«. Auch hier sieht man eine hügelige, äußerst karge Landschaft. Wo allerdings auf dem ersten Bild im Vordergrund noch ein paar Pflanzen wachsen, ist auf dem zweiten nur Sand zu erkennen; eine Wüstenlandschaft, menschenleer. Totes Land, könnte man meinen, aber wie es in Othmanns Gedichtband »die verbrechen« heißt: »die landschaft ist immer auch ein protokoll«.

Es gibt keine menschenleeren Landschaften, überall hat der Mensch schon seinen Fuß hingesetzt, hat seine Spuren hinterlassen.

Das Foto auf dem Cover von »Vierundsiebzig« ist der beste Beweis dafür: Irgendjemand muß es aufgenommen haben. Im Impressum ist der Name des Fotografen jedoch nicht verzeichnet, nur die Quelle: Museum für Islamische Kunst, Staatliche Museen zu Berlin, Sammlung Eugen Wirth.

Eugen Wirth war ein Kulturgeograph, der sich vor allem mit dem Vorderen Orient beschäftigt hat. Einer seiner Aufsätze, eine Art Reisebericht offenbar, trägt den Titel »Bei den Yazidi im Jebel Sinjar«, erschienen im Band »Yazidi. Gottes auserwähltes Volk oder die ›Teufelsanbeter‹ vom Jebel Sinjar, Irak«. Da Wirth 1925 geboren wurde und 2012 starb, liegt die Vermutung nahe, daß er dieses Foto, vom Buchgestalter in zartes Blaubeige getaucht, selbst aufgenommen hat. Verwunderlich fast, daß sein Aufsatz nicht in den Quellen zu finden ist, die Othmann am Ende ihres Buches nennt, zumal einige Reiseberichte aus dem Land der Jesiden eine wichtige Rolle darin spielen, Berichte aus dem 19. und frühen 20. Jahrhundert vor allem.

Noch etwas anderes irritiert: Die Provenienz, das Museum für Islamische Kunst, denn erstens handelt es sich ja offensichtlich nicht um Kunst, sondern eher um eine dokumentarische Fotografie, und zweitens ist sie im Land der Jesiden entstanden. Die Jesiden aber sind keine islamische Sekte, sie haben vielmehr eine ganz eigene und viel ältere Religion und Kultur. Mehr noch: Es waren Islamisten gewesen, die Terrorgruppe Islamischer Staat, die 2014 einen Genozid an den Jesiden verübten, eben jenen 74. Ferman, auf den der Titel von Ronya Othmanns Buch verweist. Für die Islamisten sind die Jesiden jene »Teufelsanbeter«, von denen der Aufsatz Eugen Wirths spricht – dort, wie auch in diesem Manuskript, in Anführungszeichen gesetzt.

Die jesidische Religion ist für den Außenstehenden einigermaßen rätselhaft; die Rituale scheinen überschaubar, die Tempel äußerst bescheiden und es gibt keinerlei missionarischen Impetus – man kann nicht zum Jesidentum konvertieren; Jeside und Jesidin ist man qua Geburt. Vater und Mutter müssen beide Jesiden sein, so zumindest die orthodoxe Meinung, sonst ist das Kind kein jesidisches. Eine Kultur und Religion also, die ohnehin Gefahr läuft auszusterben, zumal in einer globalisierten Welt, in der Jesiden zum Beispiel nach Deutschland reisen, sich in einen deutschen Menschen verlieben und ein Kind bekommen, das etwa Ronya Othmann heißt.

Doch ich merke schon, ich entferne mich von Othmanns Roman und bin zugleich mittendrin. Ich bin, und deswegen beschäftigt mich das Foto auf dem Cover so sehr, in der Landschaft. Ich befinde mich, auf meine Art, inmitten der kargen Hügel des Jebel Sinjar im Irak, wie es bei Eugen Wirth heißt, inmitten der kargen Hügel des Shingal-Gebirges, wie es bei Ronya Othmann heißt. Ich bin hier, weil ich das Foto auf dem Cover betrachte, vor allem aber, weil ich an all die Fotos denke, die Othmann während ihrer Reisen durch die Region geschossen hat. Ich habe die Fotos nie in Händen gehalten oder auf einen Bildschirm gespielt bekommen – ich sehe sie aber vor meinem inneren Auge:

»Einen halben Tag lang sitzen wir im Auto. Wir fahren nach Norden, über Ranya, Shaqlawa, dann nach Westen. Wir halten an einem Kiosk, kaufen Wasser, Chips, Tiger-Energy-Dosen. Aus dem Fenster fotografiere ich die Landschaft, durch die wir fahren. Ich fotografiere strohige Hügel, auf denen grüne Olivenbäume stehen. Ich fotografiere spärlich bewachsene Berge, kahle Hänge, darüber ein blauer Himmel. Ich fotografiere Strommasten, die sich durch die weite Landschaft ziehen. Ich fotografiere einen langen und breiten Betonbau, der weiträumig von Stacheldraht umzäunt ist. Als ich danach frage, sagt Tante Adar, es sei ein Gefängnis.«

Ronya Othmann, die Erzählerin dieses Romans, ist von einer regelrechten Dokumentationswut besessen. Unterwegs im Irak fotografiert sie, salopp gesagt, alles kurz und klein. Der Grund liegt in der Vergangenheit; klar benannt wird er im Debütroman »Die Sommer«, in dem die Hauptfigur, die hier noch Leyla heißt, tief bedauert, keine Fotos gemacht zu haben, in all den Sommern nicht, die sie bei den Großeltern in Nordsyrien verbracht hat, in der Grenzregion zum Irak und zur Türkei. Sie hätte alles fotografieren sollen, sagt sie, jedes Haus, jeden Stein, jede Pflanze im Garten. Nun ist es zu spät. Nun, seit dem Bürgerkrieg in Syrien, seit dem Massaker des IS 2014 ist jene Welt verschwunden. Es gibt keine Großmutter mehr in jenem Dorf, es gibt kein Dorf mehr. Dieser Verlust führt dazu, daß Othmann vier Jahre später alle Spuren sichern will, derer sie noch habhaft wird. Sie wird ganz Auge, ihr Wahrnehmungsradius weitet sich maximal aus.

»Roman« steht auf dem Umschlag von »Vierundsiebzig«, dabei denkt man im ersten Moment: Alles andere ist dieses Buch, nur kein Roman: ein Reisebericht, eine Autobiographie, eine Reportage, ein Essay. Ein Roman, so meint man, hat erfundene Figuren und eine fiktive Handlung. Nichts davon in »Vierundsiebzig«. Die Erzählerin ist zweifellos mit der Autorin identisch, und wovon sie erzählt, ist bis in den letzten Kieselstein hinein eine wahre Geschichte. Man kann die Koordinaten des Dorfes der Großeltern in den Computer eingeben und bekommt ein Satellitenbild genau dieses Dorfes, das Foto eines grünen Ortschildes, auf dem in weißer Schrift »Til Xatun« steht. Man kann nach dem Video der

Verwüstung des Mossul-Museums suchen, das sich die Erzählerin wieder und wieder anschaut, und wird es finden. Man könnte auch nach ganz anderen Videos suchen, von denen sie erzählt, Videos von Hinrichtungen und Enthauptungen, und man kann Prozeßberichte über den Fall Jennifer W. nachlesen, die als Frau eines IS-Kämpfers Mitschuld daran trägt, daß ein fünfjähriges jesidisches Mädchen, angekettet in praller Mittagssonne, verdurstete. Man möchte das nur vielleicht nicht. Weil es so schrecklich ist. Und man tut es nicht, weil man die Wahl hat. Ronya Othmann, obwohl sie einen deutschen Paß besitzt und 2014 im sicheren Leipzig lebt, das spricht aus jedem Satz und jedem Wort in »Vierundsiebzig«, hat keine Wahl. Sie muß sich die Videos ansehen, muß selbst nach Kurdistan reisen und sich ein Bild machen, muß den Prozeß von Jennifer W. besuchen und dabei sein, als der Deutsche Bundestag den Völkermord von 2014 als solchen anerkennt. All das, spürt Othmann, ist Teil von ihr, das weiß sie seit dem 3. August jenes Jahres mehr denn je. Seither versucht sie für ihre Geschichte, die eine Geschichte ihrer Familie und ihres Volkes ist, eine Sprache zu finden.

»Versuche ich zu schreiben, ist es, als würde ich einzelne Stücke zusammennähen. Schreibe ich über das Lachen meines Vaters, wenn er vom türkischen Gefängnis erzählt, schreibe ich über mein Lachen, wenn eine Freundin mich fragt, wie die Situation für die Êzîden gerade sei, bringe ich das eine mit dem anderen in Verbindung. Mein Vater aber war 1980 im türkischen Gefängnis, ich war 2018 im Irak, vier Jahre nach dem Genozid. Das türkische Gefängnis und der Genozid. Das sind zwei verschiedene Dinge. Ich trenne die Nähte wieder auf und fange von vorne an.«

Auf gewisse Weise handelt es sich bei »Vierundsiebzig« also durchaus um einen Roman, denn Othmann erzählt nicht chronologisch, wie man es bei einem Reisebericht oder einer Autobiographie erwarten würde, sie argumentiert nicht, zielt nicht auf Ideen oder wissenschaftliche Erkenntnisse, wie es kennzeichnend für einen Essay wäre, und sie ist alles andere als eine neutrale Beobachterin, sie schreibt eindeutig keine klassische Reportage, obwohl sie sich immer wieder als Journalistin bezeichnet und in den Irak fährt, nicht zuletzt um Interviews mit Überlebenden des Genozids zu führen. Nein, sie sucht über fünfhundert Seiten hinweg nach einer eigenen Sprache und einer eigenen Form, und dadurch ist »Vierundsiebzig« ein Roman im emphatischen Sinn. Denn jeder gute Roman erfindet in sich selbst das Genre neu.

»Ich schreibe. Und später traue ich dem nicht mehr. Ich traue dem Wir nicht mehr, und ich traue dem Ich nicht mehr. Ich schreibe, und wenn ich etwas aufgeschrieben habe, denke ich, das ist die Wahrheit. Und dann lese ich es wieder und denke, man müßte es noch ein zweites Mal schreiben, und ich schreibe es ein zweites Mal und denke, so ist es richtig, und dann lese ich es, und nachdem ich es gelesen habe, denke ich, obwohl alles daran stimmt, ist es nicht die Wahrheit.«

In »Vierundsiebzig« geht es um einen Prozeß der Präzisierung, um ein genaueres Sehen, ein genaueres Verstehen, ein Verstehen dessen, was im Irak 2014 passiert ist, aber auch ein Verstehen dessen, was mit der Autorin selbst geschehen ist, als sie um ihre Verwandten, um die geliebte Großmutter fürchten mußte. Othmann ist irritiert über ihre enge Verbindung und Identifizierung mit dem jesidischen Volk, dem sie, aus orthodoxer Sicht, als Tochter einer Deutschen ja gar nicht angehört. Aber anders als ihr Vater, der die Religion seiner Eltern für Aberglauben hält, wird Othmann von der Symbolik, den Traditionen und den wenigen verbliebenen Heiligtümern des Jesidentums angezogen.

Paradoxerweise evoziert Othmann gerade durch den Verzicht auf jegliches Fabulieren eine eigene Welt. Listen haben eine ganz besondere Kraft, und wenn die Autorin immer wieder notiert, was sie sieht und was sie während ihrer Reise durch Kurdistan geradezu manisch fotografiert, dann entstehen weite, aus Sprache gebaute Landschaften.

»Die Landschaft ist weit und flach. Eine Landschaft, in der man sich nicht verstecken kann, notiere ich. Es ist acht Uhr morgens, notiere ich. Wir fahren nach Südwesten, an der syrischen Grenze entlang, erreichen die Ausläufer des Shingal-Gebirges. Eine schöne Landschaft, notiere ich. Die Farben. Ich fotografiere eine weite ockerfarbene Ebene, aus der sich kahle Berge erheben. Ich fotografiere graphitgraue, staubbraune Berge, Felsschraffierungen, als hätte sie jemand gezeichnet. Eine Schafherde, die eine Straße überquert. Ein weiter Himmel mit zarten, bauschigen Wolken.«

Man kann auch sagen, daß Othmann nach dem Roman »Die Sommer« und dem Gedichtband »die verbrechen« für »Vierundsiebzig« noch einmal ganz neu angesetzt hat, daß es gerade deshalb ein so starkes Werk ist, weil ihm das Ringen um eine eigene Sprache und Form eingeschrieben ist. Immer wieder setzt die Autorin neu an, aber diese Neuansätze haben nichts Mäanderndes an sich, sie geben dem Text vielmehr einen eigenen, prägnanten Rhythmus, sie haben ein inneres Ziel – eine Sprache zu finden –, wie auch ein äußeres Ziel: den Shingal, den Ort, an dem der Genozid das größte Ausmaß annahm. Aber in den Shingal zu gelangen ist nicht einfach; sein Status zwischen dem Irak und der Autonomen Region Kurdistan ist ungeklärt; ein Visum zu erhalten gleicht dem Versuch des Landvermessers K., Einlaß ins Schloß zu finden.

Ein erster Versuch, von Erbil aus in das Gebiet zu gelangen, scheitert am vierten Checkpoint. Bleibt der Flug nach Bagdad und eine erneute lange Autofahrt. Schließlich kommt das Shingal-Gebirge in Sicht, das Gebirge, in das sich so viele Jesiden flüchteten, um dort dann zu verhungern und zu verdursten. Die Autorin und ihre Begleiter halten in einem Dorf, in das sich Othmanns Großeltern geflüchtet hatten, als sie einst, viele Jahrzehnte zuvor, aus Batman in der Türkei vertrieben wurden, bevor sie dann auch dieses Dorf wieder verlassen mußten.

»Mein Vater ruft aus dem Auto meinen Namen. Ich soll zurückkommen. Wir müssen weiter. Es ist schon Spätnachmittag, und wir haben das Gebirge noch vor uns. Bevor ich zurück zum Auto gehe, bücke ich mich, hebe schnell einen Stein vom Boden auf und stecke ihn in meine Hosentasche. Ich bemühe mich, es beiläufig zu tun. Doch als ich zurück im Auto bin, sagt Mam Ibrahim: Ich habe gesehen, du hast einen Stein genommen. Und mein Vater sagt: Du hast einen Stein mitgenommen. Und ich nicke, und weil mir die Tränen in die Augen schießen, sehe ich aus dem Fenster.«

Zu Anfang ihrer Reise war Othmann in einem Flüchtlingscamp einer alten Frau begegnet, die nicht mehr sprach, keinerlei Anteil an ihrer Umgebung nahm, aber einen einfachen Stein in den Händen barg, den sie nicht mehr losließ. Jetzt, am Ende der Reise, am Ende dieses so persönlichen und berührenden Romans, der zudem die Frage, wie man über Krieg und Völkermord schreiben kann, auf ganz eigene und zwingende Weise beantwortet, am Ende hält Othmann selbst einen Stein in den Händen, einen Stein, der schon dalag, als ihre Großmutter an diesem Ort lebte. Er ist ein Zeichen der Kontinuität, ein Zeichen der Verbundenheit der Jesiden mit dieser Landschaft. Ein Zeichen auch für die nicht enden wollende Geschichte des Mordens und der Vertreibung. Ein Zeichen dafür, daß diese Welt nur eine geliehene ist, daß Wahrheit und Gerechtigkeit sich nicht von Macht- und

Besitzansprüchen ableiten. Denn wie es im Gedichtband »die verbrechen« heißt:

> dieses land gehört dir nicht,
> es gehört den schafen und den
> wolken. es gehört der gerste, dem
> weizen, der dattelpalme. es gehört
> den steinen, den steinen.

Die jesidische Religion, die jesidische Kultur gründet nicht auf Schrift. Daß »Vierundsiebzig« ein Roman in deutscher Sprache ist, ist den Umständen der jesidischen Geschichte geschuldet. Ich bin dankbar dafür, daß es ihn gibt, denn er bereichert die deutsche Literatur beträchtlich.

NAJAT ABED ALSAMAD: DAS ZUCKERBANKETT

Wir beide waren keine Gegner und trotzdem unterlag ich ihm. Er gewann, indem er in meiner Wohnung mehr zurückließ, als er bekam.

Auf seiner Oberlippe war noch kein Flaum gewachsen. Er hatte seine Kindheit gerade mit einer Leichtigkeit hinter sich gelassen, wie man sich des Drucks der Schule und großer Ambitionen entledigt. Mit ebendieser Leichtigkeit erschien er an meiner Wohnungstür, ein Überraschungsgast mit ausgestreckter Hand. An die Hände anderer Gäste, die Geschenke überreichen würden, erinnerte nur, wie er seine Finger zaghaft aus der Tasche seiner schmutzigen dünnen Weste zog, um sie mir zitternd vor Kälte entgegenzuhalten.

»Meiner Familie ist kalt und sie möchte etwas essen, wenn ich von meinem Rundgang bei euch zurückkomme.«

Das Schönste war seine Stimme. Diese Stimme, die Betteln geübt hatte und die vom Genuß erster Zigarettenzüge rauh war.

Mich fasziniert diese Schar von Bettlern, die der Krieg hervorgebracht hat. Früher gab es nicht so viele in meiner kleinen Stadt. Eine seltsame Faszination, ich weiß, doch sie wirkt wie ein mächtiger Glücksbringer. Wenn ich Bettlern begegne, werde ich zu einem Maulwurf, der nur seinen feinen Ohren traut. Ich lausche ihren Stimmen, wenn sie um Verständnis und, wenn möglich, Mitgefühl werben, bevor sie um Geld oder eine andere Gabe bitten.

Hamads Stimme hob sich vom Chor der Bettlerschar ab. Seine Melodie war eine andere als deren übliches abgedroschenes Lied, das sie alle, wenn auch in unterschiedlicher Stimmlage und mit unterschiedlichem Grad an Selbstsicherheit, Präsenz und Überzeugungskraft, vortrugen.

Hamad, ein Name wie aus der Zeit gefallen! Er verriet mir, daß dieser ein Vermächtnis seines Großvaters sei und er zusammen mit dem Namen das Vertriebensein geerbt habe. Vertrieben aus Tiberias in ein Zelt, das sich schon Jahrzehnte vor Hamads Geburt im Yarmuk-Lager in ein stattliches Haus verwandelt hatte. Hamad aber wurde erneut vertrieben. In einer Stadt, von der er nie zuvor gehört hatte, lebte er seit einem Monat in einem Zelt. Diese Fluchtgeschichte zweier Generationen nahm zwei Minuten seiner Zeit und wenige Zeilen auf meinem Bildschirm in Anspruch.

Da sitzt Hamad auf meinem weichen Sofa. Seine Augen schweifen im Zimmer umher und verweilen demütig vor den lodernden roten Flammen im Ofen. Sie betrachten ein wohlgeordnetes, bequemes Leben. Sein Blick steigt mit der Wärme zur Decke. Schon schön, so ein Haus mit Dach! Und dann auch noch ein Dach, durch das kein Regen hereintropft und einem die Sessel und den bunten, dicken Teppich kaputtmacht. Hamad schlägt die Augen nieder und läßt die Atmosphäre des Raumes wie ein Lied auf sich wirken. Er vergegenwärtigt sich eine traute Vergangenheit, die ihm aber schon wie aus einem anderen Leben vorkommt. Das Leben vor der Vertreibung.

»Hier sind warme Teigtaschen, du bist doch sicher hungrig«, sage ich. Aber seine Augen streifen nur kurz das Essen und weichen schnell wieder aus, um Tränen vorzubeugen, die seinen Hunger oder doch zumindest seinen Appetit auf etwas Leckeres, Frisches, Warmes, Sättigendes offenbaren würden.

»Ich kann hier nicht essen, während meine Familie wartet.« Aus seiner heiseren Stimme wird eine stolze, die Stimme eines Ritters, der sich zum Kampf bereitmacht. »Ich habe hier Äpfel und kandierte Mandeln im Beutel, aber ich habe nichts davon angerührt. Ich warte, bis ich zurück im Lager bin.«

»Dann trink wenigstens Tee. Reichen drei Löffel Zucker für die kleine Tasse?«

»Sagen wir vier.« Er klingt verträumt beim Gedanken daran, wie sich der Zucker in der Tasse mit dem heißen Tee anhäuft.

»Darf ich ihn selbst verrühren?« In seinen Fingern kreist der Löffel, dem regelrecht schwindelig wird vom feierlichen Tanz im Zucker.

Hamad sieht mich nicht mehr. Er ist jetzt der Hausherr, der dieses Zuckerbankett gibt. Verzückt vom Klingen des Löffels senkt er den Blick erneut und nimmt behutsam den ersten Schluck. Seine Lippen schließen sich berauscht von der Wärme in seinem Mund, und mit der Gelassenheit eines Beduinen kurz vorm Mittagsschlaf trinkt er weiter. Jeden Schluck zieht er so gut er kann in die Länge, der Zucker umarmt die Geschmacksknospen auf seiner Zunge und er wünscht sich, daß dieser Genuß nie enden möge. Und ich wünsche mir, als er weg ist, er hätte die Schlüssel zu solch kleinen Genüssen neben der leergetrunkenen Tasse auf dem Tisch liegenlassen.

Aus dem Arabischen von Günther Orth

LUDWIG FELS: ZURÜCK AUS EINEM ANDEREN LEBEN

Das Lamm auf dem Motorroller

Erst schauten wir einem großen, müden Hund hinterher, der die Straße hinuntertrottete und den Eindruck machte, er würde mit hängendem Kopf nachdenken, welche Richtung er einschlagen könne; vielleicht daß er krank war oder alt und alle schon viel zu lange kannte. Eine Reihe von Palmen teilte die Straße in der Mitte. Unter Palmen wirkt auch noch das Leid in gewisser Art und Weise malerisch, und immer ist so etwas wie ein Film zwischen dem Betrachter und der Wirklichkeit. Und so war es auch mit dem Lamm, das, eine Querstraße weiter, unter einem Baum auf dem Gehsteig lag; ihm wurden gerade von einer Frau und zwei Jungen mit Stricken Vorder- und Hinterbeine zusammengebunden. Die Hautpartie um seine Augen war rötlich-rosa, als es aufblickte. Es lag mit dem Rücken in einer kleinen Regenpfütze, als es herumgerollt wurde, bis die Beine nach oben standen. Die Frau packte die Vorderbeine, die beiden Jungen je ein Hinterbein, und so schleppten sie es die Straße hoch, während das Maul des Lamms über den Asphalt schleifte. Wir gingen ein Stück mit ihm, bis ein Mann auf einem Motorroller angefahren kam; er blieb im Sattel, während die Frau und die Jungen das Lamm rücklings auf das Trittbrett wuchteten und irgendwie festbanden. Aber sein Kopf hing immer noch herunter wie an einem weichen Schwanenhals, und sein Maul berührte noch immer die Straße. Dann wurde es weggefahren in einer Wolke aus Abgas und Staub, und am Ende der Straße, wo sie in eine Art Feldweg überging, auf dem Steine und Erdbrocken in den Radfurchen lagen, hüpfte der Motorroller auf und ab.

(Salihli / Türkei, 2015)

Stazione Otranto

Der Bahnhof von Otranto liegt in einer Hügelfalte, kein Stückchen vom Meer von dort zu sehen, liegt ganz am Ende der Straße, sonntags sind die Portale vergittert, und in der Stille wirkt er wie aus Watte erbaut. Auf seiner Rückseite zwei Palmen, die übers Dach schauen. Links und rechts der Treppe je eine Bank, von der aus man ein baumloses Rondell betrachten kann, das angelegt wurde, um den Bahnhofsvorplatz zu verschönern. Der Wartesaal, eher ein Zimmerchen, befindet sich im ersten Stock und hat vielleicht zwölf Sitze, Holzschalen, die an die Wände montiert sind, es sieht aus wie in einem vergessenen Dorfkino, so, als könnte jeden Augenblick vor den leeren Sesseln ein alter Film beginnen, der ein altes leeres Kino zeigt. Der Fahrkartenschalter hat geschlossen. Vom Wartesaal aus geht es hinaus auf den Perron, wo mitten in einem kleinen Park die Gleise beginnen. Auf dem rechten Gleis steht eine uralte Triebwagengarnitur in verblichenem Azzurro: der Zug nach Maglie. Im oberen Stockwerk über dem Bahnsteigdach steht ein einziges Zimmer im Blau des Himmels, dort möchte ich die nächsten hundert Jahre schreiben.

Am Anfang würde ich schreiben, daß die Entfernung nach Gallipoli 31 km beträgt, aber ich würde nicht hinfahren, weil ich nicht im Zug schreiben möchte, daß die Entfernung nach Gallipoli 31 km beträgt. Weil ich viel lieber zum einzigen Fenster hinausschauen und die Palmen zählen möchte. Ich möchte die Reisenden betrachten, wie sie sich die Zeit vertreiben, und mit einem Mann aus dem Iran sprechen, der nach Mailand möchte, oder mich mit den Schwarzafrikanern unterhalten, deren Stimmen lauter erschallen als jeder Gesang. Es würde mir schon genügen, die Züge ankommen und abfahren zu sehen, bis zum Herbst ist das Laub verbrannt. Bevor ich den ersten Satz niederschreibe, zähle ich die Fahrgäste, fange immer wieder von vorne an … Beschreibe ihre Gesichter, ihre Haltung, das Drama des Wartens und das Glücksgefühl, den Planeten hinunterzurollen; es dauert nicht lange, bis man am schönsten Bahnwärterhäuschen der Welt vorbeikommt. Wie aus einem Block Kreide geschnitzt steht es dort, wo das Gleis die Straße kreuzt, die zur Masseria Montevergine führt.

Vielleicht gehe ich jeden Tag diesen Weg zwischen zwei Worten …

Habe schon immer davon geträumt, einfach zu verschwinden, wie ein Riese, der in den Horizont schreitet und sich kein einziges Mal umdreht.

(Otranto / Apulien, 2017)

Das Bahnwärterhäuschen am Gleis an der Straße

Das Bahnwärterhäuschen, von dem hier die Rede ist, befindet sich oberhalb von Otranto an der Teerstraße, an der, ungefähr einen Kilometer weiter, auch die Masseria Montevergine liegt, ein schwarzgraues schnurgerades Band, das die Olivenwälder teilt. Am Bahnwärterhäuschen queren die Gleise, rostgefärbt, die Straße und das Bankett dient als Vorgarten, eine zierliche Barrikade aus Blumenkübeln. Die Außenmauern sind weißgetüncht, wie in Filmen, die in Mexiko spielen, und jedes Auto, das vorbeikommt, fährt, bildlich gesprochen, mit einem Rad durchs Wohnzimmer und der kleine Hund, der die äußerst seltenen Fußgänger anbellt, muß jedesmal beiseite springen. Und jedesmal regt er sich auf und versteckt sich danach in den Blumen. Am vorletzten Tag meiner Reise stelle ich mir vor, das Bahnwärterhäuschen zu erwerben, es abtragen und einen guten Kilometer im Brachland zwischen den Olivenhainen neu errichten zu lassen, so daß es nur von Grün und Stille umgeben wäre. Schließlich teile ich meinem Verleger meine neue Adresse mit und muß nicht lange warten, bis er mich besucht, aber ich gebe ihm nur Wasser, mache es vorher noch kalt.

(Otranto / Apulien 2017)

Wien Mitte oder Zurück aus einem anderen Leben

Mitternacht. Und die Lichter schwimmen im Regen. Die Fassaden grau vor Nässe. Regen, als würden Perlen von Schnüren fallen, jeder Tropfen wetzt an den Scheiben des Zugs. Auf dem Sitz auf der anderen Seite des Ganges ein Mann mit einer Basecap, einem Trenchcoat, mit einem Ledergürtel um die Mitte zusammengebunden, einem viel zu großen Koffer und viel zu viel Gepäck, ein Rucksack, so schwer, als wäre er mit Betonbrocken gefüllt, zwei Tragetaschen aus Plastik; und dieser Koffer, der ihm, wenn er steht, bis zur Brust reicht. Er wirkt sehr nervös und will bei jeder Station aussteigen, Wien Mitte, sagt er, hat ein altes Gesicht und eine merkwürdige Frisur, als er die Kappe abnimmt; nie im Leben, denke ich, möchte ich mit so viel Gepäck auf Reisen gehen. Ich sage ihm, ich würde ihm sagen, wenn der Zug in Wien Mitte ankommt, aber er glaubt mir nicht so recht, springt auf, sobald ich die Hand hebe, um ihm zu bedeuten, sitzen zu bleiben. Ich kann nicht behaupten, daß er nach Schweiß riecht oder sonst irgendwie unsauber wirkt, und trotzdem dauert es, bis ich meinen Widerstand gegen seine Person aufgebe. So rollen wir durch die Nacht, durch den Regen. Die Lichter draußen wie helle Luftblasen auf einem schmutzigen See. Noch bevor wir die Station Wien Mitte erreichen, stehe ich auf und sage ihm, daß ich ihm beim Aussteigen mit seinem Gepäck helfen würde, und er sagt in leisem, stokkendem Englisch, er habe in den Siebzigern in Wien studiert und beschlossen, es noch einmal zu besuchen: ein Geist, der zurückkehrt. Dann hält der Zug, und er fällt fast beim Ausstieg unter der Last seines Rucksacks, und ich halte ihn und hieve seinen Schrankkoffer auf den Bahnsteig, sehe das Mosaik der Irre in allen Lichtern, allen Gesichtern.

(Wien, 2018)

ANMERKUNGEN

Julien Gracq (1910–2007), französischer Schriftsteller. Auf deutsch erschienen zuletzt der Roman »Das Abendreich« (2017) und die Aufzeichnungen »Lebensknoten« (2023). Der Essay beruht auf einer im Dezember 1949 an der Universität Antwerpen gehaltenen Rede und erschien im Mai 1950 auf französisch in der »Nieuw Vlaams Tijdschrift«. Aus: Œuvres complètes, Bibliothèque de la Pléiade, Band 1. Mit freundlicher Genehmigung der Herausgeberin und Nachlaßverwalterin Bernhild Boie sowie der Éditions José Corti, Paris. Siehe auch Sinn und Form 3/2023 und 4/2024.
Erläuterungen: S. 438 *Artikel von Maurice Blanchot* »Reflexionen zum Surrealismus« (1945/49), deutsche Übersetzung von Fabien Vitali in: Maurice Blanchot, »Feuers Anteil«, Berlin und Wien 2022; S. 440 *Cravan verschwindet nachts …* Tatsächlich nicht im Golf von Mexiko, sondern bei Salina Cruz an der mexikanischen Pazifikküste; *Freudenfeuer* Titel eines Gedichtbands von Louis Aragon (1919); S. 441 *»Gewiß könnte eine stattliche Anzahl …«* Alle Zitate aus den surrealistischen Manifesten in der Übersetzung von Ruth Henry. Gracq zitiert mit größeren Auslassungen, die hier, dem Original folgend, nicht gekennzeichnet wurden; S. 442 *»Alles läßt uns glauben …«* Aus dem zweiten surrealistischen Manifest; S. 443 *»Man kann die Kraft …«* Hegel-Zitat nach dem Französischen, der deutsche Wortlaut konnte nicht ermittelt werden; S. 447 *»›Um falsche Romane zu schreiben‹ …* Aus dem ersten surrealistischen Manifest; S. 452 *»wie tapfer es auch immer gewesen sein mag …«* Aus Bretons Vorwort von 1929 zur Neuausgabe des ersten Manifests (1924); S. 454 *Isidore Isou* Rumänisch-französischer Schriftsteller und Begründer des Lettrismus; *nach der Art von Monsieur Jourdain* Anspielung auf die Hauptfigur von Molières Ballettkomödie »Der Bürger als Edelmann«, die mit allerlei Listen und Verkleidungen ihr Ziel erreichen will; *Doktor Sei's drum* Vielleicht Anspielung auf Georges Simenons Erzählung »Le docteur Tant-pis« (1943); S. 456 *Abschnitt aus Bretons »Die kommunizierenden Röhren«* Übersetzung von Elisabeth Lenk und Fritz Meyer.

Tadeusz Dąbrowski, geb. 1979 in Elbląg (Ermland-Masuren), polnischer Schriftsteller, lebt in Danzig. Auf deutsch erschienen zuletzt der Gedichtband »Die Bäume spielen Wald« (2014) und der Roman »Eine Liebe in New York« (2019). Siehe auch Sinn und Form 4/2020 und 3/2022.

Rainer Maria Rilke (1875–1926), österreichischer Schriftsteller. Seine hier veröffentlichten Briefe an Elisabeth von Schmidt-Pauli befinden sich im Archiv der Fondation Rilke in Sierre. Dank an Angelika Overstolz für eine erste Transkription, an Peer Volkmann, Faulhaber-Edition, Ulrich von Bülow, Deutsches Literaturarchiv Marbach, und Peter Oberthür, Rilke-Gesellschaft, für Auskünfte sowie an Christoph König und Torsten Hoffmann für Austausch. Historische Schreibungen und Interpunktion wurden, anders als in bisherigen Teilabdrucken, beibehalten, der doppelte Binde- und Trennungsstrich durch den einfachen Bindestrich ersetzt, unterstrichene Wörter kursiviert. Siehe auch Sinn und Form 1/2025.

Marcel Lepper, geb. 1977 in Dortmund, leitet die Fondation Rilke in Sierre und lehrt Neuere deutsche Literatur an den Universitäten Leipzig und Bern. Veröffentlichungen u.a.: »Goethes Euphrat. Philologie und Politik im West-östlichen Divan« (2016) und »Xenien« (2022). Siehe auch Sinn und Form 3/2020 und 2/2024.

Uta Gosmann, geb. 1973 in Bochum, lebt als Lyrikerin, Übersetzerin und Psychoanalytikerin in New Haven, Connecticut. 2023 erschien ihr Gedichtband »Reise durchs Nimmerich«. Siehe auch Sinn und Form 3/2023 und 1/2024.

Krzysztof Czyżewski, geb. 1958 in Warschau, polnischer Lyriker, Essayist, Übersetzer. Die beiden letzten Zitate in der Übersetzung von Chrystyna Nazarkewytsch stammen aus dem Band »Den Krieg übersetzen. Gedichte aus der Ukraine« (2024).

Dana Ranga, geb. 1964 in Bukarest, Dichterin, Übersetzerin, Filmemacherin, lebt in Berlin. Zuletzt erschienen die Gedichtbände »Cosmos!« (2020) und »Stop« (2023). Siehe auch Sinn und Form 1/2020 und 1/2021.

Natascha Wodin, geb. 1945 in Fürth, Schriftstellerin und Übersetzerin, lebt in Berlin. Zuletzt erschienen »Nastjas Tränen. Roman« (2021) und »Der Fluß und das Meer« (2023). Ihr Buch »Die späten Tage« erscheint im Herbst. Copyright © Rowohlt Verlag GmbH, Hamburg. Siehe auch Sinn und Form 5/2015 und 6/2023.

Bertram Reinecke, geb. 1974 in Güstrow, Schriftsteller und Verleger. Zuletzt erschienen die Prosastücke »Geschlossene Vorgänge – Über einige biographische Artefakte etc.« (2022) und der Gedichtband »Daphne, ich bin wütend« (2024).

Michael Krüger, geb. 1943 in Wittgendorf/Sachsen, Schriftsteller, Mitglied der Akademie der Künste. Zuletzt erschienen »Das Strandbad. Szenen einer Kindheit« (2022) und »Verabredung mit Dichtern. Erinnerungen und Begegnungen« (2023). Siehe auch Sinn und Form 5/2021 und 3/2022.

Piero Salabè, geb. 1970 in München, wo er als Übersetzer und Lektor des Carl Hanser Verlags arbeitet und lebt. 2024 erschien »Das schöne Nichts. Il bel niente. Gedichte. Zweisprachige Ausgabe«. Das Gespräch wurde im März 2024 in Michael Krügers Haus bei Ambach geführt. Siehe auch Sinn und Form 3/2024.

Dénes Krusovszky, geb. 1982 in Debrecen (Ungarn), Schriftsteller, Kritiker, lebt in Budapest und Tokio. Auf deutsch erschienen u.a. der Gedichtband »Wie schön das Kaputtgehen ist« (2011) und der Erzählungsband »Das Land der Jungen« (2024). Siehe auch Sinn und Form 1/2019 und 3/2020.

Elisabeth Plessen, geb. 1944 in Neustadt in Holstein, Schriftstellerin und Übersetzerin, lebt in Berlin und in der Toskana. Zuletzt erschienen die Romane »Die Unerwünschte« (2019) und »Die Frau in den Bäumen« (2023). Das hier erstmals veröffentlichte Nachwort sollte in einer Neuauflage der »Mitteilung an den Adel« 2006 im Suhrkamp Verlag erscheinen, wurde aber nicht gedruckt. Der Abdruck der Zitate aus den Briefen von Elisabeth Borchers und Siegfried Unseld erfolgt mit freundlicher Genehmigung des Suhrkamp Verlags und von Ulla Unseld-Berkéwicz. Siehe auch Sinn und Form 3/2024 und 6/2024.

Zoltán Danyi, geb. 1972 in Senta (Jugoslawien/heute Serbien), wo er als Schriftsteller und Rosenzüchter lebt; schreibt auf ungarisch. Auf deutsch erschienen zuletzt sein »Rosenroman« sowie »Aus dem Tagebuch des Gärtners« (beide 2023). Aus: »Több fehér« (Mehr weiß, 2012).

Laetitia Lenel, geb. 1988 in Frankfurt am Main, Sozial- und Wirtschaftshistorikerin, lehrt als Juniorprofessorin für Kulturgeschichte des Ökonomischen an der Universität Duisburg-Essen. 2024 erschien ihr Roman »Eine liebe Frau«.

Kornelia Koepsell, geb. 1955 in Gießen, Psychoanalytikerin in Höchberg bei Würzburg. Zuletzt erschienen die Gedichtbände »Die Mundharmonika« (2020) und »Heimatland« (2022). Siehe auch Sinn und Form 3/2023 und 6/2023.

Leander Steinkopf, geb. 1985 in Seeheim-Jugenheim, erzählende Prosa, Essays und Komödien, lebt in München. Zuletzt erschienen »Was der Schulmedizin fehlt« (2022) und der Essay »Der Reiz des Verbotenen. Über die Freiheit jenseits des Erlaubten« (2024). Siehe auch Sinn und Form 4/2020 und 2/2023.

Volker Braun, geb. 1939 in Dresden, Schriftsteller, Mitglied der Akademie der Künste, lebt in Berlin. Zuletzt erschienen »Große Fuge« (2021) und »Fortwährender Versuch, mit Gewalten zu leben« (2024). Nachruf auf der Mitgliederversammlung der Akademie der Künste am 17. Mai 2025. Siehe auch Sinn und Form 1/2022 und 3/2024.

Michael Mertes, geb.1953 in Bonn, Jurist, Politikberater, literarischer Übersetzer. 2023 erschienen seine Shakespeare-Nachdichtungen »Aus dem Tinten-Schwarz strahlt meine Liebe« (2023). Siehe auch Sinn und Form 6/2016 und 2/2019.

Jakob Brüssermann, geb. 1982 in Göttingen, wissenschaftlicher Mitarbeiter bei der historisch-kritischen Heidelberger Ausgabe der Werke Johann Peter Hebels, wohnt in Bretten bei Karlsruhe. 2017 erschien »Sein und Situation. Zu den Forderungen einer Ontologie des ›ich bin‹«. Die im Text genannten Berichte des liberalen Senders »Wsgljad«, der 2001 eingestellt wurde, finden sich auf YouTube: https://www.youtube.com/watch?v=TlbhWaB-wM8; https://www.youtube.com/watch?v=q-tpxB9z9e4

Sabrina Habel, geb. 1985 in Kandel/Pfalz, Literaturwissenschaftlerin, lebt in Zürich und Tel Aviv. 2012 erschien »Die Signatur des Bösen. ›Fausts Leben, Thaten und Höllenfahrt‹ von Friedrich Maximilian Klinger«. Siehe auch Sinn und Form 2/2018 und 6/2024.

Tobias Lehmkuhl, geb. 1976 in Georgsmarienhütte, Literaturkritiker und Autor, lebt in Berlin. Zuletzt erschienen »Nico. Biographie eines Rätsels« (2018) und »Der doppelte Erich. Kästner im Dritten Reich« (2023). Siehe auch Sinn und Form 1/2016 und 2/2024.

Najat Abed Alsamad, geb.1967 in Suwaida/Syrien, Schriftstellerin, Übersetzerin und Gynäkologin, lebt in Berlin. Zahlreiche Romane und Erzählungen. Auf deutsch erschien bisher ihr Roman »Kein Wasser stillt ihren Durst« (2023).

Ludwig Fels (1946–2021), deutscher Schriftsteller. Zuletzt erschienen »Mit mir hast du keine Chance. Gedichte« (2023) und »Ein Sonntag mit mir und Bier. Selbstporträt im Gastgarten« (2025).

Alle Beiträge sind, soweit nicht anders angegeben, Erstveröffentlichungen oder Erstübersetzungen.